Willi Heinrich

Puppenspiele

Willi Heinrich

Puppenspiele

Roman

Herbig

Umschlaggestaltung: Bernd und Christel Kaselow, München
Satz: Schaber Datentechnik, Wels, Österreich
Gesetzt aus 2,42/4,20 Parlament, System Scantext
Druck und Binden: Mohndruck, Graph. Betriebe GmbH., Gütersloh
Printed in Germany
ISBN: 3-7766-1766-7

1

Wegen des frühlingshaften Wetters, wovon in Dortmund, als ich von zu Hause wegfuhr, vorläufig nur zu träumen war, servierte Monsieur Debussy den Pastis im kleinen Gemüsegarten hinter seinem von wildem Wein umrankten, weißgekalkten Häuschen am Fuße der schroff ansteigenden Berge, die rötlichbraun in den azurblauen Himmel ragten. Nach Norden wurden sie immer höher und sammelten sich zu einem fast unübersehbaren Gipfelmeer, dessen schneebedeckte Häupter ich schon leuchten sah, als ich durch eine mit südlicher Flora bewachsene Hügellandschaft nach Bairols fuhr, wo ich von Monsieur Debussy, bei dem ich mich gestern abend noch telefonisch kurz angemeldet hatte, bereits erwartet wurde. Es war sehr still hier oben. Auch von den übrigen Bewohnern des kleinen, am bergnahen Rande eines sonnenbeschienenen Olivenhains gelegenen Ortes, war nichts zu hören. Im Garten roch es nach Blumen und Küchenkräutern. Schmetterlinge tanzten in einem leisen Wind, der von der fernen Küste her über die grünen Vorhügel kam und die schmalen Blätter eines alten, knorrigen Olivenbaums, in dessen Schatten wir auf einer hölzernen, weißlackierten Bank an einem Tisch sitzend unseren Pastis tranken, metallisch aufblitzen ließ. Von meinem Platz aus konnte ich die Straße sehen, wie sie in einer engen Schleife aus dem Olivenhain stieg, den Ort durchquerte und bald darauf in einem schmalen, keilförmigen Tal verschwand, das mitten in die Berge führte. Nach der anstrengenden Reise und dem häuslichen Ärger, den ich mit der Fahrt hierher wieder einmal, wenn auch nur zeitweilig, hinter mir gelassen hatte, übertrug sich die Stille ringsum auch auf mich. So daß ich mich für ein paar Herzschläge lang versucht fühlte, die Augen zu schließen und zu vergessen, woher ich kam und wer ich war.

Debussy, der meine Empfindungen zu ahnen schien, sagte: »Sie haben schon etwas Farbe bekommen. Als Sie vorhin aus Ihrem Wagen stiegen, sahen Sie sehr blaß aus. Wie immer, wenn Sie längere Zeit nicht hier waren. Die Luft tut Ihnen gut.«

»Es ist nicht nur die Luft«, sagte ich. »Auch die Sonne tut mir gut.

Wir hatten diesmal einen besonders häßlichen Winter mit viel Nebel und naßkaltem Wetter.«
»Auch hier war es kein Winter wie sonst«, erzählte er. »In den Bergen fiel nur wenig Schnee. Für Valberg und andere Orte, die hauptsächlich vom Wintersport leben, war es schlimm. Die Leute befürchten, daß auch unser Klima sich zum Nachteil verändert. Bei Ihnen wird es nicht viel anders sein. Oder machen sich die Leute in Deutschland deshalb keine Sorgen?«
»Nur wenn sie sich zu Weihnachten eine neue Skiausrüstung angeschafft haben und dann der Schnee ausbleibt«, sagte ich.
Er lächelte. »Sie haben sich in all den Jahren nicht verändert, Madame Kristmann. Wie geht es Ihrem Mann? Er ist hoffentlich gesund. Früher ließ er Sie nie allein den weiten Weg nach Lavoir fahren. Und die Söhne? Sie wollten auch diesmal nicht mitkommen?«
Ich betrachtete sein faltenreiches, von Sonne und Wind gegerbtes Gesicht mit dem eisgrauen Haar, das wild und verwegen unter seiner schwarzen Baskenmütze hervorquoll. Seit vor zwei Jahren ganz plötzlich seine Frau gestorben war, wirkte es noch faltiger. Irgendwie hatte ich den Eindruck, daß er mit seinen Gedanken heute nicht ganz bei unserem Gespräch war. Den Grund dafür erfuhr ich kurze Zeit später. Ich antwortete: »Bert und Rolf könnten nur noch in den Semesterferien mitkommen, und da haben sie heute Besseres vor, als mir Gesellschaft zu leisten. Seit sie uns nicht mehr begleiten, ist auch mein Mann wählerischer geworden und legt im Urlaub Wert auf größeren Komfort, als Lavoir ihn zu bieten hat. Im Augenblick hatte er zu Hause auch Wichtigeres zu tun.«
»Wobei ich mir nur schwer vorstellen kann, daß es für einen Mann, der mit Ihnen verheiratet ist, etwas Wichtigeres geben könnte als Sie«, erwiderte er. »Ich an seiner Stelle würde keinesfalls zulassen, daß Sie die weite Fahrt ganz allein machen. Warum fliegen Sie nicht und nehmen sich in Nice einen Mietwagen?«
»Ich fahre gerne mit dem eigenen«, sagte ich. »Auch ist für mich die Fahrt durch die schöne Landschaft jedesmal schon der halbe Urlaub. Bei der Gelegenheit sehe ich auch immer etwas von der Schweiz und Italien. Vom Flugzeug aus würde ich nicht viel davon sehen.«
Er nickte. »Das kann ich verstehen. Als Sie mich gestern abend aus Ihrem Hotel so überraschend anriefen und mir Ihr Eintreffen mitteilten, fragte ich mich, ob es ein Zufall war, daß Sie sich gerade an

diesem Tag entschlossen haben, nach Lavoir zu fahren. Sie werden sicher vergessen haben, daß es ein besonderer Tag war.«
Ich hatte es tatsächlich vergessen, aber auf der Fahrt hierher war es mir heute vormittag eingefallen. Ich sagte: »Erinnern Sie mich besser nicht daran, lieber Monsieur Debussy. Als wir, mein Mann und ich, Sie an diesem besonderen Tag kennenlernten, war ich sechsundzwanzig. Heute bin ich zwanzig Jahre älter.«
»Sie sind auch heute noch wie sechsundzwanzig«, sagte er. »Für mich haben Sie sich nicht verändert. Nur Ihre Söhne und auch Ihr Mann haben sich verändert. Ihr Sohn Bert war damals noch so klein, daß Sie ihn auf dem Arm trugen, und Rolf klammerte sich, als er mich sah — ich hatte damals noch einen Bart —, ängstlich an Ihrem Kleid fest. Es war goldgelb wie ein Sommerfeld mit Sonnenblumen.«
Ich sagte gerührt: »Sogar *daran* erinnern Sie sich noch!«
»Ich habe nichts vergessen«, sagte er. »Auch Hélén, meine liebe Frau, hat Sie niemals vergessen. Wir haben uns oft über Sie unterhalten.«
Er verstummte und blinzelte mit plötzlich feuchten Augen in die hochstehende Sonne. Ich griff nach seiner Hand. »Ich mochte Ihre Frau auch sehr, lieber Monsieur Debussy. Ich habe Ihren Schmerz mitgefühlt. Ich hoffe, Ihre Kinder kümmern sich um Sie, damit Sie nicht so allein sind.«
»Ja, ja«, sagte er. »Wenn sie Zeit haben. Aber es geht ihnen genauso wie Ihren Söhnen und Ihrem Mann.« Er heftete den Blick seiner feuchtschimmernden Augen auf mein Gesicht und sagte: »Sicher werden auch Sie mich bald nicht mehr besuchen. Anfang dieses Monats haben die letzten Bewohner Lavoirs den Ort verlassen. Auch Madame Bossuet und ihr Mann, die im Haus neben Ihnen wohnten und mit denen Sie sich immer besonders gut verstanden und die sich um Ihr Haus gekümmert haben, sind weggezogen. Sie wohnen heute in Villars, etwa vierzig Kilometer entfernt von hier.«
Im ersten Augenblick verstand ich überhaupt nicht, wovon er redete. Ich nahm meine Hand zurück und fragte ungläubig: »Was sagen Sie da?«
Er blickte mich nicht minder ungläubig an. »Sie wissen noch gar nichts davon? Aber das ist doch nicht möglich! Als Madame und Monsieur Bossuet ihr Haus verkauften, sagte man ihnen, Sie seien bereits unterrichtet und hätten ebenfalls ein Angebot erhalten. Den Schlüssel für Ihr Haus haben sie bei mir abgegeben und noch ge-

sagt, sie würden sich sehr freuen, wenn Sie einmal nach Villars kämen und sie besuchten. Sie wußten es wirklich nicht, Madame Kristmann?«
»Es ist das erste, was ich höre«, sagte ich, noch immer meinen Ohren nicht trauend. »Als ich mich im September mit ihnen unterhielt, war keine Rede davon, daß sie Lavoir verlassen wollten.«
»Damals wußten sie auch noch nicht, daß es Probleme mit der Strom- und Wasserversorgung geben würde«, erzählte er. »Auch hat man ihnen für ihr Haus ein so großzügiges Angebot gemacht, daß sie sich in Villars dafür wieder ein Haus kaufen konnten. Als Hélén und ich unser Haus an Sie verkauften und wir uns hier in Bairols niederließen, hatte Lavoir noch etwa fünfhundert Einwohner. Als Sie im September zuletzt hier waren, da waren es nur noch etwas über siebzig. Auch sie haben Lavoir inzwischen alle verlassen, obwohl es den meisten, die ihr ganzes Leben in Lavoir verbracht haben, sicher nicht leichtfiel. Ich war seither nicht mehr oben, weiß also nicht, wie es heute aussieht, aber ohne Strom und Wasser werden auch Sie Ihr Haus nicht länger bewohnen können. Ich verstehe wirklich nicht, wieso Sie noch nichts davon wußten, Madame Kristmann. Es wunderte mich zwar, daß Sie, als Sie eintrafen, nicht sofort darauf zu sprechen kamen, aber ich dachte, Sie seien nur hier, um mir zu sagen, daß auch Sie Ihr Haus verkauft haben und daß dies vielleicht Ihr letzter Besuch bei mir sein wird. Es tut mir leid, daß Sie es von mir erfahren mußten. Sehr leid.«
Je länger ich ihm zuhörte und je mehr ich erfuhr, desto verständnis- und fassungsloser reagierte ich. Ich sagte mit vor Empörung heiserer Stimme: »Aber das kann man doch nicht einfach machen! Ich verstehe auch nicht, wer welches Interesse ausgerechnet an den noch bewohnten Häusern haben kann. Es gab doch genug unbewohnte, die man wieder hätte restaurieren können.«
Er griff nach der Flasche, füllte zuerst mein Glas nach und dann sein eigenes, goß noch Wasser hinzu und sagte: »Auch die unbewohnten — und das waren im Oktober, als diese Sache anfing, fast drei Viertel aller Häuser — wurden durch zwei Anwälte aus Digne aufgekauft, die sämtliche ehemaligen Bewohner oder, falls sie nicht mehr lebten, deren Verwandten aufsuchten. Da diese gar nicht mehr damit gerechnet hatten, daß sich für ihre leeren Häuser, die zum größten Teil kaum mehr bewohnbar sind, noch jemand finden würde, der sich dafür interessiert, waren sie froh, für den Verkauf noch zehn- oder zwanzigtausend Francs zu erhalten. Da in Lavoir

bekannt gemacht wurde, daß auch die noch bewohnten Häuser ab ersten April völlig ohne Strom und Wasser sein werden, blieb den Leuten nichts anderes übrig, als sich von ihnen zu trennen ...!«
»Aber es hieß doch immer, solange noch Leute in Lavoir wohnten, wäre auch auch die Strom- und Wasserzufuhr gesichert«, warf ich ein.
Er nickte. »Darum ging es ja, Madame Kristmann. Nachdem die meisten ihre Häuser verkauft haben, waren es nicht mehr genügend Einwohner, um ihre Versorgung noch länger zu gewährleisten. Es gab schon bald nach Ihrer Abreise im September vergangenen Jahres Probleme mit der Wasserversorgung. Den Bewohnern wurde gesagt, die von Sarennes nach Lavoir führende Leitung müßte völlig erneuert werden, weil die Rohre undicht geworden und auf dem Weg nach Lavoir immer viel Wasser verlorengegangen sei. Diese Arbeiten würden aber mindestens ein Jahr in Anspruch nehmen und kämen, gemessen an den wenigen noch verbliebenen Einwohnern, auch viel zu teuer. Mit der Elektrizitätsversorgung verhielt es sich ähnlich. Auch hier müßten neue Masten aufgestellt und die Leitungen erneuert werden. Im Januar saßen die Bewohner oft tagelang ohne Strom in ihren Häusern. Ob es tatsächlich echte Störungen waren oder ob man in Sarennes ein wenig nachgeholfen hat, damit die Leute das Angebot der Anwälte aus Digne annahmen: Wer soll das schon wissen außer jenen, die es wissen müssen? Ich weiß es jedenfalls nicht, und Madame und Monsieur Bossuet wußten es auch nicht. Sie wußten auch nicht, zu welchem Zweck die Häuser aufgekauft wurden.«
»Aber das wäre ja eine ganz gemeine und abgekartete Sache«, rief ich aus. »Weiß man wenigstens, wer dahintersteckt?«
»Nein. Die beiden Anwälte schwiegen sich darüber aus, und die Gemeindeverwaltung in Sarennes, von der Strom und Wasser seit Jahrzehnten geliefert wurden, berief sich auf eine Anordnung der Präfektur, die Versorgung von Lavoir aus wirtschaftlichen Gründen ab ersten April dieses Jahres einzustellen.«
Mich nur mühsam zu einem ruhigen Ton zwingend, fragte ich: »Sind Ihnen der Name und die Adresse der Anwälte bekannt?«
»Ich habe es leider versäumt, Madame und Monsieur Bossuet danach zu fragen.«
»Und wann genau fing das alles an? Im Oktober, sagten Sie?«
Er dachte mit gefurchter Stirn nach. »Anfang Oktober, wenn ich mich nicht irre. Jedenfalls sehr bald nach Ihrer Abreise. Das kann

ein Zufall gewesen sein. Weniger zufällig erschien es mir, daß schon zwei Wochen nach den ersten Problemen in der Strom- und Wasserversorgung die beiden Anwälte aus Digne nach Lavoir kamen und den Bewohnern ihre Kaufangebote machten. Auch nach Ihnen haben sie sich erkundigt. Sie wußten bereits, daß Sie in Dortmund wohnen. Ich war überzeugt, sie würden sich mit Ihnen in Verbindung setzen. Kann es sein, daß sie, ohne daß Sie es wußten, mit Ihrem Mann sprachen und er noch keine Gelegenheit fand, es Ihnen zu erzählen?«

Ich verstand sofort, wie er das meinte, aber das hielt ich auch dann für ausgeschlossen, wenn ich berücksichtigte, daß Klaus sicher nichts dagegen haben würde, nicht länger mehr nach immer neuen Vorwänden suchen zu müssen, mich allein nach Lavoir fahren zu lassen. Schon bei früheren Gelegenheiten, und auch bei unserem letzten gemeinsamen Aufenthalt in Lavoir, lag er mir in den Ohren damit, einmal ernsthaft darüber nachzudenken, ob sich das Haus für uns noch lohnte. Ich ließ ihn nicht im Zweifel darüber, daß dies für mich kein Thema sei.

Ich sagte: »Das ist ausgeschlossen, Monsieur Debussy. Er hätte mich nicht hierher fahren lassen, ohne es mir zu sagen.«

Er blickte mich forschend an. »Als Sie sich im September von mir verabschiedeten, schien es mir, als sei es zwischen Ihnen und ihm zu einer Verstimmung gekommen. Vielleicht habe ich mich aber auch getäuscht.«

»Sie haben sich nicht getäuscht. Ich wollte noch einige Tage bleiben; er nicht. Es ist ein reiner Glücksfall, daß ich jetzt hier bin und von dieser Sache erfahre. Ich hatte ursprünglich vor, erst zu Ostern wieder nach Lavoir zu kommen. Mein Mann möchte die Feiertage aber in Rom verbringen. Wäre ich nicht jetzt gefahren, so hätte ich frühestens in vier oder sechs Wochen wieder hier sein können. Ihr ehemaliges Haus bedeutet mir mehr, als ich Ihnen erklären kann, Monsieur Debussy. Ist Ihnen bekannt, woher die Einwohner früher ihr Wasser bezogen? Ich erinnere mich, daß Sie mir einmal erzählten, Lavoir sei schon über achthundert Jahre alt. Die Pumpstation in Sarennes für das Wasser und die Wasserleitung mit dem Wasserspeicher wurden doch erst um die Jahrhundertwende gebaut? Woher bekam der Ort früher sein Wasser?«

»Aus tiefen Brunnen. Vielleicht habe ich Ihnen nicht erzählt, daß die Berge hier einstmals dicht bewaldet waren. Die Wälder wurden bis auf kleine Reste abgeholzt. Wo kein Wald mehr ist, da gibt es auch kein Wasser. Als ich in Lavoir noch Unterricht gab, machte ich mich mit den Schülern oft auf die Suche nach alten Brunnen. Zwei haben wir entdeckt. Sie waren aber bis tief in die Erde hinein von Sonne und Hitze ausgetrocknet. — Wenn ich Ihnen meine persönliche Meinung sagen darf, Madame Kristmann: Falls Sie das Haus weiterhin bewohnen wollen, sehe ich für Sie ein noch viel größeres Problem als ohne Wasser und Strom zu sein.«

»Und das wäre?«

Er trank wieder sein Glas leer, wischte ein vom Wind verwehtes welkes Olivenblatt von der weißen Tischdecke, die er meinetwegen aufgelegt hatte, und sagte: »Man wird Sie, fürchte ich, da oben nicht dulden. Wer immer auch hinter dem Kauf der Häuser steckt, legt keinen Wert darauf, Lavoir mit anderen Bewohnern zu teilen.«

Ich blickte ihn verständnislos an. Dann kam mir ein Einfall: »Sie denken doch nicht etwa an Leute, die gerne unter sich sein wollen? Die wären doch auch auf Strom und Wasser angewiesen.«

»Es sollen ja auch irgendwann neue Leitungen gelegt werden«, sagte er. »Ich weiß auch nicht, an wen Sie denken, wenn Sie von Leuten reden, die gerne unter sich sein wollen. Doch nicht an Nudisten?«

»Warum nicht? In Lavoir wären sie völlig ungestört und könnten sich Tag und Nacht in und außerhalb der Häuser unbelästigt von neugierigen Blicken bewegen. Vielleicht steckt ein großes Reiseunternehmen dahinter, das sich ...«

Er unterbrach mich lächelnd: »Ich weiß nicht, ob ausgerechnet Lavoir der richtige Ort für so etwas wäre. Ich erinnere mich noch sehr gut, wie kühl die Nächte selbst im Sommer sein können, und Sie müßten es auch schon oft genug selbst erfahren haben. Was ich mir vorstellen könnte, hat mit ganz anderen Dingen zu tun. Mit militärischen, zum Beispiel.«

»Nein!« sagte ich betroffen.

»Das ist nur eine Vermutung«, beruhigte er mich. »Für die Soldaten unserer Gebirgsbrigade, die früher sehr oft zu Manövern auch nach Sarennes kamen, könnte sich ein Ort wie Lavoir sogar möglicherweise als Garnison anbieten, aber wie gesagt, das ist nur eine Vermutung.«

Sie leuchtete mir nicht ein. Ich sagte: »Aber lieber Monsieur Debussy, haben Sie schon einmal gehört, daß sich das Militär, wenn es etwas haben will, ziviler Anwälte bedient?«

»Zur Tarnung«, gab er zu bedenken und schüttelte den Kopf.

Ich fragte: »Sie glauben selbst nicht daran?«
»Die Kirche und die ehemalige Schule eingeschlossen, besteht Lavoir aus zweihundertvierzehn Häusern«, sagte er. »Monsieur und Madame Bossuet erhielten für ihr Haus dreihunderttausend Francs. Auch wenn die Eigentümer und Erben der unbewohnten Häuser, je nach deren Zustand, nur zehn- oder zwanzigtausend erhielten, so kam doch eine sehr große Summe zusammen.«
»Eine neue Kaserne käme vielleicht noch teurer«, sagte ich, nun selbst von Zweifeln geplagt. Auf meinen vielen Fahrten von Bairols nach Lavoir waren mir schon öfter Militärkolonnen begegnet. Eine Garnison in Lavoir würde ihnen den langen und zeitraubenden Anmarsch zu ihren alpinen Manövern ersparen und sie in einer Landschaft ansiedeln, wie man sie sich für eine Gebirgsbrigade geeigneter nicht wünschen könnte. Aber wieder war es Monsieur Debussy, der meine Befürchtungen und damit auch seine eigene Hypothese in Frage stellte; er sagte: »Es ginge schon wegen der Straße nicht. Sie müßten für ihr Kriegsgerät eine völlig neue bauen, und die käme allein schon viel teurer als eine Kaserne.«
Damit hatte er sicher nicht unrecht, denn die Straße nach Lavoir war so schmal, daß sie kaum Platz zum Überholen bot. Auf den letzten Kilometern führte sie durch eine wilde Gebirgslandschaft und vorbei an schwindelerregenden Abgründen. Sie auch einmal selbst am Lenkrad eines Wagens zu fahren, hatte ich mich erst überwinden können, nachdem ich sie mit Klaus als geübtem Chauffeur schon ein gutes dutzendmal mit heiler Haut überstanden hatte.
Das Geräusch eines die Straße aus dem Olivenhain heraufkommenden Mopeds, das sich in der friedlichen Stille der Bergwelt wie ein Hornissenschwarm in einer Kirche anhörte, lenkte mich ab. Debussy sagte: »Das wird Agnes sein. Sie kommt nur Ihretwegen. Sie will Ihnen guten Tag sagen. Ich habe ihr erzählt, daß ich Sie heute nachmittag erwarte.«
Seine Mitteilung verwunderte mich. Agnes war die Tochter seines ältesten Sohns, der sich für den früheren Beruf seines Vaters entschieden hatte und im etwa dreißig Kilometer entfernten Théniers an einer Grundschule unterrichtete. Ich hatte sie bisher immer nur zufällig bei ihrem Großvater angetroffen, ein merkwürdig verschlossenes, eher unscheinbares Mädchen, das ich mir schon deshalb nicht zur Tochter gewünscht hätte, weil ich von ihrem Großvater wußte, daß ihre Eltern ständig Probleme mit ihr hatten. Nicht

nur weigerte sie sich, nach bestandenem Abitur einen Beruf zu erlernen oder ein Studium ins Auge zu fassen. Sie blieb oft tagelang verschwunden, ohne bei ihrer Rückkehr Auskunft zu geben, wo sie sich herumgetrieben hatte, und wenn sie zu Hause war, schloß sie sich oft in ihrem Zimmer ein. Von ihrem Großvater wußte ich auch, daß sie bereits neunzehn war, obwohl sie eher jünger aussah. Ihr Vater mußte genauso jung geheiratet haben wie ihr Großvater, der mir einmal gestanden hatte, ihm sei bei Hélén schon Vaterglück beschert gewesen, als er noch nicht einmal wußte, ob er Lehrer oder lieber Offizier werden wollte. Ohne die finanzielle Unterstützung seiner Eltern und die Mitgift seiner Schwiegereltern wäre er vielleicht Offizier statt Lehrer geworden. Zu seinem Glück, wie sich später herausstellte, wurde er Lehrer. Blieb ihm dadurch im letzten Krieg gegen die Deutschen eine Einberufung zum Frontdienst doch erspart.
Gleich darauf sah ich Agnes aus dem Haus kommen. Bei meinem Anblick verhielt sie kurz den Schritt, näherte sich dann aber rasch und reichte mir die Hand. Ich hatte sie seit über einem Jahre nicht mehr gesehen und fand, daß sie sich kaum verändert hatte. Überschlank, fast mager, mit einem blassen Gesicht, vielen Sommersprossen und mit in die Stirn fallendem, schulterlangem Haar, das einmal ihr linkes und dann wieder ihr rechtes Auge verdeckte, bevorzugte sie noch immer abgewetzte Jeans und enge, schwarze Pullis, unter denen sich ihre, für ihr Alter auffallend kleinen Brüste, um so deutlicher abhoben. Über Ihre Einstellung zu mir hatte ich mir nie schlüssig werden können. Ob sich hinter ihrer penetranten Art, mich unentwegt anzustarren, Geringschätzung über meinen bürgerlichen Habitus oder ein persönliches Interesse verbarg, blieb meiner Phantasie überlassen. Wie ihr Großvater sprach auch sie recht gut Deutsch. Da ich Französisch schon in der Schule gelernt und meine Kenntnisse in den zurückliegenden zwanzig Jahren ständig erweitert hatte, unterhielten wir uns aber fast immer in ihrer Sprache. Sie ging noch einmal ins Haus, kehrte mit einem Glas zurück und bediente sich, das Glas zur Hälfte mit Pastis und dann aus einer Karaffe bis fast zum Rand mit Eiswasser füllend. Bevor sie bei uns Platz nahm, trank sie einen Schluck und ließ sich dann neben mir nieder, wobei sie mir auf der Bank so nahe kam, daß ihr Schenkel den meinen berührte und ich die Wärme ihres Körpers durch mein Kleid fühlte. Ob sie sich nichts dabei dachte oder die Berührung suchte, beantwortete ich mir selbst, indem ich ein klei-

nes Stück von ihr abrückte, worauf sie mir augenblicklich nachkam und die Berührung wieder herstellte. Ich blickte von der Seite belustigt in ihr schmales Gesicht, von dem auch jetzt wegen ihres langen, aschblonden Haars nur die Hälfte zu sehen war, und sagte: »Dein Großvater erzählte mir, du seist nur meinetwegen hier, um mir guten Tag zu sagen, Agnes. Wie geht es dir?«
»Gut«, sagte sie. »Und Ihnen, Madame?«
»Auch gut«, antwortete ich.
Debussy sagte: »Sie ist nicht nur hier, um Ihnen guten Tag zu sagen, Madame Kristmann. Vielleicht können Sie heute abend in Lavoir ihre Hilfe brauchen. Ohne Strom nützt Ihnen die schönste und teuerste Fußbodenheizung nichts. Sie werden auf unseren alten Kachelofen in der Diele und auf Ihren offenen Kamin im Wohnraum angewiesen sein. Haben Sie noch genügend Brennholz im Haus?«
Ich nickte. »Wir haben den Kamin in den letzten Jahren nur noch selten benutzt. Haben Sie zufällig einige Kerzen hier, die Sie bis morgen nachmittag, wenn ich in Sarennes einkaufen war, entbehren können?«
Er stand auf und ging ins Haus. Mir fiel auf, daß er sein rechtes Bein nachzog. Neben mir sagte Agnes: »Er ist vor einigen Wochen von einer Leiter gefallen, als er am Dach etwas ausbessern wollte. Er sollte in seinem Alter nicht mehr auf eine Leiter steigen.«
»Vielleicht sollte er auch nicht mehr hier, sondern bei seinen Kindern wohnen«, sagte ich.
Sie nahm eine zerdrückte Zigarettenschachtel aus einer Tasche ihrer Jeans, zündete sich eine Zigarette an, stieß den Rauch durch die Nase und wandte mir das Gesicht zu. »Das sagen Sie *ihm* und nicht mir. Meine Eltern haben ihn schon hundertmal aufgefordert, sein Haus hier aufzugeben und bei ihnen zu wohnen. Er will sich nicht von ihm trennen. Werden *Sie* sich von Ihrem Haus trennen?«
Ihre Frage kam überraschend für mich. »Du weißt von dieser Sache?«
»Auch meine Eltern wissen davon. Werden Sie das Haus verkaufen?«
»Nein«, sagte ich. »Das konnten sie mit den anderen Bewohnern machen. Nicht mit mir.«
Meine Antwort schien sie irgendwie zu befriedigen; sie sagte: »Meine Eltern meinen, daß Sie keine andere Wahl haben, als zu verkaufen.«
Es war das erste Mal, daß ich Gelegenheit hatte, mich mit ihr zu

unterhalten. In Klaus' Gegenwart hatte sich ein Gespräch mit ihr nie ergeben, und wenn ich ohne ihn nach Bairols kam, hatte ich sie nie angetroffen. Ich fragte: »Ist das auch deine Meinung?«
»Ich wollte *Ihre* Meinung dazu hören«, sagte sie. »Wenn ich *Sie* wäre, würde ich heute nicht mehr hinauffahren. Bis Sie oben sind, wird es bald dunkel. Ganz allein in dem leeren Dorf! Ich weiß nicht, ob das gut wäre.«
Daran hatte ich in meiner Empörung noch gar nicht gedacht. Ich konnte mir nicht einmal sicher sein, ob ich das Haus noch so vorfinden würde, wie wir es nach unserem letzten Aufenthalt zurückgelassen hatten. Es war zwar durch eine stabile Tür und Alu-Rollläden an sämtlichen Fenstern gegen unwillkommene Besucher gesichert, aber seit der Ort nicht mehr bewohnt war und niemand es hören würde, wenn jemand sich mit dem richtigen Werkzeug daran zu schaffen machte, wären sie kein unüberwindliches Hindernis. Ich fragte: »Was meinte dein Großvater damit, als er sagte, ich könnte vielleicht deine Hilfe brauchen? Daß du mit mir nach Lavoir fährst?«
»Wollen Sie es?«
Es wäre mir lieber gewesen, sie hätte diese Entscheidung nicht davon abhängig gemacht, ob ich es wollte. Der Einsicht, unter den gegebenen Umständen besser nicht allein nach Lavoir zu fahren, standen Vorbehalte gegenüber, die ihre Wurzeln nicht allein in meiner Kenntnis ihres undurchsichtigen Lebenswandels hatten. Ebenso schwer wog die Ungewißheit über ihre Einschätzung meiner Person. Wenn sie es mit der von ihnen verachteten Bourgeoisie zu tun hatten, konnten Mädchen wie sie sehr unberechenbar und intolerant sein. Für Agnes mußte allein schon der Umstand, daß ich einen Mercedes fuhr, als ausreichendes Indiz erscheinen, auch mich der Bourgeoisie zuzuordnen.
Weil ich mir nicht schlüssig werden konnte, was besser war und was nicht, drehte ich den Spieß kurzerhand um und sagte: »Ich komme auch allein zurecht. Wenn du trotzdem mitfahren willst, werde ich dich nicht daran hindern.«
Viel schwerer konnte ich es ihr eigentlich kaum mehr machen. Sie sagte auch nur: »Ich habe nicht vor, mich aufzudrängen.«
»So habe ich es auch nicht empfunden«, sagte ich unter dem Eindruck, sie ohne plausiblen Grund gekränkt zu haben. Daß ich Vorbehalte gegen sie hatte, war subjektiv und völlig ungeeignet, plausibel zu sein. Ob meine Antwort sie besänftigte, blieb vorläufig in

der Schwebe; Debussys Rückkehr setzte unserem Gespräch ein Ende. Der große Karton, den er vor sich hertrug, schien schwer zu sein. Er setzte ihn auf dem Tisch neben der Flasche und der Karaffe ab und ließ mich einen Blick hineinwerfen. Soweit ich es beurteilen konnte, handelte es sich um mehrere, in ihre einzelnen Bestandteile zerlegte Petroleumlampen älterer Bauart. Er sagte: »Agnes weiß, wie man damit umgeht. Sie stammen aus der Zeit, als es in Lavoir bei jedem Gewitter regelmäßig zu Stromausfall kam. — Ich meine aber immer noch, Sie täten besser daran, meine Einladung zum Abendessen anzunehmen und die Nacht in Sarennes zu verbringen. In der *Auberge Bressane* wären Sie gut ...«
»Ich kenne das Hotel«, warf ich ein. »Sehen Sie es mir bitte nach, daß ich nach allem, was Sie mir erzählt haben, nicht bis morgen früh warten will, um mir Gewißheit zu verschaffen, wie es in Lavoir aussieht und ob mit dem Haus noch alles in Ordnung ist. Ich würde sonst heute Nacht vor Unruhe vielleicht kein Auge zutun. Ich habe unterwegs gut zu Mittag gegessen. Was ich für heute abend und morgen zum Frühstück brauche, habe ich mitgebracht.«
»Ohne Wasser werden Sie sich nicht einmal eine Tasse Tee oder Kaffee zubereiten können«, gab er zu bedenken. »Ich könnte Ihnen auch noch einen Kanister mit Wasser mitgeben.«
Agnes sagte: »In Ihrem Kamin könnten wir es heiß machen. Oder geht das nicht?«
Darüber, daß ich auf ihre Hilfe angewiesen war, bedurfte es jetzt keines langen Nachdenkens mehr. Und daß sie ihre Entscheidung auch gegen meine Vorbehalte getroffen hatte, löste nun Erleichterung in mir aus. Ich sagte: »Wenn Feuer im Kamin war, hatten wir immer einen Teekessel mit heißem Wasser auf dem Grill-Rost stehen.«
Zu Debussy, der noch mit den Lampen beschäftigt war, sagte ich: »Auf die *Auberge Bressane* werde ich morgen zurückkommen und mir, solange ich hier bin, ein Zimmer nehmen. Auch Ihre Einladung zum Abendessen ist nicht vergessen. Ich werde mich rechtzeitig anmelden. Nur heute abend müssen Sie mich entschuldigen.«
»Und wenn Sie sich waschen oder baden wollen, werden Sie nach Sarennes in Ihr Hotelzimmer fahren«, sagte Agnes. »Das ist eine gute Idee.«
Zum erstenmal, so schien es mir, klang eine leise Anerkennung aus ihrer Stimme. Zu ihrem Großvater sagte sie: »Ich fahre mit ihr; sie hat mich eingeladen. Rufe zu Hause an und sag Bescheid. Wenn ich mit ihnen rede, sind sie sicher dagegen.«

»Du sprichst von deinen Eltern?« fragte ich.
Sie nickte. »Sie haben gegen alles, was ich tue, etwas einzuwenden. Wenn er sie anruft, gibt es keine lange Diskussion. Meine Mutter sah mich mit dem Moped wegfahren. Wenn ich nichts von mir hören lasse, denkt sie, ich hätte einen Unfall gehabt.«
»Du läßt auch sonst nichts von dir hören, wenn du dich tagelang nicht bei ihnen sehen läßt«, sagte Debussy und ging wieder ins Haus. Agnes rief ihm nach: »Sag ihnen, daß es länger dauern kann.«
»Fährst du schon lange Moped?« fragte ich.
»Seit ich eins habe«, sagte sie. »Wieso duzen Sie mich eigentlich?«
Das war weniger unbegründet gefragt, als es sich anhörte, aber da ich sie schon immer geduzt hatte, war es mir haftengeblieben. Bisher hatte sie auch noch nie Anstoß daran genommen. Ich sagte: »Eine dumme Angewohnheit. Wenn du es willst, werde ich mich dafür entschuldigen.«
»Es stört mich nicht, wenn auch ich Sie duzen darf«, sagte sie. »Wie wollen Sie es haben?«
Vielleicht hatte ich sie unterschätzt. Ihre geschickte Art, den Ball jedesmal an mich zurückzugeben, beeindruckte mich. Ich sagte: »Du bist hier zu Hause; ich nicht. Ich richte mich nach dir, aber sag nicht wieder *Tante Monika* zu mir, wie du es früher manchmal getan hast.«
»Habe ich das?« fragte sie.
Der merkwürdige Ausdruck in ihren graublauen Augen beschäftigte mich noch, als ihr Großvater ihren Namen rief. Er stand an der Haustür und sagte ihr, daß ihre Mutter sie sprechen wolle. Sehr groß schien auch sein Einfluß auf sie nicht zu sein, denn er nahm ihre Antwort, er möge ihr sagen, sie sei bereits auf dem Weg nach Lavoir, ohne Widerspruch entgegen und verschwand wieder im Haus. Ich sagte: »Wenn ich deine Mutter wäre: Mit mir könntest du das nicht machen.«
Sie lächelte. »Ich sehe da keinen Unterschied, aber es ist mir lieber, du bist nicht meine Mutter. Was stört dich an mir? Daß ich oft tagelang bei meinem Freund bin und meinen Eltern vorher nichts davon erzähle? Anders kann ich es ihnen nicht abgewöhnen, mir vorschreiben zu wollen, was ich tun und was ich lassen soll. Ich will nicht so werden wie sie.«
»Und wie willst du werden?«
Sie erwiderte meinen Blick. »Warum interessiert es dich?«

Nach meinen jüngsten Erfahrungen hielt ich es für angezeigt, das Thema abzuschließen; ich sagte: »Du hast davon angefangen. Nicht ich. Mich interessieren im Augenblick ganz andere Dinge.«
Ihr Großvater kehrte zurück und übergab mir den Schlüssel für mein Haus, den Madame und Monsieur Bossuet bei ihm abgegeben hatten. Er hatte gleich zwei Kanister mit Wasser gefüllt und sie auch bereits im Mercedes untergebracht. Seine Frage, ob ich noch rasch Klaus anrufen und ihn von meinem glücklichen Eintreffen verständigen wolle, verneinte ich. Nach allem, was zuletzt geschehen war, würde er, was ich berichten könnte, nur zum Anlaß nehmen, mich zur sofortigen Heimkehr aufzufordern, und danach stand mir jetzt noch weniger der Sinn als zuvor.
Ich trank mein Glas leer und antwortete: »Zuerst möchte ich wissen, wie es in Lavoir aussieht.«
Agnes fragte: »Warum kam er nicht mit dir? Das ist schon das dritte oder vierte Mal, daß du ohne ihn hier bist. Versteht ihr euch nicht mehr?«
Ich blickte Debussy an. Er lächelte entschuldigend. »Das hat sie nicht von mir. Ihre Eltern fragen jedesmal nach Ihnen, wenn sie mich besuchen. Ich habe ihnen gesagt, daß er sehr beschäftigt ist.«
»Er ist nicht der einzige Mann, der sehr beschäftigt ist«, sagte ich und stand auf. Zu Agnes sagte ich: »Es sind noch keine sieben Monate her, seit wir zusammen hier waren. Willst du sonst noch etwas wissen?«
Sie lächelte. »Das hatte ich vergessen. Tut mir leid.«
»Dann halte künftig deinen vorlauten Mund«, sagte Debussy. »Wie kommst du mir überhaupt vor, Madame Kristmann plötzlich zu duzen?«
»Ich duze sie auch«, sagte ich rasch. »Wir haben uns darauf geeinigt.«
»Hoffentlich tut es Ihnen nicht leid«, sagte er und griff nach dem Karton mit den Lampen. Während wir zum Wagen gingen, legte Agnes eine Hand auf meinen Arm und sagte: »Ich habe es nicht so gemeint. Wenn du in Lavoir Probleme hast, kann mein Freund dir vielleicht helfen.«
»Wirst du ihn heiraten?«
»Das weiß ich noch nicht.«
»Sie weiß nie, was sie will«, sagte Debussy, der, den Karton tragend, unser Gespräch mithörte. »Sie wird sich noch unglücklich machen, und ihre Eltern mit dazu.«

Sie nahm ihm den Karton ab und sagte: »Er ist zu schwer für dich. Paß lieber auf *dich* auf. Um mich brauchst du dir keine Sorgen zu machen.« Zu mir sagte sie: »Er spricht so oft von Ihnen, daß Madame Bertrand ihm empfohlen hat, sich ein Foto von Ihnen über das Bett zu hängen.«
Ich kannte Madame Bertrand nur flüchtig. Sie wohnte in seiner Nachbarschaft und kümmerte sich seit dem Tod seiner Frau um sein Essen und den Haushalt. Ich blickte Debussy an und sah, daß er lächelte. Er sagte: »Wenn ich alter Mann oft von Ihnen rede, so ist das nicht ungewöhnlich.«
Es war weniger sein Lächeln als sein Ton, der mich stutzen ließ. Dann fiel mir auf, daß Agnes' zuvor blasses Gesicht etwas gerötet war. Als unsere Blicke sich begegneten, schlug sie die Augen nieder. Den Karton mit den Lampen brachten wir im Fond unter. Einen kleinen Kanister mit Öl für die Lampen hatte Debussy bereits mit den Wasserkanistern zu meinem Gepäck in den Kofferraum gestellt. Agnes, die ihr Moped hinter das Haus in den Garten gefahren hatte, kam mit einer kleinen Segeltuchtasche zum Wagen. Meinen Blick richtig deutend, sagte sie: »Ich schlafe nicht gern in fremden Sachen. Diese Tasche habe ich immer an meinem Moped.«
»Damit du kurzfristig verreisen kannst«, sagte ich. »Ich habe dich nicht nach deiner Tasche gefragt.«
»Deine Augen haben es getan«, sagte sie und küßte Debussy auf die Wange. Sie saß schon im Wagen, als ich mich von ihrem Großvater verabschiedete. Er sagte: »Haben Sie Nachsicht mit ihr, Madame Kristmann. Solange sie bei Ihnen ist, brauche ich mir ihretwegen keine Sorgen zu machen. Von meinen Enkelkindern ist sie mir das liebste, obwohl die anderen es weit mehr verdienten.«
»Vielleicht gerade deshalb«, sagte ich und reichte ihm die Hand. Im Rückspiegel sah ich ihn noch vor seinem Haus stehen und uns nachwinken, bis ich ihn in der nächsten Kurve aus den Augen verlor.

Von Bairols nach Lavoir fuhr man etwa vierzig Minuten. Hinter Bairols folgte die Straße einige Kilometer auf der Talsohle einem Gebirgsbach mit kristallklarem Wasser. Dann kletterte sie in verwegenen Serpentinen immer steiler zu einer von himmelhohen Felskuppen flankierten Paßhöhe hinauf, um dann ebenso steil in ein neues Tal zu münden, das sich dort, wo Sarennes lag, zu einem kleinen Talkessel erweiterte. Um nach Lavoir zu kommen, mußte man die

Straße schon vor Sarennes verlassen. An einer Stelle, die man nur bemerkte, wenn man ein Auge darauf hatte, zweigte die schmale Zufahrt nach Lavoir von der Straße ab. Noch heute konnte es mir bei Dunkelheit passieren, daß ich sie übersah und bis nach Sarennes weiterfahren mußte, weil die Straße zum Wenden zu unübersichtlich und kurvenreich war.

Bis wir die Paßhöhe erreichten, wurde zwischen Agnes und mir kaum gesprochen. Die Straße mit ihren engen Kurven erforderte meine ganze Aufmerksamkeit. Zum Glück war sie wie immer kaum befahren. Auf der Fahrt zur Paßhöhe begegnete uns nur ein einziger, aus Sarennes kommender Wagen. Auf der Paßhöhe, von wo auch eine Straße nach Valberg führte, lag ein kleiner Parkplatz mit einem weiten Blick auf das Panorama der Alpen, die nach Norden zur italienischen Grenze immer höher wurden, aber nur noch auf ihren Gipfeln Schnee trugen, während er sonst um diese Jahreszeit oft noch bis in die Täler lag. Auch Lavoir war von hier aus zu sehen, und jeder, der es sah, dem verschlug es genauso den Atem wie Klaus und mir, als wir auf einer Spazierfahrt durch die Seealpen erstmals auf dieser Paßhöhe gestanden und uns auf Anhieb in Lavoir verliebt hatten. Auf dem fast topfebenen Plateau eines Berges namens *le Pézou* gelegen, der mit seinen annähernd siebenhundert Metern und seinen steil ansteigenden Flanken aus der Ferne einer geköpften Pyramide glich, bot es mit seinen eng stehenden, von einem viereckigen Kirchturm und einem felsigen Höcker überragten Häusern oberhalb einer an der Nordwestseite des Berges senkrecht abfallenden Felswand jedesmal aufs neue einen geradezu überwältigenden Anblick. Vor allem von der Paßhöhe aus gesehen erschien es beinahe unvorstellbar, Lavoir auch mit einem Fahrzeug zu erreichen. Die auf das Plateau des *le Pézou* und zu den Häusern führende Straße näherte sich ihnen von der anderen Seite des Berges, die von der Paßhöhe aus nicht einzusehen war.

Weil der Anblick auch diesmal wieder in mir den Wunsch nach einem kurzen Verweilen weckte, fuhr ich auf den kleinen Parkplatz, griff nach meiner Handtasche und zündete mir eine Zigarette an. Neben mir sagte Agnes: »Ich verstehe nicht, was die alten Leute, die zuletzt in Lavoir wohnten, dort noch festhielt. Die meisten hatten irgendwo Kinder oder andere Verwandte, die sie bei sich aufgenommen hätten. Bei meinem Großvater war das anders. Er wurde als junger Lehrer nach Lavoir versetzt. Mein Vater und seine Schwester kamen dort zur Welt.«

»Dann gingen sie auch zu ihrem Vater in die Schule?«
»Vielleicht erinnern sie sich deshalb noch heute gerne daran«, sagte sie. »Das Gymnasium besuchten sie in Digne. Sie waren jeden Morgen zwei Stunden mit einem Kleinbus unterwegs. Zurück kamen sie immer erst am späten Abend. Ihr Essen nahmen sie von zu Hause mit. In Digne lernte meine Tante ihren zukünftigen Mann kennen. Sie heirateten schon kurze Zeit nach ihrem Abitur und leben noch heute dort. Ihr Bruder, mein Vater, lernte seine Frau in Grenoble kennen, wo er studierte. Nach seinem Examen wurde er an eine Grundschule nach Théniers versetzt.«
»Wo du geboren wurdest und bei ihm in die Schule gingst wie er bei deinem Großvater?«
Sie schüttelte den Kopf. »Eher hätte ich mich an eine andere Schule versetzen lassen. Meine jüngere Schwester hatte ein Jahr lang Geographieunterricht bei ihm.«
»Wie alt ist sie?«
»Sie war nicht mehr vorgesehen und kam erst sechs Jahre nach mir zur Welt. Meine Eltern wollten nur ein Kind haben. Deine auch? Oder hast du Geschwister?«
»Einen Bruder.«
»Etwas hätte ich gerne gewußt«, sagte sie. »Was dich mit Lavoir so sehr verbindet, daß du das Haus nicht aufgeben willst. Nur Erinnerungen?«
»Nicht nur. Aber du wirst es nicht verstehen.«
»Weil ich zu dumm dafür bin?«
Dies war nun schon die dritte Lektion, die sie mir erteilte, und ich hatte es nicht besser verdient. Ich sagte: »Es hat nichts mit dir zu tun. Ich bin es nur nicht gewohnt, darüber zu reden.«
»Weil du keinen hast, der dir zuhört? Ich höre dir zu.«
»So wichtig ist es auch nicht«, sagte ich. »Seit wir das Haus deiner Großeltern kauften, habe ich in Deutschland sechsmal umziehen und mich jedesmal an eine neue Stadt und an ein neues Heim gewöhnen müssen, weil der Beruf meines Mannes es erforderte. Ich habe in dieser Zeit zuerst meinen Vater und dann meine Mutter verloren. Meine Söhne waren es schon vor fünf Jahren leid, unseren ständigen Wohnsitzwechsel mitzumachen und haben sich eine eigene Wohnung zugelegt. Und auch ich bin heute nicht mehr derselbe Mensch wie damals, was ebenso auf meinen Mann zutrifft.«
»Nur in Lavoir hatte sich nichts oder kaum etwas geändert«, nickte sie. »Doch, das kann ich sogar sehr gut verstehen, auch wenn du es

nicht für wichtig hältst. Lavoir ist ein Stück Vergangenheit, das du dir unversehrt bewahren wolltest. Du willst nicht einsehen, daß es jetzt schon nicht mehr unversehrt ist. Man hat dir dort die letzten Freunde genommen, die bis zum Schluß mit dir in Lavoir ausgeharrt haben, und sie in alle Winde zerstreut. Lavoir wird auch für dich nie mehr so sein, wie es einmal war.«
Ich blickte sie verwundert an.
»Ich weiß, was du von mir denkst«, sagte sie. »Aber du weißt nur das, was mein Großvater von mir weiß, und das ist nicht alles.«
»Ich kenne deine Probleme nicht«, sagte ich. »Du hast doch Probleme?«
»Du nicht?«
»Falls du wieder auf meine Ehe anspielst ...«
»Es gibt auch noch andere«, warf sie ein. »Die mit dem Alter zu tun haben. Vielleicht hilft ein schönes Auto darüber hinweg.«
Das leuchtete mir nun gar nicht ein. Ich fragte: »Du findest mich alt?«
»Ich sprach von Problemen, die mit dem Alter zu tun haben«, erwiderte sie. »Jedes Alter hat seine eigenen. In meinem genauso wie in deinem. Ich, zum Beispiel, weiß nicht, wofür ich lebe. Weißt du es?«
»Wenn ich es nicht wüßte, würde ich tagtäglich von meiner Familie daran erinnert werden.«
»Vielleicht wirst du nicht damit fertig, daß deine Söhne erwachsen sind und dich nicht mehr brauchen«, sagte sie. »Ist es das?«
»So wird es sein.«
»Das ist genau die Antwort, die ich von dir erwartet habe«, sagte sie. »Sie erspart es dir, dich auf ein ernsthaftes Gespräch mit mir einzulassen. Ich weiß nicht, warum ich dich früher immer bewundert habe. Du bist genauso oberflächlich wie meine Mutter.«
»Wenn das so ist, wird es dir jetzt vielleicht leid tun, mit mir gefahren und nicht bei deinem Großvater geblieben zu sein«, sagte ich, eher belustigt als verärgert. »Soll ich dich wieder zu ihm bringen?«
»Nicht nötig«, winkte sie ab. »Ich wollte nur mal sehen, wo bei dir die Schmerzgrenze liegt. Bis jetzt hältst du dich recht gut.«
»Danke«, sagte ich. »Meine Probleme kennst du nun also. Wo liegen die deinen?«
Sie zündete sich gleichfalls eine Zigarette an und sagte dann: »Vielleicht mache ich irgendwann Schluß. Mal sehen.«
»Das ist sehr vernünftig«, sagte ich, meine Betroffenheit hinter Sarkasmus verbergend. »Wenn man nicht weiß, wofür man lebt,

nimmt man den anderen, die es noch wissen, nur unnötig den knapp gewordenen Lebensraum weg. Wie wirst du dich umbringen? Mit Zyankali?«

»Das haben wir hier nicht nötig«, sagte sie. »Wir klettern auf einen Felsen und springen hinunter.«

Ich fragte: »Was willst du? Dich interessant machen?«

Sie lächelte.

Ich griff nach ihrer Zigarette, roch daran und sagte: »Es scheint nicht das zu sein, was man bei dir, wenn man dich reden hört, erwarten könnte. Wie hält es dein Freund damit?«

»Der ist auch sauber«, sagte sie. »In seinem Beruf kann er keinen Stoff brauchen. Außerdem ist er verheiratet. Er hat aber eine gemütliche Wochenendhütte, wo wir uns treffen und wo ich mich, wenn ich Lust habe, unter der Woche aufhalten kann. Das wissen meine Eltern und mein Großvater nicht. Sie könnten es jetzt nur von dir erfahren.«

»Dann willst du dich umbringen, weil dein Freund verheiratet ist?«

»Das wäre doch zu stupid«, sagte sie. »Schließlich ist es nicht meine Schuld, daß er verheiratet ist. Er langweilt mich genauso wie alle Männer, aber seine Wochenendhütte gefällt mir.«

Ich gab ihr die Zigarette zurück. »Weil du dich jederzeit dorthin von deiner Familie absetzen kannst?«

»Du hast es erraten. Findest du mich jetzt interessant?«

Ich sagte: »Mädchen wie dich gibt es viele. Interessant ist immer nur das Singuläre.«

»Dann werde ich dich nicht länger beeindrucken wollen«, sagte sie.

»Wie wird man so wie du? Liegt es an der Erziehung?«

»So schrecklich bürgerlich? Oder wovon redest du?«

Sie betrachtete einen Ring an meinem Finger. »Ein Geschenk deines Mannes?«

»Irrtum. Habe ich mir selbst geschenkt.«

»Er gefällt mir«, sagte sie. »Ist aber kein Ehering. Meine Frage war nicht abwertend gemeint. Du wirkst selbstbewußt, ohne arrogant zu sein. Bei den meisten Frauen, die solche Autos fahren wie du, ist es genau umgekehrt. Sie ersetzen fehlendes Selbstbewußtsein durch Arroganz. Lag es bei dir an deiner Erziehung?«

Allmählich fand ich nun doch Gefallen an unserem Gespräch. Ich beobachtete, wie die Sonne sich den verschneiten Berggipfeln zuneigte und die Silhouetten der ziegelgedeckten Häuser von Lavoir mit ihren überwiegend leeren Fensterhöhlen in ein goldfarbenes

Licht tauchte. Ich sagte: »Man ist nicht nur das, was andere aus einem machen.«
Sie nickte. »Zugegeben. Aber du wärst nicht das, was und wie du bist, ohne so auszusehen, wie du aussiehst. Schau mich an. Stell dir vor, dein Mann wäre mir begegnet, bevor er dich kennenlernte. Er hätte mich nicht einmal beachtet. Er hat mich auch nie beachtet, wenn wir uns einmal im Haus meines Großvaters begegnet ...«
»Aber das lag doch an deinem Alter und nicht an deinem Aussehen«, unterbrach ich sie.
Sie blies mir den Rauch ihrer Zigarette ins Gesicht und sagte: »Pardon, aber wir unterhalten uns über mein Aussehen und nicht über mein Alter. In dich hat er sich verliebt. Erzähle mir nicht, er hätte sich auch in mich verlieben können. Als du ihn kennenlerntest, kannst du nicht viel älter gewesen sein als ich heute. Würdest du mit mir tauschen? Meine Jugend gegen dein Selbstbewußtsein und dein Aussehen?«
»Auf keinen Fall«, sagte ich. »Ich bin froh, dies alles hinter mir zu haben.«
»Dies alles«, sagte sie. »Mit zwei Schwangerschaften. Bei deinem schmalen Becken war es sicher nicht leicht, Kinder zur Welt zu bringen. Später gingen sie ihre eigenen Wege. Dein Mann vielleicht auch schon, sonst wärst du nicht ohne ihn gekommen. Auch ich möchte nicht mit dir tauschen, obwohl mir meine Jugend nichts bedeutet. Bist du dir ganz sicher, daß du auch in zehn Jahren nicht mit mir tauschen würdest? Oder in zwanzig, wenn ich vierzig bin und du fünfundsechzig?«
Ich hatte in meinem Leben schon so manchen Menschen falsch eingeschätzt, aber noch keiner hatte mich so sehr eines Besseren belehrt wie sie. Das war nicht mehr das unscheinbare, immer etwas verklemmt wirkende Mädchen, wie ich es kennengelernt und über Jahre hinweg aus Bequemlichkeit oder auch aus Gleichgültigkeit nie richtig beachtet hatte. Ebensowenig wie Klaus sie beachtet hatte. Hätte ich mir einmal die Zeit genommen und die Mühe gemacht, ein kleines Gespräch mit ihr zu suchen, um zu erfahren, was sie an mir so sehr faszinierte, daß sie kaum einmal den Blick von mir losreißen konnte: Ich hätte es nicht dabei belassen, ihr immer nur ein amüsiertes Lächeln und einen kleinen Händedruck zu schenken. Ich sagte: »Es gibt auch bei Frauen eine Midlife-Crisis. Man nennt es nur anders. Mit fünfundsechzig hat man sie im allgemeinen überstanden.«

»Dann bist du jetzt noch mitten drin«, sagte sie. »Mein Freund arbeitet für eine Zeitung; er ist Journalist und meint, ich hätte das Zeug, selbst zu schreiben. Manchmal schreibe ich sogar für ihn.«
Ich wunderte mich schon über gar nichts mehr und fragte nur: »Worüber?«
Sie drückte ihre Zigarette im Ascher aus und sagte: »Über einen totgefahrenen Vogel auf der Straße oder über die barbarische Art und Weise, wie Tiere, deren Fleisch wir essen, zu den Schlachthöfen transportiert und dort umgebracht werden.«
»Und das erscheint unter deinem Namen?«
Sie schüttelte den Kopf. »Dann würde es nicht veröffentlicht werden.«
»Also unter seinem Namen. Und das genügt dir?«
»Er bezahlt mich aus seiner eigenen Tasche dafür. Vielleicht wird eines Tages auch einmal etwas unter meinem Namen erscheinen. Aber nicht in der Zeitung.«
»Wo sonst?«
»Das weiß ich heute noch nicht. Wenn es soweit ist, werde ich es dir sagen.« Sie blickte auf ihre Armbanduhr. »Wenn wir noch länger hier stehen, ist es dunkel, bis wir oben sind. Ich finde es noch immer nicht gut, daß du noch heute hinauffahren willst. Das Haus wird innen eiskalt sein. Morgen früh wäre besser. Bei geöffneten Läden und Fenstern wird die Sonne es rasch erwärmen. Ich hätte nicht mitfahren sollen. Dann könntest du in Sarennes im Hotel übernachten.«
Darüber war ich mir inzwischen bereits selbst endgültig schlüssig geworden. Ich startete den Motor und fragte: »Was hast du gegen ein Hotel? Ich werde dich als meine Nichte und Reisebegleiterin ausgeben. Dann drücken sie vielleicht ein Auge zu, wenn sie deinen Pulli sehen. Deine alte Segeltuchtasche läßt du allerdings besser im Wagen. Was du für eine Nacht brauchst, kannst du von mir haben. Zahnbürste ausgenommen.«
»Ich putze meine Zähne nur an Sonn- und Feiertagen«, sagte sie. »Was hast du gegen meinen Pulli? Er ist noch neu und ganz frisch gewaschen.«
»Vielleicht zwei Nummern zu klein für ein bürgerliches Hotel«, sagt ich.
»Mein Busen ist auch zwei Nummern zu klein«, sagte sie. »Mit einem größeren Pulli sieht man ihn nicht so gut.«
Ich ließ den Wagen vom Parkplatz auf die Straße rollen und sagte:

»Man muß als Frau nicht immer alles zeigen, was man Schönes zu bieten hat.«
»Du hast gut reden«, sagte sie. »Wenn ich so gebaut wäre wie du, brauchte ich keine engen Pullover. Mein Freund findet meine Brüste auch zu klein.«
»Dann soll er sich an seine Frau halten, vielleicht hat sie größere als du. Hast du sie schon mal gesehen?«
»Ihre Brüste?«
»Das war eine dumme Rückfrage.«
Sie nickte. »Zugegeben. Auf einem Foto. Sie ist dick und häßlich.«
»Dann hätte er dir das Foto nicht gezeigt«, sagt ich. »Wieso meintest du, daß er mir vielleicht helfen könnte? Weil er für eine Zeitung arbeitet? Ist es eine große Zeitung?«
»Weder groß noch klein. Wichtiger für dich ist, daß sie in Digne erscheint.«
Ich spitzte unwillkürlich die Lippen.
»Ich dachte mir, daß es dich interessieren wird«, sagte sie, meine gespitzten Lippen betrachtend. »Du kannst jetzt warten, bis du den Namen der beiden Anwälte von ihnen selbst erfährst oder sie schon vorher von deinen Freunden aus Lavoir zu erfahren versuchen, die ihr Haus an sie verkauft haben. Sobald du ihre Namen weißt, werde ich meinen Freund bitten, Erkundigungen über sie einzuziehen. In Digne kennt man sich. Ich weiß das auch von meiner Tante, aber sie werden wir nicht fragen. Für die Redaktion, für die mein Freund arbeitet, dürfte es vielleicht von Interesse sein, wer im Verbreitungsgebiet ihrer Zeitung ein ganzes Dorf aufgekauft hat. Einschließlich der Kirche.«
An die Kirche hatte ich noch nicht gedacht; ich sagte verwundert: »Das kann ich mir nicht vorstellen. Von wem gekauft? Doch nicht vom Papst?«
Sie lächelte. »Ich glaube nicht, daß er jemals etwas von seiner Kirche in Lavoir gehört hat. Für sie ist nicht er, für sie ist allein der Bischof von Digne zuständig, und der hat sicher ganz andere Sorgen, als sich persönlich um den Verkauf einer alten Kirche in einer verlassenen Gemeinde zu kümmern. Großvater meint, es würde genügen, wenn der oder die Käufer das Grundstück der Kirche erworben und sich verpflichtet haben, sie in ihrem jetzigen Zustand zu erhalten. Da ihnen aber das Grundstück gehört, könnte auch der Bischof sie nicht daran hindern, auf dem Platz vor der Kirche eine Diskothek zu errichten. — Schau, es wird schon dunkel.«

Dunkel wurde es zwar noch nicht, aber die Straße führte nun so steil in ein tiefes Tal, daß der Lichtwechsel zwischen der noch in der Abendsonne liegenden Paßhöhe und den sich auf der Talsohle sammelnden tintenfarbenen Schatten den Eindruck einer plötzlich einsetzenden Dunkelheit aufkommen ließ. Dennoch war es noch hell genug, daß der Weg nach Lavoir schon zu sehen war, ehe wir die Stelle erreichten, wo er auf der linken Seite von der Straße abzweigte und einige hundert Meter weit parallel zu ihr der Talwand folgte, wobei er immer mehr an Höhe gewann, während die Straße in stetem Gefälle talabwärts nach Sarennes führte, auch hier begleitet von einem Wildbach, der sich rechts der Straße ein sehr tiefes Bett in das felsige, nur mit Ginster und Mastixsträuchern bewachsene Felsengestein gegraben hatte. Und daß ich, statt auf der Straße nach Sarennes zu bleiben, dann doch, wenn auch nur einige Meter weit, auf die Straße nach Lavoir einbog, hatte mit einer schwarzbeschrifteten, weißen Tafel zu tun, die am rechten Wegrand an einem hölzernen Pfahl befestigt war und den fremden Wanderer, der sich hier nicht auskannte, auf französisch darüber informierte, daß es sich um eine Privatstraße handle, deren Benutzung bei Strafe streng verboten war. Und für all jene, die der französischen Sprache nicht ganz mächtig waren und die sich dennoch zu Fuß oder mit dem Auto auf den Weg nach Lavoir machen wollten, war hinter der Tafel noch eine jener Schranken aufgestellt, wie sie nicht nur an Forstwegen, sondern überall dort anzutreffen sind, wo es gilt, privates Eigentum vor dem unerlaubten Zutritt sogenannter Unbefugter zu schützen. Daß es sich um kein Provisorium handelte, darauf ließ die solide Ausführung schließen, denn bei dem Schrankenbaum und den ihn tragenden Pfosten hatte man keine Holz-, sondern eine Stahlkonstruktion verwendet und einem unbefugten Öffnen mit einem großkalibrigen Vorhängeschloß einen Riegel vorgeschoben.
Noch während ich, zwischen Fassungslosigkeit und Empörung hin- und hergerissen, mir die Bescherung aus der Nähe ansah und zu diesem Zweck aus dem Wagen stieg, kam auch Agnes an meine Seite und sagte: »Jetzt wirst du doch verkaufen oder, wenn du dein Haus besuchen willst, um einen Schlüssel bitten müssen. Vorausgesetzt, sie geben dir einen. Andernfalls kommst du nur noch zu Fuß hinauf. Unter zwei Stunden schaffst du das nicht.«
Ich wandte ihr langsam das Gesicht zu und blickte sie sekundenlang schweigend an. Dann machte ich mir am Wagen zu schaffen.

Das Abschleppseil im Kofferraum war Klaus' Einfall. Es war etwa fingerdick aus Stahldrähten gewickelt und machte einen genauso soliden Eindruck wie die Schranke. Wo sich am vorderen Fahrwerk des Mercedes der Abschlepphaken befand, erfuhr ich von Agnes, die meine Absicht bereits erraten hatte und mir zu Hilfe kam. In wortlosem Teamwork schafften wir es, das andere Ende des Seils in unmittelbarer Nähe des Vorhängeschlosses mittels eines am Seilende befestigten gußeisernen Karabinerhakens um den Schrankenbaum zu schlingen und auf diese relativ einfache Art eine zuverlässige Verbindung zwischen Wagen und Schranke herzustellen. Es ging dann alles viel leichter, als ich dachte. Ich brauchte nur einmal im Rückwärtsgang kurz auf das Gaspedal zu treten, dann tat es einen metallischen Knall und ich sah das Vorhängeschloß durch die Luft fliegen. Wohin es flog, blieb mir verborgen. Den Schrankenbaum weiterhin im Rückwärtsgang vor, beziehungsweise hinter mir herschleifend, zog ich ihn mittels Abschleppseil auch noch aus seiner Verankerung am zweiten Pfosten und stieg dann wieder aus dem Wagen. Zu Agnes, deren Augen unverwandt auf mich gerichtet waren, sagte ich: »Da sieht man erst richtig, welche Kraft in so einem Auto steckt. Hilfst du mir, die Stange über die Straße tragen? Wir werfen sie in den Bach. Dort findet sie keiner.«
Mit der Stange meinte ich den Schrankenbaum, dessen beide Enden jetzt ausgefransten Hosenbeinen glichen, und auch die Pfosten mit ihrer Lager- und Drehvorrichtung, auf denen sie vordem ruhten, machen einen irreparablen Eindruck. Da sie offenbar tief im Boden einbetoniert waren, würde ihre Erneuerung ebenso umständlich wie zeitraubend werden.
Lange hielten wir uns dann nicht mehr auf, zumal es jetzt tatsächlich rasch dunkel wurde und ich bei der Weiterfahrt das Licht einschalten mußte. Zu Agnes, die einen abwesenden Eindruck machte, sich, eine Zigarette rauchend, in ihren Sitz zurückgelegt hatte und noch immer kein Auge von mir ließ, sagte ich: »Das ist sonst nicht meine Art. Ich bin ein friedfertiger Mensch, der jedem Streit möglichst aus dem Wege geht. Wenn man mir aber auf die Füße tritt, kann ich rabiat werden.«
»Das habe ich gemerkt«, sagte sie. »Als du vorhin aus dem Wagen stiegst und zu der Schranke gingst, sahst du beinahe zum Fürchten aus. Mit kalkweißem Gesicht und flammenden Augen.«
Die flammenden Augen hatte sie sich sicher nur eingeredet, aber daß mir, wenn ich mich wahnsinnig ärgerte, das Blut aus dem Ge-

sicht wich, das hatten mir schon andere Leute vor ihr gesagt. Klaus eingeschlossen. Nur fühlte ich mich hinterher jedesmal so erschöpft, daß ich mich oft tagelang zu nichts mehr aufraffen konnte. Diesmal jedoch hielt sich meine Erschöpfung in Grenzen; ich sagte: »Wenn wir uns morgen oben umgesehen haben, besuche ich Madame und Monsieur Bossuet. Dein Großvater erzählte mir, daß sie heute in Villars wohnen. Von ihnen werde ich die Adresse der Anwälte erfahren. Wenn du Lust hast, kannst du mich begleiten, damit ich für das Gespräch notfalls einen Zeugen habe.«
»Für das Gespräch mit den Anwälten?«
»Es wird dich oder deinen Zeitungsfreund vielleicht auch interessieren, was Madame und Monsieur Bossuet uns zu erzählen haben. Wo liegt dieses Villars? Warst du schon einmal dort?«
Sie schüttelte den Kopf. »Ich kenne nur den Namen.«
»Auch den Namen von Wiesbaden?«
»Irgendwie«, sagte sie. »Aber in Frankreich liegt es nicht?«
»Nicht direkt«, sagte ich. »In Wiesbaden hatten wir unsere erste Wohnung in einem Zweifamilienhaus. Es stand in einem Villenviertel und gehörte einem Möbelhändler, der selbst mit im Haus wohnte. Schon nach drei Jahren — wir hatten uns gerade richtig eingelebt — baute er ein neues Haus für sich allein und verkaufte sein bisheriges an einen Mann, der schon ein Dutzend Häuser hatte. Nur in Wiesbaden hatte er noch keins. Das ärgerte ihn so sehr, daß er unserem Hausbesitzer den doppelten Preis dessen bezahlte, was dieser beim Bau des Hauses investiert hatte. Uns kündigte er wegen Eigenbedarfs. Er ließ das Haus völlig umbauen und das Dachgeschoß für Dienstboten einrichten. Von Bekannten in der Straße, denen wir später einmal zufällig begegneten, erfuhren wir, daß er sich höchstens zwei- oder dreimal im Jahr für einige Tage in dem Haus aufgehalten und es schon nach drei Jahren wieder verkauft hat.«
Sie lächelte. »Sicher auch wieder mit einer schönen Gewinnspanne. Diese Typen findest du auch bei uns. Damals hast du dir vorgenommen, dich nie wieder aus einer Wohnung werfen zu lassen, wenn du sie nicht freiwillig räumst. Ist es so?«
»Er hätte uns nicht zu kündigen brauchen«, sagte ich. »Wir hatten mit Mühe und Not eine andere, wenn auch viel weniger schöne Wohnung gefunden und uns wieder einigermaßen eingerichtet, als mein Mann seinen ersten Geschäftsführerposten in Hannover angeboten bekam und wir Wiesbaden verlassen mußten, nachdem er ein halbes Jahr lang täglich mit dem Auto einige hundert Kilometer

vom Wohn- zum Arbeitsplatz zurückgelegt hatte. Aber du hast recht: Unabhängig davon, was das Haus in Lavoir mir bedeutet, habe ich es allmählich satt, immer nur herumgeschubst und zum willfährigen Objekt irgendwelcher Leute gemacht zu werden, die sich ständig etwas Neues einfallen lassen müssen, um ihr überschüssiges Geld loszuwerden. Auch die Arbeitgeber meines Mannes sind ständig damit beschäftigt, ihr überflüssiges Geld gewinnbringend anzulegen, und ich war jedesmal die Leidtragende dabei, weil sie außer ihm keinen fanden, der nicht nur so tüchtig war wie er, sondern auch willens, überall dorthin zu gehen, wo sie ihr überflüssiges Geld neu anzulegen gedachten und einen brauchten, der es für sie tat und der auch den Kopf dafür hinhielt, damit keine Fehlinvestition daraus wurde.«

Sie sagte: »Daß er in seinem Beruf tüchtig ist, das sieht man ihm an.«

Ihre Art, es zu sagen, mißfiel mir. Ich fragte: »Und was hast du sonst noch an ihm auszusetzen? Außer daß er mich wieder allein hierher fahren ließ.«

»Das ist nur etwas, was ich mit Sicherheit weiß«, sagte sie. »Ich würde gerne mehr über dich wissen.«

»Zum Beispiel?«

»Ob du noch mit ihm schläfst und wie oft«, sagte sie.

Ich war so verblüfft, daß ich den Mund offen und was ich ihr antworten wollte, für mich behielt. Als ich im Dunkeln nach den Zigaretten tastete, kam sie mir zuvor, zündete mir eine an und gab sie mir. Sie sagte: »Ich weiß, ich hätte das nicht fragen dürfen. Aber es interessiert mich eben.«

»Und was dich interessiert, danach fragst du eben«, sagte ich, nur halbwegs gefaßt.

Sie nickte. »So bin ich. Aber du brauchst mir nicht zu antworten, wenn es dir unangenehm ist.«

»Das ist sehr feinfühlig von dir«, sagte ich. »Ich glaube aber nicht, daß es dich etwas angeht. Ich frage dich auch nicht, wie oft du mit deinem verheirateten Freund schläfst.«

»Aber interessieren würde es dich?«

»Kein Bedarf«, sagte ich. »Aber vielleicht kannst du mir erklären, warum du es von mir wissen möchtest.«

»Erklären könnte ich es dir«, sagte sie. »Ich weiß nur noch nicht, ob ich selbst daran glaube oder es mir nur einrede.«

»Ob du dir was einredest?«

Sie wandte mir das Gesicht zu. »In dir mein Thema gefunden zu haben, nach dem ich schon suche, seit ich den Wunsch verspüre, auch einmal etwas zu schreiben, was nicht nur mich persönlich betrifft. Beispielsweise, wie man sich als Frau fühlt, die den wichtigsten Teil ihres Lebens bereits hinter sich hat. Aber dann müßte ich alles über dich wissen. Auch das, worüber du nicht einmal mit deinem Mann reden würdest. Vielleicht ist das Haus in Lavoir das einzige, was dich mit ihm noch verbindet. Das wäre ein Thema, das mir gefällt und das mir dabei helfen könnte, gegen mich selbst anzuschreiben.«
»Was heißt das, gegen dich selbst?«
»Was es eben heißt«, sagte sie. »Verstehe es, wie du willst.«
Obwohl es nun an der Zeit gewesen wäre, das Thema nicht noch weiter zu vertiefen, hörte ich mich fragen: »Und dazu müßtest du wissen, ob und wie oft ich mit meinem Mann noch schlafe?«
»Nicht nur«, sagte sie. »Ich müßte auch wissen, ob du bei ihm noch etwas empfindest.«
»Was heißt das, ob ich noch etwas empfinde?«
»Ob du einen Orgasmus hast«, sagte sie. »Hast du noch einen?«
Ich schwieg erschüttert.
Sie sagte: »Ich frage dich das nur, weil ich noch keinen hatte. Ich weiß nicht einmal, wie das ist. Ich kenne sonst niemand, mit dem ich darüber reden könnte.«
»Vielleicht liegt es an deinem Freund«, hörte ich meine Stimme sagen. Sie schüttelte den Kopf. »Es klappt bei mir auch ohne Freund nicht, wenn du verstehst, was ich damit meine. Ich war deshalb schon bei einer Frauenärztin. Nachher tat es mir leid. Sie meinte nämlich, ich sei frigid. Seitdem glaube ich daran, es zu sein. Ich wäre besser nicht zu ihr gegangen. Außerdem ...«
Sie brach ab.
Ich fragte: »Ja?«
»Es war etwas merkwürdig«, sagte sie. »Vielleicht hätte ich besser zu einem Arzt und nicht zu einer Ärztin gehen sollen. Oder zu einer anderen Ärztin und nicht gerade zu dieser, aber so etwas weiß man vorher nicht. Vielleicht macht sie das bei allen Frauen so, die befürchten, frigid zu sein.«
Ich hatte keine Vorstellung davon, welcher ärztlicher Manipulationen am weiblichen Körper es bedurfte, um festzustellen, ob eine Frau frigid war oder nicht. Es bestand auch keine Aussicht, daß ich es jemals erfahren würde. Weder hatte ich persönlich Anlaß, dieses

Thema bei einer Ärztin anzuschneiden, noch eine in solchen Dingen erfahrene Freundin, mit der ich darüber reden könnte. Und Agnes meine Neugierde merken zu lassen, indem ich noch weiter fragte, hinderte mich nicht nur meine Erziehung. Mir wurde vielmehr noch rechtzeitig bewußt, daß ich im Begriffe war, gegenüber diesem mir bis vor einer Stunde völlig gleichgültigen Mädchen mehr von mir preiszugeben, als ich es jemals bei einem anderen Menschen getan hatte, und damit war dieses Thema für mich so gut wie tot. Ich sagte: »Du bist noch jung. Da kann sich noch so manches ändern.«
»Du meinst in Palästina?« fragte sie.
Ich blickte sie verständnislos an. Sie sagte: »Wenn du lieber über Politik mit mir reden willst, dann sag es mir. Nur komme mir nicht mit solchen Gemeinplätzen wie: ›Du bist noch jung‹, wenn ich dir von meinen Problemen erzähle. Ich erzähle sie nicht jedem.«
Das glaubte ich ihr sogar. Aber ihre Art, mich mit ihrer Direktheit zu überrumpeln, meine Phantasie zu beflügeln und mich, ohne daß ich es verhindern konnte, mit ihren Andeutungen neugierig zu machen, war eine völlig neue Erfahrung für mich. Auch wenn der ständige Wohnsitzwechsel dauerhafte Freundschaften nie zugelassen und sie fast immer geendet hatten, noch ehe sie sich richtig entwickeln konnten, war ich mir meiner selbst doch sicher genug, um zu beurteilen, ob ich mich jemals zu einer Frau erotisch hingezogen gefühlt hatte. Das war nicht einmal in meiner Mädchenzeit der Fall gewesen, es waren immer nur Männer, die mich sexuell angesprochen hatten, auch wenn es, bevor Klaus in mein Leben trat, zu einem Verhältnis nie gekommen war, was wiederum mehr mit meiner Erziehung als mit meiner Standhaftigkeit zu tun hatte. Verführbar im biologischen Sinne war ich schon mit vierzehn, ich hatte es nur nie dazu kommen lassen. Und wie es möglich war, daß ausgerechnet dieses unscheinbare Mädchen bei dem Gedanken, was ihre Frauenärztin mit ihr angestellt haben könnte, plötzlich meine erotische Phantasie anregte, hätte mich eher erheitern als beunruhigen dürfen. Ich war mir jedoch sicher, spätestens morgen früh damit fertig zu sein.
Ich sagte: »Ich bezweifle nicht, daß du nicht mit jedem darüber sprichst, aber ich hatte zu Hause einigen Ärger und seit gestern eine anstrengende Reise hinter mir. Und als ich hier eintraf, erfuhr ich, daß man mir mein Haus wegnehmen will. Wenn ich dann nicht immer gleich den richtigen Ton finde: Ist das so schwer zu verstehen?«

»Nein«, sagte sie. Und etwas später griff sie nach meiner Hand, drückte sie und sagte: »Verzeih mir. Ich war dumm.«
Ich hatte sie schon richtig gern.

Warum ich sie schon richtig gern hatte, war eine Frage, die mich noch bis zum Einschlafen beschäftigte, und auch beim Frühstück, das wir in meinem Zimmer zu uns nahmen, hatte ich noch keine mich befriedigende Antwort gefunden. Vielleicht lag es daran, daß mir vor ihr keine Frau begegnet war, die mich innerhalb kürzester Zeit so oft aus der Fassung gebracht hatte wie sie. Handelte es sich bei den Frauen, mit denen ich es sonst zu tun hatte, doch fast ausschließlich um die Ehefrauen von Klaus' Bekannten und Geschäftsfreunden, die genauso konventionell dachten, lebten und argumentierten wie ihre Männer, mich selbst eingeschlossen, denn wer da aus der Reihe tanzte und sich nicht an die gesellschaftlichen Spielregeln hielt, der hatte sehr bald Anlaß, seines Lebens nicht mehr recht froh zu werden. Dies allein erklärte jedoch noch nicht, was mir Agnes auf unserer gemeinsamen Fahrt von Bairols nach Sarennes so plötzlich hatte ans Herz wachsen lassen und weshalb ich gestern abend bei unserem Eintreffen im Hotel ihren Wunsch nach einem eigenen Zimmer mit einer fast an Ärger grenzenden Enttäuschung zur Kenntnis genommen hatte. Auch der Hotelbesitzer, ein alerter Typ mit angegrauten Haaren und der Menschenkenntnis, wie sie den meisten Hoteliers eigen ist, reagierte auf Agnes' Wunsch mit einem leichten Befremden in den weltoffenen Augen, hatte ich Agnes doch, wie vereinbart, als meine Nichte ausgegeben und ihr dadurch das Ausfüllen eines Anmeldeformulars erspart.
Auch solche gemeinsame Heimlichkeiten konnten dazu beitragen, sich menschlich näherzukommen, und so unansehnlich, wie noch in Bairols, fand ich sie schon beim Abendessen im holzgetäfelten Speisesaal bei Kerzenlicht nicht mehr, als sie eine Bluse, Schuhe und einen Rock von mir trug, den ich ihr, weil er ihr zu weit war, mit drei Sicherheitsnadeln etwas tailliert hatte. Zu lang war er auch, aber das fiel nicht weiter auf. Beim Essen hatte ich noch etwas mehr über ihre Familie und auch über die Familie ihrer Tante, der Schwester ihres Vaters erfahren, die in Digne mit einem Staatsdiener im gehobenen Dienst verheiratet war und vier Kinder, zwei Jungen und zwei Mädchen, zur Welt gebracht hatte. Zweimal im Jahr erhielten sie Besuch ihres Großvaters aus Bairols, der dann jeweils vierzehn Tage in ihrem Haus wohnte und im Gästezimmer

schlief. Dies alles erklärte aber noch immer nicht, weshalb mich ihr Wunsch nach einem eigenen Hotelzimmer so ungemein enttäuscht hatte, daß ich mich nach dem Abendessen, als wir uns auf dem Flur trennten, nur mit einem Kopfnicken von ihr verabschiedete. Bei hellem Tageslicht und einigermaßen ausgeruht wunderte ich mich nachträglich selbst darüber, aber schließlich hatte jeder einmal solche Zustände, für die er hinterher keine Erklärung fand, und daß ich seit gestern abend eine Art von Zuneigung für sie hatte, würde es mir nur erleichtern, sie in meine künftigen Absichten, soweit sie meine anonymen Widersacher in Lavoir betrafen, einzuweihen und mich, falls erforderlich, ihrer Hilfe zu bedienen.
Zum Frühstück erschien sie pünktlich zur vereinbarten Zeit in einem leichten Hausmantel aus meinem Reisegepäck, berührte, sich zu mir niederbeugend, mit den Lippen meine Wange und sagte: »Ich habe geschlafen wie ein Bär. Du auch?«
Zu mir niedergebeugt hatte sie sich, weil ich bereits am gedeckten Frühstücktisch saß und mit dem Sortieren von Tassen, Untertellern, Kaffeelöffeln und mit Eierbechern beschäftigt war. Nicht darauf vorbereitet, daß sie mich, nachdem ich mich gestern abend so kurz von ihr verabschiedet hatte, auf die Wange küssen würde, verlor ich beim Sortieren sekundenlang den Überblick und legte versehentlich einen zweiten Kaffeelöffel auf ihren Unterteller. Sie gab ihn mir zurück und sagte: »Der gehört dir. Mein Ei kannst du auch haben. Ich mache mir nichts aus Frühstückseiern. Hast du sie bestellt oder sind sie inbegriffen?«
»Inbegriffen«, sagte ich. Obwohl ich mir das Brennen meiner Wange, wo ihre Lippen sie berührt hatten, sicher nur einbildete, befühlte ich sie unwillkürlich mit den Fingerspitzen und wischte das eingebildete Brennen weg. Mir fiel auf, daß ihr Gesicht heute morgen nicht so blaß wirkte wie sonst. Sicher vom tiefen Schlaf. Ich war in der Nacht zweimal wachgeworden und mit meinen Gedanken in Lavoir gewesen.
Während wir uns über das Frühstück hermachten, erzählte ich ihr von der Hypothese ihres Großvaters, die französische Gebirgsbrigade könnte ein Auge auf Lavoir geworfen haben. Sie meinte aber, wenn dies so wäre, dann hätte die Gebirgsbrigade sich nicht damit begnügt, eine Schranke und eine Verbotstafel aufzustellen, sondern Lavoir zum militärischen Sperrgebiet erklärt. Das klang einleuchtend und wurde von mir um so bereitwilliger aufgenommen, als ich, um das Haus zu behalten, zwar entschlossen war, mich mit allen nur denk-

baren Leuten und Institutionen anzulegen, nur nicht ausgerechnet mit der französischen Gebirgsbrigade. Trotz ihrer Abneigung gegen Frühstückseier verspeiste sie es dann doch, wobei sie, es löffelweise in ihren schmallippigen Mund schiebend, wieder einmal völlig in meinen Anblick versunken schien, bis es mir zu dumm wurde und ich sie fragte, was sie damit bezwecke, mich so unausgesetzt anzustarren. Sie antwortete, weiterhin ihr Ei verzehrend und mich über den Becher hinweg im Auge behaltend: »Wie kommst du darauf, daß ich etwas bezwecken könnte? Ich sehe dich gerne an. Das ist alles.«

Ihre Antwort war ebenso erschöpfend wie nichtssagend. Ich begnügte mich mit einem Achselzucken. Sie sagte, den Blick ihrer blaugrauen Augen weiterhin auf mein Gesicht heftend: »Ich habe dich schon als kleines Mädchen gerne angesehen. Für mich warst du die schöne Märchenfee aus meinen Kinderbüchern. Ich habe dich mit ihr identifiziert.«

»Weil ich dir vor vielen Jahren einmal eine Tafel Schokolade schenkte?«

Sie lächelte. »Du hast es nicht vergessen. Schokolade bekam ich von meinen Eltern, soviel wie ich wollte. Sie taten schon damals alles, um mich bei guter Laune zu halten. Ich genoß es, von ihnen hofiert und verwöhnt zu werden. Je mehr sie mich aber hofierten und verwöhnten, desto selbstverständlicher empfand ich es. Daß du mir damals eine Tafel Schokolade schenktest, das war nicht selbstverständlich. Heute ist mir klar, daß du sie nicht meinetwegen mitgebracht hattest. Du konntest vorher nicht wissen, mich bei meinem Großvater anzutreffen. Die Schokolade gehörte zu deinem Reiseproviant; es war eine Laune, der du nachgabst, als du sie mir schenktest.«

Vielleicht war es so. An die Tafel Schokolade erinnerte ich mich noch. An meine Beweggründe, sie ihr zu geben, nicht mehr. Ich sagte: »Was deiner Bewunderung für mich jedoch keinen Abbruch tut. Auch wenn ich keine Minderwertigkeitskomplexe habe: So wunderschön, daß man sich an mir nicht satt sehen könnte, bin ich nicht.«

»Ich bin sicher, du weißt es besser«, erwiderte sie. »Es ist auch nicht nur deine Schönheit, die mich beeindruckt. Was du gestern abend mit der Schranke gemacht hast, das hätte keine andere Frau an deiner Stelle getan. Du hast genauso reagiert, wie ich es von dir erwartet habe. Ich bin jetzt schon sehr gespannt darauf, was du

sonst noch alles anstellen wirst, um dein Haus zu behalten. Vielleicht bist du ein weiblicher Don Quichotte?«
Ihr Vergleich gefiel mir weniger als das, was sie zuvor gesagt hatte. Es gehörte nicht zu meinen Standarderlebnissen, auch von Frauen bestätigt zu bekommen, wovon ich mich vor jedem Spiegel selbst überzeugen konnte. Auch wenn ich mir keine Illusionen darüber machte, den Zenit bereits überschritten zu haben: Sehen lassen konnte ich mich noch immer, und wenn es zutraf, daß das Gesicht einer Frau mit den Jahren mehr noch durch seine innere als durch seine äußere Schönheit Blicke auf sich zog, so durfte ich hoffen, noch eine Weile anziehend nicht nur auf Mädchen wie Agnes zu wirken. Obwohl die Frage, für wen man als Frau noch schön sein sollte, wenn der eigene Mann kaum mehr einen Blick dafür hatte, sich auch mir eines Tages wie von selbst gestellt hatte.
Ich sagte: »Wenn du das meinst, solltest du es dir noch einmal überlegen, ob du mit mir kommen willst. Auch der Begleiter von Don Quichotte ... Wie hieß er doch gleich?«
»Sancho Pansa«, lächelte sie. »Den meinst du doch?«
»Du hast deine Schulaufgaben gut gelernt«, sagte ich. »Du mußt selbst wissen, was dir lieber ist: Weiterhin die kleine Freundin eines verheirateten Mannes oder ein weiblicher Sancho Pansa zu sein. In einer Stunde kannst du wieder auf deinem Moped sitzen und zu ihm fahren. Den kleinen Umweg bist du mir jetzt schon wert.«
Sie beendete ihr Frühstück, tupfte sich mit der Serviette Eigelb von den Lippen und sagte: »Ich habe dich gestern nicht so empfindlich erlebt. Worüber hast du dich geärgert? Über den weiblichen Don Quichotte oder über meinen Wunsch nach einem eigenen Zimmer?«
Wenigstens darüber war ich mir inzwischen einigermaßen schlüssig geworden. Kein Mensch, der mich etwas näher kannte, und schon gar nicht Klaus, würde es jemals für möglich halten, daß ich zu einem solchen Kraftakt fähig war, wie ich ihn gestern abend in Agnes' Gegenwart vollzogen hatte. Schon als junges Mädchen war ich dazu erzogen worden, Aufsässigkeiten zu unterdrücken, ausgefallene Wünsche gar nicht erst zu äußern und mich den irdischen Gegebenheiten anzupassen. Und auch in den fünfundzwanzig Jahren meiner Ehe hatte ich mich zumeist untergeordnet und immer nur getan, was für Klaus' Beruf und Karriere wichtig war. Ich hatte nie ernsthaft versucht, meinen eigenen Willen durchzusetzen oder Schranken einzureißen, die ich entweder als gottgegeben oder als Privileg

einflußreicher Leute empfand, gegen die anzugehen wenig sinnvoll und einer Frau, die etwas auf sich hielt, auch nicht würdig war. Mein plötzlicher Kraftakt an der Schranke, die mir den Weg zu meinem Haus verwehrte, war völlig atypisch für mich, und wenn ich mir über eine Sache ganz sicher war, dann über die, daß ich, wäre ich allein und nicht in Agnes' Begleitung gewesen, mich auf keinen Fall dazu überwunden hätte. Es lag daher nahe, daß ich hinterher das Bedürfnis verspürte, mich auch darüber noch ein wenig mit ihr zu unterhalten, mich an ihrer Bewunderung zu erwärmen, und nirgendwo hatte ich mich früher, als Klaus dafür noch ansprechbar war, entspannter und konzentrierter unterhalten können als neben ihm im Bett liegend. Davon konnte Agnes jedoch nichts wissen, und ich mußte aufpassen, bei ihr nicht den Eindruck zu erwecken, ihre Art, mich gestern mit ihren intimen Problemen vertraut zu machen, könnte den Wunsch in mir geweckt haben, mich einmal persönlich davon zu überzeugen, so daß meine Enttäuschung und mein Ärger über ihr Beharren auf ein eigenes Zimmer gar von daher rührten.
Ich erinnerte sie daran, daß nicht ich, sondern der alerte Hotelier es war, der uns, nachdem ich sie als meine Nichte ausgegeben hatte, in einem Doppelzimmer unterbringen wollte und daß ihre beinahe schroffe Art, auf einem eigenen Zimmer zu bestehen, angesichts unseres angeblichen verwandtschaftlichen Verhältnisses sein Befremden erregt hatte. Ich schloß: »Nicht daß du auf einem eigenen Zimmer bestanden, sondern wie du es getan hast, hat mich verwundert. Von Ärger konnte keine Rede sein. Ich hätte mich auch nicht geärgert, wenn du es vorgezogen hättest, in Bairols zu bleiben und bei deinem Großvater zu schlafen. Ob das in deinen kleinen Kopf hineingeht?«
»Du bist richtig süß«, lächelte sie.
Ihre Art, neuerdings alles, was sie sagte, mit einem kleinen Lächeln zu untermalen, erregte wieder mein Mißfallen. Ich legte ein angebissenes Marmeladebrötchen auf den Teller zurück und zündete mir eine Zigarette an. Sie fragte: »Hast du plötzlich keinen Appetit mehr?«
»Was heißt *plötzlich*?« fragte ich zurück. »Ich bin satt. Deshalb höre ich auf.«
»Das hättest du schon wissen können, bevor du das Brötchen aufgeschnitten und mit Butter und Marmelade bestrichen hast«, sagte sie. »Wann willst du nach Lavoir fahren? Jetzt gleich?«

Auch mein Hausmantel war ihr zu lang und zu weit. Da ich einige Zentimeter größer und auch in der Oberweite proportionierter war als sie, sah ich wenig Möglichkeiten, ihr mit meinen eigenen Sachen auszuhelfen. Falls sie mich nicht nur nach Lavoir, sondern auch zu Madame und Monsieur Bossuet in Villars und nach Digne zu den Anwälten begleiten würde, waren ihre alten Jeans und der dünne Pulli kaum die richtige Garderobe. Ich fragte: »Könnten wir es einrichten, über Théniers nach Villars zu fahren? Du brauchst noch was zum Anziehen, wenn du länger bei mir bleibst.«
»Ich habe doch etwas an«, sagte sie. »Wenn es dich stört, daß der Pulli zuviel von mir zeigt, darfst du eben nicht hinsehen.«
»Mich stört es nicht, aber vielleicht andere. Wenn wir bei deinen Eltern vorbeifahren ...«
»Das möchte ich nicht«, unterbrach sie mich.
»Warum nicht?«
»Das geht nur mich etwas an«, sagte sie. »Außerdem habe ich keine Ahnung, wo Villars liegt. Wenn dir nicht paßt, wie ich angezogen bin, kannst du mich in Bairols absetzen.«
Ich blickte sie abwägend an. »Hast du Geld bei dir?«
»Ich wußte nicht, daß ich welches brauchen werde«, sagte sie. »Warum interessiert es dich?«
Meine Handtasche lag auf einem Stuhl neben dem Bett. Ich ging sie holen und entnahm ihr zweitausend Francs. Ich legte sie auf den Tisch und sagte: »Du kannst es mir gelegentlich zurückgeben. Das Geschäft für Damenbekleidung, vor dem wir gestern abend an der Verkehrsampel kurz anhalten mußten, hatte einige hübsche Sachen im Schaufenster. Du hast sie sicher auch gesehen. Soll ich mit dir kommen oder gehst du lieber allein einkaufen?«
Sie griff nach dem Geld, steckte es in eine Tasche des Hausmantels und sagte: »Was ich anziehe, kaufe ich immer allein ein. Hast du noch tausend?«
Ich gab ihr noch einmal zweitausend und sagte: »Nur für den Fall, daß du dich für die Lederjacke im Schaufenster entschließt. Sicher haben sie auch den passenden Rock dazu. Dann dürften dreitausend nicht ganz ausreichen.«
Sie schob auch dieses Geld in ihre Tasche und fragte: »Kommst du mit deinem Geld jetzt noch hin?«
Das war gleich eine doppelte Überraschung. Nicht nur hatte sich meine Befürchtung, sie würde mein Geld zurückweisen, nicht erfüllt. Sie war mir in meinem Wunsch, ihr eine Freude zu bereiten,

auch noch weitgehend entgegengekommen. Ich antwortete: »Mach dir deshalb keine Gedanken.«
An der Tür drehte sie sich noch einmal nach mir um und sagte: »Er muß gut verdienen, und knauserig ist er auch nicht. Viel mehr kannst du von einem Mann nicht erwarten.«
»Es ist nicht *sein* Geld«, sagte ich. »Ich habe mein eigenes.«
»So siehst du auch aus«, sagte sie und ließ mich allein.

Sarennes hatte mir schon gefallen, als ich es zum erstenmal sah. Von hohen Bergen umgeben und an einem Fluß mit zwei alten, romantischen Brücken gelegen, war es für Leute, die im Urlaub Ruhe und keine hektische Betriebsamkeit suchten, als Ferienort im Sommer ebenso wie im Winter geeignet. Im Norden öffnete sich ein schmales Tal. Dort verschwanden der Fluß und die Straße in einer tiefen Schlucht. Nach Süden, von wo wir gestern abend eingetroffen waren, führte sie, von blumenbedeckten Wiesen und blühenden Obstbäumen begleitet, in ein anderes Tal zu der einsamen Paßhöhe hinauf. Ich mochte den Ort vor allem wegen seiner alten Häuser, seiner kopfsteingepflasterten, von Platanen gesäumten Straßen und wegen seiner kleinen, unter schattigen Laubengängen liegenden Geschäfte. Hier hatten wir schon unsere Einkäufe erledigt, als meine Söhne noch nicht zur Schule gingen. Vor allem aber schätzte ich Sarennes wegen seines milden Klimas, das in der windgeschützten Lage bereits einen Vorgeschmack auf die auch hier nicht allzu ferne Küste gab. Warum Klaus und ich es vorgezogen hatten, in Lavoir und nicht am Meer zu wohnen, war eine der Fragen, die uns im Laufe der Jahre von seinen Bekannten und Freunden schon unzählige Male gestellt worden war, und auch Agnes kam während unserer Fahrt nach Lavoir darauf zu sprechen. Ich erklärte es ihr damit, daß Klaus und ich uns nicht zuletzt in einer gemeinsamen Vorliebe für einsame Bergwanderungen gefunden hatten und auf Lavoir ganz zufällig gestoßen waren.
»Es waren nicht die überfüllten Badestrände an der Riviera, die uns reizten, sondern das Klima«, fuhr ich fort. »Und das ist hier noch angenehmer als an der Küste. Wenn es uns in Dortmund einmal zu heiß wird, fahren wir über das Wochenende rasch an die Nordsee. Nach Holland ist es mit dem Auto keine große Sache. Und von Lavoir an die Riviera auch nicht. Wenn wir hin und wieder zu einem Stadtbummel nach Nice fahren, bin ich hinterher jedesmal froh, wieder in unserem stillen Lavoir zu sein. Dortmund

ist eine große und laute Stadt. Um so mehr genießen wir die Stille hier.«
»Du genießt sie noch«, korrigierte sie mich. »Dein Klaus nicht mehr. Im vergangenen Herbst war er nur acht Tage mit dir hier. Als ich nach Bairols kam, um dich zu sehen, warst du schon wieder abgereist.«
»Du bist nur meinetwegen zu deinem Großvater gefahren?«
»Ich bin auch gestern nur deinetwegen zu ihm gefahren«, sagte sie und streifte, weil es im Wagen rasch warm wurde, ihre neue Lederjacke ab. Sie breitete sie auf ihrem Schoß aus und sagte: »Du hast keinen guten Einfluß auf mich. Du weckst nicht nur Wünsche in mir, wie ich sie zuvor nie hatte. Du hilfst mir auch noch, sie mir zu erfüllen. Von meinem Vater bekomme ich monatlich dreihundert Francs Taschengeld. Für ihn ist das viel Geld. Für mich nicht. Ich werde dir die viertausend niemals zurückgeben können.«
Auch mit einer längsgestreiften Bluse zu ihrer Lederkombination hatte sie Geschmack bewiesen. Mit Schuhen hatte ich sie aus meinem Gepäck versorgt. Ich betrachtete sie nicht ohne Wohlgefallen und sagte: »Dann müssen wir uns eben gemeinsam eine Geschichte einfallen lassen, mit der du es dir verdienen ...«
»Die Geschichte ist kein Problem«, fiel sie mir ins Wort. »Das Problem bist du.«
»Weil ich dir nicht erzähle, wie oft ich mit meinem Mann noch schlafe?«
»Zum Beispiel«, sagte sie.
»Bis zu zweimal«, sagte ich. »Eher weniger.«
»Täglich?«
Ich lächelte. »Ganz wie du willst. Wenn es nur wegen des Geldes ist: Das kannst du vergessen.«
»Es ist nicht meine Art, so etwas zu vergessen«, sagte sie und berührte meinen Arm. »Da steht ein Auto, Monika. Paß auf!«
Auch ich hatte es im gleichen Augenblick gesehen. Es stand dort, wo die Straße nach Lavoir abzweigte, und gleich darauf sah ich hinter dem Auto zwei Männer die Schranke, beziehungsweise das, was von ihr übriggeblieben war, betrachten. Der eine trug einen gelben Overall, wie Bauarbeiter sie tragen, der andere einen grauen Straßenanzug mit einem breitkrempigen Hut, den er weit aus der Stirn geschoben hatte. Weshalb ich an ihnen vorbeifuhr, ob aus Schreck oder weil mir in der Eile nichts Besseres einfiel, dazu hätte ich nichts zu sagen gewußt. Im Rückspiegel konnte ich sehen, daß

sie beide auf die Straße liefen und uns nachschauten. Auch Agnes, die sich nach ihnen umdrehte, sah sie auf der Straße stehen und sagte: »Nach einem Anwalt sah keiner von ihnen aus. Der mit dem Hut könnte ein Architekt sein. Sie werden bemerkt haben, daß wir zuerst langsam und dann plötzlich schneller fuhren. Damit haben wir uns verdächtig gemacht. Warum hast du nicht angehalten? Sie sahen, daß es ein deutscher Wagen war und werden sich das Kennzeichen gemerkt haben.«

Ihre Argumente hätten auch von *mir* sein können, und weil ich selbst keine Erklärung für meine Verhaltensweise hatte, zog ich es vor, ihr die Antwort schuldig zu bleiben. Ich fuhr noch bis auf die Paßhöhe. Dort stieg ich aus, griff nach meiner Handtasche und kletterte, einem steilen Pfad folgend, einige Dutzend Meter zu einem hübsch gelegenen, von einer uralten Pinie beschatteten Rastplatz hinauf. An dem holzgeschnitzten Tisch und den beiden ebenfalls holzgeschnitzten Sitzbänken, die hier von der Gemeinde Sarennes für durchreisende Touristen aufgestellt worden waren, hatten Klaus und ich bei einem Picknick nicht nur Lavoir, sondern auch unser Herz für das romantisch gelegene Gebirgsdorf entdeckt. Bei hellem Sonnenschein wirkte der Ort wie eine letzte Zuflucht vor der Unendlichkeit des sich nach Norden hin auftürmenden Gipfelmeers. In der klaren Luft war es mir heute sogar möglich, mein Haus als letztes in der ersten Häuserreihe oberhalb der in der Sonne kreidefarben schimmernden Felswand zu erkennen.

Agnes kam zu mir. Ihre Jacke hatte sie im Wagen liegen lassen. Die längsgestreifte Bluse und der anthrazitgraue, enge Lederrock ließen sie noch schlanker erscheinen. Sie nahm an meiner Seite Platz und fragte: »Hast du dir den Wagen angesehen? Es war ein großer Citroën. Den fährt bei uns nicht jeder. Deinen Mercedes, hast du den auch selbst bezahlt?«

»Was heißt *auch*?«

Sie legte einen Arm um meine Taille und sagte: »Ich habe mich noch nicht einmal bei dir bedankt. Darf ich?«

Ich wandte ihr fragend das Gesicht zu. Sie streifte ihr langes, glattes Haar aus der Stirn, legte ihre Lippen auf meinen Mund und küßte mich. Ihre Augen waren mir so nahe, daß ich sie wie ein einziges zu sehen meinte, dessen Blick mich bis ins Herz hinein traf. Ich löste meinen Mund von ihren Lippen, nahm ihre Hand von meiner Taille und sagte: »Das muß nicht sein, Agnes. Du hast meine Frage nicht beantwortet.«

Sie lächelte: »Auch, das heißt, daß du auch mit deinem eigenen Geld in Urlaub fährst. Warum nicht auch mit dem eigenen Wagen?«
Obwohl sie mich nur ganz sanft geküßt hatte, fühlte ich noch immer den Druck ihrer Lippen auf meinem Mund und ein leichtes Kribbeln im Nacken. Ich wischte es mit der Hand weg, so wie ich heute morgen das leichte Brennen von meiner Wange wischte, als ihre Lippen sie berührt hatten, und sagte: »Meine Eltern hinterließen meinem Bruder und mir ein nicht unbeträchtliches Vermögen.«
Sie lachte leise. »Auch so, wie du das sagst, paßt es zu dir. Dein Mann wollte nichts davon haben?«
»Nein«, sagte ich.
»Nicht einmal einen Centime?«
»Unsere Küche und das Schlafzimmer durfte ich bezahlen. Dagegen hatte er keine Einwände.«
»Dann scheint er ein Mann mit Prinzipien zu sein?«
»Wenn es um die Rollenverteilung in einer Ehe geht«, sagte ich.
Ein Wagen kam die Straße von Sarennes herauf; es war aber nicht der Citroën. Ich beobachtete, wie er die Paßhöhe überwand und dann rasch aus unserem Blickfeld verschwand.
Der Hauptverkehr nach Sarennes spielte sich nicht hier, sondern in nördlicher Richtung ab, wo die Straße sehr bald in die nach Barcelonnette führende N 100 mündete. Klaus und ich hatten Lavoir nicht von Norden, sondern anläßlich eines unserer vielen Abstecher, die uns von der Küste in die Berge führten, von Süden kommend entdeckt. Was die Paßhöhe so besonders anziehend für mich machte, war nicht nur der einmalige Blick auf Lavoir. Auch der Paß selbst mit den ihn flankierenden kahlen Bergkuppen, die hoch über unserem Rastplatz den blauen Himmel zu streifen schienen, löste in seiner Abgeschiedenheit und friedvollen Stille jedesmal ein Gefühl sanfter Zufriedenheit in mir aus, wie ich es in Dortmund noch keinen Augenblick lang empfunden hatte. Aber Dortmund war eben mit Enttäuschungen und Erfahrungen verbunden, die ich zuvor nicht einmal für denkbar gehalten hätte.
Neben mir sagte Agnes: »Die beiden Männer: Warum hast du nicht angehalten? Wir hätten vorgeben können, gestern abend von Digne kommend in Sarennes eingetroffen und dort im Hotel abgestiegen zu sein. Niemand hätte uns nachweisen oder auch nur unterstellen können, uns vorher mit der Schranke beschäftigt zu haben. Das werden sie aber jetzt mit Sicherheit annehmen, wenn wir ihnen noch einmal, vielleicht sogar in Lavoir begegnen.«

Sie sprach wieder einmal meine eigenen Gedanken und Befürchtungen aus, aber ihr gegenüber einzuräumen, einen Fehler begangen zu haben, wollte ich mir nach dem tiefen Eindruck, den ich mit meinem gestrigen Kraftakt an der Schranke bei ihr hinterlassen hatte, nicht zumuten. Ich sagte: »Das setzt voraus, daß sie mit den Veränderungen in Lavoir etwas zu tun haben. Sie können auch zufällig vorbeigekommen sein und das Fehlen der Stange bemerkt haben. Oder etwa nicht?«
Statt mir zu antworten, betrachtete sie lächelnd meinen Mund.
Ich sagte: »Das Haar könntest du gelegentlich etwas kürzen lassen oder es wenigstens so tragen, daß es dir nicht ständig ins Gesicht fällt. Auch sehe ich nicht ein, daß wir uns nur deshalb verdächtig gemacht haben könnten, weil ich zuerst langsam und dann wieder schneller fuhr. Als ich den Citroën sah, mußte ich damit rechnen, daß er auf die Straße fahren wollte. Also ging ich mit dem Tempo herunter, und als ich sah, daß der Fahrer nicht im Wagen saß, sondern an der Schranke stand, ging ich mit dem Tempo wieder hinauf. Vernünftiger kann man in einer solchen Situation gar nicht reagieren.«
»Und warum sind sie dann auf die Straße gelaufen und haben uns nachgesehen?« fragte sie, ihr Lächeln und auch ihren Blick auf meinen Mund beibehaltend.
Ich sagte: »Das passiert mir oft, wenn ich im Auto sitze. Und in diesem Fall hatten sie gleich zweifachen Anlaß, uns nachzusehen.«
»Wenn du meinst«, sagte sie.
Ich kramte nach meinem Taschenspiegel und betrachtete meinen Mund, aber dort war alles in Ordnung. Weder ein Rest Eigelb, noch ein ungenau angesetzter Lippenstift verunstalteten ihn. Ich steckte den Spiegel in die Tasche zurück und sagte: »Ich weiß nicht, was du damit bezweckst, aber du kannst es dir ersparen.«
»Wovon redest du?« fragte sie.
Ich zündete mir eine Zigarette an und beobachtete, wie sie, nach meiner Zigarettenpackung greifend, sich selbst bediente. »Sie sind besser als meine«, sagte sie. »Das ist doch dein Haus, das letzte ganz links?«
Vielleicht war sie mit ihrem Eltern oder mit ihrem Großvater schon einmal oben und kannte es von daher. Es gehörte zu der ersten der insgesamt vier Häuserzeilen. Am äußersten Rand der Felswand stehend, wirkte sie mit ihren aus Felsgestein erbauten Mauern selbst wie ein Teil der Wand, von Urzeiten an fest mit ihr verwachsen.

Und mein Haus war, vom Paß aus gesehen, nicht nur das letzte Haus links, es war das letzte überhaupt, wenn man nach beschwerlicher Fahrt Lavoir erreichte und zwischen der ersten und der zweiten Häuserzeile auf einer schmalen, kopfsteingepflasterten Straße zum entgegengesetzten Ortsende fuhr, wo sie mit der zweiten Straße, die zwischen der dritten und vierten Häuserzeile in der gleichen Richtung verlief, zusammentraf. Von dort aus führte sie, nur noch einseitig bebaut, auf den felsigen Höcker zu, der den Ort hoch überragte und auf dessen Kuppe der Wasserspeicher von Lavoir saß. Zu seinen Füßen gab es einen halbrunden, von einer uralten Platane beschatteten Platz mit zwei ebenso alten steinernen Sitzbänken, einstiger Treffpunkt der überwiegend betagten Männer von Lavoir, wo sie am Abend ihre Pfeifen rauchten und zusahen, wie die Sonne unterging. Begrenzt wurde der Platz durch den felsigen Höcker mit dem Wasserspeicher auf der rechten, und von meinem Haus auf der linken Seite. Eine brusthohe Mauer, den Platz nach seiner offenen Seite im Halbkreis abschließend, führte von der rechten Hausecke zur linken Flanke des Höckers und bewahrte ahnungslose Touristen in der Dunkelheit davor, die unmittelbar hinter der Mauer zweihundert Meter tief abstürzende Felswand zu übersehen. Ihret- und auch der Mauer wegen hatte ich einige Jahre lang gelegentlich unter Alpträumen gelitten, weil es zu meinen häuslichen Pflichten zählte, Bert und Rolf dazu zu erziehen, weder auf eine Fensterbank, noch auf die Mauerkrone zu klettern. Möglich, daß sich bei Klaus schon damals eine bereits vorhandene latente Abneigung gegen Lavoir noch verstärkte, hatte er als Vater doch die gleichen Ängste auszustehen wie ich, aber vielleicht waren gerade sie es, so absurd es auch klingen mag, die mir Lavoir und das Haus erst recht ans Herz wachsen ließen. Ebenso wie mir der halbrunde, tagsüber in friedvoller Verlassenheit liegende Platz mit der Platane ans Herz gewachsen war. Vom Paß aus war sie nicht zu sehen, die Entfernung war zu groß. Nur Agnes sah etwas, wenn auch nicht die Platane, sie sagte: »Ist das ein Kran neben eurem Haus?«
Daß neben unserem Haus ein Kran stehen sollte, war mir absolut neu. Ich wenigstens hatte dort noch nie einen stehen sehen, und ich sah auch jetzt keinen, obwohl ich meine Augen anstrengte. »Du redest doch nicht von einem Baukran?« fragte ich.
Sie sagte: »Ein Kran ist für mich ein Kran, egal, wofür man ihn verwendet. In Marseille sah ich auch schon Schwimmkräne, aber das waren genauso Kräne und nichts anderes. Du siehst ihn nicht?«

Ich strengte meine Augen wieder an, aber die hoch über Lavoir stehende Sonne blendete mich. Ich fragte: »Wo siehst du ihn? Direkt neben dem Haus?«
»Eigentlich mehr hinter dem Haus«, antwortete sie, und noch während sie es sagte, meinte auch ich ihn zu sehen. Ich nahm die Sonnenbrille ab, aber ohne sie sah ich ihn nicht mehr. Von einer tiefen Unruhe erfüllt, trat ich die kaum angerauchte Zigarette aus, stand auf und kehrte, den steilen Pfad hinabsteigend, zum Wagen zurück. Agnes, die ihn fast gleichzeitig mit mir erreichte, meinte: »Ich hätte noch etwas damit warten sollen, ehe ich es dir sagte. Dann wären die beiden Männer vielleicht schon weggewesen. Jetzt sind sie sicher noch da. Ich dachte mir, daß du den Kran nicht gesehen hast. Du hättest sonst etwas gesagt. Sind deine Augen schon so schlecht?«
Sie waren nicht mehr besonders gut, aber schlecht wiederum auch nicht. Ich fuhr los und sagte: »Mit der Sonnenbrille sehe ich nicht so gut wie ohne.«
»Dann solltest du beim Autofahren vielleicht besser keine aufsetzen«, sagte sie.
Weil sie auch jetzt wieder lächelte, maß ich ihren Worten keine Bedeutung bei und sagte: »Wenn da oben wirklich ein Baukran steht und dazu noch hinter meinem Haus, dann weiß ich nicht, wie sie ihn hinaufgebracht haben. Auf der schmalen Straße auf keinen Fall.«
»Es gibt Kräne, die man zerlegen kann«, sagte sie.
»Auch zerlegt hätten sie ihn nicht hinaufgebracht«, beharrte ich.
»Mit einem Hubschrauber«, sagte sie. »Das ist heute kein Problem mehr. Es ist ein Kran, Monika, glaub es mir. Und klein kann er nicht sein, sonst hätte ich ihn auch nicht gesehen. Ich versuche, mich zu erinnern, wie es hinter deinem Haus aussah. Steht dort nicht ein großer Baum?«
»Eine zweihundert Jahre alte Platane«, sagte ich. »Du warst schon oben?«
»Mit meinem Vater und meiner Schwester als er uns das Haus und auch die Schule zeigte, in der mein Großvater einstmals unterrichtete. Etwas einsam ist es schon. Ich hätte da oben nicht leben wollen. Und wenn, dann nur zusammen mit dir.«
»Aber sonst bist du noch in Ordnung?«
Sie sagte: »Es ist mir egal, was du von mir denkst. Du warst schon viermal ohne deinen Mann hier. Aber da wußtest du noch nicht,

daß man dir das Haus wegnehmen will. Ich hätte dich fragen können, ob ich einige Tage bei dir wohnen darf. Du hättest es sicher abgelehnt. Einmal war ich sogar oben, als du allein hier warst. Ich fuhr mit dem Moped so weit, wie ich kam. Den Rest legte ich zu Fuß zurück. Aber du warst nicht da. Eine Frau erzählte mir, du seist zu einem längeren Spaziergang weg und würdest vor Abend nicht zurückkommen. Hat sie es dir gesagt?«
Ich schüttelte den Kopf. »Wann war das?«
»Vor einem Jahr. An einem Montag. Zwei Tage vorher trafst du ein. Großvater rief an und erzählte es meinen Eltern. Sie unterhielten sich anschließend darüber, ob es sein könnte, daß du dich von deinem Mann getrennt hast. Ich hörte ihnen, ohne daß sie es merkten, von der Diele aus zu. Hast du schon daran gedacht, dich von ihm zu trennen?«
»Nein«, sagte ich. »In keiner Minute.«
»Vielleicht tust du es noch«, sagte sie. »Wirst du es mir dann erzählen?«
»Wozu?«
»Weil ich darüber schreiben möchte«, sagte sie. »Wie es dazu kam und wie man sich als Frau fühlt, wenn man seinen Mann und seine Söhne verloren hat. Die hast du doch auch schon verloren?«
»Du redest Unsinn«, sagte ich. »Sie besuchen mich regelmäßig.«
»Wie schön von ihnen«, sagte sie. »Aber nach Lavoir begleiten sie dich seit Jahren nicht mehr. Vielleicht verstehst du dich mit ihren Freundinnen nicht. Oder haben sie noch keine Freundinnen?«
Ich blickte rasch in ihr Gesicht. »Ich habe im Moment ganz andere Probleme, als mich mit dir über die Freundinnen meiner Söhne zu unterhalten.«
Sie lächelte. »Jedesmal, wenn du so empfindlich reagierst, erfahre ich besonders viel von dir. Eine Frau wie du wird es überall schwer haben. Auch bei den Freundinnen ihrer Söhne.«
Es war schon ungeheuerlich, mit welcher Treffsicherheit sie mich bereits einschätzte, und ob sie nun besonders intelligent oder ich zu leicht zu durchschauen war, kam im Ergebnis auf das gleiche heraus. Eine zusätzliche Vertiefung des Themas blieb mir insofern erspart, als jetzt auch die Abzweigung nach Lavoir hinter der Kurve, die wir gerade durchfuhren, wieder in das Blickfeld kam. Der Citroën mit den beiden Männern war verschwunden. Über den Paß waren sie nicht gekommen. Demnach konnten sie nur nach Sarennes oder nach Lavoir gefahren sein, und darauf mußte ich es nach Lage

der Dinge diesmal ankommen lassen. Auch Agnes ließ es darauf ankommen, denn als ich auf die nach Lavoir führende schmale Straße einbog, verlor sie ausnahmsweise kein Wort.
Schon die ersten Kilometer, wo sie an der glatten Bergflanke in einer geschätzten achtzehnprozentigen Steigung unsere bisherige Straße und die Talsohle unter sich ließ, konnten auch einen extrem niedrigen Blutdruck auf überhöhte Werte bringen, zumal sie, wie ich sehr bald feststellen konnte, in einem noch schlechteren Zustand war, als ich sie von meinem letzten Besuch in Erinnerung hatte, und dies ohne jede Sicherung, weder Leitplanken noch ein schützendes Gemäuer hätten dazu beigetragen, einen kleinen Fahrfehler hinterher vergessen zu machen. Sofern man noch Gelegenheit hatte, sich an ihn zu erinnern. Erst weiter oben, als die Straße einer Krümmung der Bergflanke folgte und zur rechten Hand sich ein kahles Hochtal auftat, konnte man aufatmen. Aber auch nur zeitweilig, denn am Ende des Hochtals, wo es sich stark verjüngte, führte sie über einen Grat, der nicht viel breiter war als die Straße selbst und der den nun hinter uns liegenden Gebirgsstock mit dem noch vor uns liegenden verband, auf dessen Kuppe, fast schon zum Greifen nahe, die Häuser von Lavoir zu sehen waren. Diese Wegstrecke mit ihren beiderseits steil abfallenden Flanken, wovon die eine in einer engen Schlucht mit einem reißenden Gewässer verschwand, deren Tiefe sich nicht einmal abschätzen ließ, hatte ich, als Klaus noch am Lenkrad saß, jedesmal mit geschlossenen Augen hinter mich gebracht, und auch der Blick auf die etwa dreihundert Meter breite und zweihundert Meter hohe Felswand unterhalb von Lavoir wirkte aus dieser Perspektive noch schwindelerregender als aus der Ferne. Auf dem Grat hatte man allerdings bereits ihre halbe Höhe hinter sich, und die Straße führte etwas später zu der ihr abgewandten Seite des Berges auf einen Höhenzug, der zum Teil Baumwuchs trug — verkrüppelte Kiefern, vereinzelt auch Olivenbäume — und von dem aus sie, sich streckenweise in einen Hohlweg verwandelnd, in dann nicht mehr ganz so steilem Anstieg die ersten Häuser von Lavoir erreichte. Dort teilte sie sich in die beiden engen, kopfsteingepflasterten Gassen. Zwischen der zweiten und der dritten Häuserzeile gab es keine Straße. Ihre Häuser standen Rücken an Rücken. An einigen Stellen gab es schmale, dunkle Mauerdurchbrüche, die außer den betreffenden Häusern auch die beiden Straßen miteinander verbanden, so daß man, wollte man von der einen in die andere kommen, ihnen nicht bis zu ihrem An-

fang oder Ende folgen mußte. Auch dort, wo etwa in der Ortsmitte die zweite und dritte Häuserzeile der Kirche weichen mußten, vereinigten sich beide Straßen auf dem Kirchplatz, um gleich dahinter, in Fortsetzung der beiden unterbrochenen Häuserzeilen, sich wieder zu trennen. Abgesehen vom Kirchplatz, der von einem halben Dutzend Platanen beschattet wurde, und der alten Platane unmittelbar vor meinem Haus, war Lavoir ohne erwähnenswerten Grünwuchs, es sei denn, man gab sich mit vereinzelten Sträuchern und dem zumeist dürr wirkenden Gras zufrieden, das sich in Steinritzen und Felsfugen eingenistet hatte.
Am Ortseingang folgte ich der rechten Straße bis zur Kirche.
Hatte Lavoir schon immer, besonders zur Mittagszeit, wenn sich die noch verbliebenen Bewohner in ihren Häusern aufhielten, einen verlassenen Eindruck gemacht, so wirkte es jetzt geradezu beängstigend leer, und außer dem Fahrgeräusch des Wagens war kein anderes zu hören. Auch der Kirchplatz lag verlassen, und als wir dann bald darauf das Dorfende mit dem halbrunden Platz erreichten und ich den Kran stehen sah, wo zuvor *meine* Platane und die beiden steinernen Bänke gestanden hatten, drehte sich mir fast das Herz im Leibe um: keine fünf Meter von meiner Haustür entfernt und mit seinem langen Schwenkarm talwärts weisend. Sein eigentlicher Zweck wurde mir sofort ersichtlich, denn unmittelbar an mein Haus angrenzend und im Halbkreis den Platz bis zum Felshöcker umrundend, sah ich anstelle der ihn vormals sichernden Mauer eine zum Tal hin offene, etwa fünfzehn Meter lange, vier Meter tiefe und sechs Meter breite Baugrube unter mir liegen, was einem guten Drittel der einstigen Fläche des Platzes entsprach. Daneben standen ein großer Schaufellader, dessen Raupenketten auf der ganzen Fahrt hierher unübersehbare Spuren in der Teerdecke der Straße hinterlassen hatten, und zwei Kompressoren auf Rädern, wie sie beim Einsatz vom Drucklufthämmern gebraucht wurden, aber damit allein konnte die Grube dem Felsboden nicht abgetrotzt worden sein. Von meinem Bruder wußte ich, daß man in solchen Fällen mit Dynamit arbeitete, und dieses riesige Loch neben meinem Haus war aus dem Boden gesprengt und nicht gehämmert worden. Dafür sprachen auch die häßlichen Flecken im Verputz der ihr zugewandten Seite meines Hauses, die nur von umherfliegenden Felsbrocken rühren konnten. Auch die Alu-Läden der beiden, gleichfalls nach dieser Seite gelegenen Fenster im Erd- und im Obergeschoß, die wir unter hohen Kosten nachträglich einbauen

ließen und von denen aus man einen besonders schönen Blick auf das weite Panorama der Berge und in die Einsamkeit der Täler hatte, wiesen Beulen und Kratzer auf. Man hatte sich nicht einmal die Mühe genommen, sie durch Holzverschalungen zu schützen. Gehämmert worden war erst, als man Boden und Wände der Grube planierte, und das war bereits so gründlich geschehen, daß man diese Arbeiten als abgeschlossen betrachten konnte. Dafür, daß die Grube oberhalb der Felswand, abgesehen von einem etwa dreißig Zentimeter hohen, noch holzverschalten Betonsockel, talwärts offen war, gab es verschiedene Erklärungen. Die naheliegende war, daß hier eine durchgehende Fensterfront für einen in den Erdboden versenkten Raum entstehen sollte, der mit seinen neunzig Quadratmetern dem Bauherrn offensichtlich noch nicht groß genug erschien. Vielmehr gab es eindeutige Indizien dafür, daß auch mein Haus bereits in die Baupläne einbezogen war, führte doch in Verlängerung der Hinterkante der Grube eine, von einem Drucklufthammer gezogene, häßliche Rille mitten durch die schönen Sandsteinfliesen an der Rückseite meines Hauses, es gleichermaßen abgrenzend von seiner Nachbarschaft und der großen Grube anheimgebend, die nur noch darauf wartete, es zu verschlingen. Bei nur fünf Metern Breite des Hauses, gegenüber sechs der Grube, würden auch die Sandsteinfliesen von ihr geschluckt werden, ungeachtet dessen, daß wir sie persönlich in Sarennes bei einem Steinmetzen erworben, im Kofferraum unseres Wagens nach Lavoir geschafft und sie beiderseits der Haustür eigenhändig verlegt hatten, weil es schon damals nicht unproblematisch war, Handwerker zu finden, die bereit waren, nach Lavoir zu kommen.
Zumindest dieses Problem schien dem Bauherrn, mit dem ich es hier zu tun hatte, kein Kopfzerbrechen zu bereiten, wenngleich die Anwesenheit von Baumaschinen noch nicht auf die Anzahl der Beschäftigten schließen ließ. Noch ehe ich mir jedoch Gedanken darüber machen konnte, wo sie verblieben sein könnten, fiel mir noch rechtzeitig ein, daß ich am Donnerstagmorgen aus Dortmund weggefahren, am Donnerstag abend in einem Hotel in Lugano abgestiegen und am Freitagnachmittag bei Monsieur Debussy in Bairols eingetroffen war. Und da ich die letzte Nacht gemeinsam mit Agnes in der *Auberge Bressane* in Sarennes verbracht hatte, mußte demzufolge heute Samstag sein, und der wurde auch in Frankreich als arbeitsfreier Tag angesehen. Auch die beiden Männer mit dem Citroën würden heute Besseres zu tun gehabt haben, als wegen der

fehlenden Schranke nach Lavoir zu fahren und hier nach dem Rechten zu schauen. Möglicherweise waren sie aber auch bereits auf dem Rückweg von Lavoir gewesen; ich erinnerte mich, im Vorbeifahren den Kühler des Citroëns und nicht sein Heck gesehen zu haben.
Agnes nahm ich erst wieder wahr, als ich bereits die Haustür aufgeschlossen und im Wohn- ebenso wie im Schlafzimmer die überall verstreuten Glassplitter der seitlich und auch der talwärts gelegenen großen Fensterscheiben betrachtet hatte, die trotz der sie schützenden Rolläden bei den Sprengarbeiten nach innen geflogen waren. Als ein Segen erwies es sich nun, daß wir beim Kauf des Hauses aus Sicherheitsgründen und wegen der nachträglich eingebauten seitlichen Fenster, die zur Straße gelegenen, bis auf eines im Erdgeschoß, das zu einem WC gehörte, hatten zumauern lassen, so daß nicht noch mehr Scheiben kaputtgegangen waren. Aber auch so war genug kaputtgegangen und auch nicht mehr immer dort, wo es hingehörte, die Bilder nicht mehr an den Wänden und die Vasen nicht mehr auf den Tischen. Auch im Geschirrschrank mit unseren Wein- und sonstigen Gläsern, die zum großen Teil noch von meinen Eltern stammten, hatte es Bruch gegeben, und in der Küche lagen die Porzellanscherben der Gewürzbehälter inmitten der Gewürze am Boden verstreut. Dies alles betrachtete ich mir der Reihe nach, ohne ein Wort zu verlieren. Erst als ich in der Diele wieder auf Agnes stieß, die mir wie ein Schatten gefolgt war, sagte ich: »Das bleibt alles so liegen, wie es ist, Agnes. Wir räumen nichts weg. Das werden sie mir bezahlen.«
»Hauptsache, du hast elektrisches Licht«, sagte sie. »Ist das nicht merkwürdig?«
Als noch merkwürdiger empfand ich es, daß sie mich erst darauf aufmerksam machen mußte, aber schließlich war ich es seit zwanzig Jahren gewohnt, beim Betreten des Hauses in der fensterlosen Diele das Licht einzuschalten, und das hatte ich auch diesmal getan, ohne mir etwas dabei zu denken. Gleich darauf war ich durch den Anblick der im Haus durch die Sprengungen angerichteten Verwüstungen dermaßen abgelenkt gewesen, daß ich mir auch dann wegen des wider Erwarten vorhandenen Stroms keine Gedanken gemacht hatte. Ich überließ Agnes kurz sich selbst und stieg die Treppe zum Keller hinab. Bei meiner Rückkehr traf ich sie in der Küche an, wo aus einem der Hähne ein Wasserstrahl in die Spüle schoß. Sie sagte: »Ich hörte es plötzlich laufen. Der Hahn war offen. Hast *du* etwas gemacht?«

»Das Hauptventil aufgedreht.«
»Dann haben sie die Leute angelogen«, sagte sie. »Als die letzten Bewohner den Ort verlassen hatten, gab es wieder Wasser und Strom. Sie hätten sonst mit den Bauarbeiten nicht beginnen können. Verstehst du jetzt, weshalb ich gegen unsere Regierung bin?«
Davon hatte sie mir bisher noch nichts erzählt, aber es interessierte mich auch nicht. Wenn ich mich mit Klaus über Politik unterhielt, was selten genug geschah, gab es jedesmal Streit. Ich sagte: »Du kannst sein, wofür du willst, und dagegen auch. Nur verschone mich damit.«

Ich kehrte auf die Straße zurück, setzte mich in den Wagen und zündete mir eine Zigarette an. Durch die Windschutzscheibe betrachtete ich die beiden Kompressoren. Ihre kleinen, luftbereiften Räder waren mit hölzernen Bremsklötzen unterlegt, eine Vorsichtsmaßnahme, die insofern übertrieben erschien, als sie wegen des zur Baugrube hin abfallenden Bodens quer zu ihr abgestellt und auf das Kupplungsgestänge ihrer Anhängevorrichtung abgesenkt worden waren. Nicht einmal ein plötzlicher Orkan hätte sie von der Stelle bewegen können. Noch während ich sie betrachtete, fühlte ich wieder Agnes' Blick auf mich gerichtet. Daß sie sich zu mir in den Wagen gesetzt hatte, war mir entgangen. Sie sagte nichts, blickte mich nur an, und während sie mich anblickte, kam mir ein Einfall. Ich stieg aus dem Wagen, klemmte die Zigarette zwischen die Lippen und trat nahe an die Kompressoren heran. Mich nach dem Kupplungsgestänge des ersten bückend, versuchte ich, es vom Boden zu heben und die Maschine von ihrer Schräg- in eine Horizontallage zu bringen, was mir, wider Erwarten, beinahe mühelos gelang. Ich setzte das Kupplungsgestänge wieder ab, entfernte die Bremsklötze unter den Reifen und stieß sie mit dem Fuß in die Baugrube. Dann brachte ich die Maschine wieder in die Horizontallage, drehte sie, das Kupplungsgestänge hinter mir herziehend, in Fahrtrichtung zur Grube und ließ das Gestänge, weil sich die Maschine sofort in Bewegung setzte, hastig los. Daß der Boden zur Grube hin abfiel, war von den Architekten, die Lavoir geplant und gebaut hatten, wohl so beabsichtigt, damit auf dem halbrunden Platz oberhalb der Felswand sich bei Regen kein Wasser ansammeln, sondern durch bodennahe Löcher in der Mauer über die Wand abfließen konnte, was es, seit ich das Haus bewohnte, auch immer zuverlässig getan hatte. Das Geräusch, mit dem der zentnerschwere Kom-

pressor auf dem felsigen Grubenboden aufschlug, war nicht nur bestürzend laut, es erzeugte auch ein Echo, so daß ich es gleich zwei- oder gar dreimal vernahm. Beim zweiten Kompressor ging Agnes mir zur Hand. Als ich mich nach dem Kupplungsgestänge bückte, stand sie ungerufen neben mir, und wir ließen die Maschine gemeinsam zu der anderen in die Baugrube rollen. Warum sie sich im Fallen überschlug und auf den Rücken zu liegen kam, während die erste sich im Sturz nur auf die Seite gelegt hatte, mochte vielleicht damit zu tun haben, daß wir sie mit vereinten Kräften in Bewegung gesetzt hatten. Lieber wäre es mir gewesen, sie wären alle beide nicht nur in die Grube, sondern auch noch die Felswand hinabgestürzt. Dort unten hätte kein Mensch sie gesucht oder auch nur vermutet, und wenn schon jede Menge Autos gestohlen werden, warum dann nicht auch teure Baumaschinen. Mehr war mit unseren schwachen Kräften auch nicht zu schaffen, und den schweren Schaufellader konnte ich vergessen. Nicht nur stand er in sicherer Entfernung von der Baugrube: Es hätte, um ihn in Bewegung zu setzen, vermutlich auch eines Zündschlüssels bedurft.
Mit der Zigarette im Mundwinkel unser gemeinsames Werk in der Grube betrachtend, sagte ich zu Agnes, die neben mir stehend wieder einmal kein Auge von mir ließ: »Selbst wenn jetzt einer käme und uns hier stehen sähe, könnte er nicht beweisen, daß wir es waren. Sie lagen schon unten, als wir eintrafen.«
»Ich weiß nur nicht, warum du es getan hast und was du dir davon versprichst«, sagte sie. »Die Maschinen werden bestimmt versichert und leicht zu ersetzen sein.«
Das war mir klar, und was ich mir davon versprach war nicht viel mehr als ein Ventil für den angestauten Zorn in mir. Tatsächlich fühlte ich mich jetzt schon viel leichter, so daß auch ihre erste Frage, warum ich es getan habe, bereits beantwortet war. Aber das allein genügte mir als Erklärung für meine Verhaltensweise nicht, denn bei allem was ich hier und auch schon gestern mit der Schranke angestellt hatte, war es ihr erwartungsvoll auf mich gerichteter Blick, der mich zu Dingen anstachelte und befähigte, die mir bis dahin nicht einmal im Traum eingefallen wären und die mich an längst vergangene Zeiten erinnerten, als es noch darum ging, unter Schulfreundinnen eine dumme Mutprobe zu bestehen, wie sie auch bei Jungens üblich war. Es war ebenso lächerlich wie absurd, und weil ich noch immer ihren Blick fühlte, wandte ich ihr das Gesicht zu und sagte: »Weil es mir Spaß machte.«

»Der Kran würde dir vielleicht auch Spaß machen«, sagte sie. »Allmählich traue ich dir beinahe alles zu, Monika.«
Aus ihrem Mund war das sicher eine nicht hoch genug zu bewertende Einschätzung, aber kein noch so bewundernder Blick aus ihren erwartungsvoll glänzenden Augen hätte mich dazu bewegen können, meinen Mut auch noch an dem Kran zu messen. Ich sagte: »Es ist lächerlich, auch nur daran zu denken, dieses Riesending umzuwerfen. Selbst wenn wir es schafften, würden wir darunter begraben werden. Oder er würde auf mein Haus fallen und den verdammten Kerlen, die es haben wollen, die Arbeit abnehmen, es kaufen zu müssen. — Er ist allerdings nicht ganz so groß, wie es zunächst aussah«, schränkte ich abschließend ein.
»Und auch noch ganz ohne Gegengewichte«, sagte sie.
Ich blickte mit gerunzelter Stirn in ihr erwartungsvolles Gesicht. »Was heißt: Gegengewichte?«
Sie erklärte es mir und fügte hinzu: »Meine Eltern haben vor vier Jahren gebaut. Damals konnte ich selbst beobachten, wie ein Kran aufgestellt wird.«
»Und wozu brauchen sie ihn hier?«
»Aber das ist doch einfach, Monika«, sagte sie, wieder einen Arm um meine Taille legend, wobei ihre Hand unter dem T-Shirt, das mir beim vielen Umhergelaufe aus dem Rock gerutscht war, auf meiner bloßen Haut zu liegen kam. »Sie brauchen ihn für die Abbrucharbeiten und auch für die Bauarbeiten an dem neuen Haus. Ich bin sicher, die Baugrube ist für ein Souterrain bestimmt, und auf das Souterrain werden sie noch ein, wenn nicht gar zwei Stockwerke setzen.«
Obwohl ich genau wußte, wovon sie sprach, fragte ich: »Woran denkst du, wenn du von Abbrucharbeiten redest? An mein Haus?«
»Vielleicht werden sie noch mehr Häuser abreißen«, sagte sie, »aber deines ganz bestimmt. Wenn du wissen willst, wie groß die Baugrube noch werden soll, brauchst du nur die Augen richtig aufzumachen.«
Daß ihr die häßliche Rille durch meine schönen Sandsteinfliesen entgangen sein könnte, hatte ich auch nicht erwartet. Ich sagte: »Und um mein Haus abzureißen, brauchen sie diesen Kran, meinst du?«
»Nicht nur«, sagte sie. »Sicher verwenden sie eine dieser großen Stahlkugeln oder Birnen, die sie am Ausleger hin- und herschwenken ...«

»An welchem Ausleger?« fragte ich dazwischen.
Sie deutete mit dem Daumen in die Luft, wo der Schwenkarm des Krans zu unseren Köpfen bis über die Baugrube ragte, und sagte: »An diesem.«
Daß er auch etwas mit Schwenken zu tun hatte, war jedenfalls nicht falsch gewesen, und wie es aussah, wenn eine dieser Stahlkugeln, von denen sie sprach, gegen das Gemäuer einer Hauswand prallte, hatte ich schon selbst mit angesehen. Die Vorstellung, wie sie auch gegen mein Haus prallen und es in Stücke hauen würde, drehte mir in Anbetracht dessen, was wir allein nur für die Alu-Läden und die Fußbodenheizung investiert hatten, beinahe zum zweiten Male das Herz im Leibe um. Ich nahm ihren Arm von meiner Taille und ihre Hand, deren Berührung kleine Wärmewellen in mir auslöste, von meiner Haut, und wandte mich, nun auch den Kran einmal näher ins Auge fassend, diesem zu. Offenbar gehörte er zu jener Gattung, die mittels einer externen Steuerung bedient wurden, denn eine wie immer auch geartete Sitzfläche für einen Fahrer besaß er nicht. Und viel höher als zehn Meter konnte er nicht sein, so daß er, in vier oder fünf Teile zerlegt, auch auf einem kleineren Lastwagen Platz gefunden hatte. Ohne die noch fehlenden Betonplatten, die ihn beim Heben schwerer Lasten vor dem Umkippen bewahrten, wirkte er nicht ganz so unangreifbar, wie es mir zunächst geschienen hatte. Der Blick durch den flachen Gitterrohrrahmen an seiner Rückseite, wo in beladenem Zustand die Gegengewichte lagen, auf den kläglichen Stumpf meiner zweihundert Jahre alten Platane löste ein Gefühl ohnmächtigen Zorns in mir aus. Räder besaß der Kran nicht. Er stand auf vier tellerähnlichen Füßen, deren armdicke Schraubenbeine mit dem stählernen Gerippe des Krans verschweißt und mittels gußeiserner Kurbeln in der Höhe verstellbar waren. Nur so ließ es sich auch erklären, daß der Kran, trotz des zur Grube hin abschüssigen Bodens, kerzengerade stand. Während ich ihn einmal umrundete, stellte ich fest, daß der Höhenunterschied zwischen seinem hinteren und seinem der Grube zugewandtem Teil, etwa fünfundvierzig Zentimeter betrug, die allein durch die verstellbaren Schraubenbeine egalisiert wurden. Wenngleich in physikalischen Dingen nicht so bewandert wie mein Bruder, der sich von Berufs wegen damit befassen mußte, wogen diese fünfundvierzig Zentimeter in meinen Augen doch um so schwerer, als der über sieben Meter lange Ausleger des Krans der Grube und nicht jenem Teil zugewandt war, wo normalerweise die

tonnenschweren Gegengewichte ihm einen sicheren Stand verliehen.
Mir noch überlegend, was sich in der Praxis damit anfangen ließe, traf sich mein Blick mit dem von Agnes, und ich sah, daß sie schon wieder erwartungsvoll lächelte. Ich sagte: »Selbst wenn es funktioniert: Ungefährlich ist es nicht.«
»Aber doch nur, wenn wir uns sehr dumm anstellen«, sagte sie.
Die Stelle, wo ihre Hand meine Haut berührt hatte, fühlte sich noch immer warm an und juckte. Aus Sorge sie könnte es bemerken und richtig deuten, unterdrückte ich das Bedürfnis, mich zu kratzen und sagte: »Es muß aber, wenn wir kurbeln, völlig synchron geschehen. Sonst kann es uns passieren, daß er schräg und nicht nach vorne fällt. Du kurbelst auf der linken, ich auf der rechten Seite.«
»Ich wußte, daß du es tun wirst«, sagte sie.
Aber nicht mehr allein nur ihretwegen; mein Zorn war schon zu groß, als daß es noch eines anderen Ansporns bedurft hätte. Während wir, wie besprochen, im gleichen Rhythmus an den Kurbeln drehend das massige Vorderteil des Krans ganz behutsam absenkten, behielt ich seinen über uns schwebenden Ausleger im Auge. Obwohl sein Neigungswinkel sich ersichtlich verstärkte, traf er keine Anstalten, in die Grube zu fallen. Auch dann nicht, als die Kurbeln sich nicht mehr drehen ließen und das Stahlgerippe des Krans satt auf den tellerförmigen Füßen aufsaß.
Mir war beim Kurbeln warm geworden. Ich wischte mir den Schweiß aus der Stirn und sagte zu Agnes, die noch genauso frisch aussah wie heute morgen beim Frühstück: »Wir können es jetzt sein lassen oder versuchen, das Hinterteil anzuheben. Das wird aber nicht so leicht sein wie das Absenken des Vorderteils.«
Sie sagte: »Wenn es dich zu sehr anstrengt, lassen wir es sein.«
»Das ist dummes Gerede«, erklärte ich und begab mich hinter den Kran. Wie nicht anders erwartet, kostete es ungleich mehr Kraft, die eisernen Kurbeln in die entgegengesetzte Richtung zu drehen und das schwere Hinterteil mit dem Gitterrohrrahmen in die gleiche Höhe zu bringen, wie wir seinen vorderen Teil abgesenkt hatten. Zusammengerechnet waren das nicht weniger als neunzig Zentimeter, die er am Ende mit seinem Hinterteil höher stand als mit seinem Vorderteil, und das war doch eine ganze Menge, auch wenn sich die beiden Kurbeln von da an keinen Millimeter mehr bewegen ließen. Nur: er stand eben noch immer. Er neigte sich mit seinem

Ausleger zwar so tief über die Grube, daß einem allein vom Hinsehen schwindelig werden konnte, aber fallen wollte er trotzdem nicht. Zu Agnes, die auch jetzt noch einen frischen Eindruck machte, während mir das Wasser den Rücken hinablief, sagte ich: »Schwitzt du nie?«

»Nein«, sagte sie. »Warum fragst du?«

Daß mir das Shirt auf der Haut klebte, konnte ihr nicht entgangen sein. Es war daher völlig überflüssig, mich zu fragen, warum ich sie fragte. Ich hatte jetzt einen Punkt erreicht, wo der Kran für mich kein Kran mehr, sondern ein störrisches Wesen war, dessen Beharrungsvermögen meinem Willen, es zu brechen, entgegenstand, und wenn man fast fünfundzwanzig Jahre lang seinen Willen zurückgestellt und ihn fremden Interessen untergeordnet hatte, dann war er einem vielleicht irgendwann verlustig gegangen und Resignation hatte sich breitgemacht dort, wo der Wille einstmals heimisch war. Aber hier hatte ich es mit keinem Menschen zu tun, dessen Interessen zu berücksichtigen mir fast zum Lebensinhalt geworden war, sondern mit einem seelenlosen Stück Eisen, dessen Interessen mir nicht wichtiger zu sein brauchten als mein eigener Wille.

Einen Einfall, das Schraubengewinde der Kurbelwellen zu überlisten, hatte ich schon. Weil es ihr offenbar bereits zur Manie geworden war, mir auf Schritt und Tritt überallhin zu folgen, hatte ich Agnes auch wieder an meiner Seite, als ich zu meinem Wagen ging. Sie fragte: »Was hast du vor?« Und als ich ihr keine Antwort gab, sagte sie: »Wenn sie schon ein Seil eingelegt hätten, könnten wir daran ziehen.«

Ich fragte: »Wo eingelegt?«

»Über die Rolle am Ende des Auslegers«, sagte sie. »Es würde dann herunterhängen, und wir könnten daran ziehen.«

»Von wo aus ziehen? Doch nicht etwa von der Grube aus?«

Sie lachte. »Ich wollte nur sehen, ob du was merkst. Außerdem haben sie keine Leiter hiergelassen. Wir kämen nicht einmal hinunter.«

»Hinunter vielleicht schon, aber nicht mehr hinauf«, sagte ich. »Ich möchte annehmen, sie haben Leitern und Werkzeug über das Wochenende in einem der Häuser aufbewahrt.«

Beim Wagen angelangt, machte ich mich auf die Suche nach dem Wagenheber. Gebraucht hatte ich ihn bisher noch nie, und ohne Agnes' Hilfe hätte ich ihn vielleicht auch nicht gefunden. Ich sagte: »Bei manchen Dingen könntest du meinen, sie hätten, wenn sie so

ein Auto bauen, ihren Kopf vorher bei ihrer Gewerkschaft abgegeben. Aber damit müßte es gehen. Oder was meinst du?«
»Es ist *dein* Job«, sagte sie.
»Du steckst jetzt genauso mit drin«, sagte ich und trug den Wagenheber zum Kran. Ich setzte ihn ziemlich genau in der Mitte seiner hinteren Tellerfüße an der unteren Querschiene des Gitterrohrrahmens an, aber er war viel zu kurz und reichte nicht bis auf den Boden. »Ein Stein«, sagte ich. »Wir brauchen einen großen Stein, Agnes. Siehst du einen?«
»Nein«, sagte sie.
Halb gebückt, wie ich stand, sah ich die Querschiene auf mich zukommen, bevor ich, Agnes' Hand an meinem Arm fühlend, von ihr zurückgerissen wurde. Was dann geschah, konnte ich, weil ich instinktiv die Augen geschlossen hatte, nur noch hören, und was ich hörte, klang verheißungsvoll genug. Wenn dennoch mehr kaputtgegangen war, als schon der ohrenbetäubende Krach und das anschließende sekundenlange metallische Klirren es erwarten ließen, so war dies vor allem darauf zurückzuführen, daß der dreieckige Ausleger beim Sturz in die Grube nicht nur abgeknickt, sondern auch auf die beiden bereits in der Grube liegenden Kompressoren gefallen war, und entsprechend sah es dort unten jetzt auch aus. Dies alles erkannte ich aber erst, als ich die Augen schon wieder geöffnet und mich der Grube so weit genähert hatte, daß ich einen Blick hineinwerfen konnte.
Die oberhalb der Grube liegenden Teile des Krans, bei denen es sich vorwiegend um den Gitterrohrrahmen für die Gegengewichte und die tellerförmigen Füße handelte, die nun wie die Beine einer hilflos auf dem Rücken liegenden Schildkröte himmelwärts ragten, machten einen noch ziemlich gut erhaltenen Eindruck, so daß man sie vielleicht noch einmal würde verwenden können. Nur der Ausleger, aber auch der vertikale Aufbau des Krans, sahen selbst für einen Laien, wie ich einer war, irreparabel aus. Neben mir hörte ich Agnes sagen: »Was warst du leichtsinnig, Monika. Du könntest jetzt tot sein. Weißt du das?«
Ganz sicher war ich mir dessen nicht. Die Anfangsgeschwindigkeit des stürzenden Krans war nicht so groß, daß die Schiene, als ich über sie gebeugt stand, mich vom Boden hätte heben oder mir die Nase abreißen können, aber vielleicht gleich den ganzen Kopf. Dummerweise hatte ich, als der Kran losmarschierte, nicht die Schiene und auch nicht den Wagenheber, sondern Agnes angese-

hen, und wer hätte auch wissen können, daß die bloße Berührung der Schiene mit dem Wagenheber ausreichen würde, den Kran doch noch das Fürchten zu lehren und sich, entgegen seiner vorangegangenen Standfestigkeit, einigermaßen unmotiviert in Bewegung zu setzen.

Ich sagte: »Man muß nicht immer gleich an das Schlimmste denken. Wenn man das tut, dann darf man eine Sache wie diese gar nicht erst anfangen. Ich bin dir trotzdem dankbar. Ich hatte einen Augenblick lang nicht aufgepaßt.«

»Das passiert oft auch in der Liebe«, meinte sie und zupfte an meinem verschwitzten T-Shirt. »Willst du es nicht ausziehen?«

Obwohl ich noch einen BH darunter trug, wies ich ihr Ansinnen zurück und sagte: »Das hat noch Zeit bis zum Duschen. Vorher werden wir den Wagen entladen und ihn von hier wegbringen, damit er nicht gesehen wird, falls doch noch irgendwelche Leute den Weg herauffinden.«

Sie fragte sichtlich verwundert: »Aber doch nicht nach Sarennes bringen?«

Die Vorstellung erheiterte mich. Ehe ich mich selbst daran hindern und zur Ordnung rufen konnte, küßte ich sie impulsiv auf die Wange und sagte: »Nein, du Dummes. Wir schlafen heute nacht hier. Da würde er uns nichts nützen, wenn er in Sarennes stünde.«

Sie fragte: »Wieso sagst du Dummes zu mir?«

Darüber hatte ich vorher ebensowenig nachgedacht wie über meinen Kuß auf ihre Wange. Üblicherweise sagte man so etwas nur zu Menschen, die einem sehr nahestehen, und sie stand mir vielleicht schon näher, als ich wahrhaben wollte. Ich sagte: »Weil es mir so gefiel. Und jetzt faß an.«

Mit nur einem Koffer und einer Tasche mit den Lebensmitteln, die ich vorsorglich schon aus Dortmund mitgebracht und vor unserer Abfahrt aus Sarennes noch rasch in einem Bäcker- und Fleischerladen ergänzt hatte, war es mit dem Entladen des Wagens bald getan. Die Lampen, die ihr Großvater uns mitgegeben hatte, konnten wir ebenso im Kofferraum liegen lassen wie die Kanister mit dem Petroleum und dem Wasser. Danach fuhr ich, Agnes an meiner Seite, zurück bis zur Kirche und von dort, der zweiten Straße folgend, noch etwa hundert Meter in Richtung Ortseingang. Die verlassenen Häuser, die meisten mit leeren Fensterhöhlen und ohne Türen, sahen fast alle gleich aus. Sie waren durchweg zweistöckig, mit drei Fenstern im Ober- und zwei Fenstern im Erdgeschoß. Zwischen

den Fenstern im Erdgeschoß befand sich die Tür, und damit war schon alles gesagt, was sich über die Häuser hätte sagen lassen. Vor einigen standen, neben der Haustür, noch Sitzbänke, die von den Bewohnern zurückgelassen worden waren und die genauso alt und verwittert aussahen wie die Häuser selbst. Bei den wenigen Ausnahmen, die sich von den anderen Häusern abhoben, handelte es sich um jene, die dazu ausersehen waren, einen Teil der Wohnfläche einem ebenerdigen Durchgang zur Parallelstraße zu opfern, womit nicht nur der eigenen, sondern auch der allgemeinen Bequemlichkeit gedient war, weil es von Fall zu Fall Wege zur Kirche oder ins einzige Bistro von Lavoir entscheidend verkürzen half.
Neben diesen Ausnahmen gab es noch drei Häuser, die sich von den anderen unterschieden, nämlich das ehemalige Rathaus, die ehemalige Schule und das Spritzenhaus. Letzteres besaß eine Außentreppe, über die man in das Obergeschoß gelangte. Ins fensterlose Untergeschoß führte ein großes, zweiflügeliges Holztor, das zwar etwas schräg in den verrosteten Angeln hing, jedoch noch immer einen gut erhaltenen Eindruck machte. Entfernte man den hölzernen Riegel, der es verschloß, kam man in einen weißgetünchten Raum mit gewölbter Decke, und auf diesen hatte ich es abgesehen. Bis vor fünf Jahren hatte hier noch ein, wenn auch recht kleines, so doch relativ modernes Löschfahrzeug gestanden. Ob der Bürgermeister von Sarennes oder einer seiner Amtskollegen zu dem Schluß gekommen waren, das Fahrzeug stünde in Lavoir zu niemandes Nutzen, weil die aus Felsengestein erbauten Häuser eher erdbeben- als feuergefährdet seien, war immer im dunkeln und das Löschfahrzeug nach einer in Sarennes durchgeführten Inspektion im Tal geblieben.
Auch Agnes schätzte die Möglichkeit, der Mercedes könnte im Laufe des heutigen oder des morgigen Tages von einem unerwarteten Besucher entdeckt werden, als relativ gering ein. Sie schob mir, nachdem wir den Wagen untergebracht, das Tor geschlossen und den Riegel wieder vorgelegt hatten, auf dem Rückweg eine Hand in den Arm und sagte: »Auch wenn ich hier nicht leben möchte: So ein ganzes Gebirgsdorf sein eigen zu nennen und es, einschließlich der hübschen Aussicht, mit niemandem teilen zu müssen, das ist etwas, was sich nicht jeder leisten kann. Stell dir vor, jeder Pflasterstein, auf dem wir hier gehen, gehörte dir. Jeder kleine Grashalm, der hier wächst.«
»Und die Luft, die wir hier atmen«, sagte ich. »Und das Stück Him-

mel über Lavoir. Aber es gehört nun mal nicht mir, sondern einem anderen. Ich werde ihn kennenlernen, egal, wer es ist. Mich wird er nicht los. Das verspreche ich dir.«
»Dir glaube ich es«, sagte sie, ihre Hand fest um meinen Arm legend. »Noch gestern hätte ich es dir nicht geglaubt. Wenn du mich dumm findest, klingt es dann auch dumm, daß ich dich mag?«
Ich betrachtete eine Gardine, die im Obergeschoß eines Hauses aus einem Fenster mit zerbrochenen Scheiben hing und sagte: »Als ich im Herbst hier war, wurde es noch von einem älteren Mann bewohnt. Seine Frau liegt auf dem kleinen Friedhof von Lavoir. Er wollte neben ihr begraben sein. Jetzt wird er es vielleicht nicht mehr schaffen.«
»Ich wußte nicht, daß Lavoir einen Friedhof hat«, sagte sie. »Wo ist er?«
»Hinter dem kleinen Kiefernwäldchen, an dem wir vorbeikamen. Von der Straße aus kann man ihn nicht sehen.«
»Du kanntest diesen Mann?«
»In Lavoir kannte jeder jeden. Er gehörte auch zu jenen, die sich abends vor unserem Haus trafen. Ich werde sie vermissen.«
Sie nahm ihre Hand von meinem Arm und sagte: »Warte.«
Ich blieb stehen und beobachtete, wie sie zurücklief und in dem Haus mit der Gardine verschwand. Sie blieb nicht lange weg und sagte beim Zurückkommen: »Es stehen auch noch Möbel im Haus. Ein Bettgestell, Tisch und Stühle. In der Küche ein alter Kohlenherd. Vielleicht wirst du dich ohne deinen Mann und ohne deine Söhne jetzt sehr einsam hier fühlen.«
»Ich habe ja dich«, sagte ich, wie um mich selbst zu beruhigen. Sie blickte mich von der Seite an und sagte: »Ich würde in Théniers nichts vermissen.«
»In Digne auch nicht?«
»Auch in Digne nicht«, sagte sie. »Ich kann ohne Mann sein.«
»Wie gut für dich«, sagte ich. »Ich nicht.«
»Dann würdest du hier nicht wohnen wollen«, sagte sie und fing an zu lachen. Ich fragte: »Was ist lustig daran?«
»Mir ist der Kran eingefallen«, sagte sie, noch immer lachend. »Das war doch zu komisch. Zuerst rührte er sich überhaupt nicht. Und dann fiel er plötzlich um.«
Ihr Lachen wirkte ansteckend, ich sagte: »Aber ich habe ihn doch mit dem Wagenheber angestoßen. Da mußte er doch umfallen. Oder hast du das nicht gesehen?«

»Und ob ich das gesehen habe«, sagte sie, sich vor Lachen schon krümmend. »Du warst vielleicht komisch: Wir brauchen einen großen Stein, Agnes. Siehst du einen? Und dann fiel er plötzlich um.«
Ich konnte nicht mehr anders, als in ihr Lachen einzustimmen. Auf der menschenleeren, kopfsteingepflasterten, sonnenbeschienenen Straße zwischen all den verlassen in der Mittagssonne stehenden Häusern mit ihren leeren Fenstern und Türen lachten wir, uns gegenseitig immer wieder neu stimulierend, mal kichernd, mal prustend und mal laut hinaus, beinahe ohne Unterlaß. Ich erinnerte mich nicht, in meinem Leben jemals so heftig und anhaltend gelacht zu haben. Wir lachten auch noch, als wir, um den Rückweg abzukürzen, die zweite und dritte Häuserzeile in einem der ebenerdigen Durchgänge zur Parallelstraße passierten. Sie waren so niedrig gehalten, daß man sich versucht fühlte, den Kopf einzuziehen. Wegen ihrer schmalen Zugänge waren sie auch bei hellem Tageslicht nur in ein dämmeriges Halbdunkel gehüllt, und die Luft roch modrig-dumpf. Dies allein konnte aber kaum der Grund dafür sein, weshalb Agnes, noch während wir uns über den Kran amüsierten, wieder einen Arm um meine Taille legte und mich, als ich ihn von dort wegnehmen wollte, mit einer raschen Bewegung rücklings gegen das feuchte Gemäuer drängte. Mit beiden Händen meine Arme an den Gelenken umfassend, lehnte sie sich mit dem ganzen Körper fest gegen mich und fing an, mein Gesicht zu küssen, meine Augen, meine Nase, meine Wangen. Ob ich es zuließ, weil mir selbst so heiter zumute war oder weil ich irgendwann Gefallen daran fand, von ihr geküßt zu werden, beschäftigte mich erst hinterher, und auch dann fiel mir eine schlüssige Antwort nicht ein. Ich hätte mich nicht einmal damit rechtfertigen können, von ihr überrumpelt worden zu sein. Im ersten Augenblick vielleicht, aber ihre Küsse dauerten viel länger als nur einen Augenblick lang, und sie lachte auch nicht mehr, sondern küßte mich, die Augen schließend und mit großer Zartheit immer und immer wieder. Wie es möglich war, daß ihre Küsse wohlige Schauer in mir auslösten, die ich bis hinab zu den Zehen zu fühlen meinte, und warum ich, als ihre Lippen die meinen suchten, ihnen sogar entgegenkam, hätte unter anderen Umständen zu größter Nachdenklichkeit Anlaß gegeben, mit einiger Wahrscheinlichkeit auch eine Identitätskrise bei mir ausgelöst, aber die Umstände waren nun mal so, daß ich sie mir im Augenblick nicht leisten konnte und deshalb zusehen mußte, wie ich damit zurechtkam. Auch wenn ich davon ausging, meine Sinne

noch alle beisammen zu haben, so berührte es mich doch höchst eigenartig, daß ihre dünnen Lippen sich beim Küssen so ungemein weich anfühlten und bei mir den Eindruck hinterließen, den Mund in einen Kelch voll süßer Sahne zu tauchen, was schon eher einen Identitätsverlust als nur eine kleine Identitätskrise befürchten ließ, wie jede Frau sie in ihrem Leben einmal durchmachte und wie ich sie allzugern auch auf mich bezogen hätte, um meiner wachsenden Bereitwilligkeit, Agnes' Küsse nicht nur hinzunehmen, sondern sie, als sie anfing, mit einer Hand meine Brust zu streicheln, sogar zu erwidern, eine harmlose Erklärung zu geben. Ich spürte ihre Küsse und ihre Berührung meiner Brust auch noch, als sie ebenso plötzlich, wie sie begonnen hatte, mich zu küssen und zu streicheln, damit aufhörte und mich, an einer Hand haltend, aus dem dämmerigen Halbdunkel hinaus auf die sonnenbeschienene Straße zog. Dort sagte sie: »Vielleicht braucht man für den Schaufellader keinen Zündschlüssel. Vielleicht läßt er sich auch ohne Schlüssel starten. Was meinst du?«
Ich blickte sie, unfähig zu antworten, einigermaßen fassungslos an.
»Ich weiß, was du jetzt von mir denkst«, sagte sie. »Aber da liegst du völlig falsch, Moni. Glaub es mir. Den Wunsch, dich zu küssen, hatte ich, glaube ich, schon als kleines Mädchen, als ich dich zum erstenmal sah. Warum, weiß ich nicht. Du gefielst mir eben. Daran hat sich bis heute nichts geändert.«
Daß sie auch meine Brust gestreichelt hatte, fand sie anscheinend nicht erwähnenswert, und auch ich begnügte mich damit, ihr entgegenzuhalten, sie könnte den Wunsch, eine Frau zu küssen, auch schon bei anderen und nicht nur bei mir verspürt haben. Sie schüttelte jedoch nachdrücklich den schmalen Kopf und antwortete: »Dann würde ich es dir sagen. Es liegt nur an dir. Glaub mir. Nicht einmal so sehr daran, daß du ein gutaussehender Typ bist. Ich bin schon Frauen und Mädchen begegnet, die genauso gut aussahen wie du. Aber das Bedürfnis, eine zu küssen, hatte ich nie. Das passierte mir nur bei dir.«
Von einem Mann gesprochen, wären das sicher wohltönende Worte, denen zu lauschen jede Frau ein offenes Ohr besitzt, aber seit ich mir darüber klargeworden war, daß ihre Küsse und ihr Streicheln mich nicht gleichgültig ließen und sogar meine Neugierde weckten, vielleicht noch etwas tiefere Einblicke in seelische Abgründe zu gewinnen, die, obgleich meine eigenen, mir bisher verborgen geblieben waren, würde ich abwägen müssen, ob mir meine

Neugierde wichtiger war als das Risiko, daß es nicht allein mein Mund war, wonach ihre Lippen dürsteten. Ich sagte: »Vielleicht bist du als Baby von deiner Mutter nicht oft genug geküßt worden.«
Sie rieb im Gehen lächelnd ihren Kopf an meiner Schulter und sagte: »Aber Moni, was redest du da für einen Quatsch. Das hat nichts mit meiner Mutter und auch mit keinem anderen Menschen zu tun. Es hat allein mit dir zu tun.«
»Das redest du dir sicher nur ein«, sagte ich, in Ermanglung besserer Argumente.
Sie nahm den Kopf von meiner Schulter, hielt, sich bei mir einhakend, mit geschlossenen Augen das Gesicht in die warme Sonne und sagte: »Wir werden ja sehen.«

Über die Frage, ob wir die Nacht in Lavoir oder wieder im Hotel verbringen sollten, unterhielten wir uns beim Mittagessen, das wir in der Küche, wo das Fenster noch heil war, zu uns nahmen. Sie lag, ebenso wie der Wohnraum, an der Vorderseite des Hauses oberhalb der Felswand, während die beiden Schlafzimmer und das Badezimmer unmittelbar darüber im Obergeschoß untergebracht waren. Außer dem Küchenfenster waren nur noch die Fenster im Badezimmer und im kleinen Schlafzimmer, das einstmals als Kinderzimmer eingerichtet und heute unser Gästezimmer war, unversehrt geblieben, was sich daraus erklärte, daß sie nicht neben der Baugrube lagen. In einigen Wochen, wenn auch in Lavoir sommerliche Temperaturen einkehrten, hätten mich die kaputten Scheiben nicht gestört, aber jetzt waren die Nächte hier oben noch recht frisch, und auch die Fußbodenheizung konnte dann die fehlenden Fenster nicht ersetzen. In der Annahme, Agnes teile diese Ansicht, machte ich sie bei Huhn mit gebratenen Nudeln, das wir gemeinsam zubereitet hatten, mit meiner Absicht vertraut, die Nacht wieder im Hotel zu verbringen. Sie sagte zunächst nichts und mit einiger Verzögerung: »Wenn es nur wegen der Fenster ist: im Gästezimmer sind sie nicht kaputt.«
»Das weiß ich«, sagte ich. »Aber dann hättest du kein eigenes Zimmer.«
»Und das stört dich?« fragte sie.
Ich dachte, ich hörte nicht richtig. »Du warst es doch, die im Hotel auf einem eigenen Zimmer bestand und nicht ich«, erinnerte ich sie.
Sie nickte. »Das war im Hotel. Hier sind wir nicht im Hotel.«

Gegen soviel eigenwillige Logik war mit sachlichen Argumenten kaum anzukommen. Ich sagte: »Also, dann bleiben wir heute nacht hier und fahren morgen im Laufe das Tages zum Hotel zurück. Ich habe an der Rezeption hinterlassen, wir würden die Nacht vielleicht an der Küste verbringen. In Lavoir dürfen wir uns offiziell erst sehen lassen, wenn am Montag die Arbeiter schon eingetroffen sind. Niemand wird dann auf den Gedanken kommen, wir könnten die Hände im Spiel gehabt haben. Uns beiden wird man kaum zutrauen, den schweren Kran in die Baugrube gestoßen zu haben.«
Sie trank einen Schluck von dem ebenfalls aus Sarennes mitgebrachten Rosé und sagte dann: »Wolltest du am Montag nicht nach Villars zu Monsieur und Madame Bossuet fahren und dich nach der Adresse der beiden Anwälte erkundigen?«
Als ich das wollte, hatte ich noch nicht gewußt, was mit und neben meinem Haus geschehen war. Nun hielt ich es für dringlicher, zuerst mit dem Bauführer zu reden und seine weiteren Absichten zu erfahren. Ob er mein Haus sofort oder erst nach meiner Einwilligung abreißen sollte. Vielleicht traf ich bei dieser Gelegenheit auch den verantwortlichen Architekt an. Ihm müßte die Adresse der Anwälte, wenn sie seine Auftraggeber waren, ebenso bekannt sein wie Madame und Monsieur Bossuet.
Ich teilte meine Überlegungen Agnes mit. Sie stimmte mit mir überein und sagte, ein Hühnerknöchelchen abnagend, wobei ihr von der braunen Sauce ein Tropfen zur Kinnspitze lief: »Und wann willst du, daß ich meinen Freund einschalte? Erst wenn du den Namen der Anwälte kennst? Ich könnte ihn vom Hotel aus anrufen.«
Mich zu ihr hinüberbeugend, wischte ich mit einer Papierserviette die Sauce von ihrem Kinn und sagte. »Mir ist lieber, wir brauchen seine Hilfe nicht.«
»Weil du eifersüchtig bist?«
Ihre Verdächtigung war so absurd, daß ich sie mit Schweigen überging. Sie sagte: »Du hast keinen Grund, eifersüchtig zu sein, Er bedeutet mir nichts.«
»Aber schlafen tust du mit ihm«, entfuhr es mir, und ich hätte mich dafür aus dem Küchenfenster die Wand hinabstürzen können.
Sie griff über den Tisch hinweg wie beruhigend nach meiner Hand und sagte: »Nicht oft, Moni. Wirklich nicht. Und auch nur, weil ich ihm irgendwie verpflichtet bin.«
»Und er eine Wochenendhütte hat und du nicht«, sagte ich und versuchte, mich ihrer Hand zu entziehen. Sie verhinderte es, indem

sie die Hand nur noch fester umfaßt hielt, und sagte: »Für seine Zeitung wäre das eine gute Story. Wie man den Bewohnern hier Strom und Wasser abgedreht und sie ...«

»Samt ihrer Häuser gekauft hat«, fiel ich ihr ins Wort. »Auch die Bossuets, mit denen ich mich oft darüber unterhalten habe, wären schon längst von hier weggezogen, wenn sie das nötige Geld gehabt hätten. Dein Großvater erzählte mir, sie hätten für das Haus dreihunderttausend Francs bekommen. Als er sein Haus noch in der alten Währung an uns verkaufte, bekam er, nach dem heutigen Kurs gerechnet, nur die Hälfte.«

»Damals war der Francs auch noch viel mehr wert als heute«, gab sie zu bedenken.

Darauf hatte ich mich seit meinem letzten Gespräch mit ihrem Großvater glücklicherweise schon selbst besonnen, so daß ich mein zeitweiliges schlechtes Gewissen wieder vergessen konnte. Ich sagte: »Auch für heutige Verhältnisse sind dreihunderttausend Francs viel Geld für ein so altes Haus. Auch für den alten Mann, von dem ich dir erzählt habe.«

»In dessen Haus ich war?«

»Mit der Gardine am Fenster«, sagte ich. »Trotzdem wird er nicht gerne von hier weggegangen sein. Wo seine Frau doch hier begraben liegt. Ich bin jetzt fast sicher, hinter dieser Sache steckt eine große Gesellschaft, die aus Lavoir vielleicht ein Feriendorf machen will. Vielleicht sogar ein deutsches Reiseunternehmen. Das würde auch erklären, weshalb sie sich bei mir noch zurückhalten. Sie werden zuerst einmal herausfinden wollen, wer die deutschen Eigentümer sind und wie oft sie sich hier aufhalten.«

»Ich sehe das nicht so«, sagte sie, jetzt mit beiden Händen meine Hand festhaltend und, wie es den Anschein hatte, wieder in die angestrengte Betrachtung meines Mundes versunken. Ich fragte: »Was siehst du nicht so?«

»Daß hier ein Feriendorf entstehen soll«, sagte sie. »Dazu hätten sie mit viel mehr Baugerät anrücken müssen. Mit dem, was wir vorgefunden und in die Grube geworfen haben, brauchen sie hundert Jahre, um sämtliche Häuser um- und auszubauen. — Nach dem Essen sehen wir uns den Schaufellader an. Er steht genau richtig. Mit laufendem Motor würde er von allein in die Grube rollen. Dann hätten sie dort alles beisammen, wenn sie am Montag morgen mit der Arbeit anfangen.« Sie lachte.

Diesmal konnte ich ihre Heiterkeit nicht teilen. Ich sagte: »Und uns

mit dazu. Selbst wenn es uns gelingt, ihn rollen zu lassen: wir müßten abspringen, wenn er schon fährt.«
»Du schaffst das schon«, sagte sie zuversichtlich. »Aber vorher muß ich noch unter die Dusche.«
Das hätte sie schon tun können, als wir ins Haus zurückkamen. Statt dessen hatte sie mir den Vortritt gelassen und sich nur die Hände gewaschen. Auch wenn sie weniger zum Schwitzen neigte als ich: in ihren Achselhöhlen hatte ich feuchte Spuren entdeckt.
Als hätte sie meine Gedanken erraten, sagte sie: »Ich wollte nicht, daß du dich meinetwegen unter der Dusche beeilen mußtest. Du hast doch nicht auf mich gewartet?«
Sie konnte ihre Worte unmöglich so meinen, wie sie sich anhörten. Trotzdem fragte ich: »Wo gewartet? Doch nicht unter der Dusche?«
Sie lächelte. »Das hast du gesagt, Moni.«
Aber sie hatte es mir in den Mund gelegt. Ich sagte: »Das wird allmählich lästig, Agnes. Entweder ich liege mit dem, was ich von dir denke, nicht ganz so falsch, wie du auf der Straße vorgegeben hast, dann werde ich dich noch heute zu deinem Großvater nach Bairols zurückbringen, weil du bei mir an der völlig falschen Adresse bist, oder ...«
»Das weiß man vorher nie«, warf sie ein. »Verstehst du keinen Spaß?«
»Das war kein Spaß mehr«, sagte ich. »Würdest du bitte meine Hand loslassen? Ich habe noch etwas auf dem Teller.«
»Ich bin gleich fertig«, sagte sie. »Wo und wann war es kein Spaß mehr? Als wir uns in der Unterführung küßten?«
Genaugenommen handelte es sich um keine Unterführung im wörtlichen Sinn, denn sie führte nicht unter den Häusern, sondern durch sie hindurch, und auch ihre Behauptung, *wir* hätten uns geküßt, wurde den Gegebenheiten so nicht gerecht. Immerhin hatte *sie* damit angefangen, und was sie sonst noch getan hatte, ließ sie gleichfalls unberücksichtigt. Ehe ich sie jedoch berichtigen konnte, fragte sie: »Oder was?«
Ich blickte sie verständnislos an. Sie befühlte mit den Fingerspitzen meine Handfläche und sagte: »Du warst noch nicht fertig mit dem, was du mir mit deinem Entweder-Oder erklären wolltest. — Du hast eine sehr ausgeprägte Venuslinie.«
»Bestenfalls einen ausgeprägten Venusring«, sagte ich.
»Und wie du dich überall auskennst«, sagte sie. »Sogar in der Chirologie.«

Sie gab meine Hand frei, stand auf und wandte sich der Tür zu. Ich fragte: »Wohin gehst du?«
»Duschen«, sagte sie und entschwand aus meinen Augen. Ihren Teller hatte sie nicht leer gegessen.
Zu den Dingen, die das Leben in Lavoir angenehm machten, gehörte die unkomplizierte Müllbeseitigung. Man brauchte nur das Küchenfenster zu öffnen und alles hinauszuwerfen, was nicht mehr benötigt wurde. Bis es am Fuße der Wand ankam, wo es von einer steil abfallenden Geröllhalde in Empfang genommen und in eine unterhalb der Geröllhalde sich öffnende tiefe Schlucht mit jenem reißenden Gewässer weiterbefördert wurde, das schon zu sehen war, wenn man auf dem Weg nach Lavoir über den schmalen Grat fuhr, war es in seiner ursprünglichen Beschaffenheit kaum mehr zu identifizieren, und für Speisereste fanden sich auf dem Weg in die Tiefe zahllose dankbare Abnehmer aus der Tierwelt. Auch die Abwässer des Ortes fanden über tiefgelegene Kanäle ihren Weg hinab.
Während Agnes duschte, räumte ich das Eßgeschirr weg und machte mich dann an eine gründlichere Bestandsaufnahme der Schäden im Wohnraum. Als ein Segen erwies es sich jetzt, daß ich bei den Umbauten Klaus dazu hatte überreden können, auch die talwärts gelegenen Fenster, deren Scherben und Splitter nun über das gesamte Mobiliar, sowie über Teppiche und Klinkerboden verstreut lagen, mit Alu-Läden zu sichern, obwohl ein unbefugtes Eindringen von dieser Seite nur nach glücklich verlaufener Erstbesteigung der zweihundert Meter hohen Felswand möglich gewesen wäre. Während der zum Tal hin gelegene Rolladen sich mühelos öffnen ließ, hatte ich beim zweiten, unmittelbar über der Baugrube befindlichen, kein Glück. Er klemmte schon nach wenigen Zentimetern, vermutlich als Folge der Beulen, die umherfliegendes Gestein bei den Sprengarbeiten hinterlassen hatten. Nicht anders verhielt es sich, wie ich wenig später feststellte, im großen Schlafzimmer im Obergeschoß. Auch hier ließ sich nur der Laden zur Talseite öffnen.
Als Agnes aus dem Badezimmer kam, war ich noch damit beschäftigt, im Schlafzimmer die Scherben wenigstens von der Tagesdecke des Betts aus dem Fenster ins Tal zu schütteln, damit sie nicht auch noch einen Weg in die Kopfkissen und in das Federbett fanden. Sie trug einen Bademantel von mir und sagte: »Ich war an deinem Koffer.«
Sie war schon gestern abend im Hotel an meinem Koffer und hatte sich mit einem Pyjama, einem T-Shirt und einem Hausmantel ver-

sorgt. Sehr viel konnte es nicht sein, was sie in ihrer alten Segeltuchtasche für die Nächte in der Wochenendhütte ihres verheirateten Freundes bei sich trug. Sie half mir am Fenster beim Ausschütteln der Tagesdecke und sagte: »Die Bluse habe ich ausgewaschen und im Bad zum Trocknen aufgehängt. Wenn ich länger bei dir bleibe, brauche ich noch eine.«
»Nicht nur eine Bluse«, sagte ich. »Wir werden dich am Montag noch etwas ausstatten.«
»Es fehlt dir, daß du es bei deinen Söhnen nicht mehr tun kannst«, sagte sie. »Sie werden sich heute dem Geschmack ihrer Freundinnen angepaßt haben. So schick, wie du dich anziehst, ist bestimmt nicht ihr Geschmack. Ich habe dich noch nie mit Jeans gesehen. Du hältst nichts von Jeans?«
»Nicht, wenn ich ausgehe.«
»Warum nicht?«
Ich ertappte mich dabei, daß ich, während wir uns beide aus dem Fenster beugten, beim Anblick ihrer Brüste, die unter ihrem aufklaffenden Bademantel sekundenlang zu sehen waren, den jähen Wunsch verspürte, sie anzufassen, und gleichzeitig fühlte ich ihren Blick auf mich gerichtet. Ich überließ ihr die Decke so unvermittelt, daß sie ihr beinahe aus den Händen geglitten und ins Tal geflattert wäre. Mich auf das Bett setzend, zündete ich mir eine Zigarette an und sagte: »Vielleicht ist es doch besser, ich bringe dich noch heute zu deinem Großvater zurück.«
Sie kam zu mir, nahm mit gekreuzten Beinen neben mir Platz und sah mich schweigend an. Falls ich mir das zufriedene Lächeln in ihren Augen, als sie mich beim Betrachten ihrer Brüste überraschte, nur eingeredet hatte, würde ich mir eine plausibel klingende Erklärung für meinen abrupten Platzwechsel vom Fenster zum Bett und für meine neuerliche Androhung, sie zu ihrem Großvater zu bringen, einfallen lassen müssen. Auch der Anblick ihrer sehnigen Oberschenkel, der sich mir beim Kreuzen ihrer Beine bis fast hinauf zum Schoß darbot, brauchte nicht beabsichtigt zu sein. Mit gekreuzten Beinen hatte auch ich im Bademantel jedesmal alle Hände voll zu tun, Schenkel und Schoß bedeckt zu halten.
War ich am Fenster noch fest entschlossen, deutlich mit ihr zu reden und sie unter Androhung ernster Konsequenzen davor zu warnen, mich weiterhin anzumachen, so beschäftigte mich jetzt die Frage, ob es nicht meinen insgeheimen Erwartungen entsprach, von ihr angemacht zu werden. Und sei es nur, um einen noch tiefe-

ren Einblick, als schon erhalten, in die Abgründe meiner Seele zu gewinnen. Oder nur meine Neugierde zu befriedigen, wie sie es anzustellen gedachte, auch einmal zur Sache zu kommen. Wo es dann nicht mehr damit getan sein würde, sich mit ihren dünnen Lippen an meinem Mund zu laben.
Ich fragte: »Was schaust du mich so an?«
»Ich denke über dich nach«, sagte sie. »Weshalb du mich zu meinem Großvater zurückbringen willst und eben am Fenster so plötzlich weggelaufen bist. Doch nicht vor mir?«
»Und weshalb hätte ich vor dir weglaufen sollen?«
»Vielleicht auch vor dir selbst«, sagte sie. »Ich hätte dich in der Unterführung nicht geküßt, wenn ich nicht schon vorher den Eindruck gehabt hätte, du hast es nicht ungern, von mir geküßt zu werden.«
»Und wann hattest du diesen ungemein lächerlichen Eindruck?«
»Zum Beispiel auf dem Paß«, sagte sie. »Ich komme auch ohne dich nach Bairols zurück. Ich werde unterwegs wieder einen finden, der mich mitnimmt. Ich wurde schon einige Male unterwegs mitgenommen. Zuletzt von einem, der mir sagte, ich brauchte keine Angst vor ihm zu haben. Er wolle nichts weiter von mir, als daß ich ihn streichle.«
»Und das hast du natürlich auch getan«, sagte ich, ein Flattern in meiner Stimme unterdrückend.
Sie nickte. »Es hätte schlimmer kommen können. Ich war mit dem Moped unterwegs und hatte kein Benzin mehr. Er fuhr einen Kombi und nahm mich und das Moped bis zu nächsten Tankstelle mit. Dort gab er mir noch hundert Francs für Benzin und dafür, daß ich den Mund halte. Ich hatte kein Geld bei mir.«
»Das scheint eine persönliche Eigenart von dir zu sein«, sagte ich.
Sie fragte: »Aber du bist nicht neugierig, wo und wie ich ihn streicheln mußte?«
Ich griff nach einem Zipfel ihres Bademantels, bedeckte ihre Schenkel und sagte: »Ich kann es mir denken. Deinen verheirateten Freund, hast du ihn auch kennengelernt, als dir das Benzin ausging?«
»Damals war es die Zündkerze«, sagte sie. »Er war auf dem Weg in seine Wochenendhütte. Sie steht am Lac de Castillon in der Nähe von Castellane. Für mich sah es wie ein Wink des Schicksals aus. Ich wollte für eine Zeitung arbeiten. Er arbeitete für eine.« Sie blickte prüfend in mein Gesicht. »Warum hast du das eben getan?«

»Weil *du* es nicht getan hast«, sagte ich. »Du könntest dich erkälten. Seit wann wußtest du, daß du für eine Zeitung arbeiten willst?«
»Schon immer.«
»Und was hast du dafür unternommen? Gewartet, bis dein verheirateter Freund dir begegnete?«
»Das würde zu mir passen. Ja?«
»Kann ja sein, daß dein Großvater nicht alles weiß«, räumte ich ein. »Aber er mag dich.«
»Ich ihn auch. Nur hält er nichts von Zeitungsleuten. Als ich ihm einmal sagte, daß ich gerne Journalistin werden möchte, riet er mir davon ab. Ich habe seither auch nicht mehr mit ihm darüber gesprochen.«
Ich zündete uns zwei Zigaretten an und gab ihr eine. »Mit deinen Eltern auch nicht?«
»Sie hatten andere Pläne mit mir, Schuldienst, wie mein Vater. Nur eine Etage höher, aber dann hätte ich noch länger studieren müssen als er, und dazu hatte ich keine Lust. Ich wollte volontieren, sehen, wie das ist, für eine Zeitung zu arbeiten. Beworben habe ich mich schon lange vor dem Abitur, ich weiß nicht mehr, wann, wo überall und wie oft. Auch bei der Zeitung meines Freundes. Entweder kamen meine Bewerbungsschreiben oder mein Typ nicht an. — Genügt das für den Augenblick?«
»Wußten deine Eltern, daß du auf der Suche bist?«
»Dann hätte ich ihnen auch erzählen müssen, wonach. Hast du einen Beruf erlernt?«
»Im Geschäft meiner Eltern. Ich sollte es einmal übernehmen.«
»Worum ging es? Damenunterkleidung?«
»Als ich meinen Mann kennenlernte, kaufte er bei mir eine *Rolex*, falls dir das etwas sagt.«
»Mein Freund trägt eine«, sagte sie. »War es ein großes Geschäft?«
»Hundertfünfzig Jahre alt«, sagte ich. »Mein Ur-Ur-Ur-Ur-Großvater hat es gegründet.«
»Also eine gute, alte Familie«, sagte sie. »Dein Mann war nicht daran interessiert?«
»Er hatte schon einen Beruf und seinen Stolz. Das war es wohl, was mich am meisten an ihm beeindruckte. Er wollte weder einheiraten, noch sich am Vermögen meiner Eltern bereichern. Für sie war es eine große Enttäuschung, daß ich ausgerechnet ihn heiratete und nicht im Geschäft blieb. Mein Bruder war auch nicht interessiert; er hat heute ein gutgehendes Ingenieurbüro. Vor acht Jahren,

zwei Jahre vor seinem Tod, trennte sich mein Vater von dem Geschäft. — Ich möchte, daß du dich jetzt anziehst, Agnes.«
Sie wandte mir das Gesicht zu. »Warum sagst du das?«
Ich hatte keine Ahnung. Ich hatte es gesagt, ohne es zu wollen.
Sie stand auf und verließ das Zimmer. Etwa zwei Minuten hielt ich es, allein gelassen mit meinem schlechten Gewissen, aus, dann machte ich mich auf die Suche nach ihr. Im Gästezimmer, wo die Sprengungen keine Schäden verursacht hatten, war sie damit beschäftigt, in meinem Koffer zu wühlen. Sie sagte, ohne mich anzusehen: »Du kriegst ihn wieder, wenn meiner trocken ist. Ich habe ihn gewaschen und mit der Bluse im Bad aufgehängt.«
Ich setzte mich neben dem Koffer auf das Bett und beobachtete, wie sie einen Slip herausnahm und ihn, mir den Rücken zukehrend, unter dem Bademantel anzog. »Alles nur vom Kleinsten und Feinsten«, sagte sie. »Er paßt sogar mir.«
»Warum sollte er dir nicht passen?« fragte ich.
Sie legte den Bademantel ab, nahm noch ein Shirt aus meinem Koffer und zog es an. Dann kam sie zu mir, ließ sich breitbeinig auf meinen Knien nieder und verschränkte die Hände in meinem Nakken. Sie küßte mich und sagte: »Worüber hast du dich im Wohnraum geärgert, Moni? Ich möchte es wissen.«
»Das hast du dir eingeredet«, sagte ich. »Erzähl mir etwas mehr über deinen verheirateten Freund. Wenn er sich eine Wochenendhütte leisten kann, ist er bei der Zeitung, für die er arbeitet, sicher kein Irgendwer. Wann hast du dich dort beworben? Bevor oder nachdem du ihn kennenlerntest?«
»Erst nachher«, sagte sie. »Ich werde ihn bitten, dir zu helfen, dein Haus zu behalten, Moni. Ob es dir paßt oder nicht. Wenn du es verlierst, werde auch ich dich verlieren. So ist es doch?«
Ihr Mund war mir so nahe, daß ich ihren Atem fühlte. Sie trug nicht nur meine Wäsche, sie roch auch nach meinem Parfüm. Vorhin, als sie mir nicht ganz so nahe war, hatte ich es nicht gerochen. Würde sie mich verlieren, wenn ich das Haus verlor? Eine Frage, die sich mir nicht stellte, solange ich mir sicher war, mein Haus nicht zu verlieren. Niemand, und sei es der Präfekt vom Département Alpes-de-Haute-Provence höchstpersönlich, würde mich dazu bringen können, es herzugeben. Also stellte sich auch die Frage nicht, ob sie mich verlieren würde.
Es störte mich zum ungezählten Male, auch jetzt wieder nur ihr linkes Auge richtig zu sehen. Ich schob ihr das Haar vom rechten Au-

ge und sagte: »Entweder du legst dir eine andere Frisur zu, oder ich weigere mich, noch länger deine Haare im Mund zu haben.«

»Wenn ich dich küsse?«

»Ich wüßte nicht, wie sie sonst in meinen Mund kämen«, sagte ich. »Dieser Mann nützt dich doch nur aus, Agnes. Wie lange kennst du ihn schon?«

»Etwa zwei Jahre.«

»Dann lerntest du ihn schon kennen, als du noch zur Schule ...«

Sie unterbrach mich. »Da war ich mit der Schule schon fertig. Ich konnte das Abitur etwas früher machen. Mein Vater ermöglichte es mir. Er wollte, daß ich so bald wie möglich mit einem Studium anfange.«

»Und statt dessen bliebst du bei deinem Freund hängen«, sagte ich. »Wenn du ihn schon seit zwei Jahren kennst, hatte er genügend Zeit und Gelegenheit, dich in seiner Zeitung ...«

»Das geht nicht«, warf sie ein. »Wir müßten ständig aufpassen, damit keiner was merkt. Er ist Chefredakteur und mit der Tochter des Herausgebers verheiratet.«

Ich nickte. »Dein Großvater wußte, wovon er sprach, als er dir zu einem anderen Beruf riet. Um so weniger verstehe ich deine Komplexe. Er wird seine Frau nicht mit jeder betrügen. Du mußt starken Eindruck auf ihn gemacht haben.«

Sie lächelte. »Wie leichtgläubig du bist. Er ist nur freier Mitarbeiter und schreibt noch für andere Zeitungen. Dafür, daß sie ihm abnehmen, was er schreibt, kann er ihnen nicht auch noch eine Volontärin aufreden, die sie nicht haben wollen. Was er schreibt, ist nicht einmal gut. Ich würde es besser schreiben, wenn ich Gelegenheit dazu hätte. — Hast du dich schon einmal mit jemanden über deine Ehe unterhalten? Mit deiner Mutter?«

»Klaus war kein Thema für sie«, sagte ich. »Er war nicht der Schwiegersohn, den sie sich gewünscht hatte. Sie überlebte meinen Vater nur zwei Jahre.«

Sie nahm eine Hand von meinem Nacken, streichelte mit den Fingerspitzen meine Lippen und sagte: »Du hast recht: er nützt mich aus. Aber was soll ich tun? Ohne ihn würde ich vielleicht schon nicht mehr leben.«

»Deine Eltern ...«

Sie fiel mir ins Wort: »Ich habe dir gesagt, daß sie mich nicht verstehen. Du kannst dich über alles mit mir unterhalten, nur nicht über meine Eltern.«

»Obwohl sie dich als Kind verwöhnt haben?«
»Das war, bevor meine Schwester zur Welt kam. Sie ist völlig anders als ich.«
»Du verstehst dich nicht mit ihr?«
»Hauptsache, sie versteht sich mit meinen Eltern«, sagte sie und brachte die Nase an meinen Nacken. »Du riechst gut. Ich mag dein Parfüm.«
»Das habe ich bereits gemerkt«, sagte ich. »Hast du vor, noch lange auf meinem Schoß zu sitzen?«
»Ich sitze nur auf deinen Beinen und nicht auf deinem Schoß«, sagte sie. »Wollte ich auf deinem Schoß sitzen, müßte ich mich umdrehen und dir den Rücken zukehren. Aber vielleicht verstehst du unter deinem Schoß etwas anderes als ich. Bei mir beginnt er hier, wo mein Ding ist.« Sie nahm wieder eine Hand von meinem Nacken, legt sie zwischen ihren geöffneten Beine auf ihren Slip, der in Wirklichkeit mein Slip war, und ließ sie, mir unverwandt in die Augen sehend, einige Sekunden lang dort liegen. Danach nahm sie auch die zweite Hand von meinem Nacken, erhob sich von meinen Knien, trat ans Fenster und blieb mit abgewandtem Gesicht stehen. Sie sagte: »Jetzt, wo ich das Haus auch von innen gesehen habe, kann ich noch besser verstehen, warum du dich von ihm nicht trennen willst. Hast du es nach deinem eigenen Geschmack eingerichtet oder ist es auch sein Geschmack?«
Weil meine Antwort ausblieb, drehte sie sich nach mir um und fragte: »Fehlt dir etwas?«
Vielleicht meine Unbefangenheit ihr gegenüber, die mir irgendwann zwischen gestern und heute verlorengegangen war und die ich nun, seit sie mich zum unfreiwilligen Voyeur der Berührung ihres *Dings* gemacht hatte, vielleicht nie wieder zurückerlangen würde. So daß es großer Anstrengung bedurfte, zumindest meiner Stimme von meinen Empfindungen nichts anmerken zu lassen, als ich antwortete: »Ist das wichtig?«
»Vielleicht auch nicht«, sagte sie. »Ihr habt das Haus vor zwanzig Jahren gekauft. Mit seinem oder mit deinem Geld?«
»Warum interessiert es dich?«
»Nur so«, sagte sie.
Ich sagte: »Damals verdiente er noch nicht so gut wie heute. Er wollte den Kauf einer Ferienwohnung noch einige Zeit aufschieben. Ich nicht. In diesem Fall setzte ich meinen Willen ausnahmsweise gegen den seinen durch. Ich ließ mir das erforderliche Geld von

meinen Eltern geben. Vielleicht wäre unsere Ehe ohne ihr Vermögen unproblematischer verlaufen.«
Sie nahm ihren Lederrock von einem Stuhl, zog ihn an und sagte: »Es paßt ihm nicht, daß du dein eigenes Geld hast?«
»Es hätte auch *sein* Geld sein können«, sagte ich. »Zuerst sah es nicht nach einem Problem aus. Das Problem kam mit den Kindern. Was immer auch ich ihnen schenkte: er setzte jedesmal noch eins drauf.«
Sie nahm neben mir auf dem Bett Platz und griff nach meiner Hand. »Das mußt du mir erklären, Moni.«
»Er arbeitet für einen großen Konzern, der zahlreiche Supermärkte und auch Kaufhäuser betreibt«, sagte ich. »Wenn irgendwo eine neue Niederlassung aufgemacht werden soll, gehört er mit zu jenen, die sich darum zu kümmern haben. Vom Kauf der benötigten Grundstücke bis zur Fertigstellung der Bauarbeiten. Er hat zwar einen Mitarbeiterstab. Wenn aber etwas schiefläuft, hält man sich an ihn. Bis heute gehen fünfzehn neue Niederlassungen auf sein Konto. Für mich waren das sechs Wohnsitzwechsel und fünfundzwanzig Jahre meines Lebens.«
»Und wenn du deinen Söhnen ein Paar Rollschuhe schenktest, bekamen sie von ihm ein Fahrrad?«
»So etwa«, nickte ich.
»Bis du ihnen eines Tages leid getan hast und sie deine Geschenke nur noch annahmen, um dich nicht zu kränken.«
»Du bist ein erstaunliches Mädchen«, sagte ich.
»Es ist lange her, seit ich ein Mädchen war«, sagte sie. »Er ist älter als du. Zehn Jahre?«
»Acht. Als ich ihn kennenlernte, war er mit dreißig bereits Verkaufsleiter bei der Konkurrenz. Dort hat man ihn abgeworben. Von da an ging es steil nach oben.«
»Du hast ihm Glück gebracht«, sagte sie. »Wie reich bist du? Sehr reich?«
Sie hielt noch immer meine Hand fest. Ihre Finger waren lang und dünn. Ihre Nägel spitz zugeschnitten und nicht lackiert. Einer war eingerissen. »Vom Kran«, sagte sie, meinen Blick bemerkend. Ich nahm ein Maniküreetui aus meinem Koffer und beschäftigte mich mit dem eingerissenen Nagel. Sie sagte: »Du brauchst nicht darüber zu reden, wenn du nicht willst.«
»Es reicht, um auch ohne Mann zu leben.«
»Und ohne etwas zu arbeiten?«

»Wenn man vernünftig damit umgeht«, sagte ich, an ihrem Nagel feilend.
»Und deine Söhne?«
»Bekommen, was ihnen zusteht«, sagte ich und beendete die Maniküre. Sie bedankte sich mit einem Kuß auf meinen Mund und fragte: »Wofür brauchst du ihn dann noch? Nur für die Liebe?«
Ein Geräusch auf der Straße brachte sie um eine Antwort auf eine Frage, die ich mir vielleicht schon längst einmal selbst hätte stellen sollen, und daß das Geräusch von einem Auto kam, stand außer Zweifel. Zu meinem ersten Schrecken gesellte sich sofort die beruhigende Überlegung, daß, von der Straße her gesehen, nichts auf unsere Anwesenheit würde schließen lassen. Wobei mir zugute kam, daß sich die seitlichen, oberhalb der Baugrube gelegenen Rollläden nicht hatten öffnen lassen. Ob ich andernfalls klug genug gewesen wäre, sie vorsorglich geschlossen zu halten, war nachträglich eine rein hypothetische Frage, die ich mir deshalb auch nicht zu beantworten brauchte. Mich an Agnes wendend, die bei dem Motorengeräusch rasch aufgestanden war, sagte ich: »Ich sehe nach. Warte hier auf mich.«
Damit meine Schritte auf der nach unten führenden Holztreppe nicht zu hören waren, zog ich vorher die Schuhe aus und vergewisserte mich im Erdgeschoß davon, daß der Rolladen des einzigen, zur Straße hin gelegenen und zum WC gehörenden Fensters noch geschlossen war und ich ihn bei unserem Eintreffen aus Gewohnheit nicht geöffnet hatte. Der kleine Raum lag unmittelbar neben der Haustür und noch vor der Küche auf der linken Seite des schmalen Flurs. Gegenüber, neben der ins Obergeschoß führenden Treppe, befand sich die Tür zum Wohnraum.
Während das Motorengeräusch inzwischen verstummt war, konnte ich auf der Straße jetzt erregte Stimmen hören, wenn auch nicht verstehen, worüber gesprochen wurde. Auch als ich zuerst die Tür zum WC und dann, mit der gebotenen Behutsamkeit, das Fenster zur Straße öffnete, blieben die Stimmen unverständlich für mich. Ob dies an ihrer Lautstärke oder daran lag, daß die geführten Gespräche immer wieder durch wilde Flüche und fassungslos klingende Aufschreie unterbrochen wurden, beschäftigte mich für den Augenblick weniger als eine Sorge, die mich beim Klang der Stimmen jäh überfallen hatte. So sicher ich mir auch sein konnte, daß es unmöglich war, von der Straße aus einen Blick auf die talwärts gelegenen Fenster zu werfen, so wenig sicher war ich mir, ob dies auch

zutraf, wenn man in die Baugrube hinabstieg und an ihren vorderen Rand trat.
Als Agnes mich suchen kam, weil ihr meine Rückkehr zu lange dauerte, traf sie mich im Wohnraum an. Bis dahin hatte ich auch den zweiten, noch offenen Rolladen bereits zur Hälfte geschlossen und, mit zumeist angehaltenem Atem, etwa zwei Minuten dafür verwendet, so daß ich für die andere Hälfte noch einmal zwei Minuten benötigte. Ich forderte Agnes, die mir wortlos und, wie es den Anschein hatte, mit gleichfalls angehaltenem Atem zusah, flüsternd auf, sich um die Läden im Schlafzimmer und im Bad zu kümmern und dabei ähnlich geräuschlos zu verfahren wie ich. Sie entfernte sich wortlos. Unsere nächste Begegnung fand dann wieder im Gästezimmer statt, wo sie, bei bereits geschlossenem Laden und brennender Nachttischlampe auf dem Bett eine Zigarette rauchte. Zuvor hatte ich mich davon vergewissert, daß auch die Läden im Schlaf- und im angrenzenden Badezimmer herabgelassen waren, wozu sie, wäre sie genauso behutsam vorgegangen wie ich, etwa acht Minuten benötigt hätte. So aber konnte sie, wenn ich auch noch den Laden im Gästezimmer hinzu rechnete, für alle drei höchsten zwei Minuten gebraucht haben. Ich setzte mich zu ihr und flüsterte: »Du warst unverantwortlich leichtsinnig, die Läden so rasch herunterzulassen. Was, wenn sie es gehört haben?«
»Sie laufen so leise, daß nicht einmal ich es gehört habe, obwohl ich direkt daneben stand«, flüsterte sie zurück. »Ich glaube auch nicht, daß sie uns hören können, wenn wir uns normal unterhalten. Wieviele sind es?«
»Keine Ahnung«, sagte ich, ihre Anregung, uns einer normalen Lautstärke zu bedienen, aufgreifend. »Aber mindestens zwei. Damit war nicht unbedingt zu rechnen. Jetzt sehen wir natürlich etwas dumm aus. Vielleicht stellen sie Wachen auf oder holen sogar die Polizei. Dann sitzen wir hier fest und kommen nicht mehr heraus. Oder wir zeigen uns, und dann wissen sie, daß wir es waren. Etwas können wir den Laden wieder öffnen. Es ist doch zu lächerlich, am hellichten Tag hier bei elektrischer Beleuchtung herumzusitzen.«
Meinen Worten auch gleich Taten folgen lassend, ging ich zum Fenster, zog den Laden etwa zwanzig Zentimeter hinauf und dann, weil er sich tatsächlich fast geräuschlos in seinen Führungsschienen bewegte — was mir im Wohnzimmer nicht aufgefallen war —, noch einmal zwanzig Zentimeter. Meine Kühnheit vor mir selbst recht-

fertigend, sagte ich: »Mir ist nachträglich eingefallen, daß dieser Laden viel weiter von der Baugrube entfernt ist als die Läden im Wohn- und im Schlafzimmer.«
Sie sagte: »Ich verstehe nicht, was das mit der Baugrube zu tun hat, Moni.«
Die Erklärung, die ich ihr gab, leuchtete ihr ein. »Dann können wir vielleicht auch den Küchen- und den Badezimmerladen halb aufmachen. Mich wundert, weshalb ihr auch nach dieser Seite Läden habt einbauen lassen. Doch nicht gegen Einbrecher? Die hätten sich, um an diese Fenster zu kommen, nur vom Dach abseilen können.«
An diese Möglichkeit hatte ich noch nicht gedacht. Ich sagte: »Vom Dach des seit Jahren unbewohnten Nachbarhauses aus käme man auch auf unser Dach, aber die Läden sollten vor allem die Sonne abhalten, und wie nützlich sie auch sonst waren: das siehst du jetzt. Ohne sie hätte hier schon beim kleinsten Regen alles geschwommen, und wenn es schneit, hättest du auf der Treppe skifahren können.«
Sie pflichtete mir bei: »Der Wind hätte den Schnee hereingeweht. Aber im letzten Winter gab es bei uns nur wenig Schnee. — Was machen wir? Ob sie noch unten sind? Ich höre nichts.«
»Wenn wir sie hier hören könnten«, sagte ich, »dann könnten sie auch uns hören. Im Klo müßten sie noch zu hören sein. Du bleibst hier.«
»Gewöhne dir nicht an, mich herumzukommandieren«, sagte sie und folgte mir, die Schuhe in der Hand, die Treppe hinab. Zu hören war auch im Klo nichts. Sie flüsterte an meinem Ohr: »Vielleicht sind sie weggefahren?«
»Das Auto hätten wir anfahren hören«, sagte ich und griff mit einer Hand zum Rolladengurt. Sie flüsterte: »Du willst doch nicht?«
Nach den guten Erfahrungen, die ich im kleinen Schlafzimmer beim Öffnen des Ladens gemacht hatte und unter Beibehaltung der zuvor im Wohnraum praktizierten Vorsicht traute ich mir zu, den Laden, ohne daß es auf der Straße bemerkt wurde, so weit anzuheben, daß ich einen Blick hinauswerfen konnte. Dabei hatte ich allerdings nicht berücksichtigt, daß das Fenstersims um einige Zentimeter tiefer lag als der Fensterrahmen, während der Rolladen auf dem Sims aufsaß, was zur Folge hatte, daß ich, um hinausschauen zu können, neben der Kloschüssel tief in die Hocke gehen und den Rolladen bis über den Rahmen anheben mußte. Kein Mensch, der

Augen im Kopf hatte, würde darüber hinwegsehen, wenn ein zuvor am Sims aufsitzender Laden plötzlich eine gute Handbreit weit geöffnet war. Jedoch mein Vertrauen darauf, daß die unerwarteten Besucher noch zu abgelenkt waren, als daß sie ein Auge auf den kleinen Rolladen neben der Haustür haben würden, war so groß, daß ich das Risiko einging, und gleich darauf sah ich auch den Wagen stehen. Etwa auf Höhe der Haustür und mir das Heck zukehrend, was mich ohne Zeitverlust in die Lage versetzte, mich zu vergewissern, daß es sich nicht um den Citroën, sondern um einen BMW, wiederum mit französischem Kennzeichen handelte. Mit Agnes' Mund an meinem Ohr, die sich wegen der Enge des Raums neben mir halbseitig auf der Kloschüssel niedergelassen und einen Arm um mich gelegt hatte, hörte ich sie flüstern: »Er ist in Digne zugelassen, Moni. Ich sehe es an seinem Kennzeichen. Es muß der Wagen der Anwälte sein. Gewöhnliche Sterbliche können sich bei uns keinen BMW leisten. Ich kenne mich in deutschen Automarken nicht aus. Aber ein billiges Modell ist das nicht.«
»Ein Siebener«, flüsterte ich zurück. »Dürfte unter dreihunderttausend Francs hier nicht zu haben sein. Kannst du etwas hören?«
»Nur dich«, flüsterte sie an meinem Ohr. Dann korrigierte sie sich: »Doch. Wie von sehr weit her. Wo können sie stecken? Vielleicht in der Grube?«
»Klingt mehr von rechts als von links«, sagte ich. »Jetzt höre ich sie nicht mehr. Du?«
»Auch nicht«, flüsterte sie, mit den Lippen an meinen Mund. Ich schob ihre Lippen mit dem Zeigefinger von mir und flüsterte: »Du hast Glück, daß wir hier festsitzen. Ich hätte dich sonst schon längst zu deinem Großvater zurückgebracht.«
»Aber so lange sitzen wir hier noch gar nicht fest«, sagte sie, mir leicht in den Finger beißend. Ich richtete mich aus der Hocke auf und trat, meine Schuhe, die ich auf der Treppe ausgezogen hatte, im WC zurücklassend, auf die Diele hinaus. Was immer es auch war, was mich dazu trieb: Mein Verstand war es nicht. Ich gab mir nicht einmal besondere Mühe, die Haustür leise aufzuschließen. Sie zuerst nur einen schmalen Spalt und dann, als nichts Augenfälliges dagegen sprach, noch weiter öffnend, schob ich den Kopf hinaus und lauschte. Ich hatte mich nicht getäuscht: Die Stimmen erklangen rechts von mir, jedoch noch entfernter, als ich sie im Klo wahrgenommen hatte. Mein Eindruck war, daß sich unsere Besucher in einem der Häuser aufhielten, vielleicht zu einer Inventaraufnahme

oder weil es ihnen auf der Straße zu heiß geworden war. Dann war es wieder Agnes' Stimme, die ich hörte und ihre Hände, die ich auf meinen Hüften fühlte, als sie, hinter mir stehend, über meine Schulter hinweg auf die Straße zu blicken versuchte. Mir fiel auf, daß ihre Stimme verändert und irgendwie atemlos klang, als sie sagte: »Du bist verrückt, Moni. Wenn sie dich erwischen, werfen sie dich vielleicht auch in die Grube. Tu es nicht.«
Mir war zunächst unklar, welche Befürchtungen sie hegte, was zu tun ich im Begriffe war, und als mir die Erleuchtung kam, fühlte wiederum ich mich geneigt, sie wegen ihrer absurden Verdächtigung für verrückt zu erklären. Aber bis zum BMW waren es nur ein halbes Dutzend Schritte, und er stand mit dem Kühler zur Baugrube und keine zehn Meter von ihr entfernt. Als ich die Tür vollends öffnete und barfuß auf die Straße trat, hatte ich noch immer Agnes' atemlos klingende Stimme in den Ohren und kein Ohr mehr für andere Stimmen. Auch nicht für meine innere, falls ich sie vernommen hätte. Als hätte ich mich von meinem Fleisch gelöst und beobachtete mich aus einer weltentrückten sicheren Entfernung, sah ich mich auf den BMW zugehen und einen Blick hineinwerfen. Nicht einmal ein Gang war eingelegt, was sich damit erklären ließ, daß der Fahrer, als er den Wagen anhielt, unter Schock stand. Nur die Handbremse hatte er angezogen, ich konnte sie, die Fahrertür öffnend und mich in das Wageninnere beugend, mühelos lösen. Beiläufig stellte ich fest, daß der Zündschlüssel steckte und der Wagen mit Telefon ausgestattet war. Gedanken über das Telefon machte ich mir erst, als er sich bereits in Bewegung setzte. Nicht von ungefähr, denn das Lösen der Handbremse allein setzte noch nichts in Bewegung. Ich vermutete, daß eine kleine Unebenheit des Bodens eines der Räder blockierte. Erst als ich an sein Heck trat und mich rücklings mit dem Po dagegen stemmte, wobei ich, weil sie in meiner Blickrichtung lag, die ins Dorf führende Straße im Auge behielt, rollte er an. Nach meinen Berechnungen, die ich, wenn auch mehr unbewußt, bereits angestellt hatte, als ich ihn aus dem Klofenster vor dem Haus stehen sah, müßte er die Grube an einem Punkt erreichen, der etwa in der Mitte zwischen meinem Haus und dem abgestürzten Kran lag. Dort sah ich ihn auch noch verschwinden, ehe ich ins Haus zurücklief. Erstaunlicherweise verursachte er beim Sturz lange nicht soviel Lärm wie die beiden Kompressoren und der Kran, was jedoch vielleicht gar nicht so sehr erstaunlich war, wenn ich berücksichtigte, daß er eine Knautschzone besaß und letz-

tere nicht. Das Autotelefon fiel mir erst ein, als ich schon wieder im Haus war und die Tür hinter mir abschloß. Zu Agnes, die bei meiner Rückkehr einen eher betroffenen als freudig erregten Eindruck machte, sagte ich: »Gehen wir nach oben. Hier ist vielleicht bald der Teufel los, Kleines.«
Bevor wir nach oben gingen, kümmerte ich mich im Klo noch rasch um den Rolladen und um das Fenster, zog meine Schuhe an und stieg dann die Treppe hinauf. Agnes, die ihre Schuhe wieder in der Hand tragend mir dichtauf folgte, fragte: »Wieso sagst du plötzlich *Kleines* zu mir?«
Hatte ich das wirklich gesagt? Bewußt geworden war es mir nicht. Ich antwortete: »War nicht so gemeint. Vergiß es.«
»Ich bin jedenfalls nicht dein Kleines«, beharrte sie und verschwand im oberen Stockwerk im Badezimmer. Es lag zwischen dem Schlaf- und dem Gästezimmer, wovon letzteres im Laufe der Jahre schon mehrfach umgeräumt und neu möbliert worden war. Ursprünglich als Kinderzimmer eingerichtet, hatte es beim Größerwerden unserer Söhne mehrfach deren sich wandelnden Bedürfnissen angepaßt werden und später als Gästezimmer dienen müssen. Mein Bruder hatte schon einmal hier gewohnt, und auch die Freundinnen von Rolf und Bert waren in der Anfangszeit ihrer jungen Liebe einige Male hier gewesen. Zwar immer nur in meiner Abwesenheit, weil mir der Gedanke, in meinem Ferienhaus einen gemeinsamen Urlaub zu verbringen, vielleicht sogar mitanhören zu müssen, wie sie zwei Wände nebenan mit meinen Söhnen schliefen, unerträglich gewesen wäre, aber auch der bloße Umstand, daß ich sie nicht daran hindern konnte, es ausgerechnet hier zu tun, hatte sie mir nicht liebenswerter werden lassen. Zum Glück hatten sie, weil sie beide offenbar gänzlich unromantisch waren, sich in Lavoir sehr bald zu Tode gelangweilt und belebteren Urlaubsorten den Vorzug gegeben.

Nach meinen jüngsten Erlebnissen erschien es mir angebracht, den zuvor halb geöffneten Rolladen des Gästezimmers bis auf einen schmalen Spalt wieder zu schließen. Er ließ immer noch genügend Tageslicht herein, so daß ich auf eine Lampe verzichten konnte. Obwohl ich am offenen Fenster stehenblieb, drang kein Geräusch an meine Ohren. Wenn es möglich war, von der Straße und auch vom Klo aus die Stimmen unserer Besucher zu hören, so konnte ihnen der Krach, als der BMW kopfüber in die Grube stürzte, nicht entgangen sein. Um so verwunderlicher empfand ich die anhaltende Stille auf der Straße, und je länger sie anhielt, auch um so beunruhigender. Agnes hingegen wirkte nach ihrer Rückkehr aus dem Bad wieder mehr heiter als betroffen. Sie sagte: »Eines kannst du dir zugute halten, Moni: du bist die erste Frau, deretwegen ich mir vor Aufregung beinahe in die Hose gemacht hätte. Ich habe richtig um dich gezittert. — Warum hast du den Laden wieder heruntergelassen? Weil sie jetzt wissen, daß sich außer ihnen noch jemand im Ort aufhalten muß?«

»Es ist jedenfalls besser, wir gehen kein Risiko ein«, sagte ich. »Der Wagen hatte Telefon. Entweder sie haben schon telefoniert, oder sie werden es jetzt tun. In spätestens einer Stunde haben wir die Gendarmerie hier.«

Sie legte, sich mit dem Körper leicht an mich lehnend, die Arme um mich, blickte mir lächelnd in die Augen und sagte: »Dann sind wir jetzt hier gefangen, und du mußt mich ertragen, ob du willst oder nicht. Soll ich dir verraten, was ich bei dir nicht verstehe?«

»Vielleicht ist es besser, du behältst es für dich«, sagte ich.

»Ich werde es dir trotzdem verraten«, sagte sie. »Als du auf die Straße tratst und den Wagen anschobst, ist mir fast das Herz stehengeblieben. Ich bin nicht sehr ängstlich, aber dazu hätte ich niemals den Mut aufgebracht. Nur wenn es um deinen Mann geht, dann bist du auch nicht mutiger als meine Mutter. Obwohl du es dir, im Gegensatz zu ihr, leisten könntest. Warum trennst du dich nicht von ihm? Wegen deiner Söhne?«

Das konnte leicht zu einem Reizthema zwischen uns werden. Ich sagte: »Es liegt kein Grund vor, mich von ihm zu trennen.«

»Obwohl er nicht mehr mit dir schläft?«

»Das unterstellst du. Außerdem ist das wirklich kein Thema, über das ich mich mit dir unterhalten möchte.«

Sie nahm die Arme von mir, setzte sich mit gekreuzten Beinen auf das Bett und rauchte eine Zigarette. Das Bett hatten wir in Sarennes gekauft. Es war ein Doppelbett und nahm weniger Platz ein als die zwei Einzelbetten, die vordem für Bert und Rolf gebraucht worden waren und nach deren Ausmusterung wir noch Platz für ein kleines Sofa, zwei Stühle und einen runden Tisch gewonnen hatten. Ich setzte mich zu Agnes auf das Bett und sagte: »Ich weiß nicht, wie das bei deinen Eltern ist, aber du solltest von ihnen nicht auf andere Leute schließen.«

»Du erzähltest selbst, daß du vor deiner Reise zu Hause Ärger hattest«, sagte sie. »Also hast du auch Probleme.«
»Keine, die mich sehr belasten würden«, sagte ich. »Im Gegensatz zu den meisten verheirateten Frauen, könnte ich jederzeit aus meiner Ehe aussteigen.«
»Davon rede ich ja«, sagte sie. »Du bist von deinem Mann finanziell unabhängig. Meine Mutter ist es nicht. Das bekommt sie mindestens zehnmal am Tag zu fühlen und zu hören. Wenn du aber finanziell von deinem Mann unabhängig bist, dann bist du auch im Bett unabhängig von ihm. Mit deinem Geld und so, wie du aussiehst, findest du an jedem Finger zehn andere.«
»Mir genügt der eine.«
»Und er hat dich nie enttäuscht?«
Ich nickte. »Als ich das erste Mal schwanger wurde. Wir hatten vereinbart, noch einige Jahre damit zu warten. So lange wollte ich meinem Vater noch im Geschäft helfen. Wir hatten zwar vier Angestellte, aber sie mußten beaufsichtigt werden, und viele Kunden wollten nur von meinem Vater oder mir bedient werden.«
»Dein Klaus hat dir absichtlich ein Kind gemacht?«
»Angeblich nicht. Das ist auch unwichtig. Heute bin ich froh darüber, es hinter mir zu haben. Meine Söhne sind erwachsen; ich kann mich wieder um mich selbst kümmern.«
»Weil dein Klaus es nicht tut?«
Ich wandte ihr das Gesicht zu. »Wie meinst du das?«
»Wie du es gemeint haben willst«, sagte sie. »Du kannst es dir selbst aussuchen.«
»Du redest viel dummes Zeug«, sagte ich und stand auf. Ich verließ das Zimmer und stieg die Treppe hinab. In dieser besonderen Situation erwies es sich nun als ein Nachteil, daß ich für einen heimlichen Blick auf die Straße außer dem kleinen Klofenster kein anderes hatte. Die einstmals zur Straße gelegenen Fenster im Wohn- und Schlafzimmer hatten wir bei den Umbauten zumauern und dafür die großen, seitlichen Fenster einbauen lassen. Bevor ich den Laden des Klofensters, dessen Scheibe, obwohl an der Vorderseite des Hauses gelegen, nicht zersplittert war, wieder einige Zentimeter aufzog, lauschte ich bei geöffnetem Fenster auf Geräusche. Zu hören waren keine, auch für Agnes nicht, die mir, als ich das Zimmer verließ, sofort wieder gefolgt war. Auch der Blick aus dem Fenster brachte keine neuen Erkenntnisse. Von dem Schaufellader abgesehen, der mit seinen verrosteten Raupenketten und seiner am

Boden aufsitzenden Schaufel materialisierte Bockbeinigkeit zu manifestieren schien, sich nicht auch noch in die Grube verweisen zu lassen, bot der Platz vor dem Haus einen verlassenen Anblick. Nichts rührte und regte sich, und der felsige Höcker mit dem einbetonierten Wasserspeicher auf seiner etwa fünfzehn Meter hohen Kuppe, zu der siebzig in den Fels gehauene Stufen hinaufführten, stand in sonnenbeschienener Einsamkeit vor dem wolkenlosen Blau des Himmels. Und neben mir flüsterte Agnes mit den Lippen an meinem Mundwinkel: »Es tut mir leid, Moni. Ich werde dich nicht mehr nach deinem Mann fragen. Ehrenwort. Es ist auch nicht mein Wunsch, daß du dich von ihm trennst. Wenn eine Frau einen Mann liebt, wird sie bei einem anderen nie finden, was er ihr nicht oder nicht mehr geben kann. Auch bei einer anderen Frau nicht. Nach allem, was ich von der Frauenärztin, von der ich dir erzählte, hörte, wäre ich auch gar nicht die richtige Frau für dich.«
Mir blieb vor Verwunderung wieder einmal die Sprache weg, und weil ich, solange sie die Lippen an meinem Mundwinkel hatte, auch nicht viel erwidern konnte, schob ich sie etwas von mir und sagte: »Also, ich möchte jetzt einmal etwas endgültig klarstellen, Agnes: Nicht mit mir, und ob du die richtige Frau für mich wärst ...«
Meine Rede mit einem neuen Kuß beendend, murmelte sie: »Aber doch nicht ich, Moni. Wie käme ich dazu, anzunehmen, ich könnte die richtige Frau für dich sein. Das war doch nur so dahergeredet. — Sag mal, hast du schon etwas gesehen?«
Da sie mich mit ihrem Mund ständig daran hinderte, etwas zu sehen, hatte ich noch keine Gelegenheit gehabt, neuen Eindrücke zu sammeln, und mit ihrem konfusen Gerede über die Frau, die ich nach Meinung ihrer Ärztin nicht für sie sein könnte und die ich auch gar nicht war, half sie mir bei den Entscheidungen, die ich jetzt treffen mußte, auch nicht weiter. Blieben wir nämlich in Lavoir, so riskierte ich es, uns länger im Haus versteckt halten zu müssen, als unsere Vorräte reichten, und das würde spätestens übermorgen, wenn die Bauarbeiten wieder aufgenommen wurden, der Fall sein. Blieben wir nicht hier, so liefen wir Gefahr, entweder schon im Dorf den BMW-Fahrern oder auf dem Weg nach unten der inzwischen vielleicht verständigten Gendarmerie zu begegnen. Letzteres hätte mich mehr schrecken können als das vorläufige Abwarten. Es war nicht anzunehmen, daß die Bauarbeiter die Nächte hier oben verbringen würden, und auch dann, wenn man zur Be-

wachung der Gerätschaften künftig einen Posten zurückließe, könnten wir nach Einbruch der Dunkelheit versuchen, das Haus unbemerkt zu verlassen. Also sprach alles dafür, mich für die erste Möglichkeit zu entscheiden, wäre da nicht noch ein Gesichtspunkt gewesen, der mir nahelegte, zunächst einmal Distanz zu gewinnen und mir schlüssig zu werden, ob ich es mir nach meinen jüngsten Erlebnissen mit Agnes überhaupt noch leisten könnte, zwei oder drei Tage und Nächte mit ihr in einem Zimmer und in einem Bett zu verbringen. Ohne nicht selbst auf Gedanken und Wünsche zu kommen, die mir in der *Auberge Bressane,* wo sie ihr eigenes Zimmer hatte, mit Sicherheit erspart blieben. Wenn es schon nicht ihre eigenen Gedanken und Wünsche waren, wofür außer ihrer Manie, mich dauernd küssen zu wollen, sonst kein beweiskräftiges Indiz vorlag. Wenn man sich sehr dumm stellte. Oder außer acht ließ, mit welcher Hingabe sie mich nicht nur geküßt, sondern auch meine Brust gestreichelt hatte. Oder wenn man auf alles, was man sah, hörte und erlebte, seine eigenen Wünsche projizierte. Daß man sah, was man sehen, hörte, was man hören und erlebte, was man erleben wollte. Und dennoch neigte ich dazu, das größere Risiko einzugehen und mich in Sarennes wieder auf mich selbst zu besinnen. Und danach zu tun, was zu tun ich für richtig hielt. Und weil ich nicht noch mehr Zeit verlieren wollte, sagte ich: »Von hier aus können wir nicht viel sehen. Ich schaue mich jetzt draußen einmal um. Kommst du mit?«
»Das ist doch viel zu gefährlich«, sagte sie. »Warum warten wir nicht noch eine Weile?«
»Weil wir schon genug gewartet haben«, sagte ich und machte mich auf den Weg. Vor der Haustür vergewisserte ich mich mit einem Blick nach rechts und nach links, daß die Straße genauso verlassen lag, wie ich sie schon vom Klofenster aus hatte liegen sehen. Zu Agnes, die mir, nach einigem Zögern, gefolgt war, sagte ich: »Falls sie sich zu Fuß auf den Heimweg gemacht haben, müssen wir ihnen noch einen Vorsprung geben, sonst holen wir sie mit dem Wagen ein.«
Sie fragte: »Du willst heute nacht nicht hierbleiben?«
»Weder heute, noch morgen nacht«, sagte ich und betrachtete, während mir beinahe das Herz stehenblieb, die aus der Grube ragenden Holme einer Leiter. Meinen ersten Gedanken, die Flucht zu ergreifen, verwarf ich ebenso rasch, wie er mir gekommen war. Wer immer auch die Leiter benutzt hatte, um in die Grube zu kommen,

der mußte, wenn er sich noch unten aufhielt, unsere Stimmen gehört haben, und in diesem Fall hätten wir nichts Dümmeres tun können, als kopflos davonzulaufen. Dann war es schon besser, so zu tun, als seien wir unter Zurücklassung meines Wagens im Geräteschuppen der freiwilligen Feuerwehr von Lavoir soeben zu Fuß vor meinem Haus eingetroffen, wo wir die Holmen aus der Grube ragen und uns dann Auge in Auge den Grubeninsassen gegenüber sahen, wobei ich nur hoffen konnte, daß sie von dem, was kurz zuvor Thema meines Gesprächs mit Agnes war, nichts verstanden hatten. Aber wieder einmal hatte ich weiter gedacht, als die Umstände es erforderlich machten, denn als ich mich steifbeinig und mit extrem erhöhter Pulsfrequenz der Grube näherte und einen Blick hineinwarf, sah ich den BMW einträchtig neben dem Kran und den beiden Kompressoren auf seinem eingebeulten Dach liegen, jedoch keinen Menschen, der unter diesen erschwerten Bedingungen sein Telefon benutzt haben könnte oder im Begriffe gewesen wäre, es zu benutzen. Mich nach Agnes umschauend, sah ich sie noch an der Haustür stehen, von wo sie sich, als ich mich zur Grube in Bewegung setzte, nicht weggerührt hatte. Ich winkte sie zu mir und sagte: »Sie waren in der Grube, vielleicht um zu telefonieren, aber das scheint nicht geklappt zu haben, sonst wären sie noch hier. So, wie das Auto aussieht, hat auch das Telefon den Sturz nicht überlebt.«

»Du wirst ihn vielleicht auch nicht überleben«, sagte sie flüsternd. »Sie hätten genausogut noch in der Grube sein können. Ich weiß nicht, weshalb du meinst, sie könnten sich zu Fuß auf den Heimweg gemacht haben. Jetzt, wo sie doch sicher sein konnten, daß außer ihnen noch jemand hier sein muß? Aus Furcht?«

An diese Möglichkeit hatte ich noch gar nicht gedacht, wollte mein Versäumnis aber, um ihrer Bewunderung für mich keinen Schaden zuzufügen, nicht einräumen, und fragte: »Warum nicht?«

Sie schob mir eine Hand in den Arm und sagte: »Du hast recht, Moni. Bei allem, was wir hier angerichtet haben! Sie wissen ja nicht, wem sie das verdanken. Vielleicht der Mafia, die hier ungestört ihre Drogengeschäfte abwickeln möchte.«

Auch an die Mafia hatte ich noch nicht gedacht, meinte aber, diese Eventualität nicht weiter in Betracht ziehen zu müssen. Ich sagte: »Noch wahrscheinlicher erscheint mir, daß sie keine Möglichkeit sahen, anders als zu Fuß von hier wegzukommen. Sie brauchten auch nicht unbedingt anzunehmen, daß sie nicht allein hier sind. Der

Wagen kann auf dem abschüssigen Boden von selbst ins Rollen gekommen sein. Ein Gang war nicht eingelegt, und auf Handbremsen ist kein Verlaß. Als der Fahrer hier aus seinem Wagen stieg, war er durch den Anblick, der sich ihm bot, viel zu sehr abgelenkt, als daß er sich nachträglich mit Sicherheit hätte daran erinnern können, ob er die Handbremse richtig angezogen hat oder nicht.«

Sie stimmte mir zu: »Aber warum haben sie nicht gleich telefoniert? Als sie die Bescherung hier sahen. Statt erst noch in eines der Häuser zu gehen und dort lange zu palavern?«

So genau wußte ich das natürlich auch nicht. Ich sagte: »Wenn es so ist, wie ich vermute, wollten sie, bevor sie telefonierten, nachsehen, was mit ihrem sonstigen Gerät geschehen ist. Es muß dort liegen, wo auch die Leiter lag. Elektrogeräte vielleicht, die sie über das Wochenende nicht im Freien liegen lassen wollten. Als wir ihre Stimmen hörten, müssen sie in einem der Häuser ganz in der Nähe gewesen sein. Da fällt mir etwas ein. Komm mit.«

Weit brauchten wir nicht zu gehen. Schon das übernächste Haus besaß noch eine Tür, und sie war verschlossen. Ich sagte. »Hier wohnten die Bossuets, die sich in unserer Abwesenheit um unser Haus kümmerten.«

Sie schwieg.

Ich fragte: »Woran denkst du?«

»Wie nahe du ihnen warst, als du ihren Wagen in die Grube schicktest«, sagte sie. »Glaubst du mir nun, daß es verrückt war, es zu riskieren?«

»Das könnte ich nur glauben, wenn ich gewußt hätte, wie nahe ich ihnen war«, sagte ich. »Hast du Appetit auf einen Kaffee? Wir haben noch Zeit.«

Sie war einverstanden. Wir tranken ihn in der Küche, deren Laden ich zuvor ebenfalls eine gute Handbreit öffnete, damit wir ohne elektrische Beleuchtung auskamen. Nachdem die Bossuets nun seit Wochen sich um das Haus nicht mehr hatten kümmern können, während sie es sonst regelmäßig gelüftet und, wenn es kalt wurde, auch die elektrische Fußbodenheizung eingeschaltet hatten, war es allein den zerbrochenen Fensterscheiben im Wohn- und im Schlafzimmer zuzuschreiben, daß es im Haus nicht ungelüftet roch und das frühlingshafte Wetter auch die Innentemperatur bereits auf angenehme Werte hatte ansteigen lassen. Aus einer Patisserie in Sarennes hatte ich bei meinen vormittäglichen Einkäufen auch einige französische Schleckereien mitgebracht, die ich mir — davon abge-

sehen, daß es sie in dieser Art in Dortmund nicht zu kaufen gab — mit Rücksicht auf meine Figur nur im Urlaub und dort in Maßen genehmigte, während Agnes, die vom Typ her eher zu Mager- als zu Fettsucht neigte, sich mit großem Appetit darüber hermachte, sich beim Verzehren beifällig über meine Küchenausstattung äußerte, die auch einen Mikrowellenherd einschloß, und als einzige kritische Anmerkung die Klinkerböden erwähnte, während sie, handelte es sich um ihr Haus, im Schlaf- und Wohnzimmer Parkettböden bevorzugt hätte. Meinen Hinweis auf die schönen, noch aus meinem Elternhaus stammenden Teppiche, tat sie mit der Bemerkung ab, damit verhielte es sich genauso, als würde sie unter einem Kleid von Dior Wäsche von Printemps tragen, worauf ich mein Problem anmeldete, sie mir in einem Kleid von Dior vorzustellen. »Davon abgesehen«, setzte ich hinzu, »würde ein Parkettboden bei einer Fußbodenheizung ähnlich reagieren wie ein Hefeteig im Backofen.«
Sie maß mich, sich eine Tarte am Stück in den Mund schiebend, mit einem abwägenden Blick und sagte kauend: »Von Fußbodenheizungen verstehe ich nichts. Aber figürlich passe ich nicht schlechter in ein Kleid von Dior als du, auch wenn dir das Probleme bereitet.«
»Vielleicht mit einer anderen Frisur«, sagte ich. »Und mit einem ordentlichen Make-up.«
»Wegen meiner Sommersprossen? Wenn ich das Haar so trage wie jetzt, sieht man nur die Hälfte. Im Frühjahr sieht man sie besonders. Die Frauenärztin meinte, sie könnten damit zu tun haben, daß ich im Bett nicht komme.«
Vielleicht hätte ich mich schon früher einmal mit einer Frau darüber unterhalten sollen, ob sie kam oder nicht, aber mir war vor ihr nie eine begegnet, die von sich aus dieses Thema angesprochen hätte, und ich selbst wäre für nichts auf der Welt bereit gewesen, danach zu fragen. Irgendwie empfand ich es als unfair, daß sie es immer wieder schaffte, mich in Verlegenheit zu bringen und mir das auch noch anzusehen. Ihr Lächeln, während sie sich der Wirkung ihrer Worte in meinem Gesicht vergewisserte, sprach Bände. Ich trank meine dritte Tasse leer und sagte: »Vielleicht solltest du es einmal im Wald und nicht im Bett versuchen. — Trinkst du noch eine Tasse?«
Sie gab mir ihre Tasse und sagte: »Es hat nichts mit dem Bett, sondern mit mir zu tun. — Zu Hause nehmen wir auch Pulverkaffee. Er ist aber lange nicht so gut wie dieser. Du hast ihn von daheim mitgebracht?«

»Ich bin an ihn gewöhnt und möchte auch im Urlaub keinen anderen«, sagte ich. »Ich finde, deine Ärztin sollte gelegentlich zu einem Psychiater gehen. Was deine Sommersprossen damit zu tun haben sollen ...«
»Sag das nicht«, warf sie ein. »Du hast keine und weißt auch nicht, wie das ist, mit ihnen leben zu müssen. Ihretwegen hätte ich mich schon hundertmal umbringen können. Ich hatte deshalb schon immer Komplexe. So weit ich zurückdenken kann. Warum dann nicht auch im Bett?«
Wenn man es so betrachtete, war die Hypothese ihrer Ärztin vielleicht gar nicht so abwegig, wie sie sich zunächst anhörte. Ich goß Kaffee in ihre Tasse und sagte: »Dann solltest du vielleicht einmal zu einer guten Hautärztin gehen.«
»War ich auch schon«, sagte sie. »Sie verschrieb mir eine Salbe, die nicht half, und riet mir, mich nicht mehr in die Sonne zu legen. Ich lag seit Jahren nicht mehr in der Sonne. — Was hast du gegen Jeans? Fühlst du dich schon zu alt dafür?«
Was meine Abneigung gegen Jeans mit ihren Sommersprossen zu tun hatte, war schwer nachzuvollziehen, aber in diesem Fall war mir ihre Sprunghaftigkeit nicht unwillkommen. Ich sagte: »Früher trug ich auch welche.«
»Es gibt viele Frauen in deinem Alter ...«, setzte sie an. Ich fiel ihr dazwischen: »Ich habe mich noch nie den vielen zugehörig gefühlt.«
»Wie überheblich du bist«, lächelte sie.
»Das täuscht«, sagte ich. »Ich finde nur, um sich als Frau zu fühlen, bedarf es einiges mehr als zwei Shirts und zwei Jeans im Kleiderschrank.«
»Ich habe drei«, sagte sie. »Mein Freund vier.«
»Dann ist er für heutige Verhältnisse relativ gut ausgestattet«, sagte ich.
»Das ist nicht alles«, sagte sie. »Er hat noch zwei Blousons und drei Paar Turnschuhe.«
»Die braucht er als Journalist«, sagte ich. »Vielleicht trägt er auch einen Bart?«
»Er nicht, aber mein Vater. Mit Bart hat er bei seinen Schülern weniger Autoritätsprobleme.«
»Bei dir scheint ihm der Bart aber nicht viel geholfen zu haben«, sagte ich. »Hat er mit deiner Schwester die gleichen Probleme wie mit dir?«

»Heute nicht mehr«, sagte sie. »Seit sie an meiner Stelle auf die Uni darf, streicht sie ihm um den Bart wie unsere Katze. Für sie war vorgesehen, daß sie einen kaufmännischen Beruf erlernt. Ein Studium für uns beide hätte sein Budget überfordert.«
»Dann müßte sie dir dankbar sein, daß du ihretwegen auf ein Studium verzichtet hast.«
»Ich habe nicht ihretwegen darauf verzichtet.«
»Ich weiß«, sagte ich. »Du hattest keine Lust. Ich sehe nur nicht, wie das weitergehen soll mit dir. Wenn du es nicht schaffst, bei einer Zeitung unterzukommen ...«
Sie unterbrach mich: »Vergiß, was ich dir erzählt habe. Ich habe kein Talent zum Schreiben. Ich habe mich auch noch nie bei einer Zeitung beworben. Wahr ist, daß mein Freund für eine Zeitung schreibt. Von mir ist dort noch nie etwas erschienen.«
»Und warum erzählst du es mir gerade jetzt?« fragte ich nach einer Pause.
Sie zuckte mit den Schultern. »Ich weiß es nicht. Ich erzähle es dir eben. So, wie ich dir alles andere erzählt habe. Daß ich über dich etwas schreiben möchte. Ich wäre unfähig, auch nur eine Zeile über dich zu schreiben. Obwohl ich jetzt schon so viel über dich weiß.«
»Vielleicht war das der Grund, warum du es mir erzählt hast? Um mich auszuhorchen?«
»Vielleicht. Bist du jetzt enttäuscht?«
Enttäuscht war ich nicht. Ihre vorgebliche Absicht, über mich schreiben zu wollen, hatte ich keinen Augenblick lang ernstgenommen. Es hatte mir irgendwie gutgetan, über mich reden und von mir erzählen zu können, auch wenn sie viel von dem, was sie über mich wußte, selbst erraten hatte. Schon immer hatte ich mir jemanden gewünscht, mit dem ich über alles, was mich beschäftigte, reden könnte, und daß ich ihn nie gefunden hatte, lag nicht allein an unserem ständigen Wohnsitzwechsel. Es lag nicht zuletzt an mir selbst und an meinem Problem, mich einem anderen Menschen mitzuteilen. Ihm Einblick zu geben in meine geheimsten Gedanken und Wünsche. In meine Einsamkeit und in meine verlorenen Sehnsüchte. Wie einsam ich wirklich war, dessen war ich mir noch nie so bewußt geworden wie in den letzten vierundzwanzig Stunden.
Ich sagte: »Ein wenig schon, aber nur deinetwegen. Weil ich keine Perspektive für dich sehe. Schon gar nicht an der Seite eines verheirateten Mannes. Du wirst erleben, daß du ihm eines Tages lästig wirst. Was dann?«

Sie zuckte mit den Schultern. »Er ist nicht der einzige verheiratete Mann, der eine kleine Freundin braucht.«
»An einen ledigen Mann denkst du nicht?«
»Wenn ich so aussähe wie du«, sagte sie. »So, wie ich aussehe, bin ich nur fürs Bett gut. Zu mehr nicht.«
»Und nicht einmal dort bist du besonders gut«, sagte ich, über soviel selbstquälerischen Nihilismus ernstlich verstimmt.
Sie wischte ihre vom Verzehr eines halben Dutzend Tartes klebrig gewordenen Finger an einer Papierserviette ab und sagte: »Für meinen Freund bin ich es. Ihm genügt es, wenn *er* kommt. Das ist es doch, was du meinst?«
Ich trank meine Tasse leer und schickte mich an, vom Tisch aufzustehen. Sie griff jedoch rasch nach meiner Hand und sagte: »Lauf nicht schon wieder weg, Moni. Was ist dabei, wenn ich es beim Namen nenne? Oder ist das bei den Leuten, mit denen du sonst verkehrst, nicht üblich?«
»Ich verkehre nicht mit Leuten, bei denen es üblich ist«, sagte ich. »Wenn du meine Meinung über deinen Freund hören willst: Ich bin nicht scharf darauf, seine Bekanntschaft zu machen. Und sage jetzt nicht wieder, ich sei eifersüchtig. Du wirst zu einem Problem für mich, Agnes. Mir ist nicht wohl bei dem Gedanken, dich in dieser Verfassung zurückzulassen, aber nach Dortmund kann ich dich nicht mitnehmen. Wenn es nur sein Wochenendhaus ist, das dich mit deinem Freund verbindet: Das kannst du hier genauso haben. Ich gebe dir einen Schlüssel. Du kannst jederzeit hier wohnen.«
Sie sagte: »Das ist noch nicht sicher. Ich weiß jetzt, wozu du fähig bist, aber sie werden es dir nicht leichtmachen, das Haus zu behalten. Die Leute, die hier bauen und auch dein Haus haben wollen, werden es vielleicht abreißen, wenn du nicht hier bist. Ich könnte sie nicht daran hindern, weil es mir nicht gehört. Sie werden sich durch dich nicht aufhalten lassen, erst recht nicht, wenn es sich um Franzosen handelt. Du bist Ausländerin und hast sie dir jetzt zu Todfeinden gemacht. Selbst wenn du noch heute abend nach Dortmund zurückfahren würdest: Sie werden herausbekommen, daß du hier warst. Entweder von den beiden Männern, die wir gestern mit dem Citroën gesehen haben, oder in unserem Hotel in Sarennes. Du hast vorher noch nie dort gewohnt?«
»Nicht in diesem Hotel.«
»Aber in Sarennes?«
»Das mußten wir. Als wir das Haus hier kauften, beauftragten wir

einen Architekten aus Sarennes mit den Aus- und Umbauten. Wir kamen in dieser Zeit alle paar Wochen einmal kurz hierher, um uns zu vergewissern, ob alles nach Wunsch verläuft. Auch als das Haus eingerichtet wurde, waren wir oft hier und sind dann jedesmal in Sarennes in einem Hotel abgestiegen.«
»Wo du diesmal nicht abgestiegen bist. Warum nicht? Weil du anonym bleiben wolltest? Oder meinetwegen? Was ist mit dem Architekt? Lebt er noch?«
»Ich weiß es nicht«, sagte ich. »Ich habe ihn seit fünfzehn Jahren nicht mehr gesehen. Und das Hotel, wo wir damals wohnten, existiert seit zehn Jahren nicht mehr.«
»Und du bist auch nie mehr nach Sarennes gekommen?«
»Selbstverständlich. Wir konnten nicht alles, was wir zum Leben brauchten, von daheim mitbringen. Das besorgten wir in Sarennes.«
»Wo auch die Handwerker herkamen, die euer Haus umgebaut haben«, sagte sie. »Und wo du die schönen Sandsteinfliesen eingekauft hast. Ich weiß zwar nicht, wie oft du seit gestern abend von Einwohnern, die dich kennen, gesehen worden bist ...«
Ich warf ein: »Von etwa einem Dutzend. Die Bäckersfrau eingeschlossen. Du hast recht, sie werden erfahren, daß ich hier war. Sie werden mir aber nichts nachweisen können.«
»Das brauchen sie auch nicht«, sagte sie. »Sie werden sich selbst etwas einfallen lassen, ohne die Gendarmerie einzuschalten. Wer weiß, wer wirklich hinter dieser Sache steckt, Moni. Bestimmt einer, dem es auf ein paar Millionen nicht ankommt. So einer braucht keine Gendarmerie. Der nimmt das selbst in die Hand.«
»Dann wird er bei mir an eine Frau geraten, die ihm zeigt, daß nicht alles im Leben nur eine Frage des Geldes ist«, sagte ich. »Ich würde ihm das Haus nicht einmal für eine Million verkaufen. Nicht einmal für zehn Millionen. Und wo sind wir hier überhaupt? Doch nicht im Wilden Westen?«
Ich hatte mich in Zorn geredet, und weil sie sich halb von ihrem Stuhl erhob, offenbar um mich wieder zu küssen, kam ich ihr diesmal zuvor und sagte: »Laß das. Wenn du nicht endlich mit dieser dummen Küsserei aufhörst, werde ich mal mit deiner Mutter reden und sie nach ihren Versäumnissen bei deiner Erziehung fragen.«
Sie setzte sich lächelnd auf ihren Stuhl zurück und sagte: »Das kannst du genausogut mich fragen, Moni. Sie wird dir nicht erzählen, was sie an mir versäumt hat. Und was den Wilden Westen be-

trifft: Hör dich mal zwischen Nice und Marseille ein wenig um, was das für Leute sind, die dort jedes Jahr unsere letzten Wälder anzünden, damit die Grundstücke für eine Bebauung freigegeben werden. Was die haben wollen, das bekommen sie auch. Da kannst du nur hoffen, daß du es hier nicht mit den gleichen Leuten zu tun hast.«

Ganz so düster wie sie sah ich meine Situation nicht. Ich sagte: »Wir sind hier nicht in Nice und auch nicht in Marseille. Hier gibt es keine Grundstücke mit Blick aufs Meer ...«

»Dafür mit Blick auf die Berge«, fiel sie mir dazwischen. »Du ziehst ihn doch auch dem Blick aufs Meer vor. Warum solltest du der einzige Mensch auf der Welt sein, der lieber auf die Berge als aufs Meer schaut. Was siehst du schon, wenn du auf das Meer schaust? Nichts als Wasser.«

Ich sagte: »Das gilt nicht für Männer. Die sehen auch noch andere Dinge, die mich als Frau weniger interessieren.«

»Das würde ich nicht sagen«, meinte sie. »Wenn es gutgebaute Männer sind?«

»Nicht auch gutgebaute Frauen?« fragte ich.

Sie wollte sich zum zweitenmal von ihrem Stuhl erheben. Ich kam ihr auch diesmal zuvor und beendete unsere Kaffeetafel. Sie beobachtete von ihrem Platz aus, wie ich das Kaffeegeschirr weg- und in den Geschirrspüler räumte. »Du bist vielleicht verwöhnt«, sagte sie. »Meine Mutter hat nicht mal zu Hause einen. Nur eine Waschmaschine.«

»Meine Mutter hatte noch nicht einmal eine Waschmaschine«, sagte ich.

»Die Arme. Und das alles mit den zarten Händchen ihrer Putzfrau. Oder hatte sie für die Wäsche noch eine zweite Putzfrau?«

»Kann sein, daß sich ihre Haushaltshilfe darum kümmerte«, sagte ich. »Damals waren es noch Dienstmädchen. Wenn ich mich recht entsinne, hieß sie Irmgard und hatte genauso viele Sommersprossen wie du.«

»Darum hat sie es auch nur zum Dienstmädchen gebracht«, sagte sie und stand auf. Sie kam zu mir, lehnte sich mit dem Po gegen die Geschirrspülmaschine und heftete den Blick auf mein Gesicht. »Wie kommst du darauf, daß ich mich für gutgebaute Frauen interessieren könnte? Habe ich dir Anlaß gegeben, das zu denken?«

Ich nickte. »Und ob!«

»Dann hältst du dich für eine gutgebaute Frau?« fragte sie.

Ich ließ sie an der Geschirrspülmaschine stehen und machte mich auf den Weg ins Gästezimmer. Zum dritten Mal an diesem Tag die Garderobe wechselnd und den Rock wieder gegen ein Kleid vertauschend, ertappte ich mich dabei, daß ich mehr Zeit damit verlor, als vonnöten war. Sogar viel mehr Zeit, und was mich so wahnsinnig dabei aufregte, war weniger meine damit verbundene Absicht, als der Umstand, daß ich auch noch auf sie wartete, als ich mir meiner Absicht bereits bewußt geworden war. Erst als ich befürchten mußte, sie würde, wenn ich noch länger nur halb bekleidet auf sie wartete, meine Absicht durchschauen, zog ich mich vollends an, setzte mich auf das Sofa und rauchte eine Zigarette. Danach rauchte ich noch eine, und dann noch eine. Bis dahin hatte sie mich über zwanzig Minuten auf sich warten lassen, und ich haßte sie dafür genauso, wie ich sie gestern abend zu hassen meinte, als sie auf einem eigenen Hotelzimmer bestand. Ich war mir ganz sicher, daß sie mich absichtlich warten ließ und damit rechnete, ich würde irgendwann, wenn ich die Ungewißheit, wo sie so lange steckte, nicht länger mehr ertrug, nach ihr schauen, aber ich würde mich eher aus dem Fenster stürzen als ihr teuflisches Spiel mitzuspielen, und als ich sie dann endlich die Treppe heraufkommen hörte und gleich darauf in der Tür stehen sah, brachte ich vor Ärger, mich ihretwegen so verrückt gemacht zu haben, keinen Laut heraus. Sie hingegen rief in einem Ton, als hätte sie mich eher auf dem Mond als im Gästezimmer vermutet: »*Hier* bist du?«
Vielleicht lag es an ihrer ebenso wertneutralen wie überflüssigen Frage, daß ich zu mir selbst zurückfand und ihre überflüssige Frage mit einem ebenso überflüssigen: »Wie du siehst«, beantwortete. Sie setzte sich zu mir auf das Sofa, verschränkte die Hände über ihrem Ding, wie sie es nannte, und sagte: »Ich habe mich unten noch etwas umgesehen. Auch im Wohnraum. Du hast viel Geld in das Haus gesteckt, Moni.«
Nun, da ich wußte, weshalb sie mich so lange hatte warten lassen, daß es kein kaltblütig inszenierter Psycho-Terror war, der sich dahinter verbarg, sondern das Bedürfnis, sich einmal ohne meine Aufsicht im Haus umzusehen, hätte ich mich vor Ärger über mich selbst zum zweiten-, oder sogar schon zum drittenmal aus dem Fenster stürzen können. Ich sagte mit mißtönender Stimme: »Du kanntest das Haus in seinem früheren Zustand doch gar nicht.«
»Ich kannte es von dem, was mein Großvater und mein Vater mir erzählten«, sagte sie. »Dies hier war das Kinderzimmer meines Va-

ters und seiner Schwester. Als sie größer wurden, ließ mein Großvater noch eine Wand einziehen. Hast du sie wieder herausreißen lassen oder gab es sie schon damals nicht mehr?«
»Sie war noch hier. Diesen Raum mußten wir völlig umbauen lassen. Einen Teil davon brauchten wir für das Badezimmer. Deine Großeltern kamen noch ohne aus.«
»Meine Eltern auch. Eine Bad bekamen wir erst vor vier Jahren, als wir das eigenes Haus beziehen konnten. Vorher machten wir es wie meine Großeltern und badeten in der Waschküche im Keller. Ihr benutzt den Raum heute für euer Kaminholz. Ich werde nie verstehen, wie die Leute, als es noch keine Autos gab, hier oben leben konnten. Großvater sagte einmal, die meisten wußten nicht einmal, wie das Meer aussieht, weil sie nie an die Küste kamen.«
»Und wie ist das bei dir? Du bist doch sicher oft zum Baden dort?«
»Das ist schon lange her. Meine Eltern machen sich heute nichts mehr daraus. Sie fühlen sich wegen der vielen Touristen an der Küste nicht mehr wohl. Und allein mit dem Moped hinzufahren, macht auch keinen Spaß.«
»Dein Freund hat einen Wagen. Warum fährt er nicht mit dir hin?«
Sie lachte. »Du wirst es nicht für möglich halten, aber er kann nicht schwimmen. Er hat es nie gelernt. Mit dir würde ich gerne schwimmen gehen.«
»Das läßt sich einrichten«, sagte ich und stand auf. »Ich hole rasch den Wagen. Du kannst hier auf mich warten.«
»Und wenn ich mitkommen will?«
»Niemand hindert dich daran.«
Seit ich den BMW in die Grube hatte rollen lassen, mußten jetzt ungefähr eineinhalb Stunden vergangen sein. Das war etwa die Zeit, die ein Fußgänger benötigte, um von Lavoir auf die Straße nach Sarennes zu kommen. In der umgekehrten Richtung mußte man eine halbe Stunde länger rechnen. Rechnete ich zu den eineinhalb Stunden noch einmal eine halbe hinzu, die vergehen würde, bis wir den Wagen geholt, mein Gepäck eingeladen und die Straße erreicht hatten, würden der BMW-Fahrer und sein Begleiter — falls es nicht zwei waren — sicher ein Fahrzeug gefunden haben, das sie mit nach Sarennes genommen hatte, woran Agnes allerdings Zweifel hegte. Wir unterhielten uns darüber, als wir schon auf dem Weg zum Spritzenhaus waren und mir auffiel, daß sie immer wieder nach allen Seiten Ausschau hielt. Zunächst hielt sie es für nicht völlig ausgeschlossen, daß sich die Männer noch immer im Dorf auf-

hielten, dann schloß sie die Möglichkeit nicht aus, sie könnten auf dem Weg nach unten eine längere Rast eingelegt oder, falls sie schon unten waren, auf der nur wenig befahrenen Straße noch keinen Wagen gefunden haben, der sie mitnahm. Dem hielt ich entgegen, daß es völlig absurd sei, anzunehmen, sie könnten sich seit nun fast zwei Stunden in einem der leeren Häuser versteckt halten, ohne zu wissen, vor wem. Auch ihre Befürchtung, sie könnten auf dem Weg nach unten eine längere Rast einlegen und von uns mit dem Wagen eingeholt werden, sei schon deshalb abwegig, weil sie größten Wert darauf legen müßten, so rasch wie möglich auf die Straße zu kommen.

»Aber gerade dort«, hakte sie nach, »könnten wir sie noch antreffen, wenn sie noch keinen gefunden haben, der sie mitnimmt.«

Ich sagte: »Dann werden wir sie mitnehmen. Oder kannst du dir ein besseres Alibi für uns denken, als ihnen zu erzählen, aus Bairols zu kommen, wo du deinen Großvater besucht hast, und nach Sarennes zu fahren, wo ein Hotelzimmer auf uns wartet?«

Das konnte sie, wie ich es nicht anders erwartet hatte, nicht. Sie sagte: »Wahrscheinlich hast du recht, Moni. Kürzen wir wieder ab? Das hier ist doch der Durchgang zur anderen Straße?«

»Du kannst abkürzen«, sagte ich. »Ich nehme den Weg über die Kirche.«

»Dann bis später«, sagte sie und ließ mich, die Abkürzung durch die Häuser nehmend, auf der leeren Straße stehen. Ich wartete lange genug, um mir sicher zu sein, daß sie die andere Seite erreicht hatte. Dann folgte ich ihr. Der Umweg über die Kirche hätte mich nicht mehr als fünf Minuten gekostet, aber ich fand, daß es genau fünf Minuten zuviel waren, und Agnes fand es auch, denn als ich sie im Halbdunkel etwa dort mit dem Rücken an der Wand lehnen sah, wo sie mich gestern geküßt hatte, sagte sie: »Ich wußte, daß du kommen wirst, Moni. Komm her!« Sie streckte mir eine Hand entgegen. Ich ignorierte ihre Hand und sagte: »Eines könnte mich interessieren, Agnes: Wieso du glaubst, du könntest bei mir weniger Probleme haben als bei einem Mann.«

»Weil ich dich liebe«, sagte sie. »In einen Mann war ich noch nie verliebt. Gib mir deine Hand, Moni.«

Ich gab sie ihr und ließ es zu, daß sie mich an sich zog. War es nicht genau das, worauf ich schon im Gästezimmer gewartet hatte? Daß sie zur Tür hereinkommen, mich an sich ziehen und, halb nackt wie ich war, sich vielleicht nicht mehr damit begnügen würde, mich nur zu küssen? Und war meine soeben an sie gerichtete Frage, warum sie glaube, bei mir weniger Probleme zu haben als bei einem Mann, nicht schon eine indirekte Aufforderung gewesen, es doch einmal zu versuchen? Sie legte die Arme um mich, gab mir wieder Sahne zu schmecken und murmelte: »Was redest du da für dummes Zeug, Moni? Ich möchte dich nur gern haben. Sonst nichts.«

»Mich nur küssen? Oder was verstehst du unter mich gern haben?«

»Nicht nur küssen«, sagte sie. »Dich auch streicheln. Ich finde nichts dabei, eine Frau, die ich so gern habe wie dich, zu küssen und zu streicheln. Schon als ich noch ein kleines Mädchen war, habe ich mir gewünscht, dich zu streicheln.«

»So wie du deine Puppen gestreichelt hast?«

Sie fragte rasch: »Woher weißt du das?«

»Daß du Puppen hattest? Hattest du keine?«

»Sei still«, sagte sie und küßte mich wieder. Sie streichelte, während sie mich küßte, mit den Fingerspitzen meinen Nacken und flüsterte: »Liebst du mich auch schon ein wenig, Moni?«

Wenn sie noch ein paar Tage so weitermachte, würde ich mir vielleicht wünschen, nicht mich, sondern sie die Felswand hinabzustürzen.

2

An einem Sonntagmorgen hatte ich Debussy noch nie besucht. Ich war mir daher auch nicht sicher, ihn anzutreffen. Vielleicht ging er sonntags in die Kirche oder zu einem kleinen Bekanntenbesuch weg. Ich traf ihn jedoch hinter seinem Haus an, nachdem ich zweimal vergeblich an der Haustür geläutet und dann den Weg durch den Garten genommen hatte. Er war auch von der Straße her durch ein kleines Tor im grüngestrichenen Jägerzaun, das ich unverschlossen vorfand, zu erreichen. Am Gartentisch unter dem knorrigen Olivenbaum sitzend und in einem Buch mit vergilbten Seiten lesend, erkannte er mich im ersten Moment nicht und blickte mich über die Gläser seiner Lesebrille hinweg sekundenlang unschlüssig an. Dann stand er hastig auf, nahm die Brille ab und schüttelte mir erfreut die Hand. »Sie haben sicher an der Haustür geläutet«, sagte er. »Aber wenn ich hier im Garten sitze, höre ich die Glocke nicht. Ich habe auch Ihren Wagen nicht vorfahren hören.«

Sein Blick schweifte von mir ab zur Straße hin. Ich sagte: »Ich bin ohne Agnes hier, Monsieur Debussy. Ich habe sie in Sarennes zurückgelassen. Ich wollte mich allein mit Ihnen unterhalten.«

Er fragte mit besorgt klingender Stimme: »Hatten Sie Ärger mit ihr?«

»Im Gegenteil«, beruhigte ich ihn. »Ich bin nur hier, um etwas mehr über sie zu erfahren. Aus dem, was sie mir von ihren Eltern erzählt, kann ich mir kein rechtes Bild machen. Ich würde ihr gerne bei ihren Problemen helfen, kann das aber nur tun, wenn ich sie kenne. Sie darf aber nicht wissen, daß ich zu Ihnen gefahren bin. Ich muß Sie daher bitten, es ihr nicht zu erzählen.«

Er versprach es mir und bat mich, ihn für einige Minuten zu entschuldigen. Mir fiel auf, daß er trotz der fast sommerlichen Temperatur über seinem kariertem Hemd eine dicke Cordjacke trug. Ohne seine schwarze Baskenmütze hatte ich ihn kaum einmal gesehen. Auch dann nicht, wenn wir den Pastis bei schlechtem oder kühlem Wetter nicht im Garten, sondern im Haus tranken. Während ich allein war, warf ich einen Blick in das Buch. Der französische Titel, aber auch der Autor waren mir nicht bekannt. Debussy erzählte mir

bei seiner Rückkehr, daß es sich um einen Roman über die Französische Revolution handle, der Autor schon seit dreißig Jahren nicht mehr lebe und in seinen Büchern vorwiegend historische Stoffe aufgegriffen habe. Ich bekam den schon obligatorischen Pastis eingeschenkt. Das erste Glas hatte ich noch in seinem Haus in Lavoir gemeinsam mit seiner Frau und mit Klaus getrunken, während Rolf und Bert vor dem Haus unter der alten Platane saßen und sich mit ihrem Spielzeug beschäftigten, das wir im Reisegepäck für sie mitgenommen hatten. Fast kamen mir Tränen, als ich mich jetzt daran erinnerte. Er nahm neben mir auf der Bank Platz und erkundigte sich, wo in Sarennes ich Agnes zurückgelassen habe. Meine Mitteilung, mit ihr die Nacht in der *Auberge Bressane* verbracht zu haben, schien ihn zu erleichtern. Er sagte: »Sie sind also davon abgekommen, schon vorgestern abend nach Lavoir zu fahren?«
»Zu unsrem Glück«, sagte ich. »Wir wären in der Dunkelheit vielleicht in die Grube gefallen.«
Er nahm seine Lesebrille ab und heftete den Blick fragend auf mein Gesicht. »Ich verstehe nicht ...«
Fünf Minuten später, als ich ihm alles erzählt hatte, was zu erzählen mir ratsam erschien, verstand er es. Er sagte fassungslos: »Das hätte es zu meiner Zeit nicht gegeben, Madame Kristmann. Daß Leute sich so etwas herausnehmen! Was werden Sie jetzt tun? Zu diesen Anwälten in Digne fahren?«
Ich schüttelte den Kopf. »Davon bin ich abgekommen. Nicht *ich* will etwas von ihnen, sie wollen etwas von mir. Was ich brauche, ist ein eigener Anwalt. Ich werde mich in Sarennes nach einem umhören und morgen früh, wenn die Arbeiter eintreffen, mit ihm nach Lavoir fahren. Ich war eben kurz oben und habe mir die Schäden an meinem Haus noch einmal angesehen. Der Anwalt wird dann dafür sorgen, daß die Arbeiten, soweit sie mein Haus tangieren, sofort eingestellt werden und die Firma auf Schadensersatz für die angerichteten Schäden verklagen. So stelle ich mir das vor, und nicht anders.«
Er stimmte mir lebhaft zu: »Das ist sogar eine ganz ausgezeichnete Idee, Madame Kristmann.«
»Kein Wunder«, sagte ich. »Ich habe, um sie mir einfallen zu lassen, die halbe Nacht wachgelegen und darüber nachgedacht. Ich habe mich gestern abend auch noch einmal mit Ihrer Enkelin darüber unterhalten. Was wir beide nicht verstehen: Was diese eine, lächerliche Baugrube soll. Wir haben uns alles mögliche einfallen

lassen, sogar ein Observatorium, aber dafür ist die Baugrube wiederum um einige Nummern zu klein, und für ein Privathaus ... Na gut, man kann noch zehn Stockwerke obendrauf setzen und ein Hotel mit fünfzig oder hundert Betten daraus machen. Nach hinten ist noch genug Platz, und wenn sie außer meinem Haus noch zwei oder drei Nachbarhäuser mit eingeplant haben, ließe sich sogar ein Sanatorium für psychisch Gestörte daraus machen, aber dann muß der Mann, der sich so etwas einfallen ließ, gleichfalls psychisch gestört sein. Bis er das Baumaterial für ein zehnstöckiges Hotel oder Sanatorium hinaufgeschafft hat, ist die Straße vollends kaputt und er könnte seine Patienten nur noch mit dem Hubschrauber hinaufbringen. — Also, was sagen Sie dazu, Monsieur Debussy?«
Zunächst sagte er nichts. Er starrte nur grübelnd in sein Glas. Schließlich blickte er auf und sagte mit einem Ausdruck absoluter Ratlosigkeit im zerfurchten Gesicht: »Ich weiß es nicht, Madame Kristmann. Ich weiß es wirklich nicht.«
Ich nickte. »Dann sind wir uns ja einig. Sie können es sich gerne selbst einmal ansehen, ich werde Sie hinauf ...«
Er wehrte rasch ab: »Das ist sehr freundlich von Ihnen, aber sehen Sie, ich war seit dem Tod meiner Frau nicht mehr oben, und ich möchte ohne sie Lavoir auch nicht mehr besuchen. Nicht mehr in diesem Leben.«
Er hatte schon wieder feuchte Augen. Ich berührte seinen Arm. »Das kann ich verstehen, Monsieur Debussy. Vielleicht sollte es mir ähnlich ergehen wie Ihnen, aber es ist nicht dasselbe, einen Menschen, mit dem man so lange zusammengelebt hat, durch den Tod zu verlieren als dadurch, sich ihm entfremdet zu haben. Ich bin mir noch nicht sicher, ob das auf meine Ehe zutrifft. Ich möchte in Ruhe darüber nachdenken, und das kann ich nirgendwo besser tun als in Lavoir. Deshalb bin ich diesmal hier, und aus keinem anderen Grund.«
Er griff nach meiner auf seinem Arm liegenden Hand und sagte leise: »Ich bin sehr glücklich über Ihr Vertrauen, liebe Madame Kristmann. Trinken Sie von meinem Pastis. Er wird Ihnen jetzt guttun.«
»Er hat mir immer gutgetan«, sagte ich und nahm einen kräftigen Schluck. Dann sagte ich: »Hat Agnes Ihnen gegenüber jemals darüber gesprochen, welchen Beruf sie gerne erlernen würde? Vielleicht fällt es ihr leichter, mit Ihnen als mit ihren Eltern zu reden. Ich habe mich vergeblich darum bemüht, Einblick in die Probleme mit ihren Eltern zu gewinnen. Sie begnügt sich immer nur mit An-

deutungen. Niemand kennt ihren Vater besser als Sie. Ist es für eine Tochter schwierig, mit ihm auszukommen?«
Er nahm gleichfalls einen Schluck, leckte sich den Pastis von den dünnen Lippen, die mich irgendwie an Agnes erinnerten, und sagte: »Er lebt seit fünfundzwanzig Jahren nicht mehr bei mir. Ich könnte Ihnen erzählen, wie er war, als er unser Haus verließ. Wie er sich seitdem — und vor allem in einer zwanzigjährigen Ehe — entwickelt hat, das weiß mit Sicherheit nur seine Frau, und die spricht nicht darüber. Sie hat noch nie viel gesprochen. Leider, muß ich sagen. Sie könnte sonst versuchen, zwischen Agnes und ihrem Vater zu vermitteln.«
»Steht es so schlimm zwischen ihnen?«
Er hob die Schultern. »Ob es sehr schlimm ist, wenn Vater und Tochter kaum mehr ein Wort miteinander reden: Darüber bilden Sie sich selbst eine Meinung. Vielleicht ist es zwischen Eltern und Kindern heute eher normal als schlimm. — Nein, über Berufspläne hat Agnes nie mit mir gesprochen. Ich habe sie auch nie direkt danach gefragt. Sie hat sich deshalb schon mit ihrem Vater entzweit. Ich wollte nicht, daß es mir genauso ergeht wie ihm, wenn ich sie mit ihr unbequemen Fragen bedränge. Sie hat ihn gleich mehrfach enttäuscht. Er hatte sich einen Sohn gewünscht und bekam zwei Töchter. Er wollte eine Lehrerin aus ihr machen, sie wollte es nicht. Dann sollte sie an Stelle ihrer Schwester einen Beruf erlernen: Auch dazu hatte sie keine Lust. Daraufhin sperrte er ihr das Taschengeld ...«
»Sie erzählte mir, sie bekäme monatlich dreihundert Francs von ihm«, sagte ich dazwischen. »Stimmt das nicht?«
»Die bekommt sie von mir. Das weiß mein Sohn aber nicht. Ich bekäme sonst großen Ärger mit ihm. Hat sie Ihnen erzählt, daß sie einmal fast drei Monate lang verschwunden war?«
Ich schüttelte betroffen den Kopf.
»Das war vor etwa einem Jahr, als er ihr das Taschengeld entzog, um sie zu zwingen, sich ihr Geld selbst zu verdienen. Damals ging fast seine Ehe entzwei; meine Schwiegertochter befürchtete, ihr sei etwas zugestoßen und machte ihn dafür verantwortlich. Er hat vor vier Jahren gebaut und muß seitdem mit jedem Francs rechnen. Als Agnes wieder auftauchte, kam sie zuerst zu mir. Sie sah völlig heruntergekommen aus, abgemagert und auch sonst ...« Er brach ab. Ich wartete, ohne ein Wort zu sagen, bis er nach einer kleinen Pause von allein weitersprach: »Sie wohnte einige Zeit bei mir, bevor

sie sich auch wieder bei ihren Eltern sehen ließ. Damals habe ich sie zum ersten-, aber auch zum letztenmal gefragt, was willst du eigentlich, mein Kind. Es wird Sie sicher überraschen, was sie mir darauf antwortete: einmal genauso sein wie Madame Kristmann.«
Nach allem, was sie mir schon selbst erzählt hatte, überraschte es mich nicht. Ich sagte: »Als Sie vorgestern erfuhren, daß ich ihr erlaubt habe, mich zu duzen, sagten Sie, hoffentlich tut es Ihnen nicht leid. Warum sagten Sie das? Befürchteten Sie, sie könnte sich zu eng an mich binden und ich sie nicht mehr loswerden?«
Er blickte mich ruhig an. »Ich weiß nicht, ob ich es Ihnen sagen soll, Madame Kristmann, aber ich glaube, sie liebt Sie mehr als alles andere auf der Welt. Hätte ich ihr nicht mein Wort geben müssen, sie davon zu verständigen, sobald Sie wieder eintreffen: Ich hätte es nicht getan. Wer weiß aber, was geschehen wäre, wenn sie es auf einem anderen Weg erfahren hätte. Vielleicht wäre sie wieder davongelaufen, und ob sie dann noch einmal zurückgekommen wäre: fast möchte ich es bezweifeln. Ich weiß nicht, was es ist, was sie zu Ihnen hinzieht. Ich möchte es auch nicht wissen. Ich bin ein alter Mann. Ginge es allein nach mir, könnte sie öfter bei mir wohnen. Meinetwegen auch ständig, aber ihre Eltern wollen es nicht. Es gab deshalb schon genug Streit zwischen ihnen und mir. Sie haben mir auch vorgestern am Telefon nicht geglaubt, daß Sie Agnes eingeladen haben, mit Ihnen nach Lavoir zu fahren. Sie sind überzeugt, sie habe Ihre Ankunft nur zum Vorwand genommen, wieder für einige Tage von zu Hause wegzukommen. Ich weiß nicht, ob sie Ihnen noch etwas mehr von ihrem Freund erzählt hat, bei dem sie sich oft tagelang aufhält. Auch dann verdächtigen ihre Eltern jedesmal mich, der angebliche Freund zu sein. Mein Sohn war schon einige Male unangemeldet bei mir und wollte mir nicht glauben, daß sie nicht hier ist. Erst als er das ganze Haus durchsucht hatte ...«
Ich konnte mich nicht länger zurückhalten und fiel ihm ärgerlich auflachend dazwischen: »Entschuldigen Sie, lieber Monsieur Debussy, aber Ihr Sohn scheint so wenig wie seine Tochter zu wissen, was er will. Zu Hause vermeidet er jedes Gespräch mit ihr, und wenn sie nicht zu Hause ist, spielt er den wilden Mann und spioniert ihr nach. Welchen Sinn soll das ergeben? Sehen Sie einen?«
»Nein«, sagte er. »Aber ich habe es schon lange aufgegeben, die Menschen zu verstehen. — Hören Sie?« Er hob lauschend den Kopf. Auch mir war der sonntägliche Klang von Kirchenglocken, der wie von sehr weit her über die grünen Hügel kam, nicht ent-

gangen. Allerdings mußte man genau hinhören, um sie zu vernehmen. Er sagte: »Es ist die Kirche von Bouyon, wo ich, als wir von Lavoir nach Bairols übersiedelten, noch viele Jahre Lehrer war. Man hört die Glocken nur, wenn der Wind von der Küste kommt. Dann trägt er ihren Klang die Berge hinauf, und sie geben ihn an uns zurück.«
Es verwunderte mich, wieso er sie hörte, seine Haustürglocke, wenn er im Garten saß, jedoch nicht. Eine Bemerkung darüber hielt ich zurück. Ich sagte: »Erzählten Sie nicht, Sie hätten mit dem Wagen von hier nach Bouyon eine halbe Stunde benötigt?«
»Sie haben ein gutes Gedächtnis«, sagte er lächelnd. »Mit einem Flugzeug wären es nur wenige Kilometer, aber die Straße führt in einem weiten Bogen zuerst über zwei andere Orte, ehe sie nach Bouyon kommt. — Sie nehmen großen Anteil an meiner Enkelin, Madame Kristmann. Ich weiß es um so mehr zu schätzen, als Sie im Augenblick doch wirklich genug eigene Probleme haben. Bei der hohen Wertschätzung, die Sie bei ihr genießen, halte ich es nicht für ausgeschlossen, daß Sie einen guten Einfluß auf sie ausüben könnten. Wenn sie so weitermacht wie bisher, wird sie die für einen jungen Menschen entscheidenden Lebensjahre sinnlos vertan und den Anschluß an eine berufliche Zukunft verloren haben. Dieser Freund, den sie hat: Mir gegenüber hat sie ihn nur einmal beiläufig erwähnt. Wissen Sie etwas mehr über ihn?«
Auch wenn ich mir sicher sein konnte, daß er, was ich ihm erzählte, für sich behalten würde, so hätte ich es doch als einen groben Vertrauensbruch empfunden, ihn in meinen derzeitigen Wissensstand einzuweihen. Ich sagte ausweichend: »Nichts, was mir selbst dabei helfen würde, sie besser zu verstehen. Ist Ihnen bekannt, ob sie eine Freundin hat? Vielleicht noch von der Schule her?«
Er schüttelte den Kopf. »Sie hat nie eine Freundin mit nach Hause gebracht oder von einer erzählt. Auch mir gegenüber nicht. Auch das ist für ein Mädchen in ihrem Alter ganz ungewöhnlich. Es sei denn ...« Er führte den Satz wieder nicht zu Ende, und weil ich den Eindruck hatte, er warte auf eine kleine Ermunterung von mir, sagte ich: »Sie wollten noch etwas hinzufügen, Monsieur Debussy?«
Er hob den Blick in mein Gesicht. »Es klingt vielleicht töricht, was ich sage. Sie müßten Agnes aber schon einmal erlebt haben, wenn Sie von Ihnen spricht, um zu verstehen, daß sie vielleicht viel zu sehr auf Sie fixiert ist, um eine Freundin zu haben. Sie wirkt dann

jedesmal verändert, ungewohnt nachdenklich und beinahe verträumt. Mein Gedächtnis ist nicht mehr gut. Es muß vor eineinhalb oder zwei Jahren gewesen sein, als Sie einen angekündigten Besuch kurzfristig absagten. Ich vergaß, Agnes davon zu verständigen. Sie kam Ihretwegen hierher, um Sie zu sehen. Als sie erfuhr, daß sie umsonst gekommen war, brach sie in Tränen aus. Sie drehte sich zwar rasch um, damit ich sie nicht sehen sollte. Ich hatte sie aber bereits gesehen, und ich weiß jetzt nicht, ob es richtig war, es Ihnen zu erzählen.«

»Es war auf alle Fälle richtig«, sagte ich. »Für mich ist es ein Grund mehr, zu versuchen, ihr Vertrauen zu gewinnen. Offengestanden, lieber Monsieur Debussy: Ich wollte mich mit Ihnen unterhalten, um Agnes besser zu verstehen. Aber viel klüger bin ich auch jetzt nicht. Vielleicht müßte man, um sie zu verstehen, auch fähig sein, zu begreifen, weshalb ihr Vater nichts mit ihr redet und dennoch auf den eigenen Vater eifersüchtig ist, wenn sie einmal eine Nacht in Ihrem Haus schläft. Ich habe ihr nie Anlaß gegeben, in ihren Augen ein nachahmenswertes Vorbild zu sein, im Gegenteil, ich habe sie kaum einmal richtig beachtet. So ein nachahmenswertes Vorbild, wie sie es sich einredet, bin ich auch nicht. Wenn sie wissen will, wer und wie ich wirklich bin, müßte sie sich einmal mit meinen Söhnen unterhalten, die keine sehr hohe Meinung von mir haben. Sicher habe ich durch meine, auf mich selbst bezogene Art, immer nur ihr Bestes zu wollen, nicht unwesentlich dazu beigetragen.«

»Das wollten Agnes' Eltern auch immer und erreichten damit genau das Gegenteil«, sagte er. »Alles, was nach Bevormundung oder auch nur nach guten Ratschlägen klingt, läßt sie störrisch werden wie ein Maulesel.«

»Bei diesem Vater wundert mich das nicht«, sagte ich und trank mein Glas leer. Viel Neues hatte ich nicht erfahren. Auch nicht über mich selbst, und wenn ich mir von meinem Gespräch mit ihm insgeheim eine Hilfe für meine eigene Situation, soweit sie Agnes betraf, erhofft hatte, so war mein Besuch sogar vergeblich gewesen. Ich stand auf und sagte: »Ich möchte sie nicht länger warten lassen. Sie wußte nicht, daß ich das Hotel verlassen habe. Inzwischen hat sie es an der Rezeption sicher erfahren und wird vielleicht in Sorge sein. — Sobald sich in Lavoir etwas Neues tut, werden Sie wieder von mir hören.«

Er begleitete mich noch bis zum Wagen und sagte: »Bitte gedulden

Sie sich noch einen Augenblick, Madame Kristmann. Mir fällt da etwas ein. Ich bin in einer Minute wieder hier.«
Er brauchte jedoch beinahe fünf Minuten, und ich war schon halb entschlossen, ins Haus zurückzukehren und nach ihm zu schauen. Dann sah ich ihn mit einem länglichen, in eine Segeltuchhülle verpackten Gegenstand aus dem Haus kommen. Er entschuldigte sich und sagte: »Ich wußte nicht mehr, wo ich die Munition aufbewahrt hatte. Das ist ein deutscher Karabiner aus dem letzten Krieg. Als sich die Deutschen bei der Landung der Amerikaner fluchtartig aus Südfrankreich absetzten, ließen sie sehr viele Waffen und Munition liegen. Die meisten Leute hier kamen dadurch in den Besitz eines deutschen Gewehrs und haben es nach Kriegsende nicht abgeliefert, sondern als Souvenir behalten. Ich habe Agnes beigebracht, wie man damit umgeht. Auch wenn Sie das Gewehr sicher nicht brauchen werden, wäre es mir doch eine große Beruhigung, Sie hätten, so ganz allein, wie Sie jetzt in Lavoir sind, eine Waffe im Haus. Darf ich sie Ihnen mitgeben?«
Obwohl ich mir in Lavoir keine Situation vorstellen konnte, die es mir hätte nützlich erscheinen lassen, sein Angebot anzunehmen, wollte ich ihn nicht enttäuschen, zumal seine Sorge nicht nur mir, sondern auch Agnes galt. Wir verblieben in der Weise, daß ich ihm das Gewehr bei meiner Abreise wieder zurückgeben würde. Vorsorglich wickelten wir es auch noch in eine Wolldecke ein und brachten es im hintersten Winkel des Kofferraums unter. Er kam dann noch einmal auf Agnes zu sprechen und sagte: »Da ist noch etwas, Madame Kristmann, was Sie vielleicht wissen sollten. Als sie von den Veränderungen in Lavoir hörte und annehmen mußte, daß auch Sie Ihr Haus verkaufen würden, kam sie völlig aufgelöst zu mir gefahren und wollte meine Meinung darüber hören. Als ich ihr sagte, daß Ihnen vielleicht keine andere Möglichkeit bliebe, als Ihr Haus ebenfalls zu verkaufen, rannte sie zu ihrem Moped zurück und fuhr davon, ohne sich zu verabschieden. Von ihren Eltern hörte ich später, daß sie sich nach ihrer Rückkehr den ganzen Abend in ihrem Zimmer eingeschlossen und nichts gegessen habe. Vielleicht liegt es daran, daß sie schon als Kind immer etwas merkwürdig war. Nicht nur, daß sie keine Freundin hatte. Auch ihre Art, mit ihren Puppen zu spielen, war ungewöhnlich.«
Ich mußte lachen. »Aber das Spielen mit Puppen ist bei einem kleinen Mädchen doch nichts Ungewöhnliches, Monsieur Debussy.«
»Normalerweise nicht«, sagte er. »Normalerweise lieben kleine

Mädchen ihre Puppen. Agnes hingegen machte sich ein Vergnügen daraus, ihnen nach und nach Arme und Beine auszureißen und sie, damit ihre Mutter sie dafür nicht bestrafte, heimlich im Küchenherd zu verbrennen.«
»Vielleicht, um eine neue Puppe zu bekommen«, sagte ich. »Ich glaube nicht, daß das viel zu bedeuten hat. Daß Kinder grausam sein können, zeigen sie auch dann, wenn sie Tiere quälen, Ameisen verbrennen oder gefangenen Schmetterlingen die Flügel ausreißen. Das legt sich eines Tages von selbst.«
Er nickte. »Sie haben sicher recht, Madame Kristmann. — Was Sie mir von Ihrer Ehe erzählt haben, tut mir leid. Wenn Sie einmal nicht mehr weiterwissen und Ihnen auch in Lavoir die Dinge über den Kopf wachsen: Sie könnten auch hier in meinem Haus wohnen. Ich würde so lange zu meiner Madame Bertrand umsiedeln, die es nicht ungern sähe, wenn sie mich in ihrem eigenen Haus und nicht hier bemuttern könnte. Seit ihr Mann sie verlassen hat, fühlt sie sich dort etwas einsam.«
»Er ist gestorben?«
»Das wäre für sie vielleicht leichter zu ertragen«, sagte er. »Ständig möchte auch ich sie nicht um mich herum haben, aber das soll keine Entschuldigung für ihren Mann sein. — Ist es nicht schön hier?« Er blickte zufrieden in die Runde.
Auch ich fand den kleinen Ort am Fuße der Berge mit den blühenden Gärten vor und hinter den Häusern und mit seinen zumeist älteren Einwohnern, die mich jedesmal, wenn ich ihnen begegnete, freundlich anlächelten, immer wieder schön. Oberhalb der letzten Häuser gab es sanft ansteigenden Wiesen und Oasen hochgewachsener Silberpappeln, deren frisches Grün sich pastellfarben von dem Rötlichbraun der schroff ansteigenden Bergflanken abhob. Aber mein Lavoir mit dem berauschenden Blick aus meinem Schlaf- und Wohnzimmerfenster auf das bis zu über dreitausend Meter hohe Gipfelmeer der Seealpen hätte ich dennoch gegen ein Dutzend so reizvoll gelegener Orte wie Bairols nicht eingetauscht. Und niemand, der Lavoir jemals gesehen hat, wird es mir verdenken.

Weshalb Agnes es vorgezogen hatte, meine Rückkehr nicht in ihrem, sondern in meinem Zimmer abzuwarten, wo sie mich von dem kleinen, zur Straße gelegenen Balkon aus vorfahren sah, mochte wohl damit zu tun haben, daß nur die Doppelzimmer einen Balkon hatten. Da ich ihretwegen am Abend unseres Eintreffens ein

Doppelzimmer genommen und sie auf einem eigenen Zimmer bestanden hatte, war ihr vom Hotelier ein Einzelzimmer gegeben worden, während ich das Doppelzimmer für mich behielt. Zwar hätte sie auch am Fenster ihres Einzelzimmers mein Eintreffen auf der Straße beobachten können, aber vom Balkon aus war es bequemer, weil ihr hier ein Liegestuhl zur Verfügung stand und sie das Warten mit einem kleinen Sonnenbad verbinden konnte. Das Zimmermädchen war bereits hier gewesen, das Zimmer auf- und das Frühstücksgeschirr abgeräumt, so daß wir vor dem Mittagessen mit keiner Störung mehr zu rechnen brauchten. Für zwei Liegestühle war der Balkon wiederum zu klein. Weil mein nächster Weg nicht zu ihr auf den Balkon, sondern ins Bad führte, verschob sich unser erstes Gespräch bis nach meiner Rückkehr aus dem Bad, wo ich sie dann bereits auf meinem Bett mit einer Zigarette und in meinem Bademantel antraf. Sie hätte mich auch am Tisch erwarten können, wo wir wieder das gemeinsame Frühstück zu uns genommen hatten, aber die Stühle waren zugegebenermaßen nicht so bequem wie das Bett, und zu einer Polstergarnitur in den Gästezimmern hatte sich die Geschäftsleitung nicht aufraffen können. Dennoch zog ich es vor, meine Zigarette auf einem Stuhl zu rauchen und von hier aus Agnes' in vorwurfsvollem Ton gestellte Frage, wo ich den ganzen Vormittag gesteckt hätte, zu beantworten. Wie nicht anders erwartet, zeigte sie kein Verständnis dafür, daß ich ohne sie nach Lavoir gefahren war, um mich zu vergewissern, ob inzwischen Leute der Baufirma eingetroffen seien, was jedoch nicht der Fall gewesen war. Sie fragte: »Und warum wolltest du ohne mich hinauffahren? Darf man das vielleicht wissen?«

Um ihr das zu erklären, hätte ich auch meinen Besuch bei ihrem Großvater erwähnen müssen. Nach Lavoir war ich nur gefahren, weil es sozusagen am Wege lag und mich unterwegs die Neugierde überkam, ob sich seit gestern oben etwas getan hatte. Ich sagte: »Weil ich ein wenig allein mit mir sein wollte. Du hast auch nichts versäumt. Es war kein Mensch oben. Außerdem wollen wir es uns nicht angewöhnen, daß ich dir über alles, was ich tue, Rechenschaft ablegen oder mich dafür entschuldigen muß.«

Sie stand vom Bett auf und sagte: »Wenn du mir Geld für ein Taxi gibst, bist du mich los. Für immer und ewig.«

»Du schaffst es auch ohne Taxi«, sagte ich. »Du brauchst nur wieder einen anzuhalten, der sich gerne streicheln läßt. Solche gibt es viele.«

»Wie gut du dich auskennst«, sagte sie und zog den Bademantel aus. Sie warf ihn auf das Bett und wandte sich der Tür zu. Ich traute wieder mal meinen Augen nicht und war mit einigen großen, raschen Schritten bei ihr. Ich stieß sie von der Tür weg und sagte: »Was die Leute hier von *dir* denken, ist mir egal. Aber nicht, wenn sie dich aus meinem Zimmer kommen sehen. Meinetwegen kannst du gehen. Nur nicht ohne Bademantel.«

Sie sagte: »Er gehört dir. Ich brauche ihn nicht mehr. Und dich auch nicht mehr, wenn ich dir lästig werde.«

Es war nicht allein ihre ungeheuerliche Verdrehung der Dinge, die mir wieder einmal die Sprache verschlug. Auch der Anblick ihres gertenschlanken Körpers mit den zwar kleinen, jedoch sehr reizvoll modellierten, straff abgesetzten Brüsten, die mir schon in Lavoir die Sinne verwirrt hatten, brachte mich ins Schleudern. Sie war auch nicht so mager, wie es den Anschein hatte, wenn sie Jeans und ihren Pulli trug. Ich hätte schon eine unsägliche Abneigung gegen sie haben müssen, um etwas zu entdecken, was mich an ihr gestört hätte, und daß ich ihr dann sogar eigenhändig die Tür öffnete, geschah aus einem Reflex meines Unterbewußtseins, es lieber zu riskieren, daß man sie nackt aus meinem Zimmer kommen sah als mir anmerken zu lassen, wie sehr sie mir gefiel. Aber auch diesmal hatte sie mich nur auf die Probe stellen wollen, denn statt zu gehen, gab sie mir wieder Sahne zu schmecken und sagte: »Wenn du das willst, mußt du mich schon hinauswerfen. Man wird doch noch etwas fragen dürfen, ohne gleich vor die Tür gesetzt zu werden. Ich dachte mir, daß du nach Lavoir gefahren bist. Hätte ja sein können, daß man dich erwischt hat, als du versuchen wolltest, auch den Schaufellader in die Grube zu fahren.«

»Vielleicht habe ich ihn in die Grube gefahren«, sagte ich und kehrte, zuvor die Tür schließend, zu meinem Stuhl zurück. Um den Sahnegeschmack loszuwerden, zog ich an meiner Zigarette und beobachtete, wie sie nach dem Bademantel griff und ihn überstreifte. Sie sagte: »Während ich auf dich gewartet habe, habe ich mir überlegt, daß es vielleicht gar keine schlechte Idee wäre, wenn du mir einen Schlüssel für dein Haus gibst und ich mich in deiner Abwesenheit ab und zu darum kümmere. Du müßtest mir nur etwas Geld geben, damit ich nicht länger auf das Geld meines Vaters angewiesen bin. Ich kann nicht hier auf dein Haus aufpassen und gleichzeitig in der Hütte meines Freundes mit ihm schlafen.«

Es war auch nicht meine Absicht, zuzulassen, daß sie weiterhin mit

ihm schlief. Allein der Gedanke daran ließ ihn mir schon hassenswert werden. Ich fragte: »Wieviel brauchst du, um hier leben und hin und wieder zu deinen Eltern oder zum Einkaufen nach Sarennes fahren zu können?«
Sie kam zu mir, ließ sich, wie sie es schon einmal getan hatte, mit gespreizten Beinen auf meinen Knien nieder und verschränkte die Hände in meinem Nacken. Mit dem Mund dicht vor meinem Mund fragte sie: »Wären dir tausend zuviel?«
Als sie sich auf meinen Knien niederließ, hatte sich ihr Bademantel bis weit über ihr Ding geöffnet. Ich zog den Gürtel auf, so daß sich der Mantel auch über ihrer Brust öffnete und fragte: »Ist es *das*, was du willst? Daß ich dich anfasse und streichle? So, wie du diesen Mann angefaßt und gestreichelt hast, der dich in seinem Auto mitnahm? Oder wie dich die Frauenärztin angefaßt hat? Wie hat sie dich denn angefaßt?«
Sie küßte mich. »Willst du das wirklich wissen?«
»Warum nicht, wenn wir schon darüber reden?«
»Sagen kann ich es nicht, aber dich fühlen lassen«, sagte sie und griff nach meiner Hand. Sie legte sie, ohne daß ich es zu verhindern suchte, auf ihren Schoß, dessen schmaler Haarwuchs sich auf die unmittelbare Umgebung ihres Dings beschränkte. Obwohl ich meine Hand sofort wieder zurücknahm, löste die kurze Berührung ein Gefühl jäher Benommenheit in mir aus, so daß ich für einige Herzschläge lang zu einem klaren Gedanken nicht mehr fähig war. Erst dann hörte ich mich mit einer mir fremd klingenden Stimme fragen: »Das also ist es, was du willst? Aber nicht mit mir, mein liebes Kind.«
Sie gab mir wieder Sahne zu schmecken und sagte: »Du spinnst, Moni. Was ich will, das habe ich dir gestern, als ich dich in der Unterführung küßte, gesagt. Würden wir es aber so tun, wie du es gestern und auch eben wieder meintest, dann wärst du für mich nicht mehr die Frau, die ich immer bewundert habe. Dann wärst du nicht anders als ich, weil es mir nichts ausmacht, wen ich streichle: Ob eine Frau oder einen Mann. Und wie und wo ich sie streichle. Ich habe auch schon Frauen gestreichelt, weil sie mich dafür bezahlten und ich das Geld brauchte.«
»Wann war das?«
»Ich habe es vergessen«, sagte sie und legte das Gesicht auf meine Schulter. Sie rieb ihre Wange an der meinen und murmelte: »Mit tausend Francs könnte ich gut leben. Ich bräuchte nur ein noch

stärkeres Moped, um nach Lavoir zu kommen. Meines schafft es nicht ganz hinauf. Als ich in Lavoir war, um dich zu besuchen, ließ ich es irgendwo stehen und legte den Rest zu Fuß zurück.«
»Das hast du mir bereits erzählt«, sagte ich, während ich die Liebkosung durch ihre Wange wieder bis zu den Zehen fühlte. »Darfst du auch ein Auto fahren?«
»Nein, nur Mopeds, aber mit einem noch stärkeren Motor, als ich einen habe. Damit käme ich auch nach Lavoir. Aber sie sind nicht billig. — Gefalle ich dir?«
Noch gestern hätte sie mich das nicht fragen dürfen, ohne daß ich ihr wieder damit gedroht hätte, sie zu ihrem Großvater zu bringen. Jetzt sagte ich: »Ich habe schon Schlimmeres gesehen. Würdest du dich bitte wieder bedecken?«
»Richtig aufgedeckt hast erst du mich«, erinnerte sie mich und stand von meinen Knien auf. Sie schloß den Bademantel und sagte: »Ich bin in zehn Minuten fertig, Moni. Wo essen wir? Hier?«
»Ich kenne in Barcelonnette ein hübsches Lokal.«
»Wo du schon mit deinem Klaus warst?«
Ich nickte.
»Dann würde ich lieber mit dir wieder in Lavoir aus deiner eigenen Küche essen«, sagte sie. »Ich mache mir sonst nichts aus Küchenarbeiten, aber zusammen mit dir macht es Spaß. Auch das Kochen.«
Nach meinen jüngsten Erlebnissen mit ihr war ich mir nicht sicher, ob sie nur deshalb nach Lavoir fahren und dort essen wollte. Ich sagte: »Dazu habe ich eigentlich heute am heiligen Sonntag keine große Lust. In Lavoir können wir noch oft essen.«
»In Barcelonnette auch«, sagte sie. »Aber vielleicht hast du jetzt Angst, mit mir allein in Lavoir zu sein.«
Ich ging wieder zur Tür und öffnete sie. »Ich fahre in zehn Minuten. So lange hast du Zeit, dich anzuziehen. Und bilde dir ja keine Schwachheiten ein.«
»Das würde ich niemals tun, Moni«, sagte sie und küßte mich im Vorbeigehen auf die Wange. Sie war dann aber sogar vor mir auf dem Parkplatz, den ich gemeinsam mit Monsieur Clout, dem Hotelier, erreichte, der es sich nicht nehmen ließ, meine Reisetasche und meinen kleinen *Koffer für alle Fälle* zu tragen. Sein Hausdiener, erzählte er mir, sei zu einer Hochzeit seiner Schwester eingeladen, und schließlich hatte das Hotel dreißig Zimmer, die zur Zeit gut belegt waren, und da konnte es schon einmal vorkommen, daß Mon-

sieur Clout persönlich Hand anlegen mußte. Vom Typ her hätte er auch das *Splendide Royal* in Lugano, wo ich die Nacht vom Donnerstag auf Freitag verbracht hatte, würdig repräsentieren können. Daß ich jedesmal, wenn ich sein Hotel zeitweilig verließ, einen Teil meines Gepäcks mitnahm, schien ihn nicht mehr zu verwundern.
Nachdem uns schon gestern das Glück zur Seite gestanden hatte und wir auf der Rückfahrt von Lavoir nach Sarennes dem bedauernswerten BMW-Besitzer und seinem Begleiter weder auf dem Weg nach unten, noch auf der Straße nach Sarennes begegnet waren, und ich den Ort auch heute vormittag ungesehen erreichen und verlassen konnte, vertraute ich weiterhin auf meinen guten Stern und sagte zu Agnes, die meine stillschweigende Einwilligung, sie wieder nach Lavoir zu chauffieren, ebenso stillschweigend zur Kenntnis nahm: »Falls wir jetzt einen antreffen, überläßt du das Reden mir. Ich möchte nicht, daß wir zwei verschiedene Geschichten erzählen. Also sei still.«
Sie blieb es auch beinahe auf der ganzen Fahrt, machte jedoch, insgesamt gesehen, keinen unzufriedenen Eindruck. Nur als wir schon beinahe in Lavoir waren, äußerte sie den Wunsch, einen Blick auf den kleinen Friedhof zu werfen. Ich sagte: »Daran sind wir schon vorbei. Was willst du dort sehen? Er ist ziemlich verwahrlost, die meisten Kreuze und Steine sind umgefallen, und auf den Gräbern wächst, von Ausnahmen abgesehen, nur noch Unkraut.«
Sie fragte: »Auch auf dem Grab der Frau des alten Mannes, von dem du mir erzählt hast und in dessen Haus noch die Gardine am Fenster hängt?«
»Das weiß ich nicht«, sagte ich. »Ich war nur ein einziges Mal auf dem Friedhof und möchte hier auch nicht begraben sein. Bei den Schwiegertöchtern, die mir bevorstehen, würde dort nie eine Träne vergossen werden.«
»In Dortmund vielleicht auch nicht«, sagte sie.
»Ich werde auch in Dortmund nicht begraben werden«, sagte ich. »Wenn schon, dann dort, wo meine Eltern ruhen.«
»Ich verstehe«, sagte sie. »Du bist dir noch nicht sicher, ob du überhaupt begraben werden willst. Deshalb das *Wenn schon.*« Sie lachte leise.
Zu erfahren, was daran so heiter sein sollte, versagte ich mir. Auch hatten wir jetzt den Ortseingang erreicht, und hier war alles ruhig. Auch im Ort selbst war alles ruhig, und selbst vor meinem Haus herrschte sonntäglicher Friede und nicht jenes Treiben, auf das

man, nach allem, was geschehen war, eigentlich hätte gefaßt sein können. Genaugenommen herrschte überhaupt kein Treiben, und neben mir sagte Agnes mit plötzlich atemlos klingender Stimme: »Du hast es getan, Moni! Du hast es wirklich getan!« Dann klebte sie, ohne daß ich es verhindern konnte, wieder an meinem Mund und ließ mich eine Ewigkeit lang Sahne schmecken. Durch ihr Gesicht am freien Blick behindert, blieb mir zunächst verborgen, was ich getan haben sollte, und daß ich im Gegensatz zu ihr das Fehlen des Schaufelladers nicht ebenso rasch bemerkte wie sie, führte ich etwas später auf mehrere Umstände zurück. Nicht nur war ich durch das erforderliche Abbremsen vor meinem Haus, mit dem Einlegen der Automatik in die Parkstufe, mit dem Feststellen der Handbremse und dem Ausschalten des Motors beschäftigt und abgelenkt gewesen, ich hatte mein Augenmerk auch mehr auf eventuell umherirrende Personen als auf den Schaufellader gerichtet gehabt, aber nun schob sich auch mir die Erinnerung an den bei unserer Ankunft verlassen liegenden Platz wie ein zeitversetzt aufgenommenes Lichtbild in die Bewußtseinslücke meines Wahrnehmungsvermögens, und Agnes' Gesicht mit ihren an meinem Mund haftenden Lippen etwas seitlich drehend, verschaffte ich mir mit einem Auge jenen Durchblick, der vonnöten war, wollte ich mir meiner Sache mit letzter Gewißheit sicher werden, und sicherer, als ich es mir jetzt war, konnte man einer Sache nicht mehr sein. Aber noch eine zweite Veränderung stellte ich mit einem freien Auge fest: Die aus der Grube ragenden Teile des Baukrans wirkten irgendwie verändert, und als ich, mit einer raschen Drehung meines Kopfes Agnes' Sahnemund abstreifte und auch noch das zweite Auge einsetzte, sah ich unmittelbar neben dem himmelwärts ragenden Unterteil des Krans auch das Hinterteil des Schaufelladers mit seinen verrosteten Raupenketten aus der Grube ragen.

Mit einem Gefühl fassungslosen Staunens sah ich zu, wie Agnes die Beifahrertür öffnete, ins Freie kletterte und zur Grube ging. Dort verharrte sie über eine Minute mit in die Tiefe gerichtetem Blick. Dann setzte sie sich wieder zu mir in den Wagen, den ich in meiner anhaltenden Verwunderung gar nicht erst verlassen hatte, und sagte: »Ihm hat es, glaube ich, nicht viel gemacht, aber der BMW ist jetzt nur noch halb so hoch. Er hat ihn mit seiner Schaufel wie eine Zitrone zerquetscht. Sag mir eins, Moni: Wie hast du ihn zum Laufen gebracht? Steckte ein Schlüssel, oder brauchte man keinen?«

Ich hätte nun endlich sagen müssen, daß ich am Schicksal des Schaufelladers keinen Anteil hatte, und warum ich es nicht tat und statt dessen nach meinen Zigaretten griff, zwei anzündete und eine an ihren Sahnemund weitergab, geschah vermutlich nur wieder aus dem Wunsch, ihr diese Enttäuschung nicht anzutun. Noch brannten mir ihre Küsse auf den Lippen, und ihre Augen waren mit einem Ausdruck beinahe andächtig wirkender Bewunderung auf mich gerichtet. Genauso hatte sie mich schon als junges Mädchen angesehen, wenn wir uns im Haus ihres Großvaters begegnet waren. Damals hatte ich ihren Blick noch nicht zu deuten gewußt, und wer immer auch den Schaufellader in die Grube gesteuert hatte: Er würde sich hüten, dafür einzustehen, und der Baufirma konnte es nur recht sein, wenn bei der Schadensfeststellung durch die Versicherung auch gleich noch ein neuer Schaufellader Berücksichtigung fand. Vielleicht hatte sie sogar selbst ihre Hand mit im Spiel und sich vorläufig damit begnügt, im Laufe des Vormittags, während ich mich zuerst mit Agnes' Großvater und danach in meinem Hotelzimmer mit ihr unterhielt, durch einen vertrauenswürdigen Mitarbeiter noch rasch Nägel mit Köpfen zu machen, ehe am Montagmorgen die eintreffenden Bauarbeiter des Schadens gewahr und neben der Versicherung auch die zuständige Behörde eingeschaltet wurde. Dies wäre eine plausible Erklärung dafür, warum wir auch jetzt keinen Menschen antrafen, und falls es sich bei dem BMW-Fahrer um den Firmenchef persönlich handelte, der das Wochenende dazu nutzen wollte, sich einen persönlichen Eindruck vom Fortschreiten der Arbeiten zu machen, dann wunderte mich schon gar nichts mehr. Nur für Agnes war die Angelegenheit noch nicht erledigt, ihre Bewunderung für mich noch immer nicht verbraucht. Sie lehnte den Kopf an meine Schulter und sagte, ohne meine Antwort abzuwarten: »Und die Schaufel anzuheben? Das kann doch auch nicht einfach gewesen sein.«
Ich stellte mir das genauso schwierig vor wie sie und sagte: »Ich hatte Glück, sonst nichts. Es ist gleich zwölf Uhr. Wir werden jetzt etwas essen und dann weitersehen.«
»Du willst den Wagen hier stehenlassen?«
»Du hast schon wieder vergessen, was ich dir gestern sagte«, antwortete ich. »Wir sind soeben hier eingetroffen und haben alles so vorgefunden, wie es ist. Wir werden jetzt auch sämtliche Fenster und Läden öffnen, damit das Haus gut durchlüftet wird. Hilf mir, die Sachen ins Haus zu tragen.«

Weil ich nur Konserven mitgebracht hatte, gab es in der Küche nicht viel zu tun. Mit dem Eintopf aus Bohnen, Möhren, Erbsen und viel Fleisch hatte ich einen guten Griff getan; er schmeckte uns. Ebenso die Hühnerbrühe aus der Dose, und auch vom Rosé war noch eine ganze Flasche da. Ob Agnes bei all dem nur deshalb wenig sprach, weil sie noch immer unter dem Eindruck dessen stand, was sie sich mit dem Schaufellader einredete, bereitete mir kein Kopfzerbrechen. Ihre ungewohnte Schweigsamkeit ersparte es mir, lästige Fragen zu beantworten, die mich nur in immer neue Lügen verstrickt hätten. Wir waren mit dem Essen schon beinahe fertig, als sie mehr an sich selbst als an mich die Frage richtete, was es bedeuten könne, daß sich von der Baufirma keiner sehen ließ.
Obwohl ich für mich eine Erklärung dafür hatte, sagte ich: »Vielleicht ist ihnen ihre Sonntagsruhe wichtiger als hierher zu fahren und sich anzusehen, was sie sich genausogut auch erst morgen früh ansehen können. Uns kann das nur recht sein.«
»Dann bleiben wir heute nacht hier?«
Nachdem sie mich vorhin im Auto mit ihren Küssen wieder so heftig bedrängt und ich festgestellt hatte, daß ich von Mal zu Mal mehr Gefallen daran fand, waren meine Zweifel, ob ich mir einen Dienst damit erwiese, neben ihr in einem französischen Bett zu schlafen, nicht kleiner geworden. Ich sagte: »Dazu hätten wir unser Nachtzeug mitnehmen müssen. Ich habe nicht einmal einen Pyjama dabei.«
»Na und?« fragte sie. »Ich sehe dein Problem nicht. Oder hast du noch nie ohne Pyjama in einem Bett gelegen?«
»In einem Bett schon«, sagte ich. »Aber nicht neben dir.«
Sie hörte auf, Eintopf in sich hineinzulöffeln und sagte: »Was heißt *neben mir*? Du hast doch nicht etwa Angst, ich könnte dir zu nahe kommen? Eine Frau wie du!«
»Du warst mir heute schon wieder nahe genug«, erinnerte ich sie.
»Nicht ganz so nahe wie du mir«, sagte sie. »Kein Nachtzeug also? In der Reisetasche sind die Konserven, die du schon von zu Hause mitgebracht hast, damit du bei uns in Frankreich nicht verhungern mußt. Und was ist in dem Koffer?«
»Rein privat«, sagte ich.
Sie lächelte. »Ich behalte es bestimmt für mich, Moni. Und was das Geld betrifft: Ich würde auch für fünfhundert Francs auf dein Haus aufpassen, wenn dir tausend zuviel sind, aber ohne stärkeres Moped hat es keinen Sinn. Ich brauche es, wenn ich in Sarennes ein-

kaufen muß. Von der guten Luft in Lavoir allein kann ich nicht leben. Und bei meinen Eltern muß ich mich hin und wieder auch sehen lassen. Sie dürfen aber nicht wissen, daß ich hier oben bin. Mein Vater würde mich sonst holen kommen.«
»Wenn du bei deinem Freund in der Hütte bist, holt er dich nicht?«
»Wer mein Freund und wo seine Hütte ist, könnte er nur von dir erfahren«, sagte sie.
Mit dem Essen war ich fertig. Ich zündete mir eine Zigarette an und sagte, während sie auch noch den im Topf verbliebenen Rest aufaß: »Und du meinst, daß es dich ausfüllen würde, hier oben auf mein Haus aufzupassen?«
»Mich hat schon weniger ausgefüllt«, sagte sie. »Besser das als nichts. Nur das Moped ...«
»Du kriegst eins«, sagte ich. »Und monatlich zweitausend Francs. Damit mußt du auskommen. Wenn ich dich hier aber einmal mit deinem Freund oder mit einem anderen männlichen Wesen erwische, bist du fristlos gekündigt.«
»Auch keine Freundin?«
»Weder noch«, sagte ich. »Sind dir zweitausend Francs zu wenig?«
Sie war jetzt ebenfalls mit dem Essen fertig, lehnte sich, die Beine kreuzend, im Stuhl zurück und fragte: »Weil ich dir vor Dankbarkeit noch nicht um den Hals gefallen bin? Wenn du Bedingungen damit verknüpfst, nur weil du eifersüchtig bist, kannst du sie behalten. Das Moped auch.«
Es war schon unglaublich, was ich mir von ihr alles sagen und unterstellen lassen mußte, und das nur, weil sie mir bereits so gut wie unverzichtbar geworden war. Ich sagte: »Du erinnerst mich immer mehr an meine künftigen Schwiegertöchter. Keiner meiner Söhne, weder Rolf noch Bert, wäre von allein auf den Gedanken gekommen, mich zu fragen, ob ich mein Geld vielleicht mit ins Grab nehmen möchte. Dahinter steckten nur ihre Freundinnen.«
Sie lachte. »Das haben sie dich wirklich gefragt? Ob du es mit ins Grab nehmen willst?«
»Ich weiß nicht, was daran so lustig ist«, sagte ich.
»Und ich weiß nicht, weshalb ich dich an deine künftigen Schwiegertöchter erinnere«, sagte sie. »Alles, was ich von dir haben möchte, ist deine Freundschaft.«
»Nur meine Freundschaft?«
»Das kannst nur du entscheiden«, sagte sie.
Ich stand auf, ging ins Wohnzimmer und legte mich, zuvor einige

Glasscherben von ihrem Bezug wischend, auf die große Couch, auf der ich schon mit Klaus gelegen hatte, wenn wir mit dem Weg ins Schlafzimmer zuviel Zeit verloren hätten. Oder auf den Ziegenfellen vor dem offenen Kamin, wenn das Holzfeuer den Raum in ein flackerndes Licht tauchte. Ich stellte einen Aschenbecher auf meinen Schoß und zog an meiner Zigarette.
Agnes kam herein. Sie ließ sich mit an den Körper gezogenen Beinen vor der Couch am Boden nieder, bettete die Arme auf meine Knie, das Kinn auf ihre Arme und fragte: »Hätte ich das nicht sagen sollen?«
»Du sagst vieles, was du besser nicht sagen solltet«, antwortete ich. »Wann fing das an bei dir? Oder warst du immer so?«
Sie blickte mit nach oben gedrehten Augen in mein Gesicht. »Wie, immer?«
»Daß du nichts mit dir anzufangen weißt«, sagte ich. »Hast du nie eine Vorstellung gehabt, was und wie du einmal werden möchtest?«
»So wie du«, sagte sie. »An etwas anderes habe ich nie gedacht und mir auch nie gewünscht.«
»Womit du zum Ausdruck bringen willst, durch mich an einer persönlichen Entwicklung gehindert und blockiert worden zu sein?«
Sie nickte, mit dem Kinn auf ihren Armen. »So könnte man es sagen. Ich war immer nur durch dich und sonst durch nichts motiviert. Du erinnerst dich vielleicht nicht mehr daran. Ich war damals fünf Jahre alt, als ich dich das erste Mal sah. Meine Eltern waren zu Besuch bei meinen Großeltern in Bairols. Ich saß mit meiner Lieblingspuppe Catherine in der Wohnstube am Boden. Du kamst nur auf einen Sprung herein, um etwas zu fragen. Dein Mann blieb mit Bert und Rolf im Wagen. Als du mich mit Catherine am Boden sitzen sahst, lachtest du und sagtest, dies sei die größte und schönste Puppe, die du jemals gesehen hast. Sie sei fast so groß wie ich. Erinnerst du dich noch?«
Ich erinnerte mich weder an Catherine, noch an die anderen Puppen, von denen ihr Großvater mir erzählt hatte. In den ersten Jahren war es öfter vorgekommen, daß in unserem Haus in Lavoir Probleme auftauchten, über die ich mich mit ihren Großeltern bei unserer Ankunft kurz unterhielt. Ich antwortete: »Das ist zu lange her, um mich noch zu erinnern. Wie ist es möglich, daß du es noch weißt, obwohl du damals noch so klein warst?«
Sie streichelte mit den Fingerspitzen leicht meine bloße Haut ober-

halb des Ellbogens und sagte: »Weil ich von da an nicht mehr mit Catherine spielen wollte. Ich verlor von einem Tag zum anderen jedes Interesse an ihr. Vorher konnte ich mich stundenlang mit ihr beschäftigen. Ihr ein anderes Kleid, andere Schuhe oder Dessous anziehen und sie auch waschen und kämmen.«
Ihr Streicheln löste wieder kleine Schauer auf meiner Haut aus. Ich legte meine Hand auf ihre Finger, hielt sie fest, damit sie mich nicht länger streicheln konnten, und sagte: »Dann muß es wirklich eine ganz besondere Puppe gewesen sein. Hast du nur sie oder auch noch andere Puppen gehabt?«
»Andere schon, aber keine so wie Catherine.«
»Was war so Besonderes an ihr?«
»Meine Tante entdeckte sie auf einem Flohmarkt. Sie hatte alles, was auch kleine Mädchen haben.«
Ich verstand sie nicht: »Nur kleine Mädchen?«
»Große auch«, sagte sie. »Nur machen sie nicht mehr ins Höschen. Catherine machte es auf Wunsch. Das Wasser konnte man vorher durch eine kleine, verschließbare Öffnung in ihrem Rücken einfüllen und mit einem leichten Druck auf den Nabel an der richtigen Stelle austreten lassen.«
Darüber konnte ich nicht einmal lächeln. Ich sagte: »Ein äußerst geschmackloses Geschenk für ein fünfjähriges Mädchen, finde ich.«
Sie schüttelte den Kopf. »Sag das nicht, Moni. Als ich Catherine bekam, war ich erst vier und das Sorgenkind meiner Eltern, weil ich es nicht lernte, rechtzeitig aufs Klo zu gehen. Es war aber keine Blaseninkontinenz, wie der Arzt, zu dem meine Eltern mich brachten, es befürchtete. Es war einfach Vergeßlichkeit. Mit Catherine lernte ich es, rechtzeitig daran zu denken, daß ich mußte. Sie jedesmal, wenn ich ihr auf den Nabel drückte, hinterher ausziehen, waschen und trockenlegen zu müssen, wobei ich sie genauso heftig ausschimpfte wie meine Mutter mich, wenn es mir passierte, hatte eine pädagogische Wirkung. Fortan vergaß ich nicht mehr, rechtzeitig aufs Klo zu gehen.«
»Wie beruhigend für dich«, sagte ich. »Und das hat bis heute immer angehalten?«
Sie berührte mit den Lippen meine Hand, die noch immer ihre Finger festhielt, und sagte: »Wenn du dich über mich lustig machst, erzähle ich dir nichts mehr von mir. Gibt es dir nicht zu denken, daß ich deinetwegen jedes Interesse an Catherine verlor?«
»Eigentlich nicht«, sagte ich. »Nachdem du in mir deine Märchen-

fee zu sehen meintest, ist es völlig normal, daß deine nässende Puppe nicht mehr die gleiche Faszination auf dich ausübte wie zuvor. Falls du dir aber einredest, in mir eine Ersatzpuppe gefunden zu haben, werde ich dich mit Sicherheit enttäuschen. Ich sehe auch nicht, wofür du heute noch eine brauchen könntest, wenn du keine Blasenprobleme mehr hast.«

»Catherine war nicht nur für die Blase gut«, erinnerte sie mich.

»Na schön!« sagte ich. »Du hast sie auch gekämmt, gewaschen, aus- und angezogen und sie abends vielleicht ins Bett gebracht. Aber auch hierbei könnte ich dir nicht nützlich sein. Ich kämme und wasche mich seit über vierzig Jahren selbst. Auch für das Aus- und Anziehen brauche ich schon lange keine Hilfe mehr.«

»Ich rede auch nicht davon, ob du eine Hilfe brauchst.«

»Wovon sonst?«

»Ob du dich an eine gewöhnen könntest, die es gerne tun würde, auch wenn du sie nicht brauchst.«

»Was tun würde? Mich ausziehen?«

Sie nickte.

»Und mich waschen?«

Sie nickte wieder.

Ich sagte: »Gemessen daran, was Catherine an bleibenden Fehlentwicklungen bei dir hinterlassen hat, steht, was du ihr verdankst, in keinem Verhältnis. Du hättest dich auch ohne Catherine eines Tages darauf besonnen, ob du mußt oder nicht. Wenn ich einmal so alt und gebrechlich bin, daß ich es allein nicht mehr schaffe, mich selbst an- und auszuziehen, werde ich auf dein Angebot vielleicht zurückkommen.«

»Ich weiß nicht, von welchem Angebot du redest«, sagte sie. »Ich habe dich nur gefragt, ob du dich daran gewöhnen könntest, eine zu haben, die es für dich tut. Oder habe ich etwas anderes gesagt?«

Genau genommen, nicht. Ich zog es vor, ihr keine Antwort zu geben. Sie nahm mir meine Zigarette aus der Hand und ließ sie in den Aschenbecher auf meinem Schoß fallen. Ich sah erst jetzt, daß die Glut schon fast das Mundstück mit dem Filter erreicht hatte. Der Aschenbecher war aus blauem Rauchglas. Ich konnte fühlen, wie sie die Kippe ausdrückte und wie der Ascher sich auf meinem Schoß bewegte. Es war nicht viel anders, als fühlte ich ihre Hand an meinem Schoß, und ich fühlte sie auch noch, als die Glut unter ihren Fingern durch den gläsernen Boden des Aschers schon tief in meinen Schoß gekrochen war und sich in meinem ganzen Körper

auszubreiten schien. Ihre Hand wegstoßend, richtete ich mich so rasch auf, daß der Ascher von meinem Schoß zuerst auf ihren Rock und von dort auf den Teppich fiel, und sagte, meiner Stimme kaum mehr mächtig: »Wenn du allein darauf aus bist, dann zeig es endlich einmal richtig, damit ich weiß, woran ich mit dir bin.«
Sie erhob sich vom Boden, klopfte die Asche von ihrem Lederrock und sagte: »Wenn du anfängst zu spinnen, gehe ich freiwillig, Moni. Ich weiß nicht, wovon du redest.«
Wußte sie es wirklich nicht? Und wenn sie es wußte, wie war es nur möglich, daß ihre indirekte Berührung meines Schoßes ein ähnliches Gefühl in mir auslöste, wie ich es sonst nur unmittelbar vor einem Orgasmus hatte. Ich beobachtete wortlos, wie sie den Ascher vom Boden aufhob, sich dann zu mir auf die Couch setzte und sich selbst eine Zigarette anzündete. Den Ascher nun auf ihren eigenen Schoß stellend, sagte sie: »Es war nicht meine Absicht, dir etwas aufzureden, Moni. Und ich wünsche mir auch sonst nichts von dem, was auch eben wieder aus deinen Worten herausklang. Was ich mir wünsche, ist deine Freundschaft. Kann sein, daß ich dich sogar liebe, aber doch nicht so. Eher wie eine Schwester, die so ist, wie ich sie mir gewünscht hätte. Du bist nervös und überreizt. Das kann ich verstehen. Ich finde, es ist besser, wir halten uns hier nicht länger auf. Ich habe in der vergangenen Nacht nicht gut geschlafen und dummes Zeug geträumt. Sobald wir wieder im Hotel sind, lege ich mich eine Stunde hin. Hier müßten wir ständig damit rechnen, daß doch noch jemand eintrifft und wir gestört ...«
Sie brach ab und fragte erblassend: »Was war das, Moni? Es hörte sich an, als hätte unten jemand an die Haustür geklopft.«
Nicht anders hatte auch ich es vernommen. Ich stand rasch auf und sagte: »Du bleibst hier; ich sehe nach. Vielleicht ist der BMW-Fahrer eingetroffen und sah meinen Wagen vor der Tür stehen.«
»Dann komme ich mit dir«, sagte sie entschieden. »Ich lasse dich nicht allein hinunter, Moni.«
»Meinetwegen«, sagte ich.
Die Haustür hatte ich nach unserem Eintreffen vorsorglich von innen verschlossen. Während ich sie öffnete, hatte ich Herzklopfen. Unnötigerweise, wie ich gleich darauf feststellte, denn der Platz vor dem Haus lag leer, mein Wagen stand noch dort, wo ich ihn verlassen hatte, und auch sonst war nichts zu sehen oder zu hören, was auf die Anwesenheit eines Menschen hätte schließen lassen. Vorsorglich ging ich noch bis zur Baugrube und vergewisserte mich,

daß sich auch hier nichts verändert hatte. Bei dieser Gelegenheit konnte ich mich auch gleich von dem erbarmungswürdigen Zustand des auf dem Dach liegenden BMWs überzeugen, hatte ihn der Schaufellader, wie Agnes es bereits geschildert hatte, mit seiner riesigen Schaufel doch genau dort getroffen, wo er am verletzlichsten war, nämlich zwischen Vorder- und Hinterachse, so daß von einem verbliebenen Innenraum kaum mehr die Rede sein konnte. Auch der auf den Kompressoren ruhende Kran sah noch mitgenommener aus als zuvor.
Noch während ich das traurige Bild auf mich einwirken ließ, fiel mein Blick zufällig auf die linke Wand der Baugrube, die bis auf etwa dreißig Zentimeter an das Haus heranreichte. Über ihre gesamte, glattgemeißelte Fläche verteilt, bemerkte ich etwa ein Dutzend roßkastaniengroße Löcher. Mir kam sofort ein schlimmer Verdacht. Zu Agnes, die mir gefolgt war und die Löcher ebenfalls bemerkt hatte, sagte ich: »Es könnten Bohrungen für Sprenglöcher sein. Diese Verbrecher wollen mein Haus nicht abreißen, sie wollen es ganz einfach in die Luft sprengen. Das erspart ihnen die mühevolle Arbeit, den Schutt auch noch wegzuräumen, weil er bei der Sprengung sofort ins Tal befördert wird. Ich muß mir das einmal von unten ansehen.«
Das war jedoch einfacher gesagt als getan. Zwar konnte ich mich der Leiter bedienen, deren Anblick mir gestern den Riesenschrekken eingejagt hatte, aber sie stand leider nicht dort, wo ich sie hätte brauchen können. Ich hätte, wäre ich, wo sie stand, in die Grube gestiegen, zuerst über den BMW und den Schaufellader hinwegklettern müssen, um an ihre linke Wand zu kommen. Obwohl die Leiter mit ihren etwa fünf Metern Länge sehr schwer war, schaffte ich es mit Agnes' tätiger Hilfe, sie aus der Grube zu ziehen und an der richtigen Stelle auch wieder einzulassen. Von Agnes eindringlich ermahnt, vorsichtig zu sein, stieg ich dann in die Grube hinab und sah mir die Löcher unterhalb meines Hauses aus der Nähe an. Mein Verdacht, es könnte sich um Bohrlöcher handeln, wurde nun fast zur Gewißheit, denn sie reichten so tief in den Fels hinein, daß sich ihr Ende nicht absehen ließ. Schon einmal in der Grube stehend, nahm ich die Gelegenheit wahr, mich noch etwas umzusehen. Agnes' besorgte Stimme im Rücken, ging ich mit der gebotenen Vorsicht noch bis zum vorderen Grubenrand und betrachtete den etwa vierzig Zentimeter hohen, an seiner Vorder- und Rückseite noch holzverschalten Betonsockel. Er folgte in einer leichten

Krümmung dem äußersten Rand der Felswand bis hin zum Fuße des Felshöckers mit dem Wasserspeicher. Auf der anderen Seite endete er unterhalb meines Hauses. In Abständen von etwa zwei Metern waren im noch frisch wirkenden Beton rechteckige Löcher ausgespart, die jedoch noch bis zu einem Meter tief in den gewachsenen Fels hinabreichten. Ich vermutete, daß sie zur Aufnahme der Stahlträger dienten, die ebenso für die aufwendige, sich über die gesamte Grubenlänge erstreckende Fenster-, wie auch für die Dekkenkonstruktion gebraucht wurden. Mich etwas vorbeugend war es mir möglich, nicht nur die zur Talseite gelegenen Schlaf- und Wohnzimmerfenster meines Hauses zu sehen. Ich sah auch das Bade- und Gästezimmerfenster mit ihren offenen Läden oberhalb der senkrecht abstürzenden Felswand, die nun, wo das Haus auch seitlich an kein Grundstück mehr stieß und unmittelbar über der Baugrube stand, aus dieser Perspektive noch schwindelerregender wirkte. An der rechten vorderen Hausecke waren noch die Reste der brusthohen Mauer zu erkennen, die den Platz bis hinüber zum Felshöcker talwärts abgeschirmt hatte.
Eines wurde mir, während ich mich in der Grube umschaute, vollends klar: wenn mein Haus in die Planungen einbezogen war, dann hatten die Arbeiten bereits ein Stadium erreicht, wo sie ohne das Grundstück, auf dem es stand, nicht mehr weitergeführt werden konnten, und vielleicht war dies der alleinige Grund dafür, weshalb wir die Baustelle so relativ aufgeräumt angetroffen hatten.
Von Agnes mit Erleichterung in Empfang genommen, war ich die Leiter wieder hinaufgestiegen und fragte: »Weißt du, was ich jetzt machen werde?«
Sie schüttelte nach kurzem Nachdenken den Kopf.
»Ich erzähle es dir im Haus«, sagte ich und begab mich auf den Weg dorthin. Obwohl ich die leeren Fensterhöhlen der leeren Straße scharf im Auge behielt, fiel mir nichts Verdächtiges auf. Schon damals, als wir das Haus kauften, war es in Lavoir üblich, daß Bewohner, die den Ort verließen, neben ihrer gesamten Habe nicht selten auch die Fenster mitnahmen. Ob als Souvenir oder weil sie hofften, an ihrem neuen Wohnsitz Verwendung dafür zu finden, war mir nie zu Ohren gekommen. Und für die Fenster jener Bewohner, die darauf verzichteten, sie mitzunehmen, hatten sich unter den Zurückgebliebenen immer wieder welche gefunden, die sie für ihr eigenes Haus gebrauchen konnten. Sei es, um zerbrochene Scheiben auszuwechseln oder für den Fall, daß es einmal zerbro-

chene gab, einen Ersatz zu haben. Mir war schon gestern bei unserem ersten Besuch aufgefallen, daß es im ganzen Ort kaum mehr ein Haus mit noch intakten Fenstern gab. Das Haus der Bossuets gehörte zu den wenigen, die außer Fenstern auch noch eine Tür besaßen, so daß es sich für die Aufbewahrung von kleinerem Baugerät sozusagen von selbst empfohlen hatte.
Bevor wir das Haus betraten, blieb ich noch einmal kurz stehen und sagte. »Es kann auch ein anderes Geräusch gewesen sein, was wir hörten. Vielleicht ist dort, wo sie ihr Arbeitsgerät stehen haben, etwas umgefallen.«
Sie fragte: »Von ganz allein? Ich weiß nicht, Moni.«
»Ich auch nicht«, sagte ich und betrat das Haus.

Im Bad wusch ich mir zunächst die Hände. Die Beschäftigung mit der schmutzigen Leiter hatte auch an meiner lichtgrünen Bundfaltenhose Spuren hinterlassen. An Agnes' anthrazitgrauem Lederrock fielen sie weniger auf. Nur ihre schöne, neue Hemdbluse sah jetzt nicht mehr so schön aus. Ich stellte es fest, als sie zu mir ins Bad kam, um sich ebenfalls die Hände zu waschen. Sie blickte im Spiegel in mein Gesicht und fragte: »Was hast du vor, Moni? Verschwinden wir?«
Darüber war ich mir noch nicht schlüssig geworden. Einerseits fühlte ich mich durch das Geräusch, das wir vernommen hatten, nicht weniger beunruhigt als sie. Auf der anderen Seite ließ der Anblick der Bohrlöcher es mir geraten erscheinen, morgen vormittag, wenn die Bauarbeiter eintrafen, schon hier zu sein, und das wäre, wenn wir die Nacht wieder im Hotel verbrachten, nur möglich, wenn wir uns zu noch nachtschlafener Zeit auf den Weg machten, ein Gedanke, dem ich keinen Reiz abgewinnen konnte, so daß ich schon halb entschlossen war, heute nacht hierzubleiben. Ich sagte: »Das können wir uns noch überlegen. Bevor ich nicht mit dem Bauführer gesprochen habe, würde ich das Haus nur ungern unbeaufsichtigt lassen.«
»Dann bleiben wir eben hier«, sagte sie. »Funktioniert deine Waschmaschine? Wenn ja, würde ich gerne meine Bluse waschen. So, wie sie jetzt aussieht, kann ich mich nirgendwo mit ihr zeigen.«
»Als ich sie zuletzt benutzte, funktionierte sie noch«, sagte ich. »Wenn du die Bluse gleich hineinsteckst, ist sie bis heute abend trocken. Du kannst so lange eine von mir haben. Im Koffer muß noch eine liegen. Kennst du dich mit dieser Maschine aus?«

Sie trocknete ihre Hände ab und betrachtete die Waschmaschine. Weil das Badezimmer nicht groß war, hatten wir sie am Fußende der Badewanne aufstellen lassen. Es handelte sich um ein älteres Modell. Wir hatten sie in Sarennes gekauft, als ich es im Urlaub mit den Kindern leid geworden war, alles mit der Hand zu waschen. Da wir sie jedoch in all den Jahren immer nur im Urlaub gebraucht hatten, funktionierte sie noch einwandfrei.
Agnes sagte: »Sie ist nicht viel anders als unsere eigene. Was mache ich mit den Flecken im Lederrock?«
Ich sah sie mir an und sagte: »Einfach feucht abwischen.«
»Dann brauche ich nur noch Waschpulver für die Maschine«, sagte sie. »Hast du welches im Haus?«
Ich zeigte ihr, in welchem Badezimmerschränkchen es stand und ließ sie dann mit der Waschmaschine allein. Mein Gepäck, Koffer und Reisetasche, standen noch unten in der Diele. Die Tasche mit den Konserven und was ich sonst noch an Vorräten für unsere Mahlzeiten mitgebracht hatte, ließ ich in der Diele und trug den Koffer in das Gästezimmer hinauf. Ich öffnete ihn auf dem Bett und suchte nach der Hemdbluse für Agnes. Dabei stieß ich auch auf weiße Shorts, die ich schon lange nicht mehr getragen hatte. Sie brachten mich auf den Einfall, auch meine Bundfaltenhose in die Waschmaschine zu stecken. Ich kehrte zu Agnes zurück. Sie hatte doch Probleme, das Waschprogramm zu wählen. Ich half ihr dabei. Bluse und Lederrock hatte sie bereits ausgezogen. Mir fiel auf, daß sie wieder stark nach meinem Parfüm roch, von dem ich bei unserem gestrigen Aufenthalt ein kleines Flakon im Badezimmer zurückgelassen hatte. Sie mußte es jetzt erst wieder benutzt haben. Als sie vor fünf Minuten zu mir ins Badezimmer gekommen war, hatte sie noch nicht so stark geduftet. Weil sie auch an meiner Bluse Schmutzflecken entdeckte, steckten wir sie mit der Bundfaltenhose gleich mit in die Waschmaschine, wobei sie mir mehrfach so nahe kam, daß ich dem Wunsch, ihren fast nackten Körper anzufassen, kaum mehr widerstehen konnte. So, wie ich sie schon heute vormittag, als sie auf meinen Knien saß, angefaßt und ihr *Ding* wie eine sinnliche Neuentdeckung meines eigenen Körpers gefühlt hatte. Für einen Augenblick lang zwar nur, aber er hatte anscheinend ausgereicht, mich auch noch den Rest meines Verstandes verlieren zu lassen, denn wie anders ließe es sich erklären, daß ich seitdem mit meinen Gedanken nicht mehr davon loskam. Und als stünden mir meine Gefühle und Wünsche im Gesicht geschrieben, küßte sie

mich und sagte: »Ich mache nur noch den Rock etwas sauber. Dann komme ich zu dir. Trägst du immer BH?«
»Im Bett nicht«, sagte ich und ging, von ihrem Kuß und dem Anblick ihres wohlgestalteten Körpers schon wieder leicht benommen, meinen eigenen Geschäften nach. Sie führten mich zurück ins Gästezimmer, wo ich die Shorts aus dem Koffer nahm. Ich zog sie jedoch nicht an, sondern trat vor den großen Schrankspiegel und öffnete das Häkchen meines BH. Ich betrachtete meine Brüste und versuchte, sie mit Agnes' Augen zu sehen. Ich kam zu dem Ergebnis, auch vor den kritischen Blicken einer Neunzehnjährigen noch bestehen zu können.
Noch während ich mich betrachtete, hörte ich Agnes hereinkommen. Sie war so rasch bei mir, daß ich keine Zeit mehr fand, den BH wieder anzulegen. Sie nahm ihm mir aus der Hand und sagte: »Laß ihn aus, Moni. Ich sehe es gern, wenn du keinen anhast. Du hast eine schöne Brust. Ich wünschte, ich hätte auch so eine. Legen wir uns etwas hin? Oder was hast du vor?«
Für den Augenblick hatte ich noch keine festen Pläne. Ich beobachtete, wie sie, ohne meine Antwort abzuwarten, den Koffer vom Bett nahm, ihn auf den Boden stellte und seinen Platz auf dem Bett einnahm. Sie streckte mir eine Hand entgegen und fragte: »Kommst du?«
Ich legte mich zu ihr. Sich auf die Seite drehend und den Kopf in die Hand ihres angewinkelten Arms stützend, wandte sie mir das Gesicht zu und sagte: »Ich mag dich schon so sehr, daß ich ohne dich keinen Tag mehr leben möchte, Moni.«
Wenn ich ihre Worte nur als ein Liebesgeständnis und nicht auch als den Versuch einer Nötigung auslegte, war schwerlich etwas dagegen einzuwenden. Ich sagte: »Womit du wieder zum Ausdruck bringen willst, daß künftig allein ich für dich verantwortlich bin?«
»Wenn du es so sehen willst«, sagte sie und gab mir wieder Sahne zu schmecken. Ich sagte: »Du bist selbst für dich verantwortlich. Ich verstehe noch immer nicht, warum du nicht Lehrerin werden wolltest. Ist doch ein schöner Beruf.«
»Nicht für mich. Ich wollte als Lehrerin nicht die gleichen Probleme haben, die ich schon als Schülerin hatte. Die Tafel Schokolade hast du mir damals auch nur geschenkt, weil ich dir wegen meiner Sommersprossen leid tat.«
»Vielleicht auch noch mit Tränen in den Augen«, sagte ich. »Dann sind es auch nur deine Sommersprossen, die dich daran hinderten,

Lehrerin zu werden. Was willst du von mir hören? Daß du mir auch mit deinen Sommersprossen wahnsinnig gefällst?«
Sie sagte: »Vielleicht gefällt dir auch die Paraillaud?«
»Kenne ich nicht«, sagte ich.
»Anna Paraillaud«, ergänzte sie.
Ich zuckte mit den Schultern. »Warum nicht Brigitte Fossey? Filme sehe ich mir nur an, wenn ich nichts Besseres zu tun habe, was selten der Fall ist.«
»Das ist ein Fehler«, sagte sie. »Alles, was ich über die Liebe weiß, habe ich aus Filmen. Ich würde gerne deine Brust streicheln, Moni. Darf ich?«
Obwohl es im Augenblick kaum etwas gab, was ich mir mehr wünschte, sagte ich: »Untersteh dich!«
»Nur deine schönen Warzen«, sagte sie und nahm eine zwischen Daumen und Zeigefinger. Sie fing an, sie sanft zu massieren und sagte: »Das wird dich etwas ablenken und auf andere Gedanken bringen.«
»Sicher auf keine besseren, als ich sie schon habe«, sagte ich. »Diese Frauen, die dich dafür bezahlt haben, daß du sie streichelst: Wann und wo war das?«
»Vor einem Jahr in Digne. Es war nur eine Frau. Mein Vater sperrte mir das Taschengeld, und mein Freund hatte eine kleine Ehekrise und wollte mich nicht mehr sehen.«
Ich beobachtete, wie die von ihr behandelte Warze allmählich zur doppelten Größe anwuchs, und sagte: »In Digne wohnt auch deine Tante.«
»Sie wollte mich zu meinen Eltern zurückschicken«, sagte sie. »Jetzt bist du an der Reihe, mir zu antworten. Seit wann schläft dein Klaus nicht mehr mit dir?«
Ich nahm ihre Hand von meiner Brust und sagte: »Ich weiß nicht, warum du voraussetzt, daß es in meiner Ehe so sein müßte, wie du es mir einzureden versuchst. Daß nach fünfundzwanzig Jahren nicht mehr alles so ist wie ...«
Sie unterbrach mich: »Ich habe dir schon einmal gesagt, daß ich verstehe, wenn du nicht darüber reden willst oder kannst. Dann laß es ganz sein und nicht nur halb. Die halbe Wahrheit schenke ich dir.«
Noch vor zwei Tagen wäre ich über den Ton, den sie neuerdings mir gegenüber anschlug, entweder einigermaßen verblüfft oder nicht weniger empört gewesen. Jetzt fühlte ich mich eher geneigt,

ihr mein Herz bloßzulegen. Dennoch sagte ich: »Gleich kriegst du eins auf deinen frechen Mund. Es gibt in einer so langen Ehe noch andere Probleme als nur das Bett.«
»Also ist sie für dich bereits ein Problem«, sagte sie und löste ihre Hand aus der meinen. Ehe ich begriff, was sie vorhatte, hob sie den Saum meines Slips etwas an und sagte: »Du hast vielleicht dichtes Haar. Lieber Gott.«
»Du doch auch«, sagte ich.
»Aber nur an meinem Ding«, sagte sie. »Bei dir wachsen sie auch noch drumherum.« Sie küßte mich lachend auf den Mund. »Eben bist du rot geworden, Moni. Ich sehe es gern, wenn du rot wirst.«
Glücklicherweise war es mir bereits egal, ob ich bei ihren Frivolitäten rot wurde oder nicht. Ich sagte nur: »Du bist eine durch und durch schamlose Person.«
»Und du bist wunderbar süß«, lächelte sie. »Es ist doch kindisch, daß du über deine Ehe auch jetzt noch nicht richtig mit mir reden kannst, Moni. Was sind das sonst noch für Probleme? Hat er eine Freundin?«
»Ich habe ihn noch nicht danach gefragt. Eines unserer größten Probleme ist dieses Haus. Er möchte, daß ich mich von ihm trenne.«
»Spekuliert er auf ein anderes?«
»Bekannte von uns haben in Hergiswil ... Kennst du es?«
Sie schüttelte den Kopf.
»Es liegt in der Schweiz am Vierwaldstätter See. Sie wollen dort bauen und hätten es gern, daß wir uns daran beteiligen. Den Bauplatz und die Baugenehmigung für Ausländer haben sie bereits. Ein Architekt und seine Frau. Klaus hat beruflich mit ihm zu tun und sich mit ihnen angefreundet. Seit Rolf und Bert uns nicht mehr begleiten, langweilt er sich, wenn er allein mit mir in Urlaub fährt. Seine Freunde wollen zu Ostern mit uns nach Rom fliegen. Wir sollen sie begleiten.«
»Wirst du es tun?«
»Ich muß wohl. Obwohl ich gerne darauf verzichten würde.«
»Du magst sie nicht?«
»Ich mag es nicht, mir meine Freunde von meinem Mann aussuchen zu lassen«, sagte ich.
»Das kann ich verstehen«, sagte sie. »Vielleicht würde er lieber mit der Frau seines Freundes als mit dir schlafen. Ist sie hübsch?«
»Sie sieht gut aus«, räumte ich ein.

»Du auch«, sagte sie. »Und trotzdem schläft er nicht mehr mit dir. Wie wirst du damit fertig?«
Obwohl ich sofort verstand, was sie damit meinte, fragte ich: »Womit fertig?«
»Ohne Mann zu sein«, sagte sie. »Wenn man so leicht erregbar ist wie du, kann es doch nicht einfach gewesen sein.«
»Und woher willst du wissen, daß ich leicht erregbar bin?«
Sie beugte sich zu mir nieder, berührte mit der Zunge meine Warze und sagte: »Was soll das, Moni? Wir sind beide einigermaßen erwachsen. Du noch mehr als ich.«
»Vielleicht hast du eine Vorstellung davon, wie ich damit fertig werde«, sagte ich, mich bereits auf blankem Eis bewegend.
»Eine Vorstellung, ja«, sagte sie. »Aber dir traue ich es nicht zu.«
»Was traust du mir nicht zu?«
Sie griff nach meiner Hand, schob sie, ohne daß ich sie daran hinderte, in meinen Slip und sagte: »Das. Oder sollte ich mich so sehr in dir täuschen?«
Ich blickte sie schweigend an.
»Du machst mich noch ganz wahnsinnig«, murmelte sie und legte sich der Länge nach auf mich. Sie schob eine Hand in meinen Nakken und fing an, mein Gesicht mit kleinen Küssen zu bedecken. Meine Augen und meinen Mund, und noch während ich zögerte, ihre Küsse zu erwidern, fühlte ich ihre Hand dort, wo schon meine Hand war und gleich darauf unter meiner Hand. Ich sagte zwar noch: »Laß das«, aber zu mehr reichte es schon nicht mehr, weil ihre überaus zärtliche Art, mich zu lieben, mir den Atem stocken und die Sinne schwinden ließ. Wäre da nicht das fremde Geräusch gewesen, das von irgendwoher an meine Ohren und von dort in mein Bewußtsein drang. Auch Agnes schien es gehört zu haben, denn sie löste ihre Lippen von meinem Mund, war mit einem einzigen Satz aus dem Bett und auf den Beinen und rannte zur Tür. Dort verlor ich sie aus den Augen, aber nicht für lange, und als sie wieder in das Zimmer kam, sagte sie mit fremd klingender Stimme: »Da war einer an der Tür, Moni. Ich sah ihn noch die Treppe hinablaufen. Wie konnte er nur in das Haus kommen?«
Das wußte ich zunächst auch nicht. Auch lösten ihre Worte einen solchen Schock in mir aus, daß ich sekundenlang zu keinem Gedanken fähig war. Ich stieg mechanisch aus dem Bett und nahm einen Hausmantel aus dem Koffer. Ich zog ihn an und ging auf bloßen Füßen in den Flur und von dort die Treppe hinunter. Die Haus-

tür fand ich offen vor, aber von dort konnte er nicht gekommen sein. Auch die Tür zum Klo stand offen, und im Klo das Fenster. Ich hatte beim allgemeinen Durchlüften des Hauses vergessen, Rolladen und Fenster zu schließen. Als besonders schlimm empfand ich es, daß er, wie ich gleich darauf feststellte, den Haustürschlüssel mitgenommen hatte, und noch schlimmer war der Gedanke, er könnte alles, was im Gästezimmer geschehen und gesprochen worden war, von der Tür aus beobachtet und gehört haben. Weder Agnes, die der Tür den Rücken zukehrte, noch ich, mit dem Oberkörper unter ihr liegend, hätten ihn sehen können. Mir wurde fast schlecht, während ich daran dachte, so daß Agnes, als sie nach mir schauen kam, mich auf der Kloschüssel antraf, auf der ich mich, zuvor das Fenster und den Laden schließend, niedergelassen hatte, weil meine Beine mich nicht mehr trugen. Sie hatte sich noch keine Zeit genommen, etwas anzuziehen. Vielleicht war ihr auch noch gar nicht bewußt geworden, daß sie außer einem Slip nichts auf der Haut trug. Sie kam zu mir, beugte sich zu mir nieder und legte das Gesicht an meine Wange. »Es war alles meine Schuld«, murmelte sie. »Ich werde mir das nie verzeihen.«
»Daß ich vergessen habe, das Klofenster zu schließen, war nicht deine Schuld«, sagte ich. »Du hast den Haustürschlüssel nicht abgezogen?«
Sie fragte bestürzt: »Er ist nicht mehr da?«
»Er hat ihn mitgenommen. Das ist für den Augenblick nicht weiter schlimm. Ich habe einen Ersatzschlüssel. Wenn ich den von innen ins Schloß stecke, kommt er, auch wenn wir heute nacht hierbleiben, nicht ins Haus. Morgen vormittag werde ich mich in Sarennes sofort nach einem Schlosser umsehen, der das Schloß auswechselt. Ich wollte das schon lange tun. Es gibt zu viele Leute, die einen Schlüssel haben. Meine Söhne eingeschlossen. Komm mit.«
Auf dem Weg zum Gästezimmer ging ich vorher ins Bad, wo noch die Waschmaschine lief. Ich legte den Hausmantel ab und stellte mich, eine Bademütze überstreifend, unter die kalte Dusche. Danach fühlte ich mich etwas besser. Agnes war mir nicht gefolgt. Ihr Lederrock hing auf einem Wäscheständer. Er war bereits trocken. Ich nahm ihn mit und traf sie rauchend auf dem Sofa im Gästezimmer an. Ich legte den Rock auf ihren Schoß und sagte: »Zieh dich an. Der Kerl muß irgendwo seinen Wagen stehen haben. Mit seinem Kennzeichen müßte es einem Anwalt möglich sein, herauszufinden, wer er ist. Ich muß wissen, woran ich mit ihm bin. Ich habe

sonst keine ruhige Minute mehr. Sein Gesicht hast du nicht sehen können?«
Sie schüttelte den Kopf. »Er war schon fast unten an der Treppe; ich sah nur noch seinen Rücken.«
»Vielleicht sehen wir bald etwas mehr von ihm«, sagte ich. »Im Koffer liegt eine Bluse für dich. Ich nehme die Shorts und ein T-Shirt.«
Während wir uns rasch anzogen, sagte sie: »Wer kann er nur sein, Moni? Einer von der Baufirma? Vielleicht war er es, der den Schaufellader in die Grube gefahren hat und nicht du?«
»Daß ich es gewesen sein soll, war dein Einfall«, sagte ich.
Als wir wenig später auf die Straße traten, vergewisserte ich mich, daß ich beim Aussteigen den Mercedes abgeschlossen hatte. Vielleicht läge er sonst auch schon in der Grube. Agnes fragte: »Hängst du sehr an ihm?«
»Nicht mehr als an dir«, sagte ich.
Sie schob im Gehen ihre Hand in meinen Arm, betrachtete die leeren Häuser, an denen wir vorbeikamen, und sagte: »Ob er uns von irgendwoher beobachtet?«
»Vielleicht«, sagte ich.
»Ist es dir sehr unangenehm, wenn er etwas mitbekommen hat?«
»Dir nicht?«
»Nein«, sagte sie. »Es ist mir scheißegal, Moni. Außerdem: Was hat er schon groß gesehen? Daß ich auf dir lag und dich küßte. Mehr konnte er nicht sehen. Er konnte sich etwas denken, aber nicht sehen. Ich wollte es nicht, es war einfach stärker als ich. Kannst du mir verzeihen?«
Ich hatte es genauso gewollt wie sie. Es gab nichts, was ich ihr verzeihen müßte. Ich sagte: »Wenigstens weiß ich jetzt, was du willst.«
»Das macht nichts«, sagte sie und zog mich am Arm in ein auf der rechten Straßenseite stehendes Haus. Eine Steintreppe mit ausgetretenen Stufen und ohne Geländer führte in das Obergeschoß. Von den feuchten Wänden blätterte überall der Verputz. Ich folgte Agnes die Treppe hinauf und fragte: »Was willst du hier?«
»Von einem der vorderen Fenster müßte man sehen, ob wir verfolgt werden«, sagte sie.
Ich wunderte mich, nicht selbst auf den Einfall gekommen zu sein. Der Raum, in den wir kamen, hatte ein Fenster zur Straße. Wie Schattenrisse im abblätternden, ehemals weißen Verputz hoben sich noch die Konturen des Kopfteils zweier Betten ab, die mitten

im Raum gestanden hatten. Auch ein großes, rechteckiges Bild hatte über den Betten einen Schatten hinterlassen.
Agnes sagte: »Christus am Ölberg; das Bild hängt hier fast überall. Auch über dem Bett meiner Eltern. Ich dachte, nur Bilder hinterlassen Spuren an den Wänden.«
»Betten auch, wenn sie lange genug am gleichen Fleck standen«, sagte ich und trat ans Fenster. Von hier aus war die Straße nach beiden Seiten ein großes Stück weit zu übersehen. Ich zündete mir eine Zigarette an und gab auch Agnes eine. Sie sagte: »Ich glaube nicht, daß er uns nachgekommen ist, Moni. Wo kann er sich versteckt halten? In dem Haus, wo sie ihr Gerät aufbewahren?«
»Ich vermute es«, sagte ich. »Dort kann er sich einschließen und ist mit wenigen Schritten in meinem Haus.«
»Und wozu hat er den Schaufellader in die Grube gefahren?«
»Vielleicht wollte er einen neuen haben und auch einen neuen BMW. Jetzt ist er nicht mehr zu reparieren.«
Sie nickte. »Bestimmt nicht. Wer er auch ist, er ist nicht dumm. Vor dem müssen wir uns in acht nehmen.«
»Er sich auch vor mir«, sagte ich.
Wir kehrten auf die Straße zurück und folgten ihr bis zur Kirche, wo sie sich mit der zweiten Straße vereinigte und die etwas erhöht stehende Kirche kreisförmig umrundete. Unter den alten Platanen auf dem Kirchplatz standen noch einige steinerne Sitzbänke aus einer Zeit, als die Bewohner von Lavoir zum Gottesdienst nicht den weiten Weg nach Sarennes zurücklegen mußten und sich hier vor und nach dem Kirchgang versammelten und darüber redeten, wer von ihnen in der vergangenen Woche Lavoir für immer verlassen hatte und wer der nächste sein würde. Die Platanen vor der Kirche trugen bereits ihr erstes, lichtes Grün. Ihr Anblick riß neue Wunden über den Verlust meiner *eigenen* Platane in mir auf, zumal ich davon überzeugt war, daß man sie, etwas guten Willen vorausgesetzt, hätte erhalten und den Kran auch daneben aufstellen können. Dies wäre vielleicht mit größerem Zeitaufwand verbunden, aber keinesfalls unmöglich gewesen. Nun lag sie, in Stücke zersägt, irgendwo tief unten auf der Geröllhalde, oder sie war in den Gebirgsbach gefallen und vom Wasser mitgerissen worden.
Einen Blick in die Kirche zu werfen, lohnte sich nicht. Als der Gottesdienst auf Anweisung des Bischofs eingestellt wurde, war sie völlig ausgeräumt und ihr Inventar, einschließlich der kleinen Orgel, einer anderen Verwendung zugeführt worden. Auch waren wir

nicht hier, um die Kirche zu besichtigen, sondern nach dem Wagen unseres heimlichen Besuchers Ausschau zu halten, und wenn er ihn nicht am Ortseingang hatte stehenlassen, dann konnte er nur noch im Spritzenhaus stehen, und dort stand er tatsächlich. Allein der Umstand, daß er ein französisches Kennzeichen hatte, bewahrte mich vor einem Riesenschrecken, denn der Farbe nach hätte es auch der Porsche von Klaus sein können. Erst beim genaueren Hinsehen stellte ich fest, daß es sich auch um ein anderes Modell handelte. Dieses hier dürfte um einige zehntausend Mark teurer sein als das von Klaus benutzte. Ein Telefon hatte er allerdings nicht. Neben mir sagte Agnes: »Du bist einfach unwahrscheinlich, Moni. Wie du das wieder geahnt hast!«
»Irgendwo mußte er ja stehen«, sagte ich und betätigte mich versuchshalber am Türgriff der Fahrerseite. Die Tür war unverschlossen. Ich setzte mich hinein und öffnete das Handschuhfach. Agnes fragte: »Was suchst du?«
»Nichts Bestimmtes«, sagte ich, das Fach ausräumend. Ich stieß auf französische Zigaretten, auf eine Betriebsanleitung, auf das Kundendienstheft einer Porsche-Vertretung in Digne und auf einen Schlüsselbund. Im Kundendienstheft stieß ich auf einen Namen mit einer Adresse. Zu Agnes, die neben der offenen Tür stehend mir über die Schulter zusah, sagte ich: »Wenigstens wissen wir jetzt, wie er heißt und wo er wohnt. Sagt dir sein Name etwas?«
Sie dachte mit gerunzelter Stirn nach. »Irgendwie. Vielleicht habe ich ihn schon an Baustellen gelesen.«
»Und die Straße? Kennst du sie?«
Sie schüttelte den Kopf. »Digne hat viele Straßen.« Sie griff nach dem Schlüsselbund. Die Schlüssel, ein gutes Dutzend, steckten in einer ledernen Hülle. Sie betrachtete sie der Reihe nach und sagte: »Alles Sicherheitsschlösser. Nur dieser hier sieht anders aus. Was meinst du?«
Ich fand auch, daß er anders aussah als die anderen, weil er mich an meinen Zündschlüssel erinnerte. Ich probierte ihn am Zündschloß des Porsches aus und bekam in der ersten Stufe Musik, und in der zweiten den Motor zu hören. Ich schaltete Musik und Motor wieder aus und sagte: »Meinen Ersatzzündschlüssel trage ich auch am Schlüsselbund. Nur im Auto lasse ich ihn nie liegen.«
»Weil du den Schlüsselbund brauchst, um in deine Wohnung zu kommen«, sagte sie. »Er hat in Lavoir keine Wohnung. Oder vorläufig noch keine«, setzte sie hinzu.

Ich nickte. »Kann sein.«
»Ich verstehe nur nicht, weshalb er den Wagen nicht wenigstens abgeschlossen hat«, sagte sie.
»Gegen wen?« fragte ich. »Mit uns beiden brauchte er nun wirklich nicht zu rechnen, als er ihn hier abstellte. Es wird nicht das erstemal gewesen sein.«
Sie umrundete den Wagen und ließ sich auf dem Beifahrersitz nieder. »Wir könnten ihn irgendwo verstecken, wo er ihn nicht findet«, sagte sie. »Kannst du ihn fahren?«
»Ich hoffe es«, sagte ich. »Klaus hat auch einen, nur mit einigen PS weniger.«
»Und alles schön in Leder und Edelholz«, sagte sie. »Was soll dieses ganze Instrumentarium? Das ist wie in einem Cockpit!«
»Männer brauchen es für ihr Ego.«
»Und wo bringen wir ihn hin? Auf den Friedhof?«
Ich hatte nur wissen wollen, wem er gehörte. Der Einfall, den Wagen zu verstecken, kam exklusiv von ihr. Ich hatte zu bedenken, welches Risiko ich einging, wenn wir seinem Besitzer begegneten. Es war nicht gering, wenngleich ich ihn jetzt eher in meinem Haus als dort vermutete, wo die Straße das Dorf verließ. Und immerhin war er nicht nur widerrechtlich in mein Haus eingedrungen; er hatte sich nicht minder widerrechtlich den Haustürschlüssel angeeignet.
Um besser auf fremde Geräusche achten zu können, schaltete ich, bevor ich den Motor wieder startete, das überlaut eingestellte Radio mit seinen internen und externen Lautsprechern aus und ließ den Wagen mit dem gebotenen Feingefühl auf die Straße rollen. Mit Klaus' Porsche und daher auch mit einem Schaltgetriebe vertraut — während ich im eigenen Wagen ein Automatikgetriebe bevorzugte —, bereitete es mir keine Probleme, ihn zu chauffieren. Während ich den Motor warmlaufen ließ, stieg ich noch einmal aus und schloß das Tor zum Spritzenhaus. Zu Agnes, die jeden meiner Schritte und jede meiner Bewegungen aufmerksam verfolgte, sagte ich bei meiner Rückkehr: »In den Friedhof kommen wir mit dem Wagen nicht hinein. Von der Straße führt nur ein schmaler, steiniger Pfad hinauf. Zu überlegen ist auch: wenn er seinen Porsche findet, weiß er natürlich sofort, daß nur wir ihn aus seiner *Garage* geholt haben können.«
»Und wenn er ihn nicht findet?«
Ich dachte darüber nach und sagte: »Ich wüßte auf dem ganzen

Weg bis hinab zur Straße nur eine einzige Stelle, wo es möglich wäre, ihn nicht mehr zu finden.«

»Dann sollten wir vielleicht hinfahren«, schlug sie vor. »Oder worauf wartest du? Bis er den Motor hört und angerannt kommt?«

Ich ließ den Wagen anrollen und sagte: »Inklusive Luxussteuer dürfte er eine halbe Million wert sein.«

»Deeemark?« fragte sie.

»Francs. Ist doch auch so genug Geld!«

»Und ob«, sagte sie und bediente sich aus dem Handschuhkasten mit einer Zigarette. »Er raucht schwarze«, sagte sie. »Ein Superman. Ist das Aramis, wonach er riecht?«

»Du hast eine gute Nase.«

»Mein Freund benutzt es auch«, sagte sie. »Seine Frau kauft es ihm. Er hätte auch gern einen Porsche. Wieso ist der Motor so leise? Man hört ihn kaum.«

»Weil ich mehr auf der Bremse als auf dem Gaspedal stehe«, sagte ich. »Mit durchgetretenem Gaspedal hörst du ihn bis nach Sarennes.«

»Dann ist es besser, du läßt den Fuß auf der Bremse«, sagte sie und betrachtete die verkrüppelten Kiefern beiderseits der Straße, die sich hier wieder in einen Hohlweg verwandelte. »Ist hier der Friedhof?«

»An dem sind wir schon wieder vorbei«, sagte ich.

»Und wie weit willst du noch fahren? Oder weißt du es noch nicht?«

»Ich bin mir noch nicht ganz sicher.«

»Nicht sicher, ob du weißt, wo er ihn nicht finden wird?«

»Ob er vielleicht hören, daß er ihn nicht mehr finden wird«, sagte ich.

Sie lächelte. »Hauptsache, *du* verstehst, was du meinst.«

»Es war diesmal übrigens *deine* Idee«, sagte ich. »Ich habe sie nur aufgegriffen.«

Sie beugte sich zu mir herüber und und fragte: »Reichst du mir deinen Mund?«

Ich reichte ihn ihr über die breite Konsole hinweg und sagte: »Du spielst mit unserem Leben. Gleich kommen wir auf den Grat.«

»Ich mache es auch ganz kurz«, sagte sie und küßte mich. »So oft wie in zwei Tagen dich, habe ich meinen Freund in zwei Jahren nicht geküßt«, sagte sie. »Weißt du das?«

»Du hast es mir soeben erzählt«, sagte ich und ließ den Wagen aus

dem Hohlweg auf den schmalen Grat rollen, der eine direkte Verbindung von dem einen zum gegenüberliegenden Gebirgsstock herstellte. Bis dorthin waren es etwa dreihundert Meter, die Straße verlief zunächst in einem leichten Gefälle, um dann, wieder leicht ansteigend, in das Hochtal auf der anderen Seite zu führen. Von Agnes' Großvater wußte ich, daß der Grat, der die beiden Gebirgsstöcke des *le Pézou* verband, ursprünglich schmal wie ein Brett gewesen sein soll und von den Bewohnern Lavoirs im Laufe einiger Jahrzehnte bis auf die Breite der jetzigen Straße abgetragen worden war. Auch hier waren die Spuren des Schaufelladers zu sehen, dessen Raupenketten das Gestein an vielen Stellen blank gewetzt hatten. Für einen mittelgroßen Lastwagen war der Weg gerade noch breit genug, so daß es keine Probleme bereitet haben dürfte, den in seine Einzelteile zerlegten Baukran nach Lavoir zu bringen, auch wenn ich nicht am Lenkrad des Lastwagens hätte sitzen wollen.
Ein gutes Drittel des Grats legte ich zurück. Dann trat ich behutsam auf das Bremspedal, zog die Handbremse an, nahm meine Handtasche an mich und sagte zu Agnes: »Entweder wir machen es hier oder überhaupt nicht. Wenn wir es aber machen, dann mußt du jetzt aussteigen.«
»Du nicht?«
»Du stellst vielleicht Fragen«, sagte ich und kletterte mit eingezogenem Kopf aus dem Wagen. Mein Blick fiel sofort in die Tiefe, denn unmittelbar neben dem ungesicherten Straßenrand fiel die kahle Bergflanke aus blankem Felsengestein auf dieser Seite etwa zwei Dutzend Meter fast senkrecht, und dann etwas weniger steil einige hundert Meter tief zu einer engen Schlucht ab, deren Sohle ich zwar von hier aus nicht einsehen konnte, von der ich aber wußte, daß es die gleiche mit dem reißenden Wildbach war, die ich auch von den Fenstern meines Hauses aus sehen konnte. Zu Agnes, die gleichzeitig mit mir ausgestiegen war und mich über das Wagendach hinweg etwas unschlüssig ansah, sagte ich: »Man sitzt in solchen Wagen zwar nicht unbequem, macht sich aber beim Aus- und Einsteigen die Frisur kaputt. Bei deiner Frisur passiert das natürlich nicht.«
Ohne auf meinen leichten Ton einzugehen, fragte sie: »Du willst den Wagen hier hinabrollen lassen?«
»Nicht auf deiner, auf meiner Seite«, sagte ich. »Auf deiner Seite würde er, wenn er unten ankommt, noch zu sehen sein. Auch wird er nicht rollen, sondern fliegen.«

Sie kam zu mir herüber, und wir blickten gemeinsam in die Tiefe. Von weit unten drang dumpf das Geräusch des Wildbachs herauf, der in Zeiten der Schneeschmelze besonders viel Wasser führte. Agnes' Frage, ob es sich um dieselbe Schlucht wie unterhalb von Lavoir handle, beantwortete ich damit, daß es zwar die gleiche Schlucht, jedoch ein anderer, weil diesseits des Berges gelegener Teil der Schlucht sei, während sie, von meinem Haus aus gesehen, jenseits von ihm lag. Sie betrachtete die hochstehenden Häuser oberhalb der Felswand und sagte: »Dann ist das der Ortseingang. Wenn der Tank aber explodiert, wird es auch bis zum Ortsende zu hören sein. Das ist es doch, was du meintest, als du sagtest, daß er vielleicht hören, daß er ihn nicht mehr finden wird.«
Ich nickte. »Er muß aber nicht unbedingt daraus schließen, daß es sein Wagen ist. Schon gar nicht, wenn er sich in einem Haus aufhält und nicht weiß, woher der Knall kam.«
»Vielleicht sich wieder in deinem Haus aufhält«, sagte sie. »Ich überlege mir gerade, ob wir einen Fehler machen, Moni. Vielleicht machen wir einen.«
»Du hast Angst?«
»Deinetwegen« sagte sie. »Du darfst diesen Mann nicht unterschätzen. Vielleicht war er schon heute vormittag hier und hat dich ankommen und wieder wegfahren sehen. Dann muß ihm aufgefallen sein, daß du über den Anblick, der sich dir an der Baugrube bot, kein bißchen überrascht warst. Der Schaufellader stand noch oben?«
Ich nickte. »Ich unterschätze ihn nicht. Wir müssen ihn aus seinem Versteck locken, damit wir endlich wissen, mit wem wir es zu tun haben.«
»Das ließe sich vielleicht auch anders arrangieren«, sagte sie. »Ich bin fast sicher, ihm gehörte auch der BMW. Selbst wenn er es für möglich gehalten hätte, ihn durch eigene Nachlässigkeit verloren zu haben: Wenn er jetzt auch noch den Porsche verliert, weiß er es besser. Er weiß es jetzt schon besser. Er hätte sich sonst nicht vor uns versteckt. Er braucht dir gar nichts nachzuweisen, weder den BMW, noch den Porsche. Er braucht nur davon überzeugt zu sein, daß du dahintersteckst, dann hast du ihn zum Todfeind. Männer hängen an ihren Autos oft mehr als an ihren Frauen.«
Ich wußte das alles selbst, aber wenn er schon wegen seines BMW mein Todfeind war, dann kam es auf den Porsche auch nicht mehr an. Denn auch ich haßte ihn jetzt schon viel mehr, als er mich jemals würde hassen können, und das nicht nur bei dem Gedanken,

Augenzeuge dessen gewesen zu sein, was sich ihm im Gästezimmer dargeboten hatte.
Ich wandte mich dem Wagen zu, öffnete die Tür und schlug, bevor ich die Handbremse löste, das Lenkrad nach links ein. Er setzte sich sofort in Bewegung, hielt sich noch etwa fünfzehn Meter einigermaßen auf dem Weg und glitt dann mit den linken Rädern seitlich ab. Er stürzte zunächst den fast senkrechten Teil der Wand hinab. Dann erst fing er an, sich zu überschlagen. Auf dem langen Weg nach unten flogen verschiedene Teile davon. Hier ein Rad und dort eine Tür. Auch die Gepäckraumabdeckung sah ich davonfliegen, und als er oberhalb der engen Schlucht noch einmal aufschlug, sah er schon nicht mehr wie ein Auto aus. Gleich darauf verschwand er in der Schlucht, und auch die Teile, die er auf dem Weg dorthin verloren hatte, folgten ihm umgehend nach.
Dies alles war nicht ohne jene Geräusche abgegangen, wie sie üblich sind, wenn eine schwere Masse Metall mit großer Wucht auf Felsen aufschlägt, aber in Lavoir konnten sie keinesfalls zu hören gewesen sein, und in Sarennes erst recht nicht. Neben mir sagte Agnes: »Ich kann es mir nur so erklären, daß sein Tank beinahe leer war. Er hätte sonst explodieren müssen.«
Das war auch meine Befürchtung gewesen. Ich warf den Zündschlüssel, den ich beim Aussteigen noch rasch abgezogen hatte, samt Schlüsselbund hinterher und sagte: »Vielleicht explodieren sie nur in Kinofilmen, wenn sie zuvor mit einem Zentner Dynamit beladen wurden. Können wir gehen?«

Bis dorthin, wo die Straße den Grat hinter sich ließ und sich in einen Hohlweg verwandelte, ging sie schweigend neben mir her. Dann äußerte sie den Wunsch, den kleinen Friedhof zu sehen. Da er ohnehin am Weg lag und wir, um ihn zu erreichen, nur ein Dutzend, von verkrüppelten Kiefern beschattete und in den felsigen Boden gehauene Stufen hinaufzusteigen brauchten, ließ sich ihr Wunsch leicht erfüllen. Dann sahen wir ihn inmitten der Kiefern auf einem sanft abfallenden Plateau vor uns auftauchen, quadratisch angelegt und von einer brusthohen Mauer aus felsigem Gestein eingefaßt. Dort, wo er zu Ende war, fiel das Gelände steil in ein verlassenes Tal ab, und jenseits des Tals säumten, so weit das Auge reichte, schneebedeckte Berge den Horizont. Von den Gräbern waren kaum mehr welche erhalten, die Inschriften der grob behauenen Grabsteine ließen sich nur noch mühsam entziffern,

und im steingefaßten Erdreich hatten sich Ginster, Disteln und wildwachsende Wandelröschen eingenistet. Aber auch blühender Oleander und Lavendel waren vertreten, Rosmarin und Thymian. Inmitten der felsigen Steinwüste der Berge wirkte der kleine Friedhof wie eine grünende und blühende Oase in kargem Wüstensand, und das meiste von dem, was hier grünte und blühte, war auch nicht mehr von Menschenhand angepflanzt, sondern vom Schirokko angeweht worden. Das völlig verrostete Eisentor zum Friedhof ließ sich kaum mehr in seinen Angeln bewegen, und es bedurfte unserer gemeinsamen Anstrengung, es zu öffnen. Gleich neben dem Tor stand eine steinerne Ruhebank mit einem freien Blick über das Gräberfeld auf die Berge, die nun, da es auf den späten Nachmittag zuging, in einen aquamarinblauen Himmel eingetaucht waren. Unter den wenigen, noch gepflegt wirkenden Gräbern fanden wir nach einigem Suchen auch das Grab von Madame Fouquet. Auf dem Grabstein mit der goldfarbenen Inschrift war auch schon ein Platz für ihren Mann vorgesehen, denn sie lautete nicht: hier ruht in Gott, sondern: hier ruhen in Gott ... Sie war auch die letzte der in Lavoir Verstorbenen, die hier oben beerdigt worden waren, und neben mir sah ich Agnes mit feuchten Augen an ihrem Grab stehen. Sie erklärte es mir etwas später, als wir unseren Rundgang beendet und auf der steinernen Bank neben dem verrosteten Eisentor Platz genommen hatten, mit der vergessenen Gardine am Fenster des einstigen Schlafzimmers der Fouquets, an die sie gerade wieder hätte denken müssen, und überhaupt weckten Friedhöfe melancholische Gedanken bei ihr.
»Bei wem nicht«, sagte ich und blickte, weil sie mich lächelnd ansah, in ihr Gesicht. »Hat es dir Spaß gemacht?«
»Wo?« fragte sie. »Im Gästezimmer oder auf dem Grat?«
»Daß es dir im Gästezimmer Spaß machte, habe ich gemerkt«, sagte ich.
Sie griff nach meiner Hand, küßte sie und fragte: »Ob er in deinem Haus auf uns wartet? Was tun wir dann?«
»Mit ihm reden. Was sonst?«
»Vielleicht solltest du das auch einmal bei deinem Klaus tun«, sagte sie, meine Hand auf ihren Schoß bettend. »Ich stelle immer wieder fest, was für eine erstaunliche Frau du bist, Moni. Ich glaube, außer dir gibt es keine andere, die sich so wenig einschüchtern läßt wie du und die trotzdem eine Ehe führt, in der allein der Mann das Sagen hat.«

»Das ist *deine* Einschätzung«, sagte ich. »Wenn ich Rücksicht auf seine Arbeit nehme ...«
Sie unterbrach mich: »Und deine Arbeit und dein Leben verdienen keine Rücksicht? Wenn ich dich an deine künftigen Schwiegertöchter erinnere und noch immer nicht weiß, weshalb, dann erinnerst du mich an meine Mutter. Da heißt es auch nur: Sei still, Vater darf nicht gestört werden. Oder: sei still, Vater hat heute einen schweren Tag hinter sich. Ich sehe sie immer nur leise und unauffällig durchs Haus huschen, und er sitzt im *guten Zimmer,* hat die Füße auf dem Tisch und liest Zeitung. Ich sehe ja ein, daß dein Mann viel mehr am Halse hat als ...«
»Das allein ist es nicht«, warf ich ein. »Sie haben ihm vor einem Jahr, als es mit einer neuen Niederlassung Probleme gab, von der Zentrale einen Controller an die Seite gesetzt, mit dem er sich nicht versteht und den er auch nicht mehr los wird. Seitdem liegt er mir in den Ohren damit, seinen Job hinzuwerfen. Aber er ist vierundfünfzig und nicht mehr vierzig.«
Sie nickte. »Ich kenne das von meinem Vater. Nur eben ein paar Nummern kleiner, aber ihn traf es genauso schlimm, als man ihm einen Konrektor von auswärts vor die Nase setzte, obwohl er fest damit gerechnet und man ihm auch in Aussicht gestellt hatte, *er* würde es werden. — Was ist das, ein Controller?«
»Einer, der dir bei allem, was du tust, auf die Finger sieht.«
»Den könnten wir aber gar nicht gebrauchen«, lächelte sie.
»Vor allem du nicht«, sagte ich. »Was ist aus Catherine geworden? Gibt es sie noch?«
»Ich habe sie verbrannt.«
»Warum?«
»Ich weiß es nicht mehr«, sagte sie, mit dem Blick das kleine Gräberfeld überfliegend. »Warum möchtest du hier nicht begraben sein? Ist doch sehr hübsch.«
»Habe ich gesagt, daß ich hier nicht begraben sein möchte?«
»Als wir heute vormittag vorbeifuhren. Ich verstehe nicht, wieso sie unten die Schranke anbringen konnten, solange es Angehörige der Verstorbenen gibt, die ihre Gräber besuchen wollen. Dieser Monsieur Fouquet, wie soll er ohne Wagen heraufkommen? Wie alt ist er?«
»Er muß schon über siebzig sein. Aber du hast recht. Daran habe ich noch gar nicht gedacht. Ich bin neugierig, was der Anwalt dazu sagen wird.«

»Daß ich auch mit meinem Freund darüber rede, das willst du nicht?«
»Nein. Ich möchte eines wissen, Agnes: Ist es wahr, daß du bei ihm nichts empfindest und daß du ihn nur besuchst, weil er das Wochenendhaus hat und dich dort aushält, wenn du dich für einige Tage von deinen Eltern absetzen willst?«
Sie wandte mir das Gesicht zu. »Ja.«
»Dann möchte ich dich bitten, ihn nicht mehr zu besuchen.«
»Auch nicht, wenn er dir helfen könnte, dein Haus zu behalten?«
»Es genügt mir, wenn du mir hilfst«, sagte ich. »Zusammen mit einem guten Anwalt werden wir es auch ohne deinen Freund schaffen. Wann bist du wieder mit ihm verabredet?«
»Es gibt keine festen Termine. Ich rufe ihn an, und er sagt mir, wann ich kommen kann.«
»Wann er Zeit und Lust hat, mit dir zu schlafen?«
Sie legte einen Arm um meine Taille und berührte meine Brust. »Er sagt mir nicht, wann er Zeit und Lust hat. Er sagt mir, ob ich in seine Hütte kommen und wie lange ich mich dort aufhalten kann. Wenn es sich einrichten läßt, kommt er, solange ich in der Hütte bin, ebenfalls hin. Dann ergibt es sich von allein, daß ich mit ihm schlafe, ohne daß wir es vorher verabreden mußten.«
»Und wovon lebst du, solange du dort bist?«
»Er hat immer genügend Vorräte im Kühlschrank. Brot bringe ich mit. Es wird nicht so einfach sein, von ihm loszukommen, Moni. Er weiß alles über mich. Wo ich wohne und wo ich, wenn ich nicht bei meinen Eltern bin, sonst noch sein könnte. Bei meiner Tante in Digne oder bei meinem Großvater. Wenn ich mich längere Zeit nicht bei ihm melde, wird er mich suchen.«
»Hat er dich auch gesucht, als du ein Vierteljahr untergetaucht warst?«
Sie antwortete nicht sofort und dann mit: »Woher weißt du das?«
»Von dir selbst. Dein Vater sperrte dir das Taschengeld, und dein Freund hatte eine kleine Ehekrise.«
Sie nahm die Hand von meiner Brust und sagte: »Ich habe dir noch nicht erzählt, daß ich ein Vierteljahr weg war. Das kannst du nur von meinem Großvater erfahren haben. Wann hast du mit ihm darüber gesprochen? Als du im September mit deinem Klaus hier warst?«
Ich hatte mich zu einer Unbedachtheit hinreißen lassen und versuchte, Schlimmeres zu verhüten: »Ich hatte mich unter vier Augen

mit deinem Großvater unterhalten und mich nach dir erkundigt. Klaus war nicht anwesend.«

»Davon hat er mir nichts gesagt. Warum hast du dich nach mir erkundigt? Du hast es doch sonst nie getan?«

»Weil er es dir nicht erzählte? Erzählst du ihm alles?«

Sie blickte mich sekundenlang wortlos an. Dann sagte sie: »Ich möchte über diese drei Monate nicht reden, Moni. Mein Freund hat damals nicht nach mir gesucht, weil seine Frau etwas gemerkt hatte. Er meinte, es sei besser, wir würden uns eine Weile nicht mehr sehen. Viel länger, als ich weg war, hielt er es nicht aus. Ich war noch keine acht Tage zurück, als er bei Großvater anrief und nach mir verlangte. Vorher hatte er bei meinen Eltern angerufen und von ihnen keine Auskunft bekommen. — Ich weiß noch immer nicht, warum du dich nach mir erkundigt hast. Willst du es mir nicht sagen?«

»Ich wollte wissen, wie es dir geht. Daraus ergab sich ein längeres Gespräch, in dessen Verlauf er mir auch von dieser Sache erzählte. Er hatte sich deinetwegen Sorgen gemacht und war froh, in mir einen Menschen gefunden zu haben, mit dem er darüber reden konnte. Mit deinen Eltern kann er es anscheinend nicht. Dies war jedenfalls mein Eindruck. Reicht das als Erklärung oder müssen wir uns noch bis heute abend darüber unterhalten?«

»Nein. Erzähle mir etwas von deinen künftigen Schwiegertöchtern. Ich möchte gerne mehr über sie und über deine Probleme mit ihnen wissen. Wo liegen sie wirklich?«

»Das ist eine lange Geschichte«, sagte ich und betrachtete den blauen Himmel über den Bergen. »Wir leben eben in verschiedenen Welten.«

»Das leben wir beide doch auch. Was ist schlimm daran?«

»Um das zu verstehen, hättest du meine Eltern und Großeltern kennen müssen«, sagte ich. »Sie gehörten nicht zu jenen, die erst nach dem Krieg auf die Welt kamen und die heute von sich überzeugt sind, unter den Nazis im Widerstand gewesen zu sein. Sie haben Hitler weder gewählt, noch hatten sie Sympathien für ihn. Das Gegenteil war der Fall. Wenn ich aber höre, wie Nora, Berts Freundin, für sich in Anspruch nimmt, sie hätte unter den Nazis nicht anders gehandelt als die Geschwister Scholl und meinem Vater zum Vorwurf macht, genau wie unser verehrter Herr Bundespräsident im Rußlandkrieg, wenn auch nicht Regimentsadjutant, so doch Kompanieführer bei der Wehrmacht gewesen und nicht desertiert zu sein, so

halte auch ich mich mit meiner Meinung nicht zurück. Das war vor sechs Wochen. Seitdem habe ich sie nicht mehr gesehen. Auch Bert nicht. Er will mich erst wieder besuchen, wenn ich mich bei ihr entschuldigt habe. Rolf und seine Freundin schlossen sich ihnen an.«
»Wirst du dich entschuldigen?«
»Ich weiß es noch nicht. Ich muß noch darüber nachdenken. In Noras Augen hatte ich mich schon lange vor der eben geschilderten Meinungsverschiedenheit durch meinen Mercedes disqualifiziert. Sie findet, ein Golf täte es auch. Bei ihr sähe es zugegebenermaßen etwas seltsam aus, wenn sie zu den Demos, an denen sie und Bert teilnehmen, mit einem Mercedes angefahren käme.«
»Wofür demonstrieren sie?«
»Eher dagegen als dafür. Vor allem gegen den Krieg.«
»Gegen jeden Krieg?«
»Das wäre zu zeitraubend«, sagte ich. »Nein, sie demonstrieren nur gegen solche Kriege, in die Amerikaner verwickelt sind und bei denen die Möglichkeit besteht, daß auch deutsche Soldaten eingesetzt werden könnten. Bei Nora wird es wohl so sein, daß sie eher mit einem zweiten Holocaust als mit dem Gedanken leben könnte, Bert müßte, um mitzuhelfen, Israel zu retten, in einen Krieg ziehen. Schon deshalb halte ich es für nicht sehr wahrscheinlich, sie hätte sich unter den Nazis weniger populistisch verhalten als heute. — Ich möchte nicht länger darüber reden, Agnes.«
»Dann laß uns wieder küssen«, sagte sie und tat es. Sie murmelte: »Heute nacht werde ich bei dir schlafen. Ich werde aus dir die glücklichste Frau auf der Welt machen, Moni. Viel glücklicher, als ein Mann dich jemals machen kann. Und weißt du auch, warum?«
»Nein«, sagte ich. »Und ich will es auch nicht wissen.«
Sie kam mit dem Mund an mein Ohr, biß leicht hinein und flüsterte: »Wetten, daß du es weißt?«
Natürlich wußte ich es. Ich mußte nur aufpassen, daß sie mich nicht mit Catherine verwechselte, und was mir am meisten zu denken gab war weniger ihre Ankündigung als solche, als mein Unvermögen, mich ihr noch ernsthaft zu widersetzen. Selbst meine Einsicht, daß weder der Ort noch der Zeitpunkt für einen Austausch neuer Zärtlichkeiten geeignet waren und daß wir im Augenblick Wichtigeres zu tun hatten, versetzte mich nicht in die Lage, ihr auch die erforderlichen Taten folgen zu lassen. Als die fremde Männerstimme an meine Ohren drang, war ich halb entkleidet und

kaum mehr fähig, noch zu begreifen, wie und was mir geschah. Es war auch Agnes und nicht ich, die zuerst reagierte, ihren Mund von meinen Lippen und ihre Hände von meinen Brüsten nahm. Dann nahm sie auch meine Hand von *ihren* Brüsten, knöpfte ihre Bluse zu und stand langsam auf. Über mich hinwegsehend fragte sie mit einer Stimme so kalt, daß ich sie kaum wiedererkannte: »Was wollen Sie, Sie Spanner?«
Und jetzt erst, wie ein nachhallendes Echo, das mein Bewußtsein mit einiger Verzögerung erreichte, hörte ich auch die Stimme des Fremden wieder, als er sich, in unserem Rücken hinter der brusthohen Mauer stehend, erkundigte, ob es möglich sei, uns bei unserer Beschäftigung kurz zu stören. Wie lange er dort schon gestanden, uns beobachtet und zugehört hatte, war nicht nachzuvollziehen. Ich streifte mechanisch mein T-Shirt, das sich weit oben um meinen Hals kringelte, nach unten und blieb, die Hände im Schoß verschränkt und den Blick über den kleinen Friedhof gerichtet, reglos sitzen, es völlig Agnes überlassend, sich mit ihm zu unterhalten. Seine Frage, ob wir einen vorbeifahrenden Wagen gehört hätten, beantwortete sie ihm allerdings nicht mehr. Sie kehrte ihm den Rücken zu, half mir, nach meiner Hand greifend, auf die Beine und sagte: »Ich will mir noch einmal das Grab von Madame Fouquet ansehen. Kommst du mit?«
Ich folgte ihr wortlos. Erst als wir das Grab erreicht hatten, fragte ich: »Ist er noch da?«
Sie blickte über die Schulter zurück. »Ich sehe ihn nicht mehr. Reg dich ab, Moni. Du siehst aus wie tot. Ich weiß, die Schuld liegt schon wieder bei mir. Er muß sich herangeschlichen haben. Wir hätten ihn sonst kommen hören. So, wie er uns gehört hat, als er auf der Straße am Friedhof vorbeikam. Du hast ihn nicht angesehen?«
»Ich wollte nicht, daß er mein Gesicht von vorne sah«, sagte ich. »Es genügt, daß er es im Profil sah, als wir uns küßten. Ich war genauso schuld wie du. Ist er der Mann, der bei uns im Haus war?«
»Ich glaube schon, aber da sah ich ihn nur ganz kurz und auch nur von hinten.«
»Wie sieht er aus?«
»Nicht schlecht, groß, schwarzhaarig, vielleicht fünfundvierzig. Einer von den Typen, bei denen ich mir vorstellen kann, daß sie in ihrem Haus einen Swimmingpool haben. Der Porsche gehörte mit Sicherheit ihm. Der BMW vielleicht auch. Da nur er es gewesen sein

kann, der auch in dein Haus einstieg und uns schon im Gästezimmer zuhörte oder zusah, kann ihn, was er hier erlebte, nicht mehr überrascht haben. Was wirst du jetzt tun? Die Nacht oben verbringen oder zum Hotel zurückfahren?«
Ich hatte mich jetzt soweit gefangen, daß ich meine Gedanken wieder sammeln konnte. Ich sagte: »Ich muß wissen, wohin er gegangen ist und weshalb er hier war. Auch wenn es zutrifft, daß er auf der Straße unsere Stimmen hörte und nur deshalb auf uns stieß, so erklärt das noch nicht, was er dort zu suchen hatte.«
»Du hältst es für möglich, daß er uns gefolgt ist? Aber das würde doch bedeuten ...«
»Daß er uns mit seinem Porsche wegfahren sah oder wegfahren hörte und nachsehen wollte, wohin wir gefahren sind«, warf ich ein. »Und jetzt wird er wissen wollen, wo sein Wagen geblieben ist. Ich hätte auf dich hören sollen, Agnes: Ich habe ihn tatsächlich unterschätzt. Er war vielleicht schon heute vormittag hier, sah mich ankommen und wieder wegfahren, und zwei Stunden später sah er mich zusammen mit dir ankommen. Spätestens von da an mußte ihm klar sein, daß er den Schrott in der Grube uns zu verdanken hat. Der Schaufellader geht aber auf sein Konto. Es muß in der Zeit geschehen sein, als ich zum Hotel zurückfuhr.«
»Er kann uns weder den Porsche noch den BMW nachweisen.«
»Du hast selbst gesagt, daß es genügt, wenn er es weiß, daß wir es waren. Und das weiß er jetzt.«
»Vielleicht darf ich dich daran erinnern ...«, setzte sie an.
Ich ließ sie nicht ausreden: »Darum geht es nicht, Agnes. Ich habe auch jetzt keine Angst vor ihm. Wenn ich aber das Haus behalte, werde ich ihm vielleicht noch hundertmal begegnen und jedesmal daran erinnert werden, was wir ihm hier, und sicher auch schon im Gästezimmer, vorführten. Dir mag das nichts ausmachen; mir schon.«
»Dann willst du nur deshalb aufgeben und auch nur deshalb wissen, wohin er gegangen ist? Damit du ihm nicht mehr zu begegnen und ihm nicht in die Augen zu sehen brauchst? Oder hast du Sorge, er könnte eines Tages mit deinem Klaus zusammentreffen und ihm erzählen, was er hier erlebt hat? Du enttäuschst mich, Moni.«
Sie drehte mir den Rücken zu. Ich beobachtete, wie sie mit raschen Schritten den kleinen Friedhof verließ. Als ich ihr kurze Zeit später folgte, wußte ich nicht mehr, was ich tun sollte und noch tun könnte. Auf der Straße sah ich sie nicht. Daß ich dann den Weg zum

Grat und nicht zum Dorf einschlug, geschah ohne mein Wollen. Vielleicht trug ich mich mit dem Gedanken, den Mercedes in Lavoir stehenzulassen und mich zu Fuß auf den Weg zum Hotel zu machen. Oder ich zog es in meiner gegenwärtigen Verfassung vor, den Berg lieber hinab-, als ihn hinaufzusteigen, denn auf der Höhe des Friedhofs verlief die Straße nach Lavoir steil ansteigend, und zum Grat ebenso steil abfallend, so daß sich diese Richtung für mich wie von allein anbot. Sehr lange brauchte ich auch nicht zu gehen, um Agnes' wieder ansichtig zu werden. Vielleicht zehn Minuten, höchstens jedoch fünfzehn. Dann öffnete sich nämlich der Blick auf den Grat, und ich sah sie etwa dort, wo wir den Porsche auf seine letzte Reise schickten, auf der linken Straßenseite neben einer männlichen Person stehen. Da ich die tiefstehende Sonne in den Augen hatte, konnte ich sie nur undeutlich erkennen, ich hatte jedoch sogleich den Eindruck, daß sie mich bereits bemerkt hatten und beide zu mir hersahen. Zurück konnte ich nicht mehr, also setzte ich meinen Weg fort. Beim Näherkommen stellte ich fest, daß Agnes mir eine ziemlich präzise Personenbeschreibung von ihm gegeben hatte, wenngleich ich, je deutlicher ich sein Gesicht sehen konnte, immer mehr dazu neigte, mich in meiner Abneigung gegen ihn nur noch bestärkt zu fühlen. Dabei waren es weniger sein mir sofort unsympathisches Gesicht, das mich auch unter für mich weniger peinlichen Umständen gegen ihn eingenommen hätte, als seine Augen. Es gab Männer, denen Niedertracht in den Augen geschrieben stand, und er gehörte zu ihnen. Mein Haß auf ihn war schon so groß, daß selbst seine aufdringlich-neugierige Art mich anzustarren, wobei seine Mundwinkel leicht nach unten gezogen waren, ein Gefühl von Befangenheit oder Scham gar nicht erst aufkommen ließ. Im Gegenteil: Ich hielt seinem taxierenden Blick nicht nur stand, sondern erwiderte ihn so lange, bis er von sich aus das Duell unserer Augen beendete und seinen Blick niederschlug, möglicherweise irritiert durch den Haß, den er in meinen Augen lesen mußte. Zu Agnes, die mit blassem Gesicht neben ihm stand, sagte ich: »Worum geht es? Was will er von dir?«
»Er behauptet, beobachtet zu haben, wie wir hier aus seinem Wagen stiegen und ihn den Berg hinabstürzen ließen«, sagte sie. »Ich habe ihm erklärt, daß er das geträumt haben muß.«
»Und von wo aus will er das beobachtet haben?« fragte ich.
Bevor sie antworten konnte, schaltete er sich ein und sagte: »Lassen Sie das Theater, Madame Kristmann. Sie haben zwei Möglich-

keiten: Sie übertragen die Eigentumsrechte Ihres Hauses auf mich, beziehungsweise auf meine Firma, dann werde ich mich damit begnügen, Ihnen eine Rechnung auf den mir und meiner Firma entstandenen Schaden zukommen zu lassen, wobei selbstverständlich auch der BMW und die Baumaschinen einbegriffen sein werden, oder ...«
»Und mein Haus wollen Sie sozusagen geschenkt bekommen?« warf ich ein.
»Ich wäre auch mit einem Vorzugspreis von zehntausend Francs einverstanden«, sagte er.
»Das ist sehr nobel«, sagte ich. »Und die zweite Möglichkeit?«
»Habe ich Ihrer kleinen Freundin bereits erklärt.«
»Hat er das?« fragte ich, an Agnes gewandt.
Sie nickte. »Er will dafür sorgen, daß wir Gelegenheit haben werden, längere Zeit in Gesellschaft von Frauen zu verbringen, bei denen wir für unsere Liebesspiele noch etwas hinzulernen könnten. Er wollte auch noch wissen, an welcher Straßenecke du mich aufgerissen hast.«
»Was hast du ihm geantwortet?«
»Nichts. Ich sah dich im gleichen Moment kommen.«
Ich richtete das Wort wieder an ihn: »Und von wo aus wollen Sie beobachtet haben ...«
Er unterbrach mich kalt: »Ich habe keine Lust und keine Zeit, mich mit Ihnen auf eine Diskussion einzulassen. Ich habe bei der Sûreté einen guten Bekannten, mit dem Sie sich über das alles unterhalten können.«
»Auch über meinen verschwundenen Haustürschlüssel?«
»Den können Sie haben. Wenn Sie mir meine eigenen Schlüssel zurückgeben. Oder liegen die jetzt auch da unten?«
»Wo unten?« fragte ich.
Sein Gesicht verfärbte sich. Er sagte leise: »Wenn Sie mir so kommen, können Sie es auch anders haben. Ich bin auf eine Kooperation nicht angewiesen. Schon gar nicht mit einer Frau wie Ihnen.«
Ich fragte: »Mit was für einer Frau?«
»Die sich von diesem kleinen Flittchen ficken läßt«, sagte er.
Als meine Handtasche ihn voll ins Gesicht traf, stand er etwa einen Meter vom Straßenrand entfernt. Er taumelte zwei oder drei Schritte zurück, kam ins Stolpern und erhielt von Agnes, noch ehe er sich fangen konnte, einen heftigen Stoß in die Seite. Er schien so wenig darauf gefaßt zu sein, daß er nicht einmal den Versuch

machte, ihm auszuweichen. Ich konnte noch sehen, wie er mit beiden Händen in die Luft griff, dann verschwand er aus meinen Augen. Das Geräusch, mit dem er gleich darauf weiter unten aufschlug, klang mir noch in den Ohren, als ich beobachtete, wie Agnes unmittelbar an den Straßenrand trat und ihm nachsah. Ich wollte ihm auch noch nachsehen, aber meine Beine trugen mich nicht mehr. Ich setzte mich, wo ich gerade stand, auf den Boden und konnte nichts mehr denken und nichts mehr fühlen. Irgendwann saß auch Agnes neben mir. Sie legte einen Arm um meine Schultern und sagte mit einer Stimme, die nicht anders klang als sonst: »Er hat uns schon beobachtet, als wir aus dem Porsche stiegen, Moni. Er stand oben am Ortseingang. Von dort aus konnte er den ganzen Grat überschauen. Er wollte auf uns warten, uns oben in Empfang nehmen. Erst als es ihm zu lange dauerte, machte er sich auf die Suche nach uns. Er wird jetzt dort liegen, wo auch sein Wagen liegt. Es wird wie ein Unfall aussehen. Uns können sie nichts anhaben. Jetzt nicht mehr. Er war ein Scheißkerl, Moni. Daran mußt du immer denken, wenn du dich daran erinnerst. Ihm hat es an nichts gefehlt, und seine Scheißautos wären ihm von seiner Versicherung ersetzt worden. Aber das genügte ihm nicht, er wollte uns fertigmachen. Statt dessen haben wir ihn fertiggemacht. Mir tut er nicht leid. — Ich finde, wir sollten jetzt gehen. Irgendwann werden sie ihn vermissen und nach ihm suchen. Dann ist es besser, sie treffen uns hier nicht mehr an. Kannst du aufstehen oder soll ich dir helfen?«
Ich drehte ihr das Gesicht zu und sagte mit tonloser Stimme: »Ich könnte hier nicht mehr wohnen, Agnes. Keine Stunde mehr. Morgen fahre ich nach Hause.«
Sie nahm den Arm von meinen Schultern und fragte: »Weil ich dich in diese Situation gebracht habe? Oder weil du dir nicht verzeihen kannst, mich geliebt zu haben.«
»Ich weiß nicht, ob ich dich geliebt habe«, sagte ich und stand auf.
Während wir dann nach Lavoir hinaufstiegen, hielt sie sich immer zwei oder drei Schritte hinter mir, und einmal sagte sie: »Vielleicht kannst du gar nicht mehr richtig lieben, Moni. Vielleicht bist du deshalb so unglücklich.«
»So wird es sein«, sagte ich.

3

Als ich aufwachte, lag sie nicht mehr neben mir. Sie war auch nicht im Bad. Ich griff zum Telefon und ließ eine Verbindung zu ihrem Zimmer herstellen. Sie meldete sich jedoch nicht. Der Gedanke, sie könnte mich verlassen haben, löste einen Schock in mir aus. Ich griff wieder zum Telefon; Monsieur Clout meldete sich diesmal persönlich. Er teilte mir mit, daß Agnes soeben das Hotel betreten habe und auf ihr Zimmer gegangen sei. Noch als ich mit ihm sprach, kam sie zur Tür herein und fragte: »Mit wem telefonierst du?«

Ich bedankte mich bei Monsieur Clout, legte den Hörer auf und blickte sie an. Sie kam zu mir, beugte sich zu mir nieder, küßte mich und fragte: »Du bist jetzt erst aufgewacht?«

Meine Erleichterung über ihre Anwesenheit war so groß, daß ich keinen Ton herausbrachte. Ich nickte nur. Sie fragte: »Frühstück schon bestellt?«

Ich schüttelte den Kopf.

»Dann tu ich es«, sagte sie und telefonierte. Danach setzte sie sich zu mir auf das Bett und fragte: »Willst du vorher noch unter die Dusche?«

»Nachher«, antwortete ich und stieg aus dem Bett. Ich streifte einen Morgenmantel über und fragte: »Wo warst du?«

»Spazieren«, sagte sie. »Ich wachte auf, als du noch ganz tief schliefst. Wann wirst du abreisen? Noch heute?«

Gestern abend bei unserem Eintreffen im Hotel war ich mir schon nicht mehr sicher, ob ich abreisen würde. Auch beim Abendessen und im Bett nicht, als ich stundenlang kein Auge zubrachte. Bis dann Agnes an meine Tür klopfte und sich zu mir legte. Als ich aber vor einigen Minuten aufwachte, löste die Erinnerung an die gestrigen Ereignisse kaum mehr Empfindungen in mir aus. Oder sie wurden überlagert durch meine Sorge um Agnes, aber auch jetzt, da sich meine Sorge als unbegründet erwiesen hatte, fühlte ich nur Erleichterung und sonst nichts. Als hätten mein Herz oder mein Verstand, während ich schlief, selbst darüber entschieden, was schlimmer für mich war: Der Tod eines mir fremden Menschen oder meine von ihm beabsichtigte existentielle Vernichtung, wobei

es nicht mehr allein um mein Haus in Lavoir, sondern um mich selbst gegangen wäre.
Ich sagte: »Ich werde nicht abreisen. Wenn diese Leute erfahren, daß ich hier war, würde es wie ein Schuldbekenntnis aussehen. Ob ich das Haus behalten werde oder nicht, möchte ich auch nicht überstürzt entscheiden. Das wird nicht zuletzt davon abhängen, wie ich mit dieser Sache fertig werde. Jedesmal, wenn ich über den Grat fahre, daran erinnert zu werden, könnte es mir vielleicht verleiden. Auch habe ich mir heute nacht überlegt, daß ich mich zwar weigern kann, das Haus zu verkaufen. Ich kann jedoch nicht verhindern, daß nebenan ein neues entsteht. Dann wäre mein Haus nicht mehr das letzte in der Straße. Je nachdem, wie hoch das neue Haus vorgesehen ist, werden die seitlichen Fenster meines Wohn- und Schlafzimmers wegfallen. Sie und der Blick auf die Berge nach dieser Seite würden mir sehr fehlen.«
»Daß sie dir diese Fenster zubauen, dagegen könntest du doch sicher Einspruch erheben«, sagte sie.
Ich setzte mich zu ihr auf das Bett. »Davon verspreche ich mir nichts. Als ich das Haus von deinen Großeltern kaufte, gab es diese Fenster noch nicht. Ich brauchte eine Genehmigung der Baubehörde in Sarennes, sie nachträglich einbauen zu lassen. Das Grundstück, wo jetzt die Grube ist und wo auch die Platane stand, gehörte nicht mir. Es war Eigentum der Gemeinde. Jetzt ist es Eigentum der Leute, die den ganzen Ort aufgekauft haben. Sie können damit machen, was sie wollen. Mir also auch die seitlichen Fenster zubauen. Für uns ist im Augenblick nur wichtig, uns darüber schlüssig zu werden, wie wir jetzt vorgehen. Wenn wir angeblich noch nicht in Lavoir waren, also auch nicht wissen, wie es da oben aussieht, habe ich noch keinen Anlaß, einen Anwalt einzuschalten. Wir müssen also eine Erklärung dafür haben, weshalb wir in den drei Tagen, die wir jetzt schon hier sind, noch nicht oben waren. Aber da werden wir uns eben auf die Schranke und darauf berufen, daß wir wegen des Wochenendes nichts unternehmen und auch keinen Anwalt einschalten konnten. Das werden wir heute tun.«
Sie schwieg. Ihre Gedanken erratend, griff ich nach ihrer Hand und sagte: »Wenn ich das Haus hergebe, werden sie es mir so teuer bezahlen, daß ihnen der Spaß daran vergeht, und wir beide werden uns nach einem anderen Haus umsehen. Ich möchte diese Landschaft nicht mehr missen. Ich würde mich in keiner anderen so wohl fühlen wie hier.«

Sie sagte: »Nicht nur Lavoir wird dich daran erinnern, was gestern geschah. Du wirst auch durch mich ständig daran erinnert werden. Vielleicht wirst du nie damit fertig.«
Ich widersprach ihr: »Dazu werde ich es nicht kommen lassen. Ich habe ebensowenig Anlaß wie du, mir wegen des Todes dieses Mannes mein eigenes Leben kaputtzumachen. Was mir im ersten Moment und auch jetzt noch zu schaffen machte und macht, ist der Gedanke an seine Angehörigen, aber damit muß ich fertig werden. Damit wir gleich den richtigen Anwalt bekommen und nicht an einen geraten, der mich nur ausnehmen wird, werde ich mich von Monsieur Clout beraten lassen, ohne ihm zu erzählen, worum es genau geht. Eines macht mir noch Sorgen. Wenn man ihn findet, wird er vielleicht den Schlüssel für mein Haus bei sich tragen. Und weil es der einzige Schlüssel ist, den er bei sich tragen wird, ist zu befürchten, daß man ihm besondere Aufmerksamkeit schenkt und alles versuchen wird, herauszufinden, wohin er gehört.«
»Das glaube ich nicht«, sagte sie.
»Daß man den Schlüssel bei ihm findet?«
»Ich habe ihm nachgesehen, Moni. Er hat sich unzählige Male überschlagen. Der hatte nichts mehr in seinen Taschen. Der hatte nicht einmal mehr eine Hose an, als er unten ankam. — Da kommt unser Frühstück.«
Das Zimmermädchen war noch jung, kaum älter als fünfzehn. Weil ich ihr jedesmal ein gutes Trinkgeld gab, hatte ich bereits ihr Herz gewonnen. Während sie servierte, telefonierte ich mit ihrem Chef. Ich erzählte ihm, in einer Immobiliensache einen guten Anwalt zu brauchen und erkundigte mich, ob er mir einen empfehlen könne. Er empfahl mir seinen eigenen, einen Dr. Gérad. Es war nicht der, auf dessen Namen ich bei meiner gestrigen Fahrt durch die Stadt gestoßen war. Er erklärte sich auch sofort bereit, einen Termin bei ihm zu vermitteln und fragte, ob es dringend sei. »Sogar sehr dringend«, sagte ich, worauf er mir zusicherte, mir innerhalb der nächsten Minuten Bescheid zu geben.
Im Gegensatz zu Agnes, die bereits wieder mit gewohntem Appetit zugriff, begnügte ich mich heute mit nur einem Brötchen und verzichtete auch auf das Ei. Ihre Frage, ob mein Telefonat, als sie in mein Zimmer kam, bereits einem Anwalt gegolten habe, beantwortete ich, weil ich nicht zugeben wollte, mich ihretwegen unnötig verrückt gemacht zu haben, mit einem Kopfnicken. Obwohl sie in der vergangenen Nacht kaum länger als drei Stunden geschlafen

haben konnte, wirkte ihr Gesicht erstaunlich frisch. Ich sagte: »Du hättest wissen müssen, daß mir heute nacht nicht danach zumute war.«
Sie fragte: »Wonach nicht zumute?«
Das Telefon läutete. Monsieur Clout teilte mir mit, daß es sich insofern glücklich träfe, als Dr. Gérad einen Termin in der Stadt habe und bei dieser Gelegenheit auch bei uns vorbeischauen könnte. Ich sagte: »Falls es innerhalb der nächsten Stunde geschieht.«
»Das wird sich sicher einrichten lassen«, sagte er, das Gespräch beendend. Ich weihte Agnes in seinen Inhalt ein. Sie fragte: »Weshalb innerhalb der nächsten Stunde? Willst du schon heute vormittag mit ihm hinauffahren?«
»Heute vormittag muß ich zu einer Bank, Schecks einlösen. Danach gehen wir einkaufen. Du brauchst Schuhe, Wäsche und auch noch einiges für darüber. Du kannst es dir selbst aussuchen. Ich werde dich nicht beeinflussen.«
»Du sollst mich aber beeinflussen«, sagte sie. »Sonst werde ich nie so werden wie du. Wann erwartet dein Mann dich zurück?«
»Wir haben nicht darüber gesprochen. Er erfuhr erst am Abend, als er aus seinem Büro nach Hause kam, daß ich auf dem Weg nach Lavoir war.«
»Durch wen?«
»Ich habe ihm einige Zeilen hinterlassen.«
»Was du ihm schriebst, darf ich nicht wissen?«
»Bin in Lavoir.«
Sie nickte. »Dann bist du schon einen guten Schritt weiter, als ich dir zutraute. Aber ein Abschied war es noch nicht?«
»Nein«, sagte ich und trank meine Tasse leer. Ich beobachtete, wie sie in eine mit Butter und Marmelade bestrichene Scheibe Weißbrot biß und wie von der reichlich aufgetragenen Marmelade etwas über ihre langen, dünnen Finger floß. Sie leckte sie mit ihrer schmalen Zunge ab, wobei sie den Blick unverwandt in mein Gesicht gerichtet hielt. Sie sagte: »Es ist nur etwas merkwürdig, daß du so furchtbar lange gebraucht hast, bis du feststelltest, daß dir nicht danach zumute war. Weil du nicht mehr wußtest, ob du mich liebst?«
Ich wußte nicht einmal mehr, warum ich ihr das gestern gesagt hatte, aber da stand ich noch unter Schock. Als sie sich in der vergangenen Nacht zu mir legte, war mir nach Wärme und etwas Zärtlichkeit zumute. Nach mehr nicht. Ich sagte: »Das war vielleicht der falsche Zeitpunkt, Agnes.«

»Für mich nicht«, sagte sie. »Da wußte ich noch nicht, daß du es dir anders überlegt hast und nicht nach Hause fahren wirst.«
Das war allerdings ein Gesichtspunkt, den ich nicht berücksichtigt hatte. Ich sagte: »Und deshalb wolltest du noch rasch zu Ende führen, was gestern, bevor wir gestört wurden, so verheißungsvoll begonnen hat?«
»Vielleicht«, sagte sie.
»Und mich zur glücklichsten Frau auf der Welt machen«, sagte ich. »Du mußt doch selbst zugeben, daß dies nicht der richtige Zeitpunkt war.«
»Wenn du mich liebst ...«, setzte sie an.
»Ist jeder Zeitpunkt recht«, fiel ich ihr dazwischen. »Ich dachte, ich hätte dir meine Gefühle schon ausreichend bewiesen.«
»Doch nicht auf dem Friedhof, als wir uns ein bißchen küßten?« fragte sie.
»Ein bißchen mehr war das schon als nur ein bißchen«, sagte ich. »Aber das zählte bei dir anscheinend nicht.«
Sie lächelte. »Offen gestanden: Nein.«
»Dann werden wir es eben gelegentlich nachholen«, sagte ich und ließ sie mit ihrem Frühstück allein. Als ich eine Viertelstunde später aus dem Bad zurückkam, stand sie auf dem Balkon und zog an einer Zigarette. Beim Klang meiner Schritte drehte sie sich nach mir um. Den Pyjama hatte ich nach dem Duschen nicht mehr angezogen, nur den Hausmantel. Ich streifte ihn ab und kleidete mich vor ihren Augen an. Sie wandte auch jetzt keinen Blick von mir, und als ich fertig angezogen war, kam sie vom Balkon ins Zimmer und fragte: »Wo wirst du mit ihm reden? Hier oder unten?«
»Hier würden wir durch das Zimmermädchen gestört werden«, sagte ich. »In einem unaufgeräumten Zimmer können wir ihn nicht empfangen. Wir reden im Foyer mit ihm. An einem Montagmorgen ist unten sicher nicht viel los. Die Wochenendgäste und die Vertreter werden schon wieder abgereist sein. Wir warten hier, bis Monsieur Clout uns vom Eintreffen des Anwalts verständigt.«
»Wir könnten auch im Foyer auf ihn warten«, sagte sie.
Ich setzte mich auf das Bett. »Ich möchte es hier tun und mit dir reden.«
Sie kam zu mir, streifte den Lederrock, damit er sie nicht behinderte, ein großes Stück weit ihre Schenkel hinauf und ließ sich mit geöffneten Beinen wieder auf meinen Knien nieder. Sie verschränkte die schmalen Hände in meinem Nacken und sagte: »Es tut mir leid,

Moni. Ich wußte nicht, daß dir die Sache so nahegeht. Als wir gestern abend beim Essen saßen, dachte ich, du seist damit fertig. Wenn ich mich getäuscht habe, wäre es besser gewesen, du hättest mir, als ich an deine Tür klopfte, nicht aufgemacht.«
»Nicht besser für mich«, sagte ich. »Ich hatte auf dich gewartet. Ich wollte neben dir einschlafen. Sonst nichts. Ich dachte, du hättest es gemerkt?«
»Gemerkt habe ich es erst, als du plötzlich hysterisch wurdest. Vielleicht hast du schon bereut, was gestern war.«
Ich hatte es nicht bereut, und hysterisch geworden war ich auch nicht. Vielleicht war es nicht nur der unpassende Zeitpunkt, sondern auch die Ungewißheit darüber gewesen, wie es danach weitergehen und wie wichtig es mir eines Tages, wenn es ihr längst unwichtig geworden war, noch sein würde, die meinen Widerstand hervorgerufen hatten. Was es heißt, für den Menschen, mit dem ich zusammenlebte, nicht mehr begehrenswert zu sein, hatte ich inzwischen lange genug erfahren. Ich wollte es nicht noch einmal auf eine ähnliche Art mitmachen.
Ich sagte: »Wenn ich es bereut hätte, wäre ich jetzt schon nicht mehr hier. Ich verstehe nur immer weniger, was ich dir wirklich bedeute. Nur ein Ersatz für Catherine?«
Sie sagte: »Es war ein Fehler, dir von ihr zu erzählen, Moni. Ich weiß nicht, was ungewöhnlich daran sein soll, einen Menschen, den man so gern hat wie ich dich, glücklich zu sehen.«
»Und ihn von dir abhängig zu machen«, sagte ich. »Die fleisch- und lustgewordene Inkarnation deiner Märchenfee. Was empfindest du, wenn es dir gelingt, mich zu erregen? Genugtuung? Und Genugtuung wofür? Daß du Sommersprossen hast und ich nicht? Daß ich Geld habe und du nicht? Daß ich mit keinem Mann ins Bett zu gehen brauche, der mich nur ausnützt? Was empfindest du wirklich?«
Sie beugte sich zu mir nieder, küßte mich und sagte: »Aber Moni, das habe ich dir doch schon hundertmal gesagt und erst vor zwei Minuten wieder. Ich liebe dich über alles. Reicht das nicht?«
Dagegen ließ sich mit Worten des törichten Zweifels nichts mehr ausrichten, so daß ich es aufgab. Sie kam dann wieder auf meine Familie zu sprechen und wollte auch etwas über Rolfs Freundin erfahren. Ich erzählte ihr, daß sie Krankenschwester in einer Klinik sei und Rolf sie dort kennenlernte, als man ihm den Blinddarm herausnahm. »Sie heißt Sabine und steht völlig unter Noras Einfluß,

die ihr intellektuell überlegen ist und mit ihrem Medizinstudium etwas erreichte, wovon Sabine immer nur träumte. Da Rolf ebenfalls Medizin studiert, kann er Sabine später als billige Sprechstundenhilfe beschäftigen. Er will Augenarzt werden.«
Sie lächelte. »Und Bert Zahnarzt. Wie praktisch für dich, in der Familie einen Zahn- und einen Augenarzt zu haben.«
»Falls ich jemals die Ungeheuerlichkeit begehen sollte, mich von ihrem Vater zu trennen, würden sie mich als Patientin gar nicht erst annehmen. Ich habe in Dortmund einen sehr guten Augen- und Zahnarzt. Da der nächste Aufgabenbereich meines Mannes in Düsseldorf, nicht weit von unserem jetzigen Wohnsitz entfernt liegen und voraussichtlich sein letzter vor seiner Pensionierung sein wird, brauchen wir auch nicht mehr umzuziehen.«
»Du würdest auch in Frankreich einen guten Augen- und Zahnarzt finden«, sagte sie. »Und eine Krankenpflegerin, falls du mal eine brauchst, hättest du in mir.«
Noch immer auf meinen Knien sitzend, überragte sie mich um Haupteslänge. Wie schon gewohnt, bedeckte ihr langes Haar zur Hälfte ihr Gesicht. Ich streifte es zur Seite, bot ihr die Lippen zu einem Kuß und sagte: »In siebenundzwanzig Jahren, wenn du so alt sein wirst wie ich heute, wirst du anders darüber denken.«
Das Telefon läutete wieder. Monsieur Clout teilte mir das Eintreffen von Monsieur Gérad mit. Ich sagte ihm, daß wir uns im Foyer mit ihm unterhalten wollten und bat ihn, schon mein Zimmer aufräumen zu lassen. Zu Agnes sagte ich: »Du kommst doch mit?«
Sie schüttelte den Kopf. »Das hat Zeit, bis du meinst, ihm vertrauen zu können. Ich warte zuerst in meinem und, wenn das Zimmermädchen hier war, wieder in deinem Zimmer auf dich.«
»Wenn du meinst«, sagte ich.
An der Tür drehte ich mich noch einmal nach ihr um und sagte: »Eines könnte mich noch interessieren, mein Engel. Was damit gemeint war, als du mir gestern einzureden versuchtest, ich wäre nicht mehr die Frau, die du immer bewundert hast, wenn wir es so machten, wie du es in der vergangenen Nacht tun wolltest.«
»Das kannst du vergessen«, beruhigte sie mich. »Als ich das sagte, da wußte ich noch nicht, was ich jetzt weiß.«
»Und das wäre?«
Sie lächelte. »Wieviel es mir bedeutet, es mit *dir* zu tun.«
»Und dich nannte ich eben noch meinen Engel«, sagte ich und machte mich auf den Weg ins Foyer.

Monsieur Gérads erster Eindruck auf mich war nicht unvorteilhaft. Wenn ich mir vor Augen hielt, wer sich in Dortmund und auch anderswo heutzutage alles zum Anwalt berufen fühlte, dann bot Monsieur Gérad einen schon fast ungewohnt seriösen und vertrauenerweckenden Anblick, ein gepflegt aussehender Mittfünfziger mit Brille und noch dichten, an den Schläfen leicht ergrauten Naturlokken. Er unterhielt sich an der Rezeption mit Monsieur Clout, der mich bei meinem Eintreffen mit ihm bekannt machte und uns, meinem Wunsche entsprechend, zu einer kleinen Polstergruppe in einer Nische neben dem Frühstückszimmer führte, wo wir, weil sich dort zu dieser Stunde niemand mehr aufhielt, ganz ungestört waren. Danach zog er sich diskret zurück, und ich kam, ohne weiteren Zeitverlust, umgehend zur Sache. Lavoir war Dr. Gérad sofort ein Begriff, er erzählte mir, vor einigen Wochen oder Monaten in der lokalen Tageszeitung gelesen zu haben, daß der Ort wegen Versorgungsschwierigkeiten von seinen letzten Bewohnern verlassen worden und die nach Lavoir führende Straße wegen ihres schlechten Zustandes und der Gefahr eines Bergrutsches für den öffentlichen Verkehr gesperrt worden sei. Das war immerhin etwas Neues, und hätte ich es nicht besser gewußt, wäre ich vielleicht zutiefst beeindruckt gewesen. So aber eröffnete ich Monsieur Gérad meine eigene Version, die sich vorläufig darauf beschränkte, vom früheren Besitzer meines Ferienhauses darüber informiert worden zu sein, wie sich die Dinge in Wirklichkeit zugetragen haben und daß weder Versorgungsschwierigkeiten noch ein drohender Bergrutsch die Bewohner Lavoirs zum Verlassen ihrer Häuser veranlaßt hätten, sondern die Machenschaften eines vermögenden Mannes, dem neben einem Schloß an der Loire, einem Haus in Paris und einer Villa an der ›Cot‹ zu seinem völligen Glück vielleicht nur noch ein eigenes, kleines Gebirgsdorf im Département Alpes-de-Haute-Provence gefehlt habe und der sich einredete, es in Lavoir gefunden zu haben. »Aber in Lavoir, verehrter Dr. Gérad«, fuhr ich fort, »besitzen mein Mann und ich seit zwanzig Jahren ein rechtmäßig erworbenes Ferienhaus, und ich denke nicht daran, mich davon zu trennen.« Danach kam ich auf die Schranke und auf die Verbotstafel zu sprechen, die mich bisher davon abgehalten hätten, von meinem Eigentumsrecht in Lavoir Gebrauch zu machen, und verkündete ihm meine Absicht, mir die freie Zufahrt nach Lavoir notfalls vor Gericht zu erstreiten.
Bis dahin hatte Monsieur Gérad bereits seine vierte Zigarette ge-

raucht, und ich meine dritte. Hatte ich Monsieurs Clouts Angebot eines Aperitifs wegen der noch frühen Stunde bei meiner Ankunft noch abgelehnt, so verspürte ich beim Erzählen Appetit auf einen Cognac. Monsieur Gérad schloß sich unter der Bedingung seiner Kostenübernahme an, die ich ihm auch gewährte. Daß er meinem Bericht mit wachsendem Interesse gefolgt war, konnte ich aus seiner Art entnehmen, dauernd seine Sitzhaltung zu verändern, was auf eine starke, innere Erregung schließen ließ. Er meinte jedoch, noch bevor der Cognac eintraf, daß nicht die Verbotstafel und auch nicht die Schranke, sondern neben der Wasser- und Stromversorgung vor allem der Zustand der Straße das eigentliche Problem sei, weil er der zuständigen Straßenmeisterei das Recht einräume, alle Maßnahmen zu treffen, die dazu dienten, ein Unglück, das zu ihren Lasten ginge, zu vermeiden. Meinen Einwand, anläßlich des letzten Besuchs meines Hauses vor wenigen Monaten die Straße in keinem anderen Zustand angetroffen zu haben als in den vergangenen zwanzig Jahren, entkräftete er damit, daß oft ein einziger schnee- und regenreicher Winter genüge, eine Straße in den Bergen unpassierbar zu machen. Meine Frage, ob er schon selbst einmal in Lavoir gewesen sei, verneinte er mit der Begründung, daß seine Frau sich bei gemeinsamen Spazierfahrten mehr zur Küste als zu einem der zahllosen Berggipfel hingezogen fühle, die sie in Sarennes selbst noch vom Küchenherd aus tagtäglich vor Augen habe.
Monsieur Clout brachte den Cognac, lächelte mir, als befürchtete er mich in Schwierigkeiten, aufmunternd zu und entfernte sich wieder. Ich sagte: »Mit anderen Worten: Sie können nichts für mich tun, Dr. Gérad?«
»Der Bürgermeister von Sarennes und ich sind gute Bekannte«, sagte er. »Ich werde mich noch heute bei ihm erkundigen, was es mit der Sperrung der Straße auf sich hat und für wie lange sie vorgesehen ist. Ich darf doch annehmen, daß Ihre Äußerung, ein sehr vermögender Mann habe sich den Luxus geleistet, Lavoir aufzukaufen, nicht ernst gemeint war?«
»Und warum nicht?« fragte ich zurück.
Er lächelte. »Ich war beruflich lange Zeit in Nice tätig, wo ich nicht nur meine Frau, sondern auch viele vermögende Männer kennenlernte, die oft die wunderlichsten Wünsche und Einfälle hatten. Daß sich aber einer ein verlassenes Gebirgsdorf einverleiben möchte, würde alles, was mir bis heute zu Ohren kam, übertreffen. Haben Sie Anlaß zu einer solchen Annahme?«

»Es handelt sich nur um eine Vermutung«, sagte ich. »Wenn Sie hier den Bürgermeister persönlich kennen: Er müßte wissen, wer der Käufer ist und wer Ihre beiden Kollegen aus Digne sind, die in seinem Auftrag tätig waren, sämtliche Häuser aufzukaufen. Nur mit mir haben sie sich noch nicht in Verbindung gesetzt, obwohl es keine Mühe bereitet hätte, im Grundbuchamt von Sarennes meine Heimatadresse ausfindig zu machen.«
»Das wundert mich allerdings auch«, räumte er ein. »Es ist zumindest ungewöhnlich. Ich bin die Straße nach Bairols zuletzt vor etwa vier Wochen gefahren. Ich bin mir fast sicher, daß es an der Abfahrt nach Lavoir damals noch keine Schranke gab. Sie wäre mir sonst aufgefallen.«
»Dann sollten Sie sie sich vielleicht einmal ansehen, bevor Sie mit dem Bürgermeister reden«, schlug ich vor. »Vielleicht heute nachmittag, falls Sie es einrichten können. Ich würde Sie begleiten. Ich hatte ohnehin vor, für alle Fälle ein Foto der Schranke zu machen. Ich hätte es schon getan, muß mir vorher aber eine Kamera kaufen. Ich habe vergessen, eine mitzunehmen.«
»Mit einer Kamera kann ich Ihnen aushelfen«, sagte er und nahm ein Notizbuch aus seinem Jackett. Es aufblätternd, sagte er: »Ich bin heute leider voll besetzt. Es ginge erst am frühen Abend oder, wenn Ihnen das angenehmer ist, in meiner Mittagspause gegen vierzehn Uhr.«
»Wenn Ihnen dieses Opfer nicht zu groß ist«, sagte ich.
Er beruhigte mich: »Ich werde es Ihnen angemessen berechnen, Madame Kristmann. Obwohl Monsieur Clout mich darauf vorbereitet hat, habe ich nicht erwartet, daß Sie unsere Sprache so vorzüglich beherrschen. Er erzählte mir auch, daß Sie in Begleitung Ihrer Nichte hier sind?«
Ich trank mein Glas leer und stand auf. »Sie wird vielleicht mit uns kommen. Wir können auch in meinem Wagen fahren. Ich schlage vor, daß ich Sie ab vierzehn Uhr hier im Hotel erwarte.«
Er erhob sich ebenfalls. »Und ich schlage vor, daß ich Sie pünktlich um vierzehn Uhr mit meinem Wagen hier abhole. Vorausgesetzt, Sie vertrauen sich meinen Fahrkünsten an. Vielleicht hatte ich bis dahin schon Gelegenheit, mit dem Bürgermeister zu telefonieren.«
»Das wäre schön«, sagte ich und verabschiedete mich von ihm. Auch mein Eindruck auf ihn schien nicht unvorteilhaft ausgefallen zu sein; er beugte sich tief über meine Hand.
Agnes erwartete mich wieder in meinem Zimmer. Das Mädchen

war bereits hier und hatte auch das Frühstückstablett mitgenommen. Ich berichtete ihr, was es zu berichten gab. Als nicht ganz unproblematisch erwies es sich nun, sie im Hotel als meine Nichte ausgegeben zu haben. Nachdem auch Monsieur Gérad Kenntnis davon erhalten hatte, würde es ihn vielleicht interessieren, wie ich als deutsche Staatsangehörige zu einer französischen Nichte kam. Monsieur Clout hatte sich diskreterweise noch nicht dafür interessiert, obwohl ihm nicht entgangen sein konnte, daß Französisch ihre Muttersprache war. Ich unterhielt mich mit ihr bei einem Campari-Soda darüber, auf den sie Appetit verspürte, als ich ihr von dem Cognac erzählte. Wir tranken ihn am Tisch sitzend bei einer Zigarette. Das starke Rauchen hatte ich mir erst in den letzten Monaten angewöhnt und mir vor der Reise vorgenommen, es in Lavoir wieder einzuschränken. Aber da wußte ich noch nicht, was mich hier erwartete. Agnes eingeschlossen, die mir, auch was das Rauchen anging, alles andere als ein Vorbild war. Ich sagte: »Wenn du aus Straßburg und nicht aus Théniers wärst, ließe sich eher eine verwandtschaftliche Beziehung konstruieren. So aber könnte Gérad durch einen dummen Zufall von deinem Großvater erfahren, wer du bist. Da ich das Haus von ihm habe, wird die Rede irgendwann auch auf ihn kommen.«
Sie stimmte mir zu und sagte: »Am besten ist, er lernt mich nicht kennen. Für die Fahrt nach Lavoir ist meine Anwesenheit auch nicht erforderlich. Erzähle ihm, ich hätte in der Stadt Einkäufe zu erledigen. Du hast doch sicher vor, mit ihm nach Lavoir zu fahren?«
»Da wir keine Schranke mehr vorfinden, werde ich ihn dazu überreden, auch einen Blick auf mein Haus zu werfen. Er wird über das Bild, das sich ihm dort bietet, so überrascht sein, daß ihm kaum auffallen wird, daß meine eigene Überraschung weniger echt ausfällt. Ich möchte ihn an meiner Seite haben für den Fall, daß wir oben Leute von der Baufirma antreffen.«
»Vielleicht werdet ihr auch noch andere Leute antreffen«, sagte sie. »Wirst du allein damit fertig?«
»Mit Dr. Gérad bin ich nicht allein«, sagte ich, aber wohl war mir bei dem Gedanken, wen ich sonst noch in Lavoir antreffen könnte, ebensowenig wie ihr, was sicher auch der eigentliche Grund dafür war, weshalb sie keine Lust verspürte, mitzufahren.
Ich ertappte mich bei dem Wunsch, ich könnte es genauso machen wie sie und mir die Fahrt nach Lavoir sparen.

Den Bürgermeister, der sich schon seit zwei Tagen auf einer Dienstreise befand, hatte Dr. Gérad nicht befragen können. Sein Stellvertreter gab sich nicht informiert, und bei der Straßenmeisterei war der zuständige Mann bereits zu Tisch gegangen, als Dr. Gérad anrief. Als vertrauensbildend empfand ich es, daß er fast auf die Minute pünktlich beim Hotel eintraf. Auch er benutzte einen großen Citroën, wenngleich in einer anderen Farbe als jener, der am Samstagvormittag vor der Schranke gestanden hatte. Meine gespielte Verwunderung, sie, als wir die Straße nach Lavoir erreichten, nicht mehr vorzufinden, führte zu einem etwas eingehenderen Gespräch darüber, wann ich in Sarennes eingetroffen und der Schranke erstmals gewahr geworden war. Ich erzählte ihm, während er mit einer Polaroidkamera ein Foto der deformierten Schrankenpfosten und der Verbotstafel schoß, daß dies am Freitagabend der Fall und Anlaß dafür gewesen sei, weshalb ich in einem Hotel abstieg. Ich fügte hinzu, daß ich wegen meines späten Eintreffens und der nicht ungefährlichen Route es in der einsetzenden Dunkelheit auch ohne die jetzt verschwundene Schranke vorgezogen haben würde, die Nacht in einem Hotel zu verbringen und erst am nächsten Morgen hinaufzufahren. Und weiteren, mir unangenehmen Fragen vorbeugend, erwähnte ich noch, über Bairols kommend in Sarennes eingetroffen und auf dem Weg dorthin an der Schranke vorbeigefahren zu sein, so daß ich sie schon bei meiner Ankunft gesehen hatte. Auch meine Erklärung, es regelmäßig vorzuziehen, über Italien anzureisen, weil diese Route auf den italienischen Autobahnen bis über die Grenze nach Nice weniger anstrengend sei als die Fahrt durch die Alpes Maritimes, leuchtete ihm ein, so daß wir uns nicht weiter darüber zu unterhalten brauchten und ich die Bitte äußern konnte, die verschwundene Schranke zum Anlaß zu nehmen, mich, wenn seine Zeit es zuließe, noch rasch nach Lavoir zu fahren, damit ich mich vergewissern könnte, ob mit meinem Haus alles in Ordnung sei. Sein Zögern richtig deutend, fügte ich hinzu, es ihm zu überlassen, die Fahrt jederzeit abzubrechen, wenn ihm Bedenken kämen, sie fortzusetzen. Den Eindruck, in Gegenwart einer Mandantin furchtsam zu erscheinen, wollte er jedoch, wie ich es nicht anders erwartet hatte, nicht aufkommen lassen. Während wir die steil ansteigende Straße hinauffuhren, erkundigte er sich, ob ich besonderen Anlaß hätte, wegen meines Hauses besorgt zu sein. Auch hier genügte mein Hinweis, daß alle meine Nachbarn, die über zwanzig Jahre lang ein Auge darauf hatten, seit Wochen nicht mehr

oben wohnten, um meine Bitte ausreichend zu begründen. Er stellte dann auch keine weiteren Fragen mehr, zumal die Fahrt auch ihn so stark in Anspruch nahm, daß er nur noch Augen für die Straße hatte. Furchtsam wirkte er nicht. Mir fiel jedoch auf, daß seine Stirn feucht glänzte. Erst als wir aus dem Hochtal auf den Grat kamen und Lavoir über uns liegen sahen, öffnete er wieder den Mund und sagte: »Auch wenn ich die Straße nicht jeden Tag fahren wollte: Nach einem Bergrutsch sieht es hier nicht aus. Oder wird es weiter oben schlimmer?«
»Den schlimmsten Teil haben wir auf der anderen Seite des Grats hinter uns«, sagte ich. »Bis dahin darf man allerdings nicht von der Straße abkommen.«
»Das scheint mir aber auch so«, sagte er mit einem etwas gezwungen wirkenden Lächeln. »Es erinnert mich an meine Schulzeit, als wir Jungens verbotenerweise auf hohen Mauerkronen spazierengingen. Haben Sie das als junges Mädchen auch getan?«
»Ist wohl eher eine Mutprobe für Jungens«, sagte ich, darum bemüht, den Blick in die Tiefe zu vermeiden, aber das hatte ich schon immer so gehalten, wenn ich über den Grat fuhr. Und nicht erst seit gestern.
Auf der Höhe des kleinen Friedhofs bat ich ihn, kurz anzuhalten und mit mir zu kommen. Ich zeigte ihm die Gräber und sagte: »Einige von ihnen haben noch Angehörige, die sich durch eine Verbotstafel oder Schranke nicht davon abhalten lassen werden, hierherzukommen. Ich weiß nicht, was von einem Bürgermeister, der sich darüber hinwegsetzt, zu halten ist.«
Er betrachtete schweigend das kleine Gräberfeld. Dann ließ er sich auf der steinernen Ruhebank nieder, auf der ich gestern, noch nichts Böses ahnend, in so inniger Umarmung mit Agnes gesessen hatte, verschränkte die gepflegten Hände zwischen den Knien und sagte: »Auch darüber werde ich mit ihm reden. Darf ich fragen, was Sie in dieser einsamen Landschaft so sehr fasziniert, daß Sie hier seit zwanzig Jahren ein Ferienhaus haben?«
»Die von Ihnen negativ eingeschätzte Einsamkeit. Ich habe mein Leben lang immer nur in großen und sehr lauten Städten wohnen müssen. Ich bin in einer Landschaft aufgewachsen, wo es keine hohen Berge gibt. Schon meine Eltern hat es im Urlaub oft in die Berge gezogen, und als ich meinen Mann kennenlernte, hatten wir die Liebe zu einsamen Gebirgslandschaften gemeinsam. Nicht wenige der Gipfel, die Sie von hier aus sehen können, haben wir im Laufe

der Jahre bestiegen. Zuerst zu zweien, und später, als unsere Söhne groß genug waren, uns zu begleiten, zusammen mit ihnen. Nehmen Sie zur Kenntnis, Dr. Gérad, daß ich unverändert nicht daran denke, mich von meinem Haus zu trennen.«
»Auch nicht für einen angemessenen Preis?«
»Nicht für zehn Millionen Francs.«
Er blickte mich ungläubig an. »Ist das Ihr Ernst?«
»Ich bin mit einem Mann verheiratet, der gut verdient und besitze auch eigenes Vermögen«, sagte ich. »Mehr Geld, als ich schon habe, brauche ich nicht. Außerdem halte ich nichts von Leuten, die meinen, für ihr Geld alles zu bekommen. Davon gibt es auch bei uns leider eine ganze Menge. Unsere Landsleute in den neuen Bundesländern wissen heute schon ein Lied davon zu singen.«
»Ich habe davon gehört. Es ist gut, daß Sie mir Ihre Einstellung zu einem möglichen Verkauf Ihres Hauses in dieser Deutlichkeit gesagt haben. Ich werde es in der gleichen Deutlichkeit an den Bürgermeister weitergeben. Wenn ich Sie richtig verstanden habe, gehen Sie davon aus, daß die Aussetzung der Strom- und Wasserversorgung allein dazu diente, den verbliebenen Einwohnern den Verkauf ihrer Häuser unumgänglich zu machen?«
»Aber das ist doch offensichtlich«, sagte ich. »Sie nennen es auch gleich beim richtigen Namen. Es war nur eine Aussetzung. Ohne Strom und Wasser wäre der Ort für den Käufer vollkommen wertlos. Oder sehen Sie das ...«
Ein sich rasch näherndes Motorengeräusch hinderte mich am Weiterreden. Ich hatte sofort den Eindruck, daß das Fahrzeug von oben, also von Lavoir kam. Weil die Straße dort, wo sie unterhalb des Friedhofs vorbeiführte, für parkende Fahrzeuge etwas verbreitert war, lag kein Grund zu der Befürchtung vor, der Fahrer des fremden Wagens könnte durch den Citroën behindert sein. Dennoch brach das Motorengeräusch in unmittelbarer Nähe ab. Nicht daran interessiert, wer es sein könnte, verständigte ich mich mit Gérad darüber, es ihm zu überlassen, nachzusehen und seine Rückkehr hier abzuwarten. Diese zog sich jedoch in die Länge, so daß ich mich einige Male, getrieben von innerer Unruhe, versucht fühlte, mich selbst auf den Weg zu machen, aber der Gedanke, es könnte sich um eine Person aus der Familie des Porschefahrers handeln, hielt mich jedesmal zurück. Als das Motorengeräusch endlich wieder einsetzte und sich entfernte, war über eine Viertelstunde vergangen. Bei Dr. Gérads Rückkehr fiel mir sofort sein ern-

stes Gesicht auf. Er entschuldigte sich für sein langes Wegbleiben und erzählte, wieder neben mir auf der Bank Platz nehmend, daß es sich um zwei Herren der Sûreté gehandelt habe, der von einer in Lavoir tätigen Baufirma eine Anzeige wegen Sachbeschädigung, aber auch eine Vermißtenanzeige der Familie des Bauunternehmers vorlagen, der seit gestern vormittag spurlos verschwunden sei, so daß zwischen den beiden Geschehnissen ein Zusammenhang vermutet werde. Die Anzeige wegen Sachbeschädigung erfolgte bereits am Samstagnachmittag durch den Bauunternehmer persönlich, nachdem er in Begleitung des Architekten zu einer gemeinsamen Besichtigung der Baustelle in Lavoir gewesen war, wo nicht nur wertvolles Baugerät, sondern anläßlich der Besichtigung auch sein BMW verlorengegangen sei, so daß er und der Architekt den Weg nach Sarennes in einem stundenlangen Fußmarsch zurücklegen mußten. Von einer nochmaligen Fahrt nach Lavoir am Sonntagvormittag, die er in einem anderen Wagen und ohne Begleitung machte, sei er nicht mehr zurückgekehrt und trotz Einsatzes eines großen Aufgebots der Gendarmerie, die, weil man eine Entführung befürchtet, schon in der vergangenen Nacht und am frühen Morgen in Lavoir Haus für Haus durchsucht hatte, nicht gefunden worden.
Allein dem Umstand, daß ich mir ganz sicher war, bei unserem etwas überstürzten Aufbruch am späten Nachmittag des gestrigen Tages im Hinblick auf eine Schadensbesichtigung in Gegenwart eines Anwalts im Haus keine Spuren hinterlassen zu haben, die Schlüsse darauf zuließen, daß es kurz zuvor noch bewohnt worden war, hatte ich es zuzuschreiben, daß meine Bestürzung nicht so groß ausfiel, daß sie ihm hätte auffallen und ihn mißtrauisch machen können. Auch stand er noch zu sehr unter dem Eindruck dessen, was die beiden Herren von der Sûreté ihm erzählt hatten, um meine kurzzeitige Unsicherheit wahrzunehmen, zumal ich geistesgegenwärtig genug war, auch noch die fehlende Schranke in einen Zusammenhang mit den Ereignissen in Lavoir zu bringen und ihr Vorhandensein am Freitag abend als einen Glücksfall zu bezeichnen, weil ich sonst mit Sicherheit am nächsten Morgen nach Lavoir gefahren und vielleicht selbst in die von ihm geschilderten Ereignisse einbezogen worden wäre. Er pflichtete mir sofort bei, gab aber auch seiner Befürchtung Ausdruck, nicht ausschließen zu können, daß bei der Durchsuchung des Ortes mein Haus nicht ausgenommen worden sei.
Ich sagte: »Dazu hätten sie die Haustür oder einen Rolladen neben

der Haustür aufbrechen müssen. Ich bin Ihnen jetzt erst recht dankbar, daß Sie sich die Zeit genommen haben, noch mit mir heraufzufahren. Wenn die Tür oder ein Laden aufgebrochen wurde, muß ich noch heute dafür sorgen, daß der Schaden behoben wird. Die beiden Herren haben mein Haus nicht erwähnt?«
Er schüttelte den Kopf. »Sie waren sozusagen die Nachhut und sahen sich, als die Gendarmerie und die Familienangehörigen des Verschwundenen und seine engsten Mitarbeiter den Ort verlassen hatten, noch etwas um. Über Ihr Haus verloren sie kein Wort, obwohl ich ihnen von Ihrer Anwesenheit erzählte und daß Sie allein durch die Schranke und die Verbotstafel daran gehindert worden seien, Ihr Haus schon am Samstag aufzusuchen. Ich hätte ihnen auch nicht zu sagen gewußt, welches es ist.«
Ich stand rasch auf: »Es ist in ganz Lavoir das einzige Haus mit Rolläden an den Fenstern und einer Tür aus Olivenholz. Wenn Sie einverstanden sind, möchte ich mich jetzt davon vergewissern, wie es oben aussieht.«
Zehn Minuten später wußte ich es. Man hatte sich die Tür und nicht das Klofenster vorgenommen. Wie es den Anschein hatte, mit einem großen Stemmeisen. Mit dem Auswechseln des Schlosses allein würde es nicht getan sein. Trotz meines Ärgers versäumte ich es nicht, mich auch noch über die verschwundene Platane zu empören und beim Inhalt der Baugrube Dr. Gérads Kopfschütteln zu teilen. Er sagte: »Vielleicht ein Sabotageakt der Konkurrenz. Und das hier ist also Ihr Haus?«
»Und das hier war einmal die Haustür«, sagte ich und machte ihn auch gleich noch auf die Splitterschäden der zur Grube hin gelegenen Hauswand mit den großen Fenstern im Erd- und Obergeschoß, sowie auf die angeritzte Verlängerung der Baugrube durch meine schönen Sandsteinfliesen aufmerksam. Danach führte ich ihn in das Haus, ließ ihn die kaputten Fenster, die eingebeulten Alu-Läden und die zerbrochenen Gläser und Gewürzbehälter sehen sowie die von den Wänden gefallenen Bilder und was sonst noch alles herumlag, wobei ich ihm keine verlängerte Empörung vorzuspielen brauchte, weil sie sich angesichts des neuerlichen Anblicks meines beschädigten Eigentums wieder von ganz allein einstellte. Auch Dr. Gérad wirkte nicht unbeeindruckt, und machte sich auf dem Rundgang durch das Haus ständig Notizen. Daß es weder an fließendem Wasser noch an Strom mangelte, schrieb er ebenfalls in sein Notizbuch. Am Fenster des Gästezimmers, dessen Laden ich

wie alle anderen bei unserem Rundgang geöffnet hatte, warf er einen Blick in die Tiefe und sagte: »Hätte ich nicht gewußt, was mich erwartet, ich wäre jetzt vielleicht zu Tode erschrocken, aber die Aussicht ist einmalig und das Haus, in seiner Art, auch. Ich kann verstehen, daß man einen solchen Besitz nicht ohne Not aufgibt. Bei den angerichteten Schäden kann ich Ihnen jetzt schon zusagen, daß Sie sie voll erstattet bekommen, und falls es die Absicht des Bauherrn sein sollte, Ihr Haus in seine Pläne einzubeziehen, werden wir ihm einen dicken Strich durch die Rechnung machen. Ich bin mir nicht einmal sicher, ob es ihm erlaubt sein wird, das vorgesehene Gebäude so weit hochzuziehen, daß Ihre seitlich gelegenen Fenster tangiert werden. Ganz so einfach, wie dieser Herr es sich vorstellt, wird es jedenfalls nicht werden.«
»Es wird überhaupt nicht werden«, sagte ich. »Er wird weder mein Haus noch das Grundstück bekommen, auf dem es steht. Das wird Ihre Aufgabe sein, Dr. Gérad. Ich hoffe doch, Sie können sich mit ihr anfreunden?«
Er klappte sein Notizbuch zu, schob es in eine Tasche seines Jacketts und sagte: »Ich gestehe offen, mit einem Fall wie diesem noch nie betraut worden zu sein, Madame Kristmann. Um so mehr reizt es mich, ihn zu übernehmen. Wenn Sie dieses Haus schon seit zwanzig Jahren besitzen, haben Sie sicher des öfteren die Hilfe eines Handwerkers in Anspruch nehmen müssen. Ich vermute, in Sarennes. Ist Ihnen dort eine Schlosserei bekannt, die sich um Ihre Haustür kümmern kann?«
»Lieber wäre es mir, *Sie* wüßten eine«, sagte ich. »Ich brauche auch einen Handwerker, der sich um die Fenster, und einen dritten, der sich um die Rolläden kümmert. Es ist schon Jahre her, seit wir aus Sarennes einen Handwerker kommen ließen. Von jenen, die wir nach dem Erwerb des Hauses für die Umbauten beschäftigten, sind mir kaum mehr die Namen bekannt. Unter den bis zuletzt in Lavoir lebenden Einwohnern war auch ein Mann, der vor seiner Pensionierung auf dem Bau arbeitete. Ihm konnten wir alle anfallenden kleineren Reparaturen übertragen.«
»Dann werde ich mich um die Handwerker kümmern. Vielleicht gelingt es mir, sie zu bewegen, sich die Schäden noch heute anzusehen. Zum Glück gibt es kaum einen Beruf, der in meiner Kundenkartei nicht vertreten ist. Am wichtigsten scheint mir der Schlosser zu sein. Ehe das neue Schloß nicht eingesetzt und der beschädigte Türrahmen nicht ausgebessert ist, würde ich Ihnen abraten, das

Haus zu bewohnen. Die Personen, die an der Zerstörung der Baumaschinen und vielleicht sogar am Verschwinden des Bauunternehmers beteiligt waren, können jederzeit zurückkommen. Bei dem Gedanken, Sie dann allein hier oben zu wissen, ist mir nicht wohl. Oder wird Ihre Nichte Ihnen auch hier Gesellschaft leisten?«
Um dieses Thema nicht so weit auszureizen, bis es mir irgendwann über den Kopf wuchs, klärte ich ihn über Agnes' Identität und über den Zweck ihres Hierseins auf. Daß ich sie als Nichte ausgegeben hatte, erklärte ich mit dem Umstand, daß sie, auf eine mehrtägige Übernachtung in einem Hotel nicht eingestellt, es versäumt habe, einen Personalausweis mitzunehmen. Ich setzte hinzu: »Auch ihre Garderobe, die zwar für Lavoir, jedoch für kein Hotel geeignet war, ließ es mir geraten erscheinen, mich in der Weise für sie zu verbürgen, daß ich sie als meine Nichte ausgab. Ich hoffe, damit gegen keine Gesetze verstoßen zu haben, die es Ihnen jetzt nahelegen, mir einen Ihrer Kollegen zu empfehlen.«
Er lächelte. »Zeigen Sie mir den Anwalt, der wegen einer vorgegebenen Nichte eine so charmante Mandantin an einen Kollegen abtritt.«
»Zumal dann nicht, wenn sie keine lästigen Fragen wegen des voraussichtlichen Honorars stellt«, sagte ich. »Sie wissen, was Frauen gerne hören, und ich weiß, worüber Anwälte nicht gerne reden. Es gibt in Lavoir leider kein Telefon, aber selbst dann, wenn ein Anschluß möglich gewesen wäre, hätten mein Mann und ich darauf verzichtet. Im Urlaub wollten wir nicht gestört werden.«
Er kam auf Klaus erst zu sprechen, als wir schon wieder in seinem Wagen saßen: »Sie sind ohne Ihren Mann nach Lavoir gefahren?«
»Das tue ich öfter«, sagte ich. »Er weiß auch noch nicht, was hier geschehen ist. Ich werde es ihm erst mitteilen, wenn ich es selbst richtig weiß. Das Haus bedeutet ihm heute nicht mehr so viel wie mir. Er wäre eher bereit, sich von ihm zu trennen. Da ich es mit meinem eigenen Geld bezahlt habe, liegt die Entscheidung darüber ausschließlich bei mir. Sagen Sie mir eines, Dr. Gérad: Lavoir hat über zweihundert Häuser. Auch wenn der Mann, dem sie jetzt gehören, für die zuletzt noch bewohnten Häuser jeweils dreihunderttausend und für die unbewohnten fünfzehntausend Francs bezahlt hat, komme ich auf fast zwanzig Millionen. Dafür hätte er sich das schönste Schloß an der Loire kaufen können. Warum tut ein Mann so etwas?«
Er zuckte mit den Schultern. »Vielleicht hat er schon ein Schloß an

der Loire, und für zwanzig Millionen Francs wird keiner der dortigen Schloßherren seinen Besitz abgeben. Nach deutschem Geld entsprechen zwanzig Millionen Francs beim heutigen Kurs nicht einmal ganz sieben Millionen Mark. Einige dieser Schlösser, Grundbesitz eingeschlossen, dürften das Vielfache wert sein. Wenn Sie zum Grundbesitz von Lavoir auch *le Pézou*, auf dem es steht, hinzurechnen ...«

»Sie meinen, der gehört ihm jetzt auch?« warf ich verblüfft ein.

Er lachte. »Ich weiß es nicht, Madame Kristmann, aber üblicherweise ist es so, daß, wenn Sie ein Haus kaufen, Sie auch das Grundstück mit erwerben, und das Grundstück, auf dem Lavoir erbaut wurde, ist nun mal *le Pézou*. Von dort, wo er anfängt, ein Berg zu sein, bis hinauf zu seinem Gipfel. — Was bedeuten diese roten Kreuze neben den Haustüren?«

Ich bemerkte sie erst jetzt, nachdem er mich auf sie aufmerksam machte. Sie waren allerdings so unauffällig mit roter Farbe angebracht, daß man schon genauer hinsehen mußte, um sie zu erkennen. Mir fiel jedoch auf, daß nur die mittlere der sich zur Kirche hinziehenden Häuserreihen sie trug. Sie waren mir und Agnes bei unseren verschiedenen Fahrten und auch bei unserem gemeinsamen Spaziergang durch den Ort nie aufgefallen, weil wir immer die parallel verlaufende Straße benutzt hatten. Meine Frage, ob ihm außer den hier stehenden noch mehr so gekennzeichnete Häuser aufgefallen seien, beantwortete er damit, bisher nur zehn Häuser mit solchen Kreuzen gezählt zu haben, und er äußerte die Vermutung, daß sie vielleicht zum Abbruch bestimmt seien.

»Aber wozu?« fragte ich verständnislos.

Er lachte wieder. »Wenn ich Ihnen das sagen könnte, wüßte ich auch, wer den Ort zu welchem Zweck aufgekauft hat, Madame Kristmann.«

Bis zum Platz mit der Kirche zählte ich noch einmal zehn Häuser, die das Kreuz trugen. Dr. Gérad fand den Platz sehr romantisch. Er hielt an und betrachtete die alte Kirche und die Platanen mit ihrem frischen Grün unter dem blauen, auch heute wolkenlosen Himmel. Ich sagte: »Die Kirche gehört ihm auch. Und die Platanen. Die Platane, die vor meinem Haus stand und die jetzt unten in der Schlucht liegt, war noch älter als diese hier. Sie gehörte zu meinem Haus. Ich werde es schon deshalb nicht verkaufen, damit die Verantwortlichen immer daran denken, was sie mir mit dem Fällen dieses Baumes angetan haben. Als ich das Haus zum erstenmal

sah, war es die unmittelbare Nähe der Platane, die es mir so reizvoll erscheinen ließ, daß ich es unbedingt haben wollte.«
Ich gab ihm eine Beschreibung des halbrunden Platzes, wie ich ihn kennenlernte, als ihn dort, wo jetzt die Grube war, eine brusthohe Mauer zum Tal hin abschirmte, und setzte hinzu: »Ich bin viel herumgekommen, Monsieur Gérad. Aber dieses Gefühl, zu Hause zu sein, habe ich nirgendwo so stark erlebt wie hier. Wenn ich in Dortmund, wo ich herkomme, durch die Straße gehe, in der ich wohne, begegne ich kaum einem Menschen, den ich persönlich kenne. Hier begegnete ich ihnen auf Schritt und Tritt. Wenn ich abends vor dem Schlafengehen allein oder mit meinem Mann noch einen kleinen Spaziergang zur Kirche oder zum Dorfeingang machte, saßen die Bewohner vor ihren Häusern und grüßten. Fast immer wurden auch einige Worte gewechselt. Sie waren wie eine große Familie, und auch wir fühlten uns ihr bald zugehörig. Ich stärker als mein Mann, der auch hier nicht völlig abschalten konnte und sich mit seinen Geschäftsfreunden und Geschäftspartnern enger verbunden fühlte als mit den einfachen Leuten von Lavoir. Damals war noch jedes zweite oder dritte Haus bewohnt. Ich wußte, daß Lavoir eines Tages zum Aussterben verurteilt war. Nur daß es auf diese Weise geschehen würde, das wußte ich nicht. Ich finde es nicht richtig, daß ein Mann so etwas tun kann. Es erinnert mich an die Praktiken von Hauseigentümern, alteingesessene Mieter loszuwerden, indem sie ihnen durch ständige Schikanen das Wohnen zur Hölle machen. — Sie haben die Baugrube gesehen, Dr. Gérad. Für eine großzügig dimensionierte Zweizimmer-Suite und einen aufgestockten, über eine Wendeltreppe zu erreichenden, ringsum verglasten Teepavillon wäre sie, mein Haus einbezogen, geräumig genug. Ob auch groß genug für ein Zwanzig-Millionen-Grab, muß dem Ermessen des Bauherrn vorbehalten bleiben. Oder sehen Sie noch eine andere Verwendung dafür?«
Er bot mir eine seiner Zigaretten an, gab mir Feuer und sagte: »Vielleicht die Bergstation einer Seilbahn.«
Seine Hypothese kam so überraschend für mich, daß mir zunächst nichts dazu einfiel. Schließlich fragte ich: »Und woher könnte diese Seilbahn kommen?«
Er nickte. »Das ist das Problem. Ich würde sagen, von Sarennes, dann wäre die Stadt um eine nicht hoch genug einzuschätzende Attraktion reicher. Leider liegt sie auf der falschen Seite des Berges, und woher eine Seilbahn kommen könnte, deren Bergstation neben

Ihrem Haus auf dieser Seite des Berges liegt, kann ich mir beim besten Willen auch nicht vorstellen.«
»Dann lassen wir die Seilbahn eben sein«, sagte ich. »Ich habe mir überlegt, daß ich gerne im Haus wäre, wenn heute schon Handwerker einträfen. Vielleicht läßt es sich einrichten, daß Sie mich im Hotel telefonisch verständigen, ob Sie den Schlosser oder den Glaser dazu überreden konnten, noch heute nach Lavoir zu kommen. Dann würden wir, meine Begleiterin und ich, sie oben erwarten und mit ihnen besprechen, was zu tun ist. Die Nacht werden wir auf alle Fälle wieder im Hotel verbringen, unabhängig davon, ob die Haustür bis heute abend wieder verschließbar sein wird oder nicht. Wann der Bürgermeister von seiner Dienstreise zurückkommen wird, konnten Sie nicht erfahren?«
»Leider nicht«, sagte er. »Ich habe da auch meine Bedenken, Madame Kristmann. Wenn Monsieur Garnier, so heißt unser Bürgermeister, an einem Montag bereits seit zwei Tagen auf Dienstreise ist, dann hat er sie mit einem Wochenendausflug verbunden und wird den eigentlichen Zweck seiner Reise erst heute in Angriff nehmen. Wir brauchen ihn im Augenblick auch nicht. Über die Sperrung der Straße, die, nach meinem persönlichen Eindruck, in keiner Weise gerechtfertigt ist, werde ich mich mit dem zuständigen Herrn der Straßenmeisterei unterhalten. Mit der Baufirma setze ich mich in Verbindung, sobald die Kostenvoranschläge für die Beseitigung der angerichteten Schäden vorliegen. Ob ich Ihnen allerdings auch die Erstattung Ihrer Unkosten für die Instandsetzung der Haustür garantieren kann ...«
»Die trage ich selbst«, warf ich rasch ein. »Wenn sie durch die Gendarmerie aufgebrochen wurde, kann diese sich auf einen Notstand berufen. In meiner Situation kann ich es mir als Deutsche nicht leisten, es mit ihr zu verderben. Haben Sie von den beiden Herrn der Sûreté den Namen der Baufirma erfahren können? Mir fiel auf, daß er nirgendwo steht, wie das an Baustellen sonst üblich ist.«
Er warf seine aufgerauchte Zigarette aus dem Fenster und sagte: »Die Herren beriefen sich auf eine ihnen auferlegte Geheimhaltung. Im Falle einer Entführung ist das nicht ungewöhnlich. Ich hatte es allein meinem Ausweis als Anwalt zu danken, daß sie mich in das Verschwinden des Bauunternehmers einweihten. Begleitet mit der Bitte, es Ihnen, um Sie nicht zu beunruhigen, zu verschweigen.«
Das wäre allerdings eine plausible Erklärung dafür, warum sie mich

nicht sehen und sprechen wollten. Ein Umstand, der mich, ohne daß ich einen Grund dafür hätten nennen können, insgeheim beunruhigt hatte.
Während wir dann weiterfuhren, stellte er noch eine Reihe Fragen, die vorwiegend zum Inhalt hatten, wie oft im Jahr ich mich in Lavoir aufhielt, was ich für das Haus bezahlt hatte und wie hoch die Unkosten für die nachträglichen Ein- und Umbauten waren. Als wir dann wieder über den Grat kamen, hatte ich keine Probleme mehr, den Blick auch einmal in die Tiefe zu richten.

Dr. Gérad verabschiedete sich vor dem Hotel mit dem Versprechen, mich innerhalb der nächsten Stunde über das Ergebnis seiner Bemühungen wegen der Handwerker zu informieren. Von einer Anzahlung auf sein Honorar wollte er vorläufig nichts wissen.
Von Monsieur Clout, der sich an der Rezeption mit einem der Mädchen unterhielt, die sich den Empfang der Gäste und den Telefondienst teilten, erfuhr ich, daß Agnes bereits umgezogen und in meinem Zimmer anzutreffen sei. Allmählich daran gewöhnt, daß sie mich mit immer neuen Einfällen überraschte, ließ ich mir nichts anmerken und ihn in seinem Glauben, es sei zwischen uns so abgesprochen. Nach unseren Einkäufen von heute vormittag traf ich sie damit beschäftigt an, ihre neuen Sachen in den Kleiderschrank zu räumen, eine Arbeit, die sie so sehr in Anspruch nahm, daß sie sich durch meine Ankunft zunächst nicht davon ablenken ließ und sich mit einem »Schon zurück?« begnügte.
Ich hatte einen anstrengenden Vormittag hinter mir. Zuerst Agnes' Einkäufe, für die wir nahezu zwei Stunden kreuz und quer durch die Stadt gelaufen waren, und dann die Fahrt mit Dr. Gérad nach Lavoir, die mich, wenn auch mehr psychisch als physisch, kaum weniger angestrengt hatte. Ich zog meine Kostümjacke aus, legte mich lang ausgestreckt auf das Bett und zündete mir eine Zigarette an. Und jetzt erst kam sie zu mir. Sie beugte sich zu mir nieder, küßte mich und sagte: »Du siehst müde aus, Moni. War oben alles in Ordnung?«
»Nichts war in Ordnung«, sagte ich. »Die Haustür war aufgebrochen und ein halbes Regiment Gendarmerie auf der Suche nach einem verschwundenen Bauunternehmer. Nach welchem, kannst du dir selbst zusammenreinem. Auch die Sûreté war schon präsent. Sie befürchten, daß er entführt wurde.«
»Das ist doch gut«, sagte sie und ließ sich neben mir auf der Bett-

kante nieder. Sie griff auf dem Nachtschränkchen nach einem Aschenbecher, stellte ihn auf meinen Schoß und sagte: »Erzähle.«
Während ich es tat, nahm sie mir zweimal die Zigarette aus der Hand, zog daran und klemmte sie dann, mit Zeigefinger und Daumen meine Lippen öffnend, in meinen Mundwinkel. Als sie alles wußte, küßte sie mich wieder und sagte: »Besser hätten wir es uns nicht wünschen können, Moni. Auch wenn sie ihn finden und nicht an einen Unfall glauben, haben wir sie, ohne es vorher zu wissen, mit deinem Einfall, ihr Baugerät in die Grube zu werfen, auf eine falsche Spur gesetzt. Ein Bauunternehmer hat immer Feinde. Und nicht nur bei der Konkurrenz.«
»Seine Familie war auch hier«, sagte ich.
»Du solltest mehr an dich selbst als an seine Familie denken«, sagte sie. »Mich bringt keiner in eines ihrer Scheißgefängnisse. Lieber sterbe ich. Du sicher auch. Ich habe mir das heute nacht noch einmal durch den Kopf gehen lassen. Vielleicht wäre es gar nicht dazu gekommen, wenn du ihm nicht die Handtasche ins Gesicht geschlagen hättest. Das erst brachte mich auf den Gedanken, zu versuchen, ihn von der Straße zu stoßen. Ohne deinen Schlag in sein Gesicht hätte ich es vielleicht auch nicht geschafft.«
Ich fragte: »Was willst du mir erklären? Daß ich genauso daran beteiligt war wie du? Das weiß ich selbst. Wäre es anders, dann könnte ich es allein dir überlassen, damit fertig zu werden.«
Sie blickte mich eine kleine Weile nachdenklich an. Schließlich fragte sie: »Ist das dein Ernst?«
»Natürlich nicht«, sagte ich. »Ich möchte nur nicht darüber reden. Wir wissen beide, wie es geschehen ist. Belassen wir es dabei. — Du hast dein Zimmer aufgegeben?«
Sie nickte. »Du hast heute wieder genug Geld für mich ausgegeben. Ich dachte mir, mit nur einem Zimmer können wir wenigstens einen Teil davon wieder einsparen. Ich wußte schon gar nicht mehr, was wir alles gekauft haben. Das sah ich erst wieder beim Auspakken. Du mußt verrückt sein, Moni. Warum tust du das?«
Es war nicht meine Absicht gewesen, sie bei unseren Einkäufen gleich für die nächsten Jahre mit Garderobe auszustatten, aber jedesmal, wenn ich damit aufhören wollte, sah ich irgendwo noch etwas für sie, von dem ich meinte, sie müßte es haben.
Ich sagte: »Weil es mir Spaß macht. Was du nicht haben willst oder nicht brauchen kannst, schenkst du deiner Schwester.«
»Eher würde ich alles mit Benzin übergießen und anzünden«, sagte

sie. »Vielleicht fehlt es dir, daß du deine Söhne nicht mehr beschenken kannst. Fehlt es dir?«
»Nicht sehr«, sagte ich. »Wo es keinen Spaß mehr macht, etwas zu schenken, fällt der Verzicht auch nicht mehr schwer. Ich wüßte auch nicht, was ich ihnen noch schenken könnte. Ihre Jeans und Windjacken kaufen sie sich selbst, und viel mehr brauchen sie auch nicht.«
Sie sagte: »Außer Turnschuhe.«
»So ist es«, sagte ich.
»Und ihre Freundinnen tragen sicher auch nur Jeans?«
»Vor allem Nora«, sagte ich. »Meine in ihrem Beisein geäußerte Ansicht, die Mädchen in Moskau und Peking kämen heute zum Teil schicker daher als in Dortmund und Berlin, ließ leider außer acht, daß ich sie nicht einmal zu Weihnachten anders als mit Jeans und Windjacke gesehen habe.«
»Aber du hast doch früher selbst Jeans getragen.«
»Damals trug sie auch noch nicht jeder. Mir ist das heute viel zu uniform. Eine Art Aushängeschild für Konformität. Schon mein Vater meinte, die Schulmädchen kämen wie Internatszöglinge und ihre Eltern wie ausgeflippte Fürsorgeempfänger daher.«
»Und ihm sind nie Zweifel an sich selbst gekommen?«
»Sogar sehr oft«, sagte ich. »Nur wenn es um Grundsätzliches ging, war nicht mit ihm zu reden. Mit mir übrigens auch nicht. Mit diesen Kindern einer Wohlstandsgesellschaft, die sich an der Garderobe fernsehmoderierender spätpubertärer Whisky- und Coca-Cola-Boys orientieren, habe ich ernstlich Probleme.«
»Und dein Klaus hält natürlich zu dir«, sagte sie. »Rückst du etwas weg?«
»Wenn du vorher etwas anziehst«, sagte ich.
»Ich habe etwas an«, sagte sie und schob mich zur Seite. Ihr Slip und das T-Shirt stammten aus unseren vormittäglichen Einkäufen. Mehr trug sie nicht. Es war allerdings warm im Zimmer, weil die Sonne prall durch die offene Balkontür schien. Sie legte sich zu mir und fragte: »Wie ist das mit deinem Klaus? Ist er auch der Meinung, daß du dich bei Nora entschuldigen sollst?«
»Das muß er, wenn er sich mit ihr gut stellen will«, sagte ich. »Er stimmt auch politisch mit ihr, Sabine und mit unseren Söhnen überein. Ich nehme an, er kompensiert damit sein schlechtes Gewissen, für einen Konzern zu arbeiten, der seine Gewinne überwiegend in seinen Kaufhäusern auf dem Rücken seines unterbezahlten

weiblichen Personals macht. Ich war nie besonders dumm, wäre auch tauglich für ein Studium gewesen. Wenn ich aber von dem Mann, mit dem ich seit einem Vierteljahrhundert verheiratet bin, wissen will, wieso er sich mit Noras politischen Ansichten identifizieren kann und mit den meinen nicht, antwortet er regelmäßig: Das verstehst du nicht.«

»Dann verlaß ihn«, sagte sie. »Wenn er nicht mit dir redet und auch nicht mit dir schläft: Was verbindet dich dann noch mit ihm? Nur Gewohnheit?«

»Vielleicht«, sagte ich.

»Gewohnheit kann töten«, sagte sie und streichelte, einen verträumten Ausdruck in den graublauen Augen, mit dem dünnen Zeigefinger meine Lippen. Ich benetzte ihren Finger mit Speichel und sagte: »Das hast du davon.«

Sie nahm den benetzten Finger in ihren Mund, zog ihn mit geschlossenen Lippen langsam heraus und fuhr dann fort, meine Lippen zu streicheln. Sie sagte: »An deiner Stelle würde ich ein völlig neues Leben anfangen. Mit deinem Geld könntest du dich irgendwo einkaufen. Oder eine eigene Boutique aufmachen. Das müßte dir doch liegen?«

»Wenn ich noch so jung wäre wie du.«

»Was du angeblich nicht sein willst«, sagte sie. »Wenn ich alles, was du mir bisher erzählt hast, richtig verstanden habe, bist du sehr konservativ und auch noch stolz darauf?«

»Habe ich von meinen Eltern und Großeltern mitbekommen«, sagte ich. »Sie waren immer strikt dagegen, sich populistisch dem jeweiligen Zeitgeist anzupassen, wie manche Medien es heute tun. Das bewahrte sie auch davor, auf Hitler hereinzufallen. Klaus und ich waren uns anfangs sehr ähnlich. Nicht nur in der Vorliebe für Bergwanderungen. Ich rede mir ein, mich in all den Jahren kaum verändert zu haben. Ihn würdest du, hättest du ihn damals so erlebt wie ich, heute kaum mehr erkennen. Vielleicht ist es normal, daß ein Mann in seiner Position, der es mit Vorgesetzten zu tun hat, für die allein der Erfolg und nicht auch der Mensch zählt, sich verändert. Ich habe immer Rücksicht darauf genommen. Wenn du ein Elternhaus wie ich in Erinnerung hast, brichst du nicht einfach aus, nur weil dir manches nicht mehr paßt und deine Ehe nicht mehr ist, was sie einmal war. Ich hatte auch an Bert und Rolf zu denken und daran, ihnen mit einem kaputten Elternhaus, auf das sie sich hätten berufen können, keinen Vorwand zu geben, selbst auszu-

steigen. Es war also nicht nur Gewohnheit, die mich mit Klaus verband.«
»Aber gedankt haben sie dir dein Ausharren an seiner Seite nicht.«
»Das ist heute auch nicht mehr in.«
»Bei deinem Klaus anscheinend auch nicht«, sagte sie, noch immer meine Lippen streichelnd. »Ist es früher schon mal passiert, daß du, ohne dich vorher mit ihm darüber abzusprechen, nach Lavoir gefahren bist? Oder war es abgesprochen und er kam nicht mit, weil er keine Lust oder keine Zeit hatte?«
»Angeblich keine Zeit. Ich konnte ihm das Gegenteil nicht nachweisen.«
»Dann lag es nur an eurer Meinungsverschiedenheit, mit euren Freunden zu Ostern nach Rom ...«
»Sie sind seine und nicht meine Freunde«, warf ich ein. »Am Vorabend meiner Reise hierher hatte ich mich bereits damit abgefunden, frühestens zu Pfingsten wieder nach Lavoir zu kommen und über die Osterfeiertage mit ihnen nach Rom zu fliegen. Wir lagen schon im Bett, als er mir von ihrer Absicht erzählte, sich in Hergiswil ein Ferienhaus zu bauen und daß sie es gerne sähen, wenn wir uns daran beteiligten und es mit ihnen bewohnten. Was mich am meisten ärgerte: Keine acht Tage zuvor waren wir mit ihnen zum Abendessen in einem Restaurant. Obwohl sie und auch Klaus schon damals von den Bauplänen wußten, wurde in meiner Gegenwart kein Wort darüber verloren. Sie überließen es ihm, mich vor vollendete Tatsachen zu stellen. Er machte mich damit vertraut, ihnen bereits eine halbe Zusage gemacht und, als er vor einigen Wochen beruflich in der Schweiz zu tun hatte, sich das unmittelbar am Seeufer gelegene Grundstück, für das jetzt erst eine Baugenehmigung erteilt worden sei, selbst angesehen zu haben, und daß es viel mehr wert als achthunderttausend Schweizer Franken sei. Auch das Haus selbst würde nicht viel mehr kosten, aber wieviel mehr, das erzählte er nicht. Über den Daumen gepeilt, kam ich auf rund eine Million nach deutschem Geld, und das für seine Freunde ebenso wie für uns. Weil er gut verdient und wir immer nur zur Miete gewohnt haben, hat er zwar einige hunderttausend Mark auf seinem Privatkonto ...«
»Wozu braucht er ein Privatkonto?« fragte sie dazwischen.
»Wir haben beide eins. Daneben noch ein gemeinsames Konto für den Haushalt, auf das wir von unseren Privatkonten monatlich einen festen Betrag abzweigen. Für die eigene Garderobe kommt je-

der selbst auf. Es gab vorher auch noch niemals finanzielle Meinungsverschiedenheiten zwischen uns. Als er mir aber von dem geplanten Haus und den damit verbundenen Kosten erzählte, wußte ich sofort, warum er es tat. Ich erklärte ihm, daß ich nicht interessiert und mit unserem Ferienhaus in Lavoir ausreichend bedient sei. Und er sagte: Dort paßt du auch hin.«
»Und am nächsten Tag fuhrst du dann tatsächlich hin und hast dich in mich verliebt«, sagte sie.
Ich nickte. »Genauso war es. Würdest du bitte endlich deine Finger von meinem Mund nehmen?«
»Das hatte ich gerade vor«, sagte sie und vertauschte sie mit ihren Lippen. Und während wir uns küßten, knöpfte sie meine Bluse auf und streichelte meine Brust. Vielleicht hätte ich ihr Streicheln erwidert, wenn das Telefon nicht geklingelt hätte. Es läutete wieder. Ich richtete mich benommen von ihren Küssen und Liebkosungen auf und sagte: »Das ist sicher Monsieur Gérad. Er wollte wegen der Handwerker anrufen.«
Es war aber nicht Monsieur Gérad. Schon als ich die Stimme ihres Großvaters erkannte, hatte ich sofort ein ungutes Gefühl. Es kam jedoch noch viel schlimmer, als mein ungutes Gefühl es mich befürchten ließ. Nachdem er sich für die Störung entschuldigt und mir versichert hatte, daß er ohne dringlichen Grund niemals auf den Gedanken gekommen wäre, mich anzurufen, teilte er mir mit, daß Klaus soeben sein Haus verlassen und sich auf den Weg nach Lavoir begeben habe. Von unserem Hotel hatte er ihm nichts erzählt und sich darauf beschränkt, ihm von meiner Ankunft am Freitagnachmittag und meiner Absicht zu berichten, trotz der in Lavoir stattgefundenen Veränderungen — die er ihm verständlicherweise nicht hatte verschweigen können —, noch am gleichen Tag in Begleitung seiner Enkelin zu unserem Haus zu fahren. Er setzte hinzu: »Ich weiß nicht, ob ich es mir nur eingebildet habe, Madame Kristmann, aber als ich die Veränderungen in Lavoir erwähnte, hatte ich den Eindruck, Ihr Mann wüßte bereits davon. Er zeigte sich überhaupt nicht überrascht. Ich bin mir jetzt nicht sicher, wie ich mich verhalten soll. Ich befürchte, er wird, wenn er Sie in Lavoir nicht antrifft, wieder zu mir kommen. Hat sich bei Ihrem gestrigen Besuch in Lavoir etwas Neues ergeben?«
Ich blickte Agnes an. Daß ihr Großvater am Apparat war, hatte sie bereits mitbekommen, und daß es sich um eine ernste Sache handelte, konnte ihr gleichfalls nicht entgangen sein. Mir war klar, daß

bei allem, was ich jetzt sagte, jedes Wort überlegt sein mußte, wollte ich vermeiden, daß sie von meinem sonntäglichen Besuch bei ihrem Großvater erfuhr oder daß ich diesem selbst Anlaß zu Besorgnis gab. Mein Entschluß, wie ich auf Klaus' völlig unerwartete Ankunft reagieren sollte, stand bereits fest. Ich kannte ihn gut genug, um zu wissen, daß er, ohne mich gesehen und gesprochen zu haben, auf keinen Fall nach Hause fahren würde. Dann war es besser, ich verlor keine Zeit damit, mich hier mit ihm auszusprechen.
Debussys Frage beantwortend sagte ich: »Sogar eine ganze Menge, aber darüber möchte ich am Telefon nicht reden. Es wäre mir sehr lieb, Sie würden vergessen, was ich Ihnen erzählt habe.«
Er fragte: »Sie reden von gestern? Oder von dem, was Sie mir über Ihre Ehe erzählt haben? Das habe ich schon wieder vergessen.«
»Dann vergessen Sie das andere auch«, sagte ich. »Wenn mein Mann wieder zu Ihnen kommt, erzählen Sie ihm, inzwischen einen Anruf von mir erhalten zu haben und über meine Hoteladresse unterrichtet worden zu sein. Es wäre sehr wichtig für mich, er würde von Ihnen zu hören bekommen, ich sei heute mittag in Begleitung eines Anwalts erstmals seit meiner Ankunft am Freitagnachmittag in Lavoir gewesen. Die Gründe, warum ich, entgegen meiner Absicht, nicht schon früher hinauffuhr, werde ich ihm persönlich mitteilen. Sollten sich noch andere Leute dafür interessieren, so geben Sie ihnen bitte die gleiche Auskunft. Werden Sie das für mich tun?«
Seine Antwort erfolgte mit einer kleinen Verzögerung, dafür aber sehr ruhig und bestimmt: »Sie können sich auf mich verlassen, Madame Kristmann. Ich habe nie etwas anderes von Ihnen gehört als das, was Sie mir soeben sagten.«
»Wann hätten Sie es auch hören sollen, wenn wir uns seit Freitag nicht mehr gesehen haben«, sagte ich. »Mein Mann wird Ihnen aus Lavoir sicher einiges zu berichten haben, das Ihnen meine Bitte verständlicher machen wird. — Ihre Enkelin sitzt übrigens neben mir. Wollen Sie noch mit ihr reden?«
Er wollte. Während sie sich mit ihm unterhielt, stand ich vom Bett auf und knöpfte meine Bluse zu. Auf dem Balkon zündete ich mir eine Zigarette an. Der Blick auf die Berge war auch von hier aus beeindruckend schön, aber eben nicht so überwältigend, wie er sich mir von Lavoir aus bot. Jenseits der beidseitig mit Platanen gesäumten Straße lag ein Tennisplatz. Er gehörte jedoch nicht zum Hotel, sondern war Eigentum eines in Sarennes ansässigen Tennisclubs.

Agnes' Telefonat zog sich in die Länge. Weil sie mir den Rücken zuwandte und sich eher leise als in normaler Lautstärke unterhielt, verstand ich von ihrem Gespräch kein Wort. Meine Zigarette war fast zu Ende geraucht, als sie in einem Hauskleid zu mir auf den Balkon kam. Jedesmal, wenn ihre Sommersprossen so deutlich zu sehen waren wie jetzt, konnte ich darauf wetten, daß sie Mühe hatte, sich zu beherrschen. Sie fragte auch sofort: »Warum läßt du ihn hierherkommen, Moni? Du hättest dich in einem Restaurant mit ihm verabreden können.«
»Damit du ihm nicht begegnest?«
»Ich werde ihm auch hier nicht begegnen. Was meintest du damit, daß mein Großvater vergessen soll, was du ihm erzählt hast?«
Daß sie darauf zu sprechen kommen würde, hatte ich nicht anders erwartet und mir auch bereits etwas einfallen lassen. Ich sagte: »Als ich mich vor deinem Eintreffen am Freitag mit ihm unterhielt, erwähnte ich auch, daß Klaus und ich uns beim letzten gemeinsamen Besuch in Lavoir wegen des Hauses gestritten haben. Ich wollte nicht, daß dein Großvater ihm gegenüber vielleicht unbeabsichtigt durchblicken läßt, daß er davon weiß. Und was deine erste Frage betrifft: Wie stellst du dir das vor? Er würde sich niemals damit abfinden, nicht zu wissen, wo ich wohne. Ich habe hier nichts zu verbergen. Auch dich nicht. Er weiß, daß du bei mir bist, also darf er dich auch sehen. Dein Großvater erzählte mir, Klaus sei kein bißchen überrascht gewesen, als er ihm vom Verkauf der Häuser erzählte. Wenn er es schon vorher wußte, wird er mir erzählen müssen, seit wann und von wem.«
Im Zimmer läutete wieder das Telefon. Diesmal war Dr. Gérad am Apparat. Einen Schlosser, der in etwa einer Stunde in Lavoir sein konnte, hatte er ausfindig gemacht. Da er in Lavoir schon gearbeitet hatte und sich dort auskannte, würde meine Anwesenheit nicht unbedingt erforderlich sein. Die Schlüssel für das neue Schloß würde er dann in der Kanzlei abgeben. Das kam mir um so gelegener, als ich es sonst hätte riskieren müssen, schon auf der Fahrt nach Lavoir Klaus zu begegnen. Wegen eines Glasers wollte Gérad mich im Laufe des Nachmittags noch einmal anrufen. Ich sagte: »Der Glaser ist nicht so wichtig wie der Schlosser und hat auch noch morgen Zeit. Haben Sie mit dem Herrn von der Straßenmeisterei sprechen können?«
»Das ist eine andere Geschichte«, antwortete er. »Die Anordnung, die Straße zu sperren, kam nicht aus Sarennes, sondern aus Digne.

Mir völlig unverständlich. Um Genaueres zu erfahren, muß ich die Rückkehr von Monsieur Garnier, dem Bürgermeister abwarten.«
Nachdem ich schon von Agnes' Großvater darüber unterrichtet worden war, daß es sich bei den Vorgängen in Lavoir um eine Anweisung der in Digne residierenden Präfektur handelte, kam seine Mitteilung nicht überraschend für mich, auch wenn ich, um meinen Informanten nicht zu verraten, mich unwissend gestellt hatte. Ganz am Schluß erzählte er mir noch, bereits ein Schreiben an die Baufirma auf den Weg gebracht und ihr für die nächsten Tage eine Aufstellung meiner Schadensersatzforderungen angekündigt zu haben. Viel Zeit verlor er wirklich nicht. Zu Agnes, die mit ins Zimmer gekommen war und meinem Gespräch zugehört hatte, sagte ich: »Was ich mit Klaus zu besprechen habe, wird nicht länger als zehn Minuten dauern. Ich erledige das wieder unten im Foyer. Du wartest so lange hier auf mich. Sollte es sich nicht umgehen lassen, daß ich mit ihm zu Abend esse, so wirst du mit am Tisch sitzen. In dem lilafarbenen Kleid und mit etwas Make-up auf der Nase, wird er dich vielleicht nicht einmal erkennen. Vor zwei Stunden kann er nicht hier sein. Wie wäre es mit einem Coiffeur? Ich sollte auch etwas für mein Haar tun. Meine Abreise erfolgte so plötzlich, daß ich keine Zeit dafür fand.«
»Ich möchte das Haar aber nicht anders tragen als so«, sagte sie. »Bei meinem Haar lasse ich mir auch von dir nicht dreinreden.«
»Ich wäre schon glücklich, wenn du es einmal waschen und fönen ließest«, sagte ich und trat an den Kleiderschrank. Ich nahm von ihrer neuen Garderobe einen buntfarbenen Blusenblazer und eine braune Bundfaltenhose heraus, warf sie auf das Bett und sagte: »Darin würde ich dich gerne sehen, wenn wir zum Friseur gehen. Bist du so nett, sie einmal anzuziehen?«
»Wenn du es willst«, sagte sie.
Ich setzte mich zu Blusenblazer und Bundfaltenhose auf das Bett und sah zu, wie sie an das Bett kam, das Hauskleid auszog und nach der Hose griff. Sie hielt jedoch mitten in der Bewegung inne, legte sie wieder auf das Bett zurück und streifte Shirt und Slip ab. Sich wieder auf meinen Knien niederlassend, bettete sie das Gesicht an meine Wange, griff nach meiner Hand und führte sie an ihren Schoß. Weshalb sie es gerade jetzt tat und warum sie meinte, keine Zeit mehr verlieren zu dürfen, ging von völlig falschen Prämissen aus, denn nichts auf der Welt hätte mich noch davon abhalten können, ihr auch noch bis dahin zu folgen. Auch Klaus nicht

und nicht der Gedanke, mich jetzt unwiderruflich auf einen Weg zu begeben, von dem es kein Zurück mehr zu einem Leben gab, wie ich es bis heute geführt hatte. In einem mir irgendwie fremd gewordenen Land unter Menschen, die oft viel zu sehr mit sich selbst beschäftigt waren, als daß sie noch ein Auge für andere gehabt hätten und deren Denkweise sich in provinzieller Enge bewegte. Mit einer Familie, die mich längst schon als einen nicht mehr ernstzunehmenden Menschen betrachtete. Und die sicher auch der Meinung war, eine seit fünfundzwanzig Jahren verheiratete Frau mit zwei erwachsenen Söhnen müßte schon ein wenig jenseits sein von Gut und Böse. Jenseits dessen, was es mir bedeutete, noch einmal einem Menschen begegnet zu sein, der mich genauso begehrte wie ich ihn, und bei ihm zu erfahren, wie unwichtig es im Grunde doch war, wen man begehrte. Wie unwichtig gemessen daran, welche Empfindungen es in mir wachrief, von Agnes verführt zu werden. Ihr Ding zu streicheln und ihre Brüste an meinen Lippen zu fühlen. Nur noch beherrscht von dem Wunsch, ihr heimzuzahlen, was sie mit mir angerichtet hatte. Und sie irgendwann die Zähne in meinen Nacken grub und zu wimmern anfing. Ohne Unterlaß und wie unter unsäglichen Schmerzen. Und ich dennoch fortfuhr, ihr alles heimzuzahlen, was ich ihr schuldig geblieben war. Bis sie endlich zu wimmern aufhörte und wie tot an meinem Hals und auf meinem Schoß hing. Und jetzt erst nahm ich die Hände von ihr und fragte: »Warum hast du mich belogen?«
Sie kam mit dem Mund an meine Lippen und flüsterte: »Ich habe dich nicht belogen, Moni. Es ist das allererste Mal. Ehrenwort.«
So gerne ich es auch hörte: Daran glauben mochte ich nicht.

Auch wenn es vorläufig noch zu den unrühmlichen Ausnahmen gehörte, daß auf Dinner-Partys Jeans getragen wurden, so gab es in der Herrenmode doch bereits die ersten Anpassungskompromisse von Leuten, die einerseits nicht als rückständig angesehen werden wollten, sich andererseits aber von gewöhnlichen Jeansträgern, die sich keine andere Kleidung leisten konnten und ihre Jeans gleich für ihr ganzes Leben erwarben, abheben wollten. Klaus, beispielsweise, trug seine Krawatten grundsätzlich mit Windsorknoten, seine Jacketts nur von Armani, und auch die Slipper aus Italien. Dazu, wenn er nicht gerade zu einem Report in eine Vorstandsetage gerufen wurde, enge Jeans, wobei ich ihn im Verdacht hatte, sich von einigen Fernsehmoderatoren, die sich ohnehin als die Schrittmacher

der Nation in Modefragen fühlten, dazu hatte stimulieren lassen. Auch bei Nora und Sabine hinterließen seine Jeans immer einen guten Eindruck, so daß sie dazu neigten, seine italienischen Marotten hinzunehmen. Auch heute trug er zu einem dunkelblauen Sakko von lässiger Eleganz jugendlich enge Jeans, was mit ein Grund dafür war, weshalb ich sie mir abgewöhnt hatte. Als profunder Kenner meiner Abneigungen und Vorurteile mußte ihn der Umstand, daß ich ihm die Zimmertür heute ebenfalls in Jeans öffnete — eine Konzession an Agnes beim vormittäglichen Einkauf, die sich sonst geweigert hätte, das Haar etwas gekürzt zu tragen —, dazu mit einer ebenfalls neuen Frisur und einem dünnen Pulli ohne BH darunter, echt befremden. Er sagte auch sofort: »Wie siehst du denn aus?« Und ich sagte: »So, wie ich schon immer mal aussehen wollte, jedoch mit Rücksicht auf deine großbürgerlichen Freunde und Bekannten nicht aussehen durfte. Ich ließ dir ausrichten, im Foyer zu warten. Hat man es dir nicht gesagt?«
»Ich sah nicht ein, weshalb wir uns da unten treffen ...« Weiter sprach er nicht, weil sein ins Zimmer fallender Blick jetzt auch Agnes erfaßt hatte. Für die Begegnung mit ihm hatte ich sie in ein topschickes, knielanges Kleid in pastellzartem Apricot-Ton gesteckt, das sie, entgegen meiner Empfehlung, sich wenigstens für Klaus einmal anständig anzuziehen, mit sonst nichts darunter trug. Mit dem kürzer geschnittenen Haar und dem Make-up, mit dem ich mich für das von ihr vorgenommene Lackieren meiner Fußnägel revanchierte, war sie selbst für mich kaum wiederzuerkennen. Damit ich, nachdem wir uns immer öfter küßten, nicht ständig das eigene Parfüm in die Nase bekam, hatten wir uns beim Coiffeur auf ein anderes für sie verständigt.
Ich sagte: »Monsieur Debussy hat dir sicher erzählt, daß seine Enkelin so freundlich war, mich zu begleiten.«
Es geschah nur selten, daß er sich so überrascht zeigte wie jetzt. Es gehörte zu seinen Eigenarten, immer so zu tun, als stünde er über den Dingen oder an ihrer Peripherie, von wo aus sich alles übersehen und auch einigermaßen voraussehen läßt. Agnes hatte er ebensowenig vorausgesehen wie ich. Ich beobachtete, wie er zu ihr hintrat und ihr die Hand gab. Er war beeindruckt. Ich kannte auch seine Art, Frauen anzusehen, die ihm gefielen. Ob er mich jemals mit einer betrogen hatte, gehörte zu jenen Dingen, die ich heute nicht mehr wissen wollte. Es hätte nichts daran geändert, daß ich seit fünfundzwanzig Jahren mit ihm verheiratet und Mutter zweier ge-

meinsamer Söhne war. In seinem Alter waren es Mädchen wie Nora und Sabine, die seine erotische Phantasie anregten. Ließ ich einmal außer acht, was mich von ihnen trennte, so hatten meine Söhne mit ihnen keinen schlechteren Geschmack bewiesen als ihr Vater vor fünfundzwanzig Jahren bei mir. Und Agnes war, so wie sie jetzt aussah, kaum weniger attraktiv als Nora und Sabine. Das Wort wieder an mich richtend sagte er: »Ich hole rasch mein Gepäck herauf. Herr Debussy erzählte mir, du seist heute vormittag mit einem Anwalt in Lavoir gewesen. Dann weißt du auch, wie es da oben aussieht. Wer hat unsere Haustür aufgebrochen?«
»Das erzähle ich dir beim Abendessen«, sagte ich. »Laß dir an der Rezeption ein Zimmer geben. Ich teile dieses hier mit Agnes. Wie lange wirst du bleiben? Eine Nacht?«
»Das liegt ganz bei dir. Ich bin hier, weil ich dich nach Hause holen möchte. In Lavoir kannst du nicht bleiben. Man hat uns für das Haus eine Million Francs geboten. Mehr dürfte es selbst dir nicht mehr wert sein.«
Ich wußte jetzt, weshalb er hier war und fragte: »Wer hat dir eine Million Francs geboten und wann?«
Er blickte Agnes an, die, obwohl wir uns deutsch unterhielten, keine Mühe haben durfte, uns zu verstehen. »Ich schlage vor, daß wir uns auch darüber etwas später unterhalten«, sagte er. »Da bis zum Abendessen noch etwas Zeit ist, würde ich dich und Agnes vorher gerne zu einem Aperitif einladen.«
Ich war damit einverstanden und verabredete mich in einer halben Stunde im Foyer mit ihm. Die Tür hinter ihm ins Schloß drückend, drehte ich mich nach Agnes um und sah sie auf dem Balkon stehen. Ich ging zu ihr hin, und wir beobachteten, wie Klaus in Begleitung des Hausdieners aus dem Hotel kam, ihm eine Reisetasche aus dem Porsche reichte und diesen dann zum Parkplatz auf der Rückseite des Hotels fuhr. Neben mir fragte Agnes: »Wirst du mit ihm nach Hause fahren?«
»Warum sollte ich?«
»Du hast geschwiegen, als er es sagte.«
»Und du hast schon vorher das Deine dazu beigetragen, daß ich es nicht tun werde. Du glaubst doch nicht im Ernst, ich würde dich hier die Suppe allein auslöffeln lassen, die wir uns gemeinsam eingebrockt haben?«
»Und das ist alles?«
»Stelle keine dummen Fragen«, sagte ich. »Du hattest es doch vom

ersten Augenblick an darauf angelegt. Und rede dir ja nicht ein, ich sei besonders glücklich darüber.«
»Das kommt noch«, sagte sie und führte mich an der Hand ins Zimmer zurück. Sie schlang die Arme um mich, rieb das Gesicht an meiner Wange und sagte: »Du wirst nie verstehen, wie wichtig es mir war, und wie lange ich es mir schon gewünscht habe, aber nie konnte ich mir vorstellen, daß es jemals dazu kommen würde. Eigentlich müßte ich den Leuten, die dein Haus haben wollen, dankbar sein. Ohne sie hätte es vielleicht nie zwischen uns geklappt.«
»Dessen bin ich mir nicht sicher«, sagte ich. »Du wolltest mich schon einmal in Lavoir besuchen, als ich ohne Klaus oben war. Du hättest es sicher wieder versucht und mich eines Tages auch allein angetroffen. Vielleicht sogar noch mehr allein, als ich es heute schon bin.«
»Aber doch nur, weil du dich bei Nora nicht entschuldigen willst. Vielleicht hättest du es dir doch noch anders überlegt.«
»Es ist nicht nur Nora«, sagte ich. »Es sind auch nicht nur meine Probleme mit Klaus, die in einer langjährigen Ehe fast schon normal sind und mit denen man sich als Frau früher oder später abfindet. Ich hatte eine sehr enge Bindung zu meinen Eltern und mir ihre Welt zu eigen gemacht. Sie gehörten noch der Generation an, die Deutschland nach dem verlorenen Krieg wieder aufbaute. Die noch ohne Drogen, Sekten und ähnliche Seligmacher auskam. Die heutige Generation ist nur noch Nutznießer ihrer Arbeit.«
Sie lächelte: »Du doch auch. Oder sehe ich das falsch?«
»Natürlich nicht. Nur habe ich nie vergessen, wem ich es verdanke und wer die Dreckarbeit für uns gemacht hat. — Ich muß mich zum Essen umziehen. Du kannst so bleiben.«
»Dann laß mich aussuchen, was du anziehst«, sagte sie und ging zum Kleiderschrank. Sie suchte lange und nahm dann ein zweiteiliges Kleid heraus. Um ihr zu gefallen, hätte ich die Wahl nicht besser treffen können, der Rock in Unischwarz mit fließenden Volants und ein bis zum Hals geschlossenes Oberteil mit lila- und grünfarbenem Blütencomposé auf ebenfalls schwarzem Grund. Bei den Schuhen entschied sie sich für Slingpumps aus schwarzem Leinen. Sie breitete das Kleid auf dem Bett aus und beschäftigte sich dann mit mir. Sich zuerst meines Pullis und dann der Jeans annehmend, sagte sie: »Bei deinem kleinen Po solltest du nur Jeans tragen, Moni. Es regt mich richtig auf, dich in Jeans zu sehen. Und das lassen wir hier.«

Mit dem ›Das‹ war mein Slip gemeint, den sie auch gleich mit abstreifte. Ich fragte: »Wofür soll das gut sein?«

Sie lächelte. »Ich habe deinen Klaus noch nie gemocht.«

Ich sah noch immer keinen Zusammenhang und fragte: »Was hat deine Abneigung gegen ihn damit zu tun, ob ich ein Höschen trage oder nicht?«

»Aber Moni.« Sie richtete sich aus ihrer gebückten Haltung auf, zog mich an sich und legte ihre Hände auf meinen Po. »Ich weiß, daß du kein Höschen anhast; er weiß es nicht. Er weiß allerdings auch nicht, daß ich es weiß und daß ich es war, die es dir ausgezogen hat.«

»Und weiter?«

»Weiter nichts«, sagte sie. »Vielleicht geben sie ihm mein bisheriges Zimmer. Dann würde er sogar Wand an Wand mit uns schlafen und während wir uns immerzu lieben so ahnungslos sein wie ein unschuldiges Baby.«

Diesmal hatte sie es doch wieder geschafft, mir die Röte ins Gesicht zu treiben. Ich sagte: »Ein bißchen verrückt bist du schon.«

»Ich bin verrückt, seit ich dich kenne«, sagte sie. »Ich möchte auch nie mehr etwas anderes als verrückt nach dir sein. Und jetzt ziehen wir dich an.«

Daran, so viel stand schon fest, würde ich mich leicht gewöhnen können. Denn sie zog mich nicht nur aus und an. Sie räumte auch weg, was ich ausgezogen hatte, eine Arbeit, die mir, wie den meisten Frauen, ungleich mehr Überwindung abverlangte als das Auswählen der täglichen Garderobe. Noch während sie mir auch jetzt beim Anziehen half, fragte sie: »Wie wäre es mit etwas Schmuck? Du mußt doch eine Unmenge davon haben.«

»Von meiner Mutter. Sie hatte ihn schon von meiner Großmutter und diese von meiner Urgroßmutter. Bei jeder von ihnen wurde es etwas mehr. Jetzt liegt er in einem Banksafe.«

»Und warum trägst du ihn nicht?«

»Ich habe mich schon als junges Mädchen daran satt gesehen. Heute schätze ich ihn nur noch als Geldanlage. Warte.«

Aus einem Lederetui meiner Reisetasche nahm ich eine Halskette. Ich legte sie Agnes um und sagte: »Ich habe sie immer bei mir, weil meine Mutter ganz besonders an ihr hing. Ich weiß nicht genau, wieviel sie wert ist, aber die Perlen sind echt und gehören zu den teuersten, die es überhaupt gibt. Heute abend wirst du sie tragen. Deine Armbanduhr ziehst du aus. Sie paßt nicht zu diesem Kleid

und auch nicht zu der Kette. War sie vielleicht ein Geschenk zu deiner Erstkommunion?«
Sie fragte: »Willst du, daß ich dir die blöde Kette an den Kopf werfe?«
»Ich habe dir deine Uhr nicht geschenkt, also reagiere deinen Ärger darüber, daß du keine etwas hübschere hast, nicht an mir ab«, sagte ich. »Du bekommst von mir gelegentlich eine andere. Bis dahin kannst du meine tragen.«
Ich löste sie vom Handgelenk und gab sie ihr. Sie fragte: »Hast du noch eine zweite mitgebracht?«
»Gib mir deine«, sagte ich.
Sie beobachtete, wie ich sie anlegte und sagte: »Vielleicht bist du noch viel verrückter als ich. Gefalle ich dir so, wie ich jetzt aussehe?«
»Du bist überaus schön und begehrenswert«, sagte ich.
Sie trat zu mir, nahm mich, sich eng an mich drückend, in die Arme und fragte: »Meinst du das wirklich?«
Die Frage war nicht mehr, ob ich es meinte. Ich konnte schon nicht mehr anders, als sie schön und begehrenswert zu finden, und seit sie mich vorhin dazu gebracht hatte, auch noch die letzte Hürde zu nehmen, war ich beinahe süchtig danach, sie in meinen Armen zu halten, sie zu küssen und zu streicheln. Vielleicht würde ich niemals verstehen, weshalb ich gerade ihr so wenig Widerstand geleistet hatte. Ob auch eine andere Frau als sie in dieser besonderen Situation so leichtes Spiel mit mir gehabt hätte oder ob meine Gefühle allein auf sie bezogen waren. Auch wenn ich meine sexuellen Erlebnisse mit Klaus zu Rate zog, so hatte mein Wunsch, mit ihm zu schlafen, doch vorrangig immer meiner eigenen Befriedigung gedient. Bei Agnes hingegen erlebte ich erstmals, daß die Befriedigung des anderen mir genauso wichtig war und daß ich den Augenblick, mich ihres Körpers auch einmal ohne ihre Anleitung und nach meinen eigenen Wünschen und Vorstellungen zu bemächtigen, kaum mehr abwarten und ihre zuletzt an mich gerichtete Frage schon nicht mehr mit Worten, sondern nur noch mit Küssen beantworten konnte. Als wir endlich damit aufhörten, sah ich mich genötigt, unser beider Make-up noch einmal zu überarbeiten. Danach wurde es allerhöchste Zeit, daß wir uns auf den Weg machten.
Von Klaus wurden wir bereits erwartet. Für das Abendessen hatte er sich umgezogen, und wie immer, wenn ich ihn einige Tage nicht gesehen hatte, kam ich nicht umhin, ihm zuzugestehen, daß er sich

seit unserer Heirat äußerlich kaum zu seinem Nachteil verändert hatte, was er nicht zuletzt dem glücklichen Umstand verdankte, essen zu können, was und wieviel er wollte, ohne sein Körpergewicht nachteilig zu verändern. Und dies, obwohl er so gut wie nichts tat, um sich körperlich fit zu halten. Selbst seine gesunde Gesichtsfarbe verdankte er längst nicht mehr gemeinsamen Bergwanderungen, sie war ihm von Natur aus mitgegeben.

Auch Monsieur Clout, den ich telefonisch auf ihn vorbereitet und der ihn in die gleiche Ecke gesetzt hatte, wo ich schon heute vormittag mein Gespräch mit Dr. Gérad führte, erwartete uns. Vielleicht hätte ich ihm sagen sollen, daß Agnes' Zimmerwechsel zu einem Zeitpunkt erfolgte, als ich über das Eintreffen meines Mannes noch nicht unterrichtet war. Jetzt mußte es für ihn so aussehen, ich würde mein Bett lieber mit ihr als mit Klaus teilen. Und was er sich wegen Agnes sonst noch alles dachte, als sie an meiner Seite mit der neuen Frisur und der Perlenkette ins Foyer kam, war seinem Gesicht ebensowenig anzumerken wie sein erster Eindruck von ihr, als ich sie in ihren alten Jeans und dem dünnen, schwarzen Pulli in seinem Haus einführte. Nur Klaus reagierte auch diesmal weniger selbstbeherrscht. Da ihm meine Armbanduhr ebenso bekannt war wie die Perlenkette, versäumte er es, konsterniert wie er war, den Aperitif zu bestellen. Ich tat es für ihn, und Monsieur Clout kümmerte sich auch diesmal persönlich darum. Um das Thema Kette und Uhr sogleich aus der Welt zu schaffen, erklärte ich ihm, sie Agnes weder verkauft noch geschenkt, sondern für diesen Abend nur ausgeliehen und dafür ihre eigene Armbanduhr bekommen zu haben. Er sagte, sichtlich erleichtert: »Die Kette ist an ihrem Hals auch viel sicherer aufgehoben als in deinem Reisegepäck.« Zu Agnes sagte er, sich ihrer Sprache bedienend: »Ich weiß nicht, ob meine Frau Ihnen erzählt hat, daß die Kette für sie eine Art von Talisman ist. Sie nimmt sie auf allen Reisen mit, obwohl ich noch kein einziges Mal erlebt habe, daß sie sie auch trägt. Sie ist nicht einmal versichert. Fragen Sie mich aber nicht, warum.«

»Und wenn ich es trotzdem tu?« sagte sie, den Blick auf mich gerichtet.

Ich sagte: »Sie ist der einzige Gegenstand, bei dem ich es mir leiste, etwas abergläubisch zu sein. Solange ich sie nicht versichere, werde ich sie auch nicht verlieren. Außerdem möchte ich mir von einer Versicherung nicht vorschreiben lassen, wann und wo ich sie tragen darf und wie und wo ich sie aufbewahren muß.«

»Und warum gerade diese Kette?« fragte sie. »Weil sie besonders wertvoll ist?«
»Nicht nur«, sagte ich. »Aber darüber möchte ich nicht reden.«
»Dann tut es mir leid, dich danach gefragt zu haben«, sagte sie auf deutsch.
Ich blickte unwillkürlich Klaus an. In seinem großen Gesicht mit den männlichen Grübchen in den Wangen und im Boxerkinn, spiegelten sich ungläubiges Staunen und Betroffenheit. Daß sie mich auch in seiner Gegenwart duzen und er darüber aus allen Wolken fallen würde: Daran hatte ich natürlich wieder einmal nicht gedacht. Ehe ich mir aber eine plausibel klingende Erklärung einfallen lassen konnte, richtete sie, sich wieder der eigenen Sprache bedienend, das Wort erneut an ihn und erkundigte sich, ob er nach der Wiedervereinigung jetzt auch in der ehemaligen DDR Kaufhäuser bauen werde. Seine mit einem etwas gezwungen wirkenden Lächeln gegebene Antwort, diese Entscheidung obliege allein der Konzernleitung und er wäre nicht unglücklich, wenn sie für diese Aufgabe einen anderen benennen würde, eröffnete auch mir neue Einblicke in seine aktuellen Probleme, über die er mit mir nie zu reden pflegte, weil ich ihm, wie er es sah, bei ihrer Lösung doch nicht behilflich sein könnte. Und er setzte mit jetzt von Ernst überlagertem Gesicht hinzu: »Bei der derzeitigen Entwicklung in den neuen Bundesländern und der Politik unserer Gewerkschaften, zum Zwekke des Zugewinns neuer Mitglieder Tarifabschlüsse durchzusetzen, die früher oder später auf Kosten der Arbeitsplätze und Geldstabilität gehen, reiße ich mich nicht darum, dort tätig zu werden. Viele Leute haben nicht die geringste Ahnung, worauf wir uns mit der Währungsunion eingelassen haben.«
»Deshalb warst du auch gegen die Wiedervereinigung«, sagte ich.
»Nur gegen diese überstürzte Wiedervereinigung«, sagte er. »Ich glaube auch nicht, daß dies ein Thema ist, das Fräulein Debussy sehr interessiert.«
Sie widersprach ihm: »Meine Eltern ließen sich damals keine Übertragung aus Berlin entgehen. Ich fand sie auch aufregend.« Zu mir sagte sie: »Du warst sicher für die Wiedervereinigung?«
»Ich wünschte, meine Eltern hätten sie noch erleben können«, sagte ich und blickte wieder Klaus an. »Ich würde schon vor dem Essen gerne wissen, was es mit diesem Angebot von einer Million Francs auf sich hat. Wann und auf welchem Weg traf es ein?«
Monsieur Clout brachte für Klaus einen Whisky und für Agnes und

mich einen Pastis. Zu einem ungünstigen Zeitpunkt, denn statt meine Wißbegierde nun endlich zu stillen, nahm Klaus die kleine Unterbrechung zum Anlaß, mir vorzuschlagen, doch besser bis nach dem Essen damit zu warten. Es war offensichtlich, daß er in Agnes' Gegenwart nicht darüber reden wollte. Noch während Monsieur Clout uns die Getränke servierte, fiel mir ein merkwürdiger Ausdruck im Gesicht von Klaus auf. Ich blickte rasch zu Agnes hin. Die Sessel der kleinen Polstergruppen im Foyer waren sehr niedrig, man saß kaum mehr als dreißig Zentimeter über dem Boden. Auch die kleinen gläsernen Rauchtische waren nicht viel höher, und Agnes saß Klaus direkt gegenüber. Bei Monsieur Clouts Eintreffen hatte sie ihre Sitzhaltung verändert und die vorher gekreuzten Beine mit den Füßen auf den Boden gesetzt und die Knie weit geöffnet. Es konnte für Klaus kein Problem sein, über den Tisch hinweg zwischen ihre Beine zu sehen, und sein starrer Blick ebenso wie sein jetzt abwesender Gesichtsausdruck gaben zu der Befürchtung Anlaß, er könnte bemerkt haben, daß sie unter ihrem Kleid nichts trug. Das alles dauerte aber nur so lange, wie Monsieur Clout die Getränke auf den Tisch stellte. In der kurzen Zeitspanne, in der ich zu ihm aufsah und mich bedankte, veränderte Agnes erneut ihre Sitzhaltung, hielt die Beine wieder gekreuzt, und auch Klaus hatte seinen Blick von ihr weg und seinem Glas zugewandt. Obwohl ich, zwischen ihnen sitzend, meiner Sache nicht absolut sicher sein konnte, machte ich mir nun Vorwürfe, mich auf Agnes' doch reichlich wirren Vorschlag eingelassen und darin eingewilligt zu haben, auf unsere Dessous zu verzichten. Mich wieder Klaus zuwendend und unser durch Monsieur Clouts Eintreffen unterbrochenes Gespräch fortführend, sagte ich: »Um es vorwegzunehmen: Wer immer auch unser Haus haben will, wird es nicht bekommen. Nicht für eine Million, und auch nicht für drei oder vier Millionen. Du warst sicher auch im Haus drinnen und hast dir einen Eindruck verschaffen können, wie es dort aussieht. So etwas können sie mit anderen machen. Nicht mit mir. Der Anwalt hat bereits alle erforderlichen Schritte unternommen. Er hat sich auch schon um einen Schlosser gekümmert, der die Tür noch heute in Ordnung bringen wird. Du bist ihm nicht begegnet?«

Er schüttelte den Kopf. »Ich weiß nicht, was da oben passiert ist. Herr Debussy hatte keine Ahnung. Du hast mit ihm telefoniert und ihm nichts davon erzählt. Warum nicht?«

»Solange ich nicht weiß, was wirklich passiert ist, gibt es nicht viel

zu erzählen«, sagte ich. »Als wir am Freitag abend ankamen, war die Zufahrt durch eine Schranke versperrt. Also nahm ich ein Hotelzimmer und heute vormittag einen Anwalt. Wegen des Wochenendes konnte ich es nicht früher tun. Als ich ihm die Schranke zeigen wollte, war sie verschwunden. Statt dessen fand ich neben unserem Haus eine Baugrube mit dem BMW und den Baumaschinen vor. Der Anwalt schließt nicht aus, daß es sich um einen gegen die Baufirma gerichteten Sabotageakt der Konkurrenz handelt. Mehr weiß ich auch nicht. Ich weiß nur, daß man unser Haus bereits in die Baupläne einbezogen hat. Die Bohrlöcher an der Seite unter dem Wohn- und Schlafzimmerfenster hast du nicht gesehen?«
»Ich habe nicht darauf geachtet. Wofür Bohrlöcher?«
»Um das ganze Haus in die Luft zu sprengen. Und da kommst du hierher und erzählst mir etwas von einem Kaufangebot. Wenn ich nichts davon wußte, so kann es doch erst am Freitag eingetroffen sein ...«
»Am Samstag vor acht Tagen«, sagte er. »Ein Anwalt aus Digne. Du warst nicht da. Warst einkaufen.«
Er sah plötzlich blaß aus, und ich sicher auch. Ich blickte Agnes an. In ihren Mundwinkeln war ein kleines und, wie mir schien, zufriedenes Lächeln. Den Blick weiterhin auf sie gerichtet, fragte ich: »Sagtest du am Samstag vor acht Tagen?«
»War ein Fehler«, räumte er ein. »Warum müssen wir es hier bereden?«
»Weil ich es so will«, sagte ich. »Und deine Erklärung?«
Er nahm einen Schluck aus seinem Glas und sagte: »Ich wußte, wie du reagieren würdest. Ich wollte mit dir darüber reden, bevor du hierherfuhrst. Durch deine plötzliche Abreise kam es nicht mehr dazu.«
Ich hörte auf, Agnes anzusehen, und heftete den Blick auf ihn. »Bis zu meiner plötzlichen Abreise hattest du beinahe eine volle Woche Zeit.«
Er stand mit blassem Gesicht auf und sagte: »Entweder wir unterhalten uns später darüber, oder überhaupt nicht.«
»Dann überhaupt nicht«, sagte ich, und ich kannte mich selbst nicht mehr. Er starrte eine kleine Weile mit zuckenden Lippen auf mich nieder. Dann wandte er mir den Rücken zu und ging an die Rezeption. Er wechselte mit Monsieur Clout, der die ersten zum Abendessen eintreffenden Gäste begrüßte, einige Worte und stieg dann die Treppe zu den Zimmern hinauf.

Agnes griff nach seinem noch halbvollen Glas, kostete davon und sagte: »Ich weiß nicht, was Männer am Whisky finden. — Warum, denkst du, hat er dir von dem Angebot nicht schon früher erzählt?«
Ich zündete mir eine Zigarette an, gab auch ihr eine und sagte: »Weil er wußte, wie sehr ich an Lavoir hänge. Ich vermute, er wollte einen ihm besonders günstig erscheinenden Zeitpunkt abwarten, um mich vorher auch noch auf seine Pläne für Hergiswil einzustimmen. Wir hatten uns schon schlafen gelegt, als er plötzlich davon anfing.«
»Das war am Abend, bevor du hierher fuhrst?«
»Ja. Meine Weigerung, über Hergiswil auch nur zu reden, ärgerte ihn so sehr, daß er für diesen Abend das Thema abbrach. Als er am nächsten Tag noch einmal darauf hätte zurückkommen können, war ich bereits abgereist.«
»Nach Lavoir, wo du angeblich hinpaßt. Wie meinte er das?«
»Wie er es sagte. Da ich nach seiner und nach meiner Söhne Meinung mit meinen politischen Ansichten ohnehin etwas außerhalb ihrer eigenen Welt lebe, kann ich in Lavoir keinen politischen Schaden anrichten. Bei meinen Söhnen könnte ich in Ruhe abwarten, bis sie mit ihrem Studium fertig sind und es eines Tages zu einer eigenen Praxis gebracht und gelernt haben, was es heißt, bei uns den Besserverdienenden zugerechnet zu werden. Sie werden dann sehr rasch umdenken. Leider bin ich dann schon weit über fünfzig.«
Sie lachte verwundert. »Was hat das miteinander zu tun?«
»Späte Siege schmecken immer etwas schal«, sagte ich und richtete mein Augenmerk auf Monsieur Clout, der sich uns mit einem verbindlichen Lächeln näherte und sich vergewisserte, ob unsere Gläser noch gefüllt waren. Beiläufig erkundigte er sich, ob wir am gewohnten Tisch speisen oder einen anderen, größeren haben wollten.
»Vielleicht einen Ecktisch«, sagte ich. »Wo wir uns ungestört unterhalten können. Mein Mann wird sicher gleich wieder hier sein.«
»So verstand ich ihn auch«, sagte er mit einem bewundernden Blick auf Agnes' Halskette. »Um den Tisch kümmere ich mich sofort, Madame Kristmann.«
»Das ist nett von Ihnen«, sagte ich.
Agnes blickte mich lächelnd an. »Man merkt, daß du schon länger mit ihm verheiratet bist, als ich auf der Welt bin. Ich hätte gewettet, er packt jetzt seinen Koffer und fährt nach Hause.«

»Er wollte sich in deiner Gegenwart nicht noch mehr gehen lassen«, sagte ich. »Wenn er so wütend ist wie jetzt, muß er ein paar Minuten mit sich allein sein, um sich wieder zu sammeln. Das macht er zu Hause genauso. — Ich glaube nicht, daß er dein Zimmer bekommen hat. Wir hätten es, als wir noch oben waren, hören müssen. Falls er noch einmal auf die Haustür zu sprechen kommt: sie wurde von den gleichen Leuten aufgebrochen, die auch den BMW und das Baugerät auf dem Gewissen haben.«
»Du warst prima«, sagte sie. »Sehr überzeugend. Aber ob du von ihm loskommst: Daran habe ich noch meine Zweifel.«
»Ich habe nicht gesagt, daß ich von ihm loskommen will.«
»Das stimmt. Ich verstehe nur immer weniger, was dich noch mit ihm verbindet. Wo du doch nicht einmal in der Politik mit ihm übereinstimmst. Wieso war er gegen die Wiedervereinigung? Aus Angst um eure Währung?«
»Das weniger. Er hat nur übernommen, was von westdeutschen Politikern, die der SED geistig näher standen als der CDU und mit denen auch meine durch ihre Freundinnen aufgeklärten Söhne sympathisieren, kolportiert wurde: Daß die Wiedervereinigung eine friedensgefährdende Utopie restaurativer Kräfte sei. Als es dann aber dazu kam, verbrachte er halbe Nächte am Fernseher, um sich nichts entgehen zu lassen. Und moderiert wurden die Übertragungen zum Teil von Fernsehjournalisten, die schon immer gegen einen strammen Antikommunismus und für eine völkerrechtliche Anerkennung der DDR waren und die sich beim Fall der Mauer von einer jubelnden Menschenmenge als die Repräsentanten freiheitlicher Medien feiern ließen.«
»Das ist allerdings komisch«, sagte sie. »Über die Ultralinken bei euch liest du in unseren Zeitungen kaum etwas. Nur über die Rechtsextremisten und Neonazis. Vielleicht gehörst du auch zu ihnen?«
Ich nickte. »Das zählt auch zu den historischen Verdiensten der Linken, den Konservativismus im Bewußtsein der Wähler mit Rassisten und Faschisten gleichgeschaltet zu haben. Ebensogut könnte man Sozialdemokraten in einen Topf mit Kommunisten und Anarchisten werfen. Mein Vater ein Faschist und Rassist, du lieber Gott! Um nach allem, was unter den Nazis geschehen ist, heute noch ein Rassist oder Neofaschist zu sein, das setzt ebensoviel politische Dummheit voraus, wie ich sie den Neomarxisten zu ihrer Entschuldigung zubillige. Der kleine Unterschied ist nur, daß sie sich selbst den In-

tellektuellen zurechnen, was es bei ihnen nur noch schlimmer macht. Als ich mich zuletzt mit meinen Söhnen zu diesem Thema unterhielt und sie mich darüber belehrten, daß Mädchen wie Nora und Sabine eben einer jungen, kritischen Generation angehörten, blieben sie mir die Antwort auf meine Frage, ob sie auch die rechtsradikalen Skinheads, die linksradikalen Autonomen und die gewalttätigen Jugendbanden, deretwegen man sich heute nicht einmal mehr bei hellem Tageslicht auf die Straße trauen kann, der jungen, kritischen Generation zurechnen, die Antwort schuldig. Oder die Vandalen, vor denen keine der vom Staat oder von den Kommunen mit dem Geld der Steuerzahler unter hohen Kosten für die Öffentlichkeit geschaffenen Einrichtungen mehr sicher ist. Es ist noch nicht lange her, da las ich in unserer Zeitung, daß die Deutschen immer umweltbewußter werden. Auf unseren Park- und Rastplätzen merkst du noch nicht viel davon. Dort sieht es oft aus wie zu Hause in vielen Wohnungen. Zum Glück sind nicht alle Deutschen so. Wenn die Entwicklung aber so weitergeht, werden sie eines Tages in der Minderheit sein. Meine Eltern haben das alles vorausgesehen.«
Sie sagte: »Du mußt deine Eltern sehr geliebt haben, Moni.«
»Nicht nur geliebt. Solange sie noch lebten, war es für mich viel leichter, politische Dummheit zu ertragen. Hatte ich in ihnen doch ständig vor Augen, daß es nicht nur die Dummheit gibt. Hinzu kam mein schlechtes Gewissen, ihren Herzenswunsch, ich solle eines Tages das Geschäft übernehmen, nicht erfüllt zu haben. Mir trugen sie es aber nicht nach. Nur meinem Bruder.«
»Über ihn sprichst du kaum.«
»Ich sehe ihn auch kaum mehr. Zwischen ihm und meinen Eltern kam es schon vor meiner Heirat zu einem unheilbaren Bruch. Er studierte in Berlin und schloß sich in den sechziger Jahren einem marxistischen Studentenbund an. Meine Eltern haben ihm das noch weniger verziehen als seine Weigerung, in die Fußstapfen meines Vaters zu treten. Ich sah ihn erstmals wieder bei der Beerdigung meines Vaters. Er kam im Testament nur mit seinem Pflichtteil weg. Er war aber noch groß genug, daß er sich nach seinem Studium selbständig machen konnte. Der größte Teil ging an mich und an meine Mutter, und nach deren Tod auch wieder vor allem an mich. Ich habe ihn und seine Frau einmal nach Lavoir eingeladen. Eine geschwisterliche Beziehung wurde aber nicht mehr daraus. Klaus und er verstanden sich nicht. Es gab von Anfang an beiderseitige

Animositäten. Vielleicht ging mein Bruder davon aus, Klaus sei der eigentliche Nutznießer aus dem Testament meiner Eltern. Ich habe ihm nie erzählt, wie es wirklich war: daß Klaus von ihrem Vermögen damals nichts haben wollte.«
»Aber jetzt hätte er sicher nichts dagegen einzuwenden, wenn du ihm etwas davon abtreten würdest«, sagte sie und griff nach meiner Hand. »Du mußt seit dem Tod deiner Eltern ziemlich allein gewesen sein, Moni. Oder mit wem unterhältst du dich sonst noch über solche Dinge außer mit mir?«
»Mit mir selbst. Auch daran kann man sich gewöhnen.«
»Wie ich mich an meine Sommersprossen«, sagte sie. »Was ich bei deinem Klaus nicht verstehe: Wie er mit den Linken sympathisieren und gleichzeitig gegen Gewerkschaften sein kann.«
»So schwer ist das nicht zu verstehen«, sagte ich. »Männer in seiner Position, die nicht als konservativ angesehen werden wollen, haben notgedrungen eine gespaltene Seele. Er gehört auch zu den Besserverdienenden, die von den Linken immer dann ins Gespräch gebracht werden, wenn ihnen zur Bewältigung wirtschaftlicher Probleme sonst nichts mehr einfällt. Beim Golfkrieg wußte er auch nicht, auf welche Seite er sich schlagen sollte. Auf die Seite seiner Söhne, die gegen den Krieg waren, oder auf die Seite der Amerikaner. Und so wie ihm erging es vielen bei uns. Bei euch war das anders. Da gab es kaum Meinungsverschiedenheiten darüber, was getan werden soll. Vielleicht liegt es am nationalen Selbstverständnis der Franzosen, sich bei aller Gegensätzlichkeit im Ernstfall geschlossen hinter ihre Regierung zu stellen. Diese Eigenschaft hat mein Vater nach dem letzten Krieg bei uns vermißt. Er hat sich oft mit mir darüber unterhalten und führte es darauf zurück, daß die Nazis von den Linken zum Vorwand genommen wurden, unser nationales Selbstverständnis — was nicht identisch mit Nationalismus ist — auf den Müllhaufen der Geschichte zu werfen. Er meinte, ein Volk, das sich von seiner nationalen Identität verabschiedet, werde zum Spielball linker und rechter Ideologen. Wenn ich sehe, wie die Leute heute in ihrer Meinungsbildung manipuliert und motiviert werden, ohne daß es ihnen bewußt wird, hatte er sicher nicht unrecht. Mich manipuliert keiner.«
Sie führte meine Hand zum Mund und küßte sie. »Nicht einmal ich?«
»Du bist wahnsinnig«, sagte ich mit einem raschen Blick zur Rezeption. Zum Glück war Monsieur Clout wieder mit neu eingetroffe-

nen Gästen beschäftigt und hatte kein Auge für uns. Sie ließ meine Hand los und sagte: »Aber du gibst zu, daß du dich von mir hast manipulieren lassen?«
»Oder du dich von mir«, sagte ich. »Darüber werden wir uns noch sehr eingehend unterhalten müssen, mein liebes Kind.«
»Worüber?« fragte sie. »Daß es dir gelungen ist, mich zu erregen?«
»Erregt warst du schon vorher«, sagte ich. »Ich habe dich nur noch befriedigt.«
Welche Genugtuung, sie wieder einmal erröten zu sehen! Ich blickte hingerissen in ihr mir bereits so liebgewordenes Gesicht. Sie sagte: »Du hast dich ganz schön verändert, Moni. Wenn ich daran denke, wie du dich noch anstelltest, als ich dich fragte, ob du mit deinem Klaus noch schläfst. Ich hatte schon Sorge, du würdest in Ohnmacht fallen. Aber wenn wir schon davon reden: Für eine Frau, die beinahe in Ohnmacht fällt, wenn sie so etwas gefragt wird, verlierst du im Ernstfall nicht viel Zeit. Da steckt eine ganze Menge persönlicher Erfahrung dahinter. Wo hast du sie dir angeeignet? Nur beim Doityourselfer?«
Obwohl ich am Verlauf unseres Gesprächs den gleichen Anteil hatte wie sie, waren wir jetzt an einem Punkt angelangt, wo ich meinte, sie in ihre Schranken weisen zu müssen: »Auch darüber haben wir uns schon unterhalten. Oder willst du jetzt auch noch wissen, wann am liebsten und wie oft?«
»Vielleicht später«, sagte sie. »Wenn ich dich heute nacht geliebt habe.«
»Vielleicht werde ich es mir anders überlegen«, sagte ich. »Ich bin mir sogar schon beinahe sicher, daß ich es mir anders überlegen und Klaus wissen lassen werde, heute nacht lieber mit ihm als mit dir in einem Bett zu schlafen. Du kannst dann sein Zimmer nehmen.«
Sie griff nach ihrem Glas, trank es leer und stand auf. Ich beobachtete, wie sie an die Rezeption zu Monsieur Clout ging, kurz mit ihm sprach und dann die Treppe zu den Zimmern hinaufstieg. Für mich hatte sie keinen einzigen Blick mehr.

Mir war niemals weniger danach zumute gewesen, mit Klaus in einem Bett zu schlafen, und welcher Teufel mich geritten hatte, es Agnes gegenüber darauf ankommen zu lassen, war eine Frage, die ich mir schon hätte stellen sollen, als ich anfing, an ihrem Spiel, das sie mit mir trieb, zuerst Gefallen zu finden und es dann sogar

zu meinem eigenen zu machen. Um dann, als ich schon glaubte, aller Zweifel an meinem Tun ledig geworden zu sein, genau das Falsche zu sagen. Wie falsch es wirklich war, wurde mir erst richtig bewußt, als sie wieder neben mir auftauchte, sich zu mir setzte und sagte: »Dein Klaus rasiert sich. Er war sofort damit einverstanden, mit mir das Zimmer zu tauschen. Was ich für heute nacht brauche, werde ich nach dem Essen rasch holen.«
Die Mühe, die es mich kostete, mir meinen Ärger und meine Enttäuschung nicht anmerken zu lassen, schlug sich auch auf den Gebrauch meiner Stimme nieder, so daß ich für den Augenblick darauf verzichtete, ihr zu antworten. Statt dessen griff ich nach meiner Handtasche und machte mich auf den Weg in den Speisesaal. Von irgendwoher kam Monsieur Clout an meine Seite und geleitete mich zu dem reservierten Ecktisch. Weil er halbverdeckt in einer Nische des Raumes stand und bisher nur wenige Gäste eingetroffen waren, saß man hier ziemlich unbehelligt vor neugierigen Blicken und Ohren. Ich bestellte für Agnes und mich noch einen Pastis und bat Monsieur Clout, mit der Bestellung noch zu warten, bis auch mein Mann eingetroffen sei. Agnes traf schon ein, als ich mich noch mit ihm unterhielt. Mir fiel auf, daß ihre Ankunft bei den anwesenden Gästen, vor allem bei den wenigen weiblichen, neugieriges Interesse erregte, wozu nicht zuletzt die schimmernde Perlenkette an ihrem schlanken Hals beitragen durfte. Sie setzte sich zu mir, zündete sich sofort wieder eine Zigarette an und sagte: »Wenn du anfängst, deinen Klaus gegen mich auszuspielen, kannst du meinetwegen mit ihm nach Hause fahren. Ich werde auch das überleben.«
»Wo du doch schon so schrecklich viel hast überleben müssen«, sagte ich. »Einschließlich deiner Frigidität. Vielleicht werde ich, wenn du dich noch etwas geduldest, mit dir eines Tages auch darüber reden können, wie oft ich es schon mit mir selbst gemacht habe. Im Augenblick kann und möchte ich es jedenfalls noch nicht. Mit Sicherheit ist es aber viel seltener, als du es dir anscheinend vorstellst. Vollends absurd ist es, in diesem Zusammenhang von einer ganzen Menge persönlicher Erfahrung zu reden. Ich kann es heute nicht besser als schon vor dreißig Jahren. Ich brauche nur etwas länger dazu.«
»Dann hast du aber spät damit angefangen«, sagte sie. »Ich versuchte es schon mit zehn. Ich wußte nicht, daß eine so dumme Bemerkung, bei der ich mir nicht viel dachte, dich so empfindlich rea-

gieren lassen würde. Ich dachte, diesen Punkt hätten wir endlich hinter uns.«
Ich fragte: »Und wie ist das bei dir? Mit deiner Empfindlichkeit?«
»Dann entschuldige mich noch einen Augenblick«, sagte sie und ließ mich, ihre brennende Zigarette mitnehmend, wieder allein. Diesmal blieb sie höchstens drei Minuten weg, nachdem es bei ihrem ersten Gang nach oben etwa fünf Minuten gewesen sein dürften, und wie jedesmal, wenn sie den Speisesaal verließ oder betrat, begleiteten sie die neugierigen Blicke der Gäste. Die Zigarette hatte sie irgendwo unterwegs zurückgelassen. Sie setzte sich zu mir und sagte: »Vielleicht gewöhne ich mich daran, deine Kette zu tragen. Ohne sie dreht sich kein Mensch nach mir um.«
»Es ist nicht nur die Kette«, sagte ich. »Mit diesem Kleid, deiner neuen Frisur und dem Make-up würden sie sich auch ohne die Kette nach dir umdrehen. Wo warst du?«
»Wieder bei deinem Klaus. Er wohnt im gleichen Stockwerk wie wir, aber ganz hinten im letzten Zimmer. Ich habe ihm gesagt, du hättest es dir anders überlegt und es würde nun doch dabei bleiben, daß ich bei dir schlafe und er in seinem Zimmer. Es ist dir doch recht so?«
Es war mir ebensowenig recht wie ihre erste Einladung an ihn, sein Zimmer mit ihr zu tauschen. Welchen Eindruck ihr zweimaliger Besuch bei ihm hinterlassen hatte, dazu noch mit so widersprüchlichen Nachrichten, von denen er annehmen mußte, daß sie in meinem Auftrag erfolgten, war nicht schwer zu erraten. Ich stand unwillkürlich auf, setzte mich jedoch, weil mir Zweifel kamen, das Richtige zu tun, wenn ich jetzt zu ihm ging, wieder hin und sagte: »Künftig sprichst du dich über deine Besuche bei ihm vorher mit mir ab. Oder ist das zuviel verlangt?«
Sie lächelte. »Er war sehr nett. Obwohl er sich gerade rasierte, bot er mir sogar einen Stuhl an und fragte mich, ob mein Kleid ein Geschenk meiner Mutter sei. Ich wollte ihn nicht belügen und erzählte ihm, daß ich es von dir habe und daß du mir noch mehr Kleider geschenkt hast. Hätte ich es ihm nicht sagen sollen?«
Mir war sofort klar, daß sie sich über seine Frage geärgert haben mußte und daß sie ihm nur deshalb auch von den anderen Kleidern erzählt hatte, was sicher auch seine Absicht war. Er konnte keinen Augenblick lang daran geglaubt haben, ihr Kleid sei ein Geschenk ihrer Mutter. Er kannte ihre Mutter und deren Garderobe. Und meine Garderobe kannte er auch. Sie unterschied sich kaum von

den Kleidern, die ich Agnes geschenkt hatte. Und wäre er sich seiner Sache dennoch nicht sicher gewesen: Die Perlenkette an ihrem Hals hätte auch seine letzten Zweifel beseitigt, daß ihr verändertes Aussehen allein mein und nicht ihr eigenes oder gar das Werk ihrer Mutter war. Noch vor einigen Stunden, als ich von seinem Eintreffen nichts wußte, wäre mir der Gedanke, er könnte erfahren, daß ich sie für einige tausend Mark neu eingekleidet hatte, vielleicht unangenehm gewesen. Jetzt war mir gleichgültig, welchen Eindruck es auf ihn machte.

Ich antwortete: »Du kannst ihm meinetwegen sagen, was du willst. Mir wäre nur lieb, du würdest es in meiner Gegenwart tun. Ob sich das einrichten läßt?«

»Es läßt sich bestimmt einrichten«, beruhigte sie mich und setzte im gleichen Atemzug hinzu: »Da kommt er.«

Ich hatte ihn bereits bemerkt. Er steuerte von der Tür geradewegs auf uns zu. Über sein Stimmungsbarometer brauchte ich nicht erst zu spekulieren. Jedesmal, wenn die wie eingemeißelt wirkende, senkrechte Falte über seiner Nasenwurzel stand, war Sturmwarnung geboten. Ich hatte es bei der Wahl unserer Plätze so eingerichtet, daß Agnes und ich mit dem Rücken zur Wand an einer Längsseite des Tisches saßen und Klaus die Wahl hatte, sich für eine der beiden Schmalseiten oder für die zweite Längsseite zu entscheiden. Er entschied sich für die Längsseite, rückte den Stuhl in die Mitte, so daß er uns genau gegenüber saß. Daß wir seinetwegen unser Gespräch abgebrochen hatten, war ihm natürlich nicht entgangen. Er sagte: »Falls ich störe, kann ich mich auch an einen anderen Tisch setzen. Ihr habt euch doch sicher wieder über mich unterhalten?«

Daß er neuerdings im Plural mit uns verkehrte, führte ich auf Agnes' zweimaligen Besuch bei ihm zurück. Ich sagte: »Nicht nur. Wir unterhielten uns auch über Politik. Ich wollte ihr gerade erklären, daß eine Mehrheit deutscher Journalisten, im Gegensatz zur Mehrheit ihrer Leser, linke Positionen vertritt, weil sie links mit liberal verwechselt.«

Er sagte zu Agnes: »Ihr Lieblingsthema, mit dem sie, seit die Sache mit ihrem Vater passiert ist, überall aneckt. Sie hat Ihnen sicher schon davon erzählt. Ginge es nach ihr, dürfte es nur noch Journalisten geben, die politisch genauso denken wie sie. Auch bei den deutschen Rundfunkanstalten.«

»Besonders bei denen«, sagte ich. »Mit der Zeitung, die ich abon-

niere, kann ich mir auch die Redakteure aussuchen. Mit den Gebühren an die Rundfunkanstalten nicht. Dort helfe ich indirekt oft mit, eine gezielte Stimmungsmache gegen die Amerikaner oder gegen die Regierung, die ich selbst gewählt habe, zu finanzieren. Von manchen Redakteuren, die ihre Stellung dazu mißbrauchen, ihnen unbequeme Politiker zu diffamieren und das gutgläubige Volk zu desorientieren. Auf sie trifft zu, was schon der alte Grillparzer schrieb: Ein Dummkopf bleibt ein Dummkopf nur, für sich in Feld und Haus. Doch wenn du ihn zu Einfluß bringst, so wird ein Schurke draus.« Zu Agnes sagte ich: »Du kennst doch Grillparzer?«
»Na hör mal«, lächelte sie.
Ich sagte: »Es ist noch nicht lange her, da hörte ich einen dieser Provinzdemagogen, die schon im Golfkrieg Partei gegen die Amerikaner ergriffen haben, ungestraft sagen, der Golfkrieg sei umsonst geführt worden, weil sich in der Region seitdem politisch nichts ge ändert habe, wobei er vor allem die Amerikaner und die Isrealis kritisierte. Was aber noch alles hätte geschehen können, wenn die Amerikaner nicht eingegriffen hätten, darüber verlor er kein Wort. Leute, die solche Geschichtsklitterungen verbreiten, findest du bei uns vor allem in einigen öffentlichen Rundfunkanstalten. Dahinter verbirgt sich oft ein latenter linker Antisemitismus, der von den verantwortlichen Chefredakteuren stillschweigend geduldet wird.«
»Eine Auffassung, mit der du ziemlich alleine stehst«, meldete Klaus sich wieder zu Wort.
»Wie meine Eltern und Großeltern im Dritten Reich«, sagte ich.
Er sagte: »Das ist ein Scheißvergleich.«
»Und du redest nur Scheiße«, sagte ich.
Schon tausendmal hatte es mir auf der Zunge gelegen, und jedesmal hatte ich es wieder hinuntergeschluckt. Heute aber hatte ich es ausgespuckt wie einen Bissen verdorbenen Fischs, und warum gerade heute kam nicht von ungefähr, denn man konnte sich als bislang unbescholtene Frau nicht mitschuldig am Tod eines Menschen machen und schon vierundzwanzig Stunden später Gefallen daran finden, sich am Körper einer anderen Frau zu erregen, ohne sich von seiner Unbescholtenheit zu verabschieden. Und mit seiner Unbescholtenheit auch von seinem bisherigen Ich, das mir in den vergangenen Jahren immer größere Probleme bereitet hatte. So daß ich oft den Wunsch verspürte, es einfach abzulegen wie ein zu eng und zu unbequem gewordenes Kleid. Ich hatte es schon lange satt ge-

habt, mich in einem zu eng gewordenen Kleid zu bewegen. Ich hatte es nur nicht wissen wollen. Nur so erklärte es sich auch, daß ich den zweiten Aufbruch von Klaus mit der gleichen Gelassenheit hinnahm wie seinen ersten im Foyer. Ich beobachtete gleichgültig, wie er mit kalkweißem Gesicht aufstand, uns den Rücken zukehrte und den Speisesaal verließ. Einige der anwesenden Gäste blickten ihm befremdet nach. Auch Agnes blickte ihm nach und sagte leise: »Das habe ich nicht gewollt, Moni.«

Auch wenn sie es nicht gewollt hatte: ohne sie wäre es nicht dazu gekommen. Ohne sie hätte ich es auch diesmal wieder hinuntergeschluckt und wäre morgen oder übermorgen mit ihm nach Hause gefahren. Und zu Ostern mit ihm und seinen Freunden nach Rom geflogen. Ohne sie hätte es in Lavoir keinen Toten und keine kaputten Autos und Baumaschinen gegeben, und ohne sie würde ich mir noch immer vorlügen, eine ganz normale Ehe zu führen. Es gab viele Möglichkeiten, sich in einer Ehe auseinanderzuleben, wobei in meinem Fall das Bett nicht einmal am Anfang stand. Angefangen hatte es schon, als eine der Gemeinsamkeiten, die uns zusammengeführt hatten, nämlich die Freude an Bergwanderungen, wegfiel und er keine Lust und auch keine Zeit mehr dafür hatte. Und als auch die Gemeinsamkeit der gemeinsamen Kinder eines Tages uns nicht mehr verband, sondern zu unüberbrückbaren Meinungsverschiedenheiten führte, so daß auch die Gemeinsamkeit, einander gern zu haben, irgendwann auf der Strecke blieb. Denn wie konnte man sich noch gern haben, wenn man selbst in den banalsten Dingen, zu denen auch die Politik gehörte, zu keinem gemeinsamen Denken fand.

Monsieur Clout, dem Klaus' überstürzter Aufbruch nicht entgangen war, kam mit der Speisekarte. Ich sagte: »Mein Mann fühlt sich nicht wohl. Was gibt es denn heute Schönes?«

Er empfahl uns das Tagesmenü und drückte sein Bedauern über Klaus' Unwohlsein aus. Ich sagte: »Wird schon wieder werden«, und entschied mich für das Tagesmenü. Agnes schloß sich mir an. Sie sagte: »Vielleicht fährt er jetzt wirklich nach Hause. Was war nur los mit dir, Moni? So habe ich dich noch gar nicht gekannt.«

Ich mich auch nicht. Und Klaus erst recht nicht. Aber irgendwann drehte man immer zum erstenmal durch, und nicht jede Frau, die in ihrer Ehe einmal durchdrehte, ließ sich fünfundzwanzig Jahre Zeit damit. Ich sagte: »So schlecht war mein Vergleich nun auch wieder nicht, daß er gleich so ausfällig werden mußte. Er war je-

denfalls nicht schlechter oder unpassender als sein eigener, den er während des Golfkriegs vorbrachte, als ein einschlägig bekannter Uni-Dozent zwei Deserteuren einer in Deutschland stationierten amerikanischen Division, die an den Golf verlegt werden sollte, in seinem privaten Heim Unterschlupf gewährte und Klaus ihn mit jenen Deutschen verglich, die im Dritten Reich Juden bei sich versteckten. Das war wirklich ein Scheißvergleich.«
Sie lächelte. »Den finde ich auch nicht gut, Moni. Was glaubst du, wird er jetzt tun? Abreisen?«
»Nicht, bevor er noch einmal mit mir gesprochen hat. Aber dann ohne dein Beisein. Er wird auch nicht auf sein Abendessen verzichten, sondern in ein Restaurant gehen. Du hast mir die Begegnung mit ihm nicht gerade leichter gemacht.«
Sie wurde ernst. »Weil ich ihm von den Kleidern erzählt habe?«
»Das stört mich nicht. Deine Besuche bei ihm waren überflüssig. Sie haben ihm mehr Stoff zum Nachdenken gegeben als alles, was ich seit seinem Eintreffen mit ihm gesprochen habe. Womit hast du bei deinem zweiten Besuch seine Ausladung begründet? Einfach so?«
»So ganz einfach war es nicht«, antwortete sie. »Ich habe ihm gesagt, du hättest es dir wieder anders überlegt.«
»Und er wollte nicht wissen, warum ich es mir anders überlegt habe?«
»Natürlich wollte er das wissen«, sagte sie. »Aber darüber müsse er sich mit dir selbst unterhalten, erklärte ich ihm. Damit war die Sache für ihn erledigt. Als er hier eintraf, dachte ich, er würde dich sofort danach fragen.«
»Auch das wird er sich aufbewahren, bis er Gelegenheit hat, sich unter vier Augen mit mir zu unterhalten. Hast du ihn absichtlich unter dein Kleid sehen lassen?«
»Ich ihn?« Ihr Erstaunen wirkte beinahe echt. »Aber jetzt spinnst du, Moni. Wann denn? Doch nicht in seinem Zimmer, als ich bei ihm war?«
Ich sagte: »Du weißt genau, wovon ich rede. Falls es absichtlich geschah, war es eine Dummheit, weil es dich in seinen Augen nicht gerade im besten Licht erscheinen ließ. Werde nicht leichtsinnig, Agnes. Du erweist weder mir noch dir selbst einen Dienst damit. Und noch so eine Sache wie seine Ein- und Ausladung, dann wirst du wieder dein eigenes Zimmer haben. Glaube ja nicht, mich mit so kleinen Maßregelungen beeindrucken oder beeinflussen zu kön-

nen. Das haben weder Klaus, noch meine Söhne, noch ihre Freundinnen geschafft.«
»Du bist wunderschön«, lächelte sie. »Besonders, wenn du so energisch wirst. Am liebsten hätte ich dich vor seinen Augen geküßt. Aber du sprichst nicht immer in diesem Ton mit ihm?«
»Woraus schließt du das?«
»Aus seiner Reaktion. Oder reagierte er nur deshalb so heftig, weil du es in meiner Gegenwart zu ihm sagtest?«
»Nicht nur«, sagte ich. »Vulgärsprache ist sonst nicht mein Stil.«
Der junge Kellner brachte den Wein; ich hatte einen leichten Beaujolais bestellt. Ehe er die Flasche auch entkorken konnte, kam Monsieur Clout an den Tisch und kümmerte sich wieder persönlich darum. Das tat er auch bei anderen Hausgästen, jedoch nicht so regelmäßig, wie er es uns zuteil werden ließ. Diesmal kam er nicht nur wegen des Weins an unseren Tisch. Während er uns einschenkte, erfuhr ich von ihm, daß Monsieur Kristmann vor fünf Minuten mit seinem Wagen weggefahren sei. Meine geistesgegenwärtige Antwort, davon zu wissen, schien ihn zu erleichtern; er wandte sich lebhaft anderen Gästen zu.
Agnes sagte: »Schwindeln kannst du auch, knochentrocken und ohne eine Miene zu verziehen.«
»Habe ich dir abgeschaut«, sagte ich und blickte, weil ich unter dem schützenden Tischtuch ihre Hand an meinen Schenkeln fühlte, in ihr Gesicht. »Das gehört auch zu den Dingen, die ich dir abgewöhnen werde.«
»Ganz abgewöhnen?« fragte sie. »Das glaube ich dir nicht, Moni.«
»Außerhalb geschlossener Räume«, schränkte ich ein.
»Aber das hier ist doch ein geschlossener Raum«, sagte sie. »Ich wollte es schon tun, als dein Klaus noch hier war. Ob er es gemerkt hätte?«
»Er merkt alles«, sagte ich. »Auch wenn du seinetwegen kein Höschen anhast. Nimmst du deine Hand weg?«
Sie nahm sie weg, griff nach ihrem Glas und sagte: »Wenn ich dich einmal verliere, bringe ich mich um, Moni.«
Da ich wußte, daß nicht alles, was sie sagte, auch wörtlich zu nehmen war, fühlte ich mich durch ihre neue Androhung nicht ganz so erschreckt wie noch gestern nachmittag, als sie mir verkündete, ohne mich keinen Tag länger leben zu wollen. Ich sagte: »Das legt sich wieder.«
»Aber vorher werde ich dich noch tausendmal lieben«, sagte sie

und küßte mich auf die Wange. Der junge Kellner, ein Italiener aus Turin, hatte es gesehen und lächelte. Ich fragte: »Willst du, daß ich mich an einen anderen Tisch setze?«
»Das nützt dir nichts«, sagte sie. »Ich würde mich sofort wieder zu dir setzen. Meine zweitausend Francs für den April, die du mir in Lavoir versprochen hast, habe ich noch immer nicht bekommen. Du hast sie hoffentlich nicht vergessen?«
»Du kriegst sie morgen früh«, sagte ich. »Bis jetzt hast du noch nicht allzuviel dafür getan. Oder findest du, du hast sie dir schon verdient?«
»Als ich es vergangene Nacht tun wollte, hast du mich daran gehindert.«
»Vielleicht hast du es nur nicht richtig angefangen«, sagte ich. »Warum wimmerst du eigentlich so schrecklich, wenn du kommst? Tut das weh bei dir?«
Sie stellte ihr Glas, ohne getrunken zu haben, auf den Tisch zurück und sagte leise: »Warte nur, bis wir oben in deinem Zimmer sind, Moni.«
Ich betrachtete lächelnd ihr sanft gerötetes Gesicht.

Wie es auf Klaus wirken mußte, Agnes zwar noch immer mit der Perlenkette, ansonsten jedoch gänzlich unbekleidet in meinem Bett anzutreffen, war so voraussehbar wie das nächste Wochenende. Weniger voraussehbar war, daß es überhaupt dazu kommen würde, aber als er gegen sechs Uhr in der Frühe an die Tür klopfte und ich seine Stimme erkannte, war es nicht meine Absicht, ihm auch zu öffnen. Dazu entschloß ich mich erst, als er mit den Füßen dagegen trat und im Zimmer nebenan besorgte Stimmen laut wurden. Mich hilfesuchend an die Rezeption zu wenden, erschien mir nicht nur wegen der frühen Stunde als wenig angebracht, so daß ich mich für das im Augenblick kleinere Übel entschied und die Tür so weit öffnete, daß ich mit ihm reden konnte. Es kam jedoch zu keinem Gespräch, weil er die Tür sofort auf- und mich zur Seite stieß. Sekunden später war er im Zimmer und riß Agnes das Laken vom Körper. Er blickte einige Sekunden lang schweigend auf sie hinab. Dann drehte er sich nach mir um und sagte mit Kälte: »Wenn du nicht willst, daß ich ihre Eltern und ihren Großvater verständige, wird sie sich sofort anziehen und das Hotel verlassen. Ein Taxi besorge ich ihr.«
Nach seinen gestrigen Erfahrungen im Speisesaal hätte er eigent-

lich wissen müssen, daß er in diesem Ton nicht mehr mit mir reden konnte und daß es die Frau, die ihm zwei Söhne geboren und seit fünfundzwanzig Jahren seine Socken gewaschen und abgerissene Knöpfe angenäht hatte, nicht mehr gab. Ich fragte mit äußerster Ruhe: »Und was willst du ihnen erzählen? Daß du sie ohne Pyjama im Bett deiner Frau angetroffen hast. Sie schläft auch zu Hause ohne Pyjama.«
»Du aber nicht«, sagte er. »Oder muß ich dir erst den Hausmantel ausziehen, um es ganz genau zu wissen?«
»Um was zu wissen?« fragte ich. »Daß ich mit ihr geschlafen habe? Ich habe in der vergangenen Nacht sogar mehr als einmal mit ihr geschlafen. Vom Augenblick an, als ich gestern abend mit ihr ins Bett ging, haben wir kaum etwas anderes getan, als miteinander zu schlafen. Sie ist volljährig und kann schlafen, mit wem sie will. Auch mit dir, wenn sie das will.« Ich blickte Agnes an, die das Laken wieder über ihren Körper gezogen und die Hände im Nacken verschränkt hatte. Ich fragte: »Willst du mit ihm schlafen?«
Statt zu antworten, drehte sie uns den Rücken zu. Ich sagte: »Wenn du ihren Eltern oder ihrem Großvater etwas erzählst, werden wir uns nicht mehr sehen, Klaus. Du wirst mich dann auch in Lavoir nicht mehr antreffen. Laß uns allein. Was du wissen wolltest, das weißt du jetzt.«
Er kam zu mir und blieb so dicht vor mir stehen, daß ich seinen Atem im Gesicht spürte. Er roch nach Whisky, sein Gesicht sah unrasiert, blaß und übernächtigt aus. Er sagte mit unverändert kalter Stimme: »Wenigstens weiß ich jetzt, warum du dich von Lavoir nicht trennen willst. Wie lange geht das schon zwischen dir und diesem feinen Dorfschullehrertöchterlein? Vier Jahre oder fünf? Dann war sie noch nicht einmal volljährig, als du sie dazu gebracht hast.«
Ich sagte im gleichen kalten Ton wie er: »Es sind noch keine zwei Jahre her, seit du mich zum ersten Mal allein nach Lavoir hast fahren lassen. In der Zeit davor hatte ich nur dich neben mir im Bett, aber vielleicht hast du schon gar nicht mehr gemerkt, daß ich neben dir lag. Zu Hause merkst du es nur noch, wenn du dich mit mir über die Ferienwohnung in Hergiswil unterhalten willst. — Wäre es dir lieber gewesen, wenn ich mir einen Freund statt einer Freundin zugelegt hätte?«
»Deinen Eltern hättest du weder das eine noch das andere zugemutet«, sagte er. »Weiß sie, was mit deinem Vater war?«
»Sie weiß, wer und was du bist«, sagte ich und öffnete ihm die Tür.

Er verließ das Zimmer, ohne mich noch einmal anzusehen. Ich zog den Hausmantel aus und legte mich wieder zu Agnes. Sie nahm mich in die Arme, bettete das Gesicht an meine Wange und fragte: »War es nötig, daß du es so offen zugegeben hast? Wenn ich auch sonst ohne Pyjama schlafe ...«
Ich schloß ihr den Mund mit einem Kuß. »Es genügt ihm, zu wissen, daß es sonst nicht zu meinen Gewohnheiten gehört, nackt zu schlafen. Und mit sonst nichts als mit der Halskette an deinem schönen Körper mußtest du ihm wie die fleischgewordene Sünde erscheinen. Eine Inkarnation des Bösen schlechthin.«
»Es war dein Wunsch, daß ich sie anbehalte«, murmelte sie, mit dem Mund an meinem Mund. »Was macht sie so wertvoll für dich, Moni? Oder kannst du auch jetzt nicht darüber reden?«
»Meine Mutter trug sie als sie starb. Ich mußte sie ihr vorher anlegen. Sie hatte einen schlimmen Tod. Ich saß nächtelang an ihrem Bett. Seit sie und mein Vater nicht mehr leben, waren sie Klaus kaum einmal der Erwähnung wert. Er hat seit Jahren ihr Grab nicht mehr besucht. Leid tun sie ihm erst jetzt, wo er weiß, was aus ihrer Tochter geworden ist. Er besucht auch nicht das Grab seiner Eltern. Er macht um jeden Friedhof einen großen Bogen. Alles, was mit Sterben und Vergänglichkeit zu tun hat, ist ihm suspekt.«
»Und Liebe, wie wir sie machen, ebenfalls«, sagte sie. »Hast du gewußt, daß er so und nicht anders reagieren wird?«
»Gewußt nicht. Bevor Rolf und Bert erwachsen genug waren, sich ein eigenes Urteil darüber zu bilden, hat er sich bei diesem Thema immer bedeckt gehalten. Ginge es heute nach meinen Söhnen und ihren Freundinnen, dürften zwei wie wir sogar heiraten. Da konnte er, wollte er nicht unangenehm auffallen, kaum anderer Meinung sein als sie. Immer vorausgesetzt, es kommt nicht in der eigenen Familie vor.«
Sie lächelte. »Wie jetzt bei ihm. Aber mit deinen Eltern hatte er vielleicht so unrecht nicht. Sie hätten es sicher nicht wissen dürfen. Wie war das bei dir, als sie noch lebten? Warst du damals auch dagegen?«
»Weder dafür, noch dagegen. Ich war nur neugierig. In meiner Schulzeit gab es zwei Mädchen, die es bei mir versuchten. Ich ließ es nicht dazu kommen. Vielleicht gab es später Augenblicke, wo ich, wenn ich mich daran erinnerte, das Gefühl hatte, etwas versäumt zu haben. — Schlafen wir noch ein wenig? Sehr viel kann es seit gestern abend nicht gewesen sein? Oder?«

»Aber das lag doch allein an dir, Moni«, murmelte sie.
Ich sagte: »An deiner Stelle würde ich meinen Mund halten.«
»Tu ich doch«, murmelte sie und küßte mich. »Ob das sein Ernst war mit meinen Eltern?«
»Wäre es schlimm?«
»Für dich mehr als für mich. Mir trauen sie beinahe alles zu. Dir nicht. Sie halten sonst nicht viel von Deutschen. Schon gar nicht von deutschen Touristen, die sich an der ›Cot‹ aufführen, als gehörte sie ihnen. Aber du warst auch für sie immer etwas Besonderes. Ein richtige Dame. Das wärst du nicht mehr, wenn er es ihnen erzählte. — Wieso ist er so früh aufgestanden? Nur um uns zu überraschen?«
»Er war gar nicht im Bett. Ich sah es ihm an. Vielleicht hat er die Nacht in einem Amüsierlokal in Nice oder in einer Spielbank verbracht und kam jetzt erst zurück. Ich glaube nicht, daß es ihm mit seiner Drohung ernst war. Für eine so traurige Rolle, deinen Eltern zu erzählen, ich würde ihn mit dir betrügen, ist er sich zu schade.«
»Aber bei den Freundinnen seiner Söhne Partei gegen die eigene Frau zu ergreifen, dafür ist er sich nicht zu schade«, sagte sie. »Ist er auch der Meinung, daß du dich bei Nora entschuldigen sollst?«
»Das muß er wohl, wenn er alles, was sie äußert, irgendwie vernünftig findet. Sein Vater war unter den Nazis auch nicht Soldat wie der meine. Er war in einem Rüstungsbetrieb beschäftigt und dort für den Frontdienst unabkömmlich gestellt.«
»Und wofür sollst du dich entschuldigen? War es so schlimm?«
»Dafür, daß sie daherredet wie eine dumme Gans?«
Sie rieb lachend ihre Nase an der meinen. »Kein Wunder, daß sie sauer auf dich ist. Eine dumme Gans genannt zu werden ist keine Sache, die man einfach wegsteckt, wenn man die Uni besucht. Jetzt, wo ich erlebt habe, wie du auch mit ihm redest, kann ich mir lebhaft vorstellen ...«
Ich unterbrach sie: »Bei Nora war das anders. Ihre selbstgefällige Art, was sie unter den Nazis alles anders und besser gemacht hätte, ließ bei mir eine Sicherung durchbrennen.«
»Und bei ihm warst du knallhart und eiskalt«, sagte sie und nahm mich in die Arme. Ich sagte: »Nur wenn du brav bist.«
»Ich möchte dich nur fühlen«, sagte sie. »Eigentlich müßtest du als Mutter doch froh sein, daß Nora und Sabine deinen Söhnen zugeredet haben, in keinen Krieg zu ziehen. Egal, gegen wen er geführt

wird. Mein Freund erzählte mir, im Golfkrieg hätten deutsche Soldaten, die sogar freiwillig länger Dienst tun als die anderen, sich plötzlich auf ihr Gewissen besonnen und ihre vorzeitige Entlassung beantragt, und andere, die mit ihren Flugzeugen in der Türkei stationiert waren, hätten ohne seelsorgerische Betreuung durch einen Geistlichen die psychische Belastung nicht ertragen. Mein Freund sagte, in der Redaktion seiner Zeitung sei es das Tagesgespräch gewesen. Nur du hast dir wegen des Golfkriegs keine Sorgen gemacht?«

»Ich war auch in der glücklichen Lage, meine Söhne in Deutschland und nicht in Israel oder China zur Welt gebracht zu haben.«

»Oder in Frankreich. Bei uns kann sich auch keiner auf sein Gewissen berufen. — Mußt du noch sehr oft an ihn denken, Moni?«

Ich wußte sofort, von wem sie sprach, und so sehr weit hergeholt war ihr Gedankensprung, gemessen daran, daß man sein Gewissen nicht nach Belieben von Fall zu Fall ein- und ausschalten konnte, nun wirklich nicht, aber bewußt an ihn gedacht hatte ich in der vergangenen Nacht kaum einmal. Erst jetzt, wo sie mich danach fragte, meinte ich, ihn nie völlig aus dem Kopf verloren zu haben. Die Erinnerung an ihn hatte immer wie ein störender Schatten über meinem Denken und Fühlen gelegen, ohne daß ich auch nur den Versuch gemacht hatte, seine Ursache und Herkunft zu bestimmen. Ich sagte: »Nicht direkt. Es ist mehr eine innere Unruhe. Solange sie nach ihm suchen, werde ich vielleicht nie ganz frei davon werden. Es wäre mir lieber, sie würden ihn bald finden. Wie ist es bei dir?«

»Ich habe dich nach ihm gefragt«, murmelte sie. »Wäre es bei mir anders, hätte ich nicht gefragt. Aber du bist mir jetzt noch wichtiger geworden, und ich habe immer weniger Anlaß, was mit ihm geschehen ist zu bedauern. Ich habe dich sehr lieb, Moni.«

»Ich dich auch«, sagte ich.

»So lieb wie ich dich?«

Ich lächelte. »Du erinnerst mich an meine Söhne, als sie noch klein waren. Da hieß es auch oft: Hast du mich genauso lieb wie ich dich. Heute lieben sie nur noch mein Geld.«

Sie murmelte: »Du bist wahnsinnig verbittert, Moni.«

»Nicht verbittert, nur enttäuscht«, sagte ich. »Besonders von Bert. An ihm hing ich noch mehr als an Rolf.«

»Weil er der jüngere ist?«

»Er war schon als Junge weniger schwierig als Rolf«, sagte ich.

»Richtig entfremdet hat er sich mir erst, als er unter Noras Einfluß geriet.«
»Und Rolf unter Sabines Einfluß.«
Ich nickte.
Sie schmiegte sich noch enger an mich und murmelte: »Ich werde dich nie enttäuschen, Moni. Ich schwöre es dir. Ich fürchte nur, du wirst mich nicht immer so lieben können wie ich dich. Wenn du sagst, ich liebe dich auch: Woher soll ich wissen, daß es so ist?«
»Wenn du das nicht selbst merkst, kannst du mir aufrichtig leid tun«, sagte ich. »Anscheinend hast du ein wahnsinnig schlechtes Gedächtnis oder alles verdrängt, was seit gestern geschehen ist.«
Sie küßte mich und sagte: »Habe ich nicht. Aber daß du deinem Klaus die Wahrheit über uns erzählt und mir Kleider geschenkt hast, ist doch noch kein Beweis für eine große Liebe. Bei deinem Klaus konntest du, wie du selbst sagtest, nicht anders, als zugeben, was er, als er in das Zimmer kam, mit eigenen Augen gesehen hat. Vielleicht hast du auf eine solche Gelegenheit nur gewartet. Vielleicht hast du dich meiner nur bedient, um ihn loszuwerden. Du hast sicher damit gerechnet, daß er dir nachgereist kommt. Jetzt werden er und deine Söhne, wenn sie hören, was er hier gesehen hat, auch kein Geld mehr von dir haben wollen. Da bist du bei mir viel billiger weggekommen als bei ihnen. Nicht wahr?«
Ich blickte sie eine kleine Weile sprachlos an. Dann sagte ich: »Du scheinst überhaupt nicht zu begreifen, was du aus mir gemacht hast, du elende, kleine Hexe. Wie tief ich deinetwegen gefallen bin. Ich sollte mich zu Tode schämen, statt mich noch länger von dir küssen zu lassen.«
»Und nicht nur küssen hast du dich lassen«, lächelte sie. »Du siehst wunderschön aus wenn du kommst, Monilein. Es ist, als würde dein Gesicht leuchten. Ich könnte es tausendmal erleben und es doch immer wieder sehen wollen, aber die elende Hexe bin nicht ich. Die elende Hexe bist du. Schon als ich noch ein kleines Mädchen war und mit Catherine spielte, hast du mich verhext. Wie oft habe ich von dir geträumt. Und deinetwegen geweint. Und jetzt brauchst du mich mit deinen wunderschönen Hexenhänden nur ein wenig lieb zu haben und schon passiert, was mir bis dahin weder bei meinem Freund noch bei mir selbst passiert ist. Ich kann dir nicht sagen, wie oft ich in den letzten Jahren deine wunderschönen Hexenhände angesehen und mir gewünscht habe, sie würden mich so lieben, wie sie es gestern und heute nacht wieder getan haben.

Ich war oft nahe daran, den Verstand zu verlieren, wenn ich daran dachte und es mir vorstellte.«
»Vielleicht hast du ihn tatsächlich verloren. Wenn man dich reden hört, könnte man es fast meinen.«
»Und das ist noch nicht alles«, sagte sie. »Mein Hauptsorge ist, daß du eines Tages lieber wieder mit einem Mann schlafen würdest und bei ihm mehr empfindest als bei mir. Mit dieser Angst werde ich leben, so lange ich bei dir bin. Ich würde dich lieber mit einem Mann teilen, als dich ganz zu verlieren.«
»Und ihn irgendwann kaltblütig umbringen.«
»Nur, wenn du es wünschst oder vergißt, was ich dir heute nacht gesagt habe«, schränkte sie ein. »Daß du jetzt mir gehörst und daß ich dich nie wieder hergeben werde. Oder hast du es schon wieder vergessen?«
»Keineswegs«, sagte ich. »Ich sehe nur keinen Zusammenhang.«
»Ich auch nicht«, sagte sie. »Aber gib gut auf deine Worte acht, wenn du mir erzählst, ich würde nicht begreifen, was ich aus dir gemacht habe und wie tief du meinetwegen schon gefallen bist. Moralisch gefallen?«
»Eher gesellschaftlich«, sagte ich. »Als Nymphomanin wirst du zu jeder Männerparty eingeladen. Als Frau, die es mit einer anderen treibt, nicht.«
Sie berührte mit ihren Sahnelippen meine Augen, zuerst das rechte und dann das linke, und sagte: »Ich denke, du machst dir nichts aus eurer Gesellschaft?«
»Nur aus der derzeitigen nicht«, sagte ich. »Und da stehe ich zum Glück nicht völlig allein. Es gibt noch einige andere, die sie genauso sehen wie ich. Die Lucia Nobel, zum Beispiel, aber die kennst du nicht.«
»In der Bundesrepublik kenne ich nur den Kohl«, sagte sie, mit meinen Augen beschäftigt. »Wer ist sie?«
»Vor der Wiedervereinigung war sie Ansagerin im DDR-Fernsehen. Heute arbeitet sie für die ARD. Ihr Eindruck dort ist vorrangig der, daß Neid, Mißgunst, Intrigen, politischer Opportunismus und Verlogenheit erschreckend weit verbreitet sind. Nur die Pharisäer und die unmittelbar von Gott zum deutschen Fernsehen delegierten Heilsboten hat sie zu erwähnen vergessen.«
»Kann ja sein«, sagte sie. »Nur sehe diesmal ich keinen Zusammenhang.«
»Wie diesen Alt und davon ausgehend, daß auch die ARD nur eine

Art von Prisma der westdeutschen Gesellschaft ist, in dem sich all ihre negativen Eigenschaften vielschichtig widerspiegeln. Wäre es anders, hätte ich mich kaum in dich verliebt.«
»Mein Großvater mag die Deutschen«, sagte sie.
»Ich auch. Wenn sie nicht gerade, weil sie in Urlaub fahren, noch rasch ihre ahnungslosen Haustiere aussetzen oder sich mit ihren Autos auf unseren Straßen blutige Schlachten liefern, wie weiland ihre bärenfellgekleideten Vorfahren es noch mit Schwert und Keule getan haben. Leider begegnet man diesen traurigen Typen bei uns allerorts. Und abends sitzen sie dann vor dem Fernseher und hören sich in der deutschen Volks- und Schlagermusik mit tränenfeuchten Augen das Naabtal-Duo an. Aber das kennst du sicher auch nicht?«
Sie schüttelte bedauernd den Kopf.
»Das macht nichts«, sagte ich. »Die Leute werden heute zur Selbstverwirklichung motiviert, worunter sie verstehen, immer zuerst den persönlichen Vorteil im Auge zu haben und ihr Dasein zu verinnerlichen, beziehungsweise sich von der unheilen Außenwelt mit ihren lästigen globalen Problemen abzuschotten. Hin und wieder verrichten sie auch eine wohltätige Tat und spenden für die unterernährte Welt fünfzig Mark, die sie sich beim nächsten Streikaufruf ihrer Gewerkschaft — aufs Jahr bezogen — durch neue Lohnforderungen von ihren Arbeitgebern zigfach zurückgeben lassen. Ausgenommen die armen Rentner, für die schon zehn Mark ein echtes Opfer sind. Aber sie zählen in einem so jugendbetonten Land, wie wir es sind, heute nicht mehr. Was nicht ausschließt, daß wir ein besonders spendenfreudiges Land sind, wofür wir uns allerdings das Recht nehmen, außenpolitisch nicht gegen unser Grundgesetz zu verstoßen. Meine Söhne und ihre Freundinnen, zum Beispiel, besuchen gerne wohltätige Rock-Konzerte. Dort hüpfen sie gemeinsam mit den anderen im Rhythmus der heißen Musik zu heißen Texten und schlagen vor innerer Glückseligkeit und äußerer Lebensfreude die Hände über dem Kopf zusammen. Aber an der Regierung, die seit Jahren dafür Sorge trägt, daß sie so unbeschwert hüpfen können und die ihnen die deutsche Wiedervereinigung beschert hat, lassen sie kein gutes Haar. Und an den Amerikanern, die mitgeholfen haben, ihrer Generation die Nazis zu ersparen, auch nicht. Bei soviel politischer Undankbarkeit und Stupidität kannst du als Frau, die sich noch ein eigenes Urteilsvermögen bewahren will, gar nicht anders, als gegen den Strom zu schwimmen.«
»Und dich in mich verlieben«, murmelte sie mitfühlend. »Und was

liest du, um dich geistig so unabhängig zu halten wie du bist? Diese deutschen Zeitungen, die es auch bei uns an den Kiosken zu kaufen gibt?«
»Wozu soll ich dir das erzählen?«
»Wem willst du es sonst erzählen? Doch nicht deinem schönen Klaus?«
»Hör mir auf mit Klaus«, sagte ich und streichelte ihren Po. Sie murmelte: »So kann ich aber nicht brav sein, Moni. Wolltest du nicht noch ein wenig schlafen?«
Was ich wollte und was meine Hände wollten, war schon nicht mehr dasselbe. Je öfter ich sie liebte und ihren Körper zu meinem eigenen machte und ihre Empfindungen zu meinen eigenen, desto süchtiger wurde ich danach, es immer wieder neu und immer wieder ein wenig anders zu erleben. Danach schliefen wir dann tatsächlich noch einmal ein und wurden erst durch das Läuten des Telefons wieder geweckt. Dr. Gérad war am Apparat. Er teilte mir mit, daß Tür und Schloß bereits in Ordnung gebracht worden und vom Schlosser drei Schlüssel bei ihm abgegeben worden seien. Um mir den Weg zu seiner Kanzlei zu ersparen, schlug er vor, sie mir durch einen Boten ins Hotel bringen zu lassen. Bis dahin war ich so weit wach geworden, daß ich auch einen Blick auf meine Armbanduhr werfen konnte. Zu meinem Schrecken stellte ich fest, daß es bereits auf elf zuging. Ich erklärte mich mit Dr. Gérads Vorschlag einverstanden und bat ihn, die Schlüssel womöglich noch innerhalb der nächsten Stunde an der Rezeption abgeben zu lassen. Einen Schreiner, der sich im Laufe des Tages die zerbrochenen Fensterscheiben ansehen wollte, hatte er ebenfalls bereits ausfindig gemacht. Ich vereinbarte für den Nachmittag in Lavoir einen Termin, den er an ihn weitergeben würde. Erst als ich das Telefonat bereits beendet hatte, fiel mir das Millionenangebot aus Digne ein, aber für ein eingehenderes Gespräch darüber hätte mir jetzt doch die Zeit gefehlt. Ich versuchte es dann gleich mit Monsieur Clout, mußte von dem Telefonmädchen jedoch erfahren, daß er zu Besorgungen in die Stadt gefahren sei. Ich bat sie um das Frühstück und um eine Nachricht an das Zimmermädchen, unser Zimmer erst aufzuräumen, wenn wir mit dem Frühstück fertig waren. Während ich telefonierte, war auch Agnes aufgestanden. Ich traf sie in der Badewanne an. Da ich nichts ausziehen mußte und für das Mädchen mit dem Frühstück die Zimmertür vorsorglich schon aufgeschlossen hatte, setzte ich mich gleich zu ihr. Die Perlenkette hatte sie auch

jetzt anbehalten. Allein der Umstand, daß wir in der Nacht schon zweimal gebadet hatten und die Zeit schon so weit fortgeschritten war, hinderte uns daran, alles noch einmal von vorne zu beginnen. Ich sagte: »Im Vergleich zu dem, was ich mit dir erlebe, war meine Ehe die reinste Erholung. Weißt du das?«

»Jetzt weiß ich es«, sagte sie und gab mir Seifenschaum in den Mund. Ich spuckte ihn aus und antwortete dem Zimmermädchen, dessen Stimme zu uns drang, durch die Tür. Auch beim Frühstück begnügte Agnes sich mit der Perlenkette als Garderobe, während ich wenigstens einen Hausmantel übergeworfen hatte, ohne ihn allerdings zu schließen. Agnes hätte den Gürtel doch wieder aufgezogen. Weil sie wieder kein Auge von mir ließ, sagte ich: »Man kann sich an allem satt sehen.«

»Ich soll etwas anziehen?« fragte sie.

»Ich rede von dir, nicht von mir«, sagte ich. »Du wirst dich auch in zehn Jahren kaum zu deinem Nachteil verändert haben.«

»Aber fang doch nicht schon wieder davon an«, sagte sie. »An meinem Freund hatte ich mich schon nach der ersten Stunde satt gesehen. Er hat einen Bauch und einen weißen, krummgewachsenen Penis.«

»Das kann ich mir nicht vorstellen«, sagte ich. »Was heißt: krumm gewachsen?«

»Was es heißt«, sagte sie. »Ich darf nie hinsehen, sonst ekle ich mich.«

»Und deshalb kommst du bei ihm nicht?«

»Ich weiß nicht, warum ich bei ihm nicht komme«, sagte sie. »Ich weiß auch nicht, weshalb viele Frauen so verrückt danach sind. Einen Phallus kannst du dir in Nice in Pornoläden in jeder gewünschten Größe kaufen.«

»Aber keinen, der dir auch Kinder macht«, sagte ich.

»Vielleicht gibt es ihn schon für Frauen, die sich künstlich befruchten lassen«, sagte sie. »Ich will keine Kinder haben, also stellt sich dieses Problem für mich auch nicht. Was hast du von deinen Kindern, Moni? Das ist wie eine Ehe. Zuerst große Liebe, und dann nur noch Streit und Enttäuschungen. Ohne meine Schwester, die vorläufig noch Grund hat, sich mit unseren Eltern gut zu stellen, wäre es bei uns zu Hause genauso. Daß ich keine rühmliche Ausnahme bin, weißt du selbst. Der Streit ging aber immer nur von ihnen und nicht von mir aus. — Ich weiß nicht, wie es mit uns beiden weitergehen wird. Aber ohne dich hätte ich erst recht nicht gewußt, wie es weitergehen soll. — Was hast du heute vor? Nach Lavoir fahren?«

»Wegen der Handwerker«, sagte ich und erzählte ihr, was ich mit Dr. Gérad besprochen hatte. Ich setzte hinzu: »Wenn ich mich nicht darum kümmere, würde es Verdacht erregen. Auch Dr. Gérad erwartet von mir, daß ich die Beseitigung der Schäden nicht davon abhängig mache, was jetzt noch in Lavoir geschieht. Ich glaube nicht, daß der Bauherr die Vorkommnisse zum Anlaß nehmen wird, seine Pläne aufzugeben. Falls er keine persönlichen Beziehungen zu dem Bauunternehmer hatte, wird er ausschließlich daran interessiert sein, daß die Arbeiten so rasch wie möglich fortgeführt und das Baugerät und der BMW aus der Grube geholt werden. Dazu brauchen sie einen neuen Kran, den sie erst wieder hinaufschaffen müssen. — Was mich jetzt zusätzlich beunruhigt, sind die beiden Männer mit dem Citroën.«

Sie nickte. »Mich auch. Mir hat das gleich nicht gefallen. Du kannst Monsieur Gérad nicht erzählen, erst gestern, als du mit ihm nach Lavoir fuhrst, gesehen zu haben, daß die Schranke nicht mehr da war, wenn du schon am Samstag Gelegenheit hattest, es zu sehen.«

»Nicht, wenn sie geöffnet war«, sagte ich. »Könnte doch sein, daß die beiden Männer sie geöffnet hatten, aber das änderte nichts daran, daß außer der Schranke auch noch eine Verbotstafel vorhanden ist.« Ich beugte mich zu ihr hinüber, betrachtete ihre Sommersprossen aus unmittelbarer Nähe und sagte: »Mit dem Make-up von gestern abend waren sie kaum mehr zu sehen. Du solltest immer eins auflegen.«

»Wozu?« fragte sie. »Ich habe noch nie in meinem Leben ein Make-up gebraucht. Was nützt das schon? Sobald ich mich wasche, sieht man sie doch wieder.«

»Das ist dummes Gerede«, sagte ich und ging meine Handtasche holen. Als ich mich aber ihres Teints annehmen wollte, wurde sie störrisch und sagte: »Ich will das nicht, Moni.«

Ich sagte: »Entweder du läßt dich jetzt etwas schminken oder ich entziehe dir das Privileg, mich lieben zu dürfen. Also entscheide dich.«

Die Wahl schien ihr nicht sehr leichtzufallen, hatte ich ihr doch in den letzten vierundzwanzig Stunden nicht nur Einblick in meine geheimen Wünsche gegeben, sondern ihr auf ihren ausdrücklichen Wunsch hin auch zugestanden, sich fortan um meine Maniküre und Pediküre zu kümmern, und auch mein Make-up lag neuerdings in ihren Händen, so daß ich mich jedesmal nur auf das Bett oder auf einen Stuhl zu setzen, die Augen zu schließen und den Rest ihr zu überlassen brauchte. Bequemer ging es wirklich nicht, zumal sie mich dabei auch noch mit kleinen Zärtlichkeiten verwöhnte. Der Verzicht darauf schien ihr doch schwerer zu fallen als sich meinem Wunsch zu beugen, denn sie stellte ihren Widerstand ein. Mich vor ihr auf den Tisch setzend und die Füße auf ihre Knie stellend, machte ich mich an die Arbeit. Nach weniger als zwei Minuten waren ihre Sommersprossen kaum mehr zu sehen. Ich ließ sie einen Blick in meinen Taschenspiegel werfen und sagte: »Das werden wir jetzt täglich zweimal machen. Danach wirst du dich selbst nicht mehr erkennen und auch keine Komplexe mehr haben.«

Das Telefon läutete erneut. Sie fragte: »Ob das wieder dein Klaus ist? Soll ich abnehmen und ihm sagen, du seist im Bad oder sonstwo?«

»Dann besser sonstwo. Er könnte sich sonst eingeladen fühlen.«

»Das werde ich ihm jetzt ausreden«, sagte sie.

Ich beobachtete, wie sie aufstand, zum Nachtschränkchen ging und den Hörer abnahm. Daß vorläufig kein Anhaltspunkt dafür vorlag, ich könnte mich an ihr satt sehen, dafür sprach allein schon mein Unvermögen, den Blick von ihr zu wenden. Es war nicht nur ihr makellos gewachsener Körper, in den ich mich verliebt hatte und den zu streicheln und zu küssen von Mal zu Mal neue Begehrlichkeit und neue Wünsche in mir weckte. Es war auch ihre lässige Art, sich zu bewegen, ihre dunkle, etwas rauh klingende Stimme, und nicht zuletzt war es das fast immer gegenwärtige kleine Lächeln in ihren dünnen Mundwinkeln, die es mir angetan hatten. Ich war ihr schon so sehr verfallen, daß ich mir ein Leben ohne sie kaum mehr vorstellen konnte.

Bei dem neuen Anrufer schien es sich jedoch nicht um Klaus zu handeln. Mir fiel auf, daß ihr Gesicht, während sie den Hörer am Ohr hielt, seltsam starr wirkte. Sie öffnete den Mund, schloß ihn jedoch wieder und legte den Hörer, ohne ein einziges Wort gesprochen zu haben, schon nach kurzer Zeit auf den Apparat zurück. Sie setzte sich neben den Apparat auf das Bett, griff nach meinen auf dem Nachtschränkchen liegenden Zigaretten und zündete sich eine an. Dann erst erwiderte sie meinen Blick und sagte mit undeutlich klingender Stimme: »Er dachte, du seist am Apparat; er redete mich mit deinem Namen an. Du sollst heute nachmittag um drei Uhr in Lavoir sein. Er will sich dort mit dir über den Porsche unterhalten.

Wenn du nicht kommst oder wieder wegfährst, ohne auf ihn zu warten, wird er sich statt mit dir, mit der Gendarmerie unterhalten. Einen Namen hat er nicht genannt. Er ließ mich auch nicht zu Wort kommen, sondern legte sofort auf. Was wirst du tun?«
Ich griff mechanisch nach meiner Tasse, trank einen Schluck und stellte sie auf den Unterteller zurück. Mein erster Gedanke war, nach Hause zu fahren, aber dorthin konnte ich Agnes nicht mitnehmen. Und finden würden sie uns auch in Italien oder in Spanien. Irgendwann würden sie uns finden, und deshalb war es klüger, sich anzuhören, was er mir zu sagen hatte. Ich fragte: »Ein Landsmann von dir?«
Sie nickte. »Er ist aus der Gegend; ich hörte es am Dialekt.«
Ich hatte plötzlich ein ganz heißes Gesicht. Ich stand auf und zog den Hausmantel aus. Agnes sagte: »Ich helfe dir. Was willst du anziehen?«
»Irgendwas«, sagte ich. »Essen werden wir oben. Ich möchte vor ihm in Lavoir sein.«
Sie drückte ihre Zigarette aus und kam zu mir. Sie schlang die Arme um mich, küßte mich und fragte: »Du willst mit ihm reden? Ich wüßte, wo kein Mensch uns findet.«
»Ich habe nicht vor, mich für den Rest meines Lebens versteckt zu halten.«
»Ich auch nicht«, sagte sie. »Wenn er darauf aus ist, dich zu erpressen, weiß vielleicht nur er davon.«
»Das genügt doch.«
»Du verstehst mich nicht«, sagte sie.
Ich hatte sie nur nicht verstehen wollen und sagte: »Eher würde ich ihm mein ganzes Geld geben.«
»Und reumütig zu deinem Klaus und deinen Söhnen heimkehren«, sagte sie. »Ob Nora deine Entschuldigung auch annimmt, wenn sie weiß, daß du kein Geld mehr hast, auf das sie und Rolf noch spekulieren können?«
Ich schwieg.
Sie nahm die Arme von mir und trat an den Kleiderschrank. Ich beobachtete, wie sie nach einem dünnen Pulli und den Jeans griff, die ich gestern auf ihr Drängen hin für mich selbst erstanden und bis zum Abendessen auch getragen hatte. Sie sagte: »Es ist besser, du ziehst dich nicht zu elegant an, Moni. Vielleicht gefällt es ihm sogar, dich mit Jeans und diesem dünnen Pulli zu sehen. Wo ist dein Slip?«
»Das frag dich selbst«, sagte ich.

»Ach ja«, sagte sie. »Ich habe ihn gestern abend irgendwohin geworfen. Es ist ja nicht wie bei armen Leuten.«
Sie nahm auch noch einen Slip aus dem Schrank, ging vor mir in die Hocke und zog mir zuerst den Slip und dann die Jeans an. Auch den Pulli streifte sie mir über und sagte: »Er wird sehen, daß du nichts darunter anhast. Vielleicht gefällt es ihm. Würdest du auch mit ihm schlafen, wenn es etwas nützt?«
Ich wußte noch nicht, was ich alles tun würde, aber das auf keinen Fall. Ich sagte: »Er ist auf Geld und vielleicht auch auf das Haus aus. Der gibt sich nicht mit Almosen ab.«
»Für mich war es kein Almosen«, sagte sie. »Pumps oder Sandaletten?«
Ich entschied mich für Sandalen. Das Telefon läutete wieder. Diesmal nahm ich es ab. Das Mädchen von der Rezeption teilte mir mit, daß ein Päckchen für mich abgegeben worden sei. Ich bedankte mich und fragte sie, ob mein Mann das Hotel bereits verlassen habe. Ihre Antwort kam nicht überraschend für mich. Ich legte auf und sagte zu Agnes: »Er ist schon vor zwei Stunden abgereist. Jetzt sind wir nur noch auf uns gestellt.«
»Das waren wir auch schon, bevor er gestern hier eintraf«, sagte sie. »Er hat es sich sehr leicht gemacht. Findest du nicht auch?«
Hätte er es statt ihrer mit einem männlichen Rivalen zu tun gehabt, wäre ich geneigt gewesen, ihr zuzustimmen, aber mir umgekehrt vorzustellen, ich hätte ihn mit einem Mann im Bett überrascht, ließ, trotz meiner schlimmen Situation, statt Enttäuschung eher ein Gefühl leiser Nachsicht in mir aufkommen. Ich sagte: »Er mag, genau wie ich auch, seine Fehler und Schwächen haben, aber Gewalttätigkeit widerstrebt ihm. Nachdem ich ihn über unsere Beziehungen so unmißverständlich aufgeklärt habe, war seine Abreise das einzige, was er noch tun konnte. Ich hoffe nur, er ist auch vernünftig genug und schläft sich irgendwo aus, bevor er den weiten Weg nach Hause fährt.«
Sie stieg in ihre Jeans und sagte: »Du liebst ihn ja noch immer, Moni. Oder hast du im Moment sonst keine Probleme als dir seinetwegen Sorgen zu machen?«
»Ich mache mir auch deinetwegen Sorgen«, sagte ich und trat auf den Balkon hinaus. Auf der anderen Straßenseite tauschten einige ältere Damen im Tennisdreß gemächlich Bälle aus. Es waren fast immer die gleichen Damen. Punkt zwölf Uhr brachen sie ihr Spielchen ab und gingen ihren häuslichen Pflichten nach. Agnes kam an

meine Seite und sagte: »Ich habe nichts gegen Tennis. Ich mag nur diese Typen nicht. Vormittags auf dem Tennisplatz und abends auf einer Party. Spielst du auch Tennis?«

»Gegen wen? Klaus ruht sich abends und am Wochenende lieber aus. Ich überlege gerade, ob es nicht besser ist, ich fahre allein hinauf.«

Sie nickte. »Ich dachte mir, daß sich hinter deiner plötzlichen Sorge um mich etwas Dummes versteckt. Ich kann dich nicht zwingen, mich mitzunehmen, und du kannst mich nicht daran hindern, mir ein Taxi zu nehmen. Monsieur Clout wird so freundlich sein, es dir auf die Rechnung zu setzen.«

Ich kehrte in das Zimmer zurück und nahm zehntausend Francs aus meiner Handtasche. »Das wird vorläufig reichen«, sagte ich.

»Für ein Taxi bestimmt«, sagte sie. »Warum wolltest du gestern nicht, daß ich mit dir in die Bank komme? Damit ich nicht sehe, wieviel du dir hast auszahlen lassen?«

»Fünfzigtausend«, sagte ich. »Wir haben bei der Bank seit vielen Jahren ein Konto. Das ersparte es uns, immer viel Geld mitzunehmen und auf der Reise vielleicht zu verlieren.«

»Aber dies wird sicher dein bisher teuerster Urlaub«, sagte sie und schob das Geld in eine Tasche. »Wofür sind sie wirklich, Moni? Sag jetzt nicht für heute nacht, sonst werfe ich sie dir ins Gesicht.«

»Ich denke, wir sind einander nichts schuldig geblieben«, sagte ich.

»Dann fährst du eben in Gottes Namen mit. Ich meinte es nur gut mit dir.«

»Wie meine Eltern. Und wenn du hoffst, ich würde es mir anders überlegen und mit den zehntausend Francs heimlich verschwinden, hoffst du vergebens. Wo siehst du ein Problem, wenn ich dich begleite?«

»Bis zur Stunde weiß dieser Mann noch nichts von dir. Das wird sich ändern, wenn du mitkommst.«

Sie widersprach mir: »Du hast nicht genügend nachgedacht, Moni. Wenn er von dem Porsche weiß, dann weiß er auch von mir. Er muß uns beide gesehen haben. Nicht nur dich.«

»Aber er weiß nicht, wer du bist.«

»Ich habe auch nicht vor, es ihm zu erzählen. Im Hotel erfährt er es auch nicht. Monsieur Clout weiß nur, daß ich deine Nichte bin. Ich verstehe nicht, warum er sich nicht schon früher gemeldet und von wo aus er beobachtet hat, was mit dem Porsche geschah. Hast du eine Erklärung dafür?«

»Es gibt nur eine«, sagte ich. »Entgegen dem, was Dr. Gérad von den beiden Herren der Sûreté erfahren hat, ist der Bauunternehmer auch am Sonntag wieder in Begleitung nach Lavoir gefahren. Vielleicht ohne Wissen jener, die angaben, er sei ohne Begleitung gewesen. Während er sich dann auf die Suche nach uns machte, blieb der andere im Dorf zurück und machte sich später, nachdem wir weggefahren waren, zu Fuß auf den Heimweg.«
Sie legte eine Hand auf meine Schulter und sagte ruhig: »Dann hat er nicht nur gesehen, was mit dem Porsche geschehen ist, Moni. Ist dir das klar?«
Es war mir schon klar, seit sie mit ihm telefoniert hatte. Ich kehrte in das Zimmer zurück, zündete mir eine Zigarette an und setzte mich auf das Bett, wo zuvor Agnes gesessen hatte. Sie kam zu mir, ließ sich wieder mit geöffneten Beinen auf meinen Knien nieder und verschränkte die Hände in meinem Nacken: »Wieviel könntest du ihm geben, damit er den Mund hält? Sehr viel?«
Ich schüttelte den Kopf. »Der größte Teil meines Vermögens wurde von meinem Vater langfristig angelegt. Kurzfristig könnte ich vielleicht zwei Millionen flüssig machen.«
»In D-Mark?«
»In Francs. Beim derzeitigen Kurs sind das etwa sechshunderttausend Mark.«
»Das ist viel Geld, Moni.«
»Für den Augenblick. Sobald er sie ausgegeben hat, wird er seine nächste Forderung stellen. Und so weiter, und so fort.«
Sie nickte. »Ich habe dir bereits gesagt, was ich davon halte.«
»Und ich habe dir gesagt, was *ich* davon halte«, erwiderte ich. »Wenn er alles beobachtet hat, wird er auf der Hut, vielleicht sogar bewaffnet sein. Hier hat doch beinahe jeder ein Jagdgewehr im Schlafzimmerschrank stehen.«
»Aber sonst hättest du keine Bedenken?«
Hatte ich wirklich sonst keine? Oder was, um Gottes willen, brachte mich dazu, die Möglichkeit, er könnte ein Jagdgewehr besitzen, als erschwerend zu empfinden, auch dieses neuen Problems unauffällig ledig zu werden? Nicht nur in meinem Kopf, auch in meinem Wesen mußte in den zurückliegenden Tagen eine erschreckende Veränderung stattgefunden haben, die mir bisher in ihrem vollen Umfang noch gar nicht bewußt geworden war. Und Agnes sagte: »Eine Pistole täte es genauso. Mein Freund hat eine. Er bewahrt sie in seiner Wochenendhütte auf. Sie steht sehr einsam. Auch wurden

nicht weit entfernt ausländische Touristen nachts schon mit quergestellten Autos angehalten und ausgeraubt. Ich weiß, wo die Pistole liegt. Ich könnte sie uns besorgen. Du müßtest mich nur hinfahren. Es würde genügen, wenn dieser Kerl sieht, daß auch wir eine Waffe haben.«

Es wäre jetzt an der Zeit gewesen, ihr zu sagen, daß wir seit meinem sonntäglichen Besuch bei ihrem Großvater im Besitz einer Waffe waren, die ich in den letzten vierundzwanzig Stunden völlig aus dem Gedächtnis verloren hatte, aber dann hätte ich auch von meinem ihr bisher verheimlichten Besuch erzählen müssen, und dazu konnte ich mich noch immer nicht überwinden. Statt dessen fragte ich: »Kannst du denn mit der Pistole umgehen?«

»Mein Freund hat es mir gezeigt.« Sie beugte sich zu mir nieder, streichelte mit dem Gesicht meine Wange und sagte: »Mach dich nicht verrückt, Moni. Du siehst völlig verstört aus. Hör dir an, was er will. Dann können wir uns immer noch überlegen, ob du dich darauf einläßt oder nicht. Wir werden uns auch ihm gegenüber auf einen Unfall hinausreden. Als der Bauunternehmer auf dich losgehen wollte, schlugst du ihm deine Handtasche ins Gesicht, und ich versetzte ihm einen Stoß, wobei er das Gleichgewicht verlor.«

»Und was erzählen wir, warum er auf mich losgehen wollte?«

Sie nahm mir die Zigarette aus der Hand, zog daran und sagte: »Aber das ist doch einfach, Moni: Er wollte auf dich losgehen, weil wir seinen Porsche beschlagnahmt haben. Als Gegenwert für die Schäden, die unter seiner Verantwortung an und in deinem Haus angerichtet wurden.«

Schlecht hörte sich nicht an, was sie mir da erzählte. Trotzdem hatte ich meine Zweifel, ob man uns ihre Geschichte abnehmen würde. Ich sagte: »Mit wem wir es auch zu tun haben: Er war am Sonntag mit oben. Vielleicht auch mit im Haus. Vielleicht war er es, den du auf der Treppe gesehen hast, und nicht der Bauunternehmer?«

Sie gab mir die Zigarette zurück und sagte: »Glaube ich nicht, Moni. Der Mann, den ich sah, trug einen braunen Lederblouson, und der Bauunternehmer trug ebenfalls einen. Es ist nicht anzunehmen, daß der andere genau den gleichen trug. Die Sache ist doch ganz einfach, Moni. Falls du dich mit ihm nicht einigen kannst und er wirklich zur Gendarmerie geht und dort ausplaudert, dann war es eben ein Unfall, für den ich die Schuld auf mich nehme. Dir können sie dann nichts anhaben, und ich werde mich, wenn sie nicht glauben, daß es ein Unfall war, über die Grenze absetzen.«

»Das kommt überhaupt nicht in Frage«, sagte ich. »Ich werde eher das Haus aufgeben, als mich auf deine Kosten in Sicherheit bringen. Sollte sich herausstellen, daß der Mann tatsächlich weiß, was mit dem Porsche und seinem Fahrer geschehen ist, werden wir es zuerst mit dem Unfall versuchen. Er kann sich dann selbst ausrechnen, daß uns sein Schweigen nicht ein Vermögen wert ist und daß ein guter Anwalt billiger käme ...«
Sie unterbrach mich: »Einen Anwalt kannst du vergessen, Moni. Vielleicht fällt uns, wenn wir ihn erst einmal kennen und wissen, was er will, etwas Besseres ein. Du kennst die französischen Gerichte nicht. Eine Sache wie diese kann sich über Monate, sogar über Jahre hinziehen. Wir hätten es nicht nur mit Richtern und Staatsanwälten zu tun, die sich den Angehörigen des Bauunternehmers bestimmt näher fühlen als dir und mir. Wir hätten es auch mit diesen selbst zu tun. Mit einem Unfall werden sie sich nicht abfinden.«
Daran hatte ich bereits selbst gedacht. Ich sagte: »Ganz abgesehen davon, daß wir uns allein schon durch unser bisheriges Schweigen verdächtig und einen Unfall unglaubwürdig gemacht haben. Wir könnten uns nur noch darauf berufen, aus Sorge, keinen Glauben zu finden, nicht gewußt zu haben, wie wir uns verhalten sollten, und auch das wird uns kein Mensch abnehmen. Es bleibt uns also gar nichts anderes übrig, als uns mit diesem Mann zu arrangieren.«
»Wir werden sehen«, sagte sie und erhob sich von meinen Knien. Sie schob sich eine Haarsträhne aus der Stirn und sagte: »Wenn du oben essen willst, werden wir vorher noch etwas einkaufen müssen. Ich habe Appetit auf Fisch. Heilbutt esse ich am liebsten. Aber mit Kapern, wie sie meine Tante in Digne macht. Hoffentlich bekommen wir irgendwo welche.«
»Aber sonst hast du keine Sorgen?« fragte ich.
Sie lächelte. »Erst nach dem Heilbutt wieder, Moni.«

4

Darüber, weshalb wir, entgegen meiner Erwartung, in Lavoir vorläufig keinen einzigen Menschen antrafen, unterhielten wir uns beim Essen. Mit sechs Scheiben Heilbutt zu jeweils zweihundertfünfzig Gramm nach Grenobler Art, deren Rezept aus der Küche von Agnes' Tante stammte, konnten wir uns eine Vorspeise ebenso ersparen wie eine Nachspeise. Auch auf Wein verzichteten wir, um uns für den erwarteten Besucher einen klaren Kopf zu bewahren. Über zwei Dinge waren wir uns bereits auf der Fahrt durch den leeren Ort schlüssig geworden: Weder die mit der Ermittlung befaßten Behörden, noch die Angehörigen des Bauunternehmers waren wegen seines Verschwindens bisher an die Öffentlichkeit getreten, es hätte sonst in Lavoir von Journalisten und neugierigen Besuchern nur so wimmeln müssen. Dafür gab es, wenn weiterhin eine Entführung vermutet wurde, um das Leben des Entführten nicht zu gefährden, plausible Gründe. Und nach dem Eindruck, den ich schon bei unserem ersten Eintreffen gewonnen hatte, waren die Bauarbeiten zu einem bereits früheren Zeitpunkt eingestellt worden, so daß auch die Anwesenheit von Arbeitern nicht vonnöten war. Ob aus Rücksicht auf meine noch ungeklärte Verkaufsbereitschaft, bereitete mir kein Kopfzerbrechen. Als verwunderlich und irgendwie auch als beunruhigend empfand ich es jedoch, daß von seiten der französischen Polizei nach dem nächtlichen Großeinsatz von Sonntag auf Montag keine ersichtlichen Bemühungen mehr unternommen wurden, in Lavoir doch noch irgendwelche Spuren zu entdecken, die einen Hinweis auf das Verschwinden des Bauunternehmers hätten geben können. Ich sagte: »Zumindest hätte man erwarten können, daß sie das Gerät in der Grube und auch den BMW nach Fingerabdrücken untersuchten.«

»Den Baukran auch?« fragte Agnes.

Weil sie ihre Frage mit einem kleinen Lächeln begleitete, machte ich sie darauf aufmerksam, daß ich nicht nur den Baukran, sondern auch das Lenkrad des BMW angefaßt hatte und daß meine Befürchtung deshalb so dumm nicht sei, wie ihr Lächeln es unterstellte. Sie sagte kopfschüttelnd: »Du machst dich wirklich unnötig verrückt, Moni. Ich weiß nicht, was von dem Lenkrad des BMW noch übrig-

geblieben ist, nachdem der Schaufellader ihn wie eine Zitrone zerquetscht hat. Solange sie davon ausgehen, daß es sich um eine Entführung handelt, werden sie auf eine Nachricht der Entführer warten und hier nicht nach deinen Fingerabdrücken suchen. Wie kommst du überhaupt auf Fingerabdrücke? Schaust du dir im Fernsehen oder im Kino gerne Krimis an?«
Ich sagte: »Das selbständige Denken habe ich zum Glück schon gelernt, bevor es das Fernsehen gab, so daß ich es nicht *ihm* zu überlassen brauche, wie andere das tun.«
»Das war auch sehr vernünftig von dir«, meinte sie.
Obwohl gegen den Heilbutt nach Grenobler Art nichts einzuwenden war und wir auch bei den Zutaten an nichts gespart hatten, kam bei mir kein richtiger Appetit auf. Agnes hingegen aß bereits die dritte 250-Gramm-Scheibe, während ich noch mit der ersten zu tun hatte, so daß sie am Ende unserer Mahlzeit insgesamt vier und ich nur zwei verspeist hatte. Den Reißverschluß ihrer Jeans öffnend sagte sie mit gerötetem Gesicht: »An Heilbutt könnte ich mich totessen, Moni. Aufgewärmt schmeckt er nicht mehr so gut, sonst hätten wir noch für heute abend davon aufheben können. Bist du auch wirklich satt geworden?«
»Dein Großvater erzählte mir einmal, du würdest zu Hause so gut wie nichts essen«, sagte ich.
»Dort muß ich essen, was meiner Mutter schmeckt«, sagte sie. »Den Heilbutt gibt es bei uns gekocht. Mir schmeckt er nur gebraten. Und heute schmeckt er mir ganz besonders. Interessiert es dich, warum?«
»Ich kann es mir denken«, sagte ich. »Je öfter ich es bei dir erlebe, desto unglaubwürdiger erscheint es mir, daß du vorher nie etwas empfunden haben willst.«
»Empfunden schon«, sagte sie. »Ich bin nur nicht gekommen.«
Ich sagte: »Vielleicht könnten wir uns darauf verständigen, daß wir es künftig anders nennen. Hast du dir diesen Gossenjargon bei deinem Freund angewöhnt?«
Sie erhob sich von ihrem Stuhl, kam zu mir und ließ sich auf meinem Schoß nieder. Sie legte die Arme um meinen Hals, küßte mich und sagte: »Aber Moni, das ist doch kein Gossenjargon. In der medizinischen Fachsprache klingt es doch viel abstoßender. Für dich ist es nichts Besonderes mehr, aber für mich. Ich erwarte nicht, daß du verstehst, was es für mich bedeutet. Es ist genauso, als hätte ich mein bisheriges Leben nur halb gelebt.«

Verstehen konnte ich es. Ich hätte mich an ihrer Stelle auch daran gestoßen, aber vollkommen überzeugt war ich noch immer nicht. Ich sagte: »Und diese Frau in Digne ...«

Sie unterbrach mich: »Sie las mich von der Straße auf, als ich nicht mehr wußte, wohin. Mit Liebe hatte das nichts zu tun. Sie war verheiratet. Ihr Mann durfte nichts davon wissen. Ich war immer nur stundenweise bei ihr. Sie brachte mich in einer billigen Pension unter. Wenn ihr Mann das Haus verlassen hatte, rief sie mich über das Telefon zu sich. Das ging aber nur einige Wochen gut. Dann ließ sie mich plötzlich wissen, daß wir uns nicht mehr sehen könnten. Gründe nannte sie mir nicht. Sie war auch die letzte Woche das Geld für die Pension schuldig geblieben. Als ich dem Pensionsinhaber sagte, daß ich sie nicht bezahlen könne, setzte er mich auf die Straße und schloß mein Moped in seinem Keller ein. Er wollte es mir erst zurückgeben, wenn ich meine Schulden bezahlte. Zu meiner Tante wollte ich nicht mehr zurück. Das Moped wollte ich aber auch nicht verlieren. Dann geriet ich an einige junge Leute in meinem Alter. Das sollte ich dir aber besser nicht erzählen.«

Ich griff nach ihrer auf meiner Schulter liegenden Hand und sagte: »Erzähle es trotzdem.«

»Ich traf sie in einem kleinen Park, wo ich eine Nacht verbrachte. Du kennst Digne?«

»Nur flüchtig.«

»Sie haben mir mein Moped zurückgeholt. Wie, haben sie mir nicht verraten. Sie kannten einige leere Häuser, wo sie sich aufhielten, wenn es regnete. Sie arbeiteten für einen Hehler, räumten nachts Wohnungen, aber auch Geschäfte aus. Ich fühlte mich ihnen verpflichtet, weil sie mir mein Moped zurückbrachten. Zwei der Jungens schliefen mit mir. Sie schliefen auch mit den anderen Mädchen. Das wäre zu ertragen gewesen. Sie waren aber alle süchtig. Den Stoff bekamen sie von dem Hehler. Sie brachten auch mich dazu. Ich weiß nicht, wie es geendet hätte, ob ich noch einmal den Absprung gefunden hätte. Mein Glück und ihr Pech war, daß sie bei einem Einbruch erwischt wurden. Bis auf eines der Mädchen. Ich war an diesem Abend nicht mit dabei, ich war im Keller eines leeren Hauses, wo sie damals ihr festes Lager hatten und wohin sie auch die Sachen von ihren Einbrüchen schafften, bevor der Hehler sie mit seinem Lastwagen abholte. Eines von uns Mädchen blieb immer im Lager zurück, damit es nicht unbewacht war. An diesem Abend war ich an der Reihe. Das Mädchen, das entkommen konnte, kam noch rasch vorbeigelaufen und warnte mich. Wir mußten damit rechnen, daß einer der Jungens, die erwischt wurden, oder auch das Mädchen, das mit ihnen erwischt wurde, der Gendarmerie von dem Lager erzählte und daß sie jeden Augenblick eintreffen würde. Ich nahm nur mein Moped mit. Aus Furcht, doch noch gefaßt zu werden, hielten wir uns tagelang in nahegelegenen Wäldern versteckt. Wir hatten kaum etwas zu essen, und es regnete oft stundenlang.«

»Du lieber Gott«, sagte ich entsetzt. »Und du bist nicht zu deiner Tante gegangen?«

Sie schüttelte den Kopf. »Seit sie mich weggeschickt hat, habe ich sie nicht mehr gesehen. Ich will sie auch nicht mehr sehen. Das andere Mädchen war aus Chambéry und aus den gleichen Gründen von daheim weggelaufen wie ich. Sie war aber schon so süchtig, daß sie nicht davon loskam. Als sie wieder einmal versuchte, sich irgendwo Stoff zu besorgen, kam sie nicht mehr zurück. Ich schaffte es mit Hilfe eines Lastwagenfahrers, der es ohne *Bezahlung* tat, mit meinem Moped nach Briancon zu kommen. Von dort fuhr ich mit dem Moped direkt zu meinem Großvater. Und damit du auch das weißt: Mit dem Mädchen, mit dem ich bis zum Schluß zusammen war, habe ich auch geschlafen. Aber eben nur so. Als ich zu meinem Großvater nach Bairols kam, wog ich noch fünfzig Kilo.«

Für ein Mädchen von gut einssiebzig Größe war das wahrlich nicht viel. Ich fragte: »Du hast nichts mehr von ihnen gehört?«

»Ich war seither nicht mehr in Digne«, sagte sie. »Als ich damals hinfuhr, war ich vorher noch in Lavoir und wollte dich besuchen.«

»Als du mich nicht angetroffen hast?«

Sie streichelte mit den Fingerspitzen meinen Mund. »Ich wußte von meinem Großvater, daß du allein oben warst. Sicher kennst du das Spiel, wenn man ein Geldstück in die Luft wirft. Bei Kopf oben hätte ich auf deine Rückkehr von deinem Spaziergang gewartet, aber es war die Zahl, die oben lag. So fuhr ich eben nach Digne. Heute glaube ich, daß es so besser war. Damals hätte ich dich noch auf dem falschen Bein erwischt und vielleicht alles verdorben.«

Das konnte ich ebensowenig ausschließen wie sie. Die Wahrscheinlichkeit, daß ich ihren unangemeldeten Besuch zum Anlaß genommen hätte, sie noch am gleichen Tag wieder zu ihrem Großvater oder zu ihren Eltern zurückzuschicken, war jedenfalls ungleich größer als eine Einladung an sie, die Nacht im Gästezimmer zu verbringen. Auch wenn mein Verhältnis zu meinen künftigen Schwie-

gertöchtern schon damals nicht mehr das beste war: Zu einem ernsthaften Zerwürfnis mit meinen Söhnen war es noch nicht gekommen, und auch Klaus hatte sich noch nicht so eindeutig auf ihre Seite geschlagen, wie er es neuerdings tat.
Ich nahm ihre Finger von meinem Mund und sagte: »So schlimm es auch für dich war: Es wird dich künftig davor bewahren, ähnliche Dummheiten zu machen.«
»Wenn du mir dabei hilfst«, sagte sie und hob lauschend den Kopf. Ich hatte das Geräusch eines vorfahrenden Autos fast gleichzeitig mit ihr gehört. Sie stand rasch von meinem Schoß auf und fragte: »Ob er das schon ist?«
Wenn er es war, dann kam er eine Stunde früher als angekündigt. Mir wäre lieber gewesen, er hätte sich noch etwas Zeit gelassen. Als ich mich von meinem Stuhl erhob, hatte ich wieder-Blei in den Beinen. Ich sagte: »Du bleibst hier in der Küche. Ich werde mich im Wohnzimmer mit ihm unterhalten und die Tür nicht ganz schließen, so daß du von der Diele aus mithören kannst, worüber wir reden. Komme nur, wenn ich dir rufe. Versprichst du mir das?«
Sie nickte. Gleich darauf wurde an die Haustür geklopft. Türglokken hatte es in Lavoir noch nie gegeben, und auch wir hatten beim Kauf des Hauses darauf verzichtet, eine einbauen zu lassen, weil wir in Lavoir nie Post erhielten, also die Tür auch keinem Briefträger zu öffnen brauchten. Zu den Eigenschaften, die ich an Klaus immer geschätzt hatte, gehörte seine Abneigung, sich in den Urlaub Post oder Zeitungen nachsenden zu lassen. In Lavoir war er selbst für seine höchsten Vorgesetzten unerreichbar gewesen, zumal die Post von daheim bis nach Lavoir acht bis zehn Tage unterwegs war. Wir hatten es zwei- oder dreimal versuchshalber ausprobiert. Warum sie so lange brauchte und wo sie sich in dieser Zeit herumtrieb, war immer das Geheimnis der französischen Post geblieben. Für Notfälle war einem von Klaus' Mitarbeitern die Rufnummer von Agnes' Großvater in Bairols bekannt. Sie war jedoch nie benutzt worden.
Bei unserem Eintreffen hatte ich mich davon überzeugen können, daß der Schlosser saubere Arbeit geleistet und die ausgebrochenen Holzteile durch Metallplatten ersetzt hatte, die einem neuerlichen Versuch, die Tür gewaltsam zu öffnen, sicher besser widerstehen würden. Sie sahen zwar nicht sehr schön aus und ließen sofort erkennen, daß die Tür schon einmal aufgebrochen worden war, aber ich war froh, wenigstens dieses Problem gelöst zu haben.

Der Mann vor der Tür und sein jugendlicher Begleiter kamen wegen der zerbrochenen Fensterscheiben und nicht wegen des Porsches. Anscheinend hatten sie zuvor die Grube und ihren Inhalt besichtigt, denn sie wirkten beide stark befremdet und kamen, nachdem wir die ersten Worte ausgetauscht und sie mich mit dem Namen ihrer Firma bekannt gemacht hatten, beide fast gleichzeitig auf die Grube zu sprechen. Ich erklärte ihnen, nicht informiert zu sein, weil die Geräte und der BMW bei meiner Ankunft bereits in der Grube gelegen hätten, was ihrem Befremden keinen Abbruch tat. Sie folgten mir kopfschüttelnd ins Haus, betrachteten, während ich sie durch die Räume mit den zerbrochenen Fenstern führte, kopfschüttelnd den angerichteten Schaden und machten sich dann ans Werk. Während der Ältere die Maße nahm, notierte sein junger Begleiter sie in ein Auftragsbuch. Ich konnte mich in dieser Zeit wieder Agnes widmen, die natürlich mitbekommen hatte, daß es sich nicht um den von uns erwarteten Besuch handelte. Sie stand am offenen Küchenfenster und rauchte eine Zigarette. Ich sagte: »Meinetwegen hätte er es sein können. Dann wüßten wir jetzt schon, woran wir sind. Woran denkst du? Auch an ihn?«
»Nein«, antwortete sie. »Ich habe eben über dich und deinen Klaus nachgedacht. Über eure vielen Wohnsitzwechsel. Waren sie unbedingt nötig? Ein richtiges Familienleben könnt ihr doch nie geführt haben? Eine Familie muß irgendwo daheim sein.«
Ich trat neben sie und blickte an ihrer Seite in das tiefe Tal mit der Schlucht hinab. »Wie kommst du gerade jetzt darauf?«
»Fiel mir so ein«, sagte sie. »Es gibt heute schnelle Züge und Autobahnen. Er hätte auch in einem Hotel wohnen und nur über das Wochenende nach Hause kommen können.«
»Das Wochenende genügte ihm nicht«, sagte ich. »Seine Söhne nur an zwei Tagen in der Woche zu sehen, war unvorstellbar für ihn. Und wohin er auch versetzt wurde: Er hätte jedesmal mindestens zwei Stunden mit dem Auto fahren müssen. Mit der Bahn wegen der oft schlechten Verbindungen mindestens genausolang. Und dann noch einmal zwei Stunden für den Heimweg. Er wollte seine Familie dort haben, wo er arbeitete. Und ich wollte in seiner Nähe sein. Wir haben nie schlecht gewohnt. Meistens am Stadtrand oder in einem Vorort. Die Kosten übernahmen seine Arbeitgeber. In Freiburg hatten wir ein sehr schönes Haus gemietet. An Freiburg denke ich noch heute gern zurück.«
»Bewohnt ihr in Dortmund auch ein Haus?«

»Nur eine Mietwohnung, aber in einem schönen alten Haus mit einem großem Garten. Trotzdem ...«
Sie wandte mir fragend das Gesicht zu.
»Richtig zu Hause war ich nur in Frankfurt. Im Haus meiner Eltern.«
»Wer bewohnt es heute?«
»Ich weiß es nicht. Nach dem Tod meiner Mutter habe ich den Verkauf einem Makler überlassen und mich nicht mehr darum gekümmert. Ich wollte es nicht mehr sehen. Das war einmal.«
»So hört es sich aber nicht an«, sagte sie. »Vielleicht würdest du deinen Klaus noch lieben, wenn du ihn nur am Wochenende gesehen hättest. Rolf und Bert müssen in der Schule sehr gut gewesen sein. Sie hätten bei dem vielen Wohnsitzwechsel beim Abitur sonst nicht so gut abgeschnitten, daß es für einen Platz auf der Uni reichte.«
»Ich konnte ihnen etwas helfen«, sagte ich. »Was willst du mit diesen Fragen? Mich nur ablenken? Das ist nicht mehr nötig. Ich weiß nicht, was schlimmer ist: An den Mann zu denken, der da unten liegt. Oder an den anderen, der uns noch bevorsteht.«
Sie legte einen Arm um meine Taille und sagte: »Der da unten tut uns nicht mehr weh, Moni. Und mit dem anderen werden wir auch irgendwie fertig. Da bin ich ganz sicher.«
Ich konnte ihre Sicherheit nicht teilen und sagte: »Falls es keine Falle ist, in die man uns laufen läßt.«
»Wovon redest du?« fragte sie.
»Von diesem Anruf. Wenn wir von dem Porsche nichts wüßten, hätte ich mich kaum bereit erklärt, dem Wunsch des Anrufers nachzukommen und, ohne daß er seinen Namen nannte, mich mit ihm in Lavoir zu treffen. Vielleicht stehe ich bei der Sûreté bereits im Verdacht. Dann hätten wir nichts Dümmeres tun können, als der Aufforderung zu folgen, statt den Anruf einfach zu ignorieren. Oder sehe ich das falsch?«
Sie dachte darüber nach. Dann schüttelte sie den Kopf. »Eines ist doch klar, Moni: Nicht du hast den Anruf entgegengenommen, sondern ich, und bevor ich dich an den Apparat rufen konnte, hatte der Kerl bereits aufgelegt. Sonst hätte ich ihm noch sagen können, daß du in Lavoir Handwerker erwartest. Vielleicht hätte er dann darauf verzichtet, dich hier sehen zu wollen. Ich erzählte dir von dem Anruf, und du wolltest nach allem, was hier oben und auch mit deinem Haus geschehen ist, wissen, was es damit auf sich hat.

Deshalb bist du heraufgefahren, und aus keinem anderen Grund. Wieso, wenn sie keinen Hinweis erhalten hat, sollte die Sûreté auch ausgerechnet auf dich kommen? Das wäre eine einleuchtende Erklärung, die dir keiner widerlegen kann. — Du hast mich noch nicht gefragt, wo ich deine Perlenkette hin habe.«

Am Hals trug sie sie jedenfalls nicht mehr. Mir war es schon aufgefallen, als wir das Hotel verließen. Ich griff in die Taschen ihrer Jeans. In der rechten hatte sie das Geld, in der linken die Kette. Ihre neue Armbanduhr hatte ich ihr in Sarennes gekauft. Sie hatte darauf bestanden, daß sie nicht mehr als fünfhundert Francs kosten durfte. Seither trug sie die neue am linken, und ihre alte, von der sie sich aus ungenannten Gründen nicht trennen wollte, am rechten Arm. Entgegen meiner Annahme, unsere fortgeschrittenen Beziehungen würden zur Folge haben, daß ihr Bedürfnis, mich zu küssen, sich künftig auf solche Gelegenheiten beschränkte, wo sich nicht nur mein Mund dazu anbot, hatte sie schon auf der Fahrt hierher mehrfach mit den Lippen meinen Mund gesucht und auch jetzt, während wir am Küchenfenster standen und sie ihren Arm um meine Taille hatte, nahm sie mein Durchsuchen ihrer Taschen zum Anlaß, mein Gesicht mit kleinen Küssen zu bedecken. Erst die Rückkehr der Handwerker aus dem oberen Stock setzte ihrem Treiben ein Ende. Der ältere der beiden stellte mir in Aussicht, die neuen Fenster in etwa acht bis zehn Tagen liefern und einbauen zu können. Ich hatte mich schon bei seinem Eintreffen mit ihm auf Thermopanefenster verständigt, in der Erwartung, sie würden weitere Sprengarbeiten besser überstehen als die alten, einfachen Fenster. Über eine Reparatur der eingebeulten Alu-Läden äußerte er sich skeptisch und empfahl mir, sie im eigenen Interesse durch neue zu ersetzen. Ich vereinbarte noch mit ihm, den Kostenvoranschlag direkt an Dr. Gérad zu senden und drückte jedem von ihnen fünfzig Francs in die Hand. Agnes' nachträglichen Kommentar, dies sei in dieser Höhe nicht nötig gewesen, beantwortete ich damit, daß es sich bei den beiden um Angestellte und nicht um den Inhaber der Firma gehandelt habe und daß es bei den jährlichen hohen Beträgen, die ich regelmäßig für gute Zwecke ausgab, auf die hundert Francs nicht ankäme. Sie fragte: »Was sind das für gute Zwecke?«

»Alle möglichen«, sagt ich. »Unter anderem zum Schutze vom Aussterben bedrohter Tierarten.«

»Und deine Söhne gehen leer aus?«

»Klaus überweist jedem von ihnen monatlich fünfzehnhundert

Mark; die Hälfte ist von mir. Ebenso die Hälfte ihrer Studiengebühren, die Klaus und ich ebenfalls gemeinsam tragen. Rolf und Bert hatten Glück, in der gleichen UNI anzukommen. Sie haben auch eine gemeinsame Wohnung in einem Appartementhaus. Ich weiß von Klaus, der sie öfter besucht, daß sie ihre zwei Zimmer mit Küche und Bad seit einiger Zeit mit Nora und Sabine teilen.«
»Du hast sie nie besucht?«
»Ich wurde nicht eingeladen.«
»Aber dein Klaus?«
»Ihm macht es nichts aus, uneingeladen zu kommen«, sagte ich. »Wenn sie mich sehen wollen: Mit dem Auto können sie in einer Stunde in Dortmund sein. Sonst noch Fragen?«
»Im Moment nicht«, sagte sie und stieg schmalhüftig und mit endlos erscheinenden Beinen die Treppe hinauf. Bevor ich ihr folgte, hatte ich eine Eingebung. Ich ging zum Kofferraum meines Wagens und nahm den Karabiner ihres Großvaters heraus. Danach schloß ich die Haustür ab und suchte Agnes auf. Sie lag im Gästezimmer auf dem Bett, rauchte und fragte: »Was hast du da?«
»Sieh es dir selbst an«, sagte ich und legte ihr das Gewehr quer über die Beine. Um die Hände frei zu haben, klemmte sie die Zigarette in den Mundwinkel und nahm den Karabiner zunächst aus der Wolldecke und dann aus der Segeltuchhülle. Sie warf nur einen kurzen Blick darauf und sah dann mich an. »Wann hat er ihn dir gegeben? Schon am Freitag, bevor ich bei euch eintraf?«
Ihr die Wahrheit zu erzählen, konnte ich mich, solange ich durch den bevorstehenden Besuch abgelenkt war, nicht überwinden. Also entschloß ich mich zu einer Notlüge und beantwortete ihre Frage mit einem Kopfnicken. Sie sagte: »Mein Onkel in Digne hat den gleichen. Ist das Magazin geladen?«
»Keine Ahnung«, sagte ich.
Sie hantierte an einem Hebel des Karabiners, warf einen Blick hinein und sagte: »Nicht geladen. Mal sehen, was er dir an Munition mitgegeben hat.« Sie griff noch einmal in die große Segeltuchhülle und nahm einen länglichen, schmalen Karton heraus, der mit einem Bindfaden umwickelt war. Sie entfernte den Bindfaden, öffnete den Karton und sagte: »Er hat dir seine ganze Munition mitgegeben. Es sind über hundert Patronen.«
»Die sind ja schrecklich groß«, sagte ich, einen Blick in den Karton werfend. Sie sagte: »Es ist auch ein großes Gewehr. Als Großvater noch einen Wagen hatte, nahm er mich einmal mit auf einen Wald-

weg, wo sonst kaum ein Mensch hinkommt. Dort zeigte er mir, wie man damit schießt. Ich durfte drei Schüsse auf einen Baum abgeben. Zweimal habe ich ihn getroffen. Großvater traf ihn mit sieben Schuß sogar sechsmal, obwohl er nie Soldat war. Er hat aber bei der Résistance gekämpft. Weißt du das?«
Ich schüttelte den Kopf.
»Er sprach noch nie gerne darüber«, sagte sie. »Auch mir gegenüber nicht. Wo stellen wir das Gewehr hin?«
Ich brachte es einschließlich der Munition im Kleiderschrank unter. Sie fragte. »Warum hast du es mir nicht schon früher gesagt?«
»Ich hatte das Gewehr völlig vergessen. Es hätte uns bei unseren bisherigen Problemen auch nicht helfen können. Nicht einmal zur Abschreckung. — Ich höre wieder ein Auto.«
»Ich auch«, sagte sie. »Laß mich zuerst mit ihm reden, Moni.«
Ich schüttelte den Kopf. »Du wartest in der Küche und kannst dort mithören. Wenn ich deine Hilfe brauche, rufe ich. Komm.«

Wir waren noch auf der Treppe, als bereits an die Tür geklopft wurde. Ich öffnete erst, als Agnes bereits in der Küche war. Seit ich ihren Vater zuletzt in Bairols gesehen hatte, waren drei oder vier Jahre vergangen, und es war auch nur eine ganz flüchtige und zufällige Begegnung gewesen. Dennoch erkannte ich ihn auf den ersten Blick wieder. Es lag nicht nur an ihren Jeans, die Männer seines Typs so verwechselbar erscheinen ließen wie die früheren stolzen Träger eines Kaiser-Wilhelm-Barts vor dem Ersten Weltkrieg. Er sah auch sonst nicht viel anders aus als die meisten jener brillentragenden Wohlstandsdeutschen, wie sie einem auch in Dortmund und anderswo beinahe auf Schritt und Tritt begegneten, mit einem zumeist etwas ungepflegt wirkenden Bartwuchs und schon sehr früh gelichtetem Haupthaar. Verglichen mit Klaus wirkte er genauso alt wie dieser, obwohl er mindestens zehn Jahre jünger sein mußte. Vielleicht auch noch etwas jünger als ich. Seinen Wagen, einen Renault, hatte er neben meinem Mercedes abgestellt. Er sagte: »Bon Jour, Madame Kristmann. Mein Vater erzählte mir, daß meine Tochter bei Ihnen ist. Ich möchte sie nach Hause holen.«
Ich hatte ihn schon freundlicher erlebt. Seine Stimme klang unpersönlich, und auch seine Augen hinter den Brillengläsern ließen nichts von jener Wertschätzung erkennen, die ich nach Agnes' Worten bei ihrem Eltern genießen sollte. Mit einem Blick zur Baugrube setzte er noch hinzu: »Ein Unfall?«

Meine Überraschung über seinen Besuch war weniger groß, als sie der Situation angemessen war. Seit meinem letzten Gespräch mit Agnes' Großvater, das mir zu neuen Einblicken in ihre familiären Verhältnisse verholfen hatte, war ich immer ein wenig auf den Besuch ihres Vaters gefaßt gewesen, und der Umstand, daß es auch in diesem Fall nicht der mir noch viel unangenehmere Besuch des morgendlichen Anrufers war, trug dazu bei, daß meine Erleichterung und meine unangenehme Überraschung sich in etwa die Waage hielten. Seine Fragestellung brachte mich auf einen Einfall, der mir eigentlich schon bei den Handwerkern hätte kommen müssen. Ich sagte: »Der Kran fiel durch eine Unachtsamkeit der Bauarbeiter um und riß das Baugerät und den BMW mit in die Tiefe. Liegt ein besonderer Grund vor, weshalb Sie Ihre Tochter nach Hause holen wollen? Ich könnte sie hier gut gebrauchen.«
Agnes' Eintreffen kam seiner Antwort zuvor. Sie fragte ihn: »Was willst du? Hat Mutter dich geschickt?«
Zwei Veränderungen fielen mir auf den ersten Blick an ihr auf. Sie trug jetzt wieder die Perlenkette, und nur noch die neue Armbanduhr. Ihre alte, die sie noch oben im Gästezimmer zusätzlich am rechten Arm getragen hatte, trug sie nicht mehr. Ihr Vater fragte auch sofort: »Woher hast du diese Uhr und die Kette?«
»Geschenkt bekommen«, antwortete sie. »Was interessiert's dich?«
Ihre Antwort ebenso wie ihr Ton deuteten darauf hin, daß sie auf Streit, wenn nicht sogar auf einen in ihren Augen längst überfälligen Bruch aus war, den zu vollziehen sie, wenn auch auf meine Kosten, jetzt erstmals die Möglichkeit sah. Die Reaktion ihres Vaters fiel jedoch, entgegen meiner Erwartung, erstaunlich mild aus. Das Wort an mich richtend, fragte er: »Von Ihnen, Madame Kristmann?«
Die Uhr mochte er noch hinnehmen. Wenn ich jedoch darauf bestand, ihr auch die Perlenkette geschenkt zu haben, konnte er unmöglich naiv genug sein, sich keine Gedanken über meine Motive zu machen. Ich sagte: »Wir haben sie auf einem Flohmarkt billig bekommen; die Perlen sind nicht echt. Gibt es einen besonderen Grund für Ihren Wunsch, Ihre Tochter nach Hause zu holen?«
Er nickte. »Meine Frau hat sich bei einem Sturz in der Küche einen Fuß verletzt und ist auf Hilfe angewiesen. Ich habe mich deshalb heute vom Dienst beurlauben lassen und bin hierher gefahren.«
Dagegen ließ sich kaum etwas einwenden, auch wenn mir der Gedanke, Agnes ausgerechnet jetzt entbehren zu sollen, geradezu un-

vorstellbar erschien. Sie war es dann auch selbst, die sich wieder zu Wort meldete: »Dann soll Mirelle sich einige Tage in der Schule freinehmen und sich um sie kümmern. Das kostet dich bei ihrem Direktor nur ein Wort. Ich habe Madame Kristmann versprochen, bei ihr zu bleiben, bis sicher ist, daß mit ihrem Haus nichts geschieht. Sie hat bereits einen Anwalt eingeschaltet.«
»Und wozu braucht sie dich?« fragte er.
Statt ihm zu antworten, drehte sie ihm den Rücken zu und kehrte in das Haus zurück. Als er sich anschickte, ihr zu folgen, vertrat ich ihm den Weg und sagte: »Der kleine Unfall Ihrer Frau tut mir leid, Monsieur Debussy, aber wenn Agnes hierbleiben will, werden Sie sich nach einer anderen Lösung umsehen müssen.«
Er lächelte bedauernd. »Dann muß ich leider deutlicher werden, Madame Kristmann. Meine Frau erhielt heute morgen, als ich bereits im Dienst war, einen Anruf Ihres Mannes. Er empfahl ihr, in unserem wie auch in Agnes' Interesse dafür zu sorgen, daß sie so rasch wie möglich nach Hause kommt. Mich interessieren seine Gründe für diesen Anruf nicht, aber was ich hier gesehen habe, bestärkt mich in meinem Entschluß, ohne meine Tochter nicht nach Hause zu fahren. Ich weiß nicht, warum Sie voraussetzen, ich könnte echte Perlen nicht von falschen unterscheiden. Weil ich nur ein einfacher Schullehrer bin?«
Es war nicht wenig, was ich innerhalb kürzester Zeit einstecken mußte, und daß meine Erfahrungen mit seiner Tochter mich nicht vorgewarnt hatten, ihn nicht zu unterschätzen, ärgerte mich am meisten. Schließlich widersprach es jeder Lebenserfahrung, daß besonders kluge und clevere Töchter außergewöhnlich dumme Väter haben sollten. Ich sagte: »Ich habe die Kette Ihrer Tochter nur ausgeliehen, weil ich sie nicht im Hotel zurücklassen wollte und weil sie an ihrem Hals viel sicherer aufbewahrt ist als in meinem Reisegepäck.«
Er fragte: »An Ihrem Hals nicht auch?«
»Dort kann ich sie nicht ständig im Auge behalten«, sagte ich. »Sie werden es vielleicht von Ihrem Vater erfahren, falls Sie es noch nicht wissen. Mein Mann und ich haben verschiedene Ansichten über die Weiterverwendung dieses Hauses. Er redet sich ein, Ihre Tochter bestärke mich in meiner Absicht, es nicht aufzugeben. Er unterliegt jedoch einer Selbsttäuschung. Mein Entschluß stand schon unwiderruflich fest, bevor ich Ihrer Tochter am Freitagnachmittag bei ihrem Großvater begegnete. Sie erweisen also weder

meinem Mann, noch Ihrer Tochter, noch sich selbst einen Dienst, wenn Sie sie gegen ihren Willen mit nach Hause nehmen.«
»Das zu beurteilen müssen Sie schon mir überlassen«, sagte er. »Meine Frau und ich beobachten seit langem nicht ohne Sorge, wie sehr unsere Tochter immer mehr unter Ihren Einfluß gerät und in ihrer romantischen Bewunderung für Sie, die Realitäten ihres eigenen Daseins aus den Augen verliert. Ich werde sie nicht nur mit nach Hause nehmen. Ich werde auch dafür sorgen, daß sie keine Gelegenheit mehr haben wird, Sie noch einmal zu sehen.«
»Indem Sie sie in einen Keller einsperren?« fragte ich. »Mir scheint eher, Sie sind es, der realitätsblind geworden ist, Monsieur Debussy. Ihre Tochter ist erwachsen. Wenn sie sich bei mir wohler fühlt als in ihrem Elternhaus, dann müssen Sie die Schuld bei sich selbst suchen. Da ich noch andere Besucher erwarte, möchte ich unser Gespräch jetzt beenden. Ich bin aber gerne bereit, Sie, wenn das Ihr Wunsch ist, in den nächsten Tagen in Théniers zu besuchen und mich dort bemühen, noch bestehende Unklarheiten zu beseitigen. Grüßen Sie bitte Ihre Frau. Ich wünsche ihr für den Fuß baldige Besserung.«
»Das werde ich ihr ausrichten«, sagte er. »Aber vorher möchte ich meine Tochter holen. Würden Sie bitte zur Seite treten? Ich wäre sonst gezwungen, mir gegen Ihren Willen Zutritt zu verschaffen.«
»Das würde ich an Ihrer Stelle nicht tun«, sagte ich.
Er sagte ruhig: »Sie sind nicht an meiner Stelle, Madame Kristmann. Falls es Ihnen gelingt, meine Tochter zu überreden, mit mir zu kommen, werde ich in der Diele auf sie warten. Sehr viel Zeit hab ich allerdings nicht mehr. Es war mir nicht möglich, so kurzfristig für den gesamten Nachmittagsunterricht einen Kollegen zu finden, der mich vertritt.«
Sein ruhiger Ton täuschte nicht darüber hinweg, daß es ihm mit seiner Drohung, sich notfalls auch mit Gewalt Zutritt zu verschaffen, bitter ernst war. Ich sagte: »Ich werde mit ihr reden. Warten Sie hier auf mich.«
»Nicht hier, sondern in der Diele«, sagte er. »Versuchen Sie jetzt nicht, mich auszusperren, Madame Kristmann. Ich möchte Ihnen nicht weh tun.«
»Aber wie man das nennt, sich uneingeladen Zutritt in ein Haus zu verschaffen, ist Ihnen sicher bekannt«, sagte ich.
Er nickte. »Darauf lasse ich es ankommen. Vielleicht können Sie, wenn Sie mich wegen Hausfriedensbruch anzeigen, auch gleich Ih-

re Motive zu Protokoll geben, meine Tochter so großzügig zu beschenken. Und ich rede nicht nur von der neuen Uhr und der Perlenkette. Darf ich jetzt eintreten?«
Ich trat wortlos von der Tür weg und stieg die Treppe hinauf. Agnes stand wieder am offenen Fenster des Gästezimmers und rauchte. Sie sagte: »Ich habe das meiste von dem, was ihr gesprochen habt, von der Treppe aus mitgehört. Du hast deinen Klaus falsch eingeschätzt. Ob er meiner Mutter alles erzählt hat?«
»Was das betrifft, habe ich ihn bestimmt nicht falsch eingeschätzt«, erwiderte ich. »Ich habe nur nicht erwartet, daß er meine Geschenke an dich erwähnt. Welche Schlußfolgerungen deine Eltern daraus ziehen, hat er mit Sicherheit ihnen überlassen. Möglicherweise hat er es so hingestellt, daß es aussah, als hättest du dich mir aufgedrängt, und allein die Rücksicht auf deine Familie hinderte mich daran, dich auf die Straße zu setzen.«
»Das wäre infam«, sagte sie.
Ich fragte »Wieso? Hast du dich mir aufgedrängt oder nicht?«
»Aber doch nur, weil du darauf gewartet hast«, sagte sie und warf die Zigarette aus dem Fenster. Sie wandte sich dem Kleiderschrank zu und nahm den Karabiner und den Karton mit der Munition heraus. Ich beobachtete, wie sie sich auf das Bett setzte, den Karabiner über ihre Beine legte, den Karton mit der Munition öffnete und anfing, den Karabiner zu laden. Es sah aus, als hätte sie ihr Leben lang nichts anderes getan. Als sie damit fertig war, ging ich zu ihr hin und fragte: »Und was machst du mit seiner Leiche? Hast du jetzt vollends den Verstand verloren?«
»Ich fahre jedenfalls nicht mit ihm nach Hause«, sagte sie. »Du kennst ihn nicht, Moni. Er hat auch schon meine Mutter geschlagen. Wenn er durchdreht, ist er beinahe zu allem fähig. Seit er weiß, daß ich irgendwo einen Freund habe, bei dem ich auch die Nächte verbringe, sieht er mich manchmal an, wie Männer es bei Frauen tun, mit denen sie gerne schlafen würden.«
»Das geht nicht nur dir so«, sagte ich. »Es gibt viele Väter, die insgeheim auf den oder auf die Liebhaber ihrer Tochter eifersüchtig sind.«
»Oder auf ihre Liebhaberin«, sagte sie. »Seit er die Perlenkette und die Armbanduhr gesehen hat, muß er es doch glauben.«
»Hast du sie ihn deshalb sehen lassen?«
»Vielleicht«, sagte sie. »Ich weiß es nicht.«
Ich war überzeugt, daß sie es wußte. Ebenso wie ich inzwischen

davon überzeugt war, daß sie Klaus im Foyer absichtlich Gelegenheit gab, einen Blick unter ihr Kleid zu werfen. Bei ihrem Vater war ich mir allerdings nicht sicher, ob er mir trotz Perlenkette und Armbanduhr ein Verhältnis mit seiner Tochter zutraute. Seine bisher doch recht besonnen wirkende Art, mit mir zu reden, wäre dann vielleicht weniger moderat und genauso verächtlich ausgefallen wie wir es bei dem Bauunternehmer und, wenn auch etwas zivilisierter, bei Klaus erlebt hatten.
Ich nahm ihr den Karabiner aus den Händen, stellte ihn samt Munitionskarton in den Schrank zurück und sagte: »Wir erledigen das jetzt auf meine Weise. Du könntest dich auch im Klo einschließen, bis es ihm zu dumm wird, noch länger zu warten, aber dann hätten wir ihn während der ganzen Zeit im Haus sitzen, und dich auf dem Klo. Vielleicht würde er versuchen, die Tür aufzubrechen. Du kommst jetzt mit hinunter. Sobald wir auf der Straße sind, setzt du dich in meinen Wagen und verriegelst von innen die Türen. Es genügt, wenn du an der Fahrertür auf den Schalter für die Zentralverriegelung drückst. Den kennst du doch?«
Sie küßte mich. »Aber ja kenne ich den, Moni. Du drückst doch jedesmal drauf, wenn wir im Wagen sitzen. Warum eigentlich? Hast du Sorge, ich könnte dir, wenn du zärtlich wirst, davonlaufen?«
Angewöhnt hatte ich mir das Verriegeln der Türen schon, als Rolf und Bert noch klein waren. Und beibehalten hatte ich diese im Grunde nicht ungefährliche Angewohnheit, weil ich mich in dunklen Parkhäusern oder in dunklen Straßen nach dem Einsteigen bei verriegelten Türen vor Typen, die es auf mich oder auf meine Handtasche abgesehen haben könnten, sicherer fühlte als mit unverriegelten. Ich sagte: »Meines Wissens warst immer nur du es, die zärtlich, wenn nicht gar intim wurde. Sobald du im Wagen sitzt, werde ich versuchen, ihn irgendwie abzulenken. Dann läufst du ins Haus zurück und schließt die Tür ab.«
Sie schüttelte den Kopf. »Das gefällt mir nicht, Moni. Dich allein mit ihm auf der Straße stehen zu lassen. Und was tust du, wenn er trotzdem nicht wegfährt?«
»Er muß im Laufe des Nachmittags noch einmal in den Dienst. Wir müssen ihn schon deshalb loswerden, weil es sonst für den Anrufer von heute vormittag, wenn er eintrifft, so aussieht, als hätten wir Verstärkung mitgebracht. Er wird sich dann gar nicht erst bei uns melden. Notfalls werde ich mich selbst in meinen Wagen setzen, nach Sarennes fahren und Dr. Gérad holen. Er wird deinen Vater

sicher zur Vernunft bringen. Du machst es dir in der Zwischenzeit hier im Haus gemütlich und öffnest die Haustür nur, wenn ich dich dazu auffordere. Ist das alles klar?«

»Wenn du meinst«, sagte sie und stieg mit mir die Treppe hinab. Meine Handtasche nahm ich vorsorglich mit.

Ihr Vater erwartete uns noch in der Diele. Offensichtlich nicht recht schlüssig, was er davon halten sollte, ließ er es zu, daß Agnes, ohne ihn zu beachten, sofort auf die Straße trat. Ich sagte: »Sie wird mit Ihnen kommen, aber nicht in Ihrem Wagen. Sie besteht darauf, von mir nach Hause gefahren zu werden.«

»Das kann ich leider nicht zulassen«, sagte er und folgte Agnes auf die Straße. Als er zu meinem Wagen kam, saß sie bereits bei verriegelten Türen auf dem Fahrersitz. Den Wagen einmal umrundend vergewisserte er sich, daß keine der Türen sich öffnen ließ. Dann kam er zu mir und sagte: »Wollen Sie, daß ich eines der Fenster einschlage?«

»Das wird bei diesem Auto nicht einfach sein und auch nicht billig werden«, sagte ich.

»Meine Tochter hat mich in den vergangenen neunzehn Jahren viel mehr gekostet, als Ihr ganzes Auto wert ist«, sagte er und ging zu seinem eigenen Wagen. Er öffnete den Kofferraumdeckel, nahm den Wagenheber heraus und kehrte zum Mercedes zurück. Falls er vorhatte, ihn gegen die Wagenfenster einzusetzen, würde ich für einige Zeit auf einen Mietwagen angewiesen sein, und Agnes war damit auch nicht gedient. Zum ersten Mal fühlte ich mich geneigt, ihre Warnung vor seiner Unberechenbarkeit, wenn es um ihre Person ging, ernst zu nehmen. Dann fiel mir mein eigener Wagenheber ein und daß der zeitweilige Verlust seines Renaults ihn ungleich härter treffen mußte als der zeitweilige Verlust des Mercedes mich, und wo der Wagenheber im Kofferraum untergebracht war, wußte ich, seit wir ihn für den Kran gebraucht hatten. Ich stellte, wie schon beim ersten Mal fest, daß er für seine Größe ungewöhnlich schwer war. Weil Agnes mir diesmal nicht helfen konnte, mußte ich beide Hände einsetzen, um ihn aus seiner Verankerung zu nehmen. Zu Debussy, der meinem Tun ebenso aufmerksam folgte wie Agnes vom Wageninnern aus, sagte ich: »Ich würde das an Ihrer Stelle nicht machen, Monsieur Debussy. Sie werden sonst mit Sicherheit Ihre Unterrichtsstunden versäumen und einige Tage ohne Auto sein.«

»Das glaube ich nicht«, sagte er und kam zu mir. Er griff nach meinem Wagenheber und versetzte mir, als ich ihn nicht sofort losließ, einen Stoß vor die Brust. Es geschah etwa im gleichen Augenblick, als ich Agnes, die ich bei dem kleinen Geraufe kurzzeitig aus den Augen gelassen hatte, aus dem Wagen steigen und auf das Haus zulaufen sah. Allein dem Umstand, daß ihr Vater ihr den Rücken zukehrte, war es zuzuschreiben, daß er erst durch das Geräusch ihrer Schritte auf sie aufmerksam wurde. Ob sie es noch geschafft hätte, rechtzeitig genug im Haus zu sein, daß sie die Tür hinter sich zuschlagen und abschließen konnte, war eine Frage, die sich deshalb nicht stellte, weil ich ihren Vater, als er zu ihrer Verfolgung ansetzte, am Jackett festhielt. Ich konnte noch fühlen, wie Knöpfe abrissen, dann traf mich seine Faust in Höhe meines linken Backenknochen, so daß ich seitlich zu Boden stürzte und mir auf dem Kopfsteinpflaster den Ellbogen aufschürfte. Den damit verbundenen Schmerz spürte ich jedoch erst später, als ich mich bereits wieder aufgerichtet und mit einem Blick festgestellt hatte, daß Agnes in Sicherheit war. Ihr Vater versuchte sich vergeblich an der verschlossenen Tür. Den Wagenheber des Renaults hatte er, als seine Faust mich traf, fallen lassen. Er lag neben meinem eigenen am Boden.

Inzwischen tat mir außer dem Ellbogen auch die Stelle weh, wo seine Faust mich getroffen hatte. Als Agnes aus dem Mercedes stieg, hatte sie die Fahrertür offenstehen lassen. Ich setzte mich hinein und betrachtete im Rückspiegel meine Wange. Die Haut über dem Jochbein war bereits gerötet. Auch die Verletzung am Ellbogen war nicht zu übersehen. Weil die aufgeschürfte Haut etwas blutete, nahm ich ein Papiertaschentuch aus dem Handschuhkasten und tupfte das Blut ab. Noch während ich damit beschäftigt war, kam Agnes' Vater an den Wagen. Er öffnete die Beifahrertür, setzte sich zu mir und sagte: »Das haben Sie sich selbst zuzuschreiben. Schauen Sie sich an, wie Sie mein Jackett zugerichtet haben.«

Dort fehlten in der Tat zwei Knöpfe, die jetzt bei den Wagenhebern am Boden liegen mußten, und einer der beiden hatte einen kleinen Dreieckszipfel Stoff aus dem Jackett mitgerissen. Entweder war es von sehr billiger Qualität oder schon so oft in der Reinigung, daß der Stoff mürbe geworden war. Ich sagte: »Mit Rücksicht auf Agnes bin ich bereit, zu vergessen, was geschehen ist, Monsieur Debussy. Vorausgesetzt, Sie steigen jetzt in Ihren eigenen Wagen und fahren nach Hause.«

»Ich werde hierbleiben, bis meine Tochter wieder aus dem Haus kommt und mit mir fährt«, sagte er. »Vielleicht war es ein Fehler,

Ihnen zu erzählen, ich würde heute nachmittag in der Schule noch gebraucht werden. Wenn ich zur vereinbarten Zeit nicht zurück bin, wird man meine Unterrichtsstunden ausfallen lassen und die Schüler nach Hause schicken. Bauen Sie daher nicht darauf, daß ich unter Zeitdruck stehe. Meine Frau weiß, daß ich eher die ganze Nacht hierbleiben werde, als ohne Agnes nach Hause zu kommen. Das könnte auch für Sie eine sehr unbequeme Nacht werden.«

Wenn es ihm ernst damit war, und es sprach wenig dagegen, hatte ich ihn schon wieder falsch eingeschätzt und mit meinem Versuch, ihn loszuwerden, weder Agnes noch mir selbst weitergeholfen. Weil er nach meiner Handtasche griff und sie öffnete, sagte ich: »Selbst wenn ich noch einen zweiten Schlüssel bei mir hätte, würde er Ihnen nichts nützen, solange der andere innen im Türschloß steckt. Wenn Sie keine Vernunft annehmen, zwingen Sie mich, nach Sarennes zu fahren und meinen Anwalt zu holen.«

»Mit Ihrem Wagen?« fragte er und nahm meinen Schlüsselbund und auch den Autoschlüssel aus der Tasche. Er steckte sie ein und durchsuchte die Tasche nach weiteren Schlüsseln. Erst als er keinen mehr fand, gab er sie mir zurück. Ob ich ihn daran hätte hindern können, mir zuerst die Handtasche und dann auch noch meine Schlüssel wegzunehmen, zog ich nach meinen jüngsten Erfahrungen mit ihm nicht näher in Betracht, zumal ich wenig Anlaß hatte, auf das Ergebnis meiner bisherigen Einfälle, ihn loszuwerden, stolz zu sein. Ich versuchte es daher einmal anders, indem ich an seine Vernunft appellierte und meine Zweifel anmeldete, wie er Agnes dazu bringen wollte, gegen ihren Willen in seinen Wagen zu steigen und mit ihm nach Hause zu fahren. »Denn selbst dann, wenn Sie sie gewaltsam in Ihren Wagen setzen«, fuhr ich fort, »müßten Sie sie schon festbinden, um zu verhindern, daß sie Ihnen an der nächsten Verkehrsampel, wenn Sie gezwungen sind, anzuhalten, davonläuft. Ich weiß nicht, wie Sie das machen wollen.«

Vielleicht wußte er es selbst nicht, denn er zog es vor, mir die Antwort schuldig zu bleiben. Statt dessen sagte er: »Gedulden Sie sich bitte einen Augenblick.«

Mir war zunächst unklar, weshalb ich mich gedulden sollte. Er verließ mich für kurze Zeit, während der er sich am geöffneten Kofferraum seines Renaults aufhielt, und überraschte mich bei seiner Rückkehr mit der Absicht, meinen Ellbogen zu versorgen, wozu er verschiedene Ingredienzen seiner Reiseapotheke mitbrachte. Meinen Einwand, dies sei nicht nötig, ignorierend, legte er mir einen

kleinen Verband an und betupfte auch meine jetzt langsam anschwellende linke Gesichtshälfte mit einer kühlenden Flüssigkeit aus einer kleinen Flasche. »Als Lehrer muß man ständig auf solche Verletzungen vorbereitet sein«, meinte er.
Ich fragte: »Wenn Sie Ihre Schüler verprügelt haben?«
»Das ist zum Glück völlig aus der Mode gekommen«, sagte er. »Es war eine Reflexbewegung, Madame Kristmann. Ich hoffe, Sie sehen sie mir nach.«
»Ihre Tochter erzählte mir, daß Sie keine hohe Meinung von uns Deutschen haben«, sagte ich. »Vielleicht war es diese grundsätzliche Abneigung, die Ihre Reflexbewegung auslöste.«
Er schüttelte, während er noch immer mit etwas Watte meine Wange betupfte, den Kopf. »Das ist so nicht richtig. Es gab wegen des Verhaltens Ihrer Regierung während des Golfkriegs zwar einige Irritationen. Wie die meisten Franzosen halte auch ich Ihre Landsleute für die Weltmeister im Geldverdienen. Nur wenn es darum geht, auch einmal etwas für die Völkergemeinschaft zu tun, wie die UNO es im Golfkrieg auch von den Deutschen erwartet hatte, gehen sie auf Tauchstation und erst bei den Siegesparaden, die von den Amerikanern nach dem gewonnenen Krieg veranstaltet wurden, wieder auf die Straße, um auch gegen diese Paraden zu protestieren. Ich habe erst vor einigen Tagen mit Kollegen darüber diskutiert, ob die derzeitigen Absatzprobleme einiger Ihrer Autohersteller in Amerika vielleicht mit dem Verhalten Ihrer Landsleute im Golfkrieg zu tun haben.«
»Davon habe ich noch nichts gehört«, sagte ich. »Ich möchte mich mit Ihnen auch nicht über den Golfkrieg, sondern darüber unterhalten, weshalb Sie unbedingt darauf bestehen, Ihre Tochter mit nach Hause zu nehmen.«
Er beendete meine Wundbehandlung und sagte: »Ich habe es meiner Frau versprochen. Es ist unser Wunsch, daß sie endlich einen Beruf ergreift. Unsere Chancen, sie dazu zu überreden, werden jedoch, je länger sie es hinausschiebt, von Tag zu Tag kleiner. Erst recht, wenn sie jetzt bei Ihnen den Eindruck gewinnt, auch ohne Beruf und Arbeit angenehm leben zu können. Der Anruf Ihres Mannes, bei dem er auch erwähnte, daß unsere Tochter sich von Ihnen einen ganzen Schrank voll Kleider schenken ließ, gab meiner Frau und mir natürlich zu denken, was Sie sicher verstehen werden. Auch was ich hier mit eigenen Augen sah, die Perlenkette und die teure Armbanduhr ...«

»Sie hat nach deutschem Geld noch nicht einmal zweihundert Mark gekostet«, warf ich ein. »Vielleicht würde es unser Gespräch erleichtern, wenn Sie mir erklärten, warum der Anruf meines Mannes Ihnen und Ihrer Frau sehr zu denken gab. Ich habe Ihnen seine Beweggründe für den Anruf erklärt.«
»Aber nicht Ihre eigenen Beweggründe, unsere Tochter so reichlich zu beschenken«, sagte er. »Meine Frau befürchtet, sie könnte sich in Sie verliebt haben und durch Ihre Geschenke in eine noch größere Abhängigkeit von Ihnen geraten.«
»In eine geistige Abhängigkeit?« fragte ich. »Oder wovon reden Sie?«
Er antwortete ruhig: »Das wollte ich von Ihnen hören, Madame Kristmann. Daß das Zusammensein mit Ihnen für meine Tochter mit Annehmlichkeiten verbunden ist, die meine Frau und ich ihr nicht bieten können, ist leicht verständlich. Weniger verständlich erscheinen uns Ihre eigenen Beweggründe. Sie müssen meiner Frau und mir schon erlauben, daß wir uns auch darüber Gedanken machen.«
»Ich kann Sie nicht daran hindern«, sagte ich. »Und was erwarten Sie, daß ich Ihnen darauf antworte?«
»Vielleicht die Wahrheit«, sagte er. »Unsere Tochter auf diese Weise zu verlieren ...«
»Auf welche Weise?« warf ich ein.
Er erwiderte meinen Blick. »Daß sie ein Verhältnis mit Ihnen hat, Madame Kristmann. Dies wäre, besonders für meine Frau, schon schlimm genug, zugleich aber auch ein finanzielles Problem. Als wir vor einigen Jahren ein eigenes Haus bauten, gingen wir noch davon aus, unsere Töchter könnten uns spätestens in fünf oder sechs Jahren bei der Tilgung der Hypotheken behilflich sein. Im Augenblick belasten uns die monatlichen Raten mit einem Drittel meines Einkommens.«
Zum ersten Mal, seit ich mich mit ihm unterhielt, hatte ich den Eindruck, es ging ihm weniger um seine Tochter als um seine Monatsraten. Ich sagte: »Trotzdem sehe ich das Problem nicht. Solange Agnes bei mir ist und ich für ihre Garderobe und ihr Essen aufkomme, sparen Sie und Ihre Frau kaum weniger Geld als Agnes verdienen würde, wenn sie eine Lehrstelle annähme, und auch dann müßten Sie ihr einen Teil als Taschengeld überlassen. Oder sehe ich das falsch?«
»Das nicht«, sagte er. »Wenn die Hypotheken nicht wären ...«

Ich fiel ihm wieder dazwischen: »Dann sagen Sie mir eines, Monsieur Debussy: wieviel müßte Ihre Tochter denn verdienen, um Ihnen Ihre monatlichen Zahlungen für das Haus zu erleichtern? Dreitausend Francs? Oder vielleicht fünftausend?«
Diesmal zögerte er mit der Antwort. Schließlich sagte er: »Sie bringen mich jetzt in eine sehr peinliche Situation, Madame Kristmann. Aber ich habe bei der Abwägung dessen, was ich Ihnen antworten soll, nicht nur an Agnes, ich habe auch an meine Frau und an Mirelle, meine zweite Tochter, zu denken. Falls es das ist, was Sie zu meiner Rechtfertigung über meine Bereitschaft, in solcher Offenheit mit Ihnen zu reden, hören wollen.«
Wie sehr es mich erleichterte, mich ihm und auch Agnes' Mutter gegenüber von meinem schlechten Gewissen freikaufen zu können, wurde mir jetzt erst richtig bewußt. Ich zündete mir eine Zigarette an und sagte: »Sich selbst haben Sie zu erwähnen vergessen. Es liegt auch kein Grund vor, weshalb Sie sich mir gegenüber rechtfertigen sollten. Wie ich die Dinge jetzt sehe, erscheinen mir fünftausend Francs angemessener als dreitausend. Abzüglich der dreihundert Francs Taschengeld, die Agnes bisher von Ihnen bekommen hat und die ich für sie einbehalten werde. Ich werde Ihnen das Geld zum Ersten jeden Monats auf Ihr Konto überweisen. Dies gilt jedoch nur so lange, wie Agnes bei mir ist. Sollte sie eines Tages den Wunsch verspüren, wieder bei ihren Eltern zu wohnen oder ihre Eltern den Wunsch, ihre Tochter wieder bei sich zu haben, werde ich die Zahlungen einstellen. Eine Bedingung müßte ich noch damit verknüpfen: Agnes darf von unserer Vereinbarung nie etwas erfahren. Sobald sie etwas davon erfährt, fühle ich mich nicht mehr daran gebunden.«
Er nickte. »Das verstehe ich. Haben Sie auch schon eine Vorstellung davon, wie lange sie bei Ihnen bleiben kann?«
»Das liegt ausschließlich bei ihr und bei Ihnen, beziehungsweise bei ihren Eltern.«
»Und ab wann würde diese Vereinbarung gelten?«
Von den fünfzigtausend Francs, die ich mir gestern bei der Bank in Sarennes hatte auszahlen lassen, waren zehntausend in Agnes' Tasche gewandert. Die verbliebenen vierzigtausend hatte ich für den Fall einer erforderlichen Anzahlung an den vormittäglichen Anrufer in meine Handtasche gesteckt. Als Debussy sie nach meinen Schlüsseln durchsuchte, konnte ihm das Geld nicht entgangen sein. Ich nahm zehntausend Francs aus der Tasche, legte sie, weil er zö-

gerte, sie entgegenzunehmen, auf seinen Schoß und sagte: »Ab sofort. Das ist das Geld für den April und Mai. Ab Juni bekommen Sie das Geld auf Ihr Konto. Vielleicht ist Ihnen aber auch ein Scheck, den ich Ihnen mit der Post zusende, lieber. Sie könnten ihn bei jeder Filiale meiner Bank einlösen.«
»Das wäre mir lieber«, sagte er und nahm das Geld von seinem Schoß. Er schob es unbesehen in die Innentasche seines Jacketts und gab mir meine Schlüssel zurück. Er wandte mir das Gesicht zu und fragte: »Was werden Sie Agnes sagen?«
»Daß ich Sie beruhigen und davon überzeugen konnte, daß sie bei mir gut aufgehoben ist. Und was werden Sie Ihrer Frau sagen?«
»Nicht das, was ich nach diesem Gespräch mit Ihnen annehmen muß. Eines ist mir noch unklar. Sie werden sicher nur wieder vorübergehend hier sein. Wird Agnes Sie auch nach Deutschland begleiten?«
»Selbstverständlich. Ich kann sie schließlich nicht allein hier zurücklassen.«
»Weiß Ihre Familie von ihr?«
»Mein Mann weiß es«, sagte ich. »Sie wird mich übrigens nicht nur nach Deutschland, sie wird mich auf allen meinen Reisen begleiten. Sie erzählte mir, Sie und Ihre Frau meinten, ich hätte keine andere Wahl, als mein Haus hier zu verkaufen. Es würde mich interessieren, warum Sie das meinen.«
»Weil es naheliegend ist. Ich weiß von meinem Vater, daß Ihr Haus das letzte ist, das noch nicht seinen Besitzer gewechselt hat. Als ich mich bei meinem Eintreffen etwas umsah, bemerkte ich die Bohrlöcher in der Baugrube unterhalb Ihres Hauses. Sie dürften Ihnen ebensowenig entgangen sein wie mir. Auch nicht der Anriß in Verlängerung der Baugrube vor Ihrem Haus. Ich weiß nicht, wem Lavoir so viel wert ist, daß er den ganzen Ort aufgekauft hat und welchen Zweck er damit verfolgt. Hat man Ihnen noch kein Angebot gemacht?«
»Meinem Mann. Man würde eine Million Francs dafür bezahlen.«
Er blickte mich ungläubig an.
Vielleicht lag es an seinem dichten Bartwuchs am Kinn und über seinem Mund, daß ich so gut wie keine Ähnlichkeit mit Agnes feststellen konnte. Nur die Farbe seiner Augen erinnerte mich ein wenig an sie. Vielleicht auch sein dünnlippiger Mund, aber auch hier war es der Bart, der einem Vergleich hinderlich war. Die blonden Haare hatte sie von der Mutter. Bei ihm gingen sie mehr ins Rötli-

che, und über seiner hohen Stirn neigte er bereits zu einer Glatze. Während ich ihn betrachtete, fiel es mir schwer, meinen Eindruck von ihm in Einklang mit dem Bild zu bringen, das ich mir nach Agnes' Schilderungen von ihm gemacht hatte. Er sah nicht wie ein Mann aus, der Frau und Tochter tyrannisierte. Eher wie der unscheinbar wirkende Schullehrer, der er auch war. Seine Reaktion auf das ihm genannte Kaufangebot nicht abwartend, setzte ich hinzu: »Ich würde das Haus Ihrer Eltern auch nicht für zwei Millionen hergeben. Man verkauft nicht zwanzig Jahre seines Lebens für eine Million Francs, und genauso würde ich es empfinden, wenn ich mich darauf einließe. Ihr Vater und ich haben bei meiner Ankunft am Freitag nachmittag festgestellt, daß er das Haus auf den Tag genau vor zwanzig Jahren an mich und meinen Mann verkauft hat. Wenn ich mich recht entsinne, waren Sie damals mit Ihrem Studium fertig geworden?«

Er nickte. »In Grenoble, wo ich meine Frau kennenlernte. Meine Schwester lernte ihren Mann in Digne kennen. Das war auch mit ein Grund, weshalb meine Eltern sich von Lavoir trennten und das Haus verkauften. Ohne uns wollten sie nicht länger in Lavoir wohnen.«

»Waren Sie enttäuscht darüber?«

Er zuckte mit den Schultern. »Sie hatten den Verkauf nicht mit uns abgesprochen. Heute denken ich und meine Schwester anders darüber. Damals gab es bei ihr und auch bei mir noch so etwas wie eine sentimentale Bindung an Lavoir. — Sie müssen wissen, was Sie tun, Madame Kristmann. Für eine Million Francs werden Sie keinen anderen Käufer finden. Werden Sie diesmal längere Zeit hier sein?«

»Das weiß ich noch nicht. Es wird ganz davon abhängen, wie sich die Dinge entwickeln. Agnes und ich werden aber auch dann nicht ständig in Lavoir sein. Im Augenblick haben wir in Sarennes ein Hotelzimmer und können einmal dort und einmal hier wohnen. — Sie waren bei Ihrem Vater, bevor Sie heraufkamen?«

»Nur ganz kurz. Er erzählte mir von den Schäden, die durch Sprengarbeiten an und in Ihrem Haus entstanden sind und daß Sie bereits einen Anwalt eingeschaltet haben. Es erleichtert mich, daß Sie nicht ständig hier wohnen. Ich müßte mir sonst auch Sorgen um Agnes machen. Die Leute, die Lavoir aufkauften, wollen hier offenbar ungestört sein. Sie hätten sonst nicht so viel Geld investiert. Solange aber Sie noch hier wohnen, sind sie nicht ungestört. Mich mutet das alles recht mysteriös an. Auch der umgestürzte

Kran, der gleichzeitig zwei Baumaschinen, einen Schaufelbagger und einen BMW mit in die Tiefe gerissen haben soll. Sie waren nicht hier, als es passierte?«
Ich warf die aufgerauchte Zigarette aus dem Fenster. »Zum Glück nicht. Er hätte sonst vielleicht auch noch meinen Wagen mit in die Tiefe gerissen. Was finden Sie mysteriös daran?«
»Alles«, sagte er. »Was hier in Lavoir geschieht und daß Ihnen meine Tochter noch wichtiger zu sein scheint als Ihre Familie. Oder war sie Ihnen schon vorher nicht mehr so wichtig?«
»Was verstehen Sie unter: vorher?«
»Bevor Sie sich in meine Tochter verliebten«, sagte er und legte eine Hand auf meinen Schoß. Es kam so unerwartet für mich, daß ich nicht einmal den Versuch machte, es zu verhindern. Auch als er anfing, meinen Schoß durch die Jeans hindurch zu streicheln, blickte ich ihn nur schweigend an. Erst als er auch nach meiner Brust griff, sagte ich: »Alles, was Sie jetzt noch tun, wird sich nachteilig auf unsere Geschäftsverbindung auswirken, Monsieur Debussy. Wollen Sie das?«
Offenbar wollte er es nicht, denn er nahm seine Hand von mir, stieg aus dem Wagen und bückte sich nach den Wagenhebern. Er räumte sie an ihren Platz und setzte sich in seinen Renault. Im Rückwärtsgang fuhr er an mir vorbei und wendete. Im Rückspiegel beobachtete ich, wie er rasch davonfuhr. Gleich darauf kam Agnes aus dem Haus. Sie nahm auf dem Beifahrersitz Platz, wo eben noch ihr Vater gesessen und sich an mir versucht hatte, und fragte: »Wie bist du ihn losgeworden? Ich hörte ihn wegfahren.«
Ihr Blick fiel auf den Verband an meinem Arm. Fast gleichzeitig bemerkte sie auch meine gerötete Wange. Sie verfärbte sich und sagte leise: »Ich bringe ihn um, Moni. Wie ist das passiert?«
»Du wirst niemand umbringen«, sagte ich. »Als er dir nachlaufen wollte, hielt ich ihn am Jackett fest und fiel unglücklich hin. Er half mir sogar auf die Beine und versorgte mich aus seinem Verbandskasten. Ich habe ihm klargemacht, daß er dich nicht mit Gewalt nach Hause schleppen und dich dort einsperren kann. Am Schluß war er ganz vernünftig. Er weiß jetzt, was mit uns los ist. Ich habe es ihm gesagt. Ist es dir unangenehm?«
Sie berührte mit den Lippen meine schmerzende Wange. »Wie hat er es aufgenommen?«
»Erstaunlich ruhig. Deiner Mutter wird er es allerdings nicht erzählen.«

»Das getraut er sich auch nicht. Sie würde ihn dafür verantwortlich machen. Ich kann dir auch sagen, warum er es so ruhig aufgenommen hat. Er weiß mich lieber bei dir als bei einem Freund. — Komm ins Haus, Moni. Für deinen Arm genügt etwas Jod und ein Pflaster. Nur für dein Gesicht müssen wir etwas mehr tun. Du hast sicher Eis im Kühlschrank. Wieso bist du so blöd gefallen? Mit dem Gesicht auf den Boden?«
»Zuerst gegen den Wagen«, sagte ich, weil es so wahrscheinlicher klang.
Den Arm behandelte sie im Badezimmer aus dem Arzneischränkchen. Ich konnte sie dazu überreden, auf einen Eisbeutel zu verzichten und es bei feuchten Tüchern zu belassen, wozu ich mich im Gästezimmer auf das Bett legte. Dort wollte sie dann auch noch Genaueres über mein Gespräch mit ihrem Vater wissen. Ich sagte: »So angenehm, daß ich gerne davon erzählen würde, war diese Begegnung für mich nicht. Wichtig ist doch nur, daß er weggefahren ist und nun über uns Bescheid weiß. Was soll ich dir da noch groß erzählen?«
Sie wechselte das feuchte Tuch gegen ein anderes aus, das sie zuvor in eine neben dem Bett auf einem Stuhl stehende, mit Wasser gefüllte Schüssel getaucht hatte, und sagte: »Es war auch für mich nicht angenehm, untätig im Haus zu sitzen und nicht zu wissen, was draußen geschah. Er hat dich doch sicher gefragt, was aus mir werden soll, wenn du zurück nach Dortmund fährst. Oder hat er nicht danach gefragt?«
Mir wurde jetzt erst bewußt, daß ich darüber mit ihr noch nicht gesprochen hatte, weil es für mich inzwischen selbstverständlich geworden war, sie auch mit nach Dortmund zu nehmen, wo ich sie, bis ich mit Klaus klargekommen war, in einem Hotel unterbringen würde. Ich sagte: »Er weiß, daß ich dich mitnehmen werde.«
»Wohin mitnehmen? Doch nicht nach Dortmund?«
»Warum nicht?«
Sie legte sich zu mir, schob eine Hand in meinen Nacken und nahm das feuchte Tuch von meiner Wange. Sie streichelte sie längere Zeit mit ihrer Zunge, bis ich sie mit meinen Lippen einfing und sie eine Weile in meinem Mund behielt. Danach legte Agnes mir wieder das feuchte Tuch auf und sagte: »Ich möchte nicht, daß du meinetwegen deine Familie verlierst, Moni. Wenn du es willst, werde ich dich überallhin begleiten, nur nicht nach Dortmund.«
»Auch nach Vence oder St. Paul?«

»Wie kommst du gerade auf die?«
»Sie standen einmal in der engeren Wahl. Bis wir dann durch einen Zufall Lavoir entdeckten. Ich werde Lavoir nicht aufgeben, Agnes. Daran hat sich nichts geändert. Ich möchte aber nicht, daß du dich hier wie in einem Käfig ...«
»Zusammen mit dir nicht«, warf sie ein. »Zusammen mit dir würde ich überall leben können, ohne mich wie in einem Käfig zu fühlen. Nur eben nicht in der gleichen Stadt, wo auch dein Klaus wohnt. Ich wüßte vielleicht etwas für dich, wenn du dich mal verändern willst. Falls es noch zu haben ist.«
»In Nice? Von Vence aus gesehen liegt es beinahe vor der Haustür. Oder hast du etwas gegen Nice?«
Sie lächelte. »Wenn du dein ganzes Leben in Théniers verbracht hast, ist Nice immer etwas Besonderes. Aber um nach Nice zu kommen, mußt du nicht in Vence wohnen. Länger als eineinhalb Stunden brauchst du mit deinem Wagen auch von Lavoir aus nicht.«
»Hin und zurück sind es drei Stunden«, sagte ich. »Könnte ja sein, daß ich rasch mal mit dir ins Theater gehen oder im Restaurant von Madame *Barale* zu Abend essen möchte. Kennst du es?«
Sie schüttelte den Kopf.
»Es liegt in der Rue Beaumont«, sagte ich. »Wir besuchten es jedesmal dann, wenn es einen besonderen Anlaß zum Feiern gab.«
»Und was ist das Besondere daran?«
»Alles«, sagte ich. »Einschließlich *Catherine-Heléne Barale* und ihren Ravioli mit Geschmortem. Vielleicht werde ich uns für das Wochenende telefonisch einen Tisch bestellen. Falls noch einer frei ist.«
Sie fragte: »Und der besondere Anlaß? Unsere Verlobung?«
»Das war schon die Hochzeitsnacht«, sagte ich. »Oder wovon redest du?«
»Wovon auch du redest«, sagte sie und legte sich mit dem Oberkörper auf mich. Sie nahm mein Gesicht in die Hände und bedeckte es, von den Augenbrauen an abwärts, mit kleinen Küssen. »Was willst du in Dortmund?« fragte sie. »Dich wieder um sein Frühstück kümmern? Kommt er auch zum Mittagessen nach Hause?«
»In der Regel. Falls er nicht mit irgendwelchen Leuten zu einem Arbeitsessen in einem Restaurant verabredet ist.«
»Und die Zeit zwischen dem Frühstück und dem Mittagessen verbringst du mit Bettenmachen, Staubsaugen und Einkäufen. Und den Nachmittag an der Waschmaschine oder im Nähzimmer. Ich

sehe noch immer nicht, wie es zwischen dir und ihm weitergehen soll. Siehst du es?«

So weit, daß ich es von einer gründlichen Aussprache mit Klaus abhängig machen wollte, waren meine Überlegungen immerhin schon gediehen. Ich sagte: »Da ich dich nicht heiraten kann, liegt von mir aus kein Grund vor, mich scheiden zu lassen. Es sei denn, er besteht darauf.«

»Und wo ist da der Unterschied gegenüber früher, wenn du dich nicht scheiden lassen willst? Nur daß wir statt ständig in Lavoir vielleicht auch noch in Vence oder in St. Paul wohnen und manchmal im *Barale* zu Abend essen werden?«

»Es gibt Schlimmeres«, sagte ich. »Oder hast du vergessen, weshalb wir hier sind?«

»Ich versuchte es gerade«, sagte sie und nahm mich in die Arme.

Weil bis zum späten Nachmittag weder der von uns erwartete, noch ein anderer Besucher eintraf, war Agnes' Einfall, uns die quälende Wartezeit mit etwas Liebe zu vertreiben, der schlechteste nicht. Dazwischen blieb auch noch genug Zeit, etwas Ordnung im Haus zu schaffen und ihr, weil sie danach fragte, wieder von meinen Eltern und auch von meinem Bruder zu erzählen. Sie wiederum erzählte mir von ihren Nichten und Neffen in Digne, die alle wahnsinnig ehrgeizig und genauso eingebildet seien wie ihr Vater, obwohl er im Grunde auch nichts anderes sei als ihr Vater, nämlich ein Angestellter des Staates, und dazu nicht einmal ein sehr wichtiger, nur eben ein besser bezahlter. Zur Abwechslung, damit sie keinen zu einseitigen Eindruck von mir gewann, äußerte ich mich auch kritisch über die derzeitige Regierung in Bonn, die von den Linken zu unrecht als konservativ denunziert werde, weil nach meinem Verständnis von Konservativismus er unvereinbar mit Anpassung an den Zeitgeist sei, der auch von manchen christlichen Politikern wider besseres Wissen praktiziert werde. »Aber nicht mit mir, mein liebes Kind«, setzte ich meine laut gesponnenen Reflexionen fort. »Ich werde es höchstens noch aus sicherer Entfernung miterleben und bin dir von Herzen dankbar, daß du mir geholfen hast, mich aus diesem Sumpf bürgerlicher Scheinmoral und linker Gesinnungsethik freizuzuschwimmen.«

»Wenn du es so siehst ...«, murmelte sie zweifelnd.

»Nur so« beruhigte ich sie. »Du mußt das so sehen, daß ich, bevor ich meine Liebe zu dir entdeckte, Wert darauf legte, von der Gesellschaft, in der ich aufgewachsen bin, ernst genommen zu werden.

Von ihr nicht mehr ernst genommen zu werden, würde ich keinesfalls ertragen, aber als Frau, die mit einer anderen Frau schläft, statt, wie es sich gehört, sich von einem Mann bumsen zu lassen, werde ich von schätzungsweise einundneunzigkommafünf Prozent der deutschen Bevölkerung nicht mehr ernst genommen, ergo bleibt mir gar nichts anderes übrig, als ihr den Rücken zu kehren. Jetzt kann ich sie endlich genauso verachten wie sie mich, weil ich von ihr nicht mehr ernst genommen werden möchte. So glücklich und frei wie heute habe ich mich noch nie gefühlt.«

Danach unterhielten wir uns auch über die Gründe, die den vormittäglichen Anrufer an seinem Besuch gehindert haben könnten. Agnes' Befürchtung, er könnte den Renault ihres Vaters schon auf der Fahrt nach Lavoir oder spätestens vor dem Haus neben meinem Mercedes bemerkt und eine Falle vermutet haben, ließ sich nicht ausschließen. Daran ändern konnten wir ohnehin nichts. Bei der Überlegung, ob wir noch bis zum Abend hierbleiben, vielleicht sogar die Nacht in Lavoir verbringen sollten, neigte ich, je länger ich darüber nachdachte, immer mehr dazu, ins Hotel zurückzukehren und dort seinen nächsten Anruf abzuwarten.

Darauf vorbereitet, den ganzen Nachmittag in Lavoir zu verbringen, hatte ich bei unseren vorangegangenen Einkäufen nicht nur für zwei Mahlzeiten vorgesorgt. Weil sich mit Agnes gemütlich Kaffee trinken ließ — ein Erlebnis, auf das ich mangels passender Gesellschaft zu Hause verzichten mußte —, hatte ich in einer Pâtisserie auch Tourtes eingekauft, die wir uns in der Küche schmecken ließen. Als ich Klaus vorfahren hörte und natürlich zuerst wieder an den erwarteten Anrufer dachte, waren wir mit unserer süßen Schlemmerei zwar schon ziemlich fertig, aber nicht nur hatte Agnes, während wir uns das letzte Stück Tourtes teilten, auf meinem Schoß Platz genommen und schob einmal mir und dann wieder sich selbst ein Häppchen in den Mund, wobei ich ihr jedesmal die Finger ablecken mußte, die sie zuvor schon in ihrem eigenen Mund von der haftengebliebenen Schokoladebuttercreme der Tourtes gesäubert hatte. Wir waren, seit sie mich im Gästezimmer in die Arme genommen hatte, um zu vergessen, was uns beide bedrückte, auch in unserer Garderobe auf Besucher nicht mehr vorbereitet und mußten, bevor ich die Haustür aufmachte, zuerst wieder ins Gästezimmer und etwas anziehen. Für das Ordnungschaffen und Kaffeetrinken hatten wir uns mit Schuhen begnügt und die auch nur wegen der noch immer umherliegenden Glassplitter. Während wir uns rasch ankleideten — mit den Jeans und den Pullis war es keine zeitraubende Angelegenheit —, sprach ich mich mit Agnes über unser Vorgehen ab, wobei wir zum Muster nahmen, was wir schon beim Besuch ihres Vaters vorgesehen hatten, aber auch diesmal nahmen die Dinge, als Klaus die Hupe seines Porsches ertönen ließ, sozusagen von selbst Gestalt an. Zu Agnes, die sich in verdächtiger Nähe der Schranktür aufhielt, sagte ich: »Laß das. Es ist Klaus: ich kenne seine Hupe. Ich rede unten mit ihm. Du bleibst hier und wartest auf mich.«

Offensichtlich auf das unangenehmste überrascht rief sie aus: »Was will denn der schon wieder hier?«

Eigentlich hätte sie darüber, daß es wieder nicht der von uns ebenso erwartete wie gefürchtete Besucher war, eher erleichtert als so unangenehm überrascht sein müssen, aber bei den Empfindungen, die sie für Klaus hegte, war dies vielleicht zuviel verlangt. Ich sagte: »Wie ich ihn kenne, sind ihm unterwegs Zweifel gekommen, ob er sich richtig verhalten hat. Mache dir seinetwegen keine Gedanken.«

»Das sagst du«, murmelte sie.

Ich tätschelte ihr beruhigend den Po. Bis ich dann endlich nach unten kam, hörte ich Klaus in immer kürzeren Intervallen an die Tür hämmern. Sicher hatte er vergeblich versucht, mit seinem eigenen Schlüssel Einlaß zu finden, aber inzwischen war nicht nur das Schloß ausgewechselt worden: Ich hatte auch den neuen Schlüssel innen stecken lassen. Mir fiel sofort auf, daß er jetzt noch übernächtigter und unrasierter wirkte als heute früh. Auch die senkrechte Falte über seiner Nasenwurzel fehlte nicht. Kaum daß ich ihm die Tür geöffnet hatte, fuhr er mich an: »Das dauerte ja eine Ewigkeit. Hast du mich denn nicht hupen hören?«

Mit seinem Hupen hatte er mich schon immer nerven können. Besonders dann, wenn sein Starktonhorn mir signalisierte, daß er bei der Garage angelangt und mit seinem Eintreffen an der Wohnungstür innerhalb der nächsten Minuten zu rechnen war. Nicht viel später mußte dann das Essen auf dem Tisch stehen. Ganz abgesehen davon, daß sich auch schon Mitbewohner des Hauses durch sein Hupen belästigt fühlten.

Ich führte ihn zunächst in die Küche und sagte: »Agnes und ich hatten es uns etwas leichter gemacht und mußten erst etwas anziehen.«

Er fragte: »Was heißt leichter? So warm ist es hier nicht, daß ihr es euch leichter machen mußtet.«

»Wir haben es uns auch nicht deshalb leichter gemacht«, sagte ich.
Er öffnete den Mund, schloß ihn wieder und betrachtete die leergegessenen Kuchenteller und das gebrauchte Kaffeegeschirr. Erst dann fragte er: »Warum unterhalten wir uns in der Küche?«
»Ich kann dir einen Kaffee anbieten.«
»Ich habe in Grenoble eine ganze Kanne leergetrunken. Wo ist sie?«
Von einem schlechten Gewissen wegen seines Anrufs bei Agnes' Mutter war ihm nichts anzumerken. Obwohl kein Zweifel darüber bestand, fiel es mir noch immer schwer, mich damit abzufinden, daß er dazu fähig war. Ich setzte mich an den Tisch und zündete mir eine Zigarette an. »Oben. Weiter als in Grenoble warst du nicht?«
»Nach einer Nacht ohne eine Mütze Schlaf war das weit genug«, sagte er. »Ich habe schon die Nacht davor kaum ein Auge zugetan. Was hast du mit deinem Gesicht gemacht? Und das Pflaster an deinem Arm?«
»Dumm hingefallen«, sagte ich. »Warum bist du hier? Ich habe nichts zu berichtigen oder rückgängig zu machen. Wenn du die Scheidung willst, kannst du sie haben.«
Er lachte kurz und trocken auf. »Soweit sind wir also schon! Daß wir uns wegen dieses Mädchens über eine Scheidung unterhalten. Es ist einfach nicht zu fassen.«
Obwohl er mir in seiner Fassungslosigkeit leid tat: ihm auch noch einige mitfühlende Worte zu sagen, sah ich keinen Grund. Die Zeit war schon über unsere Ehe hinweggegangen, bevor ich Agnes in die Hände fiel. Ich hatte es nur nicht wissen wollen. Ich bot ihm eine Zigarette an. Er wehrte jedoch ab und sagte: »Ich habe seit gestern abend so viel geraucht, daß mir schon schlecht wird, wenn ich eine Zigarette nur sehe. Du willst dich also scheiden lassen?«
»Davon war nicht die Rede«, erwiderte ich. »Ich habe dir lediglich erklärt, daß du sie haben kannst, wenn du sie haben willst. Solange es mit keinen Pflichten mehr verbunden ist, stört es mich nicht, nebenbei mit dir verheiratet zu sein.«
Noch vor wenigen Tagen wäre ich solcher Worte nicht nur nicht fähig gewesen. Ich wäre nicht einmal fähig gewesen, sie mir einfallen zu lassen, und Klaus schien sie ganz ähnlich zu empfinden. Er sank wie gebrochen auf einen Stuhl und sagte mit undeutlich klingender Stimme: »Dann sollten wir uns aber auch darüber absprechen, was du unter Pflichten verstanden haben möchtest.«
»Das ist sehr einfach«, sagte ich. »Die sogenannten ehelichen fan-

den seit Jahren ohnehin nicht mehr statt, und für den Haushalt wirst du sicher eine Hilfe finden, an deren Kosten ich mich zur Hälfte beteiligen werde.«

»Aber dann kann ich doch gleich eine andere heiraten«, brauste er auf.

Ich nickte. »Daher mein Angebot, dich scheiden zu lassen. Eine Scheidung käme für mich wesentlich billiger als die Kostenteilung für eine Haushaltshilfe. Ist dir eigentlich nie aufgefallen, daß wir uns nichts mehr zu sagen haben?«

Er sagte mit gerötetem Gesicht: »Ich habe mich in unserer Ehe noch keinen Augenblick gelangweilt. Anscheinend im Gegensatz zu dir.«

»Das ist kein Wunder«, sagte ich. »Für dich findet sie nur statt, wenn du zu Hause bist. Ich habe mich auch in der übrigen Zeit mit ihr zu beschäftigen. Für mich steht fest, daß unser eheliches Zusammenleben in der bisherigen Form nicht mehr stattfinden wird. Entweder wir lassen uns scheiden, oder wir verständigen uns auf ein loses Zusammenleben, bei dem jeder tun kann, was er will. Es hätte den Vorteil, daß ich die meisten meiner Sachen in unserer Wohnung zurücklassen und mir nach Bedarf immer nur holen könnte, was ich gerade brauche. Ich denke dabei vor allem an meine Kleider, auch das eine oder andere aus dem Schlaf- und Wohnzimmer. Dann käme in der Nachbarschaft kein Gerede auf, wie es unvermeidlich wäre, wenn ich mit einem Möbelwagen vorgefahren käme und mich danach in Dortmund nicht mehr sehen ließe.«

Er blickte mich längere Zeit wortlos und grimmig an. Dann sagte er: »Wohingegen du im Falle eines losen Zusammenlebens unsere Wohnung auch weiterhin benutzen würdest?«

»Nur sporadisch. Das gemeinsame Schlafzimmer ausgenommen. Vorausgesetzt, du erklärst dich damit einverstanden, daß ich bei meinen Besuchen Agnes mitbringe. Wir könnten im Gästezimmer ...«

Er unterbrach mich schroff: »Das kommt überhaupt nicht in Frage. Die Leute im Haus und in der Nachbarschaft würden sich sehr bald fragen, wer sie ist, und auch für Rolf und Bert wäre das ein unhaltbarer Zustand. Daß du hier mit ihr zusammenlebst, habe ich inzwischen realisiert. In Dortmund möchte ich sie nicht sehen.«

Mir wurde bewußt, daß es mir unter Berücksichtigung von Agnes' Einstellung zur gleichen Frage gar nicht um die Sache selbst, sondern um das Prinzip ging, sie künftig nirgendwo verstecken und

von nirgendwo fernhalten zu müssen. Ich sagte: »Dann wirst du auch mich in Dortmund nicht mehr sehen. In diesem Fall ziehe ich eine Scheidung vor. Über die finanziellen Modalitäten können sich unsere Anwälte unterhalten.«
Er stand auf, trat an das offene Küchenfenster und sagte mit jetzt wieder beherrscht klingender Stimme: »Auch wenn ich es in meinem Kopf realisiert habe: verstehen werde ich es nie. Vielleicht fiele es mir leichter, wenn sie ein anderer Typ von Frau wäre.«
»Ein Typ wie Jane Fonda in ihren besten Jahren?« fragte ich. »Welche Ansprüche stellst du an eine Frau, in die ich mich verlieben dürfte?«
Er gab keine Antwort. Weil ich nur seinen Rücken sehen konnte, nahm ich an, er betrachtete unser Gespräch als beendet. Ich erhob mich von meinem Stuhl und sagte: »Ich fahre jetzt mit Agnes zum Hotel zurück. Dir würde ich ebenfalls ein Hotelzimmer und zwölf Stunden Schlaf empfehlen. Über alles weitere können wir telefonieren. War übrigens nicht gerade gentlemanlike, bei Agnes' Mutter anzurufen. Es paßt nicht zu dir. Was hast du dir dabei gedacht? Daß ich sie mir gegen meinen und auch gegen ihren Willen von ihren Eltern, die ihr schon längst nichts mehr bedeuten, wegnehmen lasse? Wie ein unfolgsames Kind, dem man sein Spielzeug wegnimmt?«
Er drehte sich nach mir um. »Es tat mir schon leid, als ich den Hörer auflegte. Als ich hier wegfuhr, hatte ich eine solche Wut im Bauch, daß ich einfach etwas tun mußte. Wie du mich vor diesem Mädchen abgefertigt hast ...«
»Das hattest du dir selbst zuzuschreiben«, warf ich ein. »Ich hätte für deine Verhaltensweise noch Verständnis aufbringen können, wenn es nicht nur verletzte männliche Eitelkeit gewesen ...«
Er fragte gereizt dazwischen: »Und woher weißt du das so genau?«
»Aus dem jahrelangen Anschauungsunterricht über deine Einschätzung meiner Fähigkeit, noch ein ernstzunehmender Gesprächspartner für dich zu sein«, sagte ich. »Ich möchte dieses Gespräch nun wirklich beenden, Klaus. Es bringt uns doch nicht weiter.«
»Warte noch«, sagte er. »Ich bin nicht den ganzen Weg von Grenoble zurückgefahren, um jetzt nicht viel mehr zu wissen als vorher auch. Ich verstehe zwar nicht, warum du so großen Wert darauf legst, sie auch mit nach Dortmund zu bringen, aber ebensowenig sehe ich einen Sinn darin, mich deshalb scheiden zu lassen. Ich möchte sie nur nicht jedesmal vier Wochen lang ertragen müssen.

Auch über das Finanzielle müßten wir uns noch unterhalten. Wie stellst du es dir vor? Daß dein Beitrag für das Haushaltsgeld wegfällt?«

Ich setzte mich noch einmal hin. »Dafür beteilige ich mich an einer Haushaltshilfe.«

»Die sehr bald mitbekommen wird, daß du mit Agnes im Gästezimmer ...«

Ich unterbrach ihn: »Du wirst ihr für diese Zeit freigeben. Wenn Agnes und ich uns in der Wohnung aufhalten — was nicht vier Wochen, sondern höchstens immer nur einige Tage der Fall sein wird —, brauchst du keine Haushaltshilfe.«

»Und wo wirst du dich in der übrigen Zeit aufhalten? Hier?«

»Hier oder sonstwo. Das weiß ich heute noch nicht.«

»Aber daß Lavoir künftig für mich wegfällt, dürfte dir doch klar sein?« sagte er.

Ich lächelte. »Komme mir nicht so, Klaus. Das fehlte noch, daß du mir jetzt einzureden versuchst, dir mit Agnes dein liebgewordenes Ferienhaus in Lavoir verleidet zu haben. In Wirklichkeit bist du froh, endlich einen handfesten Vorwand zu haben, es künftig meiden zu können. Ich habe nichts dagegen, wenn du in Hergiswil einsteigst.«

Er kam vom Fenster wieder an den Tisch, setzte sich mir gegenüber und sagte: »Du weißt, daß ich es ohne deine Hilfe nicht schaffe.«

»Wieviel brauchst du?«

»Wieviel könntest du mir geben? Wir haben über das Vermögen, das deine Eltern dir hinterlassen haben, nie gesprochen.«

Einige Minuten lang hatte ich an die Möglichkeit gedacht, es sei ihm bei seiner Umkehr in Grenoble um mich und nicht um Geld gegangen. Nun wußte ich es besser, aber es enttäuschte mich nicht. Im Gegenteil: mein einziges Empfinden war Erleichterung. Ich sagte: »Du hast dich bisher nie dafür interessiert. Vielleicht ist es nicht ganz so viel, wie du annimmst. Nicht nur ging der Anteil meines Bruders ab ...«

»Aber doch nur der Pflichtteil«, warf er ein. »Oder hat deine Mutter das Testament nachträglich geändert?«

Selbst wenn sie das gewollt hätte, wäre es ihr nicht möglich gewesen, weil es dem Wunsch meines Vaters widersprochen hätte. Daß Klaus davon wußte, hatte ich vergessen. Jetzt erinnerte ich mich wieder, daß meine Mutter es in seiner Gegenwart einmal beiläufig

erwähnt hatte. Ich sagte: »Dafür habe ich ihm die Erbschaftssteuer abgenommen.«
»Ich weiß«, sagte er. »Aber das können insgesamt doch nicht mehr als fünfzehn Prozent gewesen sein.«
»Schön wär's«, sagte ich, und noch während ich es sagte, wurde mir klar, daß ich mich von ihm aufs Glatteis hatte führen und zu einem Fehler verleiten lassen. Ich sah es ihm auch an. Sein unrasiertes Gesicht trug den gleichen Ausdruck von Zufriedenheit, der mir erstmals aufgefallen war, als ich ihn bereits im vierzehnten Monat unserer jungen Ehe mit der frohen Kunde beglücken konnte, schwanger zu sein. Ich selbst war damals alles andere als froh gewesen und hatte zwei Tage und zwei Nächte lang so gut wie nichts mit ihm gesprochen. Natürlich würde er sich jetzt selbst ausrechnen können, wie hoch die Erbschaft mindestens war. Mit Zahlen konnte er genausogut umgehen wie ich mit meinen Kochtöpfen, aber schließlich war das sein Job. Seiner Stimme war von seiner Genugtuung, mich hereingelegt zu haben, allerdings nichts anzumerken, als er sagte: »Das mit der Erbschaftssteuer für deinen Bruder war verdammt anständig. Hatte er dich darum gebeten?«
Ich unterdrückte meinen aufkommenden Ärger und antwortete: »Mir war unangenehm, daß er benachteiligt wurde. Er hat es unserem Vater nie verziehen. Ebensowenig wie dieser ihm seine marxistische Vergangenheit verziehen hat. Auf mich war Werner schlecht zu sprechen, weil ich die Meinung unseres Vaters über seine politischen Aktivitäten teilte. Ich bin nicht nur durch meine Eltern, ich bin auch durch meinen Bruder und seine politischen Ansichten, die er als Student hatte, so geworden, wie ich heute bin. Für ihn redete ich damals einem strammen Antikommunismus das Wort. Das war eine in jener Zeit auch bei unseren Massenmedien beliebte Vokabel. Als ich ihm nach dem Tod unserer Mutter vorschlug, die Erbschaft zur Hälfte mit ihm zu teilen, antwortete er, er wolle nur haben, was ihm von Gesetzes wegen zustehe. Seine Frau dachte anders darüber. Sie überredete ihn, sich wenigstens die Erbschaftssteuer von mir abnehmen zu lassen. — Auch wenn du dich nie mit ihm verstanden hast, bist du ihm doch sehr ähnlich. Er tat auch immer so, als interessierte ihn nicht, was nach dem Tod meiner Eltern für ihn herausspringt.«
Der Vergleich traf ihn an empfindlicher Stelle. Er sagte mit rotem Kopf: »Es interessiert mich auch jetzt nicht, und was die Ähnlichkeit mit deinem Bruder betrifft: Ich war auf keiner Uni und auch

nicht beim Spartakus. Heute lebt er nicht schlechter als ich, verdient als freier Unternehmer sicher sogar mehr und will sich an nichts mehr erinnern.«

Ich drückte meine Zigarette in einem Ascher aus. »Nicht nur er, auch du hast aus der Vergangenheit so manches verdrängt. Wissen Bert und Rolf von Hergiswil? Ich meine, hast du schon mit Ihnen darüber gesprochen?«

»Flüchtig, und das auch nur, weil Nora einmal erwähnte, wenn sie die Wahl hätte, würde sie die Schweiz für eine Ferienwohnung vorziehen. Auch für Rolf und Bert liegt es günstig. Nicht weit von Engelberg entfernt, wo sie schon zum Skifahren waren. Ich weiß, du machst dir nichts aus Engelberg. Deine Söhne und ihre Freundinnen sehen das anders. Ich übrigens auch.«

»Das war nicht immer so«, sagte ich. »Ist das Haus groß genug für alle?«

Er zündete sich jetzt doch eine meiner Zigaretten an. »Im Obergeschoß drei Schlafzimmer, ein großer Wohnraum und zwei Bäder. Insgesamt hundertsiebzig Quadratmeter ohne die Balkons. Dazu ein Gartenanteil unmittelbar am Seeufer. Die Baupläne hat Peter selbst entworfen und auch genehmigt bekommen.«

»Dann wohnen er und Hilde im Erdgeschoß?«

»Mit separatem Eingang. Wenn es dich interessiert: Ich habe eine Kopie der Baupläne in meinem ...«

»Es interessiert mich nicht«, fiel ich ihm dazwischen. »Und was soll es kosten? Zwei Millionen?«

»Für uns die Hälfte. Inklusive holzgetäfelter Decken und Wände. Inklusive offenem Kamin und Einbauküche. Und inklusive kompletter Inneneinrichtung.«

»Ist ja direkt geschenkt«, sagte ich. »Und wieviel fehlen dir?«

Er erwiderte geradeheraus meinen Blick. »Sechshunderttausend.«

»Unter einer Bedingung«, sagte ich. »Wenn du dich scheiden läßt, bekomme ich sie zurück.«

Was ihn mehr überraschte, meine Einwilligung oder die damit verknüpfte Bedingung, ließ sich aus seinem Gesicht nicht ablesen. Entnehmen ließ sich nur, daß er überrascht war. Er drückte die eben erst angezündete Zigarette aus und sagte: »Einverstanden.« Und ich sagte: »Ich möchte das aber schriftlich haben. Außerdem brauche ich etwa ein halbes Jahr, um den Betrag flüssig zu machen. Eine Zwischenfinanzierung durch meine Bank ist mir zu umständlich.«

Er nickte. »Deinen Geschäftssinn mußt du von deinem Vater haben.

Selbst wenn ich deine Einkommens- und Vermögenssteuer und deine bisherigen jährlichen Unkosten für deine Familie berücksichtige, dürfte sich dein Vermögen seit dem Tod deiner Mutter um den dreifachen Betrag dessen vermehrt haben, was mir für Hergiswil fehlt. Oder war es noch mehr?«
Es war in der Tat noch etwas mehr, aber nicht so viel mehr, daß ich nicht wieder Anlaß gehabt hätte, sein Fähigkeit, meine Unvorsichtigkeit von vorhin in Zahlen umzusetzen — wenn auch widerwillig, zu bewundern. Und mich erneut über mich selbst zu ärgern. Ich stand wieder auf und sagte: »Ich möchte dieses Gespräch jetzt wirklich beenden, Klaus. Was wichtig war, haben wir uns gesagt. Es wäre mir lieb, du würdest zum Ausschlafen ein anderes Hotel nehmen. Nach allem, was du dir gestern abend und in der vergangenen Nacht geleistet hast, möchte ich Monsieur Clout keine Erklärung für deine Rückkehr geben müssen.«
»Ich werde dir bei ihm nicht mehr lästig fallen«, sagte er. »Eines hätte ich noch gerne gewußt: Warum du dich nicht scheiden lassen willst.«
Ich hätte es gerne selbst gewußt. Ob es mir nur darum ging, mir ein Hintertürchen in meine unbescholtene, gutbürgerliche Vergangenheit offenzuhalten. Oder weil er immer noch einen Platz in meinem Herzen einnahm. Irgendwo in einem versteckten Winkel. Und weil er der Vater meiner Söhne war, die ich mir ebensowenig aus dem Herzen und aus dem Sinn reißen konnte wie ihn. Trotz allem.
Ich fragte: »Wozu? Für dich wäre eine Scheidung mit finanziellen Nachteilen verbunden, und für mich mit keinen Vorteilen. Deinen unmittelbaren Vorgesetzten hast du mich in Kenntnis meiner konservativen Denkweise bei ihren seltenen elitären Cocktailpartys, zu denen auch das Fußvolk eingeladen war, immer vorenthalten, und deinen Kollegen und Mitarbeitern, die sich durchweg dem liberalen Flügel unserer Gesellschaft zurechnen, war ich mit meinen schwarzen Ansichten schon immer suspekt. Von ihnen wird mich keiner vermissen.«
Er blickte auf seine großen Hände nieder. »Ich weiß, daß ich dich in den letzten Jahren vernachlässigt habe.«
»Wenn du vom Schlafzimmer redest: Damit allein hätte ich vielleicht leben können. Es war deine Art, mich zu behandeln, die uns dahin führte, wo wir heute stehen. Unglücklicherweise fiel dein nachlassendes Interesse am ehelichen Verkehr zeitlich mit dem Auszug unserer Söhne aus der gemeinsamen Wohnung zusammen.

Für mich entstand ein plötzliches Vakuum, das von dir nicht ausgefüllt wurde. Weder im Bett, noch außerhalb des Betts. Ich fing an, mich zu langweilen. Es kam zu Entzugserscheinungen, wenn du dir etwas darunter vorstellen kannst. Agnes konnte es. — Rolf und Bert werden irgendwann mitbekommen, daß ich kaum mehr in Dortmund anzutreffen bin. Sie werden mich zwar nicht vermissen, es kann aber nicht schaden, wenn du sie beizeiten darauf vorbereitest, daß wir unsere Ehe liberalisiert haben und ich mich überwiegend nur noch hier aufhalten werde. Ich möchte auch nicht, daß sie von meinem Beitrag für Hergiswil erfahren. Es könnte ihnen den Spaß an der Wohnung verderben. Wie ich dich kenne, wird deine Begeisterung für Hergiswil eines Tages genauso nachlassen wie für Lavoir. Auch für Rolf und Bert wird vielleicht die Zeit kommen, wo sie darüber nachdenken, wie sie am günstigsten ihre eigene Praxis finanzieren. Ob ihnen die Ferienwohnung in Hergiswil dann noch genauso wichtig ist wie heute, bleibt abzuwarten. Eine sichere Geldanlage ist sie allemal.«
Er nahm den Blick von seinen Händen und heftete ihn auf mein Gesicht. »Jetzt verstehe ich erst richtig, warum du plötzlich einverstanden bist. Du hast mehr an sie als an mich gedacht.«
»Sagen wir, an euch alle drei«, erwiderte ich. »Wenn es um so viel Geld geht, versuche ich immer, das Beste daraus zu machen. Sie werden sich freuen, von ihrem Vater zu hören, daß er sie beim Grundbuchamt als Miteigentümer eintragen läßt. Peter und Hilde werden sicher Verständnis für deine väterliche Fürsorge haben. Bei ihnen wird es zwar etwas schwieriger werden, ihnen zu erklären, warum wir beide uns künftig nur noch gelegentlich sehen. Mit der Liberalisierung unserer Ehe allein ist es ihnen gegenüber nicht getan, zumal wenn sie auf meine Gesellschaft künftig verzichten müssen, aber das ist dein und nicht mein ...«
Ich brach ab und drehte mich nach Agnes um, die im gleichen Augenblick zur Tür hereinkam. Da ich sie die Treppe nicht hatte herunterkommen hören, war anzunehmen, daß sie schon längere Zeit in der Diele gestanden und uns bei der nur halb geschlossenen Tür zugehört hatte. Sie fragte auch sofort, ohne Klaus eines Grußes zu würdigen: »Ich möchte nicht stören, aber dauert es noch lange, bis ihr euch alles erzählt habt?«
Mit Jeans und der neuen, kürzeren Frisur sah sie höchstens wie siebzehn aus. Ein Eindruck, den auch Klaus, dem ich sie im Hotel eher damenhaft gekleidet vorgeführt hatte, zu teilen schien, denn

er wirkte auf mich wie ein Mann, der von einer Genickstarre am Kopfschütteln gehindert wird. Mir gefiel sie so jung, wie sie jetzt wieder aussah, und besonders jung sah sie jedesmal aus, wenn sie ganz ohne Kleider war. Ich sagte: »Das Wichtigste haben wir besprochen. Hast du alles verstehen können oder soll ich es übersetzen?«
Sie erröten zu sehen, war noch immer ein Erlebnis, das mir ein fast diebisches Vergnügen bereitete. Sie sagte auch mit ärgerlicher Stimme: »Ich hatte Besseres zu tun, als euch zu belauschen.«
»Da muß ich aber sehr überlegen, was das gewesen sein könnte«, sagte ich. »Wollt ihr euch nicht wenigstens begrüßen?«
Offensichtlich lag das weder in ihrer noch in seiner Absicht. Klaus sah über sie hinweg, und sie hatte kaum mehr als einen feindseligen Blick für ihn. Sie hielt sich auch nicht länger auf und kehrte in die Diele zurück. Weil jedoch im gleichen Moment zum viertenmal an diesem Nachmittag auf der Straße ein Auto vorfuhr, wandte sie sich statt der Treppe der Haustür zu. Es ging so rasch, daß ich keine Zeit mehr fand, mir darüber schlüssig zu werden, ob ich sie daran hindern sollte. Auch fiel mir noch rechtzeitig ein, daß der Anrufer von heute vormittag beim Anblick des Porsches kaum anders reagieren würde, wie er schon reagiert hatte, wenn der Renault von Agnes' Vater der Anlaß für ihn war, sich nicht zu melden.
Ich sagte zu Klaus: »Vielleicht hat mein Anwalt in Sarennes etwas Neues erfahren und sich, als er mich im Hotel nicht antraf, auf den Weg hierher gemacht. Er bemüht sich, herauszufinden, wer die Sperrung der Straße veranlaßt hat und hinter dem Kauf der Häuser steckt. Er ist mit dem Bürgermeister gut bekannt, kann ihn jedoch im Augenblick nicht erreichen.«
Ich öffnete meine Handtasche, nahm einen der neuen Haustürschlüssel heraus und legte ihn auf den Tisch. »Daß Lavoir künftig für dich wegfällt, ist deine Einschätzung. Für meinen finanziellen Einstieg in Hergiswil hätte sie nicht ausgereicht. Du kannst jederzeit hier wohnen. Was ich für Dortmund in Anspruch nehme, kann ich dir in Lavoir nicht verwehren. Nur gib mir vorher Nachricht, damit ich mich darauf einstellen kann.«
Er fragte: »Und wohin soll ich dir Nachricht geben?«
»Das wirst du noch erfahren, wenn ich es selbst weiß«, sagte ich und ging nach Agnes schauen. Zu meiner Verwunderung sah ich sie mit einem etwa sechzigjährigen, dunkelgekleideten, weißhaarigen Mann mit Bürstenfrisur vor der Baugrube stehen. Seinen Wa-

gen, einen kleinen, zitronengelben Citroën, hatte er hinter meinem Mercedes geparkt. Zu Klaus, der mir gefolgt war, sagte ich: »Er sieht aus wie ein Priester. Vielleicht wurde er geschickt, um nach der Kirche zu sehen. Die neuen Herren von Lavoir haben sich verpflichtet, sie in ihrem derzeitigen Zustand zu erhalten.«

»Oder Lavoir war früher einmal seine Pfarrgemeinde«, sagte er.

»Dann müßten wir ihn schon einmal gesehen haben. Warten wir ab, was er uns zu sagen hat.«

Daraus wurde jedoch nichts. Er wechselte noch einige Worte mit Agnes und kehrte dann zu seinem Wagen zurück. Im Vorbeigehen sah er Klaus und mich in der Tür stehen. Er nickte uns lächelnd zu, hielt sich aber nicht auf, sondern stieg in seinen Citroën. Gleich darauf fuhr er davon. Irgendwie war mir sein Gesicht bekannt vorgekommen, aber in Lavoir, dessen war ich mir sicher, hatte ich ihn noch nie gesehen. Auch als Priester nicht. Agnes kam zu uns. Sie sagte: »Als ich aus dem Haus kam, stand er schon an der Grube. Er fragte mich, ob ich hier wohne und wie das passiert sei.«

Ich fragte: »Was hast du ihm geantwortet?«

»Daß wir bei unserem Eintreffen alles schon so vorfanden wie es ist. Was ich nicht verstanden habe: Er fragte mich, ob das die Gedenkstätte für die in Nice und Monaco ansässige Kolonie der deutschen Heimatvertriebenen oder für die Opfer der deutschen Beteiligung am Golfkrieg werden soll. Als ich ihm sagte, davon sei mir leider nichts bekannt, meinte er nur, ich solle deshalb nicht traurig sein und bat mich, die deutschen Bewohner des Hauses zu grüßen.« Sie lachte: »Zum Abschied sagte er: Gott segne dich, mein Kind. Vielleicht dachte er, ich gehe noch zur Schule. Kannst du dir vorstellen, was er mit der Gedenkstätte gemeint haben könnte?«

Ich konnte es nicht. Auch Klaus hatte keine Vorstellung. Er sagte: »Sicher eine Verwechslung. Das ergibt doch keinen Sinn.«

»Als Sie meine Mutter anriefen«, sagte Agnes zu ihm, »das ergab auch keinen Sinn. Falls Sie es noch nicht wissen: Ich war im September neunzehn und kann selbst entscheiden, was ich tu.« Zu mir sagte sie: »Ich warte oben auf dich. Willst du noch länger hierbleiben? Dann gehe ich noch einmal unter die Dusche.«

»Soviel Zeit hast du noch«, sagte ich und trat einen Schritt zur Seite, damit sie in das Haus konnte. Klaus blickte ihr nach. »Duschen scheint ein Hobby von ihr zu sein. Wie oft war sie heute schon unter der Dusche?«

Ich fragte: »Inklusive in der vergangenen Nacht?«

»Du mußt wissen, was du tust«, sagte er und ging, ohne sich zu verabschieden, zu seinem Wagen. Der Haustürschlüssel, den ich ihm mitgeben wollte, fiel mir ein. Er lag noch auf dem Küchentisch. Ich ging ihn holen. Als ich wieder auf die Straße kam, saß er bereits in seinem Wagen. Ich gab ihm den Schlüssel durch das Fenster und sagte: »Ich erwarte nicht, daß du mich verstehst, aber für sechshunderttausend Mark könntest du wenigstens so tun. Auch ihr gegenüber könntest du deine Abneigung weniger deutlich zur Schau stellen. Mach dir keine falschen Hoffnungen, Klaus. Ginge es allein nach mir, dann würde ich lieber an ihrer als an deiner Seite alt werden. Es würde mir dann vielleicht weniger schwerfallen. Ich bezweifle nur, daß sie es so lange bei mir aushält.«
»Und ich bezweifle, daß sie nicht weiß, was bei dir zu holen ist«, sagte er. »Von daher gesehen befürchte auch ich, daß Hoffnungen, du könntest in absehbarer Zeit wieder zur Vernunft kommen, fehl am Platze sind.«
»Wovon auch du in der letzten halben Stunde nicht schlecht profitiert hast«, sagte ich. »Du bist genauso käuflich wie du es ihr unterstellst. — Hast du den Anwalt in Digne schon wissen lassen, daß ich nicht interessiert bin?«
»Ich habe ihn angerufen. Vielleicht überlegst du es dir noch anders.«
»Danach sieht es jetzt noch weniger aus als vor deinem Besuch«, sagte ich. »Wann fliegt ihr nach Rom? Schon am Freitag?«
Er nickte.
»Dann viel Spaß«, sagte ich und kehrte, ohne seine Wegfahrt abzuwarten, ins Haus zurück.

Ich traf Agnes im Gästezimmer auf dem Bett und wie immer mit einer Zigarette an. Sie fragte: »Ist er endlich weg?«
Weil es nach einem Vorwurf klang, setzte ich mich zu ihr und sagte: »Nimm dir ein Beispiel an ihm. Er hat sich mit dir abgefunden. Also finde du dich auch mit ihm ab. Wolltest du nicht unter die Dusche?«
Sie blies mir den Rauch ihrer Zigarette ins Gesicht. »Das habe ich nur seinetwegen gesagt. Ich habe euer Gespräch mitgehört, auch wenn ich nicht alles verstehen konnte. Warum willst du dich nicht scheiden lassen?«
»Um dich zu heiraten?«
»Das ist keine Antwort.«

»Habe ich dir irgendwann gesagt, daß ich mich scheiden lassen werde?«
»Auch das ist keine Antwort.«
»Dann wirst du eben ohne eine Antwort auskommen müssen«, sagte ich. »Es sei denn, es genügt dir, daß es an *ihm* liegt, sich scheiden zu lassen. Nicht an mir.«
Sie sagte: »Dann habe ich dich falsch eingeschätzt. Wieso gibst du ihm so viel Geld? Das sind fast zwei Millionen Francs.«
Das war ein neues Terrain, auf das sie sich begab, und ich war nicht gewillt, es dahin kommen zu lassen, daß ich ihr künftig Rechenschaft ablegen mußte, wie und wofür ich mein Geld ausgab. Ich sagte: »Es würde für mich alles viel einfacher werden, wenn ich wüßte, daß dir zwei Millionen wichtiger sind als ich. Du hast die Wahl.«
Sie fragte: »Damit ich mich mit ihm abfinde, so wie er sich für zwei Millionen mit mir abgefunden hat? Da müßte es bei mir schon etwas mehr sein.«
»Vielleicht vier Millionen«, schlug ich vor. »Oder zehn, damit du zu deinen Eltern oder zu deinem Freund zurückkehrst?«
»Hast du zehn Millionen?«
»Selbst wenn ich sie hätte: Um dich loszuwerden, gibt es billigere Möglichkeiten.«
»Indem du mich vor die Tür setzt und nach Hause fährst?«
»Das ist nur eine davon«, sagte ich. »Außerdem haben wir jetzt ganz andere Probleme.«
»Dieser merkwürdige Pfarrer«, sagte sie. »Vielleicht war er gar kein echter Pfarrer und wurde von diesem Mann, den wir erwarten, geschickt.«
»Oder er war es selbst als Pfarrer verkleidet«, sagte ich. »Wir wollen uns nicht verrückt machen, Agnes. Mich regt dieses Warten genauso auf wie dich. Man kann ihm aber auch etwas Gutes abgewinnen. Falls er sich durch unsere Besucher von seinem Kommen abhalten ließ, läßt das erst recht den Schluß zu, daß er die Öffentlichkeit scheut. Er will unbeobachtet mit uns reden, sonst hätte er es schon im Hotel tun können. Mir ist lieber, wir haben es mit einem Erpresser als mit der Polizei oder einem Familienangehörigen des Bauunternehmers zu tun. Wir essen hier noch zu Abend. Hat er sich bis dahin nicht gemeldet, fahren wir zum Hotel zurück und warten seinen nächsten Anruf ab. Irgendwann muß er sich schließlich wieder melden.«
Sie drückte ihre Zigarette aus, küßte mich auf die Wange und sagte: »Ich bin froh, daß du es jetzt so ruhig siehst, Moni. Nach seinem An-

ruf heute vormittag hatte ich schon Sorge, du würdest in dein Auto steigen und einfach davonfahren.«
»Aber doch nicht ohne dich«, sagte ich und stand auf. »Wir haben die Wahl zwischen Hammelragout aus der Dose oder Herzragout aus der Dose. Was meinst du?«
»Dose ist Dose«, sagte sie und folgte mir in die Küche. Dort kam sie noch einmal auf die deutsche Gedenkstätte zu sprechen und sagte: »Ich glaube nicht, daß es sich um eine Verwechslung handelte, wie Klaus es meinte.«
Mir fiel auf, daß sie zum erstenmal bei Nennung seines Namens auf das Possessivpronomen verzichtete. Ob es ein Indiz dafür war, daß auch sie, meiner Ermahnung eingedenk, sich mit ihm abgefunden hatte oder sich zumindest darum bemühte, würde sich erst noch erweisen müssen. Ich fragte, während wir das Hammelragout auf dem Elektroherd aufwärmten: »Und warum nicht?«
»Aber das mußt du dir doch selbst sagen, Moni. Man fährt nicht nach Lavoir, ohne zu wissen, wohin man fährt. Besonders dann nicht, wenn die Straße für den öffentlichen Verkehr gesperrt ist. Als er nach einer Gedenkstätte fragte, auch wenn sie für die Opfer des Golfkriegs gemeint sein soll, mußte ich unwillkürlich an den Bauunternehmer denken. Verrückt, was?«
»Vielleicht auch nicht«, sagte ich. »So ganz aus der Welt ist die Assoziation bei unserem schlechten Gewissen nicht. Auch wenn ich eher glaube, daß er sich, weil er Klaus' Porsche sah, nur einen kleinen Scherz mit uns ...«
Ich brach ab. Bis ich die Haustür erreicht und sie aufgeschlossen hatte, kam ich natürlich wieder einmal zu spät. Von meinem Mercedes sah ich nur noch das Heck aus der Grube ragen, und dem Mann, der ihn dorthin befördert hatte, war Zeit genug geblieben, in einem der nächstgelegenen Häuser zu verschwinden. Aber in welchem? Vielleicht im Haus der Bossuets, wo das Baugerät aufbewahrt wurde. Ich lief hin. Wie nicht anders erwartet, fand ich die Tür auch diesmal verschlossen vor. Ich kehrte an die Grube zurück, wo ich von Agnes bereits erwartet wurde. Hier wurde mir auch ersichtlich, warum mein Wagen im Vergleich zu dem Lärm, den das Baugerät und der BMW verursacht hatten, für uns in der Küche bei seinem Sturz in die Grube nur schwach zu hören gewesen war. Für die noch freie Lücke zwischen dem Schaufellader auf der einen und der linken Grubenwand mit ihren Bohrlöchern auf der anderen Seite war er um etliche Zentimeter zu breit, so daß er, noch ehe seine vordere Stoßstange auf dem Gruben-

boden aufschlug, sich festklemmte, wobei die rechte Wagenseite in ihrer ganzen Länge von dem Schaufellader aufgeschlitzt und die linke durch die Grubenwand eingedrückt worden war. Mit dem Unterboden des Kofferraums saß er am oberen Grubenrand auf, und daran, wie es um das Fahrwerk bestellt war, wagte ich gar nicht erst zu denken. Dennoch hielt sich mein Schock über den traurigen Anblick in Grenzen. Abgesehen davon, daß ich lieber mit dem Auto als zu Fuß zum Hotel zurückkommen würde, traf mich der Verlust des Wagens doch viel weniger, als der Übeltäter es sich vielleicht erhoffte. Ich hatte schon lange vor, mir ein neues, etwas kleineres Modell zu kaufen, mit dem man als Frau unter den Schlechterverdienenden zu Hause weniger unangenehm auffiel. Außerdem war es mein ganz persönliches Versäumnis, den Wagen nicht wieder abgeschlossen zu haben, wenngleich Agnes zu meiner Vergeßlichkeit nicht unwesentlich beigetragen hatte. Hätte sie nach der Wegfahrt ihres Vaters sich nicht zu mir in den Wagen gesetzt und mich mit ihrer Frage nach der Herkunft meiner Wunden und mit ihrem Beharren, sie zu behandeln, abgelenkt, wäre ich kaum leichtsinnig genug gewesen, ihn nach bisherigen Erfahrungen unverschlossen zu lassen. Später hatte ich es durch den überraschenden Besuch von Klaus vollends vergessen.

Zu Agnes, die zwar etwas blaß, sonst aber recht gefaßt wirkte, sagte ich: »Eines brauche ich mir nicht vorzuwerfen: Die Parkstufe nicht eingelegt und auch die Handbremse nicht angezogen zu haben. Dieser Kerl — und ich bin sicher, es handelt sich um den Anrufer von heute vormittag, spielt Katz und Maus mit uns. Er war vielleicht schon vor uns hier und hielt sich während der ganzen Zeit in einem der Häuser versteckt.«

Sie sagte mit ratlos klingender Stimme: »Aber wozu hat er das getan? Um uns am Wegfahren zu hindern?«

»Dann müßte er uns auch daran hindern, uns zu Fuß auf den Weg zum Hotel zu machen«, sagte ich. »Das könnte er nur, wenn er sich uns zeigt. Wenn er das wollte, hätte er es bereits getan. Er will uns hinhalten, uns mürbe machen, damit wir seine Bedingungen dann um so bereitwilliger erfüllen.«

»Aber wenn er uns nicht am Wegfahren hindern wollte ...«, setzte sie an.

Ich fiel ihr ungeduldig dazwischen: »Ich habe auch keine Ahnung, was in seinem Kopf vor sich geht, Agnes. Ob er uns Angst einjagen oder uns nur zu verstehen geben will, daß er auch Bescheid weiß, wie

der BMW und das Baugerät in die Grube gekommen sind. Aber vielleicht hat er uns, ohne es zu wollen, sogar einen Dienst erwiesen. Für alle, die nicht wissen, daß wir es waren, die diesen Schrotthaufen hier angerichtet haben, muß es jetzt so aussehen, als seien auch wir Opfer der Leute geworden, die schon das Baugerät und den BMW in die Grube schickten. Bis das hier alles ausgestanden ist, nehmen wir uns einen Mietwagen. Irgendwo muß er seinen eigenen Wagen stehen haben. Es ist wenig wahrscheinlich, daß er zu Fuß heraufgekommen ist. Er weiß aber, daß wir das Spritzenhaus kennen. Dort wird er ihn sicher nicht versteckt haben.«
»Vielleicht in der Kirche?« schlug sie vor.
Ich blickte sie verwundert an, weil ich auf diesen Gedanken nicht schon selbst gekommen war, aber dann fiel mir ein, daß zum Portal der Kirche einige Stufen hinaufführten, die im günstigsten Fall nur mit einem geländegängigen Fahrzeug zu schaffen waren. Ich sagte: »Dann hast du dir die Kirche von außen noch nie richtig angesehen. Er muß sich noch irgendwo in der Nähe aufhalten, entweder im Haus der Bossuets oder in einem anderen. Wir könnten einmal nachsehen.«
Sie sagte mit blassem Gesicht. »Das solltest du besser nicht tun, Moni.«
Ich hatte es auch nicht ernsthaft vor. Der Gedanke, ihm in einem der leeren Häuser in die Hände zu laufen, konnte auch mich schrecken. Ich sagte: »Dann werden wir jetzt etwas essen und dann weitersehen. Für einen Fußmarsch nach Sarennes dürfte es schon zu spät sein. Bei Tageslicht schaffen wir es nicht mehr. Komm mit ins Haus.«
Außer der Dose mit dem Hammelragout hatte ich noch eine Dose mit grünen Bohnen mitgebracht. Während wir wieder in der Küche beschäftigt waren, lachte Agnes einmal kurz auf und sagte: »Weißt du, Moni, ich wundere mich ja, daß du jetzt noch an Essen denken kannst. Ich habe überhaupt keinen Appetit.«
Ich hätte selbst Anlaß gehabt, über mich verwundert zu sein, aber anscheinend hatte ich jetzt einen Punkt erreicht, wo sich meine bisherigen Reaktionen auf schockierende Ereignisse ins Gegenteil verkehrten und ich statt zu Appetitlosigkeit eher zu einem jähen Heißhunger tendierte, ausgelöst nicht zuletzt durch den Anblick und den verführerischen Geruch von Hammelragout und grünen Bohnen. Hinzu kam, daß ich jetzt endgültig die Überzeugung gewonnen hatte, es mit einem Mann zu tun zu haben, der es auf keine strafende Gerechtigkeit, sondern auf eine Übereinkunft mit mir anlegte, wobei

abzuwarten blieb, ob er sich nicht selbst auf einen Boden begab, der, je länger er damit wartete, uns bei der französischen Justiz aktenkundig zu machen, für ihn selbst von Tag zu Tag gefährlicher wurde. Ich sprach mit Agnes darüber, deren Appetit, wie ich sehr bald feststellte, beim Essen wiederkehrte, und sagte: »Er kann jetzt, zwei Tage danach, nicht mehr zur Gendarmerie gehen und erzählen, was er am Sonntag gesehen haben will, ohne sich selbst verdächtig zu machen. Man wird ihn nämlich fragen, warum er so lange damit gewartet hat. Und notfalls stünde Aussage gegen Aussage. Wie schwach seine Position in Wirklichkeit ist, beweist er auch durch seine Versuche, uns durch sein Versteckspiel und den dummen Streich mit meinem Wagen in Furcht und Schrecken zu versetzen. Damit erreicht er aber genau das Gegenteil. Er widerlegte damit auch die Möglichkeit, es könnte sich bei seinem Anruf um eine Falle der Sûreté handeln. Es ist völlig unwahrscheinlich, daß sie nichts Besseres zu tun hätte, als sich an meinem Mercedes zu vergreifen. Zu welchem Zweck auch? — Du hast mit deinem Vater oder Großvater nie darüber gesprochen, ob es einen Weg gibt, der in die Schlucht führt? Gibt es keinen, dann könnte, was vom Porsche übriggeblieben ist, nur durch einen Zufall entdeckt werden.«
Sie schüttelte den Kopf. »Danach zu fragen ist mir nie eingefallen, Moni. Ich kann mir aber nicht vorstellen, daß es da unten einen Weg geben und wohin er führen soll. Und mit dem, was du eben sagtest, daß er jetzt vielleicht schon zu lange gewartet hat, hast du möglicherweise recht. Du mußt nur bedenken, daß er dich auch anonym anzeigen kann, wenn du nicht tust, was er will. Dann werden sie nach dem Porsche und auch nach dem Bauunternehmer suchen und sie vielleicht finden. Wenn sie dann noch erfahren, was er mit den Sprengungen in deinem Haus angerichtet hat und daß du dich geweigert hast, es nicht einmal für eine Million Francs zu verkaufen, hättest du in ihren Augen genug Motive, nicht gut auf ihn zu sprechen zu sein. Sie würden dich jedenfalls einbestellen und verhören.«
Obwohl sie mir nichts erzählte, was völlig neu für mich wäre, weil ich schon selbst daran gedacht hatte, klang es aus ihrem Mund und mit ihren Worten doch viel bedrohlicher, als mir bisher bewußt geworden war. Zum Glück hatte ich den größten Teil von Hammelragout und grünen Bohnen bereits in mir, so daß ich den verbliebenen Rest auch ohne Appetit aufessen konnte. Ich sagte: »Solange sie mir nichts beweisen und mir auch nicht unterstellen können, den BMW und das Baugerät — einschließlich des Schaufelladers — in die Grube

versenkt zu haben, können sie mir nichts anhaben, auch wenn sie mich zehnmal zu einem Verhör einbestellen. Es erweist sich jetzt als ein Glücksfall, daß Dr. Gérad gegebenenfalls bezeugen kann, ich sei erst gestern — dazu noch in seiner Begleitung — erstmals seit meinem Eintreffen in Lavoir gewesen und hätte bei dieser Gelegenheit die aufgebrochene Haustür und die Schäden im Haus festgestellt. Ohne ihn und sein Gespräch, das er mit den beiden Herren von der Sûreté geführt hat, hätte man sich vielleicht schon für mich interessiert. Nur eines gefällt mir nicht.«
Sie blickte mich über ihren Teller hinweg fragend an.
»Wir haben schon darüber gesprochen«, sagte ich. »Daß sich niemand mehr hier sehen läßt. Weder von der Familie des Bauunternehmers noch von der Gendarmerie. Auch wenn sie den Ort mit einem großen Aufgebot durchsucht hat, hätte man doch erwarten können, daß sie sich nicht damit zufrieden gibt, zumal die Suche vorwiegend bei Nacht erfolgte.«
»Und was sollten sie bei einer zweiten Suche hier finden?« fragte sie. »Irgendwelche Hinweise auf die Entführer?«
»So komisch wie du finde ich das nicht«, sagte ich.
»Ich finde es auch nicht komisch«, sagte sie. »Aber nicht einmal der Porsche hat dort, wo er hinabstürzte, Spuren hinterlassen. Ich glaube nicht, daß wir uns deshalb Sorgen zu machen brauchen, Moni. Nur glaube ich, du siehst es zu einfach, wenn du meinst, daß sie uns nichts anhaben können. Auch wenn dieser Mann uns nur anonym anzeigt, wird man es ernst nehmen. Man wird an der von ihm genannten Stelle nach dem Porsche suchen und vielleicht auch den Toten finden. Dann werden sie uns vielleicht nicht zehnmal vorladen und verhören, sondern schon beim ersten Mal gleich dort behalten. Da ist es besser, du läßt es zu keiner anonymen Anzeige kommen, sondern versuchst zuerst einmal, mit ihm zu reden.«
»Und weshalb, glaubst du, sind wir hier?« fragte ich. »Wie soll ich mit ihm reden, wenn er sich nicht sehen läßt? Auch daß er meinen Wagen demolierte, läßt kaum auf einen Willen zur Kooperation schließen, es sei denn, er wollte uns in der Erwartung, daß wir uns wegen der bald einsetzenden Dunkelheit scheuen, jetzt noch zu Fuß loszumarschieren, hier festnageln. — Da ist übrigens noch etwas, was ich dir sagen wollte. Als ich gestern mit Dr. Gérad herauffuhr, benutzten wir die andere Straße. Dabei fiel ihm auf, daß ein Teil der Häuser in der mittleren Reihe — es waren zwanzig — neben der Haustür mit einem roten Kreuz bemalt waren. Dr. Gérad meint, daß

sie vielleicht zum Abbruch bestimmt seien. Wenn das zutrifft, dann müßten aber auch die Häuser an ihrer Rückseite abgerissen werden. Woran denkst du da?«

»An einen Fußballplatz«, sagte sie. »Oder an einen Landeplatz für Hubschrauber. Oder an Drachenflieger, die von hier aus starten. Bei uns wird dieser Sport immer beliebter.«

Mir blieb beinahe ein Stück Hammelragout im Halse stecken. Ich schluckte es mühsam hinunter und sagte nach Luft ringend: »Du spinnst!«

»Könnte ja sein«, meinte sie achselzuckend. »Und die Grube ist gar keine Grube, sondern das Fundament für eine Sprungschanze, von der die Drachenflieger abheben. Wenn sie sich und ihre Geräte von einem Hubschrauber hinaufbringen lassen, brauchen sie keine Straße. Als Startplatz für Drachenflieger ist der Berg geradezu ideal, Moni. Mir ist das heute nacht eingefallen, als ich mir wieder überlegte, wofür das alles gut sein soll. Wenn sie Häuser für einen Hubschrauberlandeplatz abreißen, ist mein Einfall so dumm nicht. Oder was meinst du?«

»Das muß ich mir erst noch ...«

Weil von der Straße her ein neues Motorengeräusch an unsere Ohren drang, führte ich den Satz nicht zu Ende. Agnes fragte: »Ob er das noch sein kann? So spät?«

Völlig unwahrscheinlich erschien es mir dann nicht, wenn ich berücksichtigte, daß er, um meinen Mercedes in die Grube zu fahren, zu Fuß hier gewesen sein und seinen eigenen Wagen irgendwo versteckt halten mußte. Inzwischen könnte er ihn geholt haben und so tun, als sei das Attentat auf meinen Wagen nicht sein Werk gewesen. Vielleicht uns sogar entgegenkommenderweise einladen, uns zum Hotel zu fahren und so den Retter zu spielen. Warum ich diese Möglichkeit jedoch nicht näher ins Auge faßte, war vor allem darauf zurückzuführen, daß ich insgeheim eher mit einem ganz anderen Besucher rechnete, auf den ich schon im Laufe des Nachmittags gehofft hatte, und weshalb er erst zu so später Stunde eintraf, erklärte mir Dr. Gérad, als ich ihm gleich darauf die Haustür öffnete, damit, daß er bis zum frühen Abend in seiner Kanzlei unabkömmlich gewesen sei und, weil er mich im Hotel nicht erreichte, nach Büroschluß sofort seinen Wagen bestiegen und sich auf die Fahrt nach Lavoir begeben habe. Dieser Teil unseres Gesprächs fand noch in der offenen Haustür statt, aber schon seine nächste Frage, was mit meinem Wagen geschehen sei, konnte ich ihm in der Diele und bevor ich ihn mit Agnes

bekannt machte, beantworten. Ich erzählte ihm, jemand müsse, während wir beim Abendessen saßen, uns diesen üblen Streich gespielt haben.
Er sagte: »Und ich hatte schon Sorge, die kleine Verletzung an Ihrer Wange rühre von daher.« Ich erklärte sie ihm mit einem unglücklichen Sturz in der Küche und machte ihn mit Agnes bekannt, die aus der Küche zu uns kam. Meine Sorge, sie könnte zu seiner Begrüßung wieder die Perlenkette angelegt haben, erwies sich als unbegründet. Ob er sie sich älter oder auch nur anders vorgestellt hatte, war seinem Gesicht nicht anzusehen. Mir fiel jedoch auf, daß er etwas zögerte, sich über ihre Hand zu beugen. Danach wandte er sich sofort wieder an mich und sagte: »Dann bin ich erst recht froh, Sie noch heute besucht zu haben, Madame Kristmann. Was mit Ihrem Wagen geschehen ist, scheint mir nur ein neuer Versuch zu sein, Ihnen den Aufenthalt in Lavoir zu verleiden. Da ich inzwischen auch noch keine Gelegenheit hatte, mit dem Bürgermeister zu reden und seine Mitarbeiter, wenn sie auf Lavoir angesprochen werden, sich hinter Direktiven aus Digne verschanzen, würde ich Ihnen empfehlen, sich bis zur Klärung der Sachlage nicht länger als unbedingt erforderlich in Ihrem Haus aufzuhalten. Erst recht nach dem Vorfall mit Ihrem Wagen nicht. Soweit ich es auf den ersten Blick feststellen konnte, wird es Tage, wenn nicht gar Wochen dauern, bis er wieder fahrbereit ...«
Ich unterbrach ihn: »Darauf kann ich nicht warten. Gibt es in Sarennes einen Autoverleih?«
»Sogar zwei. Dann schlage ich Ihnen vor, daß ich Sie und Fräulein Debussy jetzt zum Hotel bringe. Was noch zu besprechen ist, können wir unterwegs tun.«
Sein Angebot kam mir ebenso gelegen wie ungelegen. Gelegen deshalb, weil ich nach allem, was heute geschehen war, wenig Lust verspürte, die Nacht in Lavoir zu verbringen, und ungelegen im Hinblick darauf, daß die Ungewißheit darüber, was der vormittägliche Anrufer von mir wollte, dann noch länger andauern würde. Eine Überlegung, die auch Agnes zu teilen schien, denn nur so ließ sich ihr leichtes, nur für mich bestimmtes Kopfschütteln deuten. Andererseits wäre es mir schwergefallen. Gérad einen plausibel klingenden Grund zu nennen, warum wir es vorziehen würden, die Nacht in Lavoir zu verbringen. Sie schien das dann selbst einzusehen und stellte ihr Kopfschütteln mit einem Achselzucken ein. Bevor wir das Haus verließen, räumten wir noch rasch die Küche auf und schlossen überall die Läden. Auf der Fahrt durch den Ort bedankte ich mich bei

Dr. Gérad zunächst für die Handwerker, denn ohne sein persönliches Engagement wäre es kaum möglich gewesen, schon heute einen Schlosser für die Tür und einen Glaser für die Fenster zu bekommen. Nur bei der Firma, die sich um die Rolläden kümmern sollte, hatte er erst für morgen eine Zusage erhalten.
Auf meine Frage, ob ihm unterwegs irgendwo ein abgestellter Wagen aufgefallen sei, antwortete er: »Ich habe zwar nicht darauf geachtet, er hätte mir aber kaum entgehen können. Sie denken sicher an den Mann, der Sie um Ihren eigenen Wagen gebracht hat?«
»Es ist nicht anzunehmen, daß er zu Fuß nach Lavoir gekommen ist«, sagte ich. »Als Sie eintrafen muß er sich noch in einem der Häuser aufgehalten haben. Vielleicht hat er seinen Wagen irgendwo im Ort versteckt.« Zu Agnes, die hinter mir im Fond saß, sagte ich: »Ein kleiner Wagen hätte vielleicht auch in einem dieser Häuserdurchgänge Platz. Was meinst du?«
»Kann sein«, sagte sie.
Ich hatte sie schon gesprächiger erlebt. Dr. Gérad erkundigte sich, was es mit diesen Häuserdurchgängen auf sich habe. Ich erklärte es ihm, und er gab seiner Erleichterung Ausdruck, daß nicht noch Schlimmeres passiert sei. »Wenn er sich wirklich noch in einem der Häuser versteckt hält«, setzte er hinzu, »hätten Sie erst recht keinesfalls die Nacht in Ihrem Haus verbringen dürfen. Ich glaube auch nicht, daß wir es nur mit einem Mann zu tun haben. Es dürfte sich um die gleichen Leute handeln, die schon das Baugerät und den BMW zu verantworten haben. Mit großer Wahrscheinlichkeit auch die Entführung des Bauunternehmers. — Man hat Ihnen noch kein Angebot für Ihr Haus gemacht?«
Ich erzählte ihm, was ich von Klaus erfahren hatte. Er sagte: »Da Sie es nach Ihren eigenen Worten nicht einmal für zehn Millionen verkaufen wollen, haben Sie das Angebot über eine Million selbstverständlich abgelehnt?«
»Selbstverständlich«, sagte ich. »Ich habe den Herren in Digne durch meinen Mann ausrichten lassen, daß ich keinen Wert auf eine persönliche Begegnung lege und daß man sich in allen mein Haus betreffenden Fragen an Sie wenden soll.«
Er lächelte. »Wenn sich meine Aufgabe darin erschöpft, meinen Kollegen in Digne mitzuteilen, daß Sie an einem Verkauf, zu welchem Preis auch immer, grundsätzlich nicht interessiert sind, kann ich sie meiner Sekretärin überlassen. — Es haben sich im Laufe des Tages keine Mitarbeiter der Baufirma in Lavoir sehen lassen?«

»Eben nicht«, sagte ich. »Aber das könnte ich noch verstehen. Diese Leute werden im Moment mit ganz anderen Problemen beschäftigt sein. Was ich nicht verstehe und worüber ich mich vor Ihrem Eintreffen auch schon mit Fräulein Debussy unterhalten habe, ist, daß sich auch die Gendarmerie für Lavoir nicht mehr zu interessieren scheint. Wir hatten nur einen etwas merkwürdigen Besuch von einem Priester, der sich nach einer Gedenkstätte erkundigte.«
Er blickte rasch in mein Gesicht. »Das müssen Sie mir etwas ausführlicher erzählen, Madame Kristmann. Ein katholischer Priester?«
»Er sah so aus«, sagte ich und berichtete ihm, was zu berichten war. Auch Agnes schaltete sich einmal ein und schilderte mit eigenen Worten ihr Gespräch mit ihm. Mir fiel auf, daß Dr. Gérad die Sache ernster zu nehmen schien als ich. Ich sagte: »Mein Mann, der zufällig anwesend war, meinte, daß es sich um eine Verwechslung handle. Ich selbst glaube eher an eine kleine Boshaftigkeit, weil er sah und hörte, daß wir Deutsche sind.«
»Ich wußte nicht, daß Ihr Mann hier ist. Hält er sich im Hotel auf?«
»Er ist schon wieder abgereist«, sagte ich. »Er war nur kurz hier, um mir von dem Angebot zu berichten. Es traf ein, als ich bereits nach Lavoir abgereist war. Mein Mann nahm es entgegen und fuhr hierher, um mich zu informieren. — Ich möchte bei dem Autoverleih keine lange Erklärung abgeben müssen, weshalb ich einen Wagen brauche ...«
»Das überlassen Sie mir«, fiel er dazwischen. »Ich werde ihn auf den Namen meiner Kanzlei mieten. Dann bleiben Ihnen alle lästigen Formalitäten erspart. Ab wann wollen Sie ihn haben?«
»Gegen zehn Uhr morgen vormittag, wenn das möglich ist.«
»Ich werde dafür sorgen, daß er Ihnen zum Hotel gebracht wird. Wie verbleiben wir mit Ihrem eigenen Wagen? Anzeige gegen Unbekannt?«
Ich fragte: »Wozu? Ich würde mir nur Unannehmlichkeiten mit der Gendarmerie und vielleicht auch mit den Tätern schaffen. Ich bin gut versichert und werde den Wagen durch einen Abschleppdienst nach Sarennes bringen lassen. Auch hierbei bitte ich Sie um Ihre Vermittlung. — Sehen Sie sich das an!«
Meine letzten Worte bezogen sich auf die untergehende Sonne, die den Himmel über den Bergen in ein flammendes Farbenmeer verwandelte. Von der Stelle, die wir im Augenblick passierten und wo die Straße von den ersten Häusern hinab auf den Grat führte, war der Horizont mit seinen zahllosen verschneiten Gipfeln in seiner

ganzen Weite zu übersehen. Auch Dr. Gérad, obwohl den Anblick eines Sonnenuntergangs über den Bergen gewohnt, war beeindruckt. Er sagte: »Wer immer auch Lavoir aufgekauft hat: Etwas wird er sich dabei gedacht haben. Sie finden im ganzen Département Alpes-de-Haute-Provence keinen zweiten Ort mit einem so einmaligen Rundblick auf die Alpes Maritimes. Ich wohne jetzt schon seit über zehn Jahren in unmittelbarer Nähe von Lavoir, ohne mir seines besonderen Reizes bewußt geworden zu sein. Für mich war es eines des zahllosen Gebirgsdörfer, wie sie zwischen Grenoble und Nice überall zu finden und wegen der Landflucht ihrer Bewohner in der Mehrzahl zum Aussterben verurteilt sind. Ich muß gestehen, ich bin nicht weniger neugierig als Sie, wer sich hinter dem Käufer verbirgt. Wenigsten soviel habe ich im Rathaus in Abwesenheit des Bürgermeisters in Erfahrung bringen können, daß Lavoir schon seit Jahrzehnten bis unter das Dach seiner Kirche verschuldet war und seit seiner Eingemeindung, die auf Anweisung der Präfektur in Digne erfolgte, von den Gemeindevertretern in Sarennes immer nur als ungeliebtes, weil kostenintensives Adoptivkind betrachtet wurde, bei dem weder Steuern noch andere Gelder zur Deckung der laufenden Unkosten einzutreiben waren. Als besonders kostspielig erwiesen sich die Instandhaltung der Straße und die Gewährleistung der Wasser- und Stromversorgung. Diese Kosten werden künftig vorwiegend von den neuen Bewohnern getragen, wodurch der Stadtsäckel von Sarennes nicht unbeträchtlich entlastet wird. Es macht aber auch Sie, soweit es die Versorgung mit Strom und Wasser betrifft, ganz von ihrem Goodwill abhängig, Madame Kristmann. Selbst die Benutzung der Straße, wenn sie in Privatbesitz übergeht, was bereits geschehen sein soll, kann Ihnen streitig gemacht werden.«
Das waren völlig ungewohnte Töne bei ihm. Ich sagte einigermaßen betroffen: »Wenn ich Sie richtig verstehe, wollen Sie das Mandat niederlegen?«
Er lächelte wieder. »Ich sagte: Kann! Immer vorausgesetzt, Sie veräußern mit Ihrem Haus gleichzeitig auch Ihr Wohnrecht. Solange dies nicht der Fall ist, haben Sie Anspruch auf die Benutzung der Straße und Anspruch auf Versorgung mit Strom und Wasser. Wenn man Sie also loswerden will, und alles spricht dafür, wird es nicht bei dem vorliegenden Angebot bleiben.«
»Meine Ansicht dazu kennen Sie.«
»Genau darauf möchte ich jetzt zu sprechen kommen«, sagte er. »Ich begehe zwar einen Vertrauensbruch, fühle mich aber für Ihre Sicher-

heit verantwortlich und gebe daher dem kleineren Übel den Vorzug. Ich muß Sie sehr darum bitten, vorläufig mit keinem Menschen darüber zu reden. Mir ist seit heute mittag bekannt, daß der Bauunternehmer — sein Name ist Levau — tatsächlich entführt wurde. Die Entführer haben seiner Familie ein erstes Bekennerschreiben zukommen lassen und wollen ihre Forderungen nachliefern. Falls es die gleichen Leute sind, die hinter der Sabotage auf das Baugerät und jetzt auch hinter dem Anschlag auf Ihren Mercedes stecken, würde ich Ihnen dringend raten, Ihr Haus so lange zu meiden, bis diese schlimme Sache auf die eine oder die andere Weise ausgestanden ist. Bei dem Anschlag auf Ihren Wagen könnte es sich um den Versuch handeln, Ihre Mobilität einzuschränken und Sie in Lavoir festzuhalten. Zu welchem Zweck, das möchte ich mir lieber nicht ausmalen.«
Ich mir auch nicht, zumal ich viel zu verblüfft war, um mir irgendwas ausmalen zu können. Meine Gedanken nur mühsam sammelnd sagte ich: »Das ist ja schrecklich, aber ich sehe nicht, was seine Entführung mit uns und unserer Sicherheit zu tun haben soll. Wir kennen die Entführer nicht, haben sie auch nicht gesehen ...«
»Das wissen Sie«, fiel er mir ins Wort. »Die Entführer wissen es nicht. Ihre Anwesenheit in Lavoir könnte sie auf den Gedanken bringen, Sie seien schon längere Zeit hier und könnten den einen oder anderen von ihnen zufällig gesehen haben.«
»Dann hätten sie auch meinen Wagen vor dem Haus stehen sehen, was am Tag der Entführung und auch schon zuvor nicht der Fall war«, gab ich zu bedenken. »Ich bin Ihnen für Ihren Hinweis dankbar, glaube aber nicht, daß der Anschlag auf meinen Wagen von den Entführern kommt. Ich denke dabei eher an jene Leute, die mich hier loswerden und mir mein Haus abkaufen wollen. Bis zur Stunde ist nicht einmal bekannt, wo der Bauunternehmer entführt wurde. Das kann schon auf dem Weg von seinem Wohnsitz nach Lavoir und nicht erst dort passiert sein.«
Er stimmte mir zu: »Das läßt sich nicht ausschließen. Aber ebensowenig kann ich bei meinem derzeitigen Wissensstand ausschließen, daß die Entführer mit jenen Leuten, die Sie hier loswerden wollen, identisch sind.«
»Das auf keinen Fall«, entfuhr es mir.
Er blickte, erstaunt über die Bestimmtheit meiner Aussage, von der Seite in mein Gesicht und fragte: »Woher wollen Sie das wissen?«
»Mein Gefühl sagt es mir«, antwortete ich, mich mühsam besinnend.
Er sagte: »Gebe Gott, daß Ihr Gefühl Sie nicht täuscht.«

5

Was man unter einem Trittbrettfahrer zu verstehen hatte, war Agnes selbstverständlich bekannt, so daß wir uns nach unserer Ankunft im Hotel zu diesem Thema nicht erst abzustimmen brauchten. Beim Abendessen im Speisesaal, zu dem wir uns umgezogen und Jeans und Pullis wieder im Schrank aufbewahrt hatten, trug sie auch die Perlenkette wieder und ein zweiteiliges Kleid, das sie, weil es ihr zu elegant war, nur mit meiner tätigen Mithilfe angezogen hatte. Zugegebenermaßen hätte sie mit dem unischwarzen Rock und dem todschicken Oberteil mit geschmackvoll abgestimmtem Blütencomposé auch in jedem Luxusrestaurant dinieren können, aber nach einem Tag wie diesem hatte ich das Bedürfnis, was ich unter beachtlichen Unkosten und Einbußen an moralischer Reputation sozusagen als Besitz legitimiert hatte, mir so vorteilhaft wie möglich vor Augen zu führen. Ob ich es mir leisten konnte, sie nach unserem gemeinsamen Aufenthalt unter der Dusche auch noch eigenhändig von Kopf bis zu Fuß anzukleiden, ohne bei ihr den Eindruck zu erwecken, ihr schon mit Haut und Haaren verfallen zu sein, kümmerte mich nur noch wenig, wenngleich ihr eigentümliches Lächeln, als ich, mit dem Mund an ihrem Körper, einmal den Blick in ihr Gesicht hob, über den bereits stattgefundenen Rollentausch kaum mehr Zweifel aufkommen ließ. Aber auch das kümmerte mich schon nicht mehr. Ebensowenig wie es mich kümmerte, von Monsieur Clout im Speisesaal beobachtet zu werden, wie ich Agnes' schmale Hand streichelte, während ich noch gestern, als sie im Foyer meine Hand an den Mund führte, bei dem Gedanken, Monsieur Clout könnte es gesehen haben, peinlichst berührt war, aber zwischen gestern und heute war mehr geschehen als nur das Erlebnis, Agnes als überaus zärtliche Liebhaberin zu erfahren. Es war zugleich geschehen, daß ich in dieser Nacht auch meine letzten Bedenken und Hemmungen verlor, ihre Liebe mit der gleichen Hingabe zu erwidern.
Wie schon nach unserer Ankunft im Hotelzimmer unterhielten wir uns auch beim Abendessen über die von Dr. Gérad erfahrenen Neuigkeiten, wobei ich Agnes' Meinung, nach dem Bekennerschreiben eines angeblichen Entführers stünden die Möglichkeiten des vormittäglichen Anrufers, mich zu erpressen, viel schlechter als zu-

vor, nicht teilen konnte, sie setzte nämlich voraus, daß auch er bereits von der angeblichen Entführung erfahren hatte. Erst Agnes' nachdenklich geäußerte Zugabe, möglicherweise handle es sich in beiden Fällen um ein und dieselbe Person, die das Verschwinden des Bauunternehmers dazu benutzen wolle, mit ihrem Wissen ebenso bei dessen Familie wie bei mir abzusahnen, versetzte mich in einen Zustand tiefer Nachdenklichkeit, der auch noch anhielt, als wir nach dem Essen, von Monsieur Clout fürsorglich bis zur Tür des Speisesaals geleitet, in unser Zimmer zurückkehrten, wo Agnes unter dem Vorwand, zuviel gegessen und zuviel getrunken und in dem engen Kleid Höllenqualen ausgestanden zu haben, augenblicklich alles fallen ließ und sich, die Hände im Nacken verschränkend, auf dem Bett ausstreckte. Den Eindruck, Höllenqualen ausgestanden zu haben, hatte sie mir im Speisesaal allein schon wegen ihres vorzüglichen Appetits nicht gemacht, mit dem sie das komplette Menü verspeiste. Und daß sie in ihrem Kleid nicht nur mein, sondern auch das Wohlgefallen der sonst noch anwesenden Gäste gefunden hatte, konnte ihr gleichfalls nicht entgangen sein. Die angeblichen Höllenqualen dienten ihr wohl eher als Vorwand, mir schon wieder Gelegenheit zu geben, sie in ihrer ganzen Schönheit zu erleben und neue Lüste in mir zu wecken. Daß ich vor meiner Rückkehr aus dem Badezimmer noch rasch einen Hausmantel übergestreift hatte, erregte dann auch sogleich ihr Befremden, denn sie sagte: »Aber das hast du jetzt doch nicht mehr nötig, Moni. Oder wozu ziehst du das blöde Ding an?«
Ich zog das blöde Ding aus, zündete mir eine Zigarette an und legte mich zu ihr. »Das wird noch ein ganz schlimmes Ende mit uns nehmen«, sagte ich.
»Aber ich möchte dich doch nur fühlen, Moni«, sagte sie. »Wieso soll das zwischen uns beiden ein schlimmes Ende nehmen? Kannst du mir das vielleicht erklären?«
»Weil du so maßlos bist«, sagte ich. »Deshalb.«
»Aber Liebes«, sagte sie. »Was ist schon maßlos daran, wenn ich dich ein bißchen streichle.«
»Und ich jedesmal ein bißchen komme«, sagte ich. »Du wirst mich noch zu Tode lieben, so wie du Catherine zu Tode geliebt hast.«
Sie nahm mir die Zigarette weg, zog daran und öffnete mit Daumen und Zeigefinger meine Lippen. Sie beugte sich zu mir nieder, blies mir den Rauch in den Mund und sagte: »Mein Atem ist dein Atem.«
Ich verschluckte mich an ihrem rauchigen Atem, hustete und und

blickte mit tränenden Augen in ihr über mich gebeugtes, lächelndes Gesicht. Sie sagte: »Wie schön du bist, Moni. Ich werde dich nie wieder hergeben.«
Klaus hatte mich heute hergegeben, wenn auch nicht für ein Butterbrot, aber was wog das schon! Hergegeben war hergegeben, und auch sie würde mir eines Tages ihren Preis nennen, um mich loszuwerden. Früher oder später, aber so leicht wie Klaus würde ich es ihr nicht machen. Das war sicher. Ich sagte: »Das weiß man vorher nie.«
»Ich weiß es«, sagte sie. »Mich wirst du nicht so leicht los wie Klaus. Nicht für sechshunderttausend Mark.«
Es war schon eigenartig, wie ihre Gedanken sich bereits auf der gleichen Schiene bewegten wie die meinen. Ich sagte: »Dann verrate mir, wieviel du haben willst, damit ich es endlich weiß.«
»Ich will dich und nicht dauernd Angst haben, dich wieder an ihn zu verlieren«, sagte sie. »Oder an deine Söhne, die, wenn sie von mir erfahren, sicher nichts unversucht lassen, dich von mir wegzubringen. So ist es doch?«
Ausschließen konnte ich es nicht, denn der Gedanke, mein schönes Geld könnte eines Tages an eine junge Geliebte statt an sie gehen, würde möglicherweise sogar Nora anderen Sinnes und zu einer Konvertitin konservativen Gedankenguts machen. Ich sagte: »Solange wir nicht wissen, was es uns kosten wird, den Mann, auf den wir den ganzen Tag vergeblich gewartet haben, zum Schweigen zu bringen, ist alles, was wir an Zukunftsplänen schmieden, nicht mehr als graue Theorie. Und sollte deine Annahme zutreffen, daß wir es bei ihm mit dem gleichen Mann zu tun haben, der nun auch die Familie des Bauunternehmers zu erpressen versucht, dann haben wir es mit einem besonders kaltblütigen und gefährlichen Menschen zu tun. — Du hattest Bedenken, Dr. Gérads Einladung, uns mitzunehmen, zu folgen. Ich nicht. Wir haben getan, was dieser Mann am Telefon von uns verlangte. Wir sind nach Lavoir gefahren und haben den ganzen Tag auf ihn gewartet. Dr. Gérad hatte mit seiner Vermutung recht: wir sollten gezwungen werden, auch noch die Nacht in Lavoir zu verbringen, aber wozu?«
Sie zuckte mit den Schultern. »Vielleicht wollte er nicht, daß wir ihn sehen. Vielleicht wollte er deshalb die Dunkelheit abwarten.«
»Das hätte er auch haben können, ohne sich an meinem Wagen zu vergreifen. Er hätte es dir nur zu sagen brauchen.«
»Er hat es mir gesagt. Er hat gesagt, du sollst in Lavoir auf ihn warten. Er hat nicht gesagt, du sollst nur bis zum Dunkelwerden auf ihn

warten. Er war jedenfalls oben. Er hat gesehen, daß wir Besuch bekamen. Vielleicht hat er auch schon Klaus und meinen Vater gesehen. Vielleicht hat er sich deshalb nicht gemeldet. Er mußte annehmen, wir hätten uns mit ihnen verabredet. Wäre Dr. Gérad nicht gekommen, dann wüßten wir jetzt vielleicht schon etwas mehr. Es war deine Entscheidung, Dr. Gérads Einladung anzunehmen. Ich weiß, du konntest nicht anders, und hier schlafen wir heute nacht sicher ruhiger als oben. Aber der Besuch von Klaus und von meinem Vater könnte der Grund dafür gewesen sein, weshalb er das mit deinem Wagen tat. Es geschah nämlich erst hinterher.«
»Einen Sinn ergibt es trotzdem nicht«, sagte ich.
Sie nickte. »Danach fragst du ihn am besten selbst. Wenn ich mit meiner Annahme richtig liege und er versucht es auch bei der Familie des Bauunternehmers, dann geht es ihm allein um Geld und er wird sich das Geschäft nicht selbst kaputtmachen, indem er eine anonyme Anzeige macht, aus der hervorgeht, daß der Bauunternehmer bereits tot ist. In diesem Fall stünden wir gar nicht so schlecht da, finde ich.«
»In diesem Fall schon«, sagte ich.
Sie fragte: »Und was spricht dagegen?«
Eigentlich nur wenig, denn wenn es sich nur um einen Trittbrettfahrer handelte, müßte er Kenntnis von der angenommenen Entführung haben, und die wurde laut Dr. Gérads Bitte um Vertraulichkeit immer noch wie ein Staatsgeheimnis behandelt. Ich sagte: »Wir werden sehen. Wir haben seine Forderung, nach Lavoir zu fahren und dort auf ihn zu warten, erfüllt. Daß wir, die Handwerker eingerechnet, viermal Besuch erhielten, kann er nicht uns anlasten. Er hat schließlich erlebt, daß unsere Besucher sehr bald wieder wegfuhren. Wir wären auch ohne seine Aufforderung nach Lavoir gefahren. Nur eben erst nach dem Mittagessen.«
»Dann brauchen wir uns auch nicht länger darüber zu unterhalten«, sagte sie und sah zu, wie ich die Zigarette im Ascher auf dem Nachtschränkchen ausdrückte. Es geschah fast gleichzeitig mit dem Läuten des Telefons. Sie nahm mein Gesicht in die Hände, küßte mich und murmelte: »Laß es läuten, Moni. Er soll später noch einmal anrufen.«
»Wann später?« fragte ich. »Morgen früh? Oder wovon redest du?«
»Dann laß mich es tun«, sagte sie und griff, sich über mich hinwegbeugend, zum Hörer. Sie lauschte kurz und sagte: »Ja, Sie dürfen.« Zu mir sagte sie: »Die Vermittlung. Sie wollte wissen, ob

wir das Gespräch noch annehmen. Angeblich sei es dringend.« Sie legte sich mit dem Oberkörper auf mich, berührte, den Hörer am Ohr haltend, mit den Lippen meinen Mund, nahm ihn kurz weg und sagte: »Hallo.« Und gleich darauf: »Nein.« Danach sagte sie eine Weile nichts, während sie wieder die Lippen an meinem Mund und den Hörer am Ohr hatte. Schließlich sagte sie in den Hörer: »Da muß ich erst fragen.« Und wenig später: »Blöder Kerl.«
Sie legte auf und sagte: »Hat schon eingehängt. Zuerst fragte er: Madame Kristmann?, und als ich mit einen Nein antwortete, sagte er: Dann bestellen Sie ihr das und das.«
»Und was sollst du mir bestellen?«
Sie richtete sich auf und griff nach meinen auf dem Nachtschränkchen liegenden Zigaretten. Sie zündete sich eine an und sagte: »Ich lasse dich nicht allein zu ihm gehen, Moni. Er will, daß du in einer halben Stunde zum Place Pasteur kommst. Dort will er dich treffen.«
Den Place Pasteur kannte ich schon deshalb, weil wir ihn jedesmal, wenn wir vom Hotel nach Lavoir fuhren oder von dort zurückkamen, passierten. Zu Fuß waren es kaum mehr als fünf Minuten. Nachdem ich mich bereits darauf eingestellt hatte, für heute meine Ruhe und in Agnes' Armen die Ablenkung zu finden, die ich jetzt brauchte, um völlig abzuschalten, löste der Anruf ein dumpfes Gefühl von Beklemmung in mir aus, so daß ich, um es loszuwerden, ein paarmal tief durchatmen mußte. Ich fragte: »Er hat nicht gesagt, daß ich allein kommen soll?«
Ihr kleines Zögern nahm ihre Antwort vorweg: »Gesagt hat er es.«
»Dann kannst du auch nicht mitkommen«, sagte ich. »Er ist sonst imstande, und läßt sich wieder nicht sehen. Der Place Pasteur ist mit seinen drei oder vier Restaurants und Bistros auch zu dieser Tageszeit nicht unbelebt, so daß kaum zu befürchten ist, er könnte mich in sein Auto schleppen und entführen. Vielleicht ist es ganz gut, es noch heute hinter uns zu bringen. Ich habe jetzt die Nase voll. Das kann er machen, mit wem er will. Nicht mit mir.«
Während ich mir mit so markigen Worten selbst Mut zusprach, stieg ich bereits aus dem Bett. Ich ging zum Kleiderschrank und ging unschlüssig seinen Inhalt durch. Agnes sagte: »Nimm wieder die Jeans, Moni. In Jeans wirkst du noch größer als du bist und kannst vielleicht auf ihn herabschauen.«
Obwohl mir nicht danach zumute war, mußte ich lachen. »Was redest du da für einen Schwachsinn!«
»Das tu ich immer, wenn ich aufgeregt bin«, sagte sie. »Warte.« Sie

kam zu mir, nahm eine Jeans-Hose aus dem Schrank und aus dem Wäschefach einen BH. Ich fragte: »Wozu? Ich denke, du siehst mich lieber ohne.«
»Er dich vielleicht auch«, sagte sie und half mir der Reihe nach zuerst in den Slip, dann in den BH und in die Jeans. Vor einem Rollkragenpullover für kühle Tage, die wir im Augenblick nicht hatten, bekam ich noch ein T-Shirt übergestreift und zu guter Letzt warme Söckchen und die dazu passenden Slipper. Merkwürdigerweise fand ich, je öfter ich sie trug, selbst wieder Gefallen an engen Jeans, die meine Beine in der Tat noch länger und schlanker erscheinen ließen, und auch der Po konnte sich mit Jeans noch sehen lassen. Vielleicht rührte meine bisherige Abneigung vor allem von dem abschreckenden Beispiel solcher Frauen und Mädchen her, die nicht selbstkritisch genug waren, auf Jeans besser zu verzichten. Ganz zum Schluß frischte sie, während ich auf dem Bett und sie auf meinen Knien saß, mein Make-up noch etwas auf und sagte: »Bei dem Schlafzimmerblick, den du dir neuerdings zugelegt hast, können wir auf einen Lidschatten verzichten, sonst fällt er noch mehr auf. Oder soll ich dir einen leichten auftragen?«
Ich sagte: »Wenn ich mir einen zugelegt habe, dann allein wegen deiner schamlosen Angewohnheit, dich nur noch mit geöffneten Beinen zu produzieren. Dir scheint das gar nicht mehr bewußt zu werden?«
Sie blickte auf ihre tatsächlich weit geöffneten Beine nieder und sagte: »Ich weiß nicht, wie ich mich auf deinen Knien niederlassen soll, ohne die Beine zu öffnen. Dabei denke ich wirklich an nichts Böses, Moni. Ehrenwort.«
»Ich weiß, woran du denkst«, sagte ich. »Du solltest dich aber schämen, so kaltblütig zu lügen. Stehst du bitte auf?«
Sie erhob sich von meinen Knien und sagte: »Ich hatte ja keine Ahnung, daß es dich noch immer aufregt, wenn ich auf deinen Knien sitze und unten nichts anhabe.«
»Du hast auch oben nichts an«, erinnerte ich sie und beobachtete, wie sie zum Schrank ging, Jeans und Pulli herausnahm und hineinfuhr. »Was soll das?« fragte ich.
Sie drehte sich nach mir um. »Ob es ihm paßt oder nicht: ich komme mit, Moni. Ich werde nicht stören. Ich werde nur in der Nähe sein, falls du mich brauchst.«
Wenn sie sich daran hielt, war nichts dagegen einzuwenden; im Gegenteil, sie in der Nähe zu wissen, würde mir diesen schweren Gang doch ein wenig leichter machen, und schließlich hatte es ihn auch

nicht gestört, sie als Sprachrohr seiner Forderungen zu benutzen, statt, wie es nahegelegen hätte, sich persönlich an mich zu wenden. Falls er sich ihretwegen anstellte, würde ich mich auf unzureichende Sprachkenntnisse berufen und mich gegebenenfalls ihrer als Dolmetscherin bedienen, denn ob er selbst deutsch sprach oder verstand, würde sich erst noch erweisen müssen. Ich sagte: »Aber nie näher als nötig, um mich im Auge zu behalten. Andernfalls schicke ich dich ins Hotel zurück.«

»Wenn ich mich schicken lasse«, sagte sie und wandte sich, bereits ausgehfertig, der Tür zu. Monsieur Clout hatte inzwischen schon längst dem Nachtmädchen seinen Platz an der Rezeption überlassen. Sie grüßte zwar freundlich, ich sah ihr aber an, daß sie sich über uns wunderte. Auf der Straße hakte Agnes sich bei mir unter und sagte: »Wenn du als Mann zu dieser Stunde das Hotel verläßt, ist das in den Augen des Personals beinahe normal. Nur bei uns hat es Probleme, sich vorzustellen, wohin wir so kurz vor Mitternacht noch gehen könnten. Das kommt nur daher, daß es in Sarennes nicht auch ein Bordell für Frauen gibt.«

»In Théniers gibt es eins?« fragte ich.

Sie lacht leise. »Das hätte sich sogar bei uns zu Hause schon herumgesprochen, Moni. In Nice soll es männliche Models geben, die auf Bestellung in dein Hotelzimmer kommen. Ich weiß es von meinem Freund. Er kennt sich in Nice noch besser aus als in Digne, wo er arbeitet. — Hast du Herzklopfen?«

»Du nicht?«

»Nein. Er kann uns nichts anhaben. Wenn er tatsächlich etwas gesehen hat, und das wirst du von ihm hören, dann machst du ihm einen Vorschlag, der dir nicht weh tut. Lehnt er ab, empfiehlst du ihm, sich das Geld dort zu holen, wo er es sonst noch versucht. Wenn es stimmt, was wir vermuten, wird er sofort wissen, was gemeint ist.«

»Eines spricht dagegen, daß es stimmt«, sagte ich. »Dr. Gérad sprach von einem Bekennerbrief der Entführer an die Familie des Bauunternehmers. Wenn er identisch mit unserem Mann ist: Warum hat er ihr gegenüber nicht auch das Telefon benutzt?«

Sie küßte mich im Gehen nachsichtig auf die Wange, wozu sie sich etwas auf die Fußspitzen erheben mußte, und sagte: »Weil er bei ihr nicht sicher sein konnte, ob sein Anruf nicht bereits auf Band aufgenommen und eines Tages im Radio zu hören sein wird. Bei uns geht er dieses Risiko nicht ein.«

»Das klingt vernünftig«, räumte ich ein. »Wie kommt man nur auf so etwas? Hast du es irgendwo gelesen?«
»Nur nachgedacht«, sagte sie und blieb stehen. Weil sie die Hand noch in meinem Arm hatte, verhielt ich ebenfalls den Schritt und fragte: »Was hast du?«
»Ich glaube, das ist er«, sagte sie.
Der Mann, den sie meinte, näherte sich uns auf der anderen Straßenseite, und außer dem Umstand, daß er der einzige Mensch war, der uns auf dem Weg zum Place Pasteur begegnete, sprach nichts dafür, daß er es war, den wir suchten. Daß Sarennes an einem späten Werktagabend wie ausgestorben wirkte, war insofern eine neue Erfahrung für mich, als sich in all den Jahren, seit ich die Stadt kannte, noch nie die Gelegenheit oder Notwendigkeit ergeben hatte, sie zur mitternächtlichen Stunde, dazu auch noch zu Fuß, zu erleben. Auch wenn Klaus und ich — mit oder ohne unsere Söhne — hin und wieder zum Abendessen in ein Restaurant gefahren waren, so hatten wir uns doch wegen der beschwerlichen Heimfahrt spätestens gegen zehn Uhr wieder auf den Rückweg gemacht. Das galt für Sarennes ebenso wie für Nice oder für Barcelonnette, wo wir unser Lieblingsrestaurant hatten.
Bei dem späten Passanten auf der anderen Straßenseite schien es sich jedenfalls nicht um unseren Mann zu handeln, denn er blickte weder herüber noch verzögerte er seinen Schritt. Als ein Nachteil erwies es sich jetzt, daß die vom Hotel zum Place Pasteur führende Straße zu dieser Stunde nur spärlich beleuchtet war. Von den ohnehin nur in großen Abständen vorhandenen Laternen, brannte ab Mitternacht nur noch jede zweite. In den zumeist zweistöckigen Häusern mit ihren kleinen Vorgärten waren die Lichter längst erloschen und nur ihre Ziegeldächer glänzten silbrig im Mondlicht, das auch die Silhouetten der Berge sich tintenfarben vor dem helleren Sternenhimmel abheben ließ.
Ich verständigte mich mit Agnes über unser weiteres Vorgehen, wobei sie mir im angemessenen Abstand folgen, mich aber auch nicht aus den Augen verlieren sollte. Eine Vorsicht, die sich als überflüssig erwies, denn bis zum Place Pasteur begegnete mir kein einziger Mensch mehr, und auch meine Erwartung, wenigstens hier noch reges Treiben und beleuchtete Restaurants anzutreffen, erwies sich als Trugschluß, der vor allem darauf zurückzuführen war, daß ich den Platz zwar schon öfter bei Dunkelheit, jedoch noch nie zu so später Stunde gesehen und bei meiner Erwartung auch die Jahreszeit

nicht berücksichtigt hatte. Die Touristen-Saison setzte erst in einigen Wochen ein, wenn auch die Tage wieder länger wurden. Was den Place Pasteur auch bei Dunkelheit und bei geschlossenen Restaurants und Geschäften sehenswert machte, waren seine schönen Grünanlagen mit gepflegten Blumenbeeten, die bereits in voller Blüte standen. Auch an Sitzbänken fehlte es nicht. Daß sie im Augenblick nicht benutzt wurden, lag nicht nur an der späten Stunde. Die Nächte kühlten in Sarennes auch im April noch zu sehr ab, um einen Aufenthalt im Freien angenehm zu machen. Ob dies der Grund war, weshalb sich der Anrufer auch diesmal nicht sehen ließ oder ob er sich durch Agnes' Anwesenheit gestört fühlte, die sich indessen bis auf Rufweite genähert hatte, konnte ich mir nach Belieben aussuchen. An meinem Ärger änderte das eine ebensowenig wie das andere. Ich ging ihr ein Stück weit entgegen und sagte: »Beim nächsten Mal wird er es sein, der vergeblich auf uns wartet. Außerdem werde ich Monsieur Clout bitten, Gespräche künftig nur noch nach vorheriger Namensnennung des Anrufers auf das Zimmer durchstellen zu lassen.«
»So wirst du ihn nicht los«, sagte sie. »Du mußt ihn dazu bringen, wieder nach Lavoir zu kommen und dort mit ihm reden.«
»Damit du ihn mit dem Karabiner deines Großvaters totmachen kannst?«
Sie blickte mich trotzig an.
»Zuzutrauen wäre es dir«, sagte ich und betrachtete die dunklen Fenster und verschlossenen Türen der den Place Pasteur säumenden Restaurants und Bistros. Hier hatte sich in den zwanzig Jahren, seit ich erstmals nach Sarennes kam, nichts verändert, und dennoch kam mir in diesem Augenblick alles irgendwie verändert und auch fremd vor. Ich blickte Agnes an und sagte: »In St. Paul und Vence werden sie jetzt auch schon alle schlafen.«
»Nicht nur in St. Paul und Vence, Moni. Wenn du so spät noch ausgehen und etwas erleben willst, mußt du in Nice wohnen.«
Ich setzte mich auf eine Bank, zündete eine Zigarette an und gab auch Agnes eine. »Würdest du gerne in Nice wohnen?«
»Ich möchte bei dir wohnen. Wo, ist mir egal. Gefällt dir Sarennes nicht mehr? Mein Großvater erzählte mir, du würdest es fast genauso lieben wie Lavoir.«
Ich beobachtete einen kleinen Renault, der langsam vorbeifuhr. Der junge Mann am Lenkrad blickte neugierig zu uns her. Ich sagte: »Als ich es kennenlernte, gab es zwischen Klaus und mir noch keine Pro-

bleme. Rolf war fünf und Bert zwei Jahre alt. Wir waren das, was man eine glückliche Familie nennt.«
Sie griff nach meiner Hand. »Das gilt aber auch für Lavoir, Moni.«
Für Lavoir galt es sogar in noch viel stärkerem Maße, aber immer, wenn ich jetzt hinaufkam und anstelle des verträumten, talwärts von einer halbhohen Mauer abgeschirmten und von der alten Platane beschatteten Platzes — der mich in seiner romantischen Idylle und weltfernen Abgeschiedenheit vom ersten Augenblick an gefangennahm und in dem ich mich aufgehoben und geborgen fühlte wie früher in den Armen meiner Mutter —, wenn ich also an seiner Stelle die häßliche Grube und den bodennah abgesägten Stumpf des alten Baumes sah, hatte ich in der Brust einen schneidenden Schmerz, der minutenlang anhielt und nach seinem Abklingen nur ein Gefühl dumpfer Leere in mir zurückließ. Auch wenn ich mich gegen die wachsende Einsicht, daß mir der Anblick von Mal zu Mal unerträglicher wurde, noch zur Wehr setzte: wäre Agnes nicht, ich hätte mich vielleicht nicht dazu überwinden können, ihn mir auch nur ein zweites Mal zuzumuten. Allein ihr war es zuzuschreiben, daß ich diesen im Grunde sinnlosen Kampf um mein Haus aufgenommen und Lavoir mir nicht schon für immer aus dem Herzen gerissen hatte.
Ich sagte: »Es war nicht nur meine Familie. Ich kann es dir aber nicht erklären.«
»Versuch es«, sagte sie. »Ich werde es auch verstehen, wenn du es nicht erklären kannst. Vielleicht ist es der Gedanke an die zwanzig Jahre, die du seitdem älter geworden bist und die dir heute wie verlorene Jahre erscheinen müssen. Oder der Gedanke, daß Lavoir ein wichtiger und großer Teil deines Lebens ist, den du gemeinsam mit Klaus und deinen Söhnen verbracht hast und an den du dich noch immer klammerst, weil in Wirklichkeit sie es sind, von denen du dich nicht trennen kannst. Rede ich wieder Unsinn?«
»Ich mag alles, was du redest, auch wenn es Unsinn ist«, sagte ich. »Klaus hätte verhindern können, daß es zwischen uns so weit kam, aber er gehört zu den Männern, die es mit Leuten zu tun haben, denen die eigene Karriere wichtiger ist als das Schicksal ihrer Mitmenschen. Wenn man von ihnen und von ihrer Willkür abhängig ist, kann man eines Tages nichts anderes mehr wichtig nehmen als sie. Selbst die eigene Frau nicht. Er tut mir irgendwie leid, weil ich ihm nicht helfen konnte, nicht so zu werden, wie er heute ist.« Und überwältigt von einem Gefühl jäher Zärtlichkeit setzte ich hinzu: »Ich habe es gern, wenn du meine Hand hältst. Ich habe alles gern, was du tust.«

»Ich habe auch gern, was du tust«, sagt sie. »Du willst also keinen Kontakt mehr mit ihm aufnehmen?«
»Mit Klaus?«
Sie küßte mich wieder nachsichtig auf die Wange. »Mit diesem Mann, dessentwegen wir hier mitten in der kühlen Nacht auf einer kalten Bank sitzen und frieren, statt jetzt im warmen Bett zu liegen und uns zu lieben.«
»Lieben können wir uns noch oft«, sagte ich. »Ich habe auch nicht gesagt, daß ich keinen Kontakt mehr mit ihm aufnehmen möchte. Ich werde es ihm nur nicht mehr so leicht machen wie bisher, uns immer dann anzurufen, wenn wir nicht gestört werden wollen.«
»Und wie willst du das erreichen?«
»Indem wir uns ein drittes Quartier zulegen, von dem nur Dr. Gérad etwas weiß. Ich werde ihn nach einem seriösen Makler fragen. Zu dieser Jahreszeit dürfte es nicht schwer sein, ein Ferienhaus zu finden.«
»Du willst ein Haus kaufen?«
»Vorläufig nur mieten, bis wir hier ...« Ich brach ab und betrachtete den mittelgroßen, etwa vierzigjährigen Mann, der sich, als ich ihn bemerkte, uns bereits bis auf wenige Schritte genähert hatte. Meine Abneigung gegen Turnschuhe auf öffentlichen Straßen rührte nicht zuletzt daher, daß man oft von Leuten überholt wurde, die man erst hörte, wenn sie schon fast an einem vorbei waren, so daß mein erster Eindruck nicht zum Vorteil des Mannes ausfiel, der Zweifel über seine Identität ohne weiteren Zeitverlust dadurch ausräumte, daß er sich an meiner Seite auf der Bank niederließ und sagte: »Sie sollten allein kommen. Hat Ihre Freundin es Ihnen nicht ausgerichtet?«
Sein Französisch war ohne Dialekt, seine Stimme klang nicht unsympathisch. Auch seinem glattrasierten Gesicht ließ sich nichts abgewinnen, was meiner vorgefaßten Meinung über ihn zusätzliche Nahrung hätte geben können. Mit seiner Brille machte er sogar einen gebildeten, wenn nicht gar intellektuellen Eindruck, und das kurzgeschnittene Haar schmiegte sich recht kleidsam seinem schmalen Kopf an. Zu seinem dunkelblauen Blazer trug er eine hellfarbene Bundfaltenhose, und unter dem Blazer ein weißes T-Shirt. Abgesehen also von seinen Turnschuhen hätte es mir Mühe bereitet, äußerliche Merkmale anzuführen, die gegen ihn gesprochen hätten, und nicht einmal aus seiner in höflichem Ton vorgebrachten Frage ließ sich eine Zurechtweisung ableiten. Er gehörte jedenfalls nicht zu dem Typ von Männern, bei dem ich zuerst einmal auf Distanz ging, bis ich ihren äußeren Eindruck etwas verarbeitet hatte, so daß auch zwischen sei-

ner Frage und meiner kühl gegebenen Antwort, er werde sich entweder mit Agnes' Anwesenheit abfinden oder auf ein Gespräch mit mir verzichten müssen, keine Zeit verlorenging. Er wiederum machte mich in unverändert höflichem Ton darauf aufmerksam, daß meine Situation, so wie sie sich ihm darstellte, wenig geeignet sei, vom hohen Roß aus mit ihm zu verkehren, und daß ich allen Anlaß hätte, mich künftig an seine Anweisungen zu halten, wollte ich es nicht riskieren, in eine höchst unangenehme und peinliche Lage zu geraten. »Denn um es gleich vorwegzunehmen«, fuhr er im selben Atemzug fort, »werden Sie auch dann, wenn Sie sich auf einen Unfall berufen, um eine Anklage wegen fahrlässiger Tötung nicht herumkommen. Ich habe den ganzen Vorgang beobachtet. Es war keine fahrlässige, es war eine beabsichtigte Tötung. Eine Suche an der richtigen Stelle würde nicht nur den Wagen, sie würde auch die Leiche zutage fördern.«
»Welche Leiche?« fragte ich.
Er lächelte flüchtig. »Ach, lassen Sie das, Madame Kristmann. Sie vergeuden damit nur Ihre und auch meine Zeit. Sie und Ihre Freundin hatten allen Grund, sich eines lästigen Augenzeugen zu entledigen. Sein Eindringen in Ihr Haus erfolgte gegen meinen Rat. Es war auch nicht mein Wunsch, von ihm zu erfahren, was er dort sah. Er erzählte es mir ungefragt. Nachdem Sie durch sein Ungeschick seine Anwesenheit im Haus bemerkten, war zu erwarten, daß Sie nach ihm und nach seinem Wagen suchten oder sich in Ihren eigenen Wagen setzen und nach Sarennes in Ihr Hotel ...«
Ich unterbrach ihn: »Woher wußten Sie von dem Hotel?«
»Sie wurden in Sarennes gesehen. Es gibt dort nur zwei Hotels, die den Ansprüchen einer verwöhnten Frau genügen.« Er blickte auf seine Armbanduhr. »Es ist spät geworden. Ich wollte Sie früher anrufen. Sie waren jedoch nicht in Ihrem Zimmer. Auch wußte ich nicht, ob Sie die Nacht in Lavoir verbringen würden.«
»Wo wir den halben Tag auf Sie gewartet haben«, sagte ich. »Warum haben Sie sich nicht sehen lassen?«
»Weil Sie bereits Besuch hatten, als ich hinaufkam. Ich wollte es nicht riskieren, bei Ihnen gesehen zu werden und fuhr nach Sarennes zurück, um hier abzuwarten, was Sie tun. Hätte ich Sie heute abend im Hotel nicht mehr erreicht, wäre ich wieder nach Lavoir gefahren.«
Ich konnte ihm nicht mehr folgen und sagte: »Sie wußten doch nicht, ob wir noch jemand finden, der uns nach Sarennes mitnehmen wird. Und zu Fuß wären wir erst am späten Abend eingetroffen.«

»Warum zu Fuß? Hatten Sie eine Panne?«
Noch während er es fragte, hatte ich das sicherer Gefühl, ihn, was meinen Wagen betraf, zu Unrecht verdächtigt zu haben. Ich wandte ihm das Gesicht zu. »Er wird morgen vormittag durch eine Abschleppfirma geholt. Im Augenblick liegt er noch zusammen mit dem Baugerät und dem BMW in der Grube. Sie waren das also nicht?«
Er blickte mich eine kleine Weile schweigend an. Dann fragte er: »Wann ist das passiert?«
»Ich habe nicht auf die Uhr gesehen«, antwortete ich und richtete das Wort an Agnes, die sich bisher damit begnügt hatte, uns zuzuhören. »Es muß gegen sieben gewesen sein. Oder etwas später?«
»Ich habe auch nicht auf die Uhr gesehen«, sagte sie. »Ist doch auch egal, wann genau es war. Wenn er es nicht getan hat, wer war es dann?«
»Vielleicht die Leute, die mein Haus haben wollen«, sagte ich und wandte mich wieder an ihn: »Sie müßten sie eigentlich kennen. In welcher Beziehung standen Sie zu Monsieur Levau? Arbeiteten Sie für ihn?«
»Darüber möchte ich nicht sprechen«, sagte er, was mir auch sofort einleuchtete. Ich sagte: »Aber daß ich wegen meines Hauses Probleme habe, das dürfte Ihnen bekannt sein.«
»Wäre ich an Ihrer Stelle, würde ich es verkaufen. Wie kamen Sie ohne Wagen zu Ihrem Hotel zurück?«
»Ein weiterer Besucher, den ich nicht mehr erwartete, nahm uns mit.«
»Dann sind Sie jetzt ohne Fahrzeug?«
»Ich bekomme im Laufe des Vormittags ein anderes. Sie haben mir noch nicht verraten, warum Sie mich sprechen wollten.«
Er stand auf. »Ich möchte Ihnen ein Geschäft vorschlagen, aber nicht jetzt und nicht hier. Am besten bei einem gemeinsamen Mittagessen, wozu ich Sie nach Guillaumes ins *Beffroi* einladen möchte. Falls Sie den Ort nicht kennen: Er liegt nur eine Autostunde entfernt von hier. Auch das Restaurant ist sehr leicht zu finden. Es steht etwas außerhalb; Sie können es nicht übersehen. Ich werde Sie dort morgen mittag gegen zwölf erwarten.«
»Sie meinen heute mittag?« fragte ich unter Berücksichtigung der bereits überschrittenen mitternächtlichen Stunde.
Er stimmte mir lächelnd zu. »Sie haben natürlich recht: wir haben bereits morgen.«
»Das wird nicht gehen«, sagte ich. »Ich habe morgen, beziehungsweise heute, viel zu erledigen.«

»Ich auch«, sagte er. »Dennoch nehme ich mir Zeit für Sie. Und auch Sie werden sich die Zeit nehmen, Madame Kristmann. Diesmal aber bitte ohne Ihre Begleitung.«
»Und ohne überhaupt zu wissen, wem ich diese charmante Einladung verdanke?«
Er lächelte. »Ein unverzeihliches Versäumnis von mir. Ich hoffe, Sie können sich daran gewöhnen, Georges zu mir zu sagen.«
»Das kann ich Ihnen nicht versprechen.«
»Vielleicht fällt es Ihnen leichter, wenn auch ich mich künftig mit Ihrem Vornamen begnüge, Monika«, sagte er und wandte mir den Rücken zu. Ich beobachtete, wie er rasch die Straße überquerte und bald darauf in der Dunkelheit meinen Blicken entschwand. Neben mir sagte Agnes: »Du wirst seine Einladung doch nicht annehmen, Moni? Was bildet dieser Kerl sich ein, in diesem Ton mit dir zu reden?«
Ich trat meine Zigarette aus. »Im Ton war er moderat, nur in der Sache nicht. Das war auch keine Einladung, das war eine Vorladung. Ich werde ihr schon deshalb folgen, weil ich herausfinden muß, wer er ist.«
»Er wird es dir nicht auf die Nase binden. Gegen mich hat er etwas. Er hat mich wie Luft behandelt, mich kaum einmal angesehen.«
»Dafür werde ich dich, sobald wir in unserem Zimmer sind, wieder um so öfter ansehen«, sagte ich. »Laß uns gehen. Viel mehr als seine Einladung beunruhigt mich im Augenblick eine ganz andere Sache.«
Sie blickte mich fragend an.
»Welcher verdammte Kerl meinen Wagen in die Grube schickte«, sagte ich.

Georges war es jedenfalls nicht gewesen. Er versicherte es mir noch einmal glaubhaft schon beim Aperitif und fügte hinzu, daß er auch aus persönlichen Gründen nicht das geringste Interesse an meiner Immobilität haben könnte, was mir ebenfalls einleuchtete. Obwohl ich einigermaßen pünktlich eintraf, wurde ich von ihm bereits erwartet. Das Restaurant erwies sich insofern für seine zwielichtigen Absichten besonders geeignet, als es zu dieser Jahreszeit nur von zufällig durchreisenden Touristen besucht wurde, während es zur Sommers-, aber auch zur Winterszeit wegen der nahegelegenen Ski- und Luftkurorte Valberg und Isola immer gut besucht war. Als ich eintraf, saßen außer Georges nur noch zwei jüngere Pärchen im rustikal ausgestatteten Restaurant, von dessen großen Fenstern sich ein schöner

Blick auf die Häuser von Guillaumes und auf die sie umgebenden Berge bot. Weil ich die Route über Valberg nach Guillaumes schon oft gefahren war, hatte es mir auch mit dem noch ungewohnten Citroën keine Probleme bereitet, den Termin einzuhalten, und auch das Restaurant, das etwas außerhalb des Ortes auf einem kleinen Vorhügel stand, war nicht zu übersehen gewesen. Daß Georges mit einem Taxi eingetroffen war und es sofort wieder weggeschickt hatte, erfuhr ich, als ich mich erkundigte, welcher der beiden vor dem Restaurant stehenden Wagen ihm gehörte. Ich fragte nach: »Dann werden Sie auch wieder von einem Taxi abgeholt? Es würde mir nichts ausmachen, Sie mit meinem Wagen nach Digne zu bringen.«
»Nur nach Valberg«, sagte er. »Dort habe ich meinen Wagen stehen.«
Ich blickte ihn wortlos an. Er lächelte. »Ich weiß, daß Sie, um hierher zu kommen, über Valberg fahren mußten. Ein Treffen dort hätte mich aber um das Vergnügen gebracht, von Ihnen chauffiert zu werden.«
»Aber zu Hause sind Sie nicht in Valberg?«
»Natürlich nicht.«
»Und auch nicht so leichtsinnig, mich das Kennzeichen Ihres Wagen sehen zu lassen«, sagte ich. »Ich persönlich könnte zwar nicht viel damit anfangen, aber vielleicht mein Anwalt.«
»Einen Anwalt haben Sie auch?« fragte er höflich.
Wenngleich ich nicht erwartet hatte, ihn mit der Erwähnung eines Anwalts sehr beeindrucken zu können: Ganz so beiläufig hatte ich mir seine Reaktion nun doch wieder nicht vorgestellt. Ich sagte: »Bei den Problemen, die ich zur Zeit in Lavoir habe, brauche ich einen.«
»Das verstehe ich«, sagte er und bot mir eine Zigarette an. Einen Ehering trug er nicht. Ich stellte fest, daß er sich maniküren ließ und auch sonst einen gepflegten Eindruck machte, was mir gestern abend in der Dunkelheit nicht aufgefallen war. Er hatte sich umgezogen und auch die Turnschuhe zu Hause gelassen. Anstelle des dunkelblauen Blazers und eines Shirts trug er unter einem eleganten Einreiher ein Hemd mit Krawatte und in der Brusttasche ein Einstecktuch. Wenn sein Wagen in Valberg stand und er dort nicht wohnte, hatte er die Nacht vielleicht in einem Hotel verbracht. Auch dies sprach dafür, mit welcher Umsicht er unsere Begegnung vorbereitet hatte.
Ich sagte: »Von meinem Anwalt weiß ich, daß Monsieur Levau am Sonntag ohne Begleitung nach Lavoir fuhr. Er ist seitdem verschwunden und soll in den Händen von Kidnappern sein, die ein Lösegeld haben wollen.«
Er zündete auch sich eine Zigarette an und sagte achselzuckend: »Da

wir beide wissen, was wirklich aus ihm geworden ist, brauchen wir uns mit den in solchen Fällen üblichen Gerüchten und Spekulationen nicht aufzuhalten. Sollte es zunächst seine Absicht gewesen sein, allein nach Lavoir zu fahren, so wird er Gründe gehabt haben, es sich anders zu überlegen. Meine Wohnung liegt auf seinem Weg nach Lavoir. Er hielt bei mir an und lud mich ein, mit ihm zu fahren.«
»Sie hatten beruflich mit ihm zu tun?«
»Wir waren nur befreundet. Unterwegs erfuhr ich von ihm, was tags zuvor, als er mit seinem Architekten in Lavoir war, mit dem Baugerät und mit seinem BMW geschehen ist. Er schloß nicht aus, daß der oder die Täter sich noch oder wieder in Lavoir aufhielten. Deshalb wollte er am Sonntag noch einmal hinauffahren.«
»Seit wann waren Sie mit ihm befreundet?«
»Ist das wichtig für Sie?«
»Nur informativ«, sagte ich. »Aber ich merke schon, Sie wollen es bei Georges und auch dabei belassen, mit ihm befreundet gewesen zu sein. Und was ist Ihr eigentliches Anliegen?«
Er sagte: »Vielleicht können wir bis nach dem Essen damit warten. Noch angenehmer wäre es mir, es ließe sich einrichten, dieses Thema auf unsere nächste Begegnung, zu der es hoffentlich kommen wird, zu verschieben. Sie werden doch sicher noch einige Tage hier sein?«
Er steckte genauso voller Überraschungen wie ich es in den vergangenen Tagen auch bei Agnes erlebt hatte, nur mit dem Unterschied, daß ich auf die Überraschungen, die er mir zu bieten hatte, nicht neugierig war. Ich sagte: »Meine Reise war ursprünglich nur über das Wochenende geplant. Mein Anwalt bemüht sich zur Zeit darum, zu erfahren, wozu die Baugrube neben meinem Haus dienen soll. Sobald ich das weiß, fahre ich nach Hause.«
»Mit oder ohne Ihre Freundin?«
»Ich habe nicht vor, mich mit Ihnen über meine Freundin zu unterhalten, Monsieur ...?«
»Georges«, erinnerte er mich lächelnd. »Ich mache Ihnen einen Gegenvorschlag, Monika. Sie bleiben hier, bis wir über alles gesprochen haben. Wann dies sein wird, darauf habe ich mich noch nicht festgelegt. Ich kann Sie natürlich nicht daran hindern, schon früher nach Hause zu fahren. Ob es für Sie allerdings vorteilhafter ist, wenn wir unsere Gespräche in Dortmund und nicht hier führen, erscheint mir zweifelhaft. Oder weiß Ihre Familie schon von dieser Sache?«
Seine Eigenart, auch unverblümte Drohungen in einen moderaten Ton zu verpacken, war mir schon gestern abend eher unangenehm

als angenehm aufgefallen, und daß er mir nun mit meiner Familie und nicht mehr mit der Gendarmerie drohte, ließ die Sache, von der er sprach, auch nicht besser werdem, zumal er sich bisher immer nur mit Andeutungen begnügt hatte. Um mir endlich Klarheit zu verschaffen, was und wieviel er wirklich wußte, fragte ich: »Von welcher Sache?«
Er lächelte wieder. »Aber liebste Monika, wenn Sie mir erlauben, Sie so anzureden, das ist nun wirklich ein Spiel weit unter Ihrem Niveau. Sie sind viel zu klug, um nicht zu wissen, worüber wir uns schon gestern abend unterhalten haben. Als es geschah, stand ich nur einige hundert Meter entfernt am Ortseingang von Lavoir und mußte untätig zusehen, wie Sie gemeinsam mit Ihrer Freundin vollendeten, was Sie schon eine halbe Stunde zuvor mit dem Porsche meines Freundes so eindrucksvoll in Szene gesetzt haben. Oder muß ich noch deutlicher werden?«
Ich griff nach meinem Glas mit dem Aperitif, stellte es jedoch, ohne davon getrunken zu haben, auf den Tisch zurück und sagte: »Es war tatsächlich ein Unfall. Sein Tod war nicht beabsichtigt. Warum hätte ich ihn umbringen sollen?«
»Aber das wissen Sie doch so gut wie ich«, sagte er. »Für eine Frau wie Sie muß es eine unerträgliche Vorstellung gewesen sein, er könnte, was er in Ihrem Haus gesehen hat, auch anderen Leuten erzählen. Deshalb mußte er sterben und aus keinem anderen Grund. Es war kein Unfall, wie Sie es mir jetzt einzureden versuchen. Und auch die Gendarmerie würde Ihnen das nicht abnehmen. Er hatte Ihr Haus kaum verlassen, da machten Sie und Ihre Freundin sich auch schon auf die Suche nach ihm. Um ihn aus seinem Versteck zu locken, bedienten Sie sich seines Porsches. Bei Ihrer Ortskenntnis war es nicht schwer für Sie zu erraten, wo er ihn abgestellt haben könnte.«
»Das ist Ihre Darstellung«, sagte ich. »Sie ist nicht nur falsch. Sie gibt auch keine Antwort darauf, weshalb er heimlich in mein Haus eingedrungen ist, obwohl mein Wagen vor der Tür stand und er daraus ersehen konnte, daß ich mich im Haus aufhielt. Wenn er mit mir sprechen wollte, hätte er nur an die Tür zu klopfen brauchen.«
Er zuckte mit den Schultern. »Vielleicht war es gerade Ihr Wagen, der ihn auf den Gedanken brachte, Sie könnten bei seinem BMW und auch bei dem Baugerät Ihre Hände im Spiel gehabt haben. Und daß er wegen Ihrer Weigerung, Ihr Haus zu verkaufen, wodurch die weiteren Bauarbeiten blockiert wurden, schon vorher nicht gut auf Sie zu sprechen war, kann Sie nicht überraschen. Er hat mir nicht verraten,

was er in Ihrem Haus zu sehen oder zu hören hoffte. Vielleicht einen Hinweis auf Ihre Täter- oder Mittäterschaft.«
Dagegen ließ sich kaum etwas einwenden, zumal ich schon vorher zu der Einsicht gekommen war, daß weiteres Leugnen angesichts der knallharten Fakten, die er mir servierte, nicht nur zwecklos, sondern tatsächlich, wie er es schon gestern abend gesagt hatte, Zeitvergeudung war. Auch hatte ich jetzt wieder einen Punkt erreicht, wo ich es leid war, ihm noch länger das traurige Schauspiel einer in die Enge getriebenen Frau zu bieten. Ich sagte: »Selbst wenn es sich so verhält, wie Sie es darstellen, würden Sie als Augenzeuge, der drei Tage verstreichen ließ, ehe er sich zu Wort meldete, wenig glaubhaft erscheinen. Abgesehen davon, daß niemand verstehen wird, weshalb Sie Ihren Freund allein nach uns suchen ließen, und warum Sie sich auch noch versteckt hielten, als meine Freundin und ich ins Dorf zurückkamen. Aber vielleicht brauchten Sie etwas Zeit, darüber nachzudenken, wie sich Ihr Wissen so gewinnbringend wie möglich auswerten ließe?«
Er nickte heiter. »Das natürlich auch. Unabhängig davon, daß ich zuerst einmal herausfinden mußte, wo Sie sich aufhielten, wenn Sie nicht in Ihrem Haus waren. Ihre Vorhaltung, meinen Freund auf der Suche nach Ihnen nicht begleitet zu haben, hätten Sie an ihn richten müssen. Es war sein Wunsch, daß ich, für den Fall, daß er Sie verfehlte, am Ortseingang zurückblieb. Nachdem wir zuvor beobachtet hatten, wie Sie seinen schönen Porsche auf seine letzte Reise schickten, war es seine Absicht, Ihre Ankunft am Dorfeingang abzuwarten. Erst als diese ihm zu lange dauerte, faßte er den Entschluß, nach Ihnen zu schauen. Und was Ihre zweite Vorhaltung betrifft, so sollten Sie nicht unberücksichtigt lassen, daß ich kurze Zeit zuvor mitansehen mußte, mit welcher kriminellen Energie Sie und Ihre Freundin zu Werke gingen. Wer weiß schon zu sagen, wie es *mir* ergangen wäre, hätte ich es im Anschluß daran auf eine persönliche Begegnung mit Ihnen ankommen lassen. Ich zog es vor, Ihre Abfahrt abzuwarten und mich dann zu Fuß auf den Rückweg zu machen. Sie sind eine ebenso attraktive wie gefährliche Frau, Monika. Die Erfahrung, wozu Sie und Ihre Freundin fähig sind, hat mich zutiefst beeindruckt und es mir geraten erscheinen lassen, kein unnötiges Risiko einzugehen.«
Normalerweise hatte ich keine Bedenken, Männer zu beeindrucken. In seinem Fall hätte ich jedoch gerne darauf verzichtet. Weil jetzt auch das Essen eintraf, kam unser Gespräch zeitweilig ins Stocken. Heute ohnehin mit keinem Appetit gesegnet, hatte ich mir nur Ome-

lette mit Pilzen bestellt, während Georges sich für ein Tagesmenü entschied. Beim Essen fiel mir auf, daß er geistesabwesend wirkte. Von mir darauf angesprochen, erzählte er mir, seit gestern abend des öfteren darüber nachgedacht zu haben, wer hinter dem Attentat auf meinen Mercedes stecken könnte. Eine Frage, die mich nur deshalb nicht ähnlich oft beschäftigt hatte, weil ich durch andere Probleme, nicht zuletzt im Zusammenhang mit seiner Person, zu sehr abgelenkt gewesen war. Ich sagte: »Vielleicht die gleiche Person, die auch den Schaufellader auf den BMW setzte. Oder war er das selbst?«

Er blickte verständnislos von seinem Teller auf. »Levau? Ich bitte Sie, welchen Sinn ergäbe es, wenn er seinen eigenen Maschinenpark unbrauchbar macht? Als wir am Sonntag in Lavoir eintrafen, sahen wir ihn bereits in der Grube bei seinem BMW und dem sonstigen Gerät liegen.«

Allmählich wurde auch ich zweifelnd, ob ich mit meinen bisherigen Annahmen richtig lag, denn wenn Georges sich nicht an meinem Mercedes und Levau sich nicht an seinem Schaufellader vergriffen hatten, dann mußte es noch jemanden geben, der in Lavoir mitmischte. Wer das jedoch sein und welche Absichten er verfolgen könnte, dazu fiel mir vorläufig nichts mehr ein, und auch Georges hatte keine Vorstellung davon. Ich sagte: »Um so lächerlicher ist es, daß er ausgerechnet mich verdächtigte, etwas damit zu tun zu haben. Und das nur, weil er am Sonntag meinen Wagen vor der Haustür stehen sah. Am Tag davor — ich weiß das von meinem Anwalt —, als die Sache mit seinem BMW passierte, verdächtigte er noch die Konkurrenz.«

»Aber merkwürdig war das schon«, sagte er.

Ich hatte mein kleines Omelette mit Pilzen jetzt aufgegessen und zündete mir ungeachtet seines Rückstands mit noch halb vollem Teller eine Zigarette an. »Was finden Sie merkwürdig?« fragte ich.

»Diese Sache mit seinem BMW«, sagte er. »Sie müssen sich auch einmal in seine Lage versetzen. Er fährt am Samstagnachmittag zusammen mit seinem Architekt nach Lavoir, findet zwei seiner Baumaschinen und den Kran in der Grube vor und geht mit seinem Begleiter in Ihr Nachbarhaus mit dem vorsorglich eingeschlossenen Baugerät, um dort nach dem Rechten zu sehen. In den wenigen Minuten, die sie im Haus verbringen, macht sich jemand an seinem BMW zu schaffen, löst die Handbremse und läßt ihn in die Grube rollen.«

»Eben«, sagte ich. »Und die gleiche Person, die ihn rollen ließ, hat auch alles andere rollen lassen, und neuerdings, wenn Sie es nicht waren, meinen eigenen Wagen. Es war jedenfalls absurd, anzunehmen, ich könnte den Schaufellader und was sonst noch in der Grube liegt, einschließlich seines BMW, eigenhändig hineinbefördert haben. Das hätte ihm allein der gesunde Menschenverstand sagen müssen. Er brauchte nur einen Vorwand, um in mein Haus einzudringen und dort herumzuschnüffeln.«

Er zuckte wieder mit den Schultern. »Was regen Sie sich auf! Er hat dieses Eindringen teuer genug bezahlen müssen. Mehr als ihm davon abzuraten, konnte ich nicht tun. Was ich Ihnen über seine Beweggründe sagte, sind reine Vermutungen. Er wird selbst gewußt haben, daß Sie weder bei dem Baukran, noch bei dem Schaufellader beteiligt waren. Vielleicht hat Ihr Anwalt recht und die Konkurrenz oder irgendwelche Leute, die aus anderen Gründen schlecht auf Levau zu sprechen waren, steckten dahinter. Er hatte nicht nur Freunde und auch schon Prozesse gegen italienische Firmen geführt, die mit Dumpingpreisen den einheimischen Bauunternehmern das Leben schwermachen.«

»So wie er *mir* das Leben schwergemacht hat«, sagte ich. »Für die Schäden an und in meinem Haus, die bei den Sprengarbeiten entstanden, hat seine Firma bereits eine Aufstellung meines Anwalts erhalten. — Immer vorausgesetzt, Sie haben nicht geträumt, was Sie auf dem Grat gesehen haben wollen ...«

»Mit Sicherheit nicht«, fiel er mir lächelnd dazwischen.

»Dann müßten Sie und Ihr Freund auch beobachtet haben, wie ich den Porsche aus dem Spritzenhaus holte. Wenn Sie es aber beobachtet haben, dann müssen Sie in der Nähe gewesen sein, und wenn Sie in der Nähe waren, hätten Sie es verhindern können.«

Er war jetzt gleichfalls mit dem Essen fertig und lehnte sich, die Beine kreuzend, in seinen Stuhl zurück. Mit einem Blick auf mein Glas sagte er: »Sie essen wenig und trinken kaum. Ich finde, Sie sind schlank genug. Und Ihre Annahme, wir hätten Sie daran hindern können, sich den Porsche auszuleihen, trifft insofern nicht zu, als wir zu diesem Zeitpunkt bereits den Ortseingang erreicht hatten.«

»Das klingt einleuchtend«, sagte ich. »Wie hätten Sie sonst beobachten können, was auf dem Grat mit dem Porsche geschah. Sie wußten also schon vorher, daß meine Freundin und ich den Porsche finden und mit ihm auf den Grat fahren würden. Was hätten Sie sonst am Dorfeingang tun sollen?«

»Auf Sie warten«, sagte er heiter. »Daß Sie den Porsche finden würden, wußten wir natürlich nicht mit Sicherheit. Daß Sie aber, um nach einem versteckten Wagen zu suchen, bis zum Ortseingang gehen und für den Rückweg die Parallelstraße nehmen würden, das lag sozusagen in der Natur der Sache. Wir brauchten also nur die andere Straße zu benutzen und an ihrem Ende auf Sie zu warten. Nur fragen Sie mich nicht, warum Levau, als er Sie mit dem Porsche kommen hörte, statt sich Ihnen in den Weg zu stellen, mich in den nächsten Hauseingang zog und Sie vorbeifahren ließ. Vielleicht wollte er nur wissen, wie weit und wohin Sie fahren würden.«

Den Rest konnte ich mir selbst zusammenreimen. Als Agnes und ich uns auf die Suche nach ihm machten, war ich noch davon ausgegangen, er würde uns auf dem gleichen Weg folgen. Daß er und Georges dann vor uns am Dorfeingang eintrafen, obwohl Agnes und ich einen Teil des Wegs im Porsche zurücklegten, erklärte sich durch unseren zweimaligen Aufenthalt zuerst im ehemaligen Schlafzimmer der auf dem Friedhof von Lavoir ruhenden Madame Fouquet und danach im Spritzenhaus, als wir den Wagen entdeckten. Ich sagte: »Vielleicht haben meine Freundin und ich das ganz anders erlebt. Dann stünden ihre und meine Aussage gegen die Ihre.«

Er blickte über den Tisch hinweg amüsiert in mein Gesicht. »Daß ich es war, der meinen Freund umbrachte und Sie und Ihre Freundin es zufällig beobachtet haben?«

»Klingt nicht schlecht«, sagte ich.

»Das hier klingt noch besser«, sagte er und griff in sein Jackett. Was ein Diktiergerät war und was man damit anfing, wußte ich von Klaus. Er hatte sogar zwei oder drei davon, so daß ich nicht erst lange zu überlegen brauchte, was es mit dem schwarzen Kästchen auf sich hatte, das Georges aus der Innentasche seines Jacketts nahm. Gleich darauf hörte ich meine zuletzt an ihn gerichteten Worte, und auch das winzige, unter dem Einstecktuch unsichtbar aufbewahrte Mikrophon ließ er mich sehen. Er sagte: »Nur drahtlos gibt es sie leider noch nicht, aber ein kleines Loch von der Brust- in die Innentasche tut es auch. — Darf ich Ihnen noch ein Dessert oder einen Kaffee bestellen?«

Das Dessert hatte er mir mit dem Diktaphon bereits serviert. Selbst ein schriftliches Geständnis hätte mich ihm nicht stärker ausliefern können als die Aufzeichnung unseres Tischgesprächs, bei dem ich keinen einzigen ernsthaften Versuch gemacht hatte, seinen Anschuldigungen zu widersprechen. Daß ich dennoch auch diesmal nicht in Panik geriet, hatte ich weniger meiner Selbstbeherrschung als dem Umstand zuzuschreiben, daß ich seit meiner spätabendlichen Begeg-

nung mit ihm lange genug Gelegenheit hatte, mir über meine Situation mit all ihren Konsequenzen klarzuwerden. Sie war auch jetzt nicht viel schlimmer als schon gestern abend. Sie war nur transparenter und für mich endgültiger geworden. Solange ich nicht wußte, wer er war, nützte es mir auch nicht viel, daß er sich mit dem aufgenommenen Gespräch wegen unterlassener Anzeige selbst belastete. Als Beweismaterial gegen mich wog es, wenn er das Band der Gendarmerie anonym in die Hände spielte, allemal schwer genug.
Ich beobachtete, wie er das Gerät wieder in seine Tasche schob, und fragte: »Und was soll es kosten?«
»Auch darüber möchte ich mich mit Ihnen in aller Ruhe und nicht hier unterhalten«, antwortete er.
Ich blickte auf meine Armbanduhr. »Wenn ich Sie nach Valberg fahren soll, müssen wir gehen. Ich habe heute nachmittag noch einen Termin mit meinem Anwalt.«
»Dann werden Sie ihm abtelefonieren«, sagte er. »In Valberg haben Sie Gelegenheit dazu.«
Er winkte der Bedienung. Obwohl ich vorgesehen hatte, meine Rechnung selbst zu bezahlen, ließ ich es zu, daß er sie übernahm. Auf dem Weg zum Wagen sagte er: »Sie sehen auch mit Jeans gut aus, aber in diesem Kleid gefallen Sie mir noch besser.«
Ich mir auch. Ich hatte es gegen Agnes' Rat angezogen, die mir wieder die Jeans empfohlen hatte. Sie fand das Kleid zu animierend. Nicht wegen der Länge, diese reichte bis über die Knie, aber es handelte sich um ein weißes Mantelkleid, und die Animierung lag in Agnes' Augen darin, daß von den sechs Doppelknöpfen nur zwei eine praktische Bedeutung hatten. Öffnete man sie, so ließ sich das Kleid von oben bis unten aufschlagen. Ob ich es auch angezogen hätte, wenn der äußere Eindruck, den Georges gestern abend auf mich machte, unvorteilhafter ausgefallen wäre, ließ sich bei meiner angeborenen Eigenart, mich immer gut kleiden zu wollen, nicht ausschließen. Lobende Worte erhielt ich von Georges auch für meinen Entschluß, mir einen Citroën auszuleihen, weil er genausogut wie ein Mercedes und in einigen Fahreigenschaften sogar noch komfortabler sei. Tatsächlich schluckte er Bodenunebenheiten noch souveräner, als ich es von meinem eigenen Wagen gewohnt war, aber schließlich hatte dieser nur sechzigtausend Mark gekostet, so daß man davon ausgehen konnte, die wesentlich teureren Modelle der Herstellerfirma blieben auch beim Komfort dem Citroën nichts schuldig.
Für Valberg, das wir nach einer halbstündigen Fahrt erreichten, hatte

ich mich trotz seiner schönen Lage auf einem weiten Wiesensattel in über sechzehnhundert Meter Höhe noch nie erwärmen können. Der Ort bestand überwiegend aus Hotels und Chalets. In den Wintermonaten ein Skiparadies, wirkte er in den Wochen zwischen der Winter- und der Sommer-Saison, wenn die Sonne den Schnee bereits von den Pisten und Hängen geräumt hatte, wie ausgestorben, und in diesem Jahr waren nicht einmal mehr Reste von Schnee zu sehen, die sonst in schmutzigen Haufen am Straßenrand lagen. Für die Zwecke, die Georges verfolgte, war es sicher kein schlechter Einfall, ausgerechnet hier ein Chalet zu mieten, obgleich ich zunächst eher an das Gegenteil glaubte, aber meine damit verknüpften Hoffnungen, durch das Chalet früher oder später seiner Identität auf die Spur zu kommen, erwiesen sich als trügerisch, da er mir gleich bei unserem Eintreffen erzählte, es unter einem falschen Namen bei einem Immobilienmakler gemietet zu haben, dem es vorrangig um Geld und nicht um die Personalien der Mieter ging.
Meine Frage, warum er mir das erzählte, beantwortete er damit, mir die Mühe ersparen zu wollen, mich bei dem Makler nach seinem Namen zu erkundigen, zumal er seine Geschäfte nicht von Valberg, sondern von Nice aus betreibe. Bis dahin hatten wir bereits einen ersten Rundgang durch das nicht umkomfortabel, wenngleich rustikal ausgestattete Chalet hinter uns. Es bot mit zwei Schlafzimmern im Ober- und einem Wohnraum im Erdgeschoß vier Personen bequem Platz. Mit seiner holzgetäfelten Decke und den holzgetäfelten Wänden wirkte der Wohnraum recht anheimelnd. Ein Eindruck, der durch die buntgeblümten Gardinen und den Teppichboden noch verstärkt wurde. Unter dem Fenster zog sich eine gepolsterte Eckbank hin, und der holzgeschnitzte Geschirrschrank neben dem großen Kachelofen war reichlich sortiert. Im Obergeschoß waren noch das Badezimmer und ein Abstellraum, und im Erdgeschoß die Küche und ein zweites WC untergebracht. Die Schlafzimmer hatten einen gemeinsamen Balkon, der durch das vorspringende Giebeldach vor Regen und Wind geschützt war. Eine enge, steile Holztreppe verband beide Stockwerke miteinander, und vom Balkon der Schlafzimmer ebenso wie von den Fenstern des Wohnraums hatte man einen schönen Blick auf den tiefer gelegenen Ortskern von Valberg und auf die Berge, wenn auch nicht zu vergleichen mit dem Blick von meinem Haus in Lavoir, denn hier sah man nur auf einige wenige Gipfel, von meinem Haus aus jedoch auf ein ganzes Gipfelmeer.
Auf einem Nachtschränkchen eines der beiden Schlafzimmer stand

ein Telefon. Noch während unseres Rundgangs äußerte ich den Wunsch, meinen Anwalt jetzt gleich anzurufen, worauf Georges sich diskret ins Erdgeschoß zurückzog. Dennoch schloß ich vorsorglich die Tür hinter ihm und erlebte sodann bei meinem Versuch, zuerst mit Agnes zu telefonieren, eine ebenso unangenehme wie beunruhigende Überraschung, da sie schon vor dem Mittagessen mit einem Taxi weggefahren und seitdem im Hotel nicht mehr gesehen worden war. Auch von Monsieur Clout nicht, der sich meinetwegen wieder persönlich an den Apparat bemühte. Bei Dr. Gérad erging es mir nicht besser. Er war mit seiner Frau bereits in die Osterferien aufgebrochen. Seine Sekretärin konnte mir jedoch mitteilen, daß mein Wagen inzwischen aus der Grube geholt und nach Sarennes gebracht worden war, wo er nun in einer Werkstatt stand und seiner weiteren Verwendung harrte. Ich sagte ihr zu, mich nach den Feiertagen darum zu kümmern. Obwohl es mich befremdete, von ihrem Chef über seine Reisepläne nicht unterrichtet worden zu sein, unterdrückte ich eine Bemerkung und ging stark beunruhigt von dem, was ich über Agnes vernommen hatte, noch rasch ins Badezimmer. Es machte, wie die Doppelbetten in den beiden Schlafzimmern, einen ordentlichen Eindruck. Bei meiner Rückkehr in den Wohnraum sah ich Kaffeegeschirr auf dem Tisch stehen und hörte Georges in der Küche hantieren. Offenbar war es seine Absicht, mich zu einer eigenhändig zubereiteten Tasse Kaffee einzuladen, wogegen im Prinzip nichts einzuwenden war. Ich verstand nur immer weniger, wozu diese ganzen Umstände nützlich sein sollten, es sei denn, es ginge ihm nicht allein nur um Geld, aber seine bisherige Verhaltensweise ließ noch keine Schlüsse auf weiterreichende Absichten oder Erwartungen zu, die für mich ohnehin absolut indiskutabel wären, weil ich meine eigene Situation dadurch nur noch verschlimmern würde. Aber auch auf der Fahrt hierher war kein einziges Wort gefallen, das solchen Befürchtungen Vorschub geleistet hätte. Wir hatten uns fast ausschließlich über die Gründe unterhalten, die mich dazu bewogen hatten, mir in Lavoir ein Ferienhaus zu kaufen, und auch über meine Vorliebe für Bergwanderungen, die er angeblich teilte, wenngleich sein Beruf ihm immer weniger Zeit dafür lasse. Das war jedoch alles, was er mir Erwähnenswertes von sich erzählte, denn daß er auch schon einmal in Davos und auch in München war, brachte mich in puncto seiner Identität um keinen Schritt weiter.

Während wir dann am Tisch des Wohnraums Kaffee tranken, der, hätte ich ihn selbst zubereitet, kaum besser ausgefallen wäre, erfuhr

ich wenigstens so viel, daß er sich sein Frühstück jeden Morgen selbst zubereitete und zum Mittag- und Abendessen, je nach Lust und Laune, in ein Restaurant ging, was darauf schließen ließ, daß er entweder unverheiratet oder geschieden war. Dann erkundigte er sich ziemlich unvermittelt nach meinen Familienverhältnissen, und als ich ihm antwortete, daß diese für unser Gespräch nicht relevant seien, sagte er: »Für die Leute, die Ihr Haus haben wollen, waren sie relevant genug, sich dafür zu interessieren. Sie sind seit fünfundzwanzig Jahren mit einem Manager verheiratet und Mutter zweier erwachsener Söhne. Und neuerdings, das wissen diese Leute allerdings noch nicht, sind Sie mit einem Mädchen liiert, das Ihre Tochter sein könnte. Hat Ihre Familie Kenntnis davon?«
»Mein Mann weiß es«, sagte ich. »Und ob die Leute, von denen Sie reden, es von Ihnen erfahren oder nicht, hat nicht den geringsten Einfluß auf meine Weigerung, mein Haus in Lavoir zu verkaufen.«
Er zuckte mit den Schultern. »Ich habe nichts mit ihnen zu tun, falls Sie das befürchten. Levau und ich waren Schulfreunde. Aus dieser Zeit stammt unsere Verbindung.«
»Dann hat er Ihnen sicher auch von seinem Bauauftrag erzählt. Man will zwar mein Haus haben, mir aber nicht verraten, zu welchem Zweck. Dürfen auch Sie nicht darüber reden?«
»Es wäre nicht gut, wenn Sie es wüßten.«
»Und warum nicht?«
»Weil Sie sich dann erst recht in Ihrer ablehnenden Einstellung bestärkt fühlen könnten«, sagte er. »Sie begehen einen Fehler, wenn Sie nicht verkaufen.«
»Mein Anwalt sieht das anders, und ich auch. Können wir jetzt zur Sache kommen? Was wollen Sie von mir?«
Er nahm einen Schluck aus seiner Tasse, lehnte sich in seinen Stuhl zurück und sagte: »Darüber muß ich erst noch nachdenken. Heute wollte ich Sie nur einmal näher kennenlernen. Sie sprechen so gut französisch, daß man Sie für eine Französin halten könnte. Ihre Freundin übrigens auch. Es fiel mir auf, als Sie sich gestern abend in meiner Gegenwart kurz mit ihr unterhielten. Ist sie Französin?«
»Und wenn? Warum betonten Sie, daß Sie meine Tochter sein könnte? Finden Sie das ungehörig?«
Er sagte: »Sie wären nicht von dieser Welt, sich eine Geliebte zuzulegen, die *Ihre* Mutter sein könnte. Ich finde Sie ungewöhnlich reizvoll, und um so reizvoller, je länger ich mich mit Ihnen unterhalte.«

»Ist das vielleicht der Grund, weshalb Sie erst noch darüber nachdenken müssen, was Sie von mir wollen?«
»Vielleicht. Trinken Sie einen Cognac?«
Ich willigte ein und beobachtete, wie er die Flasche und die Gläser aus dem holzgeschnitzten Geschirrschrank nahm. »Ihr Auto haben Sie auch versteckt«, sagte ich. »Oder sollte das Chalet eine Garage haben, die mir nicht aufgefallen ist?«
»Ihnen wäre sie bestimmt aufgefallen«, sagte er und kam an den Tisch zurück. »Ein Mietwagen war mir zu riskant. Ihr Anwalt hätte den Verleiher ausfindig machen können.«
»Dem auch Ihre Personalien bekannt gewesen wären, sonst hätten Sie keinen Mietwagen bekommen. Wo haben Sie ihn stehen? In einer Hotelgarage?«
Er schenkte ein. »Auf einem der vielen Parkplätze hier. Sie sind übrigens die erste Deutsche, mit der ich mich seit der Wiedervereinigung unterhalten kann. Es muß doch ein großes Erlebnis für Sie gewesen sein?«
»Und ob«, sagte ich. »Mir kamen sogar Tränen. Im Gegensatz zu jenen, denen sie erst kommen, seit sie wissen, was sie uns kosten wird.«
Er lächelte. »Zumal ihnen die Balearen und ein neues Auto vielleicht schon immer mehr am Herzen lagen als die Wiedervereinigung. In Frankreich gibt es nicht wenige, die es mit Schadenfreude miterleben.«
»Ihr Mitterrand vielleicht«, sagte ich. »Der die Zeichen der Zeit damals genauso verschlafen hat wie bei uns die Linke, die heute im Vertrauen auf die Vergeßlichkeit der Wähler so tut, als sei es ihre und nicht die Politik der Amerikaner gewesen, die zu den Veränderungen im ehemaligen Ostblock führte, und ohne die es auch keine Wiedervereinigung gegeben hätte. Vielleicht gehören auch Sie zu den Franzosen, die Schadenfreude empfinden?«
Er bot mir eine Zigarette an, gab mir Feuer und sagte: »Ich persönlich halte Mitterrand für keinen schlechten Mann, und Schadenfreude zu empfinden überlasse ich jenen, deren Horizont nicht weiter reicht als bis ins Elsaß. Wir haben in Frankreich die gleichen sozialen Probleme wie Sie in Deutschland. In Lavoir merkten Sie natürlich nicht viel davon. Etwas habe ich jetzt schon über Sie erfahren: Ihr Herz schlägt nicht auf seiten der deutschen Sozialdemokraten. Sie halten es mehr mit den Konservativen.«
»Kommt darauf an, was Sie darunter verstehen«, sagte ich. »Politiker

wie Konrad Adenauer und Franz Josef Strauß oder die linken Orthodoxen in jenen provinziellen Funktionärskreisen, wo heute noch die alten Hüte vom Klassenkampf und deutschen Stahlbaronen gehandelt und anachronistische Feindbilder und Denkschablonen gepflegt werden.«
»Na, na«, lächelte er.
Diesmal ärgerte ich mich über ihn. Ich sagte: »Ich weiß, daß Frauen als politisch naiv angesehen werden. Ich könnte Ihnen den Namen eines hochintelligenten sozialdemokratischen Oberbürgermeisters meiner Geburtsstadt nennen, der freiwillig das Handtuch warf, weil er sich in der kleinbürgerlichen Enge linker Ortsvereine nicht mehr zurechtfand. Heute teilt er Heinrich Heines Empfinden, als dieser schrieb: Denk ich an Frankfurt in der Nacht, dann bin ich um den Schlaf gebracht.«
»Das hieß im Original wohl etwas anders«, gab er zu bedenken.
»Im Prinzip nicht«, sagte ich. »Und Ihr verehrter Präsident hat auch ewig gebraucht, bis er von seiner grandiosen Fehleinschätzung beim Fall der Mauer abrückte und zu einer ersten Buß- und Besichtigungsreise in unsere neuen Bundesländer antrat.«
»Ja, ja«, sagte er. »Dort gibt es aber auch Probleme.«
»In unseren neuen Bundesländern?«
»Besonders dort«, nickte er. »Die Rechtsextremisten und Seilschaften in der Wirtschaft und Verwaltung der ehemaligen DDR werden Ihrer Regierung noch sehr zu schaffen machen, befürchte ich.«
»Dafür braucht sich unsere Regierung weniger Sorgen um Ihren Le Pen zu machen. Ich sehe, was unsere Rechtsextremisten in den neuen Bundesländern betrifft, nicht ganz so schwarz wie Sie. Ich vertraue da ganz auf die einflußreiche linke Subkultur in unseren Massenmedien. Nachdem sie es glücklich geschafft hat, aus einem Volk von scheinbar unheilbaren Militaristen ein Volk von Pazifisten, professionellen Populisten und autonomen Anarchisten zu machen, wird sie auch die Neofaschisten früher oder später auf den rechten linken Weg zurückführen. Und Seilschaften gibt es nicht nur in den neuen, die gibt es auch in den alten Bundesländern.«
Er wirkte irgendwie beeindruckt von meinen Ausführungen und fragte: »In der Wirtschaft?«
»Dort weniger«, sagte ich. »Unter einer Seilschaft verstehe ich Leute, die sich gegenseitig halten. In der Wirtschaft hingegen geht es weniger um Seil- als um Machenschaften. Nein, ich meine die Seilschaften in unseren Massenmedien. Gäbe es sie nicht, so müßte heute manch

einer, der seine Zuhörer und Zuschauer über Jahrzehnte hinweg vor einem gefährlichen Antikommunismus gewarnt und sich lobend über die sozialen Errungenschaften einer kommunistischen Diktatur ausgelassen hat, neuerdings um seinen hochdotierten Stuhl im kapitalistischen Umfeld bangen. Jetzt versuchen sie ihre dumme Fehleinschätzung und ihren mißglückten Wandel durch Annäherung dadurch vergessen zu machen, indem sie unseren Brüdern und Schwestern in den neuen Bundesländern am eigenen Beispiel vorführen, wie man es auch im Westen in der falschen Partei zu etwas bringen kann. — Ich vermute, Sie gehören nicht zu jenen Besserverdienenden, die den Sozialisten ein Ärgernis und in Schweden, dem Traumland deutscher Linker, nur noch wehmütige Reminiszenzen an bessere Zeiten sind?«

Er griff nach seinem Glas. »Woraus schließen Sie das?«

»Sie wären sonst nicht auf mein Geld aus«, sagte ich. »Das sind Sie doch? Oder gibt es da sonst noch etwas, über das Sie erst nachdenken müssen?«

Er setzte sein Glas ab, ohne getrunken zu haben. »Wäre dies nicht der Fall, dann müßte ich nicht erst nachdenken. Auch finde ich, daß es schade wäre, würden wir dieses erste Beisammensein unter vier Augen mit geschäftlichen Dingen belasten. Ich würde sie mir gerne für eine spätere Gelegenheit aufbewahren, wenn wir uns noch etwas besser kennengelernt haben. Es läuft im Leben nicht immer so, wie man es sich vorstellt. Für mich ziemlich außerplanmäßig muß ich mich mit der überraschenden Erfahrung vertraut machen, daß Sie mir gefallen und daß ich mich gerne mit Ihnen unterhalte.«

Nicht ganz so überraschend kam sein Geständnis für mich, hatte ich doch schon beim gemeinsamen Mittagsmahl den Eindruck gewonnen, daß es nicht nur geschäftliches Interesse war, das ich hinter seinen Brillengläsern zu lesen meinte, wenn er den Blick auf mich gerichtet hielt. Ob ich mir jedoch einen Dienst damit erwies, es darauf ankommen zu lassen, ob sein persönliches Interesse das geschäftliche überwog, erschien mir mehr als zweifelhaft.

Ich sagte: »Das würde voraussetzen, Sie hätten Anlaß gehabt, nicht zu erwarten, daß ich Ihnen gefalle. Von meinem Verhältnis mit einem Mädchen, dessen Mutter ich sein könnte, abgesehen: Was haben Sie von Ihrem Freund sonst noch Nachteiliges über mich vernommen?«

»Bis zum Augenblick, als er in Ihr Haus einstieg und Sie mit dem Mädchen sah, wußte ich von Ihnen nicht mehr, als daß Sie eine Frau und als solche durch Ihre Weigerung, Ihr Haus zu verkaufen, ein Är-

gernis für ihn waren. Über Qualitäten, die sonst Thema eines Gesprächs zwischen Männern sind, wenn sie sich über eine Frau unterhalten, wurde nicht gesprochen.«
»Und als er aus dem Haus zurückkam?«
Er zuckte mit den Schultern. »Mit den Augen einer Frau und nicht mit denen eines Freundes gesehen, war er ein Macho, und Machos haben ihre eigene Auffassung von lesbischer Liebe. Auch mein Einwand, daß echte Lesbierinnen im allgemeinen keine eigene Familie mit Ehemann und Kindern haben, stimmte ihn nicht versöhnlicher. Im Gegenteil, er sagte: ›Um so schlimmer.‹ Man liegt sicher nicht falsch, ihm zu unterstellen, in Ihrem Verhältnis mit einer anderen Frau den psychologischen Hintergrund für Ihre Weigerung gesehen zu haben, Ihr Haus zu verkaufen. Eine *normale* Frau hätte sich nach seinem Verständnis keinem Männer-Imperium, wie das Baugewerbe eines ist, in den Weg gestellt.«
»Und Sie stört es nicht, daß ich eine Frau mit offensichtlich bisexuellen Neigungen bin?«
Er griff wieder nach seinem Glas, wartete, bis auch ich meines in die Hand nahm, und sagte: »Ich lebe in der gleichen Welt wie Sie. Jetzt, wo ich Sie etwas näher kenne, halte ich es für denkbar, daß Ihr Verhältnis mit diesem Mädchen für Sie eine Art Emigration aus Ihrem bisherigen Leben ist. Vielleicht sogar noch etwas mehr, aber darüber möchte ich nicht spekulieren. Ich trinke auf Ihr Wohl, Monika.«
Seine Art, mich beim Vornamen anzureden, störte mich bereits nicht mehr. Woran ich Anstoß nahm, war der Umstand, nicht nur Gefallen an dem, was er sagte, sondern auch an ihm selbst zu finden. Fast wünschte ich mir, er würde sich dazu bekennen, mit mir schlafen zu wollen, denn dies hätte meine leise aufkeimende Sympathie für ihn augenblicklich ausgelöscht. Ich trank einen Schluck und fragte: »Und wie stellen Sie sich das weiter vor?«
Er hob leicht die Schultern. »Mit meinen Vorstellungen allein ist es nicht getan. Ich würde Sie gerne so bald wie möglich wiedersehen. Vielleicht auch nachholen, wozu es gestern nicht gekommen ist: Sie in Ihrem Haus in Lavoir besuchen. Ich bin neugierig, es auch einmal von innen kennenzulernen. Aber dazu bedarf es Ihres Einverständnisses.«
»Als Sie Ihren Besuch für gestern ankündigten, setzten Sie es noch voraus.«
»Da kannte ich Sie auch noch nicht«, sagte er. »Ich möchte Sie zu nichts überreden, Monika. Falls es Ihre Absicht war und ist, in den nächsten Tagen nach Hause zu fahren und sich dort wieder um Ihre

Familie zu kümmern, werde ich Ihnen nichts in den Weg legen. Ich würde Sie in diesem Fall nur bitten, mir Ihre Telefonnummer zu geben. Ich könnte sie mir auch selbst besorgen. Da mir Ihre Dortmunder Adresse bekannt ist, dürfte es nicht allzuschwer sein, sie über die Auslandsauskunft zu erfahren, aber ich möchte sie mir nicht hinter Ihrem Rücken beschaffen. Ich möchte sie von Ihnen haben. Werden Sie Ihre Freundin mitnehmen? Wenn Ihr Mann von ihr weiß ...«

Ich unterbrach ihn: »Ich habe vorläufig nicht die Absicht, nach Hause zu fahren. Sie werden mich entweder in meinem Hotel oder in Lavoir erreichen.«

»In Lavoir haben Sie kein Telefon«, erinnerte er mich. »Es würde mir schon genügen, einmal in Ihrem Haus gewesen zu sein. Würde es Ihnen morgen nachmittag passen? Ich käme mit einem Taxi. Vielleicht gegen siebzehn Uhr zu einem Kaffee?«

Selbst sein Geschick, scheinbar alles mir zu überlassen und dennoch Vorschläge zu machen, denen ich, weil es mir an plausibel klingenden Ausreden fehlte, nur schlecht widersprechen konnte, verdiente Anerkennung. Ich trank mein Glas leer und fragte: »Dann kann ich jetzt gehen?«

»Habe ich Ihnen einen Grund gegeben, mich so etwas zu fragen?« antwortete er.

Ich drückte meine Zigarette aus und stand auf. »Dann war das heute das Zuckerbrot. Oder sollten Sie nicht wissen, wovon ich rede?«

An sein Lächeln könnte ich mich gewöhnen. Auch an die beiden Grübchen in den Wangen, wenn er lächelte. Er sagte: »Vielleicht ist es noch zu früh, um von Ihnen eine andere Einschätzung zu erwarten. Ich begleite Sie noch zu Ihrem Wagen. Wenn Sie es erlauben.«

Ich schwieg. Erst als er mir schon die Wagentür geöffnet hatte, wandte ich ihm noch im Stehen das Gesicht zu und sagte: »Meine Freundin mag Sie nicht. Damit müssen Sie zurechtkommen, wenn Sie uns besuchen.«

»Das werde ich«, sagte er. »Es ist völlig normal, daß sie mich nicht mag. Ich werde mich bemühen, sie etwas versöhnlicher zu stimmen.«

Auch dies gehörte zu den angenehmen Überraschungen, die ich mit ihm erlebte, hatte ich doch damit gerechnet, er würde vorschlagen oder sogar darauf bestehen, daß ich sie nicht mit nach Lavoir brachte, sondern im Hotel zurückließ. Ich reichte ihm die Hand und sagte: »Danke für das Essen und für den Kaffee.«

»Ich habe *Ihnen* zu danken«, sagte er und beugte sich über meine Hand.

Im Rückspiegel sah ich ihn noch vor dem Chalet stehen, als ich weiter oben auf die über Beuil zur Paßhöhe führenden Straße einbog, aber mit den Gedanken war ich schon wieder bei Agnes. Es war allein meine Unruhe über ihren Verbleib, die mich daran gehindert hatte, mein Plauderstündchen mit Georges noch etwas andauern zu lassen. Der Gedanke, sie könnte mich wegen meiner Weigerung, sie zu dieser Begegnung mitzunehmen, verlassen haben und zu ihrem Freund gefahren sein, war mir erst gekommen, als ich schon im Wagen saß. Von da an ließ er mich dann nicht mehr los.

Mit dieser Sorge ging es im Hotel, das ich eine Viertelstunde früher erreichte, als ich es bei vernünftiger Fahrweise hätte erreichen dürfen, auch gleich weiter. Agnes hatte sich seit ihrem Weggehen vor nunmehr nahezu vier Stunden weder sehen noch von sich hören lassen, und was mir am meisten zu denken gab, war die gut sichtbar auf meinem Nachtschränkchentisch liegende Perlenkette. Etwa zehn Zigaretten lang, die ich, zumeist auf dem Balkon stehend und in zunehmender Panik nach ihr Ausschau haltend, in der nächsten Stunde rauchte, schaffte ich es mit einigem Erfolg, mir einzureden, daß die Kette auf meinem Nachtschränkchen nichts anderes als ein Geste des Abschieds und sie tatsächlich zu ihrem Freund gefahren sei, aber meine Sorge erwies sich wieder einmal als unbegründet, weil ich sie bald darauf vor dem Hotel aus einem Taxi steigen sah, und ob sie mich bei ihrer Ankunft auf dem Balkon noch bemerkt oder ob ich mich rechtzeitig genug ins Zimmer zurückgezogen hatte, wußte nur sie. Ich war auch viel zu erleichtert, um mir darüber noch Gedanken zu machen, und als sie in das Zimmer kam, saß ich auf dem Bett und brachte vor Erleichterung keinen Ton hervor. Ich erwiderte auch nicht ihren Begrüßungskuß, den sie mir, sich zu mir niederbeugend, auf die Wange drückte. Danach verschwand sie eilends im Badezimmer und erzählte mir bei ihrer Rückkehr eine lange Geschichte, von der ich zunächst kaum ein Wort verstand, bis mir klar wurde, daß sie mit ihrem Taxi nicht zu ihrem Freund, sondern mir nachgefahren war. Berücksichtigend, daß ihr der Ort und auch der Name des Restaurants, wo ich mit Georges verabredet war, bekannt waren, hatte sie mich trotz ihres späteren Eintreffens in Guillaumes nicht verfehlen können und erwartungsgemäß auch meinen Citroën vor dem Restaurant stehen sehen. Den Rest erzählte sie mir dann neben mir auf dem Bett sitzend und einen Arm um meine Taille legend, wodurch meinem aufkommenden Ärger der richtige Boden, sich zu entfalten, vor-

zeitig entzogen war. Ihr größtes Problem, mich nicht aus den Augen zu verlieren und ihren Taxifahrer dennoch bei guter Laune zu halten, löste sie dadurch, indem sie ihn zum Mittagessen in ein nahegelegenes anderes Restaurant einlud, von dessen Fenstern aus sie meinen Citroën und meinen Aufbruch beobachten konnte, so daß sie, weil sie ihre Zeche schon im voraus beglichen hatte, mir nur noch nachzufahren brauchte. Um die Geduld ihres Fahrers nicht auf eine noch größere Probe zu stellen, gab sie ihm in Valberg sein Geld und schickte ihn nach Sarennes zurück. In einem der wenigen Hotels, die noch geöffnet hatten und von dessen sonnenbeschienenen Balkons sie einen großen Teil der bergwärts gelegenen Chalets im Auge behalten konnte, quartierte sie sich ein und sah mich eine Stunde später unterhalb ihres Balkons ohne Georges heimwärts fahren, derweil ich mir, nur eine Etage tiefer, ihretwegen bereits die größten Sorgen und Vorwürfe machte, aber auf den Gedanken, sie könnte auf einem der Balkons sitzen, an denen ich ahnungslos vorbeifuhr, mußte man erst einmal kommen. Danach bestellte sie einen Kaffee auf ihr Zimmer und im Anschluß daran für die Rückfahrt ein Taxi zum Hotel. Mit dem doppelten Mittagessen, dem Hotelzimmer und den beiden Taxi, hatte sie etwa zweitausend Francs ausgegeben, was ich einigermaßen überhöht fand, auch wenn sie allein für das Hotelzimmer im *Adrech de Lagas,* inklusive Kaffee, über dreihundert Francs bezahlt hatte. Auf meine Frage, wofür das Hotelzimmer gut gewesen sein sollte, wenn sie es kaum länger als zwei Stunden benutzt hatte, klärte sie mich darüber auf, nicht gewußt zu haben, wie lange ich mich in dem Chalet aufhalten würde. Ob nur eine Stunde oder zwei oder drei. »Und wenn du länger als zwei Stunden geblieben wärst«, setzte sie hinzu, »hätte ich nachgesehen, was ihr treibt. Das Essen in Guillaumes eingerechnet und die gemeinsame Fahrt nach Valberg, hast du beinahe drei Stunden mit ihm verbracht. Was will er von dir, Moni? Geld?«
So direkt danach befragt, hatte ich nun doch Probleme, ihr begreiflich zu machen, daß ich trotz des relativ langen Zusammenseins mit ihm noch immer nicht wußte, was er von mir wollte, und weil ich Probleme hatte, versuchte ich gar nicht erst, ihr zu erklären, warum ich es noch nicht wußte und sagte nur: »Vielleicht erfahren wir es morgen. Er hat sich für siebzehn Uhr zu einem Kaffee nach Lavoir eingeladen.«
»Und worüber hast du dich drei Stunden lang mit ihm unterhalten?« fragte sie. »Über das Wetter?«
Ich nahm ihren Arm von meiner Taille und sagte: »Tu das nie wieder, mir heimlich nachzuspionieren, Agnes.«

»Und wenn ich es trotzdem wieder tu, schickst du mich zu meinen Eltern zurück«, sagte sie. »Meinst du das, oder worüber unterhalten wir uns?«
»Vielleicht über Eifersucht«, sagte ich. »Etwas früh, wenn du jetzt schon damit anfängst. Findest du nicht auch?«
»Das ist keine Eifersucht«, sagte sie. »Ich habe mir ganz einfach Sorgen um dich gemacht. Im Hotel hielt ich es nicht mehr aus. Ich mußte etwas tun, auch wenn es falsch war. Es tut mir leid.«
»Und wenn du mir wieder mal heimlich nachspionierst«, sagte ich, »dann kleide dich wenigstens anständig an. Im *Adrech de Lagas* werden sie sich ihren Teil gedacht haben. Jeans und Pulli und dann noch ohne Gepäck. Wieso haben sie dich überhaupt aufgenommen, wenn du das Zimmer nur für ein paar Stunden gemietet hast?«
»Ich habe es für einen ganzen Tag gemietet. Für eine Madame Perelle aus Nice, die im Laufe des Tages eintreffen und auf die ich im Zimmer warten würde. Und als ich dich vom Balkon aus vorbeifahren sah, gab ich vor, von ihr angerufen und davon verständigt worden zu sein, daß sie die Reise um einige Tage verschieben müsse.«
»Sehr clever«, sagte ich. »Und dann bestelltest du dir wieder ein Taxi zum Hotel.«
»Aber vorher noch einen Kaffee aufs Zimmer«, sagte sie. »Ich wollte das Chalet noch etwas beobachten. Ich hoffte, er würde irgendwann herauskommen und zu seinem Wagen gehen. Dann hätte Dr. Gérad sich darum kümmern können, wem er gehört. Aber er kam nicht aus seinem Chalet, und länger wollte ich nicht warten. Du hast nicht herausfinden können, wer er ist?«
»Nein.«
»Auch nicht, was er in Lavoir gesehen haben will?«
Ich berichtete es ihr, ohne jedoch das Diktiergerät zu erwähnen. Sie hörte mir schweigend zu. Dann sagte sie: »Du hattest recht: er spielt wirklich nur Katz und Maus mit dir, Moni. Du hast ihm hoffentlich gesagt, daß du morgen nachmittag nicht allein in Lavoir sein wirst?«
Ich nickte.
»Und er bestand nicht darauf, daß ich im Hotel bleibe?«
»Mit keinem Wort.«
»Dann würde ich heute nacht lieber in Lavoir schlafen«, sagte sie. »Vielleicht überlegt er es sich noch anders und ruft hier wieder an. In Lavoir kann er dich nicht anrufen. Ich habe auch keine Lust, mich für das Abendessen noch einmal umzuziehen. Wir müßten nur noch etwas einkaufen. Morgen haben die Geschäfte zu. Warum bleiben wir

nicht gleich bis Dienstag oben? Hier wird zu Ostern viel Betrieb sein. Da gehen die Leute zum Essen in ein Restaurant. Und Hotelgäste werden sicher auch mehr eintreffen als bisher.«
Damit hatte sie sicher recht, wenn da die andere Sache nicht wäre. Ich sagte: »Es gibt nur ein kleines Problem. Aber wenn es dich nicht sehr stört, daß mein Wagen nicht auf Georges' und der Schaufellader nicht auf Levaus Konto ging, können wir es vergessen.«
Sie blickte mit gerunzelter Stirn in mein Gesicht. »Woher weißt du das? Von ihm?«
»Er hat es mir glaubhaft versichert. Ich traue es ihm jetzt auch nicht mehr zu, und was den Schaufellader betrifft, so trafen er und Levau erst nach uns in Lavoir ein, als der Schaufellader bereits in der Grube lag.«
»Und jetzt hast du Angst, in Lavoir zu schlafen?«
Ich stand auf. »Darüber unterhalten wird man sich noch können. Hilf mir beim Packen.«
An Garderobe nahmen wir mit, was wir für vier Tage brauchten, und auch bei unseren anschließenden Lebensmitteleinkäufen berücksichtigten wir einen mehrtägigen Aufenthalt. Im Gefrierfach des Kühlschranks ließ sich auch das mitgebrachte Stangenbrot frisch halten. Mit dem Citroën wollte sich Agnes nicht recht anfreunden. Sie fand ihn zwar bequem, hatte aber an meinem Mercedes Gefallen gefunden und erkundigte sich, während wir nach Lavoir fuhren, wie lange ich den Mietwagen behalten wolle. Ich antwortete: »Darüber werde ich nachdenken, wenn ich mit dem Inhaber der Werkstatt gesprochen habe, wo der Wagen jetzt steht. Es ist ärgerlich, daß ich nicht mehr mit Dr. Gérad telefonieren konnte; er ist bereits in Osterurlaub gefahren. Ich verstehe nicht, warum er uns das, als er uns gestern abend in Lavoir abholte, nicht gesagt hat.«
»Vielleicht hat er es vergessen und vor seiner Abreise noch versucht, dich im Hotel zu erreichen«, sagte sie. »Hast du mit diesem Kerl auch über mich gesprochen?«
Da sie keinesfalls Dr. Gérad, sondern nur Georges meinen konnte, antwortete ich: »Er sieht in meiner Beziehung zu dir eine Art Emigration aus meinem bisherigen bürgerlichen Dasein.«
»Das klingt gar nicht so dumm«, räumte sie ein.
»Das meiste von dem, was er von sich gab, klang nicht dumm«, sagte ich. »Auch dann nicht, wenn wir uns über Politik unterhielten. Er scheint in vielen Dingen genauso zu denken wie ich.«
»Oder er hat dir nur nach dem Mund geredet.«

»Das Thema ging von ihm und nicht von mir aus. Er wollte meine Meinung über die Wiedervereinigung hören.«
Sie zündete zwei Zigaretten an, gab mir eine und sagte: »Vielleicht versucht er es zuerst auf die sanfte Tour, um an dein Geld zu kommen.«
»Das hat er nach allem, was er von uns weiß, nicht nötig.«
»Vielleicht doch«, sagte sie. »Wenn er uns anzeigt, gewinnt er nichts. Er gewinnt nur, wenn er sich mit dir arrangiert.«
»Was ebenso auf uns zutrifft«, sagte ich. »Wenn wir uns nicht arrangieren, riskieren wir viel mehr als er. Du weißt noch nicht alles.«
Sie blickte mich fragend an.
Ich erzählte ihr von dem Diktiergerät und von meinem Gespräch mit ihm. Sie sagte: »Damit hat er dich in der Hand, Moni. Du hättest versuchen sollen, ihm das Gerät wegzunehmen. Wäre ich dabeigewesen, ich hätte es versucht.«
»Ist nicht mein Stil«, sagte ich.
»Als du Levau deine Tasche ins Gesicht schlugst, war es auch nicht dein Stil«, sagte sie. »Georges ist nicht besser. Auch wenn er dir nach dem Mund geredet und dich beeindruckt hat. Er ist nur klüger als Levau. Vielleicht bringt er das Gerät morgen mit. Ich wüßte schon, wie wir ihn dazu überreden könnten, uns die Kassette mit der Aufnahme zu geben.«
»Indem du ihn mit dem Karabiner deines Großvaters bedrohst? Das schlage dir aus dem Kopf.«
»Mir fällt sicher noch etwas Besseres ein«, sagte sie und küßte mich, sich zu mir herüberbeugend, auf die Wange. »Ich liebe dich über alles, Moni.«
Ich sie auch. In der Nacht war ich ein paarmal in ihren Armen eingeschlafen und auch wieder wachgeworden. Ich sagte: »Dann nimm künftig etwas mehr Rücksicht auf meine Nerven. Wenn ich dich im Hotel anrufen will und hören muß, daß du dir ein Taxi genommen hast und weggefahren bist, läßt mich das nicht gleichgültig. Es hat mich ziemlich aufgeregt.«
Sie legte eine Hand auf meinen Arm und sagte: »Das tut mir wirklich leid, Moni. Ich habe nicht damit gerechnet, daß du anrufen würdest. Warum hast du angerufen?«
»Um dir zu sagen, daß du dir keine Sorgen zu machen brauchst.«
»Dann tut es mir erst recht leid«, sagte sie. »Ich hab' dich wirklich lieb.«
Diesmal beugte *ich* mich zu ihr hinüber und küßte sie auf den Mund.

Sie sagte: »Es ist das erste Mal, daß ich zu Ostern nicht zu Hause bin. Wie war das bei dir? Zu Ostern wart ihr schon lange nicht mehr in Lavoir. Hattet ihr etwas Besseres vor?«
»Ich nicht, aber Klaus. Im letzten Jahr fiel Berts Geburtstag auf Ostermontag. Wir wollten ihn gemeinsam in Dortmund feiern. Ich hatte einiges vorbereitet, mir ziemlich viel Mühe gemacht. Am Montag abend rief er mich aus Paris an. Ich wußte, daß sie alle vier, also er, Rolf und ihre Freundinnen, nach Paris gefahren waren. Sie wollten spätestens am Sonntagabend wieder zurück sein. Aber es gefiel ihnen so gut, daß sie sich entschlossen hatten, noch einen Tag anzuhängen.«
»Das hätte ihnen auch schon etwas früher einfallen können. Ostern liegt dieses Jahr später als im letzten. Sein Geburtstag ist also schon vorbei. Hattest du ihn wieder eingeladen?«
»Dazu hätte ich mich zuvor bei Nora entschuldigen müssen. Ich habe ihm eine schöne Blumenkarte geschickt. Bedankt hat er sich nicht. Gibt es bei euch Geschenke zu Ostern?«
»Als Mirelle, meine Schwester, und ich noch klein waren. Seit wegen des eigenen Hauses kein Geld mehr da ist, gibt es auch zum Geburtstag nur noch Selbstgenähtes oder Abgelegtes von Mutter. — Ich weiß, sie hat es nicht leicht mit mir.«
Ihr Nachsatz kam unerwartet für mich. Ich fragte: »Schlechtes Gewissen?«
Sie zog an ihrer Zigarette und blies den Rauch gegen die Windschutzscheibe. »Ein wenig schon. Ich habe ihr mit meiner Weigerung, zu studieren oder einen Beruf zu erlernen, das Leben nicht leichter gemacht. Sie bekam die schlechte Laune meines Vaters zu spüren. An ihr reagierte er sie ab, wenn er sich über mich ärgerte. Er wußte, wenn er es bei mir tat, lief ich aus dem Haus und blieb ein paar Tage verschwunden. Sie kann nicht davonlaufen. Es wäre so nicht weitergegangen. Ich hätte ihnen nicht noch länger auf der Tasche liegen können. Du warst meine letzte ...« Sie brach ab und sagte: »Das allein ist es nicht, Moni. Auch wenn es sich jetzt so anhörte.«
»Daß ich deine letzte Hoffnung war«, sagte ich. »Aber darüber haben wir uns doch schon ausgesprochen. Du hast meine derzeitige Situation ausgenutzt, deinen Sex und deine Jugend gegen mich alte Frau ausgespielt und mich auch prompt in dein geschickt geknüpftes Netz laufen lassen. Du bist nicht das einzige Mädchen, das keine Lust hat, einen Beruf zu erlernen oder noch einmal die Schulbank zu drücken. Nur haben nicht alle das Glück, einer Frau wie mir zu begegnen, die

dich genauso braucht wie du mich. Also hör auf, dir Asche aufs Haupt zu streuen. Ich bin alt und erfahren genug, um zu wissen, worauf ich mich mit dir eingelassen habe.«
Sie drückte ihre Zigarette im Ascher aus und fragte: »Und das ist alles, was du mir zutraust?«
»Ich wollte dir nur erklären, mit wie wenig ich schon zufrieden bin«, sagte ich. »Wenn es mehr ist, was sich bei dir in den letzten Tagen an Gefühlen für mich entwickelt hat: um so besser für uns beide.«
»Nicht erst in den letzten Tagen«, erwiderte sie. »Und für eine alte Frau bist du noch recht munter. Nicht wahr?«
»Wenn du meinst«, sagte ich. »Ich kann das nicht so gut beurteilen wie du. Wo hast du das geübt? Schon bei Catherine?«
»Ich habe alles, was auch du hast«, sagte sie. »Was war mit deinem Vater, Moni? Klaus machte so merkwürdige Andeutungen.«
»Das erzähle ich dir später einmal«, sagte ich. »Was sollte das heißen, du hast alles, was auch ich habe?«
Sie lächelte nur. Dann sagte sie: »Was ist das?«
Ihre Frage bezog sich auf eine neue Schranke, die uns die Zufahrt auf die Straße nach Lavoir verwehrte. Erst auf den zweiten Blick stellte ich fest, daß es keine neue Schranke, sondern der alte Schrankenbaum war, der, mittels rostigen Drahts mit den ramponierten, ihn tragenden Pfosten wieder notdürftig zu einer Einheit verbunden worden war. Letzteres war sicher eine weniger zeitraubende Arbeit als das Aufspüren und Heraufschaffen des Schrankenbaums aus dem tieffließenden Wildbach jenseits der Straße, wo ich ihn mit Agnes' Hilfe versenkt und für unauffindbar geglaubt hatte, aber möglicherweise war er für einen Mann, der sich nicht scheute, einige Meter weit zwischen Ginster- und Mastixsträuchern in die Tiefe zu steigen, doch noch zu sehen gewesen. Schon vom Wagen aus gewann ich den Eindruck, daß diese Behelfskonstruktion von eher symbolischem als praktischem Nutzen war, alleine dem Zwecke der Abschreckung und Einschüchterung dienend. Um das Hindernis zu beseitigen, genügte es, die Schlingen des auf beiden Seiten mehrfach um das Baum- und Pfostenende gewickelten Drahtes entweder vom Schrankenbaum oder vom Pfosten zu streifen und schon hatten wir wieder freie Fahrt. Ehe wir sie fortsetzten, warfen wir den Schrankenbaum wieder in das tiefe Bachbett, wo er hinter den Ginster- und Mastixsträuchern, die sich in seinen Steilufern eingenistet hatten, unseren Blicken entschwand. Was mich an dieser Sache erzürnte und mich meine in den letzten vierundzwanzig Stunden aufgekommenen Zweifel am Sinn

eines weiteren Widerstandes gegen einen Hausverkauf wieder vergessen ließ, war der Umstand, daß sich meine Anwesenheit inzwischen bis zu den Anwälten in Digne herumgesprochen haben mußte, so daß ich die Wiederanbringung der Schranke als einen eindeutigen Affront und auch als Brüskierung empfinden durfte, und brüskieren ließ ich mich höchst ungern. Ich sagte: »Wenn ich das durchgehen lasse, werden sie beim nächsten Mal meine Haustür vielleicht mit Brettern zunageln. Von der Baufirma war das bestimmt keiner. Eher einer vom Architektenbüro. Oder von der Straßenmeisterei in Sarennes. Ich hatte gehofft, Dr. Gérad könnte noch vor den Feiertagen den Namen des Büros erfahren. — Warum lächelst du?«
»Deinetwegen«, sagte sie. »Du verlierst nicht mehr viele Worte, wenn du so etwas tust.«
Tatsächlich hatten wir vom Augenblick an, als ich den Citroën vor der Schranke anhielt, bis zur Fortsetzung unserer Fahrt in stillschweigender Übereinkunft gehandelt. Ich sagte: »Du doch auch nicht. Diesmal wußten sie, daß ich hier bin. Sie haben es mit Sicherheit von den beiden Anwälten in Digne erfahren. Und trotzdem haben sie die Unverschämtheit, mir wieder die Zufahrt verwehren oder erschweren zu wollen. So können sie nicht mit mir umspringen. Dieser Georges meint zwar auch, ich solle verkaufen. Warum er das meint, wollte er mir allerdings nicht verraten. Angeblich würde ich, wenn ich es wüßte, vielleicht erst recht nicht verkaufen wollen. Kannst du damit etwas anfangen?«
Sie schüttelte den Kopf. »Das widerspricht sich doch.«
»Finde ich auch«, sagte ich. »Verstehen könnte ich es nur, wenn ihm bekannt wäre, daß die Leute, die Lavoir aufgekauft haben, unter meinem Haus einen alten Goldschatz aus der Sarazenenzeit vermuten. Dann würden sie mich eher umbringen als auf das Haus verzichten, und ich würde, wenn ich es wüßte, mich eher umbringen lassen, als das Haus zu verkaufen.«
»Würdest du das wirklich?«
»Natürlich nicht«, sagte ich. »Hinge mein Herz an Gold, hätte ich, statt zu heiraten, das Geschäft meiner Eltern übernommen. Ich habe nur dieses Rätselraten satt. Am Freitag letzter Woche erzählte mir dein Großvater erstmals von den Veränderungen in Lavoir. Heute haben wir Donnerstag, und ich weiß noch immer nicht, was hier gespielt wird.«
Sie sagte: »Aber daran bist du doch selbst schuld, Moni. Solange du dich weigerst, die Anwälte aus Digne auch nur anzuhören, wirst du

es nicht erfahren. *Sie* müssen es wissen. Hat Klaus sie nicht danach gefragt? Er hat doch mit ihnen über den Kaufpreis gesprochen.«

»Nur mit einem von ihnen. Wie ich ihn kenne, hat ihn das Angebot von einer Million Francs so sehr beeindruckt, daß es ihm gleichgültig war, was mit unserem Haus und mit Lavoir geschieht. Der Bürgermeister von Sarennes könnte es uns auch sagen, aber der scheint seine Dienstreise noch mit einem Osterurlaub verbunden zu haben, sonst hätte Dr. Gérad ihn im Rathaus erreichen müssen. Es ist zu ärgerlich, daß ich keine Gelegenheit mehr hatte, mit ihm zu reden.«

»Vielleicht wollte er dir keine Gelegenheit mehr geben.«

»Das glaube ich nicht.«

»Und warum nicht?«

Ich schwieg unschlüssig.

Sie sagte: »Das ist doch alles sehr merkwürdig, Moni. Wenn dem Bürgermeister bekannt ist, was in Lavoir gespielt wird, dann muß es im Rathaus außer ihm noch mehr Leute geben, die davon wissen. Wieso Dr. Gérad weder bei seinem Stellvertreter noch bei der Straßenmeisterei, noch bei der zuständigen Baubehörde etwas in Erfahrung bringen konnte und sich statt dessen, ohne noch einmal von sich hören zu lassen, in den Osterurlaub ...«

»Du hast selbst gesagt, daß er vielleicht in unserer Abwesenheit angerufen hat«, warf ich ein.

»Um dich zu beruhigen, habe ich das gesagt. Wenn er heute in Urlaub gefahren ist, dann wußte er das schon vor elf Uhr heute vormittag, und bis dahin hätte er uns im Hotel erreichen können. Vielleicht hat er schon längst mit dem Bürgermeister gesprochen und wurde von ihm dazu verdonnert, den Mund zu halten. Als er bei unserer Fahrt von Lavoir zum Hotel sagte, du seist vom Goodwill der neuen Bewohner von Lavoir abhängig, hörte sich das doch wie ein erster Rückzieher an. Oder sollte ich mir das nur eingeredet haben?«

»Das meinte er doch nur für den Fall, daß ich das Haus und damit auch das Wohnrecht veräußere«, sagte ich. »Dann wäre ich aber auch nicht mehr auf die Straße und auf die Strom- und die Wasserversorgung angewiesen.«

»Davon rede ich«, sagte sie. »Was soll dann dieses Geschwätz vom Goodwill der neuen Bewohner?«

Es hatte mich genauso befremdet wie sie. Ich sagte: »Es war sicher nur hypothetisch gemeint. Sobald er aus seinem Urlaub zurückkommt, werde ich gemeinsam mit ihm einen Besuch im Rathaus ma-

chen und an den klärenden Gesprächen mit den zuständigen Herrn persönlich teilnehmen.«
Wir hatten jetzt den Grat erreicht. Ich sagte: »Eigentlich müßte zu sehen sein, wo der Porsche zum erstenmal aufschlug.«
»Und woher weißt du, ob nicht wieder einer oben steht und uns beobachtet?« fragte sie.
Sie hatte recht. Meine Gedanken waren auch mehr bei Levau als bei seinem Wagen gewesen, als ich es sagte. Aber oben stand niemand, und auch in der Grube und vor meinem Haus fanden wir alles unverändert vor. Nur mein Wagen fehlte, und der Grubenrand wies dort, wo der Abschleppwagen ihn herausgezogen hatte, im Felsboden Schleifspuren auf. Wir luden zuerst aus, was wir mitgebracht hatten und stellten es vorläufig in die Diele. Danach fuhren wir den Citroën in das Spritzenhaus. Es zu riskieren, daß auch er den Weg in die Grube fand, wollte ich schon deshalb vermeiden, weil die Versicherung, wenn ich die Schuld nicht auf mich nahm, die Gendarmerie einschalten und deren Augenmerk erneut auf Lavoir lenken würde. Für den Rückweg wählten wir dann wieder die Abkürzung, verhielten im dämmerigen Halbdunkel für einen Kuß lang uns eng umarmend den Schritt und gingen dann Hand in Hand weiter. Der Himmel war heute nicht so strahlend blau, schon am Vormittag waren erste Quellwolken aufgekommen, und ein kühler Wind strich durch die leere Straße. Ich sagte: »Ich wollte es nicht wissen, aber als ich bei meinen letzten Besuchen ohne Klaus und meine Söhne hier war, war es jedesmal wie ein Gang auf einen Friedhof. Ich habe mit meiner Familie sehr schöne Jahre hier verbracht. Nur stimmten die Erinnerungen mich eher melancholisch als heiter.«
»Ich weiß«, sagte sie. »Ich habe es schon gemerkt, als ich am Freitag mit dir nach Sarennes fuhr. Ich meine, ich habe es dir auch gesagt. Du solltest dir vielleicht doch überlegen, das Haus aufzugeben, Moni. Nicht wegen der Leute, die dich von hier weghaben wollen. Ich traue dir zu, mit ihnen fertig zu werden. Aber vielleicht ist das Haus mit zu vielen alten Erinnerungen verknüpft. Sie werden immer zwischen uns stehen. Im Augenblick vielleicht nicht so sehr, aber irgendwann bestimmt.«
»Es kann auch umgekehrt kommen«, sagte ich. »Daß sie durch neue Erinnerungen verdrängt werden. Es war dein Einfall, die Feiertage in Lavoir zu verbringen. Und nun reihst du dich in den Kreis derer ein, die mir dazu raten, das Haus zu verkaufen? Was ist plötzlich los mit dir?«

Sie betrachtete im Gehen die leeren Fenster- und Türhöhlen und sagte: »Ich weiß es nicht, Moni. Es ist nur ein ungutes Gefühl. Im Hotel hatte ich es noch nicht, sonst hätte ich dir den Vorschlag nicht gemacht.«
»Dann fahren wir am besten umgehend zum Hotel zurück«, sagte ich und blieb, meine Hand von der ihren lösend, stehen. Berücksichtigend, daß sie ihren Weg unbeirrt fortsetzte, schloß ich mich ihr notgedrungen wieder an und sagte: »Wenn ich mich recht entsinne, warst du es, die im Hotel fragte, ob ich Angst habe, in Lavoir zu schlafen.«
»Ich habe keine Angst«, sagte sie. »Ich habe nur ein ungutes Gefühl. Jetzt sind wir hier, und jetzt bleiben wir auch hier.«
»So sehe ich das auch«, sagte ich und griff wieder nach ihrer Hand.

Georges traf mit einstündiger Verspätung ein. Er entschuldigte es mit einem unvorhergesehenen Aufenthalt in Sarennes, ohne ihn jedoch auch zu begründen. Von seinem Taxi sah ich, als ich ihm die Haustür öffnete, nur noch das sich rasch entfernende Heck, aber auch dafür hatte er eine plausibel klingende Erklärung, war der Taxifahrer doch wegen noch anderer, bereits vorbestellter Fuhren nicht willens gewesen, seine kostbare Zeit untätig vor meinem Haus zu vergeuden, zumal es seine erste Fahrt nach Lavoir gewesen war und der Anblick des in der Baugrube versammelten Geräts auch nicht dazu beigetragen hatte, ihn zu längerem Verweilen zu bewegen. Von Georges davon unterrichtet, seinen eigenen Wagen auf einem Parkplatz in Sarennes stehen gelassen zu haben, wurden wir uns noch an der Haustür über seinen Rücktransport in meinem Citroën einig. Ich erklärte ihm, weshalb er nicht vor der Haustür stand. Daß er eine Reisetasche bei sich trug, erläuterte er damit, die kommende Nacht in einem Hotel und nicht in dem Chalet verbringen zu wollen. In welchem Hotel und in welcher Stadt, ließ er jedoch gleichfalls offen. Ich führte ihn zunächst durch das Haus, zeigte ihm im Obergeschoß auch das Schlafzimmer mit den zerbrochenen Fensterscheiben und das Bad. Vor der geschlossenen Tür zum Gästezimmer blieb ich kurz stehen und sagte: »Das Zimmer meiner Freundin. Sie hat sich vor einer Viertelstunde, als wir schon nicht mehr mit Ihnen rechneten, etwas hingelegt. Wir trinken den Kaffee in der Küche. Dort sind die Fenster noch heil.«
Er fragte: »Im Zimmer Ihrer Freundin auch?«
»Ja«, sagte ich und stieg vor ihm die Treppe hinunter. Während ich

mich in der Küche um den Kaffee kümmerte, stand er am Fenster und sagte: »Hübscher Ausblick. Wird Ihnen nicht schwindlig, wenn Sie hinabschauen?«
»Man muß nicht hinabschauen«, sagte ich. »Und wenn: Mir wurde schon als kleines Mädchen nicht schwindlig, wenn ich in einer Seilbahn von meinem Vater auf den Arm genommen wurde und aus dem Fenster schauen durfte. Im Gegenteil: Ich fand das aufregend.«
»Wie erstaunlich«, sagte er und setzte sich, weil ich mit dem Kaffee fertig war, zu mir an den Tisch. Ich hatte in einer Patisserie auch etwas Backwerk eingekauft, das er jedoch verschmähte und einer Zigarette den Vorzug gab. »Eine Angewohnheit«, sagte er. »Zu einer Tasse Kaffee schmeckt sie mir am besten. Sie rauchen viel?«
Beim gestrigen gemeinsamen Mittagessen und auch in seinem Chalet hatte ich wieder mehr geraucht als gewöhnlich. Ich sagte: »Je nach Gemütslage.« Und weil ich an seinem Jackett das kleine Einstecktuch vermißte, setzte ich hinzu: »Ihr Diktaphon haben Sie heute nicht mitgebracht?«
»Das war jetzt nicht mehr erforderlich.«
»Zumal Sie ja schon alles aufgenommen haben, was für Sie von Interesse und von Wert sein könnte«, sagte ich. »Können wir uns heute auch über den Preis unterhalten?«
»Heute nicht«, sagte er. »Vielleicht morgen, wenn Sie mich wieder in Valberg besuchen. Ich möchte Sie dort zum Abendessen einladen.«
»In Ihrem Chalet?«
»Dort nur noch zu einer anschließenden Tasse Kaffee. Mit meinen Kochkünsten ist es nicht weit her. Das *Adrech de Lagas*, das Sie im Vorbeifahren vielleicht gesehen haben, hat eine sehr gute Küche.«
Daß er ausgerechnet dieses Hotel erwähnte, obwohl es sicher noch andere gab, die entweder ebenfalls noch geöffnet waren oder wegen der Feiertage ihre Betriebsferien beendet hatten, konnte Zufall sein. Dennoch fragte ich: »Waren Sie dort schon essen?«
Er nickte. »Gestern abend. Nachdem Sie weggefahren waren. Es liegt meinem Chalet am nächsten, und die Speisekarte ist, wie ich mich überzeugen konnte, sehr vielseitig. Wie gefiel Ihnen Valberg?«
»Ich kannte es schon von früher, wenn mein Mann und ich nach Barcelonnette fuhren, wo wir öfter mal zum Essen waren. Zum Verweilen hat Valberg uns nie gereizt. Es hat keine Atmosphäre.«
»Dazu ist es zu sehr Wintersportort«, sagte er. »Die Gäste kommen wegen des Schnees und nicht wegen der Atmosphäre nach Valberg. Falls die Klimatologen mit ihren Befürchtungen recht behalten und

die Erd-Atmosphäre sich immer stärker aufheizt, wird auch in Valberg eines Tages der Schnee ausbleiben und es wird in seine einstige Bedeutungslosigkeit zurückfallen.«
»Sie glauben diesen Klimatologen?«
Er zuckte mit den Schultern. »Im Grunde ist es ein ganz einfaches Rechenexempel. In Afrika, Asien und in den lateinamerikanischen Ländern leben heute schon mehr Menschen, als diese Kontinente ernähren können, und es werden täglich und stündlich immer mehr.«
»Nur bei uns hat es sich noch nicht überall herumgesprochen«, sagte ich. »Da wird wieder mal um eine Erhöhung des Weihnachtsgeldes gekämpft. Ich weiß, ich habe gut reden, aber wenigstens hin und wieder ein schlechtes Gewissen dabei. — Trinken Sie einen Cognac? Ich habe allerdings nur einen Hennessy Privilège im Haus.«
»Aber von Cognac verstehen Sie etwas«, meinte er schmunzelnd.
Ich holte die Flasche und die Gläser aus dem Wohnraum und sagte: »Ich kann Sie nicht in das Wohnzimmer bitten. Seit der Wind sich gestern gedreht hat, zieht es auch dann durch die zerbrochenen Fenster, wenn wir die Rolläden geschlossen halten. Die seitlichen Läden lassen sich ohnehin nicht mehr öffnen. Sie wurden bei den Sprengarbeiten eingebeult. Noch ärgerlicher für mich ist, daß meine besten Gläser, die teilweise noch von meinen Eltern stammen, in Scherben gingen. — Warum wollen Sie auch heute nicht mit mir über Ihren Preis reden? Inklusive Kassette mit unserem gestrigen Tischgespräch?«
»Sie würde Ihnen nicht viel nützen«, sagte er. »Ich habe inzwischen eine Kopie davon angefertigt.«
»Und auch von dieser Kopie noch eine Kopie«, sagte ich und schob ihm sein halb gefülltes Glas über den Tisch. Er saß mir gegenüber mit dem Rücken zum Fenster und wandte kaum einmal den Blick von mir. Über die Farbe seiner Augen war ich mir schon gestern nicht schlüssig geworden. Ob hellgrau oder hellblau blieb meinem Gutdünken überlassen. Vielleicht lag es auch diesmal an seinen leicht getönten Brillengläsern, die es mir erschwerten, mir Klarheit zu verschaffen. Er griff nach seinem Glas und sagte: »Ich meine, Ihnen gestern von meinem Problem erzählt zu haben.«
»Daß ich Ihnen gefalle?«
»Daran hat sich nichts geändert. Im Gegenteil. Sie gefallen mir von Mal zu Mal mehr.«
»Aber ich bin schon verheiratet«, sagte ich. »Die Freundin leiste ich mir mit Billigung meines Mannes sozusagen nur nebenbei. Bei einem Freund könnte ich mir dessen nicht sicher sein.«

»Auch nicht im Falle einer rein platonischen Freundschaft?«
Ich blies ihm den Rauch meiner Zigarette ins Gesicht und sagte: »Das ist ein zu dünnes Eis, als daß ich ihm trauen würde. Schon gar nicht, solange ich Ihren Preis nicht kenne. Ich bin bereit, mit Ihnen über Geld zu reden. Über mehr nicht.«
»Auch über dreißig Millionen Francs?«
Einen Augenblick lang verschlug es mir nun doch die Sprache, aber eben nur für einen Augenblick. Dann hatte ich mich gefangen und sagte: »Weder über dreißig noch über zehn. Nicht einmal über fünf.«
»Genau das habe ich befürchtet«, sagte er. »Vielleicht verstehen Sie jetzt, weshalb ich dieses Thema noch etwas zurückstellen möchte. Ich schlage vor, wir belassen es für den Augenblick bei diesem ersten Austausch von Statements. Es wird gewiß nicht unser letzter sein.«
»Für mich schon«, sagte ich. »Falls Sie keine besseren Vorschläge zu machen haben.«
Er lächelte. »Ich sprach von Statements. Nicht von Vorschlägen. Würden Sie mir die Freude machen, mit mir anzustoßen?«
Ich machte sie ihm und sagte: »Auf Ihr Wohl, Georges. Oder wie immer auch Sie heißen.«
»Auf Ihren Charme«, sagte er. »Er geht Ihnen nicht einmal dann verloren, wenn Sie so entschieden zur Sache kommen wie soeben. Was haben Sie gegen Georges? Gefällt Ihnen der Name nicht?«
»Er paßt nicht recht zu Ihnen«, sagte ich, nachdem wir getrunken hatten. »Auf deutsch ausgesprochen erinnert er mich neben einer ganzen Reihe geschichtlicher Würdenträger auch an Georg den Drachentöter. Wenn ich mich recht entsinne, ist er Schutzheiliger der Reiter und Pferde.«
»Dann paßt er allerdings nicht zu mir«, räumte er ein. »Ich habe kein besonderes Verhältnis zu Pferden. Als Sie mich danach fragten, fiel mir in der Eile kein anderer Name ein. Ein Bekannter von mir heißt Georges. Sicher wurde ich durch ihn inspiriert. Haben Sie einen besseren Vorschlag? Ich bin flexibel.«
»Auch was den Preis betrifft?«
»Da sind mir durch unglückliche Umstände ein wenig die Hände gebunden.«
»Nur ein wenig?«
Er blickte amüsiert in mein Gesicht. »Sie haben ein gutes Ohr für Nuancen, aber erhoffen Sie sich nicht zuviel davon. Wenn überhaupt, könnte ich, was den Preis betrifft, nur in einem sehr engen Rahmen flexibel sein. Vielleicht gehen Sie von falschen Überlegungen aus.

Um mein gewohntes Leben weiterzuleben, bin ich auf keine Verständigung mit Ihnen angewiesen. Auf Sie trifft das nicht zu.«
Was er mir da mit lächelnder Miene zu verstehen gab, war, trotz aller Unmißverständlichkeit, nicht ohne Sinn für eine moderate Verpakkung. Ich sagte: »Aber außer der kleinen Genugtuung, mich für meine Weigerung, auf Ihre Wünsche einzugehen, bestraft zu haben, gewinnen Sie nichts. Das ist immer noch viel weniger als das, worüber wir uns, wenn Sie mit Ihren Forderungen auf dem Teppich bleiben, vielleicht verständigen könnten. Ganz abgesehen davon, daß es ziemlich naiv von mir wäre, einem Mann, der sich für eine anonyme Anzeige nicht zu schade ist, zuzutrauen, er würde sich mit einer einmaligen Zahlung zufriedengeben.«
»Dann schätzen Sie mich absolut falsch ein«, belehrte er mich. »Da ich Sie aber nicht davon überzeugen kann, werden Sie, auch wenn ich Sie nicht anzeige, immer in der Furcht leben, ich könnte es früher oder später tun. Sie werden nie völlig frei von dieser Furcht sein. Sie wird Sie überallhin begleiten. Um so wichtiger erscheint es mir, Ihnen Gelegenheit zu geben, mich noch etwas besser kennenzulernen. Dann werden sich Ihre Sorgen von selbst erledigen.«
Da ich seine Zuversicht weder teilte, noch den Wunsch verspürte, die Begegnungen mit ihm zu einer Dauereinrichtung zu machen, sagte ich: »Man kennt einen Menschen nie so gut, daß man sicher vor unangenehmen Überraschungen wäre.«
»Auch auf Ihre Ehe bezogen?«
»Bezogen auf die menschliche Natur«, sagte ich. »In einer fünfundzwanzigjährigen Ehe gibt es kaum mehr unangenehme Überraschungen. Man lebt sich kontinuierlich auseinander. Bringen Sie meine Freundin nicht in einen Zusammenhang, den es nicht gibt. Als ich sie kennenlernte, war ich mit meiner Vergangenheit bereits fertig. Sie hat nichts dazu beigetragen. Sie war nur da, als ich sie brauchte.«
Er betrachtete das glühende Ende seiner Zigarette. »Ein anderer Mann hätte es nicht auch getan? Der zufällig dagewesen wäre, als Sie einen hätten brauchen können.«
»Dazu hätte ich nicht nach Frankreich zu fahren brauchen«, sagte ich. »Oder glauben Sie auch an die Legende von den französischen Männern als die besseren Liebhaber?«
»Ich weiß nicht, wer sie erfunden hat«, sagte er. »Ich war es jedenfalls nicht. Was Sie mir gestern in meinem Chalet erzählten, hörte sich fast so an, als fühlten Sie sich auch unter Ihren Landsleuten nicht

mehr zu Hause. An Ihren Massenmedien allein kann es doch nicht liegen? Vielleicht auch an Ihrer Familie?«

»Über meine Familie unterhalte ich mich nur mit meiner Freundin«, sagte ich. »Falls Sie vorhaben sollten, sie in Ihre Überlegungen, mich für Ihre finanziellen Vorstellungen zugänglicher zu machen, einzubeziehen, können Sie sie getrost vergessen.«

Er kreuzte seufzend die Beine. »Ich möchte Ihnen Ihre negative Einschätzung meiner Person nicht ausreden, Monika, auch wenn ich meine, sie nicht verdient zu haben. Vielleicht gelingt es mir in Valberg besser als hier, Ihnen einen etwas positiveren Eindruck zu vermitteln. Bei der Tasse Kaffee, zu der ich Sie im Anschluß an das gemeinsame Abendessen im *Adrech de Lagas* und vor dem Schlafengehen noch einladen möchte.«

Wie er das sagte, ließ mich hellhörig werden. Ich fragte: »Verstehe ich Sie richtig, daß Ihre Einladung auch für eine Übernachtung in Ihrem Chalet gedacht ist?«

»Selbstverständlich«, sagte er. »Ich kann Ihnen unmöglich zumuten, die weite Rückfahrt noch am späten Abend und in dunkler Nacht zu machen. Für ein gemeinsames Frühstück, ehe Sie am nächsten Vormittag wieder aufbrechen, habe ich bereits vorgesorgt.«

»Dann wäre es doch viel besser, wir träfen uns bereits zum Mittagessen im *Adrech de Lagas*. Es bliebe dann auch noch genügend Zeit für einen Kaffee und für die Rückfahrt nach Lavoir.«

»Das hatte ich mir auch überlegt, bin jedoch aus persönlichen Gründen davon abgekommen.«

Das klang irgendwie endgültig, so daß ich auf einen Versuch, ihm seinen Einfall auszureden, verzichtete. Statt dessen sagte ich: »Unter der Voraussetzung, daß ich meine Freundin mitbringen kann. Sie hier allein in Lavoir zu lassen ...«

»Das brauchen Sie nicht«, warf er ein. »Wofür haben Sie in Sarennes ein Hotelzimmer? Sie werden sie, wenn Sie nach Valberg fahren, im Hotel absetzen. Ich möchte, daß Sie ohne sie nach Valberg kommen.«

»Und ich möchte, daß sie mitkommt«, sagte ich.

Er blickte mich eine kleine Weile nachdenklich an. Dann griff er nach seinem Glas, trank es leer und sagte: »Sie werden sich das noch überlegen, Monika. Ich erwarte Sie ohne Ihre Freundin. Ob Sie sie in Sarennes oder erst in Valberg in einem Hotel absetzen, bleibt Ihnen überlassen. Beim Abendessen möchte ich sie aber nicht sehen, und in meinem Chalet auch nicht. Können wir losfahren? Es wird Zeit für mich.«

»Ich werde ihr nur rasch Bescheid sagen«, antwortete ich und ging nach Agnes schauen. Diesmal schien sie keinen Versuch gemacht zu haben, von der Diele aus unser Gespräch zu belauschen. Ich traf sie noch genauso an, wie ich sie bei Georges' Ankunft verlassen hatte: nur mit einem Slip bekleidet auf dem Bett liegend und in einer der Zeitschriften blätternd, die wir gestern aus Sarennes mitgebracht hatten. Ich setzte mich zu ihr und sagte: »Ich hatte dich gebeten, dich anzuziehen. Ich hätte ihn nicht daran hindern können, sich auch dieses Zimmer anzusehen. Oder hast du darauf gewartet, daß er es tut?«
Sie legte die Zeitschrift zur Seite, verschränkte, den Blick auf mein Gesicht heftend, die Hände im Nacken und sagte: »Er hat hier nichts zu suchen, Moni. Wie weit bist du mit ihm?«
»Ich muß ihn jetzt nach Sarennes zurückbringen. Dort hat er seinen Wagen stehen. In einer Stunde bin ich wieder hier. Du warst diesmal nicht in der Diele?«
»Ich wollte nicht, daß er es merkt.«
»Klaus und dein Vater haben es auch nicht bemerkt. Die Tür stand weit genug offen, du hättest das Gespräch wieder mithören können, ohne daß er dich sah. Oder interessierte dich nicht, worüber wir sprachen?«
»Du wirst es mir noch erzählen«, sagte sie. »Hat er dir heute verraten, was er will?«
Ich beugte mich zu ihr nieder, küßte sie und sagte: »Das erfährst du, wenn ich zurückkomme. Vielleicht weiß er es selbst noch nicht richtig. Sei schön brav, wenn ich dich jetzt allein lasse.«
Sie sagte: »Ohne dich macht es doch keinen Spaß mehr.«
»Das will ich doch hoffen«, sagte ich und kehrte zu Georges zurück. Ich traf ihn bereits vor dem Haus an der Baugrube an. Als er mich kommen hörte, drehte er sich nach mir um und sagte: »Wirklich kein schöner Anblick. Wäre nicht auch noch der Schaufelbagger auf den BMW gestürzt, hätte man aus diesem vielleicht noch einmal etwas machen können. Schade um den schönen Wagen.«
»Um meinen Mercedes auch«, sagte ich. »Ich weiß noch immer nicht, wie ich es meiner Versicherung erklären soll.«
»Mit einem Unfall. Sie wurden von einem französischen Wagen überholt, von der Straße gedrängt, wobei Ihr Wagen sich überschlug. Der Fahrer des französischen Wagen kümmerte sich nicht um Sie. Sie hatten auch keine Gelegenheit, auf sein Kennzeichen zu achten. — Wo steht Ihr Citroën?«
»Wo schon der Porsche stand.«

Während wir uns auf den Weg machten, sagte er: »So könnten Sie es Ihrer Versicherung erklären.«
»Nur nicht, warum ich den Unfall nicht der Gendarmerie meldete«, sagte ich. »Vielleicht finde ich eine französische Werkstatt, die mir das Wrack zum Ausschlachten abnimmt.«
Er betrachtete im Gehen meinen Arm, wo, weil ich eine kurzärmelige Bluse trug, noch immer die Spuren meines kleinen Unfalls beim Handgemenge mit Agnes' Vater zu sehen waren. Er verlor jedoch kein Wort darüber. Seine Reisetasche schien schwer zu sein, denn er wechselte sie öfter von einer Hand in die andere. Ich fragte: »Wie war das vorgestern, als wir hier verabredet waren? Sind Sie gar nicht erst heraufgefahren?«
»Im Gegenteil. Ich war sogar ausnahmsweise pünktlich. Vor Ihrem Haus stand ein Renault. Als ich mit Ihrer Freundin telefonierte, verriet Sie mir nicht, daß Sie schon einen Besucher erwarteten.«
»Sie beendeten das Gespräch, ohne ihr noch Gelegenheit zu geben, es Ihnen zu verraten«, sagte ich. Und weil es sich bei dem Renault nur um den Wagen ihres Vaters gehandelt haben konnte und ich ihm von dessen Besuch nichts erzählen wollte, setzte ich hinzu: »Er gehörte den Handwerkern, die sich der zerbrochenen Fensterscheiben annehmen werden. Sie sind dann nicht bis zum Haus gefahren als Sie den Renault sahen?«
»Nein. Ich machte schon vorher kehrt. An Handwerker habe ich, als ich ihn sah, leider nicht gedacht.«
»Woran sonst? An eine Falle?«
»Nach allem, was ich zwei Tage zuvor in Lavoir gesehen und erlebt habe, traute ich Ihnen beinahe alles zu.«
Das klang einleuchtend. Ich fragte: »Und woraus schlossen Sie, daß wir die Nacht nicht in Lavoir verbringen, sondern zum Hotel zurückfahren würden? Sie hätten doch sonst nicht versucht, dort noch einmal anzurufen.«
Er zuckte mit den Schultern. »Ich wußte es nicht, ich vertraute darauf, daß mein Nichterscheinen Sie beunruhigen und zur Rückkehr ins Hotel veranlassen würde, um dort meinen nächsten Anruf abzuwarten. Wann ist diese Sache mit Ihrem Wagen passiert? Schon im Laufe des Nachmittags?«
»Erst gegen Abend. Ihnen ist, von dem Renault abgesehen, kein anderer Wagen aufgefallen, als Sie vorgestern herauffuhren?«
»Nein. Sie denken an den Mann, der Ihnen den bösen Streich mit Ihrem eigenen Wagen spielte?«

»Er ist sicher nicht zu Fuß nach Lavoir gekommen«, sagte ich. »Vielleicht stand sein Wagen dort, wo der Porsche stand und wo ich jetzt den Citroën stehen habe. Wenn es ein kleiner Wagen war, gibt es vielleicht noch eine andere Möglichkeit, ihn zu verstecken. Ich bin mir jetzt fast sicher, er handelte im Auftrag der Leute, die mich aus Lavoir loswerden und über die Sie nicht reden wollen, obwohl sie Ihnen anscheinend bekannt sind. Aber vielleicht können Sie mir sagen, was es mit dieser ominösen Gedenkstätte auf sich hat?«
Er wechselte die Tasche wieder von der einen in die andere Hand und sagte: »Sehen Sie mir bitte nach, wenn ich nicht weiß, wovon Sie reden, aber ich weiß es wirklich nicht.«
Ernstlich hatte ich es auch nicht erwartet. Ich erzählte ihm von dem Besuch des Geistlichen, hatte jedoch sofort den Eindruck, daß er nichts damit anzufangen wußte. Ich sagte: »Vielleicht wollte er nur einmal nach der Kirche schauen und sah den Porsche meines Mannes auf der Straße stehen.«
»Wird wohl so sein«, meinte er.
Mir fiel auf, daß er die beiden schmalen Passagen durch die mittleren Hausreihen nicht zu kennen schien, denn als wir uns der ersten, die von Agnes und mir schon mehrfach benutzt worden war, näherten, wäre er, hätte ich ihn nicht am Ärmel seines Jacketts gefaßt, daran vorbeigegangen. Vielleicht war er aber auch nur etwas geistesabwesend und hatte sie deshalb nicht beachtet. Während wir sie durchschritten, um auf die Parallelstraße zu kommen, wo auch das Spritzenhaus stand, sprach ich die Möglichkeit an, daß der Wagen des Mannes, der meinen Mercedes in die Grube rollen ließ, auch hier gestanden haben könnte.
»Das ist kaum vorstellbar«, meinte er. »Es sei denn ...« Er brach ab, setzte die Reisetasche auf den Boden und streckte, in der Mitte des Gewölbes stehend, die Arme seitlich aus. »Für einen Renault 4 oder einen Citroën 2 könnte das Platz reichen«, sagte er. »Nur die Türen ließen sich nicht öffnen.«
»Wenn man schon vorher aussteigt und den Wagen hineinschiebt, braucht man sie nicht zu öffnen«, sagte ich. »Dann hätte vielleicht auch ein noch etwas größerer Wagen Platz.«
»Was voraussetzt, daß dem Täter das Spritzenhaus nicht bekannt war. Sonst hätte er den Wagen dort versteckt.«
»Wo wir zuerst danach gesucht hätten, was er sich denken konnte.«
»Aber Sie haben nicht danach gesucht?«
»Soviel Zeit blieb uns nicht mehr, weil bald darauf mein Anwalt ein-

traf. Außerdem waren meine Freundin und ich davon überzeugt, daß Sie der Täter seien und sich irgendwann melden würden.«
»Und was brachte Sie auf diesen Gedanken? Ich sehe meinen Vorteil nicht.«
Jetzt, da ich ihn persönlich kannte, sah ich ihn auch nicht mehr. Ich sagte: »In einer solchen Situation kommt man auf alle möglichen Gedanken. Sicher ist, daß der oder die Täter mit der Örtlichkeit gut vertraut waren. Obwohl meine Freundin und ich, als wir meinen Wagen in die Grube stürzen hörten, sofort auf die Straße rannten, war dort niemand zu sehen.«
»Wo hielten Sie sich auf, als es geschah?«
»In der Küche. Wir brauchten nicht mehr als zehn Sekunden, um auf die Straße zu kommen.«
»Zeit genug für den Täter, in einem der nächstgelegenen Häuser zu verschwinden«, sagte er. »Aber dort nachzusehen, wäre für Sie viel zu gefährlich gewesen, nehme ich an?«
»Das auch«, sagte ich. »Außerdem hatten wir noch nicht zu Abend gegessen und waren beide hungrig.«
»Und ein leerer Magen hat allemal den Vorrang«, sagte er und bückte sich kopfschüttelnd nach seiner Tasche. Ich folgte ihm, nicht ohne noch einen Blick dorthin zu werfen, wo Agnes mich an das feuchte Gemäuer gedrückt hatte und mir erstmals Sahne zu kosten gab, auf die Straße hinaus, und sagte: »Auch wenn Sie den Kopf schütteln: Auf das Abendessen zu verzichten, hätte mir meinen Wagen auch nicht zurückgebracht. Als es passierte, wollten wir uns gerade um das Essen kümmern. Ich bin mir nur noch nicht sicher, wem der Verlust meines Wagens am meisten dient. Den Leuten, die mich aus Lavoir weghaben oder den anderen, die Levau entführt haben wollen.«
»Von wem haben Sie es gehört? Von Ihrem Anwalt?«
»Es war eine vertrauliche Information. Sie wußten nichts davon?«
Er wandte mir das Gesicht zu. »Wir wissen beide, daß es keine Entführer gibt. Was mit Ihrem Wagen geschah, war vielleicht erst der Anfang dessen, was Ihnen hier noch alles bevorsteht. Der Bekennerbrief an Levaus Familie kommt von mir. Sie könnten diese vorgebliche Entführung zum Vorwand nehmen, Ihren Aufenthalt hier zu beenden, ohne mit dem Verschwinden Levaus in Verbindung gebracht zu werden.«
Das war ein völlig neuer Gesichtspunkt. Ich verhielt unwillkürlich den Schritt. »Meine Freundin und ich haben uns gedacht, daß Sie hinter dem Brief an seine Familie stecken. Daß Sie es aber nur aus

den eben genannten Gründen taten, darauf wären wir nicht gekommen. Es war also nicht Ihre Absicht, auch seine Familie zu erpressen?«
Er lächelte flüchtig. »Unabhängig davon, daß ich sie gut kenne und schon deshalb kein Geld von ihr annehmen würde, sind Erpressungen, von denen die Polizei weiß, mit zu vielen Risiken verbunden. Ohne meinen Brief hätte die Sûreté, die sicher Kenntnis von Ihrer Anwesenheit hat, sich auch schon für Sie interessiert.«
»Dem habe ich über meinen Anwalt vorgebeugt«, sagte ich und erzählte ihm mit wenigen Worten, wie. »Wenn ich erstmals am Montag und dazu noch in seiner Begleitung in Lavoir war«, schloß ich, »wird man mich mit dem Verschwinden Levaus am Sonntag kaum in Verbindung bringen.«
Er stellte seine Tasche wieder ab. »Das war sehr klug von Ihnen. Dennoch kann es nicht schaden, wenn die Polizei eine falsche Fährte verfolgt, die ich mit zusätzlichen Briefen noch etwas warmhalten werde. Wenn dann nach einer mißglückten Geldübergabe keine weitere Nachricht der Entführer mehr eintrifft, wird man annehmen, die Sache sei ihnen zu heiß geworden und sie hätten sich, damit er die Gendarmerie nicht auf ihre Spur bringen konnte, Levaus entledigt. Auch im Falle, daß man ihn und seinen Porsche eines Tages findet, wird man ihn als Opfer der Entführer ansehen. Nur Sie, Ihre Freundin und ich werden es besser wissen.«
»Und wann soll diese mißglückte Geldübergabe stattfinden?«
»Am kommenden Dienstag an einer kaum befahrenen Straße bei Annecy. Den Brief habe ich bereits vorgestern zur Post gegeben.«
»In Valberg?«
»In Annecy. Auf einer Maschine geschrieben, die ich nur zu diesem Zweck in Nice gekauft und inzwischen in einem tiefen See versenkt habe. Was brachte Sie auf den Gedanken, daß ich der Absender des Briefes sein könnte?«
Ich betrachtete einen kleinen Leberfleck an seinem Hals. »Was Sie eben selbst sagten: Daß nur Sie, meine Freundin und ich es besser wissen. Einen Trittbrettfahrer, der es aus der Zeitung oder aus dem Radio erfahren haben könnte, gibt es nicht, solange die Entführung geheimgehalten wird. Ich würde gerne etwas über Levaus Familie wissen.«
»Darüber möchte ich ebensowenig reden wie über die Leute, die Sie von hier weghaben wollen«, sagte er. »Es würde Sie nur zusätzlich belasten.«

Auch damit hatte er sicher recht. So sehr es mich beunruhigte, über Levaus Familie nichts zu wissen: ich konnte nicht ausschließen, daß mich das Wissen noch viel mehr beunruhigen würde, und weil er wieder nach seiner Reisetasche griff, setzten wir unseren Weg fort. Weit hatten wir bis zum Spritzenhaus nicht mehr zu gehen. Schon als ich das Tor öffnete, sah ich, daß mit dem Citroën etwas nicht stimmte. Er wirkte fast so niedrig wie ein Sportwagen, was sich daraus erklärte, daß er mit allen vier Rädern tief auf seinen Felgen saß. Obwohl Reifendefekte bei ihrer heutigen Beschaffenheit die Seltenheit sind, wäre es immerhin denkbar gewesen, daß ich einen auf der Straße liegenden Nagel erwischt hatte, aber der Wagen saß auf allen vier Felgen, und dafür gab es nur eine Erklärung. Georges sprach sie aus als er sagte: »Die Reifen scheinen nicht beschädigt zu sein. Man hat sich damit begnügt, die Luft herauszulassen. Schlimm genug, aber es hätte noch schlimmer kommen können, wenn man an Ihren Mercedes denkt. Das kann Ihnen ab sofort immer wieder passieren. Um sich dagegen zu schützen, müßten Sie das Tor mit einem Schloß sichern.«
Davon versprach ich mir nach bisherigen Erfahrungen nicht mehr viel. Auch war ich viel zu aufgebracht, um für wohlmeinende Ratschläge noch ein offenes Ohr zu haben. Aufgebrachter sogar, als ich es beim Anblick meines eigenen Wagens war, als ich ihn in der Grube liegen, beziehungsweise zwischen Grubenwand und Schaufellader eingeklemmt hängen sah. Denn bei ihm hatte ich mich noch damit trösten können, mich ohnehin mit dem Gedanken an einen neuen Wagen getragen zu haben, während es in diesem Fall um fremdes, mir anvertrautes Eigentum ging und ich diesmal auch nicht auf Hilfe durch Dr. Gérad hoffen konnte. Ganz abgesehen von dem Problem, wie ich es nun mit Georges halten sollte. Zu Fuß würde er es vor Einbruch der Dunkelheit kaum schaffen, seinen in Sarennes stehenden Wagen zu erreichen. Schon gar nicht mit der schweren Reisetasche und den zwar eleganten, jedoch recht dünnsohligen Schuhen, so daß ich, um Fassung bemüht, mir zunächst eine Zigarette anzündete und auf die Straße zurückkehrte.
Die Wolken am Himmel hatten sich verdichtet, die schon tiefstehende Sonne vermochte sie kaum mehr zu durchdringen, und der kühle Wind roch nach Regen. Der Geruch bedeutete noch nicht, daß es auch regnen würde. Oft verflüchtigte er sich ebenso rasch wie die Schleierwolken am Himmel, aber wenn es in Lavoir regnete und die Wolken sich zwischen den Bergen verfangen hatten wie ein Vogel in

einem Netz, dann regnete es zwei oder drei Tage ohne Unterbrechung. Auch Georges schien sich mit dem Wetter in den Bergen auszukennen. Er kam zu mir und sagte: »Ich versuche gerade, mir vorzustellen, wie es hier aussieht, wenn es tagelang regnet. Bekamen Sie es dann nie über, in Lavoir zu wohnen?«
»Im Gegenteil«, sagte ich. »Daß auch tiefziehende Wolken, Regen und Sturm zu einem Erlebnis werden können, habe ich erst in Lavoir erfahren. In Dortmund fällt mir bei Regen die Zimmerdecke auf den Kopf. Hier nicht. Regnet es dort, wo Sie wohnen, nie?«
»In den letzten Jahren häufiger als früher. Können Sie mir mit einem Schirm aushelfen? Ich glaube nicht, daß ich es noch trockenen Fußes bis nach Sarennes schaffen werde.«
Nicht einmal vor Einbruch der Dunkelheit würde er es schaffen, sicher wartete er darauf, daß ich ihn einlud, die Nacht in meinem Haus zu verbringen, wozu ich auch schon halb entschlossen war. Fühlte ich mich doch bei dem Gedanken, mit Agnes allein zu sein, während sich der oder die Täter vielleicht noch im Ort aufhielten und für die Nacht neue Anschläge planten, nicht sehr wohl in meiner Haut. Da war selbst ein Mann wie Georges immer noch besser als gar kein Mann im Haus, wobei noch zu berücksichtigen war, daß mein von ihm gewünschter morgiger Besuch in Valberg mit der anschließenden Übernachtung in seinem Chalet sich, wenn ich ihn zum Bleiben in meinem eigenen Haus einlud, vielleicht umgehen ließe.
Ich sagte: »Wenn zum Regen auch noch Sturm aufkommt, womit Sie hier rechnen müssen, nützt Ihnen ein Schirm nicht viel. Da ist es besser, Sie bleiben bis morgen früh hier. Sie können das Schlaf- oder das Wohnzimmer mit der Couch haben. Wenn es Ihnen wegen der zerbrochenen Fenster zu kühl wird, stellen wir die Couch in die Küche. Ich werde die Fußbodenheizung einschalten. — Was machen wir mit meinem Wagen? Mit einer Fahrradpumpe ist das Übel nicht zu beheben.«
»Ich schicke Ihnen morgen vormittag durch eine Werkstatt oder eine Tankstelle einen kleinen Kompressor herauf«, sagte er. »Der Raum hier hat keine Steckdose für Stromanschluß. Sie brauchen einen benzingetriebenen Kompressor. Ihre freundliche Einladung möchte ich nur ungern annehmen. Ihre Freundin wird nicht sehr erfreut darüber sein.«
»Aber sonst haben Sie keine Bedenken?«
Er schickte wieder einen Blick zu dem sich nun rasch verdunkelnden Himmel. »Eigentlich nicht. Ich fürchte, wir müssen uns sogar beeilen,

wenn Sie nicht auch naß werden wollen. Wo werden *Sie* schlafen? Bei Ihrer Freundin?«
»Was haben Sie gedacht?«
»War auch nur eine Frage«, lächelte er.

Was für ein unberechenbares Mädchen Agnes war, wurde mir wieder einmal vor Augen geführt, als ich sie im Gästezimmer, wo ich sie schlafend antraf, aufgeweckt und mit der veränderten Situation vertraut gemacht hatte. Sie reagierte nämlich eher gleichgültig als ungehalten oder gar schockiert. Vielleicht auch noch etwas schlaftrunken. Nicht einmal der Anschlag auf unseren Mietwagen regte sie sonderlich auf. Erst als ich ihr von Georges' Wunsch berichtete, mich morgen abend nach Valberg zu delegieren und mir dort ein Schlafgemach in seinem Chalet anzudienen, sagte sie: »Das hast du ihm hoffentlich ausgeredet?«
»Kam bei ihm nicht an«, sagte ich. »Vielleicht überlegt er sich's jetzt anders. Ob es uns gefällt oder nicht: Er bleibt bis morgen früh hier.«
»Worüber hast du sonst noch mit ihm gesprochen?«
Weil es diesmal nichts gab, was ich ihr hätte verheimlichen müssen, setzte ich mich zu ihr auf das Bett und erzählte. Nur daß ich ihm von Mal zu Mal besser gefiel und er bereits eine platonische Freundschaft in Erwägung zog, ließ ich vorsorglich aus. Agnes hatte auch schon selbst ihre eigenen Überlegungen angestellt, denn sie fragte: »Und du denkst dir nichts dabei, wenn er dich zum Übernachten in sein Chalet einlädt?«
»Natürlich denke ich mir etwas dabei«, erwiderte ich. »Er will mir ersparen, bei Nacht und Dunkelheit nach Sarennes zurückzufahren, denn dunkel würde es bis dahin sein, wenn er mich nach dem Abendessen noch zu einem Kaffee in sein Chalet einladen will.«
»Zu einem Kaffee?« fragte sie.
Ich sagte: »Na und? Wenn er etwas von mir wollte, hätte er es schon gestern versuchen können.«
»Vielleicht hat er es gar nicht erst zu versuchen brauchen«, sagte sie. »Lange genug warst du bei ihm. Mich wundert, daß er dir von selbst erzählt hat, den Bekennerbrief an Levaus Familie geschrieben zu haben.«
»Aber er tat es doch nur aus Sorge, die Gendarmerie könnte sich sonst auch für uns beide interessieren«, gab ich zu bedenken.
»Und ihm das Geschäft mit dir verderben«, sagte sie. »Hat er dir seinen Preis diesmal genannt?«
Ich nickte: »Dreißig Millionen.«

»Hast du soviel?«
Ganz so sachlich hatte ich mir ihre Reaktion nicht vorgestellt, auch wenn ich nicht davon ausgegangen war, sie würde gleich in Ohnmacht fallen. Ich sagte: »Sehr zu überraschen scheint es dich nicht.«
»Bei ihm nicht«, sagte sie und wiederholte ihre Frage: »Hast du sie?«
»Wenn ich alles zusammenrechne, nicht einmal die Hälfte.«
»Abzüglich der zwei Millionen, die du Klaus geben willst?«
»Da kannte ich Georges' Preis noch nicht«, sagte ich. »Dreizehn Millionen sind auch viel Geld.«
»Nicht, wenn du sie ihm gibst«, sagte sie. »Dann haben wir gar nichts mehr und müssen von der Liebe leben. Wie lange kämen wir beide mit dreizehn Millionen hin?«
»Wenn wir monatlich mit hundertzwanzigtausend Francs auskommen: Ewig.«
»Du bekommst für dreizehn Millionen Francs monatlich hundertzwanzigtausend allein an Zinsen?«
»Du hast es erfaßt«, sagt ich. »Ich bin richtig stolz auf dich. Es hat nur den kleinen Schönheitsfehler, daß nicht wir sie bekommen, sondern er, wenn wir nicht ins Gefängnis wollen.«
Sie fragte: »Hast du Schlaftabletten im Haus?«
»Für dich?«
»Ich habe in meinem Leben noch nie Schlaftabletten gebraucht«, sagte sie. »Es regnet.«
Ich blickte zum Fenster. Die Scheiben waren naß, und hinter dem Fenster war alles grau und schwarz. Ich sagte: »Dann wird es auch morgen noch regnen.«
»Übermorgen auch«, sagte sie. »Hast du Schlaftabletten?«
»Und weiter?« fragte ich. »Ihn, wenn er schläft, aus einem Fenster werfen? Er würde am Fuße der Wand auf der Geröllhalde liegen bleiben und für jedermann zu sehen sein. Was wir mit Levau gemacht haben, ging nur dort.«
Sie griff nach meiner Hand, führte sie an ihre Brust und sagte: »Dann schaffen wir ihn eben dorthin.«
»Und das ohne Auto«, sagte ich. »Wieso bist du noch immer nicht angezogen?«
»Weil ich nicht wußte, daß du mit ihm zurückkommen wirst«, sagte sie. »Ich dachte an einen gemütlichen Abend. Nur mit dir allein.«
»Und den Typen, die uns die Luft aus den Reifen gelassen haben«, sagte ich. »Ich werde heute nacht ruhiger schlafen, wenn ich Georges im Haus weiß. Falls es im Wohn- und im Schlafzimmer bei diesem

Wetter zu sehr zieht, stellen wir ihm die Couch in die Küche. Aber vorher müssen wir ihn zum Essen einladen. Das bleibt uns nicht erspart.«
»Dir nicht erspart«, korrigierte sie mich. »Ich verzichte. Du wirst mir mein Essen heraufbringen.«
»Das schlag dir aus dem Kopf. Diesmal kommst du mit hinunter und läßt mich die Suppe, die du uns eingebrockt hast, nicht wieder allein auslöffeln. Ich warte hier, bis du angezogen bist.«
»Vorher muß ich aber unter die Dusche«, sagte sie und stieg aus dem Bett. Sie fuhr in einen Hausmantel und sagte: »Er will nicht nur dein Geld, er will dich auch im Bett haben. Du mußt selbst wissen, worauf du dich einläßt, Moni. Wie bekommen wir den Citroën wieder flott?«
Ich erzählte ihr, was Georges vorgeschlagen hatte. Sie setzte sich noch einmal zu mir, griff nach meiner Hand und sagte: »Dazu brauchen wir ihn nicht. Mir macht der Regen nichts aus. In spätestens zwei Stunden könnte ich unten und mit einem Wagen und einem Kompressor zurück sein. Während du mit ihm in der Küche beim Essen sitzt, könnte ich das Haus verlassen, ohne daß er es merkt. Auch zurückkommen könnte ich, ohne daß er es bemerkt. Wir hätten dann wieder einen fahrbereiten Wagen, und er wüßte nichts davon.«
War ich vorhin, als wir uns zum ersten Mal darüber unterhielten, noch fähig gewesen, ihren mörderischen Gedanken mit der gebotenen Kaltblütigkeit zu folgen, so faßte mich jetzt blankes Entsetzen. Ich wandte ihr das Gesicht zu. »Du redest dir doch nicht allen Ernstes ein, heute abend in Sarennes noch eine offene Tankstelle oder Werkstatt zu finden ...«
Sie unterbrach mich: »Was faselst du da, Moni! Bei euch mag das vielleicht so sein. Mit den richtigen Geldscheinen in der Hand finde ich auch in Sarennes noch einen, der mir seine Wohnungstür neben der Werkstatt oder neben der Tankstelle aufmacht. Wir brauchen hier keinen männlichen Beschützer. Der Karabiner meines Großvaters tut es auch. Sogar noch besser. Schau doch mal zum Fenster, wie es da draußen aussieht. Und da redest du dir ein, der Kerl oder die Kerls, die dir die Luft aus den Reifen gelassen haben, verbringen bei diesem Wetter unseretwegen die Nacht auf der Straße oder in einem der leeren Häuser auf dem Steinboden. Und wozu sollten sie das tun?«
So genau wußte ich das selbst nicht, es war wohl eher ein permanentes Gefühl von Bedrohung. Ich sagte: »Sie wollten erreichen, daß wir die Nacht in Lavoir verbringen. Also müssen sie sich auch etwas dabei gedacht haben, als sie die Luft aus den Reifen ließen.«

»Das ist nicht gesagt«, erwiderte sie. »Denkst du dir bei allem, was du tust, immer etwas?«
»Bei dir schon lange nicht mehr«, sagte ich.
Sie ließ mich lächelnd allein.
Während ich auf ihre Rückkehr wartete, blickte ich aus dem Fenster. Außer tiefziehenden Wolken, die das Haus einhüllten und den Blick in die Tiefe in weiße Watte tauchten, war nichts zu sehen. Ein aufkommender Wind ließ den Regen in großen Tropfen gegen das Fenster prasseln. Noch schlimmer hörte es sich, wie ich mich gleich darauf vergewisserte, im Schlafzimmer an, wo der Wind durch die Ritzen der Alu-Läden pfiff und ich mich in meiner Annahme bestätigt sah, daß wir Georges heute nacht weder hier noch im Wohnzimmer unterbringen könnten. Da nützte es auch nichts, daß ich vorsorglich die Fußbodenheizung einschaltete. Bei solchem Wetter waren beide Zimmer ohne geschlossene Fenster unbewohnbar. In der Absicht, Georges darüber zu informieren, stieg ich noch rasch die Treppe hinab, traf ihn aber weder im Wohnzimmer noch in der Küche an. Nur seine Reisetasche stand auf dem Küchentisch. Ihn durch die Klotür anzusprechen, schickte sich nicht. Auch Agnes war noch nicht aus dem Bad zurück. Als ich nach ihr schauen wollte, fand ich die Badezimmertür verschlossen. Zum Glück fiel mir noch rechtzeitig ein, daß wir nicht mehr allein im Haus waren und sie die Tür nicht meinetwegen abgeschlossen hatte. Ich hätte mir sonst vielleicht die dümmsten Gedanken gemacht. Wieder am Fenster des Gästezimmers stehend und auf sie wartend, erinnerte ich mich, daß ich vorgehabt hatte, am Karsamstag abend mit ihr bei Madame Barale in Nizza zu essen, aber dann hätte ich den Tisch schon vor vier Wochen bestellen müssen und auch nicht in die Abhängigkeit von Georges geraten dürfen.
Ich war so tief in Gedanken, daß ich Agnes erst bemerkte, als ihre Hand meine Schulter berührte. Sie fragte: »Träumst du?«
Sie hatte wieder mein Parfüm benutzt, obwohl sie ihr eigenes hatte. Ihr Gesicht war vom Baden gerötet. Ich sagte: »Vielleicht gebe ich das Haus doch auf, Agnes. Aber nicht für eine Million. Ich werde sehen, daß ich mich mit Georges auf fünf Millionen einigen kann. Für diesen Betrag würde ich das Haus hergeben. Ohne die Platane bedeutet es mir nicht mehr das, was es einmal für mich war. Jedesmal, wenn wir heraufkommen und ich den leeren Platz vor der Haustür sehe, fühle ich einen Stich in der Brust.«
»Das wußte ich nicht«, sagte sie und nahm die Hand von meiner

Schulter. Sie zog den Hausmantel aus und legte sich wieder auf das Bett. Ich fragte: »Wo hast du deinen Slip gelassen?«
»In der Waschmaschine. Setz dich zu mir, Moni. Ich möchte mit dir reden.«
»Und dazu mußtest du dich erst ausziehen?«
»Ich denke, du siehst es gern.«
Es wurde bereits dunkel im Zimmer, eine Stunde früher als bei schönem Wetter. Ich schaltete die Deckenleuchte ein, las Agnes' Jeans und Pulli vom Boden auf, wo sie noch lagen, seit sie sich nach dem Mittagessen ihrer entledigt hatte, und sagte: »Diese Schlamperei gewöhne ich dir ab. Und geredet haben wir heute schon genug. Wir können ihn nicht länger warten lassen.«
»Warum nicht?« fragte sie. »Es ist erst sieben. Vor acht Uhr brauchen wir nicht zu essen. — Du willst also nicht, daß ich rasch nach Sarennes laufe und nach einem Kompressor schaue?«
Ihre Kleider auf den Schoß nehmend, setzte ich mich neben sie auf die Bettkante und sagte: »Bei diesem Wetter? Du spinnst. Wozu auch, wenn er sich dafür angeboten hat.«
»Aber doch erst für morgen vormittag.«
»Vorher brauchen wir den Wagen auch nicht. Zumindest nicht für den Zweck, für den du ihn haben willst. Sobald er wieder fahrbereit ist, quartieren wir uns im Hotel ein. Auf dem Parkplatz steht er sicherer als hier.«
Sie griff nach meiner Hand, führte sie an ihren Schoß und hielt sie dort fest. »Und morgen abend wirst du nach Valberg fahren und mit diesem Kerl bumsen«, sagte sie. »Ich werde es nicht zulassen, Moni.«
»Und wenn ich Lust hätte, wieder mal mit Klaus zu bumsen, würdest du es auch nicht zulassen?«
»Das kannst du tun«, sagte sie. »Aber dann kannst du gleich bei ihm in Dortmund bleiben. Dann würde ich dich nicht mehr sehen wollen.«
»Ich dich vielleicht auch nicht mehr«, sagte ich und blickte Georges an, der plötzlich im Zimmer stand.
Ich erinnerte mich, nach Agnes' Rückkehr aus dem Bad die Tür nicht abgeschlossen zu haben, und daß ich ihn erst bemerkte, als er schon im Zimmer war, lag nicht allein daran, daß ich mit dem Rücken zur Tür saß. Auch mein Gespräch mit Agnes und die Berührung ihres Schoßes hatten mich Georges zeitweilig völlig vergessen lassen, und dann war sie es, die mich daran hinderte, meine Hand von ihr zu nehmen. Sie zog sie, auch noch ihre zweite Hand einsetzend, nur noch enger an ihren Schoß und sagte mit einer Stimme, wie ich sie

noch nie bei ihr gehört hatte: »Laß sie liegen. Er hat hier nichts zu suchen. Wenn er dir aber wichtiger ist als ich, kannst du sie wegnehmen.«
Es war nicht nur ihre Stimme, die anders klang. Auch ihr Gesicht sah anders aus: Kalt und entschlossen, und während ich sie ansah, wurde mir klar, warum sie es tat. Als Georges zu uns an das Bett kam, hob ich den Blick in sein Gesicht und sagte: »Sie stören.«
»Vielleicht auch nicht«, sagte er und setzte sich zu mir auf das Bett. Und während er sich hinsetzte, fühlte ich, wie Agnes meine Hand freigab und gleich darauf Georges' Hand dort, wo eben noch ihre Hände waren. Er führte meine Hand zu seinem Mund, küßte sie und bettete sie dann wieder auf Agnes' Schoß. Er fing an, sie an ihrem Schoß zu reiben, meine Finger ein- und umzubetten, sie einzeln oder zu zweien ein- und auszuführen, krumm und wieder gerade zu biegen, und bei alldem wurde kein einziges Wort zwischen uns gesprochen. Erst als er sich anschickte, mich zu küssen, entzog ich ihm meine Hand und sagte: »Ich weiß nicht, wieviel Ihnen das wert ist, Georges. Mir jedenfalls ist es keine dreißig Millionen wert, und meiner Freundin auch nicht. Würden Sie es auch für zwei Millionen machen?«
Er blickte mich sekundenlang schweigend an. Dann stand er auf und verließ das Zimmer. Agnes fragte: »Warum hast du es zugelassen? Ich wäre fast gekommen.«
»Du mußt verrückt geworden sein«, sagte ich und ging nach Georges schauen. Ich traf ihn in der Küche auf einem Stuhl mit einer Zigarette an. Ich sagte: »Ich denke, Sie rauchen nicht?«
»Normalerweise«, sagte er. »Es ist eine von Ihren Zigaretten. Die Pakkung lag hier.«
Ich setzte mich etwas seitlich von ihm auf den Tisch und sagte: »Es ist besser, Sie vergessen, was oben war. Sie liebt mich und würde es niemals zulassen, daß Sie ihr in die Quere kommen. Alles, was sie Ihnen eben da oben vorgeführt hat, diente allein dem Zweck, Ihnen zu zeigen, was Sie von Ihnen hält.«
Er fragte: »Trifft das auch auf Sie zu? Oder was haben Sie zu Ihrer Rechtfertigung zu sagen?«
»Für eine Rechtfertigung liegt kein Grund vor«, erwiderte ich. »Sie haben sich in mein Leben gedrängt. Nicht ich mich in das Ihre. Sie stellen Forderungen, die mich, würde ich sie erfüllen, wirtschaftlich ruinieren und mich wieder von einem Mann abhängig machen würden, der mir nichts mehr bedeutet. Es gibt nur noch einen Menschen,

der mir etwas bedeutet. Ich lasse mir dieses neue Leben, das ich durch sie und mit ihr gefunden habe, von Ihnen nicht kaputtmachen. Wenn es dazu käme, dann wäre es mir egal, was aus mir wird, aber ich würde alles daran setzen, daß auch Sie Ihres Lebens nicht mehr froh werden. Das verspreche ich Ihnen.«

Er sah sich in der Küche um. »Haben Sie einen Aschenbecher?«

»Werfen Sie die Kippe in das Spülbecken.«

Er warf die Zigarette in das Spülbecken und zog seinen Stuhl in meine unmittelbare Nähe. Meine Füße zwischen seine gespreizten Beine auf den Stuhl stellend, setzte er sich wieder hin und legte seine Hände auf meine Knie. Ich fragte: »Was machen Sie da?«

»Das sehen Sie doch«, sagte er und streifte meinen weiten Rock über meine Knie zum Schoß hinauf. Ich versuchte, ihn wieder nach unten zu ziehen. Er hielt ihn jedoch mit beiden Händen fest und fing an, zuerst meine Knie und danach meine Schenkel zu küssen. Einen Fuß auf seinen Schoß setzend, sagte ich: »Gleich tut es sehr weh.«

»Das macht nichts«, sagte er. »Im Leben lagen Lust und Schmerz schon immer dicht beisammen. Aber ohne Schuh tut es vielleicht nicht ganz so weh.«

Er streifte den auf seinem Schoß stehenden Schuh von meinem Fuß, setzte den Fuß wieder auf seinen Schoß und ließ mich, während er fortfuhr, meine Schenkel zu küssen, seine Erektion fühlen, und daß ich keinen Versuch machte, meinen Fuß wegzunehmen, obwohl er ihn nicht festhielt und mit beiden Händen wieder zu meinem Rock zurückkehrte, um ihn auch noch bis weit hinauf über den Slip zu schieben, nahm ich mir hinterher genauso übel wie das lange Gewährenlassen im Gästezimmer, als er meine Hand auf Agnes' Schoß bewegte. Aber eben erst hinterher, als ich auch schon auf seinem Schoß saß und er mich, meine Brust streichelnd, leidenschaftlich küßte. Wie ich auf seinen Schoß gekommen war, ob er mich vom Tisch gezogen, oder ob ich bei dem Versuch, durch rasches Aufstehen mich seinen Schenkelküssen zu entziehen, das Gleichgewicht verloren hatte und von allein auf seinem Schoß gelandet war, ließ sich nachträglich nicht mehr mit Sicherheit rekonstruieren. Ich saß jedenfalls auf seinem Schoß, fühlte seine Hand an meiner Brust und seine brennenden Küsse auf meinem Mund, an meinem Hals und an meiner Wange, so daß ich zeitweilig nichts anderes mehr fühlen und denken konnte. Erst Agnes' Eintreffen beendete den völlig unvorhergesehenen und von mir unbeabsichtigten Zwischenfall, den ich mir dennoch selbst zuzuschreiben hatte, war er letztlich doch das beinahe zwangs-

läufige Ergebnis meiner Willfährigkeit, seinen Mund an meinen Schenkeln und den innigen Kontakt meines Fußes mit seinem Schoß zu dulden. Es war auch Agnes und nicht ich, die seinen Küssen ein Ende setzte, indem sie uns vorschlug, wieder in das Gästezimmer zu gehen und dort weiterzumachen. Wie und auf welche Weise war insofern unschwer zu erraten, als sie zwar wieder den Hausmantel übergeworfen, es jedoch unterlassen hatte, ihn auch zu schließen. Georges' Hand von meiner Brust nehmend erhob ich mich schwerfällig von seinem Schoß, streifte meinen Bluse glatt, meinen Rock über die Schenkel, fuhr in meinen am Boden liegenden Schuh und schickte mich an, die Küche zu verlassen. Noch ehe ich jedoch die Tür erreicht hatte, hörte ich Agnes hinter mir sagen: »Wir haben keinen Strom mehr, Moni. Auch das Wasser haben sie uns abgedreht.«
In der Küche war es schon beinahe dunkel. Ich griff nach dem Lichtschalter neben der Tür, vergewisserte mich, daß tatsächlich kein Strom da war, und drehte danach einen Hahn am Spülbecken auf, ohne daß auch nur ein Tropfen kam. Ich setzte mich wieder an den Tisch und sagte: »Ich weiß nicht mehr, wo wir den Karton mit den Petroleumlampen deines Großvaters und die Kanister mit dem Wasser hingestellt haben. Weißt du es?«
»In den Kofferraum deines Wagens«, sagte sie. »Dort sind sie noch immer. Ich glaube aber nicht, daß man sie noch gebrauchen kann.«
»Ach du große ...« Ich brach ab. Allein der Schock darüber, nun ohne Strom und Wasser zu sein, hatte mich unser Versäumnis, Kanister und Lampen aus dem Kofferraum zu nehmen, für einen Augenblick lang vergessen lassen. Agnes sagte: »Wozu hätten wir sie auch ausladen sollen, wenn wir Strom und Wasser hatten! Du hast doch sicher Kerzen im Haus?«
Ich blickte Georges an, der sich von seinem Platz erhoben hatte. Er fragte: »Haben Sie einen Regenmantel für mich«
»Sie wollen doch nicht ...« Ich sprach wieder nicht zu Ende.
Er sagte: »Da Strom und Wasser gleichzeitig ausfielen, handelt es sich sicher nicht um eine zeitweilige Störung. Sie werden vor Dienstag in Sarennes keinen finden, der sich dafür zuständig erklärt, und auch dann wird man sich auf eine witterungsbedingte technische Panne hinausreden. Aber auch hierbei dürfte es sich nur um eine kleine Kostprobe dessen handeln, was Sie hier noch alles erwartet. Wenn ich mich beeile, kann ich in etwa drei Stunden mit einem Taxi zurück sein. Haben Sie einen passenden Regenmantel? Vielleicht von Ihrem Mann?«

Ich sagte: »Aber das können wir Ihnen doch nicht zumuten. Wenn wir bis morgen früh warten ...«
»So, wie es draußen aussieht, wird es auch morgen früh noch regnen«, fiel er mir dazwischen. »Bis dahin wird das Haus so sehr ausgekühlt sein, daß Sie sich nur noch in Winterkleidung darin aufhalten können. Sie werden nicht einmal Wasser für eine Tasse Kaffee haben, und bei den fehlenden Fensterscheiben im Wohnraum wird Ihnen auch der offene Kamin und der Grillrost, den ich dort gesehen habe, nichts nützen. Der Wind würde Ihnen den Rauch ins Zimmer und nicht durch den Kamin blasen. Ich kenne mich mit offenen Kaminen einigermaßen aus. Das Essen für heute abend könnten Sie jedenfalls in den Schornstein schreiben. Haben Sie nun einen Regenmantel?«
Ich gab Agnes ein Zeichen, mir zu folgen. In einer Schublade im Wohnzimmer lag eine Taschenlampe, die wir zuerst holten. Ich knöpfte ihren noch immer offenen Hausmantel zu und fragte: »Wozu sollte das gut sein? Wie du aussiehst, weiß er inzwischen.«
»Vielleicht hatte er es bei dir schon wieder vergessen«, sagte sie. »War es schön auf seinem Schoß?«
»Ach frag mich nicht«, sagte ich und kehrte in die Diele zurück. Während wir die Treppe hinaufstiegen und in das Schlafzimmer gingen, schwiegen wir beide. Agnes schlug für Georges ein Regencape vor, das ihr beim Durchwühlen der Schränke in die Hände fiel. Da es eine Kapuze besaß und mir bei früheren Bergwanderungen schon öfter gute Dienste geleistet hatte, war es bei diesem Wetter besser geeignet als ein Regenmantel. Sie sagte: »Vielleicht hast du irgendwo auch noch passende Schuhe für ihn?«
Daran mangelte es gleichfalls nicht. Da er etwa die gleiche Schuhgröße wie Klaus haben durfte und von diesem aus den Zeiten unserer gemeinsamen Wanderungen noch etliche Bergstiefel im Schrank standen, wählten wir das beste Paar aus. Ehe wir wieder nach unten gingen, griff ich nach ihrem Arm und sagte: »Er zog mich auf seinen Schoß. Ich war nicht darauf gefaßt.«
»Ist doch gut so«, sagte sie und stieg, die Taschenlampe haltend, vor mir die Treppe hinab. Bis dahin war alles meine Schuld, weil ich es nicht dazu hätte kommen lassen dürfen. Im Gästezimmer nicht, und auch in der Küche nicht. Nur daß er an der Haustür noch einmal Gelegenheit fand, mich in die Arme zu nehmen und zu küssen, das konnte ich ebenso Agnes anlasten, die sich bereits wieder in das Gästezimmer zurückgezogen hatte. Aber auch dem Regen, der vom

Sturm durch die in schwarzer Dunkelheit liegenden Straße gepeitscht wurde und erneut Zweifel in mir weckte, ob es nicht doch unverantwortlich sei, ihn bei diesem Wetter gehen zu lassen. So daß er, als er mich in die Arme nahm, Nutznießer meines Mitgefühls wurde und es, ehe er sich auf seinen beschwerlichen Weg machte, auch noch weidlich ausnützte. Nicht einmal die Taschenlampe konnte ich ihm mitgeben, weil wir nur die eine hatten. Auch mit Kerzen war es nicht gut bestellt, hatten wir doch nur drei gefunden, die von Agnes mit ins Gästezimmer genommen wurden. Als ich hinaufkam, traf ich sie bereits wieder bei ihrer Lieblingsbeschäftigung, nämlich auf dem Bett liegend an, während auf dem Tisch zwei Kerzen brannten. Ich legte mich zu ihr und sagte: »Klaus an seiner Stelle hätte das nicht getan. Er hätte den Morgen abgewartet.«
»Klaus will auch keine dreißig Millionen von dir haben und auch nicht mehr mit dir bumsen«, sagt sie und schmiegte sich, wie um sich zu wärmen, eng an mich. Sehr kalt konnte ihr jedoch nicht sein, weil sie Jeans und einem dicken Pullover angezogen hatte. Ich bettete mein Gesicht an ihre Wange und sagte. »Das werden sie mir büßen. Ich weiß noch nicht, wie, aber ...«
Sie unterbrach mich: »Dann vergiß es, Moni. Wir haben jetzt genug mit Georges zu tun. Du kannst gegen diese Leute keinen Krieg führen. Wenn sie es fertigbringen, dich hier von der Strom- und Wasserversorgung abzuschneiden, dann stecken auch welche von der Gemeindeverwaltung mit ihnen unter einer Decke. — Wie bist du mit Georges verblieben? Daß er mit einem Taxi zurückkommt?«
»Nicht, wenn er einen Chauffeur findet, der ohne ihn herauffährt. Dann will er sich in seinen eigenen Wagen setzen und nach Valberg fahren.«
»Und was wird aus seiner Reisetasche?«
»Die werden wir ihm morgen abend mitbringen. Und du wirst dabei sein. Nicht nur beim Essen. Auch in seinem Chalet. Ob es ihm paßt oder nicht. — Erkläre mir eins, Agnes: Warum hast du das getan? Er muß jetzt annehmen, wir wollten es so haben.«
»Mir ist es so lieber als das, was ich unten in der Küche sah«, sagte sie. »Wenn du ohne Mann nicht auskommst, schenke ich ihn dir. Aber nicht so.«
»Wie nicht so?« fragte ich. »Wie in der Küche oder wie hier oben?«
»Nicht ohne mich«, sagte sie.

6

Mit dem Taxichauffeur, der sich in Georges' Auftrag auf die spätabendliche Fahrt nach Lavoir machte und uns, bei noch immer strömendem Regen, aus unserem Zwangsaufenthalt erlöste, hatte dieser einen guten Griff getan, so daß es seiner persönlichen Anwesenheit nicht mehr bedurfte. Seine uns durch den Fahrer übermittelte Entschuldigung, trotz des Capes ziemlich durchnäßt in Sarennes eingetroffen zu sein und es deshalb vorgezogen zu haben, zum Wechseln seiner Garderobe sofort nach Valberg weiterzufahren, klang auch einleuchtend genug. Was den Taxichauffeur auch für Agnes und mich zu einem Glücksfall werden ließ, war nicht nur seine Bereitschaft, unter den gegebenen erschwerten Bedingungen die ihm noch unbekannte Route nach Lavoir zu fahren und dort in pechschwarzer Nacht mein Haus ausfindig zu machen: von Georges bereits auf unser Reifenproblem vorbereitet, beschaffte er sich am nächsten Vormittag bei einer ihm bekannten Werkstatt den erforderlichen benzingetriebenen Kompressor und traf zur vereinbarten Zeit wieder vor dem Hotel ein. Bis dahin hatten wir uns gründlich ausgeschlafen, gut gefrühstückt und nach dem im Speisesaal eingenommenen Mittagsmahl auch noch Zeit für ein kleines Mittagsschläfchen gefunden. Der noch immer anhaltende Regen war, wie wir von Monsieur Clout erfuhren, ursächlich dafür, daß keine neuen Hotelgäste eingetroffen und auch im Speisesaal nicht mehr als ein Dutzend versammelt waren. Weil ihm auf die Dauer nicht entgehen konnte, daß ich statt meines Mercedes einen Citroën mit französischem Kennzeichen fuhr, erzählte ich ihm, ihn wegen eines Motorschadens noch unbekannter Art einer Werkstatt anvertraut zu haben.

Auch die nachmittägliche Taxifahrt nach Lavoir mit dem Kompressor im Kofferraum verlief wie die nächtliche Heimfahrt bei unverändert strömendem Regen, und noch ehe wir den Grat erreichten, führte sie durch tiefziehende Wolken, die unsere Sicht oft auf wenige Meter beschränkte. Das Aufpumpen der Reifen war dann eine Sache von einigen Minuten. Nachdem er den Kompressor wieder verladen und sich die Geldscheine angesehen hatte, die ich ihm in die Hand drückte, gab mir der Taxifahrer seine Geschäftskarte mit der Rufnummer und bat mich, falls ich wieder seine Hilfe benötigte wenn erforderlich auch mitten in der Nacht anzurufen. Zum Glück schien er ein relativ gutgläubiger Mensch zu sein, denn im Gegensatz zu den Handwerkern, die ich mit meiner Story nicht recht hatte überzeugen können, wunderte er sich weiter nicht, als ich ihm gestern abend erzählte, der umstürzende Kran habe den BMW, den Schaufellader und auch die beiden Kompressoren mit in die Grube gerissen. Sein Angebot, uns wegen der schlechten Sicht mit seinem Taxi vorauszufahren, lehnte ich mit der Begründung ab, mich im Haus noch um einiges kümmern zu wollen, was sich dann als nicht mehr erforderlich erwies. Nicht nur fanden wir die Haustür wieder aufgebrochen vor, auch die Wohnungseinrichtung fehlte entweder völlig oder war, soweit sie sich als zu sperrig erwiesen hatte, sie aus den Fenstern zu werfen, kurz und klein gehauen worden, was ebenso auf die bis dahin noch erhalten gebliebenen Fensterscheiben im Gästezimmer, Bad und in der Küche zutraf. Selbst meine und Klaus' Garderobe waren allem Anschein nach zusammen mit den Teppichen und dem kleineren Mobiliar wie Stühle, Schubladen und Nachtschränkchen aus den Fenstern geworfen worden. Nicht anders sah es im Gästezimmer aus, wo außer dem gesamten Bettzeug sogar das Sofa verschwunden war. Letzteres der Länge nach gleichfalls aus dem Fenster zu werfen, dürfte für zwei oder drei kräftige Männer kein Problem gewesen sein. Ob es zusammen mit den übrigen Sachen unten auf der Geröllhalde lag, ließ sich wegen des dichten Wolkennebels nicht feststellen. Durch die überall geöffneten Rollläden und fehlenden Fenster trieb der Wind den Regen in die Zimmer, wo er sich bereits zu großen Pfützen am Boden angesammelt hatte. Ebenso wie das noch im Haus verbliebene Mobiliar, die Bettgestelle eingeschlossen, waren auch die Geschirrspülmaschine und der Mikrowellenherd mit einem scharfkantigen Gegenstand, vermutlich einem Beil, bearbeitet worden und nicht mehr zu gebrauchen. Von all den mir liebgewordenen großen und kleinen Gegenständen, die ich zwanzig Jahre lang hier zusammengetragen und angesammelt hatte und die zum Teil noch aus meiner Kindheit und von meinen Eltern stammten, ganz zu schweigen. Es war einfach nichts mehr da oder nichts mehr heil. Auch die Strom- und Wasserversorgung nicht.

Ich hockte, nach dem ich mir das alles angesehen hatte, auf der untersten Stufe der Treppe, rauchte eine Zigarette, konnte vor Haß nicht reden, nicht weinen, hockte nur da und rauchte meine Zigarette, während Agens neben mir saß, einen Arm um meine Taille und ihre Wange an der meinen hatte. Manchmal führte sie meine Hand mit der Zigarette an ihren Mund, zog an der Zigarette und überließ sie dann wieder mir. Irgendwann stand sie auf und sagte: »Der Boden ist feucht; du wirst dich erkälten. Laß uns gehen. Oder willst du vorher die Läden herunterlassen?«

»Wozu noch?« fragte ich und folgte ihr zum Wagen. Den Schlüssel im aufgebrochenen Schloß der Haustür ließ ich stecken. Die Fahrt durch die von Regenschauern überzogene Straße mit ihren verlassenen Häusern, den leeren Fenstern und Türen, legte ich bereits wieder einigermaßen gefaßt zurück. Mit dem Kopf hatte ich Lavoir schon aufgegeben gehabt, bevor Georges in Erscheinung trat. Nur mir dem Herzen noch nicht, und nun nahm ich auch mit dem Herzen Abschied. Ich wollte es nie wieder sehen. In meinem ganzen Leben nicht.

Neben mir sagte Agnes: »Sie wollten dich nicht nur vertreiben. Sie wollten dich auch bestrafen. Weil du es gewagt hast, ihnen die Stirn zu bieten. Wer ihnen im Weg steht, den beseitigen sie. Dafür werden sie eines Tages alle an Krebs sterben, weil das Böse in den Menschen das Böse anzieht.«

»Leider erwischt es auch die weniger Bösen«, sagte ich. »Wie meine Mutter. Jetzt habe ich nicht einmal mehr ein Foto von ihr.«

»Du hattest es oben im Haus?«

»In einer der fehlenden Schubladen. Unser ganzes Familienalbum mit Fotos meiner Eltern und Großeltern. Aber auch aus meiner Kindheit. Da sich in Dortmund außer mir doch niemand mehr dafür interessierte, nahm ich das Album vor zwei Jahren mit nach Lavoir.«

»Aber vielleicht hast du in Dortmund noch ...«

»Nicht von meinen Eltern«, unterbrach ich sie. »Sogar ihr Hochzeitsfoto war eingeklebt. Es auf diese Weise verloren zu haben, das werde ich mir nie verzeihen.«

Sie schwieg, und auch ich sprach nichts mehr, zumal wir jetzt über den wolkenverhangenen Grat fuhren und ich aufpassen mußte, nicht von der Straße abzukommen. Und während wir über den Grat fuhren ertappte ich mich trotz meines Schmerzes bei einem jähen Gefühl von Erleichterung darüber, dies nun alles hinter mir zu haben, meine Ehe ebenso wie die mit jeder Fahrt über den Grat verbundene Erinnerung an Levau. Oder die sentimentalen Erinnerungen an eine Zeit, als Rolf und Bert noch klein waren und ich mir einredete, sie noch mehr zu lieben als mich selbst.

Am anderen Ende des Grats hielt ich an und wischte mir die Augen ab. So lange hatte ich meine Tränen zurückhalten können, weil mein Haß größer war als mein Schmerz. Aber nun überwog der Schmerz, und neben mir sagte Agnes, nach meiner Hand greifend: »Warum machst du nicht einfach einen dicken Strich unter all das, Moni. Die Fotos bringen dir deine Eltern nicht mehr zurück, und deine Kindheit auch nicht. Deine Ehe ist kaputt, davon habe ich mich bei deinen Begegnungen mit Klaus selbst überzeugen können. Er gehört zu den Männern, die in einem gewissen Alter noch einmal ein neues Leben anfangen wollen und dazu auch eine neue Frau brauchen. Auch deine Söhne sind dir fremd geworden. Mit ihnen verbindet dich nichts mehr. Sie leben in einer anderen Welt als du. Du würdest dich in der ihren nie heimisch fühlen. Du lebst noch immer in der Welt deiner Eltern. Wenn du sie dir bewahren und mit mir teilen willst, mußt du zuerst zu deinem früheren Leben zurückfinden. Bevor du Klaus kennenlerntest. In ein Leben, wo nur noch wir beide zählen, du und ich und sonst nichts. In einer ganz anderen Gegend als hier. Als wir uns vor einigen Tagen über Vence und St. Paul unterhielten, sagte ich dir, daß ich vielleicht etwas für dich wüßte. Auch nicht sehr weit von Vence und St. Paul entfernt, in einem Waldstück, umgeben von uralten Bäumen, wie du sie hier kaum mehr findest, steht am Ufer eines kleinen Sees ein altes Herrenhaus. Es ist nicht zu groß, hat auf zwei Stockwerken vielleicht acht oder zehn Zimmer und wurde erst vor sechs Jahren völlig renoviert. Dann starb der Besitzer. Seine Erben wollen es verkaufen, aber es ist nicht billig und es steht auch nicht dort, wo reiche Franzosen und auch reiche Ausländer, die in Südfrankreich ein eigenes Haus haben wollen, ihr Geld anlegen: in Nice, Monaco oder St-Tropez. Mit dem Auto fährst du auch nicht viel länger als von hier aus, um nach Nice zu kommen. Ich habe es zufällig entdeckt, als ich wieder einmal zur Hütte meines Freundes unterwegs war und wegen einer Umleitung nicht die gewohnte Strecke fahren konnte.«

»Die N 202? Théniers liegt doch an der N 202?«

»Zwischen Nice und Annot. Die N 202 war zwischen Annot und St. André gesperrt. Man mußte einen großen Umweg in Richtung Colmars fahren.«

»Und wo genau steht diese Villa?«

»Bei Allons in einem kleinen Seitental. Nach Allons kommst du, wenn du auf der N 202 nach Barréme fährst. Nach einer halben Stunde zweigt rechts eine Straße nach Colmars ab. Du brauchst ihr

aber nicht weit zu folgen, dann zweigt wieder rechts eine schmale Straße nach Allons ab und von dieser Straße, bevor du nach Allons kommst, ein Tal mit einem Fahrweg, der direkt zu der Villa führt. Mir fielen das Tal und der Weg nur auf, weil von der Immobilienfirma dort, wo die Straße nach Allons abzweigt, eine Tafel mit einem Hinweis auf eine *hochherrschaftliche Villa mit großem Grundstück* aufgestellt worden war. Ich konnte mir nicht recht vorstellen, daß in diesem kleinen Tal eine Villa stehen sollte. Nur deshalb bin es ein Stück weit hinaufgefahren. Links und rechts liegen Wiesen, wo Schafe weiden. Hinter einer Talkrümmung taucht dann plötzlich ein Olivenhain auf. Er zieht sich quer über die Talsohle hin. Von der Villa siehst du nur das flache Dach. Sie wird umsäumt von Zypressen, auch einige Pinien stehen dort, und hinter dem Haus sind es Kastanien. Ich habe noch nirgendwo so viele Kastanien auf einem Villengrundstück beisammenstehen sehen, und auf den letzten zweihundert Metern hinter der Talkrümmung wird der schmale Fahrweg von Pappeln gesäumt. Eine richtige Pappelallee, wie du sie hier kaum mehr findest.«
»Bei uns auch nicht«, sagte ich. »Sie waren den Autofahrern und ihren Köpfen im Weg, wenn sie dummerweise dagegen fuhren. Inzwischen wird das Haus sicher schon verkauft sein.«
»Vor drei Wochen, als ich zuletzt daran vorbeifuhr, stand die Tafel noch. Ich glaube, es würde dir auch gefallen.«
»Und warum glaubst du das?«
»Weil du schon vor zwanzig Jahren in Lavoir und nicht dort wohnen wolltest, wo andere Touristen wohnen. Du würdest dich heute auch in Vence und St. Paul nicht wohl fühlen. Über das Wochenende wird es oft von Tausenden Touristen besucht, und auch unter der Woche triffst du vor allem sie an.«
Es war gut, sie neben mir zu haben und ihre Stimme zu hören. Es war gut, sie gern zu haben und nicht mehr allein zu sein. Ich sah zu, wie der Wind den Regen und die Wolken über die Berge trieb und erinnerte mich unwillkürlich an den kleinen Friedhof von Lavoir und an das Grab von Madame Fouquet. Ob ihr Mann noch einmal Gelegenheit haben würde, es zu besuchen, war unter den neuen Verhältnissen mehr als zweifelhaft, und mir würde es ohne Agnes eines Tages vielleicht genauso ergehen, denn weder meine Söhne noch meine künftigen Schwiegertöchter würden eine weite Reise auf sich nehmen, um mein Grab zu besuchen. Hatte ich doch schon öfter daran gedacht, mich irgendwo in den französischen Alpen zur letzten Ruhe

betten zu lassen, weil es mir kein echtes Verlangen mehr war, lieblos in der teuren Heimaterde verscharrt zu werden.
Ich fragte: »Steht auf der Tafel der Immobilienfirma auch der Preis für das Haus?«
Sie schüttelte den Kopf. »Aber mein Freund hat sich telefonisch danach erkundigt. Er hat es selbst schon gesehen und war neugierig, was es kosten würde. Er tat so, als interessiere er sich dafür. Billig ist es wirklich nicht, Moni, vier Millionen. Aber es hat ein großes Grundstück mit dem Wald und schönen Wiesen, und auch das Haus selbst ist ein einziger Traum.«
»Vielleicht dein Traum?«
»Mein Traum warst du, und den habe ich mir erfüllt. — Willst du hier noch lange stehenbleiben und um dein Familienalbum weinen?«
Das war genau die Sprache, die ich jetzt brauchte, um aus der Talsohle meines Selbstmitleids herauszufinden. Ich fuhr weiter und sagte: »Dein Großvater wird vielleicht auch weinen, wenn er hört, daß sein schöner Karabiner gleichfalls verschwunden ist. Den haben sie vielleicht nicht aus dem Fenster geworfen, sondern mitgenommen.«
Sie starrte mich betroffen an. »Den hatte ich völlig vergessen. Das mußt du ihm beibringen, Moni. Er hing sehr an ihm.«
»In seinem Alter braucht man keinen Karabiner mehr, und für dich ist es ganz gut, daß er nicht mehr da ist.«
»Dich scheint das sogar zu freuen?«
»Sogar sehr«, sagte ich. »Bei der Abwägung, was schlimmer ist, seinen Verlust deinem Großvater beizubringen oder zu riskieren, daß er bei dir in die falschen Hände gerät, ziehe ich das Gespräch mit deinem Großvater vor. Vielleicht gibt es irgendwo Karabiner zu kaufen. Dann kriegt er von mir einen neuen.«
»Aber keinen K98«, sagte sie. »Für ihn war er eine Erinnerung an den Krieg.«
Ich fragte: »Es war ein K98?«
»Sagt dir das etwas?«
»Gehört habe ich schon mal davon«, antwortete ich. »Aber dein Großvater war zum Glück nie Soldat, also braucht er auch keine Erinnerung an den Krieg. Ich kann mir noch immer nicht recht vorstellen, wo genau das Haus, von dem du träumst, steht.«
»Nicht weit von Castellane entfernt.«
»Wo auch dein Freund seine Wochenendhütte hat?«
»Sonst hätte ich das Haus nie kennengelernt«, sagt sie.
Die Sache fing an, mich neugierig zu machen, aber weil die Straße

nun steil in das schmale Tal und danach ebenso steil die Bergflanke hinabführte, während der Regen mit unveränderter Stärke die Sicht behinderte, kam ich erst wieder auf das Haus zu sprechen, als wir auf die Straße nach Sarennes kamen. Anscheinend war der Schrankenbaum nicht wieder aufgefunden worden und die freie An- und Abfahrt nach und von Lavoir, ließ man die amtliche Verbotstafel einmal außer acht, weiterhin gewährleistet. Nur eben das Wohnen nicht mehr. Ich fragte: »Seit wann steht die Tafel von der Immobilienfirma schon?«
Sie zögerte mit der Antwort: »Vielleicht ein Jahr. Vielleicht auch schon etwas länger, aber das hat nichts zu sagen, Moni. Auch wenn es eine große Tafel ist: Mit dem Auto fährst du daran vorbei, ohne sie zu beachten. An der Route Napoléon stehen viele solcher Tafeln von Immobilienfirmen. Mir ist sie aufgefallen, weil ich mit dem Moped viel langsamer war als die Autos. Was mir besonders gefiel, war der kleine Bach.«
Ich mußte lächeln. »Du läßt wirklich nichts aus, um mir den Mund auf das Haus wässerig zu machen. Hast du ihn rasch erfunden?«
»Aber Moni.« Sie beugte sich zu mir herüber, küßte mich nachsichtig auf die Wange und fragte: »Für wie dumm hältst du mich? Dir von einem Bach zu erzählen, der nachher, wenn du dir das Haus einmal ansiehst, gar nicht da ist. Ich weiß nicht, ob er immer so floß oder ob man, als man das Haus baute, seinen Lauf verändert hat. Er fließt aus dem oberen Teil des Tals kommend in den See und dann quer vor dem Grundstück von der rechten zur linken Talseite hinüber, und von dort weiter das Tal hinab. Wenn du das Grundstück betreten oder befahren willst, mußt du ihn auf einer kleinen Brücke überqueren. Sie ist gerade breit genug für ein Auto und aus Feldsteinen gemauert. Du kannst den Bach aber auch durchschreiten. Er ist nicht sehr tief. Dafür ist die Thujahecke auf der anderen Seite des Bachs über zwei Meter hoch. Da kommst du nirgendwo hindurch. Nur eben auf der Brücke.«
»Und die wird durch ein großes Eisentor gesichert«, sagte ich.
»Falsch geraten«, sagte sie. »Es ist nur ein Holztor, nicht einmal brusthoch und nur mit einem hölzernen Riegel zu versperren, den du, wenn du dich über das Tor beugst, aufziehen kannst. Das Tor ist sicher schon so alt wie das Haus, es hängt genauso schief in den Angeln wie das Tor vom Spritzenhaus in Lavoir.«
Ich sagte. »Mir würden dort die Berge fehlen. Hoch können sie in dieser Gegend nicht sein.«

Sie lachte. »Höchstens zweitausend Meter, und das auf beiden Seiten des Tals, aber unter dreitausend machst du es ja nicht. War ja auch nur so eine Idee.«
Ich griff sie erst wieder auf, als wir bereits im Hotel waren. Es machte jetzt einen noch verlasseneren Eindruck als bei unserer Abfahrt. Selbst Monsieur Clout schien bei diesem Wetter die Hoffnung auf neue Oster-Gäste endgültig aufgegeben zu haben; als wir ankamen, trafen wir nicht einmal die Rezeption besetzt an. Da wir mit Georges erst zum Abendessen verabredet waren, konnten wir uns noch zwei Stunden Zeit lassen. Ich bestellte nach unserem Eintreffen einen Kaffee auf das Zimmer. Als hätten wir es so vereinbart, kamen wir vorläufig mit keinem Wort mehr auf Lavoir zu sprechen, statt dessen stellte Agnes laute Überlegungen darüber an, ob der Inhalt von Georges Reisetasche, die wir gestern mit ins Hotel gebracht hatten, uns vielleicht etwas über seine Identität verraten könnte. Ich sagte: »Nicht auf diese Weise, mein Engel. Das sind wir ihm schuldig nach allem, was er gestern abend für uns getan hat ...«
»Aber doch auch für sich selbst«, warf sie ein. »Weil er keine Lust hatte, in der kalten Küche zu schlafen und weil er wußte, welchen Eindruck es auf dich machen würde, wenn er sich deinetwegen nasse Füße und vielleicht sogar einen Schnupfen holen wird. Das war doch alles schon einmal da.«
»In den Büchern, die du liest?«
»Vielleicht«, sagte sie. »Ich habe schon lange keins mehr gelesen.« Sie legte, als müßte sie sie wärmen, ihre dünnen Finger um ihre Kaffeetasse und blickte in mein Gesicht. »Du siehst blaß aus, Moni. Wenn ich könnte, würde ich dir die Fahrt nach Valberg ersparen. Du hast heute schon genug hinter dir. Wenn er es versucht: wirst du mit ihm schlafen?«
»Dann muß er auch mit dir schlafen. Du sagest doch gestern abend: Nicht ohne dich.«
»Aber du würdest es tun? Weil er dir gefällt? Oder weil du keine andere Möglichkeit mehr siehst?«
»Es geht um uns beide, nicht nur um mich«, sagte ich. »Dieses Haus, von dem du mir erzählt hast: willst du, daß ich es mir einmal ansehe?«
»Nein«, sagte sie. »Es ist zu teuer. Vier Millionen für das Haus, zwei Millionen hast du Klaus versprochen, und Georges tut es mit Sicherheit nicht unter fünf. Es wäre nicht so schlimm, wenn du wenigstens dein Haus in Lavoir gut verkaufen könntest. Jetzt mußt du froh sein, wenn sie noch zu ihrem Angebot von einer Million stehen. Selbst

wenn du es wolltest, könntest du nichts gegen sie unternehmen. Du kannst ihnen nicht nachweisen, daß sie es waren, die deine Hauseinrichtung verwüstet, den Mercedes in die Grube geschickt und die Luft aus den Reifen des Citroëns gelassen haben. Sie können sich darauf berufen, daß es die gleichen Täter gewesen sein müßten, die auch das Baugerät und den BMW auf dem Gewissen haben, und damit es noch echter aussieht, haben sie sich auch gleich noch von ihrem Schaufellader getrennt.«

»Und von Levau auch«, sagte ich. »Ich weiß nicht, was sie sich denken. Selbst dann, wenn sie uns beiden zutrauen, für den Inhalt der Grube verantwortlich zu sein: daß wir auch hinter der Entführung stecken könnten, werden sie wohl kaum annehmen. Das ist auch nicht unser Problem. Unser Problem heißt Georges.«

Sie stand auf, kam zu mir und setzte sich auf meinen Schoß. Sie küßte mich und sagte: »Es ist alles meine Schuld. Ohne mich wärst du nicht in dieser blöden Situation. Levau würde noch leben, und Georges könnte uns nicht erpressen. So ist es doch?«

»Trotzdem möchte ich keine einzige Minute unserer Liebe missen, Agnes. Wenn ich es nicht auch gewollt hätte, wäre es nicht dazu gekommen.«

»Aber ich habe dich verführt. Nicht du mich.«

»Und ich habe mich verführen lassen«, sagte ich. »Hast du noch kein Heimweh nach deinen Eltern?«

Sie lachte. »Und wie! Vielleicht werde ich sie einmal zusammen mit dir besuchen. Vorausgesetzt, er hat meiner Mutter nichts von uns erzählt. Dann würde sie mich nicht mehr sehen wollen, und dich erst recht nicht. Mir ist sowieso unklar, warum er sich so rasch damit abgefunden und nicht darauf bestanden hat, daß ich mit ihm komme. Oder hast du auch ihn gekauft? So, wie du es bei Klaus getan hast?«

»Willst du das wirklich wissen?«

»Nein«, sagte sie. »Behalte es für dich. Bist du katholisch?«

Ich mußte lachen. »Was hat das damit zu tun?«

»Nichts«, sagte sie. »Ich will es nur wissen.«

»Meine Eltern waren protestantisch.«

»Mein Vater ist es auch«, sagte sie. »Und ein Sozialist dazu. Vor einigen Jahren ist er einer Gewerkschaft beigetreten. Gegen Gewerkschaften hast du auch etwas?«

»Von meinem Vater her. Er war der Meinung, daß viele, die einer Gewerkschaft beitreten, ihr eigenes Urteilsvermögen und ihren politischen Sachverstand gegen einen Mitgliedsausweis eintauschen.«

»Das gehört sich allerdings nicht«, murmelte sie, mein Gesicht küssend.
Ich nickte. »Finde ich auch. Nur so läßt es sich auch erklären, daß sie ständig gegen ihr besseres Wissen verstoßen. Damit wollen sie ihre Kungelei mit den SED-Bonzen vergessen machen. — Sag mal, hast du mir nicht erzählt, deine Mutter sei katholisch?«
»Was hat das mit den SED-Bonzen zu tun?« murmelte sie.
»Eigentlich nichts«, räumte ich ein.
Sie nahm, um deutlicher reden zu können, ihre Lippen von meinem Mund und sagte: »Ja, aber sie konnte sich, was Mirelle und mich betraf, bei meinem Vater nicht durchsetzen. Wir wurden protestantisch getauft und erzogen. Sie geht heute noch jeden Sonntag allein in die Kirche. Wie ist das bei dir? Wo du doch für die Konservativen bist.«
»Deshalb muß ich nicht unbedingt in die Kirche gehen«, sagte ich. »Sie ist heute auch nicht mehr die Kirche meiner Kindheit. Der Geist von Marx und Engels, aber auch Noras und meiner Söhne Geist ist eingezogen dort, wo einstmals Christus wohnte.«
»Und jetzt lebst du auch noch in Sünde mit mir«, murmelte sie schon wieder an meinem Mund. »Hättest du die vier Millionen für das Haus bei Allons?«
»Kann sein«, sagte ich undeutlich.
»Auch wenn du Georges fünf Millionen gibst?«
»Wie kommst du immer auf fünf Millionen?«
»Weil es weniger als dreißig sind«, murmelte sie. »Es muß nicht unbedingt dieses Haus sein, Moni, aber irgendwann wirst du anfangen müssen, dich umzusehen. — Rauchen wir eine?«
Ich nickte. Sie zündete zwei Zigaretten an, gab eine an meine Lippen weiter und sagte: »Was mich hier aufregt, ist der ständige Blick auf die Uhr. Ob Zeit für das Frühstück, das Mittagessen, das Abendessen ist. Ob Zeit ist, das Zimmer zu verlassen, damit das Mädchen aufräumen kann. Wie gemütlich es ist, nicht auf die Uhr schauen zu müssen, das haben wir nur in Lavoir erlebt. Nur immer viel zu kurz. — Habe ich dir erzählt, daß das Haus bei Allons teilmöbliert ist?«
Das hatte sie nicht. »Dein Freund hat sich danach erkundigt?«
»Nicht erkundigt. Er erfuhr es, als man ihm den Kaufpreis nannte. Die Dame, mit der er telefonierte, erwähnte es von sich aus.«
»Im Kaufpreis enthalten?«
»Danach hat er nicht mehr gefragt. Er wollte es ja nicht kaufen.«
Ich sagte: »Wir werden es uns nach den Feiertagen vielleicht ansehen. Hältst du es so lange hier noch aus?«

»Wir werden nicht hier, wir werden in Valberg sein«, sagte sie. »Ich weiß nicht, was er vorhat, Moni. Ich weiß nur, daß ich ihn, wenn wir von hier weggehen, und ganz egal wohin, am liebsten nicht mehr sehen möchte.«

»Ich auch«, sagte ich. »Aber du kennst das Problem. Wir können nicht einmal sicher sein, daß er mit seinem eigenen Wagen nach Valberg kommt. Er kann auch mit einem Taxi eintreffen. Er hält mich für eine gefährliche Frau, das sagte er mir, als wir in Guillaumes beim Essen saßen. Er ist überzeugt, wir hätten Levau kaltblütig und vorsätzlich umgebracht, um einen lästigen Zeugen dessen loszuwerden, was wir ihm unwissentlich in Lavoir vorführten. Und weil er mich, und auch dich, für so gefährlich hält, können wir es uns ersparen, seine Reisetasche zu durchsuchen. Wenn sie etwas enthielt, was uns Aufschluß über seine Person hätte geben können, dann hat er es, bevor er gestern abend losmarschierte, herausgenommen. Er wird es auch in Valberg an der gebotenen Vorsicht nicht fehlen lassen. Ich halte es nicht einmal für ausgeschlossen, daß er seine Pistole bei sich hat, von der du mir erzählt hast. Wir können uns keinen Fehler leisten. Auch nicht den, daß er, wenn wir heute abend im *Andrech de Lagas* von ihm zum Essen eingeladen sind, dort zufällig erfährt, daß du schon einmal im Hotel gewohnt und für eine Madame Perelle aus Nice ein Zimmer reserviert hast. Dann ist es klüger, wir erzählen ihm schon vorher, daß du mir mit einem Taxi ...«

Sie unterbrach mich rasch: »Das möchte ich nicht, Moni. Ich habe auch schon daran gedacht. Er braucht nicht zu wissen, daß ich dir nachgefahren bin. Wenn du mit ihm essen gehst, werde ich mich in Valberg etwas umsehen und sicher ein anderes Restaurant finden, das geöffnet hat, aber das sagen wir ihm nicht.«

»Und womit willst du ihm erklären, weshalb du nicht mitgehst? Mit Kopfschmerzen?«

»Du wirst es ihm erklären. Es genügt doch wohl, wenn du ihm sagst, daß ich keine Lust habe, mich von ihm zum Abendessen einladen zu lassen. Ich bin ihm keine Erklärung dafür schuldig. Hatte er dir nicht gesagt, du sollst ohne mich nach Valberg kommen?«

»Das war, bevor er zu uns in das Zimmer kam«, sagte ich. »Seitdem weiß er, daß er es immer und überall mit uns beiden zu tun haben wird. Das war doch auch deine Absicht, als du ihm Gelegenheit gabst, uns zu überraschen. Oder etwa nicht?«

»Wie klug du bist«, lächelte sie.

Obwohl wir mit Georges keine feste Zeit vereinbart hatten, schien er uns schon früher erwartet zu haben. Ich sah es ihm an, als er uns die Tür seines Chalets öffnete; sein Lächeln wirkte angestrengt, auch seine Stimme klang belegt als er sagte: »Schön, daß Sie überhaupt noch kommen.«
»Wir haben es uns auch sehr lange überlegt«, sagte ich.
»Und wollten eigentlich zuerst gar nicht kommen«, fügte Agnes hinzu und übergab ihm seine Reisetasche. Ihre Anwesenheit schien ihn nicht zu stören. Und wenn, dann ließ er es sich nicht anmerken. Er stellte die Tasche in der Diele ab, nahm sich dann meiner mitgebrachten eigenen Reisetasche an und fragte: »Ist das alles?«
»Genug für eine Nacht«, sagte ich und folgte ihm gemeinsam mit Agnes in den Wohnraum. Einen Aperitif lehnte ich mit der Begründung ab, es vorzuziehen, ihn kurz vor dem Essen im Restaurant zu trinken. Und ihn gleich darauf vorbereitend sagte ich noch: »Auf meine Freundin müssen wir verzichten. Sie hat für das Abendessen eigene Pläne und legt keinen Wert auf Ihre Gesellschaft.«
»Das hättest du ihm auch etwas weniger direkt sagen können«, meinte sie und kehrte in die Diele zurück. Ich konnte hören, wie sie die Treppe zum Obergeschoß hinaufstieg. Vielleicht wollte sie sich dort etwas umsehen. Georges sagte: »Ich kann ihr die Abneigung, die sie gegen mich hat, nachfühlen. — Wie mir der Taxifahrer mitteilte, hat er Sie noch vor Mitternacht gut ins Hotel zurückgebracht.«
»Sie haben mit ihm gesprochen?«
»Nachdem er Sie vor dem Hotel abgesetzt hatte, rief er mich, wie es vereinbart war, hier an. Ich wollte sicher sein, daß er in der Dunkelheit und bei dem Regen Ihr Haus auch gefunden hat.«
»Dann sind Sie von Sarennes aus direkt nach Valberg gefahren?«
»Nach Hause wäre es noch weiter gewesen. Wollen Sie sich nicht noch etwas hinsetzen?«
Dazu bot sich außer der Fensterbank und den Stühlen am Tisch, wo wir vorgestern den Kaffee getrunken hatten, auch noch ein kleines, buntgeblümtes Sofa-Canapé an, dem ich den Vorzug gab. Für das Abendessen im *Andrech de Lagas* hatte Georges einen dezenten Zweireiher in Dunkelgrau gewählt, und auch seine Krawatte legte wieder einmal mehr Zeugnis für seinen guten Geschmack ab, während ich selbst, ebenso wie Agnes, mit unseren flotten Kostümen, zu denen wir uns nach langen Diskussionen entschieden hatten, auch zu einem Nachmittagstee ins *Westminster Concorde* hätten gehen können. Zu Georges, der auf der Fensterbank Platz genommen und

mich von dort aus eingehend ins Auge gefaßt hatte, sagte ich: »Ist was?«
»Sie sehen heute blaß aus«, sagte er. »Haben Sie wenig geschlafen?«
»Nicht Ihretwegen«, sagte ich. »Mein Haus habe ich übrigens so gut wie aufgegeben. Als wir uns heute mittag noch rasch überzeugen wollten, ob Strom und Wasser noch immer abgestellt waren, fanden wir es ausgeräumt vor.«
Er blickte mich verständnislos an. »Was heißt ausgeräumt?«
Ich erzählte es ihm, und was ich erzählte, schien ihn doch ernstlich zu erschüttern, denn er machte einen ziemlich schockierten Eindruck. Er sagte: »Das tut mir leid, Monika. Sehr leid. Was werden Sie tun? Anzeige erstatten?«
»Gegen wen? Ich werde mich hüten, schlafende Hunde zu wecken. Und erzählen Sie mir nichts mehr von Ihren Erpresserbriefen an die Familie Ihres toten Freundes. Das regt mich auch auf, je länger ich darüber nachdenke. Ich will von alldem nichts mehr wissen. — Eine Zigarette rauche ich noch. Dann können wir gehen.«
Er brachte mir einen Ascher, gab mir Feuer und setzte sich zu mir auf das kleine Sofa. »Andererseits erleichtert dieses Erlebnis es Ihnen vielleicht, sich von dem Haus zu trennen«, sagte er. »Mit der Einrichtung waren sicher sehr viele persönliche Erinnerungen verbunden.«
»Das auch«, sagte ich und blickte zur Decke, wo Agnes' Schritte zu hören waren. Er fragte: »Und was werden Sie jetzt tun? Wenn Sie etwas Zeit brauchen, um sich darüber schlüssig zu werden und es Ihnen im Hotel zu ungemütlich wird: Dieses Chalet steht Ihnen jederzeit so oft und so lange wie Sie wollen, zur Verfügung. Ich habe es auf vorläufig unbestimmte Zeit gemietet. Sie können schon morgen hier einziehen.«
Ich blies ihm den Rauch meiner Zigarette ins Gesicht. »Mit Ihnen als Untermieter?«
»Das würde ich Ihnen niemals zumuten«, sagte er. »Wann ich hier Gast sein werde und Gast sein darf, bestimmen allein Sie.«
»Aber heute abend bin ich noch *Ihr* Gast.«
Er lächelte. »So würde ich es sehen.« Und wieder ernst werdend, sagte er: »Ich mache mir jetzt Vorwürfe, Ihnen nicht für alle Fälle die Telefonnummer von hier gegeben zu haben. Selbstverständlich hätte ich Verständnis gehabt, wenn Sie nach den heutigen Erlebnissen nicht gekommen wären.«
»Ich wäre morgen oder übermorgen nicht leichteren Herzens nach Valberg gekommen als heute«, antwortete ich. »Ich sagte Ihnen schon

in Lavoir, daß Sie aus dem, was Sie dort erlebt haben, keine falschen Schlüsse ziehen dürfen.«

»Ich denke, die richtigen gezogen zu haben«, sagte er und stand auf. Er verließ das Zimmer. Ich konnte hören, wie er die Treppe hinaufstieg. Dann verstummten seine Schritte. Während ich auf seine und auf Agnes' Rückkehr wartete, dachte ich darüber nach, wie er seine Worte gemeint haben könnte. Eine mich befriedigende Antwort fand ich nicht. Auch wenn ich mir ganz sicher war, in Lavoir, als ich auf seinem Schoß saß, seine Küsse nicht erwidert zu haben: sehr erschwert hatte ich sie ihm nicht. Nicht einmal dann, als ich sie auf meinem Mund fühlte. Von einem Mann so leidenschaftlich geküßt zu werden, war schon eine Weile her, und vielleicht hatte ich es ihm nur deshalb nicht erschwert. So ganz genau wußte ich es nicht, und irgendwie beunruhigte es mich.

Er blieb so lange weg, daß ich bereits entschlossen war, nachzusehen, wozu und weshalb er so lange wegblieb, als er zurückkam. Er sagte: »Solche Fehler unterlaufen mir normalerweise nicht. Zum Glück hat Ihre Freundin an der falschen Stelle gesucht. Sie steckte noch in dem Jackett, das ich trug, bevor ich mich für das Abendessen umzog. Ihre Freundin vermutete sie in meinem Gepäck. Ich rede von meiner Brieftasche.«

Das sah ihr wieder einmal ähnlich. Ich fragte: »Und warum haben Sie diese Möglichkeit nicht schon früher ins Auge gefaßt, wenn Ihnen solche Fehler normalerweise nicht unterlaufen?«

Er trat zu mir, beugte sich zu mir nieder und küßte mich. »Darum«, sagte er. »Ich war mit meinen Gedanken ständig bei Ihnen. Können wir jetzt gehen?«

Ich blickte unschlüssig zur Tür.

Er sagte: »Als ich Ihre Freundin in meinem Zimmer zurückließ, wo ich sie beim Durchwühlen meines Gepäcks überraschte, lag sie auf meinem Bett und haderte mit sich selbst. Vielleicht wegen ihres Leichtsinns, sich von mir überraschen zu lassen. Ich gab ihr einen Schlüssel, damit sie das Haus jederzeit verlassen und auch wieder betreten kann. Meine Frage, ob ich Ihnen von ihr etwas ausrichten solle, ignorierte sie. — Wir können doch sicher mit Ihrem Wagen fahren oder soll ich ein Taxi kommen lassen?«

Ich drückte die Zigarette im Ascher aus und stand auf. »Es sind doch höchstens zweihundert Meter zum Hotel?«

»Eher weniger. Aber es regnet noch immer. Wir könnten sonst zu Fuß gehen. Waren Sie heute beim Friseur?«

»Ich habe das Haar im Hotel selbst geföhnt.«
»Weil Sie hierher fuhren?«
»Das vergessen Sie«, sagte ich. »Als wir uns heute nachmittag ansahen, was von der Inneneinrichtung meines Hauses übriggeblieben war, trieb der Wind den Regen durch die offenen Fenster. Wäre ich eine halbe Stunde auf der Straße durch den Regen gelaufen, hätte mein Haar nicht viel schlimmer aussehen können. Warten Sie hier auf mich. Ich bin gleich zurück.«
Ich traf Agnes in einem der beiden Schlafzimmer wie gewohnt auf dem Bett mit einer Zigarette an. Auch ohne mein vorangegangenes Gespräch mit Georges wäre mir nicht verborgen geblieben, daß es sein Zimmer und sein Bett war. Offenbar war er mit großem Gepäck angereist, neben dem Kleiderschrank standen zwei Koffer. Bei meinem ersten Besuch waren sie noch nicht hier. Auch das Bett war noch nicht benutzt gewesen. Jetzt sah es benutzt aus, und das nicht nur, weil Agnes sich darauf ausgestreckt hatte. Die Asche ihrer Zigarette, an der sie bei meinem Eintreffen zog, lag neben dem Bett auf dem Teppichboden. Weil ich nirgendwo einen Aschenbecher entdeckte, nahm ich ihr die Zigarette weg, öffnete kurz das Fenster und warf sie in den Regen hinaus. Dann setzte ich mich neben sie auf die Bettkante und sagte: »Wir gehen jetzt. Wenn du einen Aschenbecher suchst: unten stehen welche. Hast du ihn denn nicht die Treppe heraufkommen hören?«
Sie fragte: »Wovon redest du?«
»Von deinem Ungeschick, dich beim Durchstöbern seines Gepäcks erwischen zu lassen. Wenn du dich jetzt schon, und dazu noch vor seinen Augen, in sein Bett legst, wird er auch heute nacht mit dir rechnen.«
Sie griff nach meiner Hand und sagte: »Ich habe darüber nachgedacht, Moni. Noch vor kurzer Zeit war mir der Gedanke, du könntest, um zu erfahren, wer er ist, mit ihm schlafen, so gut wie unvorstellbar. Inzwischen habe ich aber meine Meinung geändert und mich für das kleinere Übel entschieden.«
»Wenn ich mit ihm schlafe?«
»Wenn es sein muß.«
»Und was wäre dann das größere Übel?«
»Daß du dich in ihn verliebst. Das wäre für mich viel schlimmer als alles andere.«
»Schlimmer als ein Dreier-Akt?«
Sie zuckte mit den Schultern. »Als du ihm erlaubtest, mich mit deiner

Hand zu streicheln, das war auch schon nichts anderes als ein Dreier-Akt. Oder wie würdest du so etwas nennen?«
»Es war deine und nicht meine Idee«, sagte ich. »Du hast meine Hand an deinen Schoß gelegt. Nicht ich.«
»Und du konntest sie nicht wieder wegnehmen?« fragte sie. »Auch als ich sie losließ? Um nichts auf der Welt?«
Ich löste meine Hand aus der ihren, drehte ihr den Rücken zu und verließ das Zimmer. Georges hatte mich die Treppe herunterkommen hören und erwartete mich neben der Haustür. Er verlor kein Wort. Erst als wir schon im Wagen saßen und ich den Motor startete, sagte er: »Sie haben sich hoffentlich nicht meinetwegen mit ihr gestritten? Das täte mir leid.«
Ich fragte: »Wie kommen Sie darauf, daß ich mich mit ihr gestritten hätte?«
»Ich sah es Ihnen an«, antwortete er.
Es wurde bereits dunkel, und der Regen war wieder stärker geworden. Er trommelte in großen Tropfen auf die menschenleeren Straßen und auf die Dächer der überwiegend dunkel liegenden Häuser, die nur schemenhaft im Scheinwerferlicht des Citroëns aus dem dichten Wolkennebel, der den Ort und die Berge einhüllte, auftauchten. Die Sicht war so schlecht, daß ich ohne Georges' Hinweis auf das Hotel daran vorbeigefahren wäre. Bei der kleinen Gaststube, in die wir gleich darauf von einem freundlichen Kellner, der uns bereits am Hoteleingang begrüßte, geleitet wurden, schien es sich um ein Nebenzimmer zu handeln; an der zur Straße hin gelegenen Fensterfront des Raums zählte ich sieben Tische, und nur an zweien saßen Gäste. Ich vermutete, daß er normalerweise für kleinere Gesellschaften reserviert wurde und daß man das eigentliche Restaurant und auch den großen Speisesaal mangels Nachfrage nicht geöffnet und die Heizkosten dafür eingespart hatte. Denn ohne Heizung wäre es gegen Abend doch empfindlich kühl geworden. Zu den positiven Eindrükken, als Georges uns in seinem Chalet willkommen hieß, gehörte, daß es angenehm temperiert war. Auch das kleine Nebenzimmer des Hotels war angenehm temperiert; mich hatte, als wir aus dem Citroën stiegen und die wenigen Schritte zum Hoteleingang zurücklegten, eine jähes Frösteln überfallen.
Eine gepflegt aussehende Dame mittleren Alters, vielleicht die Geschäftsführerin, kam zu uns an den Tisch, äußerte sich erfreut über unsere Anwesenheit und händigte uns die Speisekarten aus. Sie erinnerte sich nicht, so erzählte sie, jemals zu Ostern in Valberg ein so

schlechtes Wetter erlebt zu haben, aber erfahrungsgemäß handelte es sich dabei um eine in Südfrankreich gebräuchliche Standardformel für Touristen, die noch nicht wußten, daß ein verregneter Urlaub an der Côte d'Azur nichts Außergewöhnliches war. Die Bestellung nahm dann der Kellner entgegen. Weil Agnes ihn bevorzugte und ich mit meinen Gedanken nicht von ihr loskam, entschied ich mich beim Aperitif wieder für einen Martini, und auch Georges schien durch ihn an sie erinnert zu werden, denn er sagte: »Es tut mir leid, daß Ihre Freundin nicht mitkommen wollte. Nur weil sie mich nicht ausstehen kann?«

Ich vergewisserte mich, daß die sonst noch anwesenden Gäste, bei denen es sich um ein jüngeres Ehepaar mit zwei halbwüchsigen Kindern und um ein älteres Ehepaar handelte — vermutlich Hausgäste —, weit genug entfernt saßen, um unser halblaut geführtes Gespräch nicht mithören zu können, und fragte: »Ist das nicht Grund genug?«

»Ich hatte vorgestern nicht den Eindruck ...«, setzte er an. Ich fiel ihm ins Wort: »Das habe ich Ihnen bereits erklärt.«

Er sagte: »Entschuldigen Sie, Monika. Das lasse ich, wenn Sie unbedingt darauf bestehen, nur für den Anfang gelten. Oder trauen Sie mir so viel Erfahrung nicht zu?«

»Und daß es allein eine Sache zwischen meiner Freundin und mir war und Sie bestenfalls die Rolle eines Statisten spielten, weil die Umstände, unter denen wir uns lieben, für sie ebenso wie für mich völlig unwesentlich sind, das scheint in Ihren Erfahrungsschatz im Umgang mit Frauen noch keinen Zugang gefunden zu haben?«

»Und daß Sie, als Sie in der Küche auf meinem Schoß saßen, sich nicht ungern von mir küssen und streicheln ließen, das habe ich mir natürlich auch nur eingeredet?«

»Glauben Sie, was Sie wollen«, sagte ich. »Solange sich Ihre Phantasie mit dem Verhältnis zwischen meiner Freundin und mir beschäftigt, können Sie ihr meinetwegen freien Lauf lassen. Nur wenn Sie anfangen, über mein Vermögen und über meine Möglichkeiten, mir Ihr Schweigen zu erkaufen, zu spekulieren, würde ich Ihnen in Ihrem eigenen Interesse empfehlen, auf dem Boden zu bleiben. Ich könnte zwar eine größere Summe, vielleicht fünf Millionen Francs auftreiben, würde mich dann aber wieder in eine wirtschaftliche Abhängigkeit von meinem Mann begeben und gezwungen sein, ihn in alles einzuweihen.«

Er nickte. »Darüber können wir uns noch unterhalten. Auch über den Preis.«

»Zu dem auch gehört, daß ich darin einwillige, mit Ihnen zu schlafen. Oder sollte ich mir das nur einreden?«
»Es ist viel mehr«, sagte er. »Ich fürchte, ich habe mich sehr heftig in Sie verliebt. Wie ich da noch einmal herausfinden soll, das weiß ich selbst noch nicht. Einerseits könnte ich das Geld dringend brauchen ...«
»Wie dringend?« warf ich ein. »Schon gestern?«
»Das nicht. Aber ich möchte es von Ihnen auch nicht in einer Höhe und in einer Weise bekommen, die ausschließt, daß Sie meine Gefühle für Sie jemals erwidern könnten. Und zugegeben: Abgesehen davon, daß es viel mehr als nur der Wunsch ist, mit Ihnen zu schlafen: Ich bin kaum mehr fähig, mir noch etwas anderes zu wünschen. Sie brauchen mir nicht zu antworten, Monika. Sie werden es voraussichtlich auch nicht tun, und dennoch würde mich brennend interessieren, ob es vor Agnes schon andere Frauen in Ihrem Leben gab, oder ob Sie erst durch sie Ihre Neigung für eine Frau entdeckt haben?«
Das ging ihn zwar nun wirklich nichts an, aber weil er nach vielen Jahren der erste Mann war, der sich nicht nur wünschte, mit mir zu schlafen, sondern sich auch dazu bekannte, obwohl es seine Position in unserem beiderseitigen Spiel nicht gerade stärkte, löste sein Geständnis neben Genugtuung bei mir auch eine gewisse Ratlosigkeit darüber aus, wie es nun weitergehen sollte. Vielleicht war es jetzt kein besonders guter Einfall, ihm, damit er seine Erwartungen nicht noch höher steckte, zu erzählen, mich schon immer zum gleichen Geschlecht stärker hingezogen gefühlt zu haben als zum anderen, denn mein Geständnis schien ihn völlig unbeeindruckt zu lassen. Über den Tisch hinweg nach meiner Hand greifend sagte er: »Immerhin haben Sie zwei Söhne zur Welt gebracht und — wenn zutraf, was Levau über Sie wußte — bis vor kurzem eine nach außen hin völlig normale Ehe geführt. Die Anwälte in Digne ...« Er brach ab.
Ich fragte rasch: »Was wissen Sie über sie?«
»Nicht viel. Da Sie sich glücklicherweise dazu entschlossen haben, Ihr Haus aufzugeben ...«
»Womit auch Ihre Sorge entfällt, ich könnte, wenn ich wüßte, was in Lavoir geplant ist, erst recht darauf bestehen, es nicht aufzugeben«, fiel ich ihm wieder dazwischen. »Ich glaube nicht, daß ich mit Ihnen schlafen werde, Georges. Schon gar nicht, so lange Sie Geheimnisse vor mir haben und mir nicht einmal verraten wollen, wer die Leute sind, die heute mein Haus ...«

Diesmal war er es, der mich nicht ausreden ließ: »Ich weiß es nicht, und ich möchte es auch nicht wissen. Nicht einmal Levau und der Architekt wußten, wer die eigentlichen Auftraggeber sind. Auch bei den Anwälten in Digne dürfte es sich nur um Strohmänner handeln.«
Ich glaubte ihm kein Wort und sagte: »Machen Sie sich doch nicht lächerlich. Sie waren mit Levau befreundet. Auch wenn er die Auftraggeber nicht kannte: die Baupläne mußte er kennen, sonst hätte er nicht mit der Arbeit beginnen können.«
»Auch nicht, wenn er vorläufig nur den Auftrag hatte, die Baugrube neben Ihrem Haus auszuheben und, sobald Ihr Haus in den Besitz der Bauherren überging, Ihr Grundstück in die Grube einzubeziehen?«
Das war nun ein völlig neuer Gesichtspunkt, über den ich erst einmal nachdenken mußte. Ich tat es bei der Gemüsesuppe, die von dem Kellner und einem Servierfräulein gebracht wurde. Wenn Levau vorläufig nur den Auftrag für eine Baugrube in einer ihm vorgegebenen Größe und nach den Plänen eines Architekten hatte, deren Vollendung jedoch an den Kaufvertrag für mein Haus gekoppelt war, so hatte ich mit meiner Vermutung, die ich von Anfang an hatte, daß die Bauarbeiten meinetwegen zeitweilig eingestellt worden waren, richtig gelegen, denn wegen der Osterfeiertage allein hätte ich die Baustelle nicht schon acht Tage vorher so aufgeräumt angetroffen, wie dies der Fall gewesen war. Ich sagte, zwischen zwei Löffeln Gemüsesuppe: »Sie wollen damit zum Ausdruck bringen, Ihr Freund wußte vorläufig selbst nicht, wozu die Baugrube, wenn sie, mein Grundstück eingeschlossen, fertig war, dienen sollte?«
Er nickte.
»Und daß er es erst erfahren hätte, wenn der zweite Bauabschnitt nach Fertigstellung der gesamten Baugrube hätte beginnen können?«
»So habe ich Levau verstanden«, sagte er. »Und er fügte noch etwas hinzu, was mich zu meiner Warnung an Sie veranlaßte, er sagte: ›*Gebaut wird*‹, ließ man mich aus Digne wissen, ›*und wenn es über dem Grab von diesem exzentrischen Weibsstück geschehen müßte.*‹ Damit meinte man Sie.«
»Wen denn auch sonst?« fragte ich, bereits wieder halb geneigt, es doch noch auf eine Kraftprobe mit dem kriminellen Bauherrn ankommen zu lassen, weil die Drohung, sein Bauwerk notfalls über meinem Grabe zu errichten, mich noch mehr aufbrachte als das ›*exzentrische Weibsstück*‹. Wobei es mir nicht mehr um das Haus, sondern nur noch um die Sache ging, denn ohne meine Platane und oh-

ne die in zwanzig langen Jahren liebevoll zusammengetragene und zusammengekaufte Einrichtung, würde ich es nie mehr als mein Haus empfinden können.
Beim Hauptgericht mit Lendenschnittchen, Pommes frites und Kohlrabi, zu dem wir einen Muscadet aus dem Loire-Tal tranken, kam er wieder auf Agnes zu sprechen und gab seiner Besorgnis Ausdruck, sie könnte sich auf der Suche nach einem anderen Restaurant bei diesem Wetter nasse Füße holen. Da wir an einem Fenster mit Blick auf die Straße saßen, war auch mir nicht entgangen, daß der Regen noch heftiger geworden war. Im Laternenschein war deutlich zu sehen, wie sich die großen Tropfen beim Aufprall auf dem Asphalt in kleine Fontänen verwandelten, so dicht, daß von der Straße nichts mehr zu erkennen war.
Ich sagte: »Wir sind mit Schirm und Trenchcoat ausgerüstet. Wenn nur ein kleiner Teil der Hotels und Restaurants, die ich auf der Fahrt zu Ihrem Chalet gesehen habe, geöffnet hat, dürfte es ihr keine Mühe bereitet haben, ein Restaurant zu finden. Weit hat sie jedenfalls nicht zu gehen brauchen. Und wenn sie sich nasse Füße geholt hat, so ist das allein ihre Schuld. Ich habe allerdings nicht versucht, sie umzustimmen.«
»Dann hätte ich gerne zugehört, worüber Sie sich unterhalten haben, als Sie bei ihr im Schlafzimmer waren.«
»Vielleicht haben Sie zugehört?«
»Das schickt sich nicht«, sagte er und tupfte sich mit einer Serviette Fleischsoße von den Lippen. »Lassen Sie mich eines klarstellen, Monika: Auch was vorgestern abend in Ihrem Gästezimmer geschah, ist nicht meine Art. Wenn es sich aber so verhält, daß dies der einzige Weg ist, in Ihr Bett zu kommen ...«
»Werden Sie dieses Opfer eben auf sich nehmen«, warf ich ein. »Ich hatte nicht den Eindruck, daß Ihr Augenmerk, als Sie sich meiner Hand bedienten, mehr auf mich als auf sie gerichtet war. Um wirklich in mein Bett zu kommen, müßten Sie sich schon etwas mehr einfallen lassen, als sich mit der gleichzeitigen Anwesenheit meiner Freundin abzufinden.«
»Und das wäre?«
Der Kellner kam an den Tisch und füllte die Gläser nach. Auch die Geschäftsführerin ließ sich kurz sehen und wünschte uns bon Appetit. Danach waren wir wieder ungestört, und Georges sagte: »Sie sind mir eine Antwort schuldig geblieben.«
»Sie kennen sie«, sagte ich.

Er legte sein Besteck aus den Händen, griff in sein Jackett und brachte seine Brieftasche zum Vorschein. Er ließ mich seinen Führerschein und einen Personalausweis sehen. Danach wußte ich, daß er tatsächliche Georges und mit dem Familiennamen Tiersot hieß, in Digne in der Avenue Richard wohnte, am vierzehnten August in Grenoble geboren und drei Jahre jünger war als ich. Er fragte: »Brauchen Sie etwas zum Schreiben? Falls Sie sich Notizen machen wollen.«
Auf den Fotos wirkt er eher älter als jünger. Ich gab ihm die Papiere zurück und fragte: »Mein Gedächtnis tut's auch. Ich frage mich jetzt nur, wofür das alles? Nur um mich einmal im Bett zu haben?«
»Ich möchte Sie nicht einmal, ich möchte Sie immer im Bett haben«, sagte er. »Und zwar als meine Frau. Ihre Ehe taugt doch nichts mehr. Sie werden sich scheiden lassen und mich heiraten.«
Ich war so sehr verwundert, daß mir im Augenblick nichts mehr einfiel. Obwohl ich nach seinen bisherigen Geständnissen bei ihm noch auf einiges gefaßt war: auf einen Heiratsantrag nun doch nicht. Ich schluckte, was ich gerade an Lendenschnittchen im Mund hatte, unzerkaut hinunter, spülte mit einem Schluck Muscadet nach und lehnte mich dann in meinen Stuhl zurück. Ich beobachtete, wie er seine Papiere wieder in die Brieftasche und letztere in sein Jackett schob. Meinen Blick erwidernd sagte er: »Sie müssen sich nicht sofort entscheiden. Denken Sie in Ruhe darüber nach. Ich erwarte nicht, daß Sie meinetwegen Ihre Beziehung zu Ihrer Freundin aufgeben. So lange sie sich nicht zwischen uns stellt, brauchen Sie auf sie nicht zu verzichten.«
»Und Sie natürlich auch nicht«, sagte ich, meine Sprache zurückgewinnend. »Das ist sehr großzügig von Ihnen. Wie stellen Sie sich das eigentlich vor?«
Er lächelte. »Wenn man sich als Mann in eine Frau so sehr verliebt wie ich mich in Sie, ist man zu jedem Opfer bereit. Und in Sie habe ich mich auf den ersten Blick verliebt.«
»Vielleicht können wir das später besprechen, wenn wir mit dem Essen fertig sind«, sagt ich.
»Ganz wie Sie wünschen«, sagte er und nahm sein Besteck wieder auf. Er kam dann auch erst darauf zurück, als wir bereits den Nachtisch hinter uns hatten. Bis dahin unterhielten wir uns vorwiegend über den österlichen Verdienstausfall der Valberger Gastronomie und über die Möglichkeit, der Regen könnte sich bei weiterhin fallenden Temperaturen bis zum Ostersonntagmorgen in Schnee verwandeln. Nicht daran zu denken, wie es dann in meinem Haus aussehen wür-

de. Beim Espresso rauchte auch Georges eine von meinen Zigaretten und sagte: »Vor zehn Jahren habe ich es mir abgewöhnt.«
»Und seither nie mehr geraucht?«
»Nie mehr«, sagte er. »Sie werden es mir nicht glauben, aber ich bin nur durch Sie wieder auf den Geschmack gekommen. Während ich Sie rauchen sah. — Können wir uns jetzt wieder unterhalten?«
Ich sagte: »Unterhalten ja, aber das mit der Heirat, das war doch ein Scherz?«
»Weil Sie jetzt wissen, wer ich bin? Nehmen Sie es so, wie es ist, Monika. Abgesehen davon, daß ich nur noch an Sie und an nichts anderes mehr denken kann: Ich habe mir Geld geliehen. Wenn ich es nicht termingerecht zurückzahle, verliere ich, was ich mir bis heute geschaffen habe. Nur wäre es ein verhängnisvoller Fehler, Sie würden zwischen diesen beiden Problemen einen Zusammenhang sehen. Dennoch sind sie beide von gleicher Wichtigkeit für mich. Wenn ich Sie nicht bekomme, dann soll Sie auch kein anderer haben. Auch dieses Mädchen nicht. Ich bin bereit, Sie mit ihr zu teilen. Ich bin nicht bereit, Sie ihr zu überlassen. Eher bringe ich Sie beide in ein französisches Gefängnis, und Sie werden, wenn ich Sie belaste, nicht der fahrlässigen Tötung, sondern des gemeinsamen kaltblütigen Mordes angeklagt werden. Mit Ihnen habe ich alles zu gewinnen. Ohne Sie nichts mehr zu verlieren, das es noch wert wäre, es zu besitzen. Mein Leben eingeschlossen.«
Vielleicht lag es an seiner beiläufig anmutenden Art, mir seine An- und Absichten mitzuteilen, die mich von seiner Entschlossenheit, sie auch in die Tat umzusetzen, noch mehr überzeugte, als Worte allein es hätten tun können. Und weil mir für den Augenblick nichts dazu einfiel und ich viel zu sehr unter dem Eindruck der Einsicht stand, ihm fortan hoffnungslos ausgeliefert zu sein, verzichtete ich auf eine Antwort und sagte nur: »Ich möchte gehen.«
Er winkte dem Kellner. Trotz seiner finanziellen Misere schien das Trinkgeld für diesen so großzügig zu sein, daß er uns mit einem Regenschirm auch noch bis zum Wagen begleitete und unsere Wegfahrt abwartete. Georges ergriff erst wieder das Wort, als wir bereits den ganzen Ort durchfahren hatten; er sagte: »Sie wissen, daß dies nicht unsere Richtung ist.«

Natürlich wußte ich es. Weder hatte ich, wie er es möglicherweise befürchtete, in der schwarzen Regennacht die Orientierung verloren, noch zuviel von dem Muscadet getrunken. Ich versuchte lediglich,

vor unserer Rückkehr in sein Chalet noch etwas Zeit zu gewinnen, ohne daß er, wie es im Restaurant der Fall gewesen wäre, die Wirkung seiner Worte mir noch länger im Gesicht ablesen konnte. In der Dunkelheit des Wageninnern konnte er es nicht, zumal er hier neben mir saß und nur mein Profil sehen konnte. Auch auf dem kleinen Parkplatz, den ich dort, wo die letzten Häuser hinter einer Kurve unseren Blicken verlorengingen, ansteuerte, würde er nicht viel sehen können, denn er lag etwas abseits der Straße und von dieser durch eine dichtstehende Baumreihe abgeschirmt. Als ich die Beleuchtung ausmachte, war im Wageninnern nichts mehr zu erkennen. Weil ich den Motor bei eingeschalteter Heizung laufen ließ, beschlugen rasch die Scheiben, so daß auch von unserer Umgebung nichts mehr zu sehen war. Ich lehnte mich mit gekreuzten Beinen langsam in meinen Sitz zurück und sagte: »Eher gehe ich freiwillig ins Gefängnis.«
Er fragte: »Als mit mir zu schlafen?«
»Das können Sie haben«, sagte ich. »Meinetwegen schon hier. Es ist mir sogar lieber als in Ihrem Chalet.«
»Weil Sie nicht wollen, daß Ihre Freundin anwesend ist?«
»Das auch«, sagte ich. »Und was ich meinte, war, daß ich eher ins Gefängnis ginge, als Sie zu heiraten. Wieviel Geld brauchen Sie, um Ihre größten Probleme zu lösen?«
»Hundertfünfzigtausend Francs. Ihren engen Rock müssen Sie aber ausziehen, wenn Sie hier mit mir schlafen wollen. Und die Kostümjacke auch.«
Ich wollte nicht mit ihm schlafen, weder hier noch im Chalet, noch sonstwo, aber ich wollte auch nicht, daß er heute nacht zu mir und Agnes ins Zimmer kam und dort weitermachte, wo wir vorgestern abend, als er sie mit meiner Hand streichelte, aufhören. Ich sagte: »Sie sind es doch, der mit mir schlafen will. Es hier im Auto zu machen: mehr ist es nicht, was Sie unter Liebe verstehen?«
Er lachte leise: »Jetzt stellen Sie die Dinge auf den Kopf. Wenn Sie es nicht wollen: wozu sind Sie dann mit mir auf diesen dunklen Parkplatz gefahren?«
Ihm das zu erklären, fühlte ich mich nach allem, was ich heute schon erlebt hatte, kaum mehr in der Lage. Ich sagte: »Sie kriegen fünf Millionen, wenn Sie mich und meine Freundin künftig in Ruhe lassen. Dies ist mein letztes Wort.«
»Dreißig«, sagte er. »Dann wandere ich nach Tananarive aus. Dort bin ich weit genug von Ihnen entfernt und kann Sie vielleicht vergessen.

Sie haben mich noch immer nicht verstanden. Es geht mir weniger um das Geld als um Sie.«
»Aber um Geld auch«, sagte ich. »Wo liegt Tananarive?«
»Auf Madagaskar. Einer meiner Vorfahren hat dort noch unter General Galliéni für die Kolonisierung der Insel gekämpft. — Sie tragen keinen BH unter Ihrer Bluse? Auch kein Shirt?«
Weil er seine Hand bereits in der Bluse hatte und sie gleich darauf auch aufknöpfte, konnte ich mir eine Antwort ersparen. Statt dessen sagte ich: »Bevor Sie noch mehr so absurde Forderungen stellen, merken Sie sich eins, Georges: Mir geht meine Unabhängigkeit über alles. Ich habe sie mir auch in den fünfundzwanzig Jahren meiner Ehe bewahrt, weil ich in der glücklichen Lage war, von meinem Mann finanziell unabhängig zu sein. Diese Unabhängigkeit zu verlieren, wäre für mich beinahe genauso schlimm wie in einem Gefängnis zu sitzen.«
»Aber doch nur beinahe«, sagte er. »Wären Sie so unabhängig gewesen, wie Sie es darstellen, hätten Sie es nicht so lange bei ihm ausgehalten.«
»Oder auch umgekehrt. Weil ich jederzeit von ihm weggehen konnte, habe ich es so lange ausgehalten. Was die meisten Frauen daran hindert, eine Ehe, die diesen Namen nicht mehr verdient, zu beenden, ist ihre finanzielle Abhängigkeit.«
»Zugegeben«, sagte er. »Auch können sie es sich nur in den wenigsten Fällen leisten, politisch anders zu denken als ihr Mann. Zu Ihrer Rechtfertigung, es so lange wider besseres Wissen bei ihm ausgehalten zu haben, könnten Sie auch noch Ihre Söhne anführen, deren Erziehung Sie nicht allein ihm überlassen und deren Glauben an ein intaktes Elternhaus Sie ihnen nicht nehmen wollten.«
Viel zutreffender hätte auch ich es nicht formulieren können; ich sagte: »Inzwischen kommen sie ohne ihr Elternhaus, und vor allem ohne mich aus. — Die hundertfünfzigtausend könnten Sie schon am Dienstag haben, wenn die Banken wieder geöffnet sind. Hat es bis dahin Zeit?«
»Wenn es nur das Geld ist«, sagte er und beugte sich zu mir herüber.
Warum ich keinen Versuch machte, seinen Küssen auf meinen Mund auszuweichen, hätte ich mir selbst gegenüber mit meiner doch sehr eingeschränkten Bewegungsfreiheit rechtfertigen können, wäre da nicht der Umstand gewesen, daß es mir, je länger er mich küßte und streichelte, zunehmend Mühe bereitete, keinen Gefallen daran zu finden. Und daß er, obwohl ihm meine Empfindungen nicht verborgen

bleiben konnten, meine Frage, wie er sich die Verrechnung dessen denke, was er außer Geld sonst noch von mir erwartete, zum Anlaß nahm, von mir abzulassen, war von mir weder beabsichtigt noch vorhersehbar gewesen. Er antwortete: »Ich habe Ihnen erklärt, daß das eine mit dem anderen nichts zu tun hat. Wenn Sie das nicht begreifen wollen oder können, werden wir uns künftig nur noch über Geld unterhalten.«
Allmählich hatte ich es satt, Spielball seiner Launenhaftigkeit zu sein. Auch wenn ich ihm zugute hielt, nicht mehr recht zu wissen, was ihm wichtiger war: Geld oder Liebe, so durfte ich es doch nicht so weit kommen lassen, daß ich selbst die Übersicht darüber verlor, was ich wollte. Ich knöpfte meine Bluse zu und sagte: »Wenn das eine mit dem anderen nichts zu tun hat, dann weiß ich nicht, warum Sie es ständig in einen Topf werfen. Sie waren es doch, der beim Abendessen seinen Heiratsantrag mit dem Eingeständnis finanzieller Probleme verband. Auch wenn Sie jetzt nur hundertfünfzigtausend erwähnen: Von den dreißig Millionen sind Sie noch nicht abgerückt. Oder sind wir jetzt bei den fünf Millionen, die ich Ihnen ...«
Er ließ mich nicht ausreden: »Jetzt warten Sie doch erst mal ab. Mit den hundertfünfzigtausend ist mir für den Augenblick geholfen.«
Nur auf den Augenblick bezogen, waren mir seine Worte keine große Beruhigung. Ich sagte: »Ohne, daß Sie alles, was Sie sich bis heute geschaffen haben, verlieren würden? Dann kann es nicht sehr viel sein, was Sie zu verlieren haben.«
»Sich im Laufe seines bisherigen Lebens in seinem Privat- und Berufsleben einen guten Namen erworben zu haben, ist in Ihren Augen nicht viel?«
»Wenn es sich um immaterielle Werte handelt, so ging das aus Ihren Worten bisher nicht hervor«, sagte ich. »Da Sie aber schon Ihr Berufsleben erwähnen: Was treiben Sie denn?«
»Bis vor einigen Wochen hatte ich eine Vertretung für Baumaschinen. Meinungsverschiedenheiten mit meinem Arbeitgeber legten es mir nahe, die Stellung zu kündigen.«
»Dann sind Sie zur Zeit ohne Arbeit?«
»So könnte man es nennen.«
»Dann muß ich Ihnen ja wie ein Geschenk des Himmels gekommen sein.«
»Sonst hätte ich Sie niemals in diese Situation gebracht.«
»Das war ich selbst«, sagte ich. »Sie sind nur Nutznießer meiner Situation. Wenn Sie mich wirklich lieben ...«

»Würde ich sie nicht ausnützen«, fiel er mir dazwischen. »Ich würde nicht nur auf Ihr Geld, ich würde auch auf Ihre Liebe verzichten. Was erwarten Sie sonst nach an Beweisen meiner Zuneigung?«
»Daß Sie mir noch etwas Zeit und meine Freundin aus dem Spiel lassen.«
»Und mich künftig heimlich und ohne ihr Wissen mit Ihnen treffe? Ohne daß sie Verdacht schöpft? Ich sehe nicht, wie Sie das machen wollen und machen könnten. Sehen Sie es?«
Was ich sah, war, daß sie mir heute abend ohne Not Gelegenheit gab, mit ihm allein zu sein. Allein mit ihm zum Essen und danach hierher zu fahren. Als hätte sie mir nicht zugetraut, daß mehr als nur ein Abendessen daraus werden könnte. Daß ich mich nicht dazu würde überwinden können, mich im Auto von ihm bumsen zu lassen. Und warum sollte ich auch? Was immer auch gegen Klaus aus der Perspektive einer fünfundzwanzigjährigen Ehe sprach: Es im Auto zu treiben, das wäre ihm ebensowenig in den Sinn gekommen wie mir. Und das nicht nur, weil er, als wir uns kennenlernten, bereits eine eigene Wohnung hatte und wir auf das Auto nicht angewiesen waren. Es wäre uns beiden als der Sache auch nicht angemessen erschienen.
Ich sagte: »Vielleicht kann ich das besser beurteilen als Sie.«
»Müßte man annehmen«, sagte er. »Nur erklären Sie mir bitte eins: Warum Sie mit mir hierherfuhren. Was wir hier gesprochen haben, das hätten wir auch noch im Restaurant besprechen können. Daß Sie hier mit mir schlafen wollten, das nehme ich Ihnen nicht ab. Vielleicht wollten Sie nur einmal erleben, wie ich auf Ihre Einladung reagiere?«
»Inzwischen weiß ich es«, sagte ich und schaltete die Scheinwerfer ein. Weil der Motor noch lief, brauchte ich den Wagen nur anrollen zu lassen. Der Regen fiel nicht mehr so stark. Ich sagte: »Vielleicht sehen wir unterwegs Agnes.«
»Ihre Gedanken sind nur bei ihr«, sagte er. »Ich weiß noch immer nicht, weshalb Sie auf diesen Parkplatz gefahren sind. Erklären Sie es mir.«
»Wozu?«
»Ich würde Sie gerne verstehen«, sagte er. »Habe ich etwas falsch gemacht? Hätte ich Sie nicht streicheln sollen, nicht küssen?«
»Sie haben mich auch schon gestern abend geküßt und gestreichelt«, sagte ich. »Für Agnes mußte es so ausgesehen haben, als sei ich Ihnen nur deshalb in die Küche gefolgt.«
»Und warum sind Sie mir gefolgt?«

Ich wußte es nicht mehr. Als ich zu ihm hinunterging, hatte ich es noch gewußt. Er wartete auch keine Antwort ab, sondern sagte: »Vielleicht ist das der Grund, weshalb sie nicht mitkommen wollte.«
»Ich habe sie nicht danach gefragt.«
»Weil Sie sich meinetwegen mit ihr gestritten haben?«
»Dafür lag kein Anlaß vor. In der Einschätzung Ihrer Person sind wir uns glücklicherweise ziemlich einig.«
»Wie schmerzlich für mich«, sagte er und betrachtete die im Scheinwerferlicht liegende menschenleere und regennasse Straße. »Sie wird sicher schon längst im Chalet sein und Sie voller Ungeduld erwarten. Wenn ich Sie richtig verstanden habe, ist sie Ihnen heute noch wichtiger als Ihre Familie?«
»Bevor ich sie kennenlernte, hatte ich nichts mehr, was mir noch wichtig war.«
»Auch Ihr Haus in Lavoir nicht?«
»An ihm hing ich, aber wichtiger als sie ist es mir heute nicht mehr. Was nicht ausschließt, daß diese Sache für mich noch nicht ausgestanden ist.«
Er wandte mir das Gesicht zu. »Wenn Sie ohne die Gendarmerie auskommen wollen, sehe ich keine Möglichkeit für Sie, den Burschen heimzuzahlen, was sie mit Ihrem Haus angestellt haben.«
»Das weiß ich selbst«, sagte ich. »Aber zu erfahren, wem ich das alles verdanke und wer hinter dieser ganzen Sache steckt, das müßte zu schaffen sein.«
»Und damit würden Sie sich zufriedengeben?«
»Vielleicht auch nicht«, sagte ich und brachte den Citroën vor seinem Chalet zum Stehen. Mir fiel sofort auf, daß hinter keinem der zur Straße gelegenen Fenster ein Licht brannte. Georges sagte: »Sie könnte nur im Bad sein; das Fenster liegt an der Rückseite.«
Dort war sie aber auch nicht, wie wir wenig später feststellten. Es beunruhigte mich mehr, als ich mir gegenüber Georges anmerken ließ. Immerhin waren wir über drei Stunden weggewesen. Zeit genug für sie, sich nach einem anderen Restaurant umzusehen und komfortabel zu dinieren. Womit sich auch für mich erstmals die Frage stellte, warum ich nicht versucht hatte, sie zu überreden, mit uns zu kommen. Allein daran, daß ich mich bei unserem Gespräch in Georges' Schlafzimmer über sie geärgert hatte, konnte es nicht gelegen haben. Ich hatte mich schon öfter über sie geärgert und trotzdem jedesmal wieder die richtigen Worte gefunden, unsere kleinen Differenzen zu

überspielen. Und was, um Himmels willen, war falsch daran, als sie wissen wollte, warum ich nicht fähig gewesen sei, meine Hand von ihr zu nehmen, als Georges sie mißbrauchte? Doch nur, weil ich selbst nicht unbeteiligt war und sogar Gefallen daran fand, den Mißbrauch zu dulden. So daß ihre Frage nur allzu berechtigt gewesen war. In Wirklichkeit war mir ihre Weigerung, uns zum Essen zu begleiten, nicht ungelegen gekommen, hatte ich doch den Wunsch gehabt, mich mit Georges unter vier Augen zu unterhalten, und ob er mir auch in Agnes' Gegenwart seine Identität verraten hätte, war ungewiß. Wenngleich damit für meinen anschließend gefaßten Entschluß, nach dem Essen mit ihm auf den einsamen Parkplatz zu fahren, noch immer keine plausibel klingende Erklärung gegeben war. Denn mehr als ich schon im Restaurant erreicht hatte, war auch auf dem Parkplatz nicht zu erwarten gewesen. Es sei denn, ich hätte ihm, ermutigt durch meine vorangegangenen Erfolge, Gelegenheit geben wollen, mir auch noch die Bandaufnahme unseres vor zwei Tagen in Guillaumes geführten Tischgesprächs auszuhändigen, aber an die hatte ich, als ich mit ihm auf den Parkplatz fuhr, kein einziges Mal gedacht, zumal es sich ebensogut um die von ihm erwähnte Kopie hätte handeln können.

Als besonders beunruhigend empfand ich es, daß Agnes auch unsere Reisetasche nicht angerührt hatte. Sie stand noch ungeöffnet dort, wo sie von Georges, als er sie mir bei unserer Ankunft aus der Hand nahm, hingestellt worden war. Wie konnte sie nur bei diesem Wetter ohne Trenchcoat und ohne Schirm das Haus verlassen haben? Ich war zwar auch ohne Schirm und Mantel ausgekommen, aber doch nur, weil es zum Wagen immer nur ein paar Schritte waren, die ich zurücklegen mußte. Es sei denn, sie hätte sich wieder einmal ein Taxi kommen lassen, worin sie inzwischen schon einige Übung besaß, und genau das schien sie auch getan zu haben, denn das Telefon war von ihr benutzt worden; das Telefonbuch lag in der Diele neben dem zweiten Apparat, während es normalerweise in einem Regal unterhalb des Apparats seinen Platz hatte. Georges war sich sicher, es, seit er das Chalet bewohnte, noch nicht gebraucht zu haben. Ich nahm es mit in den Wohnraum und suchte, am Tisch sitzend beim heimeligen Licht zweier kleiner Wandleuchten mit gelben Schirmen vergeblich nach einem ersichtlichen Anhaltspunkt, welche Nummer sie gewählt haben könnte. Georges, meine Absicht erratend, setzte sich zu mir und sagte: »In Valberg werden Sie heute abend kein Taxiunternehmen mehr finden, das noch einen Anruf entgegennimmt. Sie sind

entweder schon alle ausgebucht oder...« Er brach ab und sagte lächelnd: »Das wird sie sein.«
Seine letzten Worte bezogen sich auf das einsetzende Läuten des Telefons, das auch mich sofort an Agnes denken ließ. Dennoch fragte ich: »Woher sollte sie die Nummer wissen?«
»Sie brauchte sie nur am Apparat abzulesen«, sagte er. »Wollen Sie nicht abnehmen? Oder soll ich es für Sie tun?«
Ich stand auf und nahm in der Diele den Anruf entgegen. Noch ehe ich richtig realisiert hatte, daß tatsächlich Agnes es war, fragte sie auch schon mit vorwurfsvoll klingender Stimme: »Wo habt ihr nur so lange gesteckt? Ich rufe jetzt schon seit über einer Stunde bei euch an.«
Mir nur mit Mühe meine Erleichterung nicht anhören lassend, erkundigte ich mich, von wo aus sie anrufe.
»Von wo schon?« fragte sie, unverändert vorwurfsvoll, zurück. »Von unserem Hotelzimmer. Ich ließ mir ein Taxi kommen und rufe dich nur an, damit du dir keine Sorgen machst. Ich konnte ihn einfach nicht mehr ertragen, Moni.«
Ich vergewisserte mich mit einem Blick zur Wohnzimmertür davon, daß Georges mir nicht nachgekommen war und sagte, die Stimme senkend: »Als wir uns heute abend in seinem Schlafzimmer unterhielten, hörte sich das noch ganz anders an. Oder muß ich dich erst daran erinnern, was du da alles an neuen Einsichten hast verlauten lassen?«
»Darum ging es nicht«, sagte sie. »Es ging darum, daß ich mich über dich geärgert habe.«
»Als wir uns über ihn unterhielten?«
»Als du, ohne dich zu verabschieden, einfach aus dem Zimmer gingst. Nur weil ich dich etwas fragte, das dir unangenehm war. So etwas kannst du mit mir nicht machen, Moni.«
»Und warum nicht?« hörte ich mich fragen.
Eine Antwort bekam ich nicht mehr: sie legte einfach auf. Ich blieb noch einige Sekunden lang neben dem Apparat stehen. Dann legte auch ich auf und kehrte zu Georges zurück. Er hatte seinen Platz nicht verlassen und blickte mich prüfend an. Ich setzte mich auf das kleine Sofa und fragte: »Haben Sie noch einen Cognac für mich?«
Er stand auf, holte Flasche und Gläser und sagte: »Bei allem Verständnis dafür, daß sie mich nicht mag: Nach einem Tag, wie Sie ihn hinter sich haben, könnte sie etwas mehr Rücksicht auf Sie nehmen. Von wo rief sie an?«

»Von unserem Hotelzimmer in Sarennes. Sie konnte Ihren Anblick nicht länger ertragen.«
»Ich dachte es mir. Trotzdem ist es keine Art, Sie allein hier sitzen zu lassen. Ich fürchte, Sie werden noch manche Überraschung mit ihr erleben. Sie wird in jedem Mann, der Ihnen künftig begegnen wird, einen Rivalen sehen. Was werden Sie jetzt tun? Ihr nachfahren?«
Mit diesem Gedanken hatte ich mich nur einen Augenblick lang getragen. Dann überwog meine Einsicht, daß ich mir keinen schlechteren Dienst erweisen könnte. Vielleicht ging es ihr gar nicht so sehr um Georges als darum, sich wieder einmal meiner Abhängigkeit zu vergewissern und ihren Einfluß auf mich auszukosten. Und wenn ich ihr diesmal nachfuhr, dann würde ich es auch beim nächstenmal und immer wieder tun und mich damit erst recht von ihr und von ihren Launen abhängig machen. Ganz abgesehen davon, daß ich nicht die geringste Lust verspürte, mich jetzt noch einmal in den Wagen zu setzen und bei Nacht und Regen die doch relativ weite und kurvenreiche Gebirgsstrecke nach Sarennes zu fahren.
»Das hat Zeit bis morgen früh«, sagte ich. »Und was die Überraschungen betrifft, so bin ich von meiner Familie Schlimmeres gewöhnt. — Am Dienstag, erzählten Sie, soll die vorgebliche Geldübergabe stattfinden?«
Er füllte die beiden Gläser, kam zu mir und setzte sich zu mir auf das Sofa. Er gab mir ein Glas und sagte: »Sie wollten nichts mehr davon hören, wenn ich mich recht entsinne.«
Er entsann sich richtig, und dennoch ging mir die Sache nicht aus dem Kopf. Ich antwortete: »Es bedrückt mich, daran zu denken, daß seine Angehörigen noch immer des Glaubens sind, er sei noch am Leben. Über so lange Zeit hinweg — morgen sind es schon acht Tage — Hoffnungen bei ihnen wach zu halten, die sich nicht erfüllen, finde ich schlimmer, als sie die Wahrheit wissen zu lassen.«
Er nickte. »Mir erging es nicht anders. Ich hatte noch einen Brief vorbereitet, den ich gestern in Digne beim Hauptpostamt einwarf. Er dürfte Levaus Familie inzwischen erreicht haben und verständigt sie davon, daß es bei seiner Verlegung an einen anderen Ort zu einem Unfall mit tödlichem Ausgang gekommen sei und daß sie, sobald es die Sicherheit der Entführer zuläßt, den genauen Ort mitgeteilt bekommen, wo sie ihn finden werden.«
»Aber doch nicht da, wo er wirklich liegt?«
Er stand noch einmal auf, schob den Tisch näher an das Sofa heran, so daß wir unsere Gläser abstellen konnten, und fragte: »Warum

nicht? Wenn man ihn und die Überreste seines Porsches findet, wird man annehmen, der Unfall sei bereits bei der Entführung geschehen und die Entführer hätten dann versucht, wenigstens mit seinem spurlosen Verschwinden noch ein Geschäft zu machen. Wenn Sie erst einmal Ihr Haus verkauft und sich an einem anderen Ort niedergelassen haben, kann man ihn ruhig finden. Vorher besser nicht. Für seine Familie wird diese Sache erst abgeschlossen sein, wenn seine Leiche gefunden und dort bestattet wurde, wo es für den Fall seines Todes vielleicht schon immer vorgesehen war.«
»In Digne?«
»Ich möchte auch jetzt nicht darüber reden. In Ihrem eigenen Interesse.«
»Aber Sie sprechen immer von seiner Familie. Er war also verheiratet. Hatte er Kinder?«
»Ich sagte Ihnen doch, je weniger ...«, setzte er an. Ich unterbrach ihn: »Was in meinem eigenen Interesse ist, kann ich besser beurteilen als Sie. Ich möchte nur wissen, ob er Kinder hat. Wenn ich es weiß, werde ich Ihnen keine Fragen mehr stellen.«
Er sagte: »Ich sehe zwar den Sinn nicht, aber er hatte Kinder.«
»Dann habe ich doch noch eine Frage«, sagte ich. »Warum Sie mir von diesem letzten Brief an seine Familie nicht schon gestern abend erzählten?«
»Da war ich mir noch nicht sicher, ob es richtig war, ihn abzusenden.«
»Und jetzt sind Sie sicher?«
»Ich fühle mich so«, sagte er. »Haben Sie schon über meinen Vorschlag nachgedacht, hier zu wohnen, bis Sie etwas anderes haben?«
Dazu hatte ich noch keine Zeit gefunden und auch nicht den Kopf gehabt. Ich trank einen Schluck aus meinem Glas. »Und wo werden Sie selbst wohnen? Agnes' Einstellung kennen Sie jetzt. Sie wird sich nicht damit abfinden, mit Ihnen unter einem Dach zu leben.«
Er zuckte mit den Schultern. »Es ist ihr und nicht mein Problem, damit zurechtzukommen. Ich denke nicht daran, Sie ihretwegen aufzugeben. Sie wird sich damit abfinden oder eben unter einem anderen Dach leben müssen. Das könnte in Ihrer unmittelbaren Nähe sein, damit Sie sie jederzeit besuchen können. Ich werde mich morgen vormittag nach einem anderen Chalet umsehen. Vielleicht finde ich eins, das Ihnen besser gefällt als ...«
»Mir genügt dieses«, warf ich ein. »Während Sie sich darum kümmern, werde ich nach Sarennes fahren und mit Agnes reden. Wenn

sie hört, daß Sie nicht mehr hier wohnen, wird sie mitkommen. Das Hotelzimmer werde ich vorläufig noch behalten. Mein Anwalt braucht von Ihnen und von diesem Chalet nichts zu wissen. Im Hotel kann er jederzeit eine Nachricht für mich hinterlassen. Ich werde ihn mit dem Verkauf meines Hauses beauftragen. Vielleicht kann er mir auch ein Gespräch mit dem Bürgermeister vermitteln. Ihm müßten die Baupläne für Lavoir bekannt sein. Noch bin ich Bewohnerin dort und als solche auch berechtigt, sie einzusehen.«
»Und Sie glauben, daß er Sie empfangen wird?«
»Vielleicht auch nicht«, räumte ich ein. »Wir werden ja sehen. Er wird nicht der einzige Mensch im Rathaus sein, der darüber Bescheid weiß. Es wird auch in Sarennes so etwas wie eine Bauaufsichtsbehörde geben. Vielleicht erfahre ich den Namen des zuständigen Leiters. Dem Pförtner im Rathaus müßte er bekannt sein. — Wohin müssen Sie sich wegen des anderen Chalets wenden? Wieder an den Makler in Nice, bei dem Sie auch dieses hier gemietet haben?«
Er schüttelte den Kopf. »Das läßt sich hier erledigen. Wir brauchen in diesem Fall auch keinen Makler. Die meisten der großen Hotels haben eigene Chalets, die sie an Gäste vermieten, die nicht im Hotel wohnen wollen. Das *Andrech de Lages* hat sicher auch welche. Es gibt da nur ein kleines Problem.«
»Sie haben kein Geld mehr?«
»Nicht genug, um auch noch ein weiteres Chalet zu mieten. So ungern ich es Ihnen gegenüber zugebe.«
»Sie haben auch die hundertfünfzigtausend Francs zugegeben«, sagte ich. »Ich werde das Geld von meiner deutschen Bank überweisen lassen. Wohin, können Sie sich noch überlegen. Wenn Sie als Gast beim *Andrech de Lages* absteigen und ein Chalet nehmen, wird die Rechnung, wie bei den Zimmern auch, sicher erst hinterher fällig. Wieviel Geld brauchen Sie, um über die Feiertage zu kommen? Zehntausend könnte ich Ihnen geben.«
»Mit Ihrem Einverständnis möchte ich heute abend nicht mehr über Geld reden.«
»Ist mir auch recht«, sagte ich und blickte auf meine Armbanduhr. Es war bereits nach Mitternacht. Ich trank mein Glas leer, stand auf und sagte: »Ich bin müde, Georges. Wie halten wir es morgen früh?«
»Wann wollen Sie frühstücken?«
»Nicht zu spät, da ich anschließend nach Sarennes fahre. Vielleicht gegen neun?«
»Ist mir recht. Sie können jetzt vor mir ins Bad. Ich trage Ihre Reiseta-

sche hinauf und trinke dann hier in Ruhe noch mein Glas leer. Lassen Sie sich im Bad Zeit. Vielleicht wollen Sie vor dem Schlafengehen noch baden?«

»Ein heißes Bad täte mir jetzt gut«, sagte ich.

Er stieg vor mir die Treppe hinauf, trug die Tasche in mein Schlafzimmer und schaltete das Licht im Badezimmer ein. Bevor er die Treppe wieder hinunterstieg, küßte er mich und wünschte mir eine gute Nacht. Daß auch die Badezimmertür ohne Schlüssel war, geriet mir nicht zum Nachteil. Er ließ sich weder im Bad noch in meinem Schlafzimmer sehen, und weil ich nicht mehr wußte, woran ich mit ihm und auch mit mir selbst war, ob ich mich erleichtert oder getäuscht fühlen sollte — was nicht dasselbe war wie enttäuscht —, schlief ich trotz meiner Müdigkeit lange nicht ein und wachte auf, als ich seine Hände und Küsse am ganzen Körper fühlte. Zu schlaftrunken, mich ihrer zu erwehren, setzten meine Zweifel, ob es richtig war, ihn gewähren zu lassen, erst ein, als ich seine Küsse bereits erwiderte. Danach kamen sie mir aus dem Kopf, und als ich wieder fähig war, ihn zu gebrauchen, lag alles schon hinter mir und Georges war in sein Zimmer zurückgekehrt. Wenn ich mich recht erinnerte, ohne daß ein einziges Wort zwischen uns gesprochen worden war. Als er mich am Morgen wachküßte, war er bereits rasiert und angezogen. Ohne Brille, die er jedesmal abnahm, wenn er mich küßte, wirkte sein Gesicht einige Jahre jünger. Ob es bezeichnend für mein Gefühle für ihn war, daß mein erster klarer Gedanke einer so banalen Sache galt wie der, daß er einen Kondom benutzt hatte, beschäftigte mich nur einen Augenblick lang. Als weniger flüchtig erwiesen sich die Eindrücke, die sein nächtlicher Besuch bei mir hinterlassen hatte, wenngleich ich, je länger ich ihn mir ins Gedächtnis rief, fast unübersehbare Probleme auf mich zukommen sah. Ohne vorläufig zu wissen, welcher Art sie waren.

Mein Nachtkleid lag neben dem Bett auf dem Boden. Georges reichte es mir und sagte: »Du hattest es schon nicht an, als ich zu dir kam. Hast du auf mich gewartet?«

Ich war mir nicht sicher, ob ich auf ihn gewartet und es seinetwegen ausgezogen hatte oder ob mir in dem gut geheizten Zimmer zu warm geworden war. Ich streifte es über und sagte: »Ich schlief sofort ein, als ich im Bett lag. Wie spät ist es?«

Er beugte sich zu mir nieder, küßte mich wieder und sagte: »Zehn vorbei. Du hast so fest geschlafen, daß ich es nicht fertigbrachte, dich früher zu wecken. Wie lange brauchst du im Bad? Ich frage es wegen des Frühstücks.«

»Zehn Minuten. Lassen Sie mich bitte allein.«
Er blickte mich merkwürdig an, verlor jedoch kein Wort. Erst als er schon die Tür erreicht hatte, drehte er sich noch einmal um und fragte: »Sie wollen nicht, daß Agnes es mitbekommt? Irgendwann wird sie es mitbekommen.«
»Nicht heute«, sagte ich. »Ich brauche etwas Zeit, sie darauf vorzubereiten.«
»Das kann ich verstehen«, sagte er und verließ das Zimmer. Als ich eine Viertelstunde später in den Wohnraum kam, stand ein Frühstück auf dem Tisch, Stangenbrot, Butter, Marmelade und Käse. Georges hatte schon gefrühstückt. Während ich es mir schmecken ließ, hörte ich ihn in der Diele telefonieren. Danach setzte er sich zu mir an den Tisch und sah mir beim Essen zu. Ich fragte: »Haben Sie mit Ihrer Frau telefoniert?«
»Mit dem *Andrech de Lagas*«, sagte er. »Sie haben acht Chalets, davon sechs unbelegt. Ich sehe sie mir an. Wann werden Sie zurück sein?«
Ich blickte zum Fenster. In Schnee hatte sich der Regen in der Nacht nicht verwandelt, aber es hatte auch nicht aufgehört, zu regnen. Im dichten Wolkennebel, der sich in Valberg eingenistet hatte, waren nur noch die Konturen der Häuser zu erkennen. »Vor dem Abendessen auf keinen Fall«, sagte ich. »Wir werden den größten Teil unseres Gepäcks gleich mitbringen, haben also einiges einzupacken. Auch möchte ich mich noch etwas ausruhen, ehe wir losfahren. Werden Sie den ganzen Tag hier verbringen?«
Er schüttelte den Kopf. »Den ganzen Tag nicht. Ich habe einiges zu erledigen. Es wird Sie sicher nicht interessieren, daß ich Ihretwegen die ganze Nacht kein Auge zugebracht habe, aber ich sage es Ihnen trotzdem.«
»Auch hinterher nicht?« fragte ich, mit meinem Frühstück beschäftigt.
Er sagte: »Weder vor-, noch hinterher. Als ich in Ihr Zimmer kam, war es kurz nach drei. Bis dahin lag ich wach.«
»Das tut mir leid«, sagte ich. »Was hinderte Sie daran, schon früher zu kommen?«
»Sie«, sagte er. »Die Sorge, wie Sie es aufnehmen werden. Und auch als ich schon bei Ihnen war, lag ich über eine Stunde neben Ihnen, ohne Sie anzurühren.«
»Auch das war Ihre eigene Schuld«, sagte ich. »Ich habe Sie weder aufgefordert, sich zu mir zu legen, noch, wenn Sie es dennoch tun,

mich über eine Stunde lang nicht anzurühren. — Ihr Kaffee ist gut. Trinken Sie eine Tasse mit, dann schmeckt er noch besser.«
Er lächelte. »Man muß Sie so erleben, wie ich Sie heute nacht erlebt habe, um zu wissen, daß Sie nicht so eiskalt sind, wie Sie jetzt wieder tun.«
Ich war nicht eiskalt, wie er mich fälschlicherweise einschätzte, ich war in den letzten acht Tagen nur durch Agnes' Schule gegangen und seitdem eben nicht mehr dieselbe wie zuvor. Er holte sich eine Tasse aus dem Geschirrschrank, sah zu, wie ich ihm eingoß, und sagte: »Ich war auch hinterher viel zu glücklich, um schlafen zu können.«
»Das kann ich gut verstehen«, sagte ich. »Wenn man die Stunde, in der Sie untätig neben mir lagen, mit einbezieht, waren Sie auch gar nicht so kurz bei mir. Was haben Sie da getan? Meinem leisen Atem gelauscht.«
»Ich hatte eine Taschenlampe mitgebracht und vertiefte mich in Ihren reizvollen Anblick«, sagte er. »Sie schliefen so fest, daß Sie nicht merkten, wie ich Sie aufdeckte.«
»Da traf es sich ja sehr gut für Sie, daß mir vor dem Einschlafen in meinem Nachtkleid zu warm geworden war«, sagte ich. »Warum haben Sie mit dem Frühstück nicht auf mich gewartet?«
»Das kann ich Ihnen erklären«, sagte er. »Ich bin es seit vielen Jahren gewöhnt, um sieben Uhr zu frühstücken. Heute frühstückte ich schon um sechs.«
»Weil Sie nach Ihrem Besuch bei mir nicht einschlafen konnten?«
»Genauso war es«, sagte er. »Mein Zimmer werde ich bis zu Ihrer Rückkehr schon räumen, damit Sie hier mit Ihrer Freundin völlig ungestört sind. — Sie sind eine hinreißende Frau, Monika. Wissen Sie das?«
»Ich schloß es aus Ihrer Art, mich, seit wir uns kennen, anzusehen«, sagte ich. »Solange er es noch zu schätzen wußte, tat mein Mann es genauso. Wie oft müssen Sie mit mir schlafen, um mich nicht mehr hinreißend zu finden?«
Er wurde ernst. »Ich frage mich, wie verbittert eine Frau sein muß, um so zu reden.«
»Ich bin nicht verbittert«, erwiderte ich. »Ich bin vielleicht desillusioniert. Weniger, was meine Ehe betrifft. Sie verlief, gemessen an den Ansprüchen, die neuerdings und im allgemeinen an eine Ehe gestellt werden, eher normal.«
»Aber Sie wollen nicht mehr zu Ihrem Mann zurück?«
»Das ist mir zu kurz gegriffen«, sagte ich. »Nach dem Krieg meinte

mein Vater, jetzt würde bei uns die große Selbstbesinnung einsetzen. Die hat inzwischen auch eingesetzt. Nur eben anders, als er dachte. Ich weiß nicht, ob Sie als Franzose jemals das Gefühl hatten, in einem Land zu leben, wo jeder sich einredet, es besser zu wissen als der andere und ihn deshalb zu erziehen und zu belehren trachtet. Wo jeder sich selbst der Nächste und Solidarität nur dann noch gefragt ist, wenn die Gewerkschaften zum totalen Arbeitskampf gegen die notleidenden Kommunen antreten.«
Er lächelte. »Ich fürchte, da kommen Sie in Frankreich vom Regen in die Traufe.«
»Kann sein«, sagte ich. »Aber die Franzosen können es sich leisten, politische und wirtschaftliche Torheiten zu machen. Wir in Deutschland nicht. Dazu haben wir, einschließlich der Wiedervereinigung, aus der Vergangenheit noch zu viel aufzuarbeiten. Da Sie Baumaschinen verkauft haben, also rein kommerzielle Artikel, müßten Sie dem Kapital eigentlich näher stehen als den Gewerkschaften.«
»Normalerweise schon«, nickte er. »Nur hatte ich es fast immer mit Arbeitgebern zu tun, die es mir schwermachten, mich mit ihrem Kapital zu identifizieren.«
»Um so inniger tun Sie es bei mir«, sagte ich, mein Frühstück beendend. »Wo lagen die Probleme? Im geschäftlichen oder mehr im menschlichen Bereich?«
»Das läßt sich bei diesen Industrie- und anderen Bossen nicht trennen«, sagte er. »Haben Sie Erfolg, dann gelten Sie auch als Mensch etwas. Haben sie keinen, dann haben Sie auch als Mensch ausgedient.«
Ich nickte. »Das ist in der Branche meines Mannes auch nicht anders. Sie haben also nicht genug Baumaschinen verkauft?«
»Nicht nur das«, sagte er. »Ich forderte auch noch mehr Gehalt.«
»Wie konnten Sie auch nur so unvernünftig sein«, sagte ich. »Aber irgendwie paßt es zu Ihnen. Auch bei mir begnügen Sie sich nicht damit, mich im Bett zu haben: Sie wollen auch noch mein Geld, obwohl es genug Männer gibt, die es sich selbst etwas kosten ließen, mich ins Bett zu bekommen. Auf meinem Nachtschränkchen liegen die zehntausend Francs, über die wir uns gestern abend unterhalten haben.«
»Sozusagen als Entgelt für meinen nächtlichen Besuch«, sagte er. »Oder was sollen sie ausgerechnet auf Ihrem Nachtschränkchen? Sie hätten sie mir auch hier überreichen können.«
Merkwürdigerweise hatte ich an die Möglichkeit, er könnte einen Zusammenhang zwischen seinem Besuch und dem Geld auf meinem

Nachtschränkchen herstellen, keinen Augenblick lang gedacht. Meine gestrige Zusage, ihm mit diesem Betrag über die schlimmsten Engpässe bis nach den Feiertagen hinwegzuhelfen, war mir eingefallen, als ich vorhin aus dem Bad zurückkam, und damit ich es nicht vergaß, hatte ich das Geld gleich aus der Handtasche genommen und es eben auf das Nachtschränkchen gelegt, weil ich es sonst nur auf das Bett oder auf einen Stuhl hätte legen können, wo es nicht minder deplaziert gelegen hätte. Abgesehen davon, daß ich ihm die Annahme durch eine persönliche Übergabe nicht unnötig hatte erschweren wollen. Andererseits machte er mir nicht den Eindruck, sehr gekränkt zu sein, ganz im Gegenteil schien er sich heimlich zu amüsieren. Ich sagte: »Wenn Sie meinen, sich mit Ihrem Besuch zehntausend Francs verdient zu haben, hätte es wohl wenig Sinn, es Ihnen auszureden. Machen Sie es immer so, daß Sie sich nach einer geglückten Verführung wieder rücksichtsvoll in Ihr eigenes Zimmer zurückziehen?«
»Hätten Sie es lieber gesehen, ich wäre noch etwas geblieben?«
»Das wollte ich damit nicht sagen.«
»Was sonst?«
Ich wußte es selbst nicht recht. Möglicherweise erinnerte es mich an Klaus, der in der Schlußphase unserer ehelichen Beziehungen nach getaner Arbeit sich ebenfalls jeder weiteren Zuwendung rücksichtsvoll enthalten hatte. Ich antwortete: »Daß ich es nicht gewöhnt bin, mit einem Mann zu schlafen, der wortlos in mein Bett kommt und es ebenso wortlos wieder verläßt. Oder war Ihr anschließendes Glücksempfinden, das Sie nicht einschlafen ließ, ebenfalls so groß, daß Ihnen die Stimme nicht gehorchte?«
Er griff über den Tisch hinweg nach meiner Hand. »Mir erschien jedes Wort, das ich Ihnen noch hätte sagen können, gemessen an dem Erlebnis, Sie in meinen Armen gehalten zu haben, so banal, daß ich es vorzog, Sie meine Gefühle nur durch meine Küsse wissen zu lassen. Oder erschien Ihnen das nicht ausreichend genug?«
Ging ich von der Anzahl und von der Art seiner Küsse aus, bevor er in sein Zimmer zurückkehrte, so traf es allerdings zu, daß Worte kaum mehr hätten ausrichten können. Ich hatte sie noch am ganzen Körper gefühlt, als er mich schon längst verlassen hatte. Was das betraf, so hatte er mich eher an Agnes als an Klaus erinnert, deren Küsse ich hinterher oft noch stundenlang zu fühlen meinte. Aber auch dann, wenn er, wie soeben, Worte statt Küsse ins Feld führte, blieben sie nicht ohne Wirkung. Ich erinnerte mich jedenfalls nicht — sah ich von den intimen Geständnissen, die Agnes mir bei unseren Liebes-

stunden ins Ohr zu flüstern pflegte, einmal ab –, jemals ein ähnlich schmeichelhaftes Kompliment erhalten zu haben, und wenn ich mir meine Erlebnisse der vergangenen Nacht vergegenwärtigte, so wunderte es mich nicht, weshalb ich es ihm so leicht gemacht hatte. Nicht nur war mir sein Besuch nicht völlig unerwartet gekommen. Auch seine Art, mich wachzuküssen, hatte mich für sein Begehren doch sehr willfährig gestimmt, zumal der Umstand, daß er einen Kondom verwendete, einsetzenden Ängsten rasch den Boden entzog. Und daß ich von irgendwann an auch mitgegangen war, hätte nur dann zu nachträglichen Gewissensbissen Anlaß geben können, wenn ich bei Agnes moralisch in der Pflicht gewesen wäre, es nicht zu tun, aber nach meinem letzten Gespräch mit ihr sah ich mich von einer solchen Pflicht entbunden. Was nicht ausschloß, daß ich vorläufig keine Ahnung hatte, wie es nun weitergehen würde und weitergehen sollte.
Mich auf seine letzte Frage besinnend, antwortete ich: »Da Sie doch sonst nicht um Worte verlegen sind, kam Ihr stiller Abgang eben etwas unerwartet für mich. Ich wähnte Sie zunächst im Bad. Erst als Sie nach einer Viertelstunde noch nicht zurück waren, machte ich mich mit dem Gedanken vertraut, meine Schuldigkeit für diese Nacht getan zu haben.«
Diesmal wechselte er die Gesichtsfarbe. Er sagte leise: »Hätte ich gewußt, daß Sie es so sehen ...«
»So sah ich es nicht«, fiel ich ihm rasch dazwischen. »Ich war nach den Ereignissen des gestrigen Tages wirklich todmüde und auch dankbar, daß Sie es bei dem kurzen Besuch bewenden ließen.«
Ich löste meine Hand aus der seinen und sagte: »Ich möchte Agnes nicht länger warten lassen. Daß sie heute morgen noch nichts von sich hören ließ, ist kein gutes Zeichen. Das Telefon hat nicht geläutet, als ich noch schlief?«
Er schüttelte den Kopf. »Ich hätte es gehört und Sie selbstverständlich geweckt. Wenn es Sie beunruhigt: Rufen Sie sie doch im Hotel an.«
»Besser nicht.«
»Warum nicht?«
»Ich bin mir noch nicht sicher, was ich ihr sagen soll«, antwortete ich.

Sie zur Mittagszeit noch schlafend im Bett anzutreffen, war so ungewöhnlich, daß ich sie zunächst im Verdacht hatte, ihren Schlaf nur zu simulieren. Erst als ich etwa fünf Minuten neben ihr auf der Bettkante gesessen, ihr Gesicht im Auge behalten und ihren Atemzügen gelauscht hatte, war ich überzeugt, daß sie tatsächlich schlief. Möglich, daß sie sich nach dem Mittagessen nur ein wenig hinlegen wollte und unbeabsichtigt eingeschlafen war. Dafür sprach auch, daß sie Jeans, Schuhe und Pulli anbehalten hatte, während sie es sich sonst, wenn sie sich hinlegte, nicht leicht genug machen konnte. Auch meine Perlenkette trug sie wieder. Es würde ihr ähnlich sehen, in diesem Aufzug auch schon im Speisesaal erschienen zu sein und den unvorteilhaften Eindruck, zum österlichen Mittagsmahl in Jeans und Pulli anzutreten, durch das Tragen der Kette glaubte neutralisieren zu können. Ich selbst hatte es nicht geschafft, zum Mittagessen noch rechtzeitig in Sarennes zu sein, wozu nicht zuletzt der anhaltende Regen und meine späte Abfahrt beigetragen hatten. Statt dessen war ich unterwegs in einem an der Straße stehenden Restaurant eingekehrt. Andererseits war es allein dem schlechten Wetter zuzuschreiben, daß von einem österlichen Verkehr auf den Straßen so gut wie nichts zu merken war. Besonders auf der sehr gebirgigen und kurvenreichen Strecke von Valberg über Beuil nach Sarennes war mir kaum ein Auto begegnet.

Bevor ich Agnes weckte, machte ich mich im Bad etwas frisch und bestellte einen Kaffee aufs Zimmer. Zu meiner Überraschung meldete sich Monsieur Clout, den ich seit zwei Tagen nicht mehr zu Gesicht bekommen hatte, persönlich am Telefon. Offenbar war ihm meine Abwesenheit gar nicht aufgefallen, denn er verlor kein Wort dazu und drückte nur sein Bedauern darüber aus, seinen Gästen zu Ostern mit keinem besseren Wetter dienen zu können.

Ich beruhigte ihn damit, mich auch bei Regenwetter in seinem Hotel sehr wohl zu fühlen. Ob Agnes schon kurz vorher oder erst durch mein Telefonat wachgeworden war, blieb ihr kleines Geheimnis, denn als ich sie danach fragte, sah sie mich nur schweigend an. Ich setzte mich zu ihr, beugte mich zu ihr nieder und küßte sie. Sie fragte: »Hast du mit ihm geschlafen?«

Bis zu diesem Augenblick war ich mir noch nicht klargeworden, ob und wie ich es ihr erzählen würde, aber weil sie meinen Kuß nicht erwidert und ihre Stimme eher unpersönlich als über mein Eintreffen freudig bewegt geklungen hatte, entschied ich mich von einer Sekunde zur anderen und antwortete: »Ja, aber ich kenne jetzt seinen Namen und weiß, wo er wohnt. Er erwartet uns heute abend zurück und wird sich bis dahin nach einem anderen Chalet umsehen. Sein bisheriges überläßt er uns.«

Sie sagte: »Ich werde nicht mit dir kommen, Moni.«

Daß sie gestern abend so unberechenbar reagierte, hatte ich ihr noch nachgesehen. Jetzt wurden mir ihre Launen zuviel. Ich sagte ruhig, aber bestimmt: »Dann fahre ich ohne dich. Vielleicht brauchst du etwas Zeit, um darüber nachzudenken, was du willst. Als wir uns gestern abend in seinem Zimmer unterhielten, warst du es, die mir zuredete ...«

Sie unterbrach mich: »Du hättest dich nicht danach zu richten brauchen. Wann hat er dir verraten, wie er heißt und wo er wohnt? Bevor du mit ihm geschlafen hast oder erst hinterher?«

»Ich finde nicht, daß das noch von Bedeutung ist. Ich habe mich auch nicht nach dir gerichtet. Als ich mitten in der Nacht aufwachte und er neben mir lag, sah ich keine Möglichkeit mehr, ihm noch länger zu verwehren ...«

»Vielleicht wolltest du es dir selbst nicht länger verwehren«, warf sie ein. »Vielleicht hast du sogar darauf gewartet. Wenn du heute abend schon wieder zu ihm fahren willst, kann es dir nicht sehr unangenehm gewesen sein.«

»Er war nicht schlecht«, sagte ich. »Willst du auch noch wissen, wie oft ich gekommen bin?«

Das Eintreffen des Zimmermädchens mit dem Kaffee setzte unserem beginnenden Wortwechsel ein vorläufiges Ende. Auf meine Frage, ob der Patron den Telefondienst heute persönlich übernommen habe, erzählte sie mir, daß er wegen des schlechten Wetters liegengebliebene Büroarbeiten erledige, zu denen er bei schönem Wetter und vollem Haus nie Zeit finde. Daß er unverheiratet war, hatte ich schon bei einem früheren Gespräch mit ihr in Erfahrung gebracht, weil mir die permanente Abwesenheit einer Patronin aufgefallen war. Seine Anwesenheit im Büro brachte mich aber auf einen Einfall, mit dem ich mich zwar schon einmal beschäftigt hatte, von dem ich jedoch mit Rücksicht auf Dr. Gérads Bemühungen abgekommen war. Er hätte es vielleicht als Mangel an Vertrauen empfinden müssen, wenn ich selbst im Rathaus vorstellig geworden wäre, aber wer in Sarennes für die Bauaufsichtsbehörde zuständig war, würde ich vielleicht auch von Monsieur Clout erfahren können. Und nicht nur das: als ich wenig später in dieser Sache mit ihm telefonierte, konnte er mir sogar die Privatadresse des zuständigen Baudezernenten und seine Telefonnummer geben, die ich mir vorsorglich aufschrieb. Wegen einiger Umbauten zwecks Modernisierung, die er vor drei Jahren an seinem Hotel vorgenommen hatte, war er ihm persönlich bekannt. Wie bei ihm gewohnt, stellte er keine neugierigen Fragen nach dem Grund meines Interesses an seiner Person, sondern begnügte sich damit, mir zu versichern, mir für alle benötigten Auskünfte jederzeit gerne zur Verfügung zu stehen.

Noch während ich mit ihm telefonierte, hatte sich Agnes vom Bett erhoben und am Tisch Platz genommen. Sie goß mir Kaffee ein, füllte auch ihre Tasse und fragte: »Hat Georges dich auf diesen Einfall gebracht? Bisher war keine Rede davon, daß du den Baudezernenten besuchen willst. Ich sehe auch nicht, was du dir davon versprichst.«

So genau sah ich das selbst noch nicht. Ich sagte: »Um mir das einfallen zu lassen, brauchte ich Georges nicht. Ich habe das unbestimmte Gefühl, daß wir vom Bürgermeister, wenn er von seiner Reise zurückkommt, weder über Dr. Gérad noch von ihm selbst erfahren werden, was sich in Lavoir tut. Und wenn ich mein Haus schon aufgeben muß, dann möchte ich wenigstens wissen, weshalb. Ich bin mir jetzt nicht mehr sicher, ob der Bürgermeister tatsächlich zu einer Dienstreise weg war oder ob er sich verleugnen ließ.«

»Dann wäre auch Dr. Gérad falsch informiert worden.«

»Vielleicht auch nicht.«

Sie blickte prüfend in mein Gesicht. »Du traust ihm plötzlich nicht mehr?«

»Ich weiß nicht mehr, wem ich noch trauen soll«, sagte ich. »Nach unseren jüngsten Erlebnissen bin ich geneigt, sein Versäumnis, mich von seiner geplanten Osterreise zu unterrichten, in einem neuen Licht zu sehen. — Du willst also heute abend hier im Hotel bleiben?«

Sie nickte.

»Darf ich auch den Grund wissen? Daß du Georges nicht mehr sehen willst und kannst, fällt als Argument jetzt weg. Wenn er ein eigenes Chalet hat, wirst du ihn in Valberg so wenig sehen müssen wie hier.«

»Weil du, um mit ihm zu schlafen, zu ihm in *sein* Chalet gehen wirst?«

»Und wenn schon«, sagte ich. »Ich habe hier noch einiges zu erledigen und abzuwickeln. Solange er in seinem Chalet sitzt und auf mich wartet, richtet er keinen Schaden an. In seiner augenblicklichen Verfassung ist er nicht voll zurechnungsfähig. Er hat mir einen Heiratsantrag gemacht. Dich würde er, solange du ihm nicht in die Quere kommst, akzeptieren. Das ist doch sehr großzügig von ihm. Oder etwa nicht?«

Sie schwieg.

Ich sagte: »Eine große Hilfe bist du mir nicht. Vielleicht hättest du mir eine sein können, wenn du bei mir gewesen wärst, als er in mein Zimmer kam. Ich war es heute nacht irgendwie leid, noch länger die

Heldin zu spielen, falls du das verstehst, aber wahrscheinlich verstehst du es nicht. Du denkst nur an dich.«

»Das ist nicht wahr, verdammt!« sagte sie laut. »Du weißt genau, daß das nicht wahr ist. Du hast ja keine Ahnung ...«

Sie brach ab.

Ich horchte auf. »Wovon habe ich keine Ahnung? Hat er hier angerufen? Während ich unterwegs war? Oder sonst jemand?«

Sie fragte: »Der Papst? Weil wir in Sünde leben?«

Ein paar Augenblicke lang kämpfte ich gegen den Wunsch an, aufzustehen und das Zimmer zu verlassen, aber da wir nur dieses eine hatten und ich keine Lust verspürte, planlos im Regen durch die Gegend zu laufen oder zu fahren, unterdrückte ich ihn und sagte mit erzwungener Ruhe: »Wir wollen doch eines klarstellen, Agnes: Als ich mich mit dir einließ, geschah es nicht aus Überdruß an Männern. Auch wenn ich nicht daran denke, mich noch einmal fest an einen zu binden: endgültig von ihnen verabschiedet habe ich mich nicht.«

»Weil du dir bei mir wieder Appetit auf einen geholt hast?«

»Vielleicht. Ich habe noch nicht darüber nachgedacht.«

Sie lächelte. »Und ich dachte, du wüßtest es schon.«

In Anbetracht der Unfreundlichkeiten, die wir soeben ausgetauscht hatten, war ich auf ihr Lächeln so wenig gefaßt, daß mir für den Augenblick nichts mehr einfiel. Auch als sie zu mir kam, wieder einmal auf meinem Schoß Platz nahm und mich küßte, überließ ich es ihr, das Wort zu ergreifen: »Dann geben wir das Zimmer hier auf?«

»Vorläufig nicht. Du hast es dir anders überlegt?«

»Was soll ich hier ohne dich? Wie lange werden wir in seinem Chalet wohnen?«

»Bis wir etwas Besseres gefunden haben. Vor Dienstag können wir nichts unternehmen. Vielleicht fahren wir morgen nach Allons, damit ich mir selbst einen Eindruck von diesem Haus machen kann. Dir würde es also gefallen?«

»Du spinnst«, sagte sie und rieb ihr Gesicht an meiner Wange. »Was nützt uns das schönste Haus, wenn wir kein Geld mehr haben? — Wie oft hast du denn mit ihm geschlafen? Mehr als einmal? Vielleicht verspricht er sich etwas davon, wenn du ein Kind von ihm bekommst.«

»Seinen Absichten könnte es sicher nur dienlich sein«, sagte ich. »Für wie unerfahren hältst du mich?«

»Klaus hat dir auch eins gemacht, als du es noch nicht wolltest.«

»Damals war ich noch unerfahren. Müssen wir darüber reden?«

»Nein«, sagte sie. »Aber heute abend wirst du nicht zu ihm gehen. Wenn er dich einlädt, wirst du sagen, du wüßtest es noch nicht. Dann wird er auf dich warten, und ich werde zu ihm gehen und ihm sagen, daß du dich zu müde fühlst. Oder gefällt dir das nicht?«
»Und warum nicht? Weil ich eifersüchtig werden könnte? Das überlasse ich dir.«
»Weil du mich nicht liebst.«
»Das wird es sein«, sagte ich. »Dafür habe ich mich auf Anhieb in Georges verliebt. Erinnerst du dich, welche Sorgen und Ängste wir uns noch gestern und vorgestern seinetwegen machten? Die können wir heute vergessen. Er wird uns weder anzeigen noch an den Bettelstab bringen. Das schließt nicht aus, daß wir noch Probleme mit ihm haben werden, aber sie werden lange nicht so groß sein, wie wir befürchtet haben.«
»Vielleicht siehst du sie nur noch nicht.«
»Weil ich mich hoffnungslos in ihn verlieben könnte? Mit ihm zu schlafen war viel einfacher, als ich es befürchtete, aber was hat das mit Liebe zu tun? Mich mit einem Mädchen einzulassen, das siebenundzwanzig Jahre jünger ist als ich, setzt mehr voraus, als das bißchen Spaß im Bett. Es setzt voraus, daß ich mich von mir selbst, wie ich mich mein Leben lang kannte, verabschiedet habe. Das wird uns auch in seinem Falle zugute kommen.«
»Wie meinst du das?«
»Wenn ich es weiß, werde ich es dir sagen. Stehst du von meinem Schoß auf? Wir lassen nur einen Koffer mit Nachtzeug hier. Alles andere nehmen wir mit. Da du bisher immer mit deiner alten Segeltuchtasche ausgekommen bist, wirst du es erst noch lernen müssen, wie man einen Koffer packt.«
»So schwer kann das nicht sein«, meinte sie und erhob sich behende von meinem Schoß. Es war jedoch noch schwieriger, als ich es selbst erwartet hatte, weil die beiden Koffer, die wir für sie gekauft hatten, sich als nicht groß genug erwiesen, ihre sich im Laufe einer Woche angesammelte neue Garderobe unterzubringen, und auch in meinen Gepäckstücken war kaum mehr Platz für sie. Wir sortierten daher aus, was sie an Kleidern in Valberg nicht unbedingt benötigte und waren noch damit beschäftigt, als das Telefon läutete. Obwohl es nur Georges sein konnte und ich bei dem Gedanken, er könnte für den Abend vielleicht schon wieder andere Pläne haben, nur wenig Lust verspürte, sie mir anzuhören, ließ ich es zu, daß Agnes den Hörer abnahm. Sie blickte mich, die Sprechmuschel mit einer Hand bedek-

kend, zweifelnd an und sagte: »Ein Monsieur Pillet; er will dich sprechen. Sagt dir sein Name etwas?«
Im ersten Moment sagte er mir nichts, aber dann erinnerte ich mich, und meine Verwunderung hätte nicht viel größer sein können, wenn der Präfekt in Digne persönlich am Apparat gewesen wäre. Ich flüsterte: »Dieser Dezernent, dessen Namen und Adresse ich vorhin von Monsieur Clout erfahren habe. Was will der von mir?«
»Vielleicht hören, was du von *ihm* willst«, sagte sie. »Bist du hier oder nicht?«
Mit drei raschen Schritten war ich bei ihr und meldete mich. Er fragte: »Madame Kristmann persönlich?«
Offenbar war er, weil sich zuerst eine andere Frauenstimme gemeldet hatte, verunsichert. Ich bestätigte ihm, daß er es diesmal tatsächlich mit Madame Kristmann zu tun hatte und fragte: »Sie kennen mich?«
»Ihren Namen«, antwortete er. »Ich erfuhr von Monsieur Clout, daß Sie sich nach meiner Privatadresse erkundigt haben. Er schloß daraus, daß Sie mich auch privat sprechen wollten, und empfahl mir, Sie anzurufen.«
Das war sicher sehr aufmerksam von Monsieur Clout, jedoch keine ausreichende Erklärung dafür, weshalb der Chef der Bauaufsichtsbehörde von Sarennes am Ostersonntag nichts Besseres zu tun hatte, als sich persönlich mit einer ihm nur namentlich bekannten Dame in Verbindung zu setzen, weil sie sich nach seiner Privatadresse erkundigt hatte. Es sei denn, er wußte von ihr mehr als nur ihren Namen und legte Wert darauf, sich raschmöglichst Klarheit über den Grund ihres Interesses an seiner Person zu verschaffen.
Ich sagte: »Ich war mir noch nicht sicher, ob ich mich mit Ihnen in Verbindung setzen oder vorher die Rückkehr meines Anwalts, Dr. Gérad, aus seinem Osterurlaub abwarten solle. Nach Ihrer Adresse habe ich mich nur vorsorglich erkundigt. Monsieur Clout muß das mißverstanden haben. Aber da ich jetzt schon mit Ihnen spreche, würde ich die Gelegenheit gerne wahrnehmen, mich bei einem Immobilienproblem von Ihnen beraten zu lassen. Hat Ihnen Monsieur Clout gesagt, daß ich Deutsche bin?«
»Man hört es Ihnen aber nicht an«, sagte er höflich. »Er erzählte mir auch, daß Sie in Lavoir ein Ferienhaus besitzen. Hat Ihr Problem damit zu tun?«
Eines wußte ich mit absoluter Sicherheit: Von mir war Lavoir gegenüber Monsieur Clout bis zur Stunde mit keinem Wort erwähnt worden, und schon gar nicht, daß ich dort ein Ferienhaus besaß. Er mußte

es über andere Kanäle erfahren haben. Ich sagte: »Mir ist bekannt, daß die Gemeindeverwaltung, für die Sie arbeiten, für Lavoir nicht mehr zuständig ist ...«

»Das ist nicht ganz richtig«, fiel er mir ins Wort. »Soweit Sie Probleme mit der Strom- und Wasserversorgung haben, können Sie sich an unsere ...«

»Diese Probleme habe ich in der Tat«, unterbrach ich ihn meinerseits, »aber da das Haus ohnehin unbewohnbar gemacht wurde und ich auf eine Anzeige nur verzichte, weil ich mich zum Verkauf entschlossen habe, können wir Strom und Wasser vergessen.«

Anscheinend mußte er über das soeben Gehörte erst einmal kurz nachdenken, ehe seine Stimme mein Ohr wieder erreichte: »Sie sagten, Ihr Haus sei unbewohnbar gemacht worden. Wie darf ich das verstehen?«

»Wörtlich«, sagte ich. »Vielleicht sehen Sie es sich nach den Feiertagen selbst einmal an. — Mit Ihrer Behörde hatte ich es übrigens schon einmal zu tun. Als mein Mann und ich das Haus kauften und zusätzliche Fenster und andere Umbauten genehmigt bekamen. Das war vor zwanzig Jahren.«

»Ich bin erst seit zehn Jahren in Sarennes«, sagte er. »In meiner Eigenschaft als Dezernent der Bauaufsichtsbehörde hatte ich mich mit Lavoir auch nie zu beschäftigen. Es überrascht mich, von Ihnen zu hören, daß Sie Ihr Haus noch nicht verkauft haben. Lavoir soll schon vor Monaten von seinen letzten Bewohnern verlassen worden sein?«

»Dann sind Sie nicht richtig informiert«, sagte ich. »Freunde von mir, die schon immer in Lavoir wohnten, haben ihr Haus erst vor einigen Wochen verkauft. Wenn Ihre Behörde für Lavoir nicht mehr zuständig ist, wer ist es dann? Die Präfektur in Digne?«

»Ich nehme doch an, man hat sich in Digne um wichtigere Dinge zu kümmern«, sagte er.

Das konnte sein, denn auch der Bischof in Digne hatte Wichtigeres zu tun als sich um das Schicksal der Kirche von Lavoir zu kümmern, aber eine Antwort auf meine Frage war es nicht. Daß es in Frankreich auch Unterpräfekten mit Arrondissements gab, wußte ich selbst. Ob aber die Präfektur in Digne oder nur eine Unterpräfektur für Lavoir zuständig war, interessierte mich im Augenblick weniger. Ich sagte: »Nach meinen Informationen soll Lavoir von Privatleuten aufgekauft worden sein. Sind Ihnen ihre Namen bekannt?«

Seine Antwort erfolgte wieder mit einer kleinen Verzögerung: »Warum wollen Sie das wissen?«

»Aus Neugierde«, sagte ich. »Ich bin eine Frau, Monsieur Pillet. Wenn ich schon mein Haus aufgeben muß, weil meine Anwesenheit in Lavoir nicht mehr erwünscht ist, dann hätte ich gerne gewußt, wofür und weshalb. Ich hatte gehofft, Sie könnten es mir sagen. Ich weiß von Dr. Gérad, daß Ihr Bürgermeister vor den Feiertagen zu einer Dienstreise weg war. Ich hätte mich sonst an ihn gewandt.«
Er sagte: »Ich hatte Sie so verstanden, daß Sie sich von mir in einer Immobiliensache beraten lassen wollten?«
»Dann habe ich mich mißverständlich ausgedrückt«, antwortete ich. »Wie ich Ihnen bereits sagte, war ich mir auch nicht sicher, ob ich mich an Sie oder an einen anderen Herrn der Gemeindeverwaltung wenden solle. Monsieur Clout hat mir diese Entscheidung abgenommen, ohne von mir dazu beauftragt worden zu sein. Sicher gibt es im Rathaus noch mehr Leute, die darüber Bescheid wissen. Sie wollen oder können es mir nicht sagen?«
»Da mein Dezernat für Lavoir nicht mehr zuständig ...«
Ich fiel ihm dazwischen: »Das sagten Sie bereits. Vielleicht kann mir mein Anwalt, Dr. Gérad, weiterhelfen. Andernfalls werde ich mich nach einem guten Privatdetektiv umsehen. Ich bin in der glücklichen Lage, mir meine Neugierde etwas kosten zu lassen. Es tut mir leid, daß es zwischen Monsieur Clout und mir zu diesem Mißverständnis kam und ich Sie am Ostersonntag belästigt ...«
»Ich habe Sie mit meinem Anruf belästigt, nicht Sie mich«, warf er höflich ein. »Es kann auch keine Rede davon sein, daß ich Ihnen die gewünschte Auskunft nicht geben wolle. Mir sind die Namen dieser Leute nicht bekannt. Ich habe mich auch nicht dafür interessiert. Auch Monsieur Garnier, der Bürgermeister, wird Ihnen, fürchte ich, in dieser Angelegenheit die gewünschte Auskunft nicht geben können.«
»Weil er nicht darf?«
»Dazu möchte ich mich nicht äußern. Vielleicht gibt es eine andere Stelle, die Ihnen Auskunft geben könnte.«
»Sie kennen eine?«
»Ich bin mir noch nicht sicher«, sagte er. »Einfach wird es nicht sein. Sie sind auch nach den Feiertagen in Ihrem Hotel zu erreichen?«
»Nur sporadisch. Sie können mich aber auch in Valberg erreichen.«
»Telefonisch?«
Ich bat ihn um etwas Geduld und ließ mir von Agnes die Rufnummer des Chalets geben. Ich nannte sie ihm und sagte: »Sie werden es vielleicht öfter versuchen müssen, bis Sie mich antreffen. Ich möchte

mich in den nächsten Tagen nach einem neuen Quartier umsehen und bin deshalb viel unterwegs. Sie dürfen sicher sein, daß ich alles, was Sie in dieser Sache vielleicht erfahren, vertraulich behandeln werde.«
»Darum wollte ich Sie noch bitten«, sagte er. »Nicht meinet-, sondern der Stelle wegen, von der ich mir die Auskunft erhoffe. Wie lange werden Sie noch im Hotel sein? Über die Feiertage?«
»Heute nur noch eine Stunde. Danach erreichen Sie mich in Valberg. Ich bin Ihnen für Ihren Anruf sehr dankbar, Monsieur Pillet.«
»Ich hoffe, ich kann etwas für Sie tun«, sagte er.
Dessen war ich mir im Laufe unseres Gesprächs schon fast sicher geworden. Ich verabschiedete mich und blickte Agnes an, die, ein kleines Lächeln in den Mundwinkeln, meinem Gespräch zugehört hatte. Ich sagte: »Er ziert sich zwar noch ein wenig, aber es war sicher keine schlechte Idee, unseren Monsieur Clout nach der Privatadresse zu fragen. Er meint, vom Bürgermeister würden wir über die Hintermänner nichts erfahren. Wenn das zutrifft, wird auch Dr. Gérad nichts herausfinden. Du hast Monsieur Clout gegenüber mein Haus in Lavoir nie erwähnt?«
Sie schüttelte verwundert den Kopf. »Wie käme ich dazu? Warum fragst du?«
Ich berichtete ihr, was ich von Pillet gehört hatte, und schloß: »Ich glaube nicht, daß Dr. Gérad es war, der Monsieur Clout von meinem Haus erzählt hat. Er kann es zufällig von einem der Handwerker erfahren haben, mit denen wir in den letzten Tagen zu tun hatten. Ich möchte ihn nicht danach fragen. Ich müßte sonst auch Pillets Anruf erwähnen. Das wäre ihm sicher peinlich, weil er ohne mein Wissen mit ihm telefoniert hat. — Packen wir fertig. Wenn möglich, möchte ich ihm den Anblick, wie wir das Gepäck verladen, ersparen. Er könnte falsche Schlußfolgerungen daraus ableiten und unseren Teilauszug mit seinem Anruf bei Pillet in Verbindung bringen. Wenn wir Glück haben, sitzt er in seinem Büro und merkt nichts.«
Wir hatten Glück. Obwohl wir den Weg zum Wagen dreimal zurücklegen mußten, begegneten wir ihm nicht. Bevor wir losfuhren, rauchten wir, auf dem Bett sitzend, im Zimmer noch eine Zigarette. Agnes sagte: »Du glaubst, daß Pillet weiß, wer Lavoir aufgekauft hat?«
Ich nickte. »Wenn er es nicht wüßte, hätte er sich nicht dafür interessiert, wo er mich erreichen kann. Indem er sich hinter einem vorgeschobenen Informanten versteckt, den zum Reden zu bringen, nach seinen eigenen Worten, nicht einfach sein wird, gerät er erstens nicht in den Geruch von Bestechlichkeit, kann zweitens den Preis notfalls

unter Berufung auf die Wünsche seines angeblichen Informanten in die Höhe treiben, ohne selbst als Preistreiber in Erscheinung zu treten, und zum dritten eine ihm auferlegte Schweigepflicht elegant umgehen. Dabei wird er sich sagen, daß ich früher oder später doch erfahren werde, wer der Käufer ist. Möglicherweise hat Georges recht, wenn er meint, man wolle es vielleicht so lange geheimhalten, bis auch ich einen Kaufvertrag unterschrieben habe. — Ziehst du dir etwas Hübsches an, bevor wir wegfahren?«
Sie drückte ihre Zigarette aus. »Für Georges? Vielleicht willst du, daß ich ihm gefalle, wenn ich heute abend an deiner Stelle zu ihm gehe.«
»Ich dachte mehr an mich selbst«, sagte ich. »Daß du an meiner Stelle zu ihm gehen willst, ist dein Einfall. Vielleicht in der Erwartung, daß er dann auch mit dir schläft?«
»Und wenn schon?«
»Du hast recht«, sagte ich. »Ich wüßte dann mit Sicherheit, worum es ihm bei seinem Heiratsantrag wirklich geht. Jedenfalls nicht um die große Liebe, sonst würde er mir nicht antun, auch mit dir zu schlafen. Du kannst das aber auch anders sehen. Eben weil er mich so wahnsinnig liebt, ist er zu dem Opfer bereit, auch mit dir zu bumsen. Überzeugender als so könnte er mir nicht beweisen, daß es ihm mit seiner Zusicherung, dich als meine Geliebte zu akzeptieren, ernst ist. Da schreckt er vor keinem Opfer zurück.«
Sie sagte: »Es wird sich ja zeigen, ob er es als Opfer empfindet, Moni. Als wir uns zum ersten Mal über ihn unterhielten, war ich noch der Meinung, wir seien uns darin einig, ihn loszuwerden. Wann hast du deine Meinung geändert? Heute nacht?«
»Wir waren uns nicht einig, wie wir ihn loswerden«, sagte ich. »Das ist schon ein Unterschied.«
»Und wie willst du ihn loswerden? Wenn du ihn zu deinem Liebhaber machst?«
Ich schwieg.
Sie stand vom Bett auf, kniete sich vor mir auf den Boden und legte die gekreuzten Arme auf meine Knie. Sie bettete das Gesicht auf die Arme und murmelte: »Ich weiß nicht mehr, was ich tun soll, Moni. Daß du mit ihm schläfst: es macht mich fertig, daran zu denken. Ich bin überzeugt, er ist nur auf dein Geld aus. Wenn du dich in ihn verliebst, wirst du eine ganz schlimme Enttäuschung erleben. Glaub es mir.«
Ich hatte sie so noch nie erlebt, und ihr Ausbruch traf mich um so unvorbereiteter, als ich seit meiner Rückkehr aus Valberg nicht den Ein-

druck hatte, daß sie unter den nun mal gegebenen Umständen außergewöhnlich litt. Verärgert und enttäuscht über ihre heimliche Abreise gestern abend hatte ich ihre eigenen Gefühle und Beweggründe vielleicht nicht genügend berücksichtigt, auch wenn ich mir möglicherweise nur einredete, daß es, hätte sie mich nicht allein gelassen, zu Georges' Besuch in meinem Zimmer nicht gekommen wäre. Nachdem er mir aber seinen Entschluß, sich ein eigenes Chalet zu nehmen, schon gestern abend mitgeteilt hatte, lag kein Grund vor, ihm nicht auch zuzubilligen, daß er mir überlassen wollte, Ort und Zeitpunkt dessen zu bestimmen, wozu es dann in der zurückliegenden Nacht in — oder gerade wegen — Agnes' Abwesenheit gekommen war.
Mit einer Hand über ihr Haar streichend, fragte ich: »Warum hast du kein Vertrauen zu mir, Agnes?«
»Weil ich nicht mehr sehe, was du vorhast«, murmelte sie. »Warum wir uns noch länger mit ihm abgeben müssen. Jetzt, wo wir wissen, wer er ist ...«
»Das genügt mir nicht«, warf ich ein. »Ich möchte auch das Tonband mit dem Gespräch haben. Falls es Kopien davon gibt, auch sie. Und ich möchte wissen, wer die Leute sind, die mich beinahe um jeden Preis aus Lavoir weghaben wollten. Danach sehen wir weiter.«
»Dann schläfst du nur wegen des Tonbands mit ihm?«
»Bis jetzt habe ich nur einmal mit ihm geschlafen. Vielleicht wäre es nicht dazu gekommen, wenn du gestern abend nicht verrückt gespielt hättest. Solange ich hier nicht alles erledigt habe, einschließlich des Verkaufs meines Hauses — wozu, auch wenn ich Dr. Gérad damit beauftrage, meine persönliche Anwesenheit für eine notarielle Beglaubigung meiner Unterschrift erforderlich sein wird —, kann ich mich nicht einfach in den Wagen setzen und mit dir irgendwohin fahren, wo Georges uns nicht mehr findet.«
»Du weißt nicht, wieviel Kopien er von dem Tonband hat.«
»Vielleicht hätte er es mir heute nacht, als er bei mir war, erzählt, wenn ich ihn danach gefragt hätte.«
»Und warum hast du ihn nicht gefragt? Weil du zu sehr abgelenkt warst?«
Ich hätte es ihr erklären können, aber daß er in mein Zimmer gekommen war, mit mir geschlafen und mich wieder verlassen hatte, ohne daß ein einziges Wort zwischen uns gefallen war, hätte sie mir vielleicht nicht abgenommen. Ich sagte: »Wozu du durch dein eigenes Verhalten nicht unwesentlich beigetragen hast.«
Sie hob das Gesicht von ihren Armen, sah zu mir auf und sagte mit

ruhig klingender Stimme: »Dann mußt du dich jetzt entscheiden, Moni: Er oder ich.«
»Dann natürlich für dich«, sagte ich. »Oder was hast du gedacht?«
Sie blickte mich eine kleine Weile schweigend an. Schließlich sagte sie: »Du scheinst einfach nicht zu verstehen, wie ernst es mir damit ist.«
»Mir auch«, sagte ich. »Du wolltest, daß ich mich für dich oder für ihn entscheide. Also habe ich mich selbstverständlich für dich entschieden. Wenn du heute abend zu ihm in sein Chalet gehst, kannst du es ihm persönlich mitteilen. Darf ich dich etwas fragen?«
»Nein«, sagte sie.
»Ich frage es trotzdem. Was hat sich seit vorgestern abend geändert?«
»Ich weiß wieder einmal nicht, wovon du redest?« behauptete sie.
»Du weißt es wieder einmal sehr genau«, sagte ich. »Von deinem Wunsch, ihm vorzuführen, wie ich Hand an dich legte. Unser eigentliches Problem ist nicht er. Unser eigentliches Problem bist du. Deine Unfähigkeit, dir darüber schlüssig zu werden, was du eigentlich willst. Ich glaube nicht, daß er dich abweist, wenn du heute nacht bei ihm bleibst. Vielleicht fühlst du dich danach besser. Können wir jetzt fahren?«
Sie erhob sich von ihren Knien und sagte: »Wir werden heute abend alle beide zu ihm gehen, Moni. Oder keine von uns.«
»Ist mir auch recht«, sagte ich.

Mit Georges war ich in der Weise verblieben, daß er uns ab acht Uhr im *Andrech de Lagas* erwartete. Agnes' Sorge, sie könnte im Restaurant als die junge Dame erkannt werden, die letzte Woche das Zimmer für Madame Perelle aus Nice bestellt hatte, konnten wir diesmal vergessen. Sie wäre auch gestern abend nicht erkannt worden, weil der Weg in das Restaurant nicht an der Rezeption vorbeiführte und das Personal dort, nach ihrer eigenen Schilderung, ein ganz anderes war, als ich es gestern abend kennengelernt hatte. Da wir schon eine Stunde früher, als mit Georges vereinbart, in Valberg eintrafen, blieb uns genug Zeit, uns etwas frisch zu machen und die Garderobe zu wechseln. Daß er sein gesamtes Gepäck mitgenommen hatte, stellten wir bei dieser Gelegenheit fest. Auch die zehntausend Francs, die ich ihm auf dem Nachtschränkchen hinterlassen hatte, waren verschwunden. Von ihnen erzählte ich Agnes jedoch nichts.
Der auch den ganzen Sonntag über anhaltende Regen schien inzwischen fast sämtliche Ostergäste aus Valberg vertrieben zu haben,

denn wir trafen in dem kleinen Nebenzimmer im *Andrech de Lagas* diesmal nur noch das ältere, kinderlose Ehepaar von gestern abend an. Selbst die Empfangsdame schien inzwischen abgereist zu sein, wir hatten es allein mit dem Kellner zu tun, der uns dafür noch mehr Aufmerksamkeit widmete, als er es schon gestern abend bei Georges und mir getan hatte. Von ihm erfuhren wir auch, daß dieser vor einer Stunde angerufen und darum gebeten hatte, uns zu bestellen, daß er sich voraussichtlich verspäten werde und wir mit dem Essen nicht auf ihn warten sollten. Eine Nachricht, die zwiespältige Empfindungen bei mir auslöste, einerseits Erleichterung darüber, vor meiner nächsten Begegnung mit ihm noch etwas Zeit gewonnen zu haben, andererseits eine gewisse Besorgnis über die Gründe für seine Verspätung. Auch Agnes nahm die Nachricht eher verdrossen als erleichtert auf und mokierte sich, noch während wir mit der Suppe beschäftigt waren, über ihn: »Vor einer Stunde hätte er uns auch noch im Chalet erreichen und wir hätten uns etwas mehr Zeit lassen können. Warum ruft er dann hier und nicht gleich im Chalet an?«
»Vielleicht hat er es versäumt, sich die Rufnummer zu merken«, sagte ich. »Ich hätte sie, als mich Monsieur Pillet danach fragte, auch nicht gewußt, wenn du sie nicht aufgeschrieben hättest. Das war der einzige vernünftige Einfall, den du gestern abend hattest. Sonst würde ich vielleicht jetzt noch im Chalet auf deine Wiederkehr warten.«
»Ohne auf den Gedanken zu kommen, einmal im Hotel anzurufen?« fragte sie, mit gespitzten Lippen die heiße Suppe vom Löffel schlürfend.
»Ich glaube nicht, daß ich dich im Hotel angerufen hätte«, sagte ich. »Es lag an dir, dich zu melden. Nicht an mir.«
»Als ich dich anrief, kamen dir vor Erleichterung Tränen«, sagte sie.
»Das hast du gesehen?«
»Ich hörte es an deiner Stimme. Hast du eine Erklärung dafür, weshalb er nicht hier ist?«
»Mir erzählte er, er hätte einiges zu erledigen, aber was und wo, das verriet er mir nicht. Vielleicht können wir erfahren, in welchem Chalet er abgestiegen ist. Er wollte sich hier nach einem erkundigen. — Du hast einen süßen Mund. Wenn du ihn so spitzt wie jetzt, sieht man es erst richtig.«
»Sonst siehst du es nicht?«
»Ich kann ihn nicht gleichzeitig fühlen und sehen«, sagte ich. »Warum bist du dir so sicher, daß Georges nur auf mein Geld aus ist? Selbst für den völlig unwahrscheinlichen Fall, daß ich, um an das

Tonband zu kommen, mich scheiden lassen und ihn heiraten würde, käme er, ohne meine Einwilligung, nicht an mein Geld heran.«
»Die Einwilligung wirst du ihm geben«, sagte sie. »Wenn du erst einmal mit ihm verheiratet bist. Es gibt nichts Dümmeres als verliebte Frauen. Das stammt von meiner Mutter, und sie spricht aus Erfahrung.«
»Auf mein Verhältnis zu dir bezogen, mag das zutreffen«, sagte ich. »Ich war auch in Klaus verliebt, aber nicht so dumm wie in dich. Ganz ohne Liebe hätte ich ihn mit Rücksicht auf meine Eltern und deren Vorstellungen von einem Schwiegersohn nicht geheiratet. So sehr ich sie auch liebte: Ich fühlte mich im Geschäft meines Vaters inmitten all der kostbaren Dinge wie der Vogel im goldenen Käfig. Ich wollte nicht mein ganzes Leben in diesem Käfig verbringen, auch nicht an der Seite eines Mannes, der sich dort heimisch gefühlt hätte. Insofern war Klaus der richtige Mann für mich. Er ermöglichte es mir, mich dem Wunsch meiner Eltern, eines Tages das Geschäft zu übernehmen, zu widersetzen, ohne sie damit vor den Kopf zu stoßen. Sie machten dann auch Klaus und nicht mich dafür verantwortlich. Sogar die frühe Schwangerschaft habe ich ihm sehr bald verziehen, auch wenn ich, um mein schlechtes Gewissen zu kompensieren, meinem Vater gern den Gefallen getan hätte, ihn noch zwei oder drei Jahre im Geschäft zu entlasten.«
»Statt dessen hast du den goldenen Käfig gegen den Ehekäfig vertauscht«, sagte sie. »Was war besser daran?«
»Die eigene Familie, eigene Kinder. Daß ich mich heute mit Klaus und meinen Söhnen auseinandergelebt habe, macht die glückliche Zeit mit ihnen nicht ungeschehen. Schließlich machte auch der Tod meiner Eltern meine unvergeßliche Kindheit zu Hause nicht ungeschehen.«
Sie lächelte. »Du bist eine merkwürdige Frau, Moni.«
»Sei doch froh darüber«, sagte ich. »Wäre ich nicht so wie ich bin, dann hätte ich mich auch nicht in dich verliebt. Ich hätte mich Klaus, meinen Söhnen und deren Freundinnen angepaßt und würde mir einreden, auf der Höhe der Zeit zu sein. Wohin es führt, sich anpassen zu müssen, dafür könnte ich dir eine ganze Reihe sehr schlimmer Beispiele nennen, mein liebes Kind.«
»Bei den deutschen Rundfunkanstalten?« fragte sie, ihre Suppe schlürfend.
Ich nickte. »Von denen einige es geschafft haben, die Fähigkeit ihres dankbaren Publikums in historischen Dimensionen zu denken, auf die Zeit zwischen Hitlers Machtergreifung und der Anschaffung ihres

nächsten Autos zu verkürzen. Wer dort als Frau Karriere machen will, muß zwar nicht mit dem Chefredakteur ins Bett, kann sich aber auch keine von der seinen abweichende politische Meinung leisten.«
»Nein?« fragte sie.
»Worauf du dich verlassen kannst.«
Sie hatte ihre Suppe aufgegessen, lehnte sich in ihrem Stuhl zurück und sagte: »Ich möchte dir ja nicht widersprechen, Moni, aber daß es bei euch nur linkslastige Rundfunkanstalten geben soll ...«
»Die rechtslastigen kannst du vergessen«, winkte ich ab. »Sie sind nicht nur in der Minderheit, sie beschäftigen auch vorwiegend politische Leisetreter. Das beginnt schon bei den Intendanten, die, wenn sie der CDU nahestehen, es mit der bürgerlichen Presse nicht verderben wollen.«
»Mit der bürgerlichen Presse?« vergewisserte sie sich. »Das verstehe ich nicht.«
»Weil du in Frankreich und nicht in Deutschland lebst, wo auch die bürgerliche Presse bereits mit dem Virus der Immunschwäche Populismus infiziert ist und dem Zeitgeist nach dem Mund schreibt. Wenn du das verstehst.«
Sie schüttelte freimütig den Kopf.
»Ist auch nicht wichtig«, sagte ich. »Bei den anderen, die aus dem unbürgerlichen Lager kommen, fehlt es ebensowenig an intellektuellen Ungereimtheiten. Ich kann dir sogar ein Beispiel dafür nennen: Ein Journalist, der lange Jahre in einem linken Wochenblatt gegen das angebliche Bedürfnis der Amerikaner polemisierte, sich überall als Weltpolizei aufzuspielen, erregte die Aufmerksamkeit eines progressiven Hörfunkdirektors und durfte in dessen Sender während des Bürgerkriegs in Jugoslawien gegen die Untätigkeit der Amerikaner polemisieren. Übrigens bei der gleichen Rundfunkanstalt, die sich in einer ihrer lokalen Landesrundschausendungen auch meines Vaters in seiner damaligen Eigenschaft als CDU-Stadverordneter angenommen und ihn mit einem Blattschuß politisch abserviert hat, aber ich wäre auch ohne das zu meiner heutigen Einstellung gekommen. Ich stimmte nicht in allen Dingen mit ihm überein. In einem waren wir uns aber immer einig: In der Einschätzung linker Überheblichkeit und Intoleranz. Am schlimmsten sind die Nadelstreifenlinken, wenn du weißt, was das ist.«
»Noch nie gehört«, sagte sie bedauernd. »Diese Sache mit deinem Vater ...«
»Erzähle ich dir ein andermal«, unterbrach ich sie. »Die Nadelstrei-

fenlinken findest du vorwiegend bei den großen Gewerkschaften und bei den Massenmedien. Wie dieser von Dingsda ...« Ich schnippte, nach seinem Namen suchend, mit Daumen und Zeigefinger.
»Ein Adliger?« kam sie mir zu Hilfe.
»Aber nur von Herkunft, nicht von Gesinnung«, sagte ich. »Wie man es mit der öffentlich-rechtlichen Verächtlichmachung konservativer Politiker zum hochdotierten Chefredakteur einer bekannt linkslastigen Rundfunkanstalt bringen kann, dafür ist er ein unrühmliches Beispiel journalistischer Demagogie, die mit dazu beträgt, die bereits vorhandene Parteienverdrossenheit noch zu schüren und dem Rechts- und Linksextremismus den Boden zu bereiten.«
Weil der Kellner mit dem Hauptgericht kam, ließen wir die Nadelstreifenlinken und linkslastigen Rundfunkanstalten für den Augenblick sein und machten uns ans Werk. Noch länger auf Georges zu warten, hätte doch keinen Sinn gehabt. Ich fand, er hätte wenigstens noch einmal anrufen können, und das tat er dann auch, aber erst, als ich die Rechnung bereits beglichen hatte und wir uns zum Gehen anschickten. Auch diesmal bediente er sich des Kellners, um uns seine Nachricht zukommen zu lassen, statt mich an den Apparat zu bitten. Seine neue Nachricht beschränkte sich darauf, aufgehalten worden zu sein und sich sofort nach seiner Ankunft bei mir melden zu wollen. Damit konnten wir ebenso alles wie nichts anfangen, und Agnes' Vermutung, die sie allerdings erst äußerte, als wir schon wieder im Chalet waren, er sei nicht flüssig genug gewesen, uns zum Abendessen einzuladen, hätte ich leicht widerlegen können, verzichtete jedoch aus naheliegenden Gründen darauf. Auch verloren wir längere Zeit damit — nachdem wir den ganzen Tag über kaum dazu gekommen waren —, uns zu küssen und gegenseitig beim Aus- und Umkleiden behilflich zu sein. Allein mein ausdrücklicher Wunsch, sie möge unter ihrem Hauskleid wenigstens noch ein Höschen anziehen, hinderte Agnes daran, es nicht zu tun. Sie regte sich noch darüber auf, als wir schon wieder im Wohnzimmer saßen und dem Cognac zusprachen, den Georges entgegenkommenderweise zurückgelassen hatte: »Wenn ich bei allem, was ich künftig anziehe, darauf Rücksicht nehmen muß, daß er eventuell Anstoß daran nehmen könnte ...«, setzte sie an.
Weiter ließ ich sie nicht reden: »Ich spreche nicht davon, daß er Anstoß daran nehmen könnte, ob du ein Höschen anhast oder nicht. Ich spreche davon, daß er es wieder als Einladung empfinden könnte, wenn du keines anhast.«

Sie sagte: »Wenn es deine Absicht ist, mit ihm in sein Chalet zu gehen und ich mit dir komme ...«
Auch diesmal schnitt ich ihr das Wort ab: »Wenn du mit mir kommst, brauchen wir erst gar nicht in sein Chalet zu gehen, sondern können es gleich hier erledigen.«
Sie blickte mich, wie tief in Gedanken versunken, längere Zeit an. Dann legte sie, neben mir auf dem kleinen Sofa sitzend, einen Arm um mich und sagte: »Du hast dich wirklich sehr verändert, Moni. Wie stellst du dir das vor? Daß ich zusehe, wie er dich bumst, oder du bei mir zusiehst?«
Vorläufig stellte ich mir überhaupt nichts vor, weder das eine noch das andere, und daß ich mich verändert hatte, brauchte ausgerechnet sie, die an meiner Veränderung schuld war, mir nicht zu erzählen. Ich sagte: »Es war deine Idee, mit in sein Chalet zu gehen. Und ob er hier bleibt oder du mit in sein Chalet kommst: Wo ist da der Unterschied?«
Offenbar wußte sie es selbst nicht, denn sie fing an, mit ihrer Zunge meine ihr zuwandte Gesichtshälfte zu waschen. Ich sagte: »Du machst mein Make-up kaputt. Was soll das?«
»Deine Söhne?« fragte sie zwischen zwei Waschvorgängen. »Wo verbringen sie Ostern?«
»Ich habe sie nicht danach gefragt.«
»Und Weihnachten? Haben sie euch besucht?«
»Da waren sie mit ihren Freundinnen zum Skifahren in der Schweiz.«
»Und Ostern pflegen sie in Paris zu verbringen«, sagte sie. »Vielleicht solltest du ihnen etwas weniger Geld geben. Und du und Klaus, ihr habt euch, während sie Weihnachten in der Schweiz erlebten, zu Hause gegenseitig angeödet?«
»Nur an Heiligabend. Am ersten Feiertag waren wir eingeladen.«
»Bei Hilde und Peter«, sagte sie. »Ich kann mir vorstellen, daß du, wenn keiner es sah, oft geweint hast.«
»Das ist lange her.«
»Als deine Mutter starb?«
Ich nickte.
»Und deine Söhne dich verließen.«
»Falsch«, sagte ich. »Ich habe sie allmählich und nicht plötzlich verloren. Da lernt man damit zu leben.«
»Wie mit dem Altwerden«, sagte sie. »Aber jetzt hast du resigniert. Das paßt nicht zu dir. Es ist das erste Mal, daß du nicht mehr weiterweißt und die Dinge einfach treiben läßt. Eine andere Erklärung als

die, daß du Gefallen daran gefunden und dich in ihn verliebt haben könntest, sehe ich nicht. Oder siehst du eine?«
Ich sah sie ebensowenig wie sie, obzwar ich ihre Befürchtung, ich könnte mich in Georges verliebt haben, nicht teilte. Vielmehr war es eher so, daß mir nach der zurückliegenden Nacht der Gedanke, wieder mit ihm zu schlafen, jetzt noch weniger unzumutbar erschien als Jahre in einem französischen Gefängnis zu verbringen oder mir sein Schweigen mit einem Großteil meines ehrlich ererbten und versteuerten Vermögens zu erkaufen. Nachdem meine moralische und bürgerliche Hemmschwelle bereits so tief abgesunken war, daß es mir keine Überwindung mehr bereitete, es Agnes gleichzutun, wenn sie von meinem Körper Besitz nahm, erschien es mir beinahe schon als normal, auch an dem Begehren eines Mannes wieder Gefallen zu finden. Darüber aber, wohin das noch führen könnte und sollte, hatte ich auch jetzt noch nicht ernsthaft nachgedacht, weil es so bequemer war und die Dinge nicht noch komplizierter machte, als sie ohnehin schon waren. Ich fragte: »Und was du am Freitagnachmittag gesagt hast, das gilt alles nicht mehr?«
»Ich habe am Freitag sehr viel gesagt«, antwortete sie. »Ob am Vor-, am Nachmittag oder erst am Abend, das weiß ich nicht mehr.«
»Dafür weiß ich es noch um so besser. Du hast gesagt: Wenn es dir nur darum geht, ihn dahin zu bringen, daß er tut, was wir wollen, hätte ich nichts dagegen, wenn du mit ihm schläfst.«
»Und tut er etwa, was du willst? Im Moment sieht es nicht danach aus, obwohl du mit ihm geschlafen hast. Im Moment sieht es eher danach aus, daß er nur tut, was er will. Oder sehe ich das falsch?«
Davon konnte keine Rede sein. Ich sagte: »Er wird uns erzählen, warum er sich verspätet hat. Dann können wir uns immer noch darüber unterhalten, ob du es falsch oder richtig siehst. Vielleicht hat seine Verspätung mit dem letzten Brief zu tun, den er an Levaus Familie absenden wollte. Mir sagte er zwar, er hätte ihn bereits abgeschickt. Das kann aber auch gelogen gewesen sein, um mich zu beruhigen.«
»Was war das für ein Brief?«
Weil ich noch keine Gelegenheit gefunden, aber auch kein Erfordernis gesehen hatte, es ihr zu erzählen, tat ich es jetzt. Sie sagte achselzukkend: »Mich hat es nicht bedrückt, wenn sie annehmen, er würde noch leben, Moni. Wenn man so viel Geld hat wie einer, der sich einen Porsche und einen BMW leisten kann, dann trifft sein Tod seine Familie weniger hart als arme Leute. Sie wohnt sicher irgendwo am Meer in einer großartigen Villa. Ich kenne diese Typen von Bauunter-

nehmern. Sie beschäftigen fast nur unterbezahlte italienische und algerische Gastarbeiter, deren Abhängigkeit sie skrupellos ausnützen. Mit ihnen haben sie ihr Vermögen gemacht.«
Ich zündete zwei Zigaretten an und gab ihr eine. »Daß Bauarbeiter heute noch skrupellos ausgenützt werden, kann höchstens in dieser *L'Humanité* gestanden haben.«
Sie sagte: »Was weißt du schon, wie es bei uns zugeht, Moni! Wenn ich die Wahl hätte, würde ich lieber in Deutschland als in Frankreich leben. Nicht in Dortmund, aber sonst überall in Deutschland. In Bayern soll es auch schön sein. Ich weiß es von meinem Freund. Was hast du gegen Bayern?«
Ihre Frage erfolgte wieder einmal völlig unmotiviert für mich. Ich fragte zurück: »Wie kommst du darauf, ich hätte etwas gegen Bayern? Wenn ich es vorziehen würde, fortan in Frankreich zu wohnen, so richtet sich das nicht gegen Bayern. Wenn jemand schlecht auf die Bayern zu sprechen ist, dann sind es auch nur wieder die Linken. Weil die Leute dort seit Urzeiten schwarz und nicht rot wählen. Für die Roten ist Bayern ein schwarzer Sumpf. Dafür haben sie in Bayerns Hauptstadt einen roten Bürgermeister. In Hamburg haben sie noch nie einen Konservativen zum Oberhaupt gewählt. Mein Vater meinte, es läge an dem unterentwickelten Demokratieverständnis der Hamburger. Dort herrscht nämlich seit Kriegsende der rote Sumpf vor. Und was für einer!«
»Ich will ja auch nicht nach Hamburg«, sagte sie. »Als du vorletzte Woche bei meinem Großvater eintrafst, hattest du noch nicht vor, in Frankreich zu bleiben.«
»Da wußte ich es auch noch nicht.«
»Und seit wann weißt du es? Seit du mich liebst? Oder seit Georges auftauchte und du dir seiner Verschwiegenheit nur noch sicher zu sein glaubst, wenn du mit ihm bumst?«
Ich sagte: »Es fing mit dir und nicht mit ihm an. Wäre es nur eine Frage des Geldes, würden wir ihn vielleicht loswerden. Ich könnte ihm zur Not statt fünf auch fünfzehn Millionen geben, ohne daß wir beide gleich zu verhungern brauchten. Ich fürchte nur, für ihn ist das jetzt keine Frage des Geldes mehr. Er möchte *mich* haben.«
»Wenn er dich hat, dann hat er auch dein Geld«, sagte sie. »Darüber haben wir uns doch schon unterhalten, Moni. Wie könntest du ihm die fünfzehn Millionen geben? Sie auf ein Konto überweisen lassen?«
»Ich habe sie nicht flüssig, könnte sie aber durch meine Bank zwischenfinanzieren. Das ist nicht das Problem. Das Problem ist er.«

»Und ich, und neuerdings auch du selbst«, sagte sie und nahm den Arm von meiner Taille. Sie drückte ihre Zigarette aus, stand auf und trat an das Fenster. Auf die dunkle Straße blickend sagte sie: »Es regnet noch immer. Man sieht es im Laternenschein. — Vielleicht verstehst du jetzt, warum ich so große Angst hatte, dich eines Tages zu verlieren. Wenn er es nicht wäre, dann eben ein anderer.«
Ich sagte: »Ich glaube nicht, daß du ihn und die besonderen Umstände, unter denen wir ihn kennenlernten, auf einen anderen übertragen kannst.«
»Damit magst du recht haben«, räumte sie ein. »Aber daß du ihm jetzt sogar fünfzehn Millionen geben könntest, ohne daß wir beide zu verhungern brauchten, das hast du mir schon anders erzählt. Vielleicht könntest du ihm sogar die dreißig Millionen geben, von denen er anfangs gesprochen hat?«
»Ist das wichtig für dich?«
Sie drehte sich, am Fenster stehend, nach mir um. »Nur im Zusammenhang mit der Frage, warum du meinst, mir nur in Raten beibringen zu können, wieviel Geld du wirklich hast. Es interessiert mich nicht.«
»Dann wollen wir auch nicht weiter darüber reden«, sagte ich und blickte, weil in der Diele das Telefon läutete, zur Tür. »Das wird er sein. Geh du hin. Wir liegen bereits im Bett und sind heute nicht mehr zu sprechen.«
»Und wenn er trotzdem darauf besteht?«
»Legst du auf. Das ist doch ganz einfach.«
»Wenn du meinst«, sagte sie und ging in die Diele. Zunächst hörte ich nichts und dann ihre Stimme: »Warum ich?« Und etwas später: »Wozu?«
Mehr hörte ich nicht. Bald darauf kam sie wieder in das Zimmer und sagte: »Er kommt nicht mehr. Wir sollen ihn morgen besuchen.«
Mir fiel auf, daß ihre Stimme heiser klang und daß ihr Gesicht kaum mehr Farbe hatte. Ich fragte: »In seinem Chalet?«
»Von einem Chalet hat er nichts gesagt. Nur von einem Ferienhaus. Es steht in der Nähe von Barréme. Es ist schwer zu finden. Deshalb wollte er mit mir und nicht selbst mit dir reden. Ich kenne mich dort aus.«
»Ist das nicht auch die Gegend, wo dein Freund seine Hütte hat?«
Sie setzte sich wieder zu mir auf das Sofa. »Die steht bei Castellane am Lac de Castillon. Nach Castellane kommen wir nicht, wenn wir auf der N 202 nach Barréme fahren. Es ließe sich aber leicht einrich-

ten, einen kurzen Abstecher nach Allons zu machen. Das ist kein großer Umweg. Dann könntest du selbst einen Blick auf die Villa werfen, falls sie dich interessiert. — Vielleicht hat Georges hier kein anderes Chalet mehr gemietet. Du wolltest doch im Hotel danach fragen?«
Ich hatte es vergessen, aber wenn er sich in Valberg nicht aufhielt, brauchte es uns auch nicht zu kümmern, ob er hier ein anderes Chalet gemietet hatte oder nicht. Ich fragte: »Sonst hat er nichts gesagt?«
»Für unser Frühstück hat er in der Küche vorgesorgt. Auch sollen wir morgen unser ganzes Gepäck mitbringen und nichts hier lassen. Das Chalet wird ab übermorgen an neue Gäste vermietet. Willst du meine Meinung hören, Moni?«
»Sein Vorschlag paßt dir nicht?«
»Paßt er *dir*?«
Mit einiger Wahrscheinlichkeit ebensowenig wie ihr, aber ich hatte jetzt wieder einen Punkt erreicht, wo ich anfing, mich mit der Situation, wie sie sich seit der vergangenen Nacht darstellte, abzufinden. Nicht für ewig und für alle Zeit, aber doch für den Augenblick und so lange, bis ich selbst wußte, was ich eigentlich wollte und wozu ich noch fähig und bereit war. Sicher war nur, daß in der zurückliegenden Nacht zu den Problemen der vergangenen Tage ein neues gekommen war, von dem ich noch nicht wußte, wie ich damit fertig werden würde und fertig werden sollte, ohne daß es mir über den Kopf wuchs. Fast gegen meinen Willen hörte ich mich sagen: »Ich sehe nicht, was wir sonst tun können. Einfach hierbleiben und seinen nächsten Anruf abwarten, damit er merkt, daß er uns nicht ständig von einem Quartier ins nächste delegieren kann, das ginge nur, wenn das Chalet nicht schon weitervermietet wäre. Er hat dir keine Rufnummer gesagt, unter der wir ihn notfalls erreichen könnten?«
Sie schüttelte den Kopf.
»Dann bleibt uns gar nichts anderes übrig, als morgen zu ihm zu fahren. Oder wieder zum Hotel zurück. Wenn er lange genug vergeblich auf uns gewartet hat, wird er versuchen, uns dort anzurufen. Ist es dir lieber, wenn wir morgen wieder nach Sarennes fahren?«
»Und was tun wir dort? Nur auf seinen Anruf warten und ihm erklären, warum wir nicht zu ihm gekommen sind? Hast du schon eine Erklärung für ihn?«
»Vielleicht hast du eine?«
»Er hat es auf dich und nicht auf mich abgesehen. Das mußt du ganz allein entscheiden.«
Ihr Gesicht hatte jetzt wieder eine normale Farbe, und auch ihre Stim-

me klang wie immer. Ich stand auf und sagte: »Du machst es dir wieder einmal sehr einfach.«
»Was weißt du schon davon«, sagte sie.
Mit ihren unklaren Andeutungen hatte sie mir schon mehrfach Anlaß gegeben, tatsächlich nicht mehr zu wissen, woran ich mit ihr war. Ich ließ mich jedoch auf keine weitere Diskussion ein und stieg in der Diele die Treppe hinauf. Vom Badezimmer, wo ich mich nur kurz aufhielt, ging ich in das Schlafzimmer und zog mich aus. Ich war eben damit fertig, als sie hereinkam. Sie sagte. »Wenn es dir lieber ist, schlafe ich heute nacht in seinem Zimmer.«
Ich trat zu ihr hin, streifte ihr den Hausmantel von den Schultern und sagte: »Du redest schon wieder Schwachsinn.«
»Vielleicht wäre es dir unangenehm, im gleichen Bett mit mir zu schlafen, wo du gestern nacht mit ihm geschlafen hast«, sagte sie. »Im Bad läuft Wasser. Willst du so spät noch baden?«
»Du nicht?«
»Du hast es nötiger«, sagte sie. »Du riechst noch nach ihm.«
»Bald rieche ich wieder nach dir, mein Schatz«, sagte ich.

7

Geweckt wurden wir am Morgen durch das Telefon. Davon überzeugt, daß es nur wieder Georges sein könnte, entschloß ich mich, es läuten zu lassen. Es war aber nicht Georges, sondern Monsieur Pillet, wie ich wenig später durch Agnes erfuhr, die meine Überzeugung nicht teilte und, über mich hinweggreifend, den Hörer abnahm. Sie sagte: »Er verlangt nach dir. Soll ich ihn abwimmeln?«
Bis dahin war ich wach genug, um mich daran zu erinnern, wer Monsieur Pillet war und was ich mir von ihm erhoffte. Während ich mit ihm sprach, schmiegte sie sich an meinen Rücken und küßte, mein Haar anhebend, meinen Nacken. Sich eingangs für die Störung entschuldigend und mich davon unterrichtend, daß er zuvor im Hotel angerufen und mich dort nicht erreicht habe, machte Monsieur Pillet mich im weiteren Verlauf unseres Gesprächs mit dem glücklichen Zufall vertraut, von seinem in Entrevaux ansässigen Schwager, dem Bruder seiner Frau, gemeinsam mit ihr für den Nachmittag zum Kaffee eingeladen worden und, falls ich das wünsche, in der Lage zu sein, auf einen kurzen Abstecher nach Valberg zu kommen. Seine Frau würde derweil bei ihrem Bruder in Entrevaux bleiben und dort auf seine Rückkehr warten.
So überraschend sein Vorschlag auch kam, so stand für mich doch sofort fest, ihn unter allen Umständen zu empfangen, auch wenn es dann, wollten wir noch bei Tageslicht bei Georges eintreffen, für die Fahrt zu ihm am gleichen Tag nicht mehr reichte. Ich hätte jedoch einen triftigen Grund, unser Ausbleiben zu entschuldigen und zugleich die Möglichkeit, noch einmal in Ruhe über alles nachzudenken. Vor allem darüber, wie es zwischen Georges und mir weitergehen sollte, ein Problem, das seit gestern abend eher größer als kleiner geworden war. Da auch die neuen Gäste für das Chalet erst übermorgen eintrafen, sprach nichts dagegen, daß wir noch eine Nacht hierblieben. Weil es viel zu umständlich war, Monsieur Pillet die Lage des Chalets zu beschreiben, zumal mir weder der Name der Straße noch die Hausnummer bekannt waren, schlug ich ihm vor, uns im *Andrech de Lages*, das ihm bekannt war, zu erwarten und uns von dort aus telefonisch von seinem Eintreffen zu benachrichtigen. Auch über den ungefähren Zeitpunkt verständigten wir uns noch, dann

konnte ich mich wieder mit Agnes befassen, die das Gespräch zwar mitgehört, worum es dabei ging jedoch nur zu Hälfte mitbekommen hatte. Noch immer damit beschäftigt, meinen Nacken zu küssen, hinderte sie mich daran, mich ihr zuzuwenden, so daß ich, was zu berichten war, ihr über meine Schulter hinweg mitteilen mußte. Dann erst ließ sie von meinem Nacken ab und fragte: »Und was wird aus Georges?«

Mich um die eigene Achse drehend, wandte ich ihr das Gesicht zu und sagte: »Er wird sich eben so lange gedulden müssen. Ich bin mir beinahe sicher, daß Monsieur Pillet sich erst nach unserem gestrigen Gespräch zum Besuch seines Schwagers entschlossen hat. Er dient ihm nur als Vorwand, uns nicht merken zu lassen, wie wichtig ihm diese Begegnung ist. In Sarennes war ihm der Boden zu gefährlich. Er hätte weder ins Hotel kommen noch uns in sein Haus bestellen oder sich irgendwo in der Stadt mit uns sehen lassen können.«

Sie stimmte mir zu: »Das kann ich ihm nachfühlen. Aber wenn er sich mit dir treffen will, dann nicht nur, um dich persönlich kennenzulernen. Ich an deiner Stelle würde mich nicht mit ihm treffen. Du hast ihm doch nicht erzählt, in welchen Chalet wir wohnen?«

»Das nicht, aber ...«

Sie unterbrach mich: »Dann wird er, wenn er dich im Hotel nicht antrifft, annehmen, du hättest es dir anders überlegt und wird wieder wegfahren. Ich finde, du machst einen Fehler, wenn du dich mit ihm triffst, Moni. Falls er mit den Leuten, die dich in Lavoir loswerden wollen, unter einer Decke steckt, wird er dich vielleicht nur aushorchen. Sie werden wissen wollen, was du jetzt vorhast. Ich bin so wenig daran interessiert wie du, es mit der Gendarmerie zu tun zu bekommen. Wenn du diesem Pillet aber erzählst, daß du noch keine Anzeige gemacht hast, werden auch sie es erfahren und nicht verstehen, wieso du, was mit deinem Haus passiert ist, einfach wegsteckst.«

»Ich stecke es nicht einfach weg«, sagte ich. »Ich werde ihm erklären, daß das die Sache meines Anwalts sein wird, sobald er aus seinem Urlaub zurückkommt. Ich bin fast sicher, daß Pillet die Hintermänner kennt und uns ihren Namen sagen kann.«

»Die dein Haus unbewohnbar gemacht haben? Selbst wenn du sie von ihm erfährst, kannst du es ihnen nicht beweisen.«

»Und wer sie sind, das macht dich nicht neugierig?«

»Überhaupt nicht. Auf diese Typen, die meinen, weil sie das Geld dafür haben, sich alles kaufen und jeden fertigmachen zu können, der ihnen dabei im Weg ist, war ich noch nie neugierig.«

»Auf mich warst du sogar sehr neugierig«, lächelte ich.
»Da wußte ich auch noch nicht, wie reich du bist«, sagte sie. »Daß du nicht gerade arm bist, das dachten wir uns, aber mein Großvater und meine Eltern meinten, sehr reich könntest du auch nicht sein, du hättest dir sonst ein Haus am Meer und nicht in Lavoir gekauft. — Mit diesem Pillet kannst du dich schon deshalb nicht treffen, weil wir es dann auf keinen Fall mehr schaffen werden, noch rechtzeitig nach Barréme zu kommen. So gut, daß wir das Haus, wo Georges uns erwartet, auch bei Dunkelheit finden, kenne ich mich dort nicht aus.«
»Das werde ich ihm erklären, wenn er heute abend hier anruft, und das wird er tun, wenn wir dann noch nicht bei ihm eingetroffen sind.«
»Er erwartet uns schon heute vormittag und nicht erst heute abend«, erinnerte sie mich. »Er wird schon vorher anrufen, und nicht erst heute abend.«
»Dann melden wir uns einfach nicht oder ich sage ihm, daß wir erst morgen kommen.«
»Ich weiß nicht, ob das klug ist, Moni«, sagte sie. »Du hast schon oft genug erlebt, wie unberechenbar er sein kann, und ob du dich schon heute oder erst morgen oder übermorgen mit diesem Pillet triffst, spielt doch wirklich keine Rolle.«
Ich verstand nicht, was plötzlich mit ihr los war und warum sie unsere Verabredung mit Georges so wichtig nahm, daß ich deshalb die Begegnung mit Pillet aufschieben sollte. Möglicherweise fühlte sie sich aber auch nur übergangen, weil ich das Treffen mit Pillet vereinbart hatte, ohne mich vorher mit ihr abzusprechen. Ich sagte: »Bei Georges auch nicht. Ihn können wir noch öfter sehen, als uns lieb ist. Monsieur Pillet, wenn ich ihn jetzt versetze, vielleicht nicht mehr. Ich würde es riskieren, daß er es sich anders überlegt. Als Georges gestern abend hier anrief und uns nach Barréme bestellte, paßte dir das ebensowenig wie mir. Wieso ist es dir jetzt so wichtig, daß wir schon heute zu ihm fahren?«
»Es ist mir nicht wichtig. Ich sehe nur nicht, womit du es ihm erklären willst. Ihm von Pillet zu erzählen ...«
Ich unterbrach sie: »Davon braucht er vorläufig nichts zu wissen. Ich werde ihm sagen, daß ich vorher mit Dr. Gérad sprechen und mich auch um die Handwerker kümmern muß, damit sie nicht mit den Arbeiten für die neuen Fenster und Rolläden anfangen. Das kann ich erst morgen vormittag tun.«
»Dann rede nur auch gleich mit der Autovermietung«, sagte sie. »Du

weißt ja nicht einmal, was der Citroën kostet. Vielleicht berechnen sie dir, weil du Ausländerin bist, tausend Francs pro Tag.«
Als wir gestern abend aus dem Bad gekommen waren, hatte sie wieder die Perlenkette angelegt. Mehr trug sie auch jetzt nicht auf der weißen Haut, während ich, als mir gegen Morgen einmal kühl geworden war, nach dem Höschen gegriffen hatte. Ich sagte: »Tausend wohl nicht, aber du hast recht: wir müssen ihn loswerden. Wenn ich meinen Händler in Dortmund anrufe, bei dem ich den Mercedes gekauft habe, und ihm die Situation schildere, wird er mir vielleicht einen neuen Wagen direkt vor unser Hotel in Sarennes überführen und den alten mitnehmen. Hast du sonst noch ein Problem, mit dem du allein nicht fertig wirst?«
»Außer dir, nicht«, sagte sie. »Und was machen wir bis heute nachmittag? Wenn du dich mit Pillet erst um fünf Uhr treffen willst, könnten wir vorher rasch nach Allons fahren, damit du dir das Haus ansehen kannst. In spätestens drei Stunden könnten wir zurück sein und unterwegs auch noch irgendwo zu Mittag essen.«
Dagegen war im Prinzip nichts einzuwenden, zumal auch ich wenig Lust verspürte, die Zeit bis zu meinem Treffen mit Pillet untätig im Chalet zu verbringen, und Georges sicher nicht erst heute abend, sondern schon früher anrufen würde, vielleicht sogar, wenn ich mich nicht meldete, beunruhigt über unser langes Ausbleiben, persönlich angefahren käme, um nach uns zu schauen. Insofern war Agnes' Einfall so schlecht nicht, so brachen wir schon eine Stunde später nach Allons auf. Zum Glück hatte wenigstens der Regen aufgehört, auch wenn die Häuser von Valberg noch im Wolkennebel lagen. Er blieb erst zurück, als wir Valberg schon weit hinter uns gelassen hatten und nach Guillaumes fuhren, wo ich mich erstmals mit Georges im *Beffroi* zum Essen getroffen und er mich mit der heimlichen Tonbandaufnahme übertölpelt hatte. Daß ich hier wieder einmal auf ihren Freund zu sprechen kam, von dem in den letzten Tagen zwischen uns kaum mehr die Rede war, geschah nicht von ungefähr, weil mir ganz plötzlich wieder einfiel, auf welche Weise sie das Haus bei Allons kennenlernte. Ich sagte: »Wenn ich dich richtig verstanden habe, muß auch dein Freund, wenn er von Digne zu seiner Hütte fährt, über Barréme kommen. Oder gibt es noch eine andere Strecke?«
Sie schüttelte den Kopf. »Über Barréme muß er auf jeden Fall fahren. Nur fährt er dort auf der Route Napoléon weiter, um nach Castellane zu kommen, während wir bis Barréme auf der N 202 bleiben. Bist du die Route Napoléon schon gefahren?«

»Einmal, zusammen mit Klaus. Damals kamen wir auch über Digne, aber es ist schon so lange her, daß ich mich kaum mehr an die Stadt erinnere. Ich versuche gerade, mir vorzustellen, wie weit es von seiner Hütte bis zu der Villa bei Allons ist. Du sagtest doch, daß die Hütte am Lac Castillon steht. Wenn ich mich recht erinnere, führt auch die N 202 ein Stück weit am Ufer des Sees vorbei.«
»An seinem Nordende«, nickte sie. »Es ist ein Stausee. Die Hütte meines Freundes liegt aber am äußersten Südwestzipfel des Sees. Etwa fünf Kilometer von Castellane entfernt. Zu ihr führt keine richtige Straße. Man erreicht sie nur auf einem schmalen Weg.«
»Und wie weit ist es von seiner Hütte nach Allons?«
»Mit dem Auto vierzig Minuten. Etwa genausoweit wie vom Haus meiner Eltern in Théniers.«
»Und das stört dich nicht?«
Sie wandte mir das Gesicht zu. »Er wird mich, wenn er von meinen Eltern oder meinem Großvater erfährt, daß ich bei dir bin, eher in Deutschland als in diesem Haus bei Allons vermuten. – Da ist übrigens noch etwas, was ich dir sagen sollte, Moni. Ich habe dir doch von den Jungen und Mädchen erzählt, mit denen ich einige Monate zusammen war, als ich von daheim weglief. Und auch von diesem Hehler, für den sie arbeiteten. Ich war dabei, als sie ihn umbrachten.«
Fast hätte ich einen entgegenkommenden Wagen übersehen, der mir, weil ich vor Schreck auf der Straße zu weit nach links kam, nur noch mit Not ausweichen konnte und sich laut hupend entfernte. Mich mühsam fassend fragte ich: »Wie kam es dazu?«
Sie zündete zwei Zigaretten an, gab mir eine und sagte: »Es ging wieder mal um Geld und auch um neuen Stoff. Er wollte uns für einige Fernsehgeräte, die wir ihm beschafft hatten, keinen Stoff mehr geben und auch weniger bezahlen, als ...«
»Bei einem Einbruch beschafft?« warf ich ein.
»In ein Elektrofachgeschäft. Sie hatten nicht vor, ihn umzubringen. Es kam zu einem Streit. Er sagte, wenn uns nicht paßt, wieviel er bezahlt, würden wir gar nichts bekommen. Die Geräte wollte er aber auch nicht zurückgeben. Ich weiß selbst nicht mehr genau, wie es dazu kam, daß sie plötzlich über ihn herfielen. Sie schlugen ihn zu Boden und trampelten auf ihm herum, bis er sich nicht mehr rührte. Ich war so entsetzt, daß ich wie tot zusah und erst wieder richtig denken konnte, als wir bereits davonliefen. Was es noch schlimmer machte: Schon vier Tage später passierte das, was ich dir bereits erzählt habe: daß sie fast alle bei einem neuen Bruch erwischt wurden. Die Gendar-

merie hat sicher herausgefunden, daß es sich um die gleichen Jungen und Mädchen handelte, die am Tod des Hehlers beteiligt waren. Auch wenn sie nur meinen Vornamen wußten, habe ich doch einmal erwähnt, wo ich zu Hause bin. Ich glaube nicht, daß sie beim Verhör von mir erzählt haben, sonst hätte die Gendarmerie in Théniers schon nach mir gesucht. Auch darüber, wie ich nach Hause kam, habe ich dir die Wahrheit nicht gesagt. Nicht ein Lastwagenfahrer hat mich mitgenommen, sondern mein Freund. Ich rief ihn von Digne aus an. Er holte mich abends ab. Damit er auch mein Moped mitnehmen konnte, mietete er einen Kombiwagen. Mit dem Moped hätte ich nicht fahren können. Mit dem Motor war etwas nicht mehr in Ordnung. Ich hatte es im Keller eines der leeren Häuser stehen, wo wir bei Regenwetter unterkrochen. Daß mein Freund mich damals abholte, habe ich ihm nie vergessen. Ich fuhr auch nicht sofort zu meinem Großvater, wie ich es dir erzählt habe, sondern blieb einige Tage bei ihm in der Hütte, bis er das Moped in einer Werkstatt, wohin er es gebracht hatte, abholen konnte. Dann erst fuhr ich zu meinem Großvater.«

»Dann weiß er also von der ganzen Sache?«

Sie nickte. »Ich brauchte damals jemand, mit dem ich darüber reden konnte.«

»Und jetzt, wo du ihn nicht mehr brauchst, tut es dir leid, es ihm erzählt zu haben«, sagte ich. »Hast du Sorge, er könnte, was er über dich weiß, gegen dich ausspielen, wenn du ihn nicht mehr besuchst?«

»Indem er mich anzeigt?« Sie dachte, an ihrer Zigarette ziehend, darüber nach. Dann schüttelte sie den Kopf. »Wenn seine Frau es mitbekäme, würde sie auch von mir erfahren. Das kann er sich nicht leisten. Das Haus in Digne haben sie mit ihrem Geld gekauft, und auch die Wochenendhütte. Mit dem, was er bei der Zeitung verdient, könnte er weder ein Haus noch eine Wochenendhütte kaufen.«

»Und sich auch keine junge Geliebte halten«, sagte ich. »Warum hast du mir nicht gleich die ganze Wahrheit erzählt, sondern erst jetzt?«

»Jetzt ist alles anders«, sagte sie.

Wir hatten inzwischen Guillaumes erreicht. Sie zeigte mir das Restaurant, von wo aus sie mein erstes Rendezvous mit Georges beobachtet hatte und uns dann mit ihrem Taxi bis Valberg nachgefahren war. Hinter dem Ort führte die Straße am Rande einer tiefen Schlucht zur N 202, die wir in einer knappen halben Stunde erreichten. Ich war diese Strecke noch nie gefahren und ließ mir von Agnes erzählen, daß die Schlucht Georges de Daluis und der Fluß in ihrer Tiefe Var hieß.

Folgte er hier noch seinem tiefeingeschnittenen Bett in südwestlicher Richtung, so bog er dort, wo wir auf die N 202 stießen, nach Osten ab und begleitete sie, von immer neuen Gebirgsbächen aus den Seealpen gespeist, bis nach Nice, wo die N 202 in die Promenade des Anglais und der Fluß in das Meer mündete. Bei dieser Gelegenheit erfuhr ich auch, daß Agnes' Heimatstadt Théniers, das mit vollem Namen Puget-Théniers hieß, direkt an der N 202 an einer Stelle lag, wo ein Nebenfluß namens Roudouele sich mit dem Var vereinte, daß die Stadt etwa fünfzehnhundert Einwohner zählte und neben ihrer reizvollen Lage auch eine Kirche aus dem dreizehnten Jahrhundert aufzuweisen hatte. Um mit ihrem Moped von Théniers zu ihrem Großvater nach Bairols zu kommen, war sie etwa eineinhalb Stunden unterwegs, wobei sie zuerst die N 202 in Richtung Nice fahren und dann auf die nach Sarennes führende D 2205 abbiegen mußte, die ich selbst regelmäßig benutzte, wenn ich von Nizza nach Lavoir fuhr. Zur Wochenendhütte ihres Freundes war es von Théniers fast ebenso weit, nur eben in der entgegengesetzten Richtung. Meine Erwartung, wir würden auf der N 202 auch durch Théniers kommen, erfüllte sich jedoch nicht, weil wir erst weiter westlich auf sie stießen. Auch als wir uns bald darauf dem Lac de Castillon näherten und sie mich aufforderte, an der nächsten Kreuzung nach links abzubiegen, entsprach dies nicht meinen Erwartungen. Ich fragte: »Nicht nach rechts?«
»Tu, was ich dir sage«, erwiderte sie. »Ich möchte dir etwas zeigen.«
Obwohl ich keine Ahnung hatte, was sie mir zeigen wollte und könnte, kam ich ihrem Wunsch nach. Dann tauchte hinter einer leichten Rechtskurve ganz plötzlich der See vor uns auf, eingefaßt von steilen Bergflanken. Noch während ich den Citroën von der N 202 auf eine nach links abzweigende Straße steuerte, die unmittelbar dem Seeufer folgte, entnahm ich im Vorbeifahren einer Wegweisertafel, daß wir jetzt unterwegs nach Castellane waren. Ich fragte: »Was hast du vor?«
»Dir seine Wochenendhütte zeigen«, sagte sie. »Er ist über die Feiertage mit seiner Frau zu seinen Schwiegereltern nach Cannes gefahren.«
»Und warum sagst du mir das erst jetzt?«
»Weil mir der Gedanke erst jetzt kam«, sagte sie. »Ich habe noch einige Sachen in der Hütte, die ich gerne mitnehmen würde.«
»Was für Sachen?«
Ihre Stimme klang unvermittelt gereizt: »Sachen eben. Wenn du keine Lust hast, dann kehre wieder um.«
Ich hatte tatsächlich wenig Lust, mir die Hütte anzusehen, wo sie mit

ihrem Freund geschlafen hatte, aber um ihren Vorschlag aufzugreifen und kehrtzumachen, hätte sich erst einmal eine Gelegenheit dafür bieten müssen. Auf der relativ schmalen, in zahlreichen Kurven verlaufenden Uferstraße bot sich jedenfalls keine, zumal wir hier mehr Autos begegneten, als zuvor auf der N 202. Sehr breit war der See nicht, zum jenseitigen Ufer konnten es kaum mehr als achthundert Meter sein. Dafür schien er sich, soweit ich es abschätzen konnte, etliche Kilometer in die Länge zu ziehen, und die Gipfel jenseits des Sees waren allesamt in Wolken gehüllt. Allerdings sah es auf unserer Seite nicht besser aus, auch wenn uns hier der Blick auf die Gipfel wegen der steil ansteigenden Bergflanke verwehrt blieb. Zum Kehrtmachen war es jetzt auch schon zu spät, und nachdem ich mich mit dem Gedanken abgefunden hatte, sie zu der Hütte zu fahren, tat ich auch den nächsten Schritt und stellte die zeitweilig unterbrochene Kommunikation wieder her und fragte: »Du hast einen Schlüssel für die Hütte?«
Sie griff in eine Tasche ihres Blazers und zeigte ihn mir. Daß sie ihn bei sich trug, widerlegte ihre Behauptung, sich erst jetzt zum Besuch der Hütte entschlossen zu haben. Ich vermutete, daß er zu jenen Dingen gehörte, die sie noch in ihrer alten Segeltuchtasche aufbewahrte, von der sie sich bis zur Stunde nicht getrennt hatte. Ich verlor jedoch kein Wort darüber und fragte: »Müssen wir über Castellane fahren?«
Sie schüttelte den Kopf. »Wir verlassen die Straße.«
Wo wir sie verließen, erfuhr ich kurze Zeit später, als wir die Dammkrone des Sees überquert hatten und einer anderen, halsbrecherisch anmutenden und nur noch halb so breiten Straße folgten, die, wie Agnes mir erzählte, zu einem hochgelegenen Kloster und von dort zu einem noch höher gelegenen Aussichtspunkt führte. Zu meiner Erleichterung verließen wir sie jedoch schon sehr bald auf einem unbefestigten Weg in ein romantisch gelegenes Hochtal, dessen Flanken zum Teil mit Fichtenwald bewachsen waren. Auf seiner Sohle quirlte über felsiges Geröll ein kleiner Bach, der oberhalb der Stelle, wo wir die Straße verlassen hatten, in das hier sichelförmig auslaufende Ende des Sees floß. Die hölzernen Masten einen Stromleitung begleiteten den Weg bis in den Wald. Soweit ich es beurteilen konnte, dienten sie gleichzeitig einer Telefonleitung. Dort, wo die Masten im Wald verschwanden, kaum mehr als fünfzig Meter vom See-Ende entfernt und unmittelbar am Waldrand stehend, sah ich gleich darauf auf der linken Talseite die Wochenendhütte ihres Freundes. Sie war größer, als ich erwartet hatte. Die mit dunkel geteerten Holzschindeln ver-

kleideten Außenwände wurden ringsum von einem breiten Giebeldach überragt, aus dem sich ein Kamin hob, und die grüngestrichenen Doppelläden der beiden talwärts gelegenen Fenster an der Längsseite waren geöffnet. Aus dem Kamin quoll dunkler Rauch und verlor sich unter dem wolkenverhangenen Himmel. Eine Tür konnte ich nicht sehen. Ich vermutete sie auf der linken Schmalseite der Hütte, wo der Weg in den Wald führte. Als ich den Citroën zum Stehen brachte, hatten wir uns ihr auf etwa zwanzig Meter genähert.

Ich blickte Agnes an und fragte: »Hat sonst noch jemand einen Schlüssel für die Hütte?«

Statt einer Antwort griff sie in ihren Nacken, öffnete den Verschluß der Perlenkette und legte sie mir auf den Schoß. Dann erst sagte sie mit tonlos klingender Stimme: »Es tut mir leid, Moni. Aber ich konnte nicht anders. Als ich merkte, worauf das hinauslief, wollte ich aufhören. Er bestand dann aber erst recht darauf, daß ich weitermachte.«

Im ersten Augenblick verstand ich nicht, wovon sie sprach. Dann sah ich Georges aus der Hütte kommen, und noch während ich begriff, daß er und ihr Freund identisch waren, wurde mir klar, daß ich schon einmal an diese Möglichkeit gedacht hatte. So wie man gelegentlich auch ans Sterben denkt oder an ähnlich schlimme Dinge. Und sie sich dennoch nicht richtig vorzustellen vermag. Aber gerade weil ich auch an diese Möglichkeit schon einmal gedacht hatte, reagierte ich ohne lähmenden Schock und mit einer fast grotesk anmutenden Genugtuung, wie sie mitunter erlebbar wird, wenn man wider besseres Wissen und mit der inneren Überzeugung, daß dies nicht gut enden könne, einen falschen Weg eingeschlagen hat und sich nun in seinem besseren Wissen bestätigt sieht. Diesem Gefühl — wenn es denn eins war und ich es mir nicht einredete — hatte ich es wohl zuzuschreiben, daß es mich für den Augenblick davor bewahrte, auch noch andere Empfindungen in mir aufkommen und mich von ihnen überwältigen zu lassen. Und am allerwenigsten wollte ich Georges etwas von solchen Empfindungen zeigen.

Die Kette von meinem Schoß nehmend und sie auf den ihren legend, sagte ich zu Agnes: »Die darfst du behalten. Soviel war mir die Sache wert.«

Sie blickte mich eine Weile schweigend an. Dann warf sie mir die Kette ins Gesicht. Sie traf meine Wange, von wo sie auf den Wagenboden fiel. »Mir nicht«, sagte sie. »Ich habe es nur getan, weil er es von mir verlangte.«

Sie stieg aus dem Wagen. Ich beobachtete, wie sie mit schnellen

Schritten zur Hütte ging. Bei Georges blieb sie stehen, wechselte einige Worte mit ihm und verschwand dann in der Hütte. Ich fuhr wieder an und ließ den Wagen bei ihm ausrollen. Hinter der Hütte stand ein dunkelbrauner Renault. Ich sah ihn, als ich ausstieg und Georges an meine Seite kam. Er sagte: »Wir unterhalten uns drinnen.«
Ich schloß mich ihm wortlos an.

Was die Hütte von anderen Ferienhütten, die ich schon kennengelernt hatte, unterschied, war ihre Inneneinrichtung. Sie entsprach der einer gutbürgerlich ausgestatteten Wohnung. Das unmittelbar hinter einem kleinen, als Garderobe dienenden Vorraum gelegene Wohnzimmer war zugleich Georgs Arbeitsstätte. Neben einer dreiteiligen Polstergarnitur mit einem Couchtisch, teilten sich noch ein Wandschrank und ein Schreibtisch den vorhandenen Raum. Auf dem Schreibtisch sah ich neben einem Laptop fernöstlicher Herkunft auch einen Telefonapparat und in den zum Teil verglasten Fächern des Wandschranks neben Büchern und Kaffeegeschirr auch einen Rundfunkempfänger stehen. Schon beim Betreten der Hütte war mir aufgefallen, daß sie Anschluß an die Strom- und Telefonleitung hatte, die durch den Wald noch weiter talaufwärts bis zu dem über tausend Meter hoch gelegenen Kloster führte. Die holzverschalte Decke und die gleichfalls holzverschalten Wände des Wohnraums, der die Breite der Hütte einnahm, waren dunkelbraun lackiert, ebenso der Dielenboden, der jedoch fast völlig unter einem große Veloursteppich verschwand. In einem offenen Eckkamin neben der Polstergruppe brannte ein kleines Holzfeuer. Durch die beiden Fenster fiel der Blick auf der einen Seite in den Wald und auf der anderen hinab zum See. Auch wenn die Hütte größer war, als ich erwartet hatte, so ging es im Wohnraum wegen des reichlichen Mobiliars doch recht eng zu. Nicht viel anders sah es in dem angrenzenden Teil der Hütte aus. Vom hinteren Bezirk des Wohnraums führte ein schmaler, fensterloser Flur zum Schlafraum. Auf dem Weg dorthin lagen auf der rechten Seite zwei Türen für das Bad und für eine kleine Einbauküche mit einer Eßecke. Einen Blick in das Bad konnte ich nicht tun; die Tür war von innen verschlossen. Da ich Agnes auch im Schlafraum nicht sah, konnte sie sich nur im Bad aufhalten. Vielleicht wollte sie dort noch etwas Zeit gewinnen, ehe sie mir wieder unter die Augen trat.
Im Schlafraum standen ein französisches Doppelbett und ein Kleiderschrank mit Spiegeltüren, wie sie eher im Interieur eines Boudoirs als in einer Jagdhütte zu erwarten gewesen wären, zu welchem Zweck

sie, wie ich bei unserem kleinen Rundgang von Georges erfuhr, ursprünglich auch gedacht war.
In den Wohnraum zurückgekehrt, nahm ich in einem der beiden Sessel Platz und beobachtete, wie Georges im Kamin zwei frische Holzscheite auflegte. Wenigstens seine Garderobe war den veränderten Umständen angepaßt. Zu einem Pullover mit Polokragen und sportlichem Streifendessin trug er eine saloppe Bundfaltenhose und weiße Turnschuhe. Ich erinnerte mich, daß er sie schon bei unserer spätabendlichen Begegnung am Place Pasteur getragen und sich damit meinen Unmut zugezogen hatte. Aus dem unteren Teil des Wandschranks nahm er eine Cognacflasche und zwei Gläser, goß ein und sagte: »Du siehst aus, als könntest du einen vertragen. Deshalb frage ich dich nicht erst, ob du einen mittrinkst.«
»Du hast mich auch nicht gefragt, ob ich hierherkommen will«, sagte ich. »Du kommst dir jetzt wohl sehr klug vor.«
»Eigentlich nicht«, sagte er. »Ich kann mir denken, wie du dich fühlst, aber diese Sache ist eben vom ersten Augenblick an falsch gelaufen. Als ich dir vorgestern abend Einblick in meine Personalien gab, wollte ich dir auch noch den Rest beichten, war mir aber nicht sicher, ob ich mir damit nicht alles verderben würde.«
Zumindest seinen nächtlichen Besuch in meinem Schlafzimmer hätte er sich damit verdorben, denn mit Sicherheit wäre ich dann nicht mit ihm auf den dunklen Parkplatz und auch nicht zurück zum Chalet, sondern nach Sarennes gefahren, weil es mir unmöglich gewesen wäre, Agnes an diesem Abend noch einmal zu begegnen. Woher hätte ich auch wissen sollen, daß sie zu diesem Zeitpunkt bereits wieder in unserem Hotelzimmer in Sarennes eingetroffen war.
Mir wurde erst jetzt bewußt, daß auch ich ihn duzte, aber darauf kam es nun nicht mehr an. Ich fragte: »War es ihr oder dein Einfall, dich als Levaus Freund bei mir einzuführen?«
»Dieser Einfall kam von mir. Wäre es nach Agnes gegangen, dann hätte ich mich nur telefonisch mit dir in Verbindung gesetzt. Ihre eigene Rolle hätte sich darauf beschränkt, das Geld an einem zu vereinbarenden Ort in den Bergen zu deponieren, wo ich es abholen könnte. Sie meinte, fünf Millionen Francs würden genügen, um mich von meiner Frau scheiden zu lassen und zusammen mit ihr ein neues Leben zu beginnen.«
»Aber fünf Millionen genügten dir nicht«, sagte ich. »Obwohl ihr Vorschlag sehr vernünftig war. Er hätte für euch alles viel einfacher gemacht.«

»Dann darf ich dir vielleicht eine Frage stellen?«
»Warum du dich mit meinem Geld begnügen solltest, wenn du auch noch mich dazu bekommen konntest«, sagte ich. »Ist es das, was du fragen wolltest?«
Er lächelte. »Du bist ebenso klug wie schön. Agnes' Fehler war es, mir schon früher immer sehr viel von dir erzählt und mich damit neugierig auf dich gemacht zu haben. Auch daß es mit deiner Ehe nicht mehr stimmte, weiß ich von ihr. Es bestärkte mich nur noch darin, dich persönlich kennenzulernen.«
»Dann war es doch ganz in deinem Sinn, daß sie mir von dir erzählte?«
Er lächelte wieder. »Da wußte sie noch nicht, daß auch ich mich in dich verlieben würde. Als ich ihr vor einiger Zeit sagte, ich müßte schon in der Lotterie gewinnen, um mich von meiner Frau trennen und sie heiraten zu können, war nicht vorauszusehen, daß sie die Lösung unseres gemeinsamen Problems bei dir sehen würde. Ich weiß nicht, was sie dir von uns erzählt hat. Vom Augenblick an, als ich sie kennenlernte, hängte sie sich wie eine Klette an mich, und auch ich gewöhnte mich daran, sie zur Freundin zu haben, aber zu mehr hätte es nie gereicht. Ich habe kein festes Einkommen, ich bin ein Stimmungsmensch. Wenn ich Lust habe, zu arbeiten, dann arbeite ich. Es kann aber auch vorkommen, daß ich wochenlang keine Lust habe. Dann lebe ich vom Geld meiner Frau. Schon deshalb war eine gemeinsame Zukunft nicht möglich. Von Agnes' Liebe allein konnten wir nicht leben. Das wußte auch sie. Hättest du ihr in Lavoir nicht erzählt, wie vermögend du bist, wäre Levau vielleicht noch am Leben.«
Das war eine ebenso kühne wie denkbare Schlußfolgerung, weil sie voraussetzte, sie hätte ohne Einblick in meine Vermögensverhältnisse, zu dem ich ihr schon am ersten Tags verhalf, keinen Versuch unternommen, mich anzumachen. Und daß sie in ihn verliebt sei, davon hatte sie mir gegenüber nichts durchblicken lassen. Ich hatte eher einen gegenteiligen Eindruck gewonnen. Das konnte natürlich auch Taktik gewesen sein. Ich zündete mir eine Zigarette an und fragte: »Weil sie nur an meinem Vermögen und nicht auch an mir interessiert war?«
Er zuckte mit den Schultern. »Mir erzählte sie noch vor acht Tagen, sie hätte es nur für uns getan.«
»Mit mir ins Bett zu gehen?«
»Davon reden wir. Wenn seitdem etwas mehr daraus geworden ist,

dann erging es ihr ebenso wie mir. Noch am Dienstagabend, als wir uns am Place Pasteur trafen, hatte ich mehr meine finanziellen Probleme im Kopf.«

»Bis dich dann mein Anblick wie ein Blitzstrahl traf«, sagte ich. »Bei Agnes war es kein Blitzstrahl. Sie hätte dir von Levaus Besuch in meinem Haus nichts zu erzählen brauchen. Ich hatte, auch ohne daß er Agnes und mich im Bett antraf, genügend Anlaß, mich für den Schaden, den er mit den Sprengarbeiten an und in meinem Haus angerichtet hatte, zu revanchieren. Wenn sie es aber vorgezogen hat, dir die volle Wahrheit zu erzählen, so wohl mit dem Hintergedanken, auch künftig das Bett mit mir zu teilen. Du hättest es also früher oder später doch erfahren. Ich nehme an, sie kam aus eigenem Antrieb zu mir. Oder solltest du nichts davon gewußt haben?«

»Ich wußte ja nicht einmal, daß sie bei dir war. Den Entschluß, zu ihrem Großvater nach Bairols zu fahren, faßte sie ganz kurzfristig, als sie hörte, daß du am Freitagnachmittag bei ihm eintreffen würdest. Ausschlaggebend für sie dürfte gewesen sein, daß ihr die Veränderungen in Lavoir bekannt waren und sie befürchten mußte, auch du würdest dich von deinem Haus trennen und damit unwiderruflich aus ihrem Leben verschwinden.«

»Kein Wunder, darum kam sie so forsch zur Sache«, nickte ich. »Und als dann diese schlimme Sache mit Levau passierte und ich ihr sagte, am nächsten Morgen abreisen zu wollen, sah sie sich wieder dem gleichen Problem gegenüber. Wann hat sie zum ersten Mal mit dir darüber gesprochen?«

»Noch am Sonntagabend nach eurer Rückkehr ins Hotel. Sie rief mich von ihrem Zimmer aus hier an und sagte: Da ist etwas Dummes, passiert, Georges. Schon daraus wird ersichtlich, wie gleichgültig sein Tod sie ließ. Erst als sie darauf zu sprechen kam, daß du den Vorfall zum Anlaß nehmen wolltest, am nächsten Morgen heimzufahren, klang ihre Stimme nicht mehr gleichgültig. Heute bin ich sicher, sie hat mich nur eingeschaltet, um deine Abreise zu verhindern. Deshalb brachte sie bei ihrem Anruf auch dein Vermögen ins Spiel. Wir vereinbarten, uns am nächsten Morgen in Sarennes am Place Pasteur zu treffen. Du schliefst noch, als sie das Hotel verließ.«

»Zu einem Spaziergang«, sagte ich. »Da war ich bereits entschlossen, nicht abzureisen.«

»Was sie zu diesem Zeitpunkt noch nicht wußte«, sagte er. »Ich stieg dann in einer kleinen Pension ab, wo sie mich auf dem laufenden halten wollte. Als du einige Stunden später mit deinem Anwalt nach La-

voir fuhrst, kam sie zu mir in die Pension, und wir sprachen alles noch einmal durch. Da wußte sie allerdings schon, daß du nicht abreisen wirst.«
Ich zog an meiner Zigarette und sagte: »Und bei diesem Gespräch hat sie dir alles erzählt, was du wissen mußtest. Du hättest deine Rolle sonst nicht so überzeugend spielen können, daß ich auf Anhieb darauf hereinfiel. Kompliment! Du warst vorher noch nie in Lavoir?«
»Das war auch nicht erforderlich. Ich machte mir mit ihrer Hilfe eine kleine Skizze in mein Notizbuch. Sie zeigte mir, wo dein Haus, die Kirche und auch das Spritzenhaus standen. Damals glaubte ich ihr noch, daß es ihr dabei vorrangig darum ging, mir zu helfen, mich von meiner Frau finanziell unabhängig zu machen. Heute weiß ich es besser.«
»Was weißt du besser?«
»Daß sie dich liebt«, sagte er und stand auf. Ich beobachtete, wie er in dem schmalen Flur verschwand. Gleich darauf hörte ich ihn mit Agnes reden. Anscheinend hatte sie das Bad verlassen und hielt sich in der Küche auf, denn ihre Stimmen waren gut zu vernehmen, auch wenn ich nicht verstehen konnte, worüber sie sprachen. Bis dahin war ich mir darüber schlüssig geworden, daß sein Rollenspiel als angeblicher Jugendfreund Levaus so überflüssig, wie ich es zunächst angenommen hatte, nun doch nicht war. Hatte er damit doch jene Zeit gewonnen, die vonnöten war, um mich in eine Situation zu bringen, aus der es keinen Ausweg mehr gab. Auch als er aus der Küche zurückkam und ich ihn fragte, was er denn zu unternehmen gedenke, wenn ich sein Spiel nicht länger mitspielte, ergaben sich keine neuen Perspektiven. Er machte mich vielmehr damit vertraut, sich gestern von seiner Frau getrennt und damit alle Brücken hinter sich abgebrochen zu haben. Nach meinen Händen greifend setzte er hinzu: »Dir mag die Nacht in Valberg nichts bedeutet haben. Für mich hat sie mein Leben verändert.«
Das hörte sich nicht schlecht an. Wenn ich allerdings berücksichtigte, daß Agnes in Kenntnis seiner wahren Identität mich noch gestern im Hotel davor gewarnt hatte, daß er nur auf mein Geld aus sei, wußte ich nicht mehr, wem ich mehr Glauben schenken sollte: Ihr oder ihm.
Ich fragte: »Dann bin ich der Anlaß für die Trennung von deiner Frau? Oder nur die Gelegenheit?«
Er betrachtete, sie leicht streichelnd, meine Hände. »Beides. Meine Ehe war die reinste Hölle.«
»Dann muß ich dir ja gleich in doppelter Hinsicht wie ein rettender

Engel erschienen sein«, sagte ich. »Agnes erzählte mir, die Hütte gehöre deiner Frau.«
»Ihr Vater schenkte sie ihr, als wir heirateten. Er betreibt in Digne eine Firma für Heizungs- und Lüftungsanlagen. Die Hütte war Eigentum eines seiner Kunden, einem passionierten Jäger, dem er hier eine Fußbodenheizung einbaute. Noch während der Arbeiten starb der Kunde. Seine Frau war an der Hütte nicht länger interessiert und bot sie, um die Kosten für die Fußbodenheizung zu sparen, meinem Schwiegervater zum Kauf an. — Ich muß mich umgehend nach einem anderen Quartier umsehen.«
»Wobei du auf meine Hilfe angewiesen bist.«
Er ließ meine Hände los und lehnte sich, die Beine kreuzend, in seinen Sessel zurück. »Ich wollte schon gestern mit dir darüber reden. Es kam jedoch ein unerwarteter Besuch dazwischen. Danach wäre es für eine Fahrt nach Valberg zu spät geworden, so daß ich euch abtelefonieren und für heute hierherkommen lassen mußte. Agnes erzählte mir, du hättest heute nachmittag in Valberg eine Verabredung. Was versprichst du dir von der Begegnung mit dem Baudezernenten?«
»Die Befriedigung meiner Neugierde. Woher wußtest du, daß Levau Kinder hatte? Das kann Agnes dir nicht erzählt haben. Hast du dich erkundigt? Und wo?«
Er zuckte wieder mit den Schultern. »Du wolltest es unbedingt wissen, also mußte ich mir eine Antwort einfallen lassen. Die Wahrscheinlichkeit, daß ein Mann in seiner Position und in seinem Alter Kinder hat, erschien mir größer als keine Kinder. Es waren deine Fragen, die mich gelegentlich in Bedrängnis brachten und mich zu Lügen zwangen. Was ich dir über meinen Arbeitgeber in meiner Eigenschaft als angeblicher Vertreter für Baumaschinen erzählte, trifft auch auf meinen tatsächlichen Beruf zu. Auch dort gab es Probleme.«
»Das tut mir aufrichtig leid«, sagte ich. »Vielleicht wirst du jetzt auch noch Probleme mit Agnes bekommen? Sie machte mir nicht den Eindruck, über deinen Einfall, uns hierherkommen zu lassen und dein Inkognito zu lüften, sehr glücklich zu sein. Noch gestern sollten wir uns in deinem Chalet in Valberg häuslich einrichten. Was ging schief?«
»Nichts«, sagte er. »Ich hatte es nur satt, noch länger auf dich zu warten.«
»Und es noch länger zu riskieren, daß Agnes es nicht dir überließ, mir die Augen über deine Identität zu öffnen?«
Er griff nach seinem Glas, trank einen Schluck und sagte: »Ich war

mir bei ihr nicht mehr sicher, ob wir noch am gleichen Strang ziehen. Sie reagierte mehrfach anders, als ich es mit ihr vereinbart hatte.«
»Zum Beispiel?«
»Als sie am Dienstagabend mit zum Place Pasteur kam, obwohl ich ihr am Telefon gesagt hatte, daß ich unter vier Augen mit dir reden wolle. Auch daß sie mich am Donnerstagabend in das Gästezimmer kommen ließ, ohne mir zu sagen ...«
Ich unterbrach ihn: »Soll das heißen, daß sie es vorher mit dir so abgesprochen hatte?«
»Nicht abgesprochen. Sie sagte mir lediglich, ich solle in zehn Minuten ohne anzuklopfen in das Gästezimmer kommen.«
»Wo sagte sie das?«
»Im Badezimmer. Sie fing mich auf der Treppe ab, als ich das Warten in der Küche satt hatte.«
Ich erinnerte mich, nach ihm gesucht und ihn weder in der Küche noch im Wohnzimmer gefunden zu haben. Auch daß die Badezimmertür abgeschlossen war, fiel mir wieder ein. Ich fragte: »Warum erzählst du es mir?«
»Weil ich mir bis zum Augenblick nicht sicher bin, was ihr damit bezwecktet. Ob es ein Hinweis darauf sein sollte, wie du dir die Beziehung zwischen uns künftig vorstelltest ...«
»Das mag auf Agnes zutreffen«, fiel ich ihm dazwischen. »Vielleicht als Reaktion auf deinen Wunsch, mich am Abend des nächsten Tages allein nach Valberg kommen zu lassen. Daß sie das nicht ohne weiteres wegstecken würde, hätte dir klar sein müssen.«
»Was ebenso auch auf dich zutraf«, sagte er. »Seit ich dich persönlich kenne, hatte ich nur noch dich und nicht mehr sie im Kopf. Ich käme heute ohne sie aus. So wie du auch ohne mich auskämest. Darüber mache ich mir keine Illusionen. Wenn sie mir aber am Abend jenes Tages im Badezimmer erzählte, du würdest dir nach deinen Erfahrungen in deiner Ehe aus Männern nichts mehr machen und nur dann mit mir ins Bett gehen, wenn auch sie mit von der Party ist, dann war es so unverständlich nicht, daß ich die vorgefundene Situation zunächst falsch einschätzte und des guten Glaubens war, daß alles seine Ordnung habe.«
»Und wann ging dir dieser gute Glauben verloren? Als du so unmotiviert aus dem Zimmer liefst?«
»Das geschah nicht unmotiviert«, erwiderte er. »Du hast eine ungemein infame Art, dich daran zu ergötzen, wenn ein Mann so reagiert, wie du ihn einschätzt. Ich sah es dir an.«

»Das war mir nicht bewußt«, sagte ich. »Wäre ich mir bewußt gewesen, daß du meine Art infam empfindest, hätte ich unser kleines Spiel schon früher beendet. Immerhin gab ich dir etwas später in der Küche Gelegenheit, mich für meine Infamie zu bestrafen. Dann bist du also nur deshalb aus dem Zimmer gelaufen?«
»Nicht nur«, sagte er.
Ich trank mein Glas aus und blickte auf die Uhr. »Wenn ich rechtzeitig in Valberg sein will, darf ich mich nicht länger aufhalten.«
»Agnes erzählte mir, du seist erst gegen fünf Uhr verabredet«, sagte er. »Du hast also noch Zeit. Sie kümmert sich noch um ein Essen für dich.« Er stand auf und ließ mich wieder allein. Sein Weg in den Flur schien diesmal aber nicht schon in der Küche, sondern erst im Schlafraum zu enden. Auch drangen keine Stimmen an mein Ohr, und bei seiner Rückkehr wirkte sein Gesicht gerötet. Er ließ sich in seinen Sessel fallen und sagte: »Sie hat anscheinend im Flur einen Teil unseres Gesprächs mitgehört und lehnt es ab, sich um ein Essen zu kümmern. Wenn du sehr hungrig bist ...«
»Eine gute Gelegenheit, heute einen Fasttag einzulegen«, unterbrach ich ihn. »Wie soll es jetzt weitergehen? Doch hoffentlich nicht mit einer Wohngemeinschaft in dieser Hütte? Oder hast schon ein neues Quartier gefunden?«
»Danach wollte ich mich gemeinsam mit dir und Agnes umsehen. Bis wir etwas Passendes haben, wohnt ihr hier.«
»Und geschlafen wird in deinem kleinen Schlafzimmer gemeinsam in einem Bett?«
»Warum nicht?«
Die Einfachheit seiner Frage machte eine Antwort überflüssig. Vielleicht war es auch der Gedanke an mein Hotelzimmer, der mich befähigte, Georges' Vorschlag, sein Bett großmütig mit mir und Agnes zu teilen, für den Augenblick ohne Widerspruch hinzunehmen, wobei mein Entschluß, das Chalet noch heute zu räumen und nach Sarennes zu fahren, bereits feststand. Und morgen würde ich einen neuen Vorwand haben, mein Eintreffen in der Hütte um einen weiteren Tag hinauszuschieben. So lange würde ich nämlich brauchen, um all das zu erledigen, was in Sarennes für mich noch zu tun blieb.
Ich stand auf und fragte: »Wo ist sie? Im Schlafzimmer?«
Er nickte. »Bis du zurückkommst, wird sie sich beruhigt haben.«
»Wann zurückkomme? Du redest doch nicht von heute?«
»Ich möchte dich und Agnes heute abend zum Essen einladen«, sagte er. »Auch wenn du dir Zeit läßt und dein Gespräch länger als eine

Stunde dauert, kannst du bequem bis acht Uhr zurück sein. Ich erwarte hier einen Anruf, sonst würde ich mit dir kommen. Es ist aber besser, du redest jetzt nicht mit ihr. Sie will dich im Augenblick nicht sehen und auch nicht mit dir nach Valberg fahren.«

»Ich möchte mich von ihr verabschieden«, sagte ich.

Im Flur warf ich einen Blick in das Bad. Es hatte nur eine Dusche und ein WC. Ein Grund mehr, mich hier nicht häuslich einzurichten. Agnes lag bäuchlings auf dem Bett, das Gesicht in den Armen vergraben. Sie sah auch nicht auf, als sie mich kommen hörte. Ich drückte die Tür hinter mir ins Schloß, trat an das Bett und sagte: »Ich bin ab heute abend bis Montag im Hotel anzutreffen. Das weiß er nicht. Er erwartet mich heute abend zurück. Ich werde ihn vom Hotel aus anrufen und ihm sagen, daß ich nicht komme.«

»Und warum erzählst du mir das?« fragte sie, ohne das Gesicht von den Armen zu nehmen.

»Das kannst du dir selbst beantworten«, sagte ich. »Es hätte auch noch genügt, wenn du mir auf der Fahrt hierher erzählt hättest, was mich hier erwartet.«

»Dann wärst du nicht mitgekommen«, sagte sie.

Es geschah etwa im gleichen Augenblick, als Georges in das Zimmer kam. Eigentlich hätte ich seine Schritte auf dem Flur hören müssen. Vielleicht hatte er sich der Tür auf Fußspitzen genähert. Er fragte: »Probleme?«

»Keine nennenswerten«, sagte ich und kehrte mit ihm in den Wohnraum zurück.

»Du hast dein Glas nicht ausgetrunken«, sagte er.

»Tu es für mich«, sagte ich und griff nach meiner Handtasche. Er folgte mir vor die Hütte. Dort erst tat er, worauf er bisher verzichtet hatte: Er zog mich an sich, küßte mich und sagte: »Sie loszuwerden, wäre unser kleinstes Problem.«

»Wenn du mit mir nach Amerika fliegst?«

»Es muß nicht Amerika sein.«

»Es muß und wird überhaupt nicht sein«, sagte ich. »Was gibt dir plötzlich zu denken? Daß es für dich auf die Dauer zuviel werden könnte mit uns beiden?«

»Ich habe dabei mehr an dich als an mich gedacht.«

»Das hättest du schon früher tun sollen«, sagte ich. »Inzwischen habe ich mich an den Gedanken gewöhnt.«

Er lächelte. »Um so besser.«

Sein Lächeln ebenso wie seine Antwort ergaben nur dann einen

Sinn, wenn auch er, entgegen seiner vorgeblichen Überlegung, Agnes loszuwerden, eine künftige Dreier-Bettgemeinschaft gedanklich bereits vollzogen hatte.
Ich hatte ihn und das einsame Tal schon weit hinter mir gelassen, als mir einfiel, daß ich es versäumt hatte, ihn nach seiner Telefonnummer zu fragen.

Monsieur Pillet war kein angenehmer Typ. Er war größer als ich, vierschrötig und mit einer rötlich schimmernden Knollennase ausgestattet. Nun machte eine rötlich schimmernde Knollennase einen Menschen noch nicht zu einem unangenehmen Typ, und seine kleinen, fleischig wirkenden Hände mit den kurzen Stummelfingern auch nicht zu einer Unperson. Was mich wirklich an ihm störte, waren seine Augen, beziehungsweise deren stechender Blick, der mich ständig zu durchbohren schien, wobei er oft sekundenlang kein einziges Wort von sich gab, sondern mich eben nur mit dem Blick durchbohrte. Überhaupt schien es seine Strategie zu sein, zunächst einmal so gut wie nichts von sich zu geben und es mir zu überlassen, unsere Konversation auf jenen Punkt zu bringen, der ihn nach Valberg und uns im *Andrech de Lagas* zusammengeführt hatte. Was ich ihm, abgesehen von seinem äußeren Eindruck, zugute halten konnte, war seine pünktliche Ankunft. Sein Anruf erreichte mich fast auf die Minute genau zur vereinbarten Zeit. Als ich wenig später in das Restaurant kam, saß er im bürgerlichen Sonntagsanzug bei einem Glas Rotwein an einem Ecktisch und rauchte eine Zigarre. Erstaunlicherweise war das Restaurant heute besser besucht, als es bei dem noch immer trüben Himmel zu erwarten gewesen war, so daß sich die Geschäftsleitung, repräsentiert durch die gepflegt aussehende Dame mittleren Alters, die sich inzwischen auch wieder eingefunden hatte, genötigt sah, die Restauration von dem kleinen Nebenzimmer in einen größeren Raum zu verlegen. Die meisten Gäste hatten Kaffee und Kuchen bestellt. Da ich seit dem Frühstück nichts zu mir genommen hatte, schloß ich mich ihnen an und erkundigte mich bei Monsieur Pillet, seit wann er in Sarennes für die Bauaufsichtsbehörde zuständig war. Daß es zehn Jahre waren, hatte er mir zwar schon bei unserem gestrigen Telefonat erzählt, aber diesmal diente mir seine gleichlautende Antwort dazu, ohne weiteren Zeitverlust zur Sache zu kommen, nachdem er meine vorangegangenen Fragen, ob er über Guillaumes gefahren und schon öfter in Valberg gewesen sei, jeweils nur mit einem Kopfnicken beantwortet hatte. Aber schon meine nächste Frage

nach der zuständigen Stelle für die unterbrochene Strom- und Wasserversorgung von Lavoir, ließ ihn gesprächiger werden. Er beantwortete sie damit, mich bei seinem gestrigen Anruf im Hotel so verstanden zu haben, nur meine Neugierde nach dem neuen Verwendungszweck von Lavoir befriedigen zu wollen. Für die Strom- und Wasserversorgung seien ausschließlich die Stadtwerke von Sarennes und nicht die Bauaufsichtsbehörde zuständig. Dagegen ließ sich wenig einwenden, und er kam dann auch von selbst auf den Punkt und wollte wissen, ob ich bezüglich meiner Absicht, gegebenenfalls einen Privatdetektiv einzuschalten, schon etwas unternommen habe, wobei sein Blick noch stechender wurde. Eingedenk des Umstandes, daß geduldige Hinnahme des mir zugefügten Unrechts bei meinen Widersachern eher Befremden als Erleichterung auslösen müßte und jetzt auch immer stärker dem Eindruck zuneigend, daß Monsieur Pillet nur gekommen war, um mich auszuhorchen, hielt ich es für angezeigt, ihn im ungewissen zu lassen, indem ich mich darauf zurückzog, noch nichts Endgültiges vereinbart zu haben. Seine nächste Frage, warum ich einen Privatdetektiv vorgezogen und mich nicht an die Gendarmerie in Sarennes gewandt habe, hatte ich ihm sinngemäß schon bei unserem gestrigen Telefonat beantwortet, aber vielleicht war sie nicht zu seiner Zufriedenheit ausgefallen, denn die Erklärung allein, wegen meines Entschlusses, mich von meinem Haus zu trennen, auf eine Anzeige zu verzichten, hätte mich an seiner Stelle auch nicht restlos überzeugt. Ich sagte: »Mir liegen vertrauliche Informationen über Ereignisse vor, die mir das weitere Wohnen in Lavoir auch dann verleiden würden, wenn die Ihnen bekannten Umstände nicht dagegen sprächen.«
Er streifte die Asche von seiner Zigarre. »Vertrauliche Informationen Ihres Anwalts?«
»Auch. Abgesehen davon, daß sich dort oben dunkle Gestalten herumtreiben, die, während ich mich im Haus aufhielt, meinen Wagen für eine weitere Verwendung unbrauchbar und meinen gemieteten Citroën zeitweilig fahruntauglich machten. Was sich sonst noch in den vergangenen Tagen in Lavoir alles tat, davon können Sie sich selbst überzeugen, wenn Ihnen der Weg hinauf nicht zu weit und zu umständlich ist. Meinem Mann wurden für das Haus eine Million Francs geboten. Da es mir und nicht ihm gehört, warte ich nun darauf, daß man sich mit einem neuen Angebot direkt an mich wendet, wobei ich an zwei Millionen denke.«
»Nicht schlecht«, sagte er, mit unbewegtem Gesicht.

»Das finde ich auch«, sagte ich. »Bei dem Angebot an meinen Mann waren die völlig zerstörte Inneneinrichtung meines Hauses, der Verlust meines Wagens und all die Aufregungen und der Ärger nicht berücksichtigt, die ich seit meiner Ankunft habe. Das ist aber ein Thema, mit dem sich mein Anwalt beschäftigen wird und das nicht Anlaß unseres Treffens ist, Monsieur Pillet. Worum es mir geht, habe ich Ihnen bereits gesagt. Ich würde für mein Leben gern erfahren, zu welchem Zweck und von welchen Leuten Lavoir aufgekauft wurde. Ich erwarte nicht, daß Sie es wissen, aber vielleicht kennen Sie eine Stelle, an die ich mich in dieser Sache wenden könnte.«
»Das wird nicht einfach sein«, sagte er. »Ich kann mich umhören. Versprechen kann ich nichts. Wie lange werden Sie noch hier in Valberg sein?«
»Ich habe vor, im Anschluß an unser Gespräch mein Quartier hier aufzugeben und nach Sarennes zurückzufahren. Dort werde ich im Hotel die Rückkehr meines Anwalts aus seinem Osterurlaub abwarten. Wenn Sie etwas erreichen können, müßte es bis spätestens Dienstag abend geschehen. Länger werde ich mich auch in Sarennes nicht mehr aufhalten. Erklären Sie mir bitte eines, Monsieur Pillet: Wie es möglich ist, daß ein ganzer Ort, der bis vor kurzem der Verwaltung der Kommune unterstellt war, für die Sie in maßgeblicher Position arbeiten, einer neuen Verwendung zugeführt wird, ohne daß Sie darüber informiert sind. In Deutschland wäre das nicht denkbar.«
Er drückte seine Zigarre in einem Ascher aus und sagte: »Ohne Bewohner ist Lavoir ein Kaufobjekt wie jedes andere Grundstück auch, und gemessen an den Grundstücken, die in Frankreich schon ihren Besitzer gewechselt haben, mit seinen nicht einmal drei Hektar Boden auch nicht besonders groß. Es ist nicht Sache einer Kommune, sich in den Verkauf von Grundstücken, die nicht ihr gehören, einzuschalten. In diesem Fall kam noch hinzu, daß sich die Interessenten zuerst an die Präfektur in Digne wandten und sich die alleinigen Nutzungsrechte der nach Lavoir führenden Straße sicherten, die, wie alle Straßen außerhalb geschlossener Ortschaften, nicht Eigentum der Kommunen sind. Ob bei dieser Gelegenheit den neuen Bewohnern von Lavoir bauliche Auflagen gemacht wurden, entzieht sich meiner Kenntnis.«
»Auch der Kenntnis von Monsieur Garnier, Ihrem Bürgermeister?«
»Mit Sicherheit. Sonst hätte ich sie auch. Im übrigen bitte ich Sie zu berücksichtigen, daß Lavoir weder von mir noch von unserem Bürgermeister, sondern von seinen ehemaligen Grundstücks- und Hausbesitzern verkauft wurde. Ausgenommen die wenigen öffentlichen

Gebäude und Grundstücke, die nach der Eingemeindung Lavoirs in den Grundbesitz von Sarennes übergingen. Da wir keine Verwendung dafür hatten und sie in Lavoir auch nicht mehr gebraucht wurden, sah die Gemeindeverwaltung keinen Anlaß, eine ihr vorliegende günstige Kaufofferte abschlägig zu beantworten.«

Ich stellte meine Kaffeetasse, die ich eben zum Mund führen wollte, unwillkürlich auf den Unterteller zurück und sagte: »Aber dann ist Ihnen der Käufer doch bekannt?«

»Wenn Sie jetzt von der Immobilienfirma in Nice reden, in deren Auftrag das Anwaltsbüro in Digne die Verhandlungen geführt und das auch Ihnen, beziehungsweise Ihrem Mann ein komfortables Angebot gemacht hat, dann ist er mir ebenso bekannt wie Ihnen, Madame Kristmann.«

Daß ich es jetzt auch noch mit einer Immobilienfirma und nicht nur mit dem Anwaltsbüro zu tun hatte, war immerhin eine Neuigkeit, die ich nicht wichtig genug einschätzen konnte. Leider war sie jedoch, wie ich gleich darauf erfuhr, lange nicht so wichtig, wie es zunächst geschienen hatte, denn als ich ihn nach ihrem Namen fragte, sagte er: »Der nützt Ihnen überhaupt nichts, Madame Kristmann. So wie das Anwaltsbüro im Auftrag der Immobilienfirma handelt, so handelt diese im Auftrag der neuen Grundbesitzer von Lavoir. Wenn Sie deren Namen erfahren wollen, werden Sie bei der Immobilienfirma ebensowenig Auskunft erhalten wie bei dem Anwaltsbüro in Digne.«

Nachdem ich eben noch meinte, der Lösung aller Rätsel um einen entscheidenden Schritt nähergekommen zu sein, war seine einschränkende Auskunft natürlich eine herbe Enttäuschung für mich. Ich fragte: »Auch nicht, welche Absichten die neuen Eigentümer in Lavoir verfolgen?«

»Mit Sicherheit nicht«, sagte er. »Wenn Sie meine ganz persönliche Meinung dazu hören wollen, so sind die Gespräche über den künftigen Verwendungszweck von Lavoir noch längst nicht abgeschlossen.«

Das erschien mir angesichts der beachtlichen Summen, die bereits in den Kauf der Häuser und Grundstücke investiert worden waren, ziemlich unverständlich, aber Monsieur Pillet hatte auch dafür insofern eine Erklärung, als er es für denkbar hielt, daß die Investoren bei der Verwirklichung ihrer Pläne nachträglich vielleicht auf Probleme gestoßen seien, die nicht voraussehbar waren. Auf meinen erneuten Einwand, ob es denn denkbar sei, daß im Département Alpes-de-Haute-Provence ganze Ortschaften verscherbelt werden, ohne daß sich die Leute, die sie verscherbelten, schon vorher dafür interessier-

ten, welcher neuen Verwendung sie zugedacht seien, ließ er durchblicken, daß gerade hier der Grund für die strikte Geheimhaltung liegen könnte, unter der diese ganze Transaktion stattfand. Eine Hypothese, die kaum geeignet war, meine Wißbegierde zu dämpfen. Er trank dann auch seinen Rotwein aus und meinte mit einem Blick auf seine unauffällige Armbanduhr, meine Zeit lange genug in Anspruch genommen zu haben und jetzt auch über mein Anliegen ausreichend informiert zu sein. Noch ehe ich ihn daran hindern konnte, hatte er unsere Zeche, einschließlich meines Kaffees und Kuchens aus der eigenen Tasche bezahlt und begleitete mich, im Gehen einen Mantel von einem Kleiderhaken nehmend, zur Tür. Er zog ihn jedoch nicht an, sondern blieb, ihn über dem Arm behaltend, vor der Tür stehen, warf einen abschätzenden Blick in den wolkenverhangenen Himmel und sagte. »Monsieur Clout erzählte mir, daß Sie in Begleitung sind. Sollte sie von unserer Begegnung nichts wissen?«
»Ich hielt es für angezeigt, sie nicht einzuweihen«, sagte ich, mehr instinktiv als bedacht. Meine Antwort schien ihm zu gefallen. Er wandte mir sein breites Gesicht zu und sagte: »Vielleicht könnten Sie es dabei belassen. Auch wenn ich nur vermittelnd tätig werden kann, so doch nicht ganz im Rahmen der Loyalität, zu der ich gegenüber meinem sogenannten Dienstherren in meiner Eigenschaft als Leiter einer kommunalen Einrichtung verpflichtet bin. Wie ich Ihnen bereits sagte, kann ich Ihnen nichts versprechen. Ich werde Ihren Wunsch an eine Stelle weitergeben, die möglicherweise tiefere Einblicke in die Geschehnisse um Lavoir hat als ich. Ich fürchte nur, daß es allein an Ihnen liegen wird, ob Sie zu den gewünschten Auskünften kommen werden. Meine eigenen Möglichkeiten reichen dazu nicht aus. Wenn Sie verstehen!«
Und ob ich ihn verstand. Von den Schlitzohren, mit denen ich es in meinem bisherigen Leben zu tun hatte — sah ich von Agnes' Vater einmal ab —, gehörte er sicher zu den größten. Ich antwortete: »Wie ich darüber denke, habe ich Ihnen bereits gestern am Telefon gesagt. Ich würde mich auch nur ungern von der Verschwiegenheit eines Privatdetektivs abhängig machen, zumal mein Eindruck von ihm nicht allzu günstig war.«
»Aber Sie haben ihm noch nicht erzählt, worum es geht?«
»Um eine Auskunft. Mehr weiß er nicht.«
Er sah unverkennbar erleichtert aus und meinte: »Ich denke schon, daß sich da etwas machen läßt. Es tut mir leid, daß Sie in Lavoir solche Probleme hatten und daß man nicht einmal davor zurückschreck-

te, sich an Ihrem Eigentum zu vergreifen. Ehe Sie sich jedoch mit Ihrem Anwalt über die möglichen Verursacher unterhalten und solche ins Auge fassen, sollten Sie vielleicht berücksichtigen, daß es zwischen Auftraggebern und Immobilienfirmen oft Vereinbarungen gibt, die solche bedauerlichen Vorfälle geradezu herausfordern. In diesem besonderen Fall könnte ich mir denken, daß der Immobilienfirma in Nice von ihren Auftraggebern auferlegt wurde, *sämtliche* Häuser und Grundstücke ohne Ausnahme in ihren Besitz zu bringen, andernfalls sie hohe Einbußen an der vereinbarten Provision hinnehmen muß, aber das ist eine rein hypothetische Annahme, für die Sie nirgendwo, weder in Digne noch in Nice eine Bestätigung finden werden. Schlimm ist es schon, wenn solche Dinge geschehen.«

»Zumal auch die mit den Arbeiten beauftragte Baufirma gleich in zweifacher Hinsicht in Mitleidenschaft gezogen wurde«, sagte ich.

Sein Befremden wirkte zu echt, um gespielt zu sein. Er sagte: »Davon ist mir nichts bekannt. In welcher Art in Mitleidenschaft gezogen?«

»Durch den Verlust von Baugerät«, sagte ich. »Sie werden sicher noch davon hören.«

»Und Sie von mir, Madame Kristmann«, sagte er. »Ist das Ihr Mietwagen?«

Weil sein Blick auf meinen Citroën gerichtet war und außer diesem noch zwei des gleichen Fabrikats und der gleichen Hubraumklasse auf dem Parkstreifen vor dem Hotel standen, hatte er meine Vorfahrt von seinem Fensterplatz im Restaurant sicher beobachtet, so daß seine Frage sich erübrigt hätte. Sie diente ihm vermutlich auch nur dazu, mir sein Bedauern darüber kundzutun, sich einen Wagen dieser Größenordnung nicht leisten zu können. »Vom Unterhalt her«, sagte er, »ist er nicht viel teurer als mein eigener. Nur eben in der Anschaffung. Mit einer vierköpfigen Familie, bei meinem kleinen Gehalt, leider nicht zu schaffen.«

Wenn das die Größenordnung war, in der sich seine Erwartungen bewegten, würde ich ihn nicht enttäuschen. Vorausgesetzt, er enttäuschte meine eigenen Erwartungen nicht. Ich sagte: »Darüber ließe sich reden, Monsieur Pillet.«

»Ich nehme das zur Kenntnis«, sagte er und verabschiedete sich mit einem aufrechten Händedruck. Daß auch er wie Agnes' Vater und Georges einen Renault fuhr, konnte ich noch beobachten, als ich die Tür des Citroëns aufschloß.

Allein dem Umstand, daß Agnes und ich bei unserem gestrigen Eintreffen zu bequem waren, unser gesamtes mitgebrachtes Gepäck gleich auszuladen und uns statt dessen nur auf das Nötigste beschränkten, hatte ich es zuzuschreiben, binnen einer knappen Stunden reisefertig zu sein. Bis dahin hatte ich die Zimmer aufgeräumt, die Bettwäsche abgezogen, Bad und Küche gesäubert, sämtliche Rollläden geschlossen und, was wir aus dem Wagen genommen hatten, wieder zum übrigen Gepäck im Kofferraum gelegt. Als einziges Problem blieb noch zu lösen, was mit dem Haustürschlüssel geschehen sollte. Georges konnte und wollte ich nicht fragen, auch wenn ich seine Rufnummer gewußt hätte. Weil die Tür jedoch ein Schnappschloß hatte, begnügte ich mich damit, den Schlüssel gut sichtbar zum Telefon in der Diele zu legen und die Tür hinter mir ins Schloß zu ziehen. Obwohl gegen Abend der Verkehr auf den Straßen wegen der von ihrem verregneten Osterausflug heimkehrenden Autofahrer stärker geworden war, erreichte ich noch rechtzeitig zum Abendessen das Hotel, wo ich von Monsieur Clout mit einer Herzlichkeit begrüßt wurde, als hätte er mit meiner Rückkehr ernsthaft nicht mehr gerechnet und die in nunmehr zehn Tagen sich angesammelte Liquidation bereits in den Wind geschrieben. Ich erzählte ihm, meine ständige Begleiterin zu einem Osterbesuch ihrer Tante nach Castellane gebracht und mich tagsüber dort etwas umgesehen zu haben. Weil er auf Monsieur Pillet nicht zu sprechen kam, vermied auch ich es, seinen Namen zu erwähnen und stellte ihm mein baldiges Erscheinen im Speisesaal in Aussicht. Um nicht sein Befremden zu erregen, nahm ich nichts von dem im Kofferraum liegenden großen Reisegepäck mit, ein Verzicht, der mir schon deshalb leichtfiel, weil wir bei unserer morgendlichen Abfahrt zwar das meiste, jedoch nicht alles eingeladen hatten. Im Zimmer zog ich noch rasch ein anderes Kleid an, schmückte mich, einer trotzigen Eingebung folgend, mit der Perlenkette, die mir von Agnes bei unserer Ankunft bei der Hütte ins Gesicht geworfen worden war, machte mich auch im Bad noch etwas zurecht und begab mich dann, nachdem ich tagsüber nur eine Tasse Kaffee getrunken und ein Stück Kuchen gegessen hatte, mit bereits knurrendem Magen in den wie gewohnt nur spärlich besuchten Speisesaal. Eigentlich hätte ich von mir erwarten dürfen, nach den heutigen Erlebnissen nicht nur mit stark eingeschränktem Hungergefühl, sondern auch mit eingeschränktem Appetit in den Speisesaal zu kommen. Das Gegenteil jedoch war der Fall, ich bestellte bei Monsieur Clout, der sich wieder persönlich um mich kümmerte, ein komplettes Menü mit fünf Gängen. Es gehörte zu seinen Aufmerksamkeiten, die er Agnes und mir angedeihen ließ, den seit dem gemeinsamen Essen mit Klaus von uns

bevorzugten Nischentisch auch dann reserviert zu halten, wenn er mit unserer Anwesenheit nicht rechnen konnte.
Ich bestellte mir einen Aperitif, und während ich auf die Gemüsesuppe wartete und eine Zigarette rauchte, fuhr ich mit meinen Überlegungen dort fort, wo ich sie beim Eintreffen auf dem Hotelparkplatz abgebrochen hatte und die sich vorwiegend mit der Frage beschäftigten, wie weit es mit mir bereits gekommen war, auch nur für eine einzige Minute lang ernsthaft die Möglichkeit ins Auge zu fassen, mich mit der Rolle abzufinden, die Georges mir für eine künftige Wohn- und Bettgemeinschaft zugedacht hatte. Aber warum, aus seiner Perspektive gesehen, auch nicht? Konnte er nach seinem abendlichen Erlebnis im Gästezimmer meines Hauses doch guter Hoffnung sein, mit Agnes' und meinem eigenen passiven Mitwirken ihm grünes Licht für künftige Dreisamkeiten im Schlafzimmerbereich signalisiert zu haben.
Im nachhinein und je länger ich Gelegenheit hatte, nach einer Erklärung für meine Willfährigkeit zu suchen, die es mir ermöglicht hätte, sie psychologisch und moralisch zu begründen, erschien mir, was an jenem Abend wie von selbst geschehen war, so unbegreiflich, daß es mir zunehmend Mühe bereitete, mich mit meiner eigenen Rolle in diesem Spiel noch länger zu identifizieren. Als wäre nicht ich, sondern ein ganz anderer Mensch zeitweilig in meine mir vertraute Haut geschlüpft und hätte sie zu Handlungen befähigt und mißbraucht, die unvereinbar waren mit allem, was ich bis zu jener Stunde von mir gewußt und für denkbar gehalten hatte. Und so gesehen bot auch mein nächtliches Erlebnis in Valberg keinen Anlaß für nachträgliches Kopfzerbrechen darüber, wie es möglich gewesen war, mich so weit gehen zu lassen, in seinen Armen zu einem Höhepunkt zu kommen. Denn damit allein, der Liebe eines Mannes zu lange notgedrungen entsagt zu haben, wollte ich mich nicht zufriedengeben. Da neigte ich schon eher der schmerzlichen Erkenntnis zu, von Agnes dahin gebracht zu sein, wo es schon keine Rolle mehr spielte, was ich tat und mit wem ich es tat. Von diesem verdammten Mädchen, das mich vom allerersten Augenblick an belogen und eiskalt angemacht hatte und das ich nie mehr zu sehen wünschte. Und dennoch nicht demonstrativ von meinem Stuhl aufstand, als sie urplötzlich an den Tisch kam, sich mir gegenüber auf ihrem gewohnten Platz niederließ und zu Monsieur Clout, der sie offenbar zu mir geleitet hatte, mit einem Blick auf meine inzwischen eingetroffene Gemüsesuppe, für sich dasselbe bestellte. Bis dahin war mir zwei- oder dreimal kurz hintereinander heiß

und kalt geworden, und danach nur noch heiß. Ich hatte das Gefühl, mit dem Gesicht in Brennesseln gefallen zu sein, so sehr juckte und brannte es, aber meine Suppe aß ich dennoch weiter, ohne Agnes mehr als einen flüchtigen Blick zu schenken. Mir fiel jedoch auf, daß ihre Augen unverwandt auf meinen Hals gerichtet waren, wofür ich zunächst keine Erklärung hatte, bis mir die Perlenkette einfiel, die schon bei meiner Ankunft im Speisesaal die Aufmerksamkeit der anwesenden Gäste erregt hatte. Normalerweise hatte ich sie auch immer nur bei ganz besonderen Anlässen getragen, aber vielleicht hatte ich insgeheim mit Agnes' Erscheinen gerechnet, und dann wäre auch dies nach allem, was heute geschehen war, kein minderer Anlaß als ein besonderer.

Ob sie mit ihrem anhaltenden Schweigen mir Gelegenheit geben wollte, vor ihr das Wort zu ergreifen, oder ob ihr bei dem schlechten Gewissen, das sie haben mußte, nichts mehr einfiel, wäre mir nur offenkundig geworden, wenn ich sie danach gefragt hätte, aber dazu sah ich keinen Anlaß, so daß ihr, wollte sie nicht den ganzen Abend in Wortlosigkeit verbringen, nichts anderes übrigblieb, als von sich aus zur Sache zu kommen. Sie tat es, indem sie sich mit leiser Stimme erkundigte, ob er schon angerufen und nach ihr gefragt habe. Bis dahin war ich mit meiner Suppe fertig. Ich tupfte mir mit der Serviette die Mundwinkel ab und sagte: »Falls sich deine Frage auf deinen Freund bezieht: Mich hat er nicht angerufen. Weiß er, daß du hier bist?«

»Nein. Ich habe die Hütte verlassen, als er schlief. Ich habe ihm vorher nicht gesagt, daß ich zu dir fahren werde.«

Jetzt erst, als ich sie etwas genauer ansah, fiel mir auf, wie blaß sie war. Nach allem, was sie mir angetan hatte, löste dieser Eindruck jedoch eher Genugtuung als Mitleid bei mir aus. Ich fragte: »Wann vorher? Bevor du mit ihm geschlafen hast? Oder woher sonst rührte seine enorme Müdigkeit, daß ihm bei hellichtem Tag die Augen zufielen und du unauffällig die Hütte verlassen konntest?«

Sie blickte mich nur an. Ich war mir fast sicher, daß er meine Abwesenheit und ihre Anwesenheit dazu genutzt hatte, rasch nachzuholen, worauf er immerhin zehn Tage lang hatte verzichten müssen. Und sie ebenso wie er. Wenn nur ein Teil dessen zutraf, was er mir von ihr erzählt hatte, mußte ihr der Verzicht nicht weniger schwergefallen sein als ihm.

Der Kellner kam mit ihrer Suppe. Auch Monsieur Clout ließ sich wieder bei uns sehen. Ich bat ihn, mit meinem Hauptgericht so lange zu warten, bis Agnes mit ihrer Suppe gleichgezogen hatte. Er versprach,

sich umgehend darum zu kümmern. Während sie ihre Suppe aß, zündete ich mir eine Zigarette an und sagte: »Du hast doch mit ihm geschlafen? Ja oder nein?«
»Er hat mit *mir* geschlafen«, sagte sie. »Willst du meine Suppe ins Gesicht?«
So verzweifelt, wie sie aussah, traute ich ihr beinahe alles zu. Ich erinnerte mich ihrer letzten Worte, bevor sie mir die Kette ins Gesicht geworfen hatte, und sagte: »Und ab wann hat er dich daran gehindert, mit diesem verlogenen Spiel aufzuhören?«
Sie sagte: »Ich bin nicht hier, um mich zu rechtfertigen oder zu entschuldigen. Als ich damit anfing, wollte ich wissen, ob ich es schaffe, dich ins Bett zu bekommen. Und als du mir von deinem Vermögen erzähltest, wollte ich auch davon etwas haben.«
»Für dich oder für ihn?«
Sie blickte von ihrem Teller auf. »Für uns beide. Da wußte ich noch nicht, daß du mir wichtiger werden könntest als er.«
»Oder daß er sich in mich verlieben und du überflüssig für ihn werden könntest«, sagte ich.
»Wenn du das glaubst, dann glaube es eben«, sagte sie. »Ich will es dir nicht ausreden.«
»Und warum bist du hier? Um mir das zu sagen?«
Sie aß ihre Suppe auf, schob den Teller von sich und lehnte sich in ihrem Stuhl zurück. »Um dich um etwas zu bitten. Ich möchte von ihm weg und auch nicht mehr nach Hause. Ich brauche eine eigene Wohnung. Dann komme ich schon durch.«
»In Nice auf dem Strich?«
»In Grenoble sind die Wohnungen billiger und die Männer auch nicht anders als in Nice«, sagte sie. »Was sind schon dreihunderttausend Francs für dich! Damit komme ich hin, und du brauchst nicht mehr an mich zu denken.«
»Warum sollte ich auch«, sagte ich.
Sie erhob sich rasch von ihrem Stuhl und starrte mit einem Ausdruck kalter Feindseligkeit in mein Gesicht. »Du wirst vielleicht noch gerne an mich denken. Wenn du erst einmal lange genug mit ihm zusammenlebst, du eingebildete Deutsche.«
Ich lächelte. »Jetzt zeigst du etwas von deinen wahren Gefühlen für mich. Du kriegst eine Million von mir. Wenn du dich noch bis Dienstag geduldest und dich wieder auf deinen Hintern setzt. Die Leute schauen schon her.«
»Du kümmerst dich auch sonst nicht darum, was sie von dir denken«,

sagte sie und nahm wieder Platz. Ich griff nach einem zweiten, auf dem Tisch stehenden Glas, schenkte ihr von meinem Wein ein und sagte: »Auch die Frauen sind in Grenoble nicht schlechter als in Nice. Solche Typen wie mich, die nichts mehr mit sich anzufangen wissen und dankbar für ein bißchen Zuwendung und Zärtlichkeit sind und denen egal ist, von wem sie kommen, findest du überall auf der Welt. — Ich kann jetzt also zusehen, wie ich ohne dich mit deinem Georges zurechtkomme? An den du mich ausgeliefert und verraten hast.«
»In den du dich verliebt und mit dem du geschlafen hast«, sagte sie.
»Liebst du ihn, wenn du mit ihm schläfst?«
»Vielleicht«, sagte sie.
»Und daß du mir erzählt hast, bei ihm nicht zu kommen und deshalb sogar bei einer Frauenärztin gewesen zu sein, das diente einzig und allein dazu, mich neugierig darauf zu machen, ob du kommst, wenn ich es einmal bei dir versuche?«
Sie erwiderte wortlos und trotzig meinen Blick.
Ich fragte: »War das alles deine Idee oder hat er dich dazu inspiriert?«
»Dich habe ich auch ohne seine Hilfe dahin gebracht, wo ich dich haben wollte«, sagte sie.
Ich nickte. »Das hast du tatsächlich, und niemand wird dir diese Glanzleistung streitig machen. Ich am allerwenigsten. Bevor du mir heute vormittag die Kette ins Gesicht warfst, da sagtest du, du hättest, als du merktest, worauf das hinauslief, aufhören wollen. Daß es darauf hinauslief, an mein Geld zu kommen, das wußtest du doch spätestens, als du ihn am Sonntag abend heimlich anriefst und dich mit ihm für den folgenden Tag verabredet hast?«
»Aber da war keine Rede davon, daß er dich auch persönlich kennenlernen wollte«, empörte sie sich. »Damit rückte er erst zwei Tage später heraus, als er vormittags anrief und dich, ohne daß es zwischen ihm und mir vorher abgesprochen war, in deinem Haus besuchen wollte. Und als es nicht klappte, ließ er dich noch am gleichen Abend an den Place Pasteur kommen.«
»Wobei deine Begleitung unerwünscht war«, sagte ich. »Und von da an lief es nicht mehr so, wie du es dir ausgemalt hattest?«
»Ach, hab mich doch gern«, sagte sie und griff nach ihrem Glas.
Der Kellner kam mit den Artischocken. Ich wartete, bis wir wieder allein waren und fragte: »Er hat nie mit dir darüber gesprochen, welche Summe ihm vorschwebte?«
Sie schüttelte den Kopf.
»Vielleicht solltest du mich vorher noch ein wenig aushorchen«, sagte

ich. »Ich weiß nicht, auf welchen Betrag ich mich eingelassen hätte, wenn es bei seinem ursprünglichen Plan geblieben wäre, ihm, ohne daß ich ihn persönlich kennenlernte, das gewünschte Geld durch dich überbringen zu lassen. So war es doch gedacht?«
»Ich möchte nicht mehr darüber reden«, sagte sie und machte sich über ihre Artischocken her.
»Aber ich«, sagte ich. »Wieso ein so cleveres Mädchen wie du so naiv sein konnte, anzunehmen, er hätte es bei der einen Erpressung bewenden lassen und das Geld dazu benutzt, sich von seiner Frau unabhängig zu machen und fortan nur noch mit dir zusammenzuleben. Das war doch deine Intuition, als du dich darauf einließest. Wenn es zutrifft, was er mir von dir erzählte, bist du ihm hörig. Das macht auch verständlich, warum du ihm alles über Lavoir und auch über deine Erlebnisse in Digne erzählt hast. Bei der Wahl, dich weiterhin zu benutzen, durch immer neue Erpressungen immer neue Geldbeträge bei mir einzufordern oder sich selbst an die Quelle zu begeben und deine Mitarbeit überflüssig zu machen, hat er sich sehr bald für den direkten Weg entschieden. Worauf es hinauslief und was er wirklich wollte, wurde dir erst bewußt, als du Anlaß hattest, eifersüchtig zu sein. Von da an wolltest du nicht mehr mitmachen und nicht etwa, weil ich dir irgendwann in meiner Ahnungslosigkeit leid getan hätte. So war es doch?«
»Denke, was du willst«, sagte sie.
Danach sprachen wir bis zum Eintreffen der Hauptspeise nichts mehr. Und bis dahin wußte ich, daß ich lieber in ein Gefängnis gehen als ohne sie weiterleben würde.
Weil der Kellner heute ohne Hilfe war, legte Monsieur Clout beim Servieren selbst Hand an und füllte unsere Gläser nach. Ich bemerkte, daß sein Blick jedesmal, wenn er Agnes ansah, besorgt wirkte. Vielleicht fiel ihm auf, wie blaß sie war. Sie tat mir schon selbst leid. Bevor sie sich dann auch über Escalopes und Beilagen hermachte, brach sie noch einmal ihr Schweigen und sagte: »Aber du hast in deinem Leben noch nie etwas falsch gemacht und es hinterher bereut?«
»Als ich mich von dir verführen ließ«, sagte ich und öffnete, in meinen Nacken greifend, den Verschluß der Perlenkette. Ich legte sie auf den Tisch, schob sie zu ihr hinüber und griff dann nach meinem Besteck. Sie fragte: »Dein Abschiedsgeschenk?«
»Als solches hast du es schon heute vormittag im Auto zurückgewiesen«, sagte ich. »Ein zweites Mal geht nicht. Wann hast du mit ihm geschlafen? Gleich als ich weg war oder etwas später?«

»Ich habe dir erklärt ...«, setzte sie an.
»Daß er es war, der mit dir geschlafen hat«, schnitt ich ihr das Wort ab. »Also wann?«
Sie hob den Blick in mein Gesicht. »Warum ist das wichtig für dich?«
Wichtig war es nicht. Darüber, wie er sich unser künftiges Zusammenleben vorstellte, hatte er mich nicht im unklaren gelassen. Ich fand es nur einigermaßen geschmacklos von ihm, die erste sich bietende Gelegenheit zu nutzen, sich bei Agnes seiner unveränderten Besitzrechte zu vergewissern. Ich fragte: »Hattest du noch genug Geld für ein Taxi?«
»Du warst kaum weg, als er zu mir ins Schlafzimmer kam und sich auf mich legte«, sagte sie. »Er zog sich nicht einmal richtig aus, schob nur seine Hose hinunter. Hinterher mußte ich mich um das Essen kümmern, und nach dem Essen legte er sich hin und schlief ein. Genügt das?«
»Ich habe dich gefragt, ob du noch genug Geld für das Taxi hattest?« erinnerte ich sie.
»Jetzt habe ich nur noch fünfzig Francs«, sagte sie. »Für das Taxi reichte es noch.«
Sie unterbrach ihre Mahlzeit und griff nach der Kette. Ich beobachtete, wie sie sie anlegte. Nie hatte ich sie mehr geliebt und begehrt als in diesem Augenblick. Die Vorstellung, wie er sich auf sie gelegt und mit ihr geschlafen hatte, ließ mein Gesicht wieder genauso jucken und brennen wie bei ihrem Eintreffen. Auf das ich gewartet hatte, seit ich im Hotel war. Sie war nicht mehr sein Eigentum, wie er sich das noch einredete. Sie war in meinen Besitz übergangen, und das nicht nur für ein Butterbrot wie bei ihm, sondern um den Preis meiner selbst. Und ich würde sie nie mehr freiwillig hergeben.

Nachdem ich Monsieur Clout darüber informiert hatte, für eingehende Telefonate am Abend nicht mehr, und am nächsten Morgen nicht vor zehn Uhr ansprechbar zu sein, erreichte mich Georges' Anruf erst gegen elf Uhr, als wir noch beim Frühstück saßen. Dabei stellte sich heraus, daß er noch gestern, also am Sonntag abend, vergeblich versucht hatte, mich in Chalet und auch im Hotel telefonisch zu erreichen und heute morgen, zutiefst beunruhigt, mit seinem Renault nach Valberg gefahren war, wo er mich verständlicherweise nicht antraf und auch bei seinen Versuchen, mich im Hotel an den Apparat zu bekommen, dank meiner Anweisung zunächst ohne Erfolg blieb. Als er mich dann doch an den Apparat bekam, war er bereits entschlos-

sen, in der Hoffnung, mich vielleicht dort anzutreffen, sich wieder auf den Weg zu seiner Hütte zu machen. Auch über Agnes' Anwesenheit konnte ich ihm erschöpfend Auskunft geben, worauf ihm, zum zweiten oder dritten Male während unseres Gesprächs, vor Ärger die Stimme versagte. Bevor er dann aber Gelegenheit fand, mich mit Vorwürfen zu überhäufen oder mir gar seinen umgehenden Besuch im Hotel zu avisieren, verkündete ich ihm meine Absicht, mich im Laufe des Tages zur Regelung familiärer Angelegenheiten mit meinem Mann zu treffen und auch für den kommenden Dienstag schon völlig ausgebucht zu sein. Abschließend stellte ich ihm für Mittwoch meine und Agnes' Rückkehr zu seiner Hütte in Aussicht, vorausgesetzt, ich hätte bis dahin nicht ein anderes Quartier gefunden, das mir mehr zusagte, aber auch in diesem Fall würde er eine entsprechende Nachricht von mir erhalten, wann und wo er mich antreffen könne. Danach blieb er wieder eine kleine Weile still, und als er sich erneut meldete, klang seine Stimme unpersönlich und sein Ultimatum, mich bis spätestens Mittwoch vierzehn Uhr entweder in seiner Hütte oder andernfalls mit allen damit verbundenen und mir bekannten Konsequenzen in diesem Leben nie mehr sehen zu wollen, durchaus ernst zu nehmen. Weil, wie er noch hinzufügte, es nicht seine Absicht sei, sich bezüglich unseres künftigen gemeinsamen Quartiers ohne seine Mitsprache vor vollendente Tatsachen stellen zu lassen.
Dies waren seine letzten Worte. Danach war nichts mehr zu hören. So weit war es also schon mit uns. Ich kehrte an den Frühstückstisch zurück und informierte Agnes über den Inhalt des soeben geführten Gesprächs. Sie sagte: »Mir erzählte er, er hätte für das Chalet in Valberg sein letztes Geld ausgegeben. Seine Frau und ihr Vater würden dafür sorgen, daß er nicht länger in der Hütte wohnen kann. Dann säße er auf der Straße, hätte kein Geld und keine Wohnung mehr, und bei der Zeitung in Digne, die auch in Gap und Sisteron erscheint und für die er als freier Mitarbeiter Essays für die Sonntagsbeilage schreiben durfte, wechselte vor einem halben Jahr der Herausgeber. Dem neuen gefiel nicht, was er schrieb.«
»Dann hat er immer nur als freier Mitarbeiter geschrieben?«
Sie hob unschlüssig die Schultern. »Ich weiß es nicht, Moni. Er erwähnte mal eine Zeitung in Grenoble, wo er anscheinend eine feste Stellung hatte, bis er seine Frau kennenlernte, als sie mit ihren Eltern in Grenoble einen Skiurlaub verbrachte.«
»Also ein sportlicher Typ«, sagte ich. »Wie hast du sie mir geschildert: dick und häßlich?«

»Habe ich das?«
»Als wir uns am ersten Tag oben auf der Paßhöhe über deine kleinen Brüste unterhielten«, antwortete ich. »Du meinst also, daß es ihm ernst ist mit dem, was er sagte?«
Sie sah mich an. »Er hat außer uns beiden nichts mehr zu verlieren, Moni. Vorgestern tauchte unangemeldet seine Frau in der Hütte auf. Er hatte sich seit vier Tagen nicht mehr bei ihr sehen lassen. Das passierte zwar öfter, aber nicht an Feiertagen, und ans Telefon ging er auch nicht, als sie in der Hütte anrief.«
»Dann ist er deshalb nicht nach Valberg gekommen?«
»Ja. Er sagte ihr, daß er sich scheiden lassen wolle. Es muß zu einer schlimmen Szene gekommen sein. Auch ihr Vater schaltete sich ein. Sie rief ihn von der Hütte aus an und erzählte es ihm. Er ließ Georges an den Apparat kommen und sagte ihm, wenn das sein Ernst sei, würde er ihn fertigmachen, und Georges erwiderte, das wäre nicht mehr nötig, er sei von ihm und seiner Tochter fertiggemacht worden, seit er mit ihr verheiratet sei. Er versuchte dann, sich gütlich mit ihr zu einigen, fuhr mit ihr zum Abendessen in ein Restaurant in Castellane. Vielleicht kam sie mit, weil sie hoffte, ihm eine Trennung ausreden zu können. Es kam jedoch nur zu neuem Streit. Als du gestern weggefahren warst, sagte er mir, länger als bis nach den Feiertagen könne er nicht in der Hütte wohnen bleiben. Bis dahin müßten wir etwas gefunden haben oder ein Hotelzimmer nehmen. Er tat mir leid, Moni. Ich kann nichts dafür.«
Ich beendete mein Frühstück, während sie noch an einem Marmeladebrötchen knabberte und, wenn ich es richtig sah, feuchte Augen hatte. Ich zündete mir eine Zigarette an und sagte: »Er tut dir auch jetzt noch leid. Vielleicht diente sein Anruf vorhin nur dazu, davon abzulenken, daß du nicht ohne sein Wissen hier bist. Hat er dich zu mir geschickt?«
Sie legte das angebissene Brötchen aus der Hand, stand auf und kam zu mir. Sie setzte sich auf meinen Schoß, schlang einen Arm um meinen Nacken und fragte: »Dir ist nicht egal, was aus mir wird, Moni?«
»Das fragst du ausgerechnet heute morgen?«
»Ja«, sagte sie. »Ich frage es dich, weil er meint, es würde dir nichts ausmachen, mich zu opfern, um dir ein französisches Gefängnis zu ersparen. Und um auch ihn loszuwerden. Du brauchtest der Gendarmerie nur zu erzählen, wie es war. Und ich würde dir nicht widersprechen, sondern die Schuld auf mich nehmen. Weil ich ich liebe.«
»So, wie du auch Georges liebst«, sagte ich. »Nur deshalb hast du

weitergemacht, als du merktest, worauf er hinauswollte, und nicht, weil er darauf bestand. Ich habe bis zur Stunde nicht verstanden, wozu es gut sein sollte, als du ihn am Donnerstagabend zu uns in das Gästezimmer kommen ließest. Er hat mir zwar heute vormittag erzählt, es sei so zwischen euch abgesprochen gewesen. Dennoch: Verstanden habe ich es nicht, aber wenn du ihn liebst, dann läßt es sich auch für mich gedanklich nachvollziehen. Als du merktest, daß es nicht mehr nur mein Geld war, das ihn reizte, da wolltest du ihm noch rasch zuvorkommen und mich darauf vorbereiten, was mich künftig erwartete und worauf ich mich einzustellen hatte. Das schien dir immer noch besser, als irgendwann für ihn und für mich überflüssig zu sein und übergangen zu werden. Ist es so?«

Sie lehnte das Gesicht an meine Wange und murmelte: »Ich wünschte, ich wäre tot.«

»Vielleicht hast du es dir schon in Lavoir gewünscht. Als du mich fragtest, ob ich Schlaftabletten im Hause habe. Aber da ging ich noch davon aus, du dächtest mehr an ihn als an dich selbst. Oder war das auch nur gespielt, um mich glauben zu machen, du würdest ihn am liebsten umbringen?«

»Ich weiß es nicht mehr«, murmelte sie, mit dem Gesicht an meiner Wange. »Ich weiß es wirklich nicht mehr, Moni. Aber wenn er sich beeilt, kann er in einer Stunde hier sein und mich mit in seine Hütte nehmen. Damit ich nicht allein hier sitze, während du dich mit Klaus triffst. Wo triffst du dich denn mit ihm?«

»Das habe ich offen gelassen«, sagte ich, während mir zugleich ein Mordsschreck in die Glieder fuhr. Denn daß Georges sich nach unserem Telefonat in seinen Renault setzen und, nachdem ich ihm unsere Rückkehr erst für Mittwoch in Aussicht gestellt hatte, auf dem direkten Weg hierherfahren könnte, um sich wieder seines Faustpfands in Gestalt von Agnes zu versichern, hatte ich sträflicherweise noch nicht bedacht.

Ich fragte: »Stehst du auf?«

Wohin die Reise gehen sollte, darüber unterhielten wir uns erst, als wir schon im Citroën saßen, und so rasch wie in den letzten zwanzig Minuten hatte ich mich schon lange nicht mehr frisiert, ein Make-up aufgetragen und mich angezogen. Ohne Agnes' tätige Hilfe wäre es in dieser Zeit auch nicht zu schaffen gewesen. Der Vorschlag, nach Allons zu fahren und mir die Villa anzusehen, von der sie mir schon so viel erzählt hatte, kam von ihr, und weil mir nichts Besseres einfiel, willigte ich ein. Falls jedoch ihre Befürchtung zutraf, Georges könnte bereits von Valberg kommend auf dem Weg nach Sarennes sein, konnten wir es uns nicht leisten, ihm unterwegs zu begegnen. Wir entschieden uns daher, in die entgegengesetzte Richtung nach Barcelonnette zu fahren, und von dort auf der D 908 über Colmars, und weiter südlich auf der D 955 Allons sozusagen von oben her zu erreichen, was zwar ein gewaltiger Umweg war, aber da wir genügend Zeit hatten, sprach nichts dagegen. Da ich die Strecke nach Barcelonnette früher öfter gefahren war, legten wir sie ohne Zeitverlust zurück. Von Agnes auf mein Lieblingsrestaurant in Barcelonnette angesprochen, das ich ihr gegenüber einmal erwähnt hatte, weil ich dort zusammen mit Klaus und meinen Söhnen in schöneren Zeiten öfter eingekehrt war, berief ich mich darauf, nicht mehr zu wissen, wo genau es lag und wie es hieß. In Wirklichkeit sah ich es im Vorbeifahren an der Straße, und ich schaute nur ein einziges Mal und da auch nur ganz flüchtig hin. Auf den Col d'Allos, den wir dann auf der D 902, die sich sehr steil und in mehreren Serpentinen eine Hangstrecke hinaufzog, hinter Barcelonnette erreichten, war ich noch nie gekommen. Hier lag beiderseits der Straße der Schnee noch in hohen, schmutzigen Haufen, und von der herrlichen Aussicht von der Paßhöhe — die zugleich die Wasserscheide zum Meer war —, auf die Agnes mich vorher eingestimmt hatte, war wegen der tiefhängenden Wolken nichts zu sehen. Zum Glück regnete es jedoch nicht. Auch hatten wir auf dem über zweitausend Meter hohen Paß die größte Steigung unserer Fahrt zurückgelegt, die Straße führte in zahlreichen Kurven zu dem Städtchen Allos hinab und dann in einem zunächst engen, sich jedoch ständig verbreiternden Tal dem Ufer des Verdons folgend, dessen kristallklares Gletscherwasser sich siebzig Kilometer weiter südlich in den auch mir jetzt sattsam bekannten Lac de Castillon ergoß. Bis dahin brauchten wir jedoch nicht zu fahren, weil die Straße nach Allons von der D 955 abzweigte. Wegen der fortgeschrittenen Mittagszeit kehrten wir zum Essen in ein romantisch auf einem Felsen gelegenes Restaurant ein, wo Agnes, obwohl wir nicht die einzigen Gäste waren, mehrfach nach meiner Hand griff und sie streichelte. Meine Frage, was plötzlich in sie gefahren sei, sich jetzt auch in der Öffentlichkeit wie ein verliebter Teenager zu benehmen, beantwortete sie damit, daß sie aufstand, sich über den Tisch beugte und mich küßte, worauf einige der Gäste die Köpfe zusammensteckten und tuschelten. In ihrem schicken Lederkostüm aus weichem Ziegenvelours, das sie sich am zweiten Tag unseres Aufenthalts in Sarennes gekauft und auch schon gestern auf unserer Fahrt zu Georges getragen hatte, sah sie wieder sehr damenhaft aus, und auch die Bluse aus fließendem Crêpe de Chince stand ihr vorzüglich. Dazu, wenn auch nicht ganz stilgerecht, so doch oder gerade deshalb extravagant, die schimmernde Perlenkette um ihren weißen Schwanenhals. Ich wußte nicht mehr, wie oft ich in der vergangenen Nacht aufgewacht war. Um so deutlicher erinnerte ich mich, ihren Körper jedesmal hautnah an dem meinen gefühlt und noch im Einschlafen ihre Küsse geschmeckt zu haben. Wann mir der Gedanke, sie könnte noch einmal mit Georges schlafen, unerträglich geworden war, ob schon gestern abend, als sie mir davon erzählte, oder erst heute morgen beim gemeinsamen Bad, hätte ich nicht zu sagen gewußt. Genauso, wie es mir irgendwann gleichgültig geworden war, was die Leute, die uns sahen und beobachteten, über uns redeten und von uns dachten, so daß ich, nun selbst über den Tisch hinweg nach Agnes' Hand greifend, sie zu streicheln anfing. Außer ihr gab es nichts mehr, was mir wichtig war und was mich noch hätte kümmern können. Bis ans Ende meines Lebens würde ich meiner Eltern in Dankbarkeit gedenken. Ich hatte ihnen trotz der schweren Nachkriegsjahre nicht nur eine unvergeßlich schöne Kindheit zu verdanken. Sie hatten mich auch über ihren Tod hinaus in die glückliche Lage versetzt, mir meine wirtschaftliche und geistige Unabhängigkeit zu bewahren, ohne die meine Liebe zu Agnes ohne Hoffnung und ohne Zukunft gewesen wäre.

Wir waren schon auf der Weiterfahrt, als Agnes unvermittelt wieder auf Klaus und seine Freunde zu sprechen kam, mit denen er jetzt in Rom weilte, wo das Wetter sicher nicht viel besser war als hier. Sie wollte wissen, ob ich in Anbetracht dessen, was mir, hätte ich ihn nach Rom begleitet, alles erspart geblieben wäre, meinen Entschluß, nach Lavoir zu fahren, noch nicht bereut hätte. Und erst jetzt, als sie mich das fragte, wurde mir bewußt, daß ich seit seinem überraschenden Besuch in Lavoir kein einziges Mal mehr richtig an ihn gedacht hatte. Ich antwortete ihr, keinen Bedarf für Reue zu sehen, es sei denn, die Dinge mit Georges erreichten einen Punkt, an dem ich mich nicht mehr dazu überwinden könnte, sie noch länger mitzumachen.

»Aber am Donnerstagabend, als er zu uns in das Gästezimmer kam, da konntest du dich dazu überwinden«, sagte sie. »Und als du in der Nacht darauf mit ihm geschlafen hast, auch.«

»Es lag an dir, es zu verhindern«, sagte ich. »Am Donnerstagabend ebenso wie am Freitagabend. Ich weiß noch immer nicht, warum du mich in Valberg mit ihm allein gelassen hast. Unser vorangegangenes Gespräch in seinem Schlafzimmer kann doch kaum der Grund dafür

gewesen sein. Daß er dich beim Durchsuchen seines Gepäcks erwischt hat, wohl auch nicht. Was, sagtest du, wolltest du dort finden? Einen Hinweis auf seine Identität?«
Sie lächelte. »Das war wirklich ein dummer Einfall von ihm und nicht mit mir abgesprochen. Aber irgendwas mußte er dir erzählen, worüber er so lange mit mir gesprochen haben könnte, während du unten im Wohnraum auf seine Rückkehr gewartet hast.«
»Und worüber hat er wirklich mit dir gesprochen? Daß du nach Sarennes zurückfahren sollst?«
»Das tat ich freiwillig. Als er mir sagte, daß er zuerst mit dir allein sein wolle und mich an diesem Abend nicht brauchen könne.«
»Nur an diesem Abend?«
»So habe ich ihn verstanden.«
»Und dann kam ich zu dir in sein Schlafzimmer und habe ebenfalls dumm an dich hingeredet«, sagte ich. »So gesehen war deine Empfehlung, mit ihm zu schlafen, ohne mich in ihn zu verlieben, vernünftiger, als ich es zunächst annahm. Ich bin dir an jenem Abend eine Antwort schuldig geblieben. Du weißt, wovon ich rede?«
Sie schob eine Hand in meinen rechten Arm und sagte: »Du brauchst sie mir auch jetzt nicht zu geben, Moni.«
»Vielleicht doch«, sagte ich. »Ich habe im Gästezimmer meine Hand nicht weggenommen, weil ich an dem, was wir da gemeinsam taten, Gefallen fand.«
»Ich auch«, sagte sie. »Aber nur, weil es deine Hand war.«
»Aber nur, weil es dein Schoß war«, sagte ich. »Das ist es, was ich vorhin meinte, als ich von einem Punkt sprach, wo ich mich nicht mehr dazu überwinden könnte, noch länger mitzumachen. Er würde unsere Gefühle füreinander so lange für sich selbst benutzen, bis nichts mehr von ihnen übrig wäre. Willst du das?«
»Nein«, sagte sie. »Lieber würde ich tot sein, Moni.«
»Dann brauchen wir auch nicht mehr darüber zu reden«, sagte ich und betrachtete die hohen Berge auf beiden Seiten der Straße, die sich immer dicht am Flußbett des Verdons hielt, vorbei an kleinen, wie verlassen wirkenden Gehöften und einsamen Tälern. Ehe wir die Straße nach Allons erreichten, kletterte die D 955 noch einmal über einen Paß hinweg, und dann war alles so, wie Agnes es mir geschildert hatte: Die große Holztafel mit dem exklusiven Kaufangebot einer Immobilienfirma aus Nice am Straßenrand, danach das wiesengrüne, sich nach oben verjüngende Tal mit den weidenden Schafen und die Talkrümmung, von der aus sich der Blick auf die Allee schlanker Sil-

berpappeln auftat, die geradewegs auf den von Pinien und Zypressen überragten Olivenhain zuführte. Auch die hochgewachsenen, das Haus und den Olivenhain nach Norden abschirmenden Kastanien, die bereits ein erstes, zartes Grün angesetzt hatten, konnte ich sehen, ebenso den kleinen, inmitten der Talsohle fließenden Bach. Der Anblick war um so beeindruckender, als sich in der letzten halben Stunde der Himmel aufgehellt hatte, und ganz hinten, wo oberhalb des Waldes das Tal in einer sanften Mulde auslief und die Berge, deren Flanken im unteren Drittel von verkrüppeltem Niedrigholz und Macchia bewachsen waren, noch enger zusammenrückten, klaffte in den dünnen Wolkenschleiern ein Stück blauen Himmels über den kahlen Kuppen, die das Tal nach drei Seiten einschlossen und damit auch vor dem Mistral schützten, der mir in Lavoir mitunter zu schaffen gemacht hatte. Nur nach Süden war es offen, und wenn ich die Entfernung in Gedanken überschlug, konnten es zur Küste bei Cannes nicht mehr als sechzig Kilometer Luftlinie sein. Kein Wunder, fühlten sich neben den Kastanien auch Zypressen und Pinien hier wohl, und auch die Thujahecke hatte sicher keine Probleme, heimisch zu werden, wenngleich es nicht wenig Zeit, Mühe und auch Geld gekostet haben dürfte, sie allesamt inmitten dieser vegetationsarmen Gebirgslandschaft anzusiedeln, nachdem das Bestreben ihrer Bewohner über Jahrhunderte hinweg darauf ausgerichtet war, ihre einstmals schönen Wälder mit Stumpf und Stiel auszurotten. Ebenso heimisch schienen sich auch die etwa zwei Dutzend Schafe zu fühlen, denn ich sah nirgendwo einen Zaun, der sie daran hätte hindern können, das Tal über die nach Allons führende Straße oder über einen der hohen Berggipfel hinweg zu verlassen.
Den Wagen ließen wir schon vor der kleinen, den Bach überquerenden und aus Natursteinen gemauerten Brücke stehen. Wie Agnes es mir beschrieben hatte, fanden wir das nicht ganz brusthohe Holztor jenseits der Brücke nur mit einem hölzernen Riegel gesichert vor, den anzuheben keine Mühe bereitete. Vom Tor bis zum Haus wirkte der beiderseits gleichfalls mit Natursteinen gesäumte Weg bemerkenswert aufgeräumt, als sei er kurz zuvor mit einem Besen von herabfallenden welken Olivenblättern gesäubert worden, und als ich dann den See sah, in dem sich alles widerspiegelte, die schöne, alte Villa, die sie flankierenden schlanken Zypressen und das von weißen Wolkensegeln durchkreuzte Blau des Himmels, übertraf der Anblick alle meine Erwartungen. Denn es war nicht nur die Villa selbst, die, wenn auch in einem verkleinerten Maßstab und ohne deren architektonisch

besonders reizvollen Mittelteil, mich ein wenig an die Villa Ephrussi-Rothschild auf Cap Ferrat erinnerte, wozu nicht zuletzt der in einem warmen Pfirsichrot gehaltene Außenanstrich beitrug. Es waren auch die Sitzbänke aus weißem Marmor und die den See ringsum säumenden, bereits in voller Blüte stehenden Rhododendron- und Oleandersträucher, die das Auge entzückten. Der See war größer, als ich es nach Agnes' Schilderung erwartet hatte, bis zu seinem jenseitigen Ufer waren es mindestens vierzig Meter. Während er aber dort und auch an den seitlichen Ufern zum Teil mit Schilf bewachsen war und auf seiner Oberfläche Seerosen schwammen, gab es zur Hausseite hin eine Ufermauer aus großen Quadersteinen. Der Wasserspiegel lag etwa einen Meter unterhalb ihrer Krone und das Wasser war so klar, daß ich bis fast auf den tiefen Grund blicken konnte. Auch zahlreiche größere und kleinere Fische konnte ich sehen. In einem Punkt hatte Agnes sich geirrt: der Bach floß nicht in den See, sondern an der linken Flanke des Grundstücks, wo sich auch die Brücke befand, vorbei. Ich vermutete, daß er weiter talaufwärts durch eine im Boden verlaufende Leitung dem See frisches Wasser zuführte, und daß auch für den erforderlichen Abfluß gesorgt war, um den Wasserspiegel bei starken Regengüssen konstant zu halten. Alles deutete darauf hin, daß nicht nur der Wald, sondern auch der See beim Bau des Hauses, das um die Jahrhundertwende entstanden sein dürfte, künstlich angelegt worden war und daß er zugleich zur Aufnahme und zum Abfluß der Abwässer diente.
Anstelle von Fenstern, die ich nach Agnes' Beschreibung erwartet hatte, schien es sich durchweg um verglaste Türen zu handeln, die im Obergeschoß einen Austritt auf kleine Balkone mit kunstvollen Balustraden, und im Erdgeschoß einen unmittelbaren Zugang zum Grundstück hatten. Ihre grünlackierten, hölzernen Doppelläden hielten zwar Sonne und Regen ab, und auch die Haustür hinterließ einen wetterfesten Eindruck. Ob sie jedoch ausreichten, das Haus vor ungebetenen Gästen zu schützen, durfte ich nach meinen Erfahrungen in Lavoir bezweifeln, zumal schon das Betreten des Grundstücks so mühelos möglich war. Bei einem Rundgang um das Haus bot sich uns auf seiner Rückseite das gleiche Bild. Beeindruckend jedoch war der jähe Kontrast zwischen der mehr südlichen Flora auf seiner Vorder- und dem alten Kastanienhain auf seiner Rückseite. Die Bäume standen auf dem sanft ansteigenden Gelände so dicht, daß ihre Kronen sich wie ein schattenspendendes Dach über eine besonders schöne, marmorne Sitzgruppe aus einem großen, runden Tisch und vier ihn

quadratisch einfassenden Sitzbänken wölbte. Allein das unbehagliche Gefühl, uns widerrechtlich Zugang auf das Grundstück verschafft zu haben, hinderte mich daran, unseren kleinen Spaziergang bis zum nördlichen Waldrand auszudehnen, um von dort aus noch einen Blick talaufwärts zu werfen. So weit ich es auf der Fahrt zum Haus beurteilen konnte, breitete sich das Niedrigholz und die Macchia der Bergflanken hinter dem Wald auch über die Talsohle aus, so daß ein Weiterkommen nur in dem schmalen Bachbett möglich sein dürfte. Ähnlich verhielt es sich auch an den seitlichen Begrenzungen des Grundstücks, während weiter unten, wo die Schafe weideten, ein ungehinderter, wenn auch schweißtreibender Anstieg zu den das Tal säumenden Bergkuppen möglich sein dürfte. Daß dies mein erster Urlaub war, in dem ich noch keine Zeit für eine Wanderung gefunden hatte, wurde mir erst hier bewußt.
Trotz meiner Sorge, wir könnten bei unserem Rundgang ertappt werden, ließ ich mich von Agnes dazu überreden, noch auf einer der Sitzbänke zu verweilen, die neben einem hochgewachsenen Rhododendronstrauch am Seeufer aufgestellt waren. Meine Bedenken wischte sie mit der Bemerkung weg, wenn wir uns für das Haus und das Grundstück interessierten und wegen der Feiertage keine Gelegenheit hätten, uns mit der Immobilienfirma in Verbindung zu setzen, sei es unser gutes Recht, uns hier etwas umzusehen. »Es sei denn«, fügte sie hinzu, »du interessierst dich nicht dafür. Dann brauchen wir uns auch nicht länger aufzuhalten. Oder was meinst du?«
Abgelenkt durch ihre symbolträchtige Geste, während sie ihre Frage stellte von dem Rhododendronstrauch einen seiner jungen Blütenzweige abzubrechen und mir auf den Schoß zu legen, verschob ich eine Antwort auf die Zeit bis nach unserem nächsten Kuß und sagte dann: »Vielleicht sollten wir auch Georges dazu hören, nachdem er es sich ausdrücklich verbeten hat, bei der Wahl unseres künftigen Heims übergangen zu werden.«
»Es gefällt dir also nicht?« fragte sie.
Ich betrachtete den stillen See und seine prächtigen Seerosen auf der anderen Seite und sagte: »Irgendwie gefällt es mir schon. Man müßte noch einmal zusammen mit ihm hierherkommen und seine Meinung hören.«
»Die kenne ich schon«, sagte sie. »Als ich mit ihm hier war und er sich anschließend bei der Firma nach dem Preis erkundigte, meinte er, wenn er die vier Millionen hätte, würde er es auf der Stelle kaufen.«
»Hat er Kinder?«

»Nein, aber das liegt auch an seiner Frau. Sie will vorläufig keine, und er hat sie wegen ihres Geldes und nicht zum Kindermachen geheiratet.«
»Und warum will sie keine Kinder?«
»Sie reist gern. Sie ist erst dreißig, und kann auch in fünf Jahren noch Kinder bekommen.«
Merkwürdigerweise hatte ich mir seine Frau etwa in seinem Alter oder nicht viel jünger vorgestellt. »Dann ist er noch nicht lange mit ihr verheiratet?«
Sie griff nach meiner Handtasche, nahm die Zigaretten und das Feuerzeug heraus und zündete zwei an. Sie gab mir eine und sagte: »Sechs Jahre. Glaube mir, Moni: Für dieses Haus gäbe er sein Leben her. Wenn du ihm erzählst, daß es dir gefällt und mit ihm hierher gehst, wirst du ihn nicht mehr davon abbringen. Dann hast du das Haus nämlich schon so gut wie gekauft.«
»Und *deine* Meinung?«
»Wir reden von *ihm* und nicht von mir. Ohne ihn könnte ich mir vorstellen, hier zu wohnen. Mit ihm, ist mir egal, wo.«
»Mir nicht«, sagte ich. »Wie sehr liebst du ihn noch?«
Sie blickte dem Rauch ihrer Zigarette nach. »Ich weiß es nicht.«
»Am Sonntagabend, als du ihn vom Hotel aus anriefst und ihm erzähltest, was in Lavoir geschehen ist, wußtest du es noch«, sagte ich. »Auch als du dich am nächsten Tag in Sarennes zweimal mit ihm trafst und ihr gemeinsam euren Plan aushecktet, wie ihr an mein Geld kommen könntet. Hättest du ihn am Sonntagabend nicht angerufen, könnten wir jetzt irgendwo weit weg von hier sein und Lavoir vergessen.«
»Ich weiß«, sagte sie. »Aber am Sonntagabend wolltest du noch am nächsten Morgen abreisen. Und in der Nacht hast du mich von dir gestoßen. Woher sollte ich auch wissen, wie das gemeint war. Schon der Gedanke, ich könnte dir einmal etwas bedeuten, wäre mir nie gekommen.«
»Was dich jedoch nicht daran hinderte, es auf einen Versuch ankommen zu lassen«, sagte ich. »Daß du von inneren Zweifeln über dich zerrissen sein könntest, war dir nicht anzumerken.«
Sie lachte leise. »Ich habe mich ja auch selbst über mich gewundert. — Ob mit oder ohne ihn, Moni: Einen Vorteil hätte dieses Haus: Niemand wird über uns reden. In Lavoir wäre das nicht möglich gewesen, und in St. Paul und Vence auch nicht. Nicht einmal in Nice wären wir so ungestört wie hier. In Allons würde sich zwar herumspre-

chen, daß die Villa von zwei Frauen und einem Mann bewohnt wird, aber sie bekämen uns kaum einmal, und wenn, dann nur zufällig auf der Straße im Vorbeifahren zu Gesicht.«
»Das alles hast du dir schon überlegt?«
»Nicht nur das«, sagte sie und blickte wieder dem Rauch nach.
Ich fragte: »Nein?«
»Aber es ist deine Entscheidung«, sagte sie. »Es ist merkwürdig, daß ich mich ausgerechnet in dich verliebt habe. Ich konnte Leute, die vier Millionen ausgeben können und dann immer noch genug Geld übrig haben, nie ausstehen. Wenn du erlebst, was sich in Nice und Monaco tut, hast du für reiche Leute nichts mehr übrig.«
»So du nicht selbst zu ihnen zählst«, sagte ich. »Wer hat dich so gegen sie eingestimmt? Georges?«
Sie schüttelte den Kopf. »Ich fand es schon als kleines Mädchen nicht richtig, daß andere Leute mehr Geld hatten als wir und sich an der ›Cot‹ Ferienhäuser leisten konnten, die sie nur zwei- oder dreimal im Jahr benutzen.«
»Es gibt andere, die benutzen sie sogar nur einmal«, sagte ich. »Schon damals hast du dir vorgenommen, mich eines Tages dafür zu bestrafen, daß ich mir ein Ferienhaus — noch dazu das ehemalige Heim deines Vaters und deiner Großeltern — leisten konnte, das ich nur zwei- oder dreimal im Jahr benutzte. Auch mein Vater und Großvater hatten es ihr Leben lang mit Leuten zu tun, die ihnen ihren Besitz neideten, aber sie gehörten eben zu jenen, die mit ihrem Geld umzugehen verstanden und etwas daraus machten. Mein Großvater noch mehr als mein Vater. Statt unter den Nazis Gold für Eisen zu geben, transferierte er noch vor ihrer Machtergreifung und weit vorausschauend den größten Teil seines Vermögens in die Schweiz und legte es nach der Währungsreform daheim in Immobilien, vorwiegend Grundstükken, an, deren Wert sich im Laufe von zwei Jahrzehnten vervielfachte. Im Gegensatz zu ihm interessierte sich mein Vater neben seinem eigentlichen Geschäft mehr für Politik als für Immobilien. Einige Jahre vor seinem Tod beauftragte er ein Maklerbüro mit dem Verkauf sämtlicher Immobilien, weil er sich nicht länger damit belasten wollte. Ich glaube, er wußte nicht einmal genau, was sein Vater an Grundstükken, die nach der Währungsreform für den, der das Geld dafür hatte, oft für ein Butterbrot zu haben waren, zusammengekauft hatte. Das wurde ihm zum Verhängnis.«
Sie griff nach meiner Hand. »Wenn du nicht darüber reden willst, Moni …«

»Ach was«, sagte ich. »Man könnte darüber lachen, wenn es nicht so traurig wäre. Er war damals schon seit sechs Jahren Stadtverordneter, als sich das Liegenschaftsamt wegen eines Grundstücks, das ebenfalls ihm gehörte und das für einen städtischen Kindergarten gebraucht wurde, an ihn wandte. Mein Vater erklärte sich damit einverstanden, es weit unter dem damals üblichen Quadratmeterpreis an die Stadt abzugeben. In seiner Eigenschaft als Stadtverordneter konnte er gar nicht anders. Dabei kam es über die Lage des Grundstücks zu einem Mißverständnis. Mein Vater verwechselte es mit einem anderen und rief bei der Immobilienfirma an, es nicht zu verkaufen, bis die Stadtverordnetenversammlung darüber entschieden hatte. Als sich die Verwechslung herausstellte, hatte sie dem Kauf schon zugestimmt, und die Immobilienfirma mit einer Firma, die auf dem gleichen Grundstück ein Verwaltungsgebäude errichten wollte, einige Wochen zuvor mit der Einwilligung meines Vaters bereits einen Vorvertrag abgeschlossen, der nur noch formal seiner Zustimmung bedurfte. Zu einem Quadratmeterpreis, der fünfmal so hoch wie jener lag, auf den er sich mit dem Liegenschaftsamt verständigt hatte.«
»O je«, sagte sie und preßte mitfühlend meine Hand. »Aber wie konnte ihm so etwas passieren?«
»Das fragte er sich hinterher auch, aber damals kam bei ihm einiges zusammen, eine Erkrankung meiner Mutter, Ärger im Geschäft, Ärger auch im Rathaus mit einem Dezernenten aus der eigenen Partei. Und immerhin war er nicht mehr der Jüngste und neigte, wie ich bei meinen Besuchen oft selbst feststellen konnte, zur Vergeßlichkeit. Jemand aus dem Gemeinderat hängte die Sache an die große Glocke. Der für die Landesrundschau zuständige Redakteur einer ortsansässigen Rundfunkanstalt machte eine Art Krimi daraus und stellte die Sache so dar, als hätte mein Vater in seiner Eigenschaft als Stadtverordneter nicht der sozialen, sondern der ökonomischen Komponente den Vorzug gegeben und das Liegenschaftsamt der Stadt und die am Kauf interessierte Firma gegeneinander ausgespielt, um den Grundstückspreis in die Höhe zu treiben. Man schickte ihm zwei auf den Mann dressierte Kammerjäger auf den Hals ...«
»Was sind das: Kammerjäger?« warf sie ein.
Ich küßte sie auf die Wange. »Die kleinen Schnüffler vom Dienst, die sich auch dann noch auf ihre journalistische Pflicht berufen, wenn sich nachträglich herausstellt, daß sie schlecht recherchiert und eine Falschmeldung verbreitet haben. Sie hielten meinem Vater ein Mikrofon unter die Nase und wollten wissen, ob es zutreffe, daß er dem

Liegenschaftsamt für die Errichtung eines Kindergartens zuerst ein Grundstück zugesagt und es dann für den zehnfachen Preis an einen Großkonzern verkauft habe. Mein Vater konnte sehr impulsiv sein und ließ die beiden von einem seiner Angestellten aus dem Geschäft weisen. Um so so schlimmer fiel dann ihre Reportage aus. Für die linken Redakteure der betreffenden Rundfunkanstalt war er schon immer ein besonderes Ärgernis. Nicht nur weil er ein streitbarer Konservativer war, der den Linken im Rathaus nichts schuldig blieb. Er war auch noch vermögend dazu, und das reichte aus, um ihn abzuschießen. Diese Sache hat ihm so sehr zugesetzt, daß er sein Mandat als Stadtverordneter niederlegte, zumal er mit seiner Verwechslungsgeschichte selbst bei seinen Parteifreunden im Rathaus kein Verständnis fand. Sicher hat sie auch zu seinen Entschluß, sich vorzeitig von seinem Geschäft zu trennen, beigetragen. Es blieb nämlich nicht aus, daß er von Kunden auf die Hörfunksendung, die ihm spekulative Motive unterstellte, angesprochen wurde. Werden solche Geschichten erst einmal in die Welt gesetzt, bleibt immer etwas hängen. Was in seinem Fall wohl auch der Zweck der Sache war. Wie hätte er auch nachweisen sollen, daß ihm eine Verwechslung unterlaufen war? Ich glaube, damit ist er bis zu seinem Tod nicht fertiggeworden. Aber so, wie es ihm erging, so ergeht es heute vielen. Ob es sich nur um einen kleinen Stadtverordneten oder um einen verdienten Ministerpräsidenten handelt.«

»Einen konservativen?« fragte sie.

»Von der CDU«, bestätigte ich. »Der Mann kann einem aufrichtig leid tun, dabei wollte er nur Gutes tun. Zum Beispiel in seinem Amtsbereich zwei übermäßig aufgeblähte Rundfunkanstalten zusammenlegen, womit er sich die Todfeindschaft all jener zuzog, die bei einer Fusion um ihre Pfründen bangen mußten. Sie veranstalteten eine richtiggehende Treibjagd auf ihn, obwohl er von den Fusionsplänen schon wieder abgerückt war. Aber er hatte sich ungeschickterweise von einem falschen Freund, der Topmanager einer großen Firma war, auf dessen Hausboot zu einer kleinen Kreuzfahrt, die von besagten Mitarbeitern der beiden aufgeblähten Rundfunkanstalten dann zu einer Traumschiffaffäre hochstilisiert wurde, einladen lassen, womit er niemandem weh und sich selbst und seiner geliebten Familie eine kleine, verdiente Freude tat, was ihm jedoch von seinen halbamtlichen Häschern als Bestechlichkeit ausgelegt und zum Verhängnis wurde. Was es heißt, sich gleichzeitig mit zwei allmächtigen Rundfunkanstalten, die über Abertausende von Mitarbeitern und politischen Mitläufern

gebieten, anzulegen, das hat er merkwürdigerweise nicht bedacht, obwohl er sonst zu den klügsten und besten Ministerpräsidenten zählte, die dieses unglückliche Land jemals hervorgebracht hat.«
»Die Bundesrepublik?« fragte sie, mitfühlend meine Hand streichelnd.
Ich nickte. »Von ihr reden wir. Du mußt dir mal anschauen, was heutzutage in diesem unglücklichen Land zum Ministerpräsidenten gewählt wird. Da kannst du nur noch in das Lied des Naabtal-Duos einstimmen, wenn sie da singen: *Madonna Bavarien, schütze uns und unser Land.*«
»Vom Naabtal-Duo hast du mir schon einmal erzählt«, sagte sie. »Wissen Klaus und deine Söhne von dieser Sache?«
»Von der Traumschiffaffäre?«
»Nein, du Dummes«, sagte sie. »Was deinem Vater passiert ist.«
Da ich sie selbst schon mehrfach mit Dummes angesprochen hatte, ignorierte ich ihre kleine Unbotmäßigkeit und sagte: »Sicher haben sie von ihr gehört. Sie wurde auch in einer lokalen Zeitung linken Zuschnitts erwähnt. Ihr Schweigen war beredter als alles, was sie dazu hätten sagen können. Heute bin ich fertig damit. Auch mit den Leuten, die, von ihrem journalistischen Gewissen getrieben, in den neuen Bundesländern ruhelos umherirren. Ich bin dort, wo ich herkomme, keine Steuern schuldig geblieben, habe niemandem etwas weggenommen, und wenn ich unsere Wohnung künftig allein Klaus überlasse und sie nicht mehr selbst benutze, brauche ich nicht einmal mehr ein schlechtes Gewissen zu haben, bei unserer derzeitigen Wohnungsnot im Warmen zu sitzen, während unzählige weniger glückliche Mitbürger verzweifelt eine Wohnung suchen. Ohne dich hätte ich mich vielleicht nie dazu überwunden, noch einmal ein neues Leben anzufangen. Erst durch dich habe ich zu mir selbst gefunden.«
»Ich weiß nicht«, murmelte sie, mit geschlossenen Augen ihr Gesicht wieder an meine Wange bettend.
Ich fragte: »Was weißt du nicht?«
»Ob du, als deine Söhne noch dir gehörten, nicht doch glücklicher warst. Ich kann mir nicht vorstellen, daß du mit alldem fertig bist, Moni.«
Noch vor zwei Wochen konnte auch ich es mir nicht vorstellen, und ohne mein Verhältnis mit ihr, ohne meine Gefühle, die sich in diesen zehn Tagen für sie entwickelt hatten und die nicht mehr in Einklang zu bringen waren mit meinem früheren Leben, wäre es mir vielleicht auch nicht möglich gewesen, den Bruch so schmerzlos zu vollziehen,

daß ich ihn kaum mehr als solchen empfand. Ich fragte: »Und das ist deine große Sorge, die dich daran hindert, dich auch innerlich von Georges zu lösen?«
»Ihn hast du vergessen, wenn du meinst, durch mich zu einem neuen Leben gefunden zu haben«, sagte sie mit weiterhin geschlossenen Augen. »So lange ich mich nicht äußerlich von ihm lösen kann, kann ich es auch nicht innerlich. Aber ich sehe nicht mehr, wie wir noch von ihm loskommen sollen, Moni. Ich sehe es wirklich nicht.«
»Als wir uns in Lavoir darüber unterhielten, hast du es noch gesehen«, erinnerte ich sie. »Er ist nicht zufällig auch ein Linker?«
Sie schlug verwundert die Augen auf. »Was hat das damit zu tun?«
»Im Prinzip nichts«, sagte ich. »Es fiel mir nur so ein. Bei ihm habe ich bis zur Stunde noch nicht mitbekommen, auf welcher Seite er als Journalist steht.«
»Ich auch nicht«, sagte sie, »aber ich glaube, er steht immer nur auf seiner eigenen Seite und sonst nirgendwo. Eines muß man ihm lassen: Er kriecht keinem in den Hintern. Als der neue Herausgeber der Zeitung in Digne, für die er lange Jahre als freier Mitarbeiter tätig war, ihm durch den Chefredakteur sagen ließ, er müsse sich für seine Essays etwas Neues einfallen lassen, das auch für jüngere Leser interessant sei, empfahl er ihm, sich seine Essays künftig selbst zu schreiben. Irgendwie hat mich das beeindruckt.«
»Um so mehr, als er auch noch das Risiko einging, von seiner Frau erwischt zu werden, wie er sie mit dir betrügt«, sagte ich. »Denn ohne sie hätte er es sich vielleicht nicht leisten können, anderer Meinung zu sein als sein neuer Boß. Was waren das für Essays, die er schrieb? Über Kunst?«
Sie schüttelte den Kopf. »Er hat sich in den letzten Jahren darauf spezialisiert, einstmals bekannte französische Zeitgenossen, die heute aus dem Rampenlicht verschwunden sind, zu porträtieren. Er suchte sie auf, sprach mit ihnen und schrieb dann über sie. Was sie heute tun, denken und fühlen, und was sie von den Leuten halten, die sie einstmals gefeiert und inzwischen vergessen haben.«
»Also Künstler?«
»Nicht nur. Auch ehemalige bekannte Sportler und Militärs. Was ihm gerade in den Sinn kam. Am liebsten besuchte er Schauspielerinnen, die er als Junge bewundert hat und deren Namen heute von den Medien vergessen oder totgeschwiegen werden. Damit kam er sogar schon einmal im *Cosmopolitan* in Paris an, aber irgendwann verlor er selbst das Interesse an seinem Thema. Es war oft mühsam und zeit-

raubend, die heutigen Adressen ausfindig zu machen und einen Termin zu vereinbaren. Manche wollten auch gar nicht mehr, daß noch einmal über sie geschrieben wird, und ein anderes Thema hat er noch nicht gefunden. Da kamst du ihm gerade recht.«

»Dank deiner Hilfe«, sagte ich. »Tat er dir deshalb so leid, weil er nicht nur zu Hause, sondern auch beruflich Probleme hatte?«

»Vielleicht«, sagte sie und nahm ihr Gesicht von meiner Wange. Sie stand auf und betrachtete wieder die Villa. »Auf dem Dach soll eine Sirene sein«, sagte sie. »Wenn sie sich einschaltet, ist sie bis nach Allons zu hören. Als Georges mit der Immobilienfirma telefonierte, sagte man ihm, sämtliche Türen und Fenster seien elektronisch gesichert. Ich erwähne es nur, falls du wegen der einsamen Lage Bedenken hast. Als du gestern weg warst und er zu mir in das Schlafzimmer kam, sagte er mir, daß er sich vor den Feiertagen bei dem Makler in Nice noch einmal telefonisch erkundigt habe, ob die Villa noch zu kaufen sei.«

»Unter Erwähnung meiner Person?«

»Nein. Danach habe ich ihn ausdrücklich gefragt. Er hat auch nicht seinen eigenen, sondern einen falschen Namen angegeben.«

»Und warum hast du ihn ausdrücklich gefragt, ob er meine Person erwähnt hat?«

Sie wandte den Blick von der Villa in mein Gesicht. »Weil es mich interessierte. Er weiß nicht, daß ich dir von der Villa erzählt habe. Du bist also zu nichts verpflichtet.«

Ich nahm den blühenden Rhododendronzweig von meinem Schoß, stand auf und steckte ihn in ihr Haar. Ich küßte sie und sagte: »Ich werde darüber nachdenken.«

Unsere Befürchtung, Georges könnte im Anschluß an seinen Anruf aus Valberg auf dem schnellsten Weg nach Sarennes kommen, um Agnes wieder in seine Obhut zu nehmen, erwies sich als unbegründet. Kein Mensch hatte in unserer Abwesenheit an der Rezeption nach uns gefragt, so daß wir uns den Umweg über Barcelonnette hätten sparen können. Für den nächsten Morgen hatte ich als erste Handlung nach dem Frühstück einen Anruf bei Dr. Gérad vorgesehen. Er kam mir jedoch zuvor, und weil ich das sichere Gefühl hatte, daß nur er und nicht schon wieder Georges es sein könnte, nahm ich das Gespräch noch im Bett liegend an. Sich für die frühe Störung entschuldigend — tatsächlich war es erst kurz vor neun Uhr —, berichtete er mir von einer außerordentlichen Neuigkeit, für die er sicher, wie

er meinte, mein Verständnis für seinen frühen Anruf finden werde, denn ihm sei soeben von dem Anwaltsbüro in Digne fernmündlich ein neues Angebot für mein Haus unterbreitet worden, das er mir keinen Augenblick lang vorenthalten wolle. »Und raten Sie einmal«, schloß er seine Rede, »was sie Ihnen bieten?«
Eigentlich hatte ich erwartet, er würde sich zunächst dafür entschuldigen, so klammheimlich in Osterurlaub gefahren zu sein, ohne noch einmal von sich hören zu lassen, aber weil er kein Wort dazu verlor und ich zum zweiten Male an diesem Morgen so etwas wie ein sicheres Gefühl hatte, sagte ich: »Zwei Millionen.«
Anscheinend verschlug ihm meine Antwort zeitweilig die Sprache, und als seine Stimme erneut an mein Ohr drang, klang sie befremdet und enttäuscht zugleich: »Sie wußten schon davon?«
»Das nicht«, sagte ich. »Aber ich habe die Anwälte in Digne wissen lassen, in welcher Höhe sich meine Vorstellungen nach der völligen Verwüstung meines Hauses bewegten.«
»Aber darüber habe ich mich doch schon mit der Baufirma ...«, setzte er an. Ich fiel ihm ins Wort: »Sie wissen noch nicht, was inzwischen passiert ist, Monsieur Gérad. Man hat wieder die Haustür aufgebrochen und die Inneneinrichtung entweder aus den Fenstern geworfen oder sie kurz und klein gehauen.«
»Nein!« hörte ich ihn ausrufen.
»Aber es ist so«, sagte ich. »Und deshalb werde ich mein Haus auch nicht für zwei Millionen verkaufen. Ich erhielt vor einer Stunde den Anruf eines französisch sprechenden Herrn, der seinen Namen nicht nennen wollte. Er sagte mir aber, selbst an meinem Haus interessiert und bereit zu sein, den doppelten Betrag dessen zu bezahlen, was mir von den Anwälten aus Digne geboten wurde. Ich antwortete ihm, wenn ihm fünf Millionen nicht zuviel seien, könnten wir uns darüber unterhalten. Er wirkte kein bißchen überrascht, sondern sagte nur, er werde es sich überlegen und mich im Laufe des Vormittags noch einmal anrufen. Ich warte nun darauf, daß er sich meldet. Sobald dies der Fall ist, werde ich ihn an Sie verweisen. Ist Ihnen das recht?«
»Aber ja«, antwortete er, hörbar außer Fassung. Und nach einer kurzen Pause: »Hatten Sie den Eindruck, daß sein Angebot ernst gemeint war?«
»Darauf lasse ich es ankommen«, sagte ich. »Der Herr wußte jedenfalls sehr gut Bescheid, und er fügte noch hinzu, wenn wir ins Geschäft kämen, würde er mir die Namen der Leute nennen, die hinter dem Anschlag auf meinen Mercedes steckten. Sicher sind es die glei-

chen, die auch mein Haus ausgeräumt und innen verwüstet haben. Ich finde, wir sollten seinen Anruf noch abwarten, ehe wir uns in Digne festlegen, Dr. Gérad. Ich möchte Sie nur bitten, die Handwerker zu verständigen, daß ich sie nicht mehr brauche. Die Rechnungen für die bereits entstandenen Kosten sollen sie an meine Hoteladresse senden. Dies trifft auch auf die Rechnung des Schlossers zu, der schon in der vergangenen Woche die aufgebrochene Haustür repariert und ein neues Schloß eingesetzt hat. Falls sich etwas Neues ergibt: Heute nachmittag bin ich nicht im Hotel. Erst morgen vormittag wieder.«

Ich beendete das Gespräch. Zu Agnes, die zwar noch die Augen geschlossen hielt, mit Sicherheit jedoch wach geworden war, sagte ich: »Ich weiß, daß du nicht mehr schläfst. Hast du alles mitbekommen?«

Sie öffnete die Augen und fragte: »Wo bist du heute nachmittag?«

»Das muß ich erst noch klären. Hast du gut geschlafen?«

»Wie ein Baby«, sagte sie und zog mich an sich. Der Austausch kleiner Zärtlichkeiten unmittelbar nach dem Aufwachen war uns bereits zum liebgewordenen Ritual geraten, das ich nicht mehr missen wollte. Während ich mit einem Blick zur Balkontür erleichtert feststellte, daß nicht nur Dr. Gérad, sondern auch das schöne Wetter zurückgekehrt war, unterhielten wir uns über mein Gespräch mit ihm und über seine Reaktion, als ich ihm von dem fiktiven Anruf erzählte. Nicht überrascht zeigte sie sich über das neue Angebot aus Digne, sie meinte sogar, nach Lage der Dinge seien den Typen, die mein Haus haben wollten, nur zwei Möglichkeiten geblieben: Entweder meine Bedingungen zu akzeptieren oder mich umzubringen, wobei letzteres den Nachteil hätte, daß sie dann notgedrungenermaßen gezwungen wären, auch meine Erbberechtigten nacheinander zu beseitigen.

Ich sagte: »Und wenn du schon so klug bist, dann weißt du sicher auch, woher sie wußten, daß ich zwei Millionen haben will.«

»Von Georges können sie es nicht wissen«, sagte sie. »Bei dem warst du auch schon mal bei fünf Millionen.«

Ich nickte. »Ein Grund mehr, auf fünf und nicht auf zwei Millionen zu bestehen. Wir hatten da übrigens etwa die gleiche Intention. Es war deine Idee, ihm vorzuschlagen, sich für fünf Millionen, die er von mir erpressen sollte, von seiner Frau freizukaufen.«

Sie hörte auf, mich zu küssen. »Das hat er dir erzählt? Wann?«

»Gestern in der Hütte.«

»Das enttäuscht mich bei ihm«, sagte sie. »Vielleicht hast du gegenüber Dr. Gérad einmal zwei Millionen erwähnt?«

»Nur, daß ich das Haus nicht einmal für zehn Millionen verkaufen würde.«
»Das hast du auch mir einmal erzählt. Dann können sie es nur von Monsieur Pillet erfahren haben. Was versprichst du dir davon, wenn du Dr. Gérad eine solche Geschichte erzählst?«
»Keine Ahnung«, sagte ich. »War so ein plötzlicher Einfall. Wir werden ja sehen, wie sie reagieren, wenn er es nach Digne weitergibt. Eines ist sicher: Von den zwei Millionen können sie nur durch Pillet erfahren haben. Und erwartungsgemäß haben sie sich heute vormittag, kaum daß sie nach den Feiertagen wieder in ihrer Kanzlei waren, umgehend mit Dr. Gérad in Verbindung gesetzt.«
»Der vielleicht auch mehr weiß, als er dir erzählt«, sagte sie. »Da stellt sich nämlich die Frage, war der Bürgermeister wirklich verreist? Oder steckt er mit unter der Decke. Was der Leiter seiner Bauaufsichtsbehörde weiß, kann dem Bürgermeister doch nicht verborgen geblieben sein. Und Dr. Gérad ist mit ihm befreundet.«
Während sie mir das alles so einleuchtend erläuterte, fühlte ich mich zu Nachdenklichkeit geneigt und sagte: »Sogar Monsieur Clout läßt sich nicht völlig ausnehmen. Der wußte schon immer mehr, als er sich anmerken ließ. Auch über uns beide. Diese Singles sind nicht auf den Kopf gefallen.«
»Du auch nicht«, sagte sie und lachte. »Wieviel hast du meinen Großeltern für das Haus bezahlt?«
»Das waren noch andere Zeiten. Euer Franc war durch die Sozis noch nicht so traurig abgewirtschaftet wie heute, und ich mußte das Geld von der Mitgift abzweigen, die mein Vater mir vorsorglich mit auf den Weg in eine ungewisse Zukunft gegeben hatte. Über ein eigenes, nennenswertes Vermögen verfügte ich damals noch nicht. Heute ließe sich über einen Nachschlag für deinen Großvater reden. Hat er finanzielle Probleme?«
Sie schüttelte heftig den Kopf. »Quatsch! Und selbst wenn er welche hätte, würde er von dir kein Geld mehr annehmen. Er hätte sich nur nie träumen lassen, daß sich eines Tages jemand finden wird, der für sein Haus sogar einige Millionen bezahlt. Wann bestellst du den neuen Mercedes?«
»Vielleicht morgen«, sagte ich und löste mich aus ihrer Umarmung. Sie folgte mir ins Bad und sagte: »Morgen sind wir wieder bei Georges. Warum nicht schon heute?«
»Weil ich für heute vielleicht schon ganz andere Pläne habe«, antwortete ich. »Warte es ab.«

Auch das gemeinsame Baden oder Duschen war uns bereits zur lieben Gewohnheit geworden. Es hatte überdies den Vorteil, daß wir gleichzeitig fertig wurden und hinterher keine auf die andere zu warten brauchte. Heute begnügten wir uns mit einer Dusche, und nach dem Duschen fönte und kämmte ich ihr das beim Küssen unter der Dusche naßgewordene Haar. Danach zog ich sie an und sie mich. Ganz so, wie sie es sich zu Anfang in Erinnerung an ihre Puppe Catherine gewünscht hatte, und auch für mich geriet sie immer mehr zu einem Puppenersatz für alles, was mir durch sie und mit ihr für immer und ewig verlorengegangen war. Einschließlich meines in sechsundvierzig Jahren mir so vertraut und liebgewordenen Ichs.
Nach dem Frühstück rauchten wir eine Zigarette. Ich fragte: »Hast du Georges' Rufnummer im Kopf?«
»Wozu?«
»Ich möchte mit ihm reden«, sagte ich und nahm, mich auf das Bett setzend, den Hörer ab. Sie kam zu mir, setzte sich zu mir und gab mir die Nummer. Georges meldete sich bereits beim zweiten Läuten. Ich sagte: »Agnes hat mir von dem Haus bei Allons erzählt. Ich würde es mir gerne ansehen. Vielleicht könnten wir es heute nachmittag tun, wenn du nichts anderes vorhast. Meine heutigen Termine mußte ich auf morgen verschieben.«
Obwohl mein plötzlicher Gesinnungswandel ihn überraschen mußte, fragte er nur: »Auch den Termin mit deinem Mann?«
»Er trifft erst morgen ein«, log ich kaltblütig.
Er fragte: »Hat Agnes dir erzählt, was die Villa kostet?«
»Wenn sie mir gefällt, ist der Preis kein Hindernis«, sagte ich. »Ich schlage vor, wir treffen uns gleich dort. Vielleicht gegen vier Uhr, wenn es dir recht ist.«
Anscheinend war es ihm nicht recht, denn er sagte: »Warum nicht bei mir? Dann fahren wir gemeinsam hin. Falls ihr euch verspätet, ist es für mich angenehmer, hier als bei der Villa auf euch zu warten.«
»Dann werden wir uns eben nicht verspäten«, erwiderte ich. »Ich muß heute abend wieder hier im Hotel sein. Wollten wir zuerst zur Hütte fahren, wäre das ein Umweg. Entweder wir treffen uns bei der Villa, oder ich verzichte darauf, sie mir anzusehen.«
Er antwortete nicht sofort und dann mit: »Ich werde einen Schlüssel besorgen.«
»Das wirst du nicht tun«, sagte ich. »Ich möchte mir das Haus zuerst einmal von außen ansehen, bevor wir die Immobilienfirma einschalten. Die Umgebung ist mir noch wichtiger als das Haus selbst.«

Er fragte: »Hast du diesen Pillet getroffen?«
»Wie vereinbart. Er weiß angeblich nichts Genaues, will sich aber umhören.«
»Dann denke heute nachmittag auch an das Geld.«
»An welches? An die hundertfünfzigtausend?«
»Ich brauche sie morgen«, sagte er und beendete das Gespräch, ohne noch ein Wort zu verlieren. Ich fand, für hundertfünfzigtausend Francs hätte er sich wenigstens verabschieden können. Ich blickte Agnes an und sagte: »Er ist noch immer sauer. Hat er dir aufgetragen, daß du mir von dem Haus erzählen sollst?«
Sie nickte.
»Wann?«
»Ich weiß es nicht mehr.«
»Du hast mir erstmals davon erzählt, als wir in Lavoir auf ihn warteten und statt seiner dein Vater und später Klaus eintrafen. Damals sagtest du, du wüßtest etwas für mich, wenn ich mich einmal verändern und mein Haus aufgeben wolle. Am Tag davor hattest du dich mit Georges in Sarennes getroffen. Sprach er da schon davon, daß du mich auf das Haus bei Allons ansetzen sollst?«
»Aber nur, weil er meinte, du könntest auf keinen Fall länger in Lavoir wohnen bleiben.«
»Und das war alles?«
Sie erwiderte meinen Blick. »Da wußte ich noch nicht, daß er vorhatte, dich persönlich kennenzulernen. Ich weiß auch nicht, was er sich dabei dachte, als er sagte, wir hätten dich, wenn du Schwierigkeiten machst, in diesem Haus besser unter Aufsicht als anderswo.«
Wenn ich seine einsame Lage berücksichtigte, war das sicher keine aus der Luft gegriffene Annahme. Diese alten Häuser waren zumeist mit Kellergewölben ausgestattet, in denen renitente Mitbewohner unbemerkt von der Umwelt zur Räson gebracht werden konnten, aber vielleicht redete ich mir das auch nur ein.
Ich sagte: »Wenn wir beide uns einig sind, gilt das für ihn genauso. Ich werde ihm heute nachmittag ein Kompensationsgeschäft vorschlagen. Das Haus und eine Million Francs gegen dich und die Tonkassette.«
»Warum sollte er sich darauf einlassen, wenn er alles haben kann?« fragte sie. »Das Haus, dich und mich.«
»Er kann nicht alles haben.«
»Und warum nicht?«
»Weil er es nicht bekommt«, sagte ich und nahm, weil das Telefon

schon wieder läutete, erneut den Hörer ab. Eine weibliche Stimme erkundigte sich, wieviel es mir wert sei, zu erfahren, welche Pläne von welcher Seite für Lavoir bestünden. Ich wiederum fragte zurück, mit wem ich es zu tun habe. Sie erklärte mir, daß ihr Name in diesem Zusammenhang unwichtig sei und daß sie auch nur im Auftrag anrufe, um meine Vorstellungen zu erfahren. Sie würde sie weitergeben und sich dann wieder bei mir melden.

Ich sagte: »Zehntausend würde ich es mich kosten lassen.«

Die nicht mehr ganz jung klingende Frauenstimme gab ein Geräusch von sich, das sich wie ein mißratenes Lachen anhörte und sagte im Anschluß an das Geräusch: »Dann vergessen Sie meinen Aufruf. Sie haben es bei den Personen, in deren Auftrag ich anrufe, mit keinen Gemüsehändlern aus der Mentoner Markthalle zu tun.«

In Menton war ich auch schon öfter, nur in der dortigen Markthalle noch nicht. Ich sagte: »Dann geben Sie mir einen ungefähren Hinweis, in welcher Größenordnung sich die Vorstellungen dieser Personen bewegen?«

»Nicht unter zweihunderttausend«, sagte sie. »Das ist sicher.«

Das war nicht sicher. Das war happig. Ich fragte vorsorglich: »Wir unterhalten uns über Francs?«

»Wir können uns auch über D-Mark unterhalten, wenn Ihnen das lieber ist«, sagte sie.

»Wenn überhaupt, dann wären mir Francs lieber«, sagte ich. »Aber nur die Hälfte, und davon wiederum die Hälfte im voraus. Die zweite Hälfte wird fällig, sobald ich sicher sein kann, daß die Information auch stimmt. Falls Sie das nicht selbst entscheiden können, rufen Sie mich innerhalb der nächsten Stunde noch einmal an. Oder können Sie es selbst entscheiden?«

Eine Antwort bekam ich nicht, obwohl die Verbindung nicht unterbrochen wurde. Ich wartete noch ein paar Augenblicke, dann legte ich auf und sagte zu Agnes: »Sie wollen zweihunderttausend. Nicht mit mir.«

»Hunderttausend sind auch zuviel«, sagte sie. »Wenn das die Hälfte ist, von der du sprachst. Warum wartest du nicht ein paar Wochen oder Monate? Bis dahin weiß auch Dr. Gérad, wofür dein Haus gebraucht wird und sagt es dir ganz umsonst.«

Ich öffnete meine Handtasche, nahm mein Notizbuch mit den Telefonnummern heraus und führte ein Gespräch mit meiner deutschen Hausbank. Ich hatte Glück, den für mein Anliegen zuständigen Mann, der mir seit dem Tod meiner Mutter persönlich bekannt war, gleich an den Apparat zu bekommen und verständigte mich rasch mit ihm. Danach klärte ich Agnes darüber auf, daß es mir weniger darum ging, ein paar Wochen früher oder später zu erfahren, was ich früher oder später doch erfahren würde, als um Personen, die möglicherweise auch für Dr. Gérad nie bekannt werden würden, weil sie es vorzogen, anonym zu bleiben.

Sie sagte: »Mir wären diese Namen keine hunderttausend Francs wert, Moni, aber es ist dein Geld. Habe ich das eben richtig verstanden, daß du dir auf dein Bankkonto in Sarennes zweihunderttausend Mark überweisen läßt?«

»Nur für alle Fälle. Was stört dich daran?«

Sie zuckte mit den Schultern. »Ich frage mich, wofür. Für die Villa ist es viel zuwenig, und Georges will heute mittag nur fünfzigtausend, wenn ich es in Mark umrechne. — Das war nicht Monsieur Pillet, der dich vorhin anrief. Es war eine Frauenstimme.«

»Ja. Vielleicht ruft sie jetzt nicht mehr an. Dann ist die Sache gestorben. Es war ein Versuch, und wenn es bei dem von mir genannten Betrag bleibt, nicht ganz soviel, was es mich gekostet hätte, mein Haus in Lavoir wieder her- und neu einzurichten. Sieh es doch einmal so.«

»Ich versuche es«, sagte sie. »Wenn du mir jetzt noch erklärst, was dieser plötzliche Einfall soll, dich heute nachmittag mit Georges an der Villa zu treffen, stelle ich dir keine einzige dumme Frage mehr.«

»Besser wir treffen ihn heute zu einer gemeinsamen kurzen Besichtigung bei der Villa, als morgen für eine ganze Nacht in seiner Hütte.«

»Ob morgen oder übermorgen ...«, setzte sie an.

Ich unterbrach sie: »Woher willst du wissen, was übermorgen ist? Solange er glaubt, ich würde Klaus erwarten, weil ihn die Vorkommnisse in Lavoir genauso angehen wie mich, wird er keinen Wert darauf legen, ihm zu begegnen. Und ihm auch nicht zumuten, das Gespräch mit mir in seiner Hütte, statt im Hotel zu führen.«

Sie nickte. »Das wird ihn überzeugen, aber viel länger als zwei Tage kannst du ihn damit nicht hinhalten. Und für mich gilt das schon gar nicht. Er wird heute nachmittag darauf bestehen, daß ich mit ihm komme. Ich kann es ihm nicht abschlagen, wenn er mich auffordert, in sein Auto zu steigen.«

»Deinem Vater hast du es abgeschlagen, als er nach Lavoir kam und dich mit nach Hause nehmen wollte. Warum Georges nicht?«

»Er ist nicht mein Vater.«

»Wie einleuchtend«, sagte ich. »Es ist auch nicht meine Absicht, dich mitzunehmen. Du wartest hier auf meine Rückkehr.«

»Ich möchte nicht, daß du allein zu ihm fährst«, sagte sie.
Ich blickte sie eine kleine Weile schweigend an. Schließlich fragte ich: »Was willst du wirklich? Die dreihunderttausend Francs, die du brauchst, um in Grenoble ein Zimmer zu bekommen und dir deinen Lebensunterhalt auf dem Strich zu verdienen? Ich habe dir gesagt, daß du auch eine Million haben kannst.«
»Du kannst dir deine Million irgendwohin stecken«, sagte sie. »Mich wirst du nicht mehr los. Jetzt nicht mehr. Nicht für hundert Millionen.«
Ich stand auf und holte meine Kostümjacke aus dem Schrank. Ich zog sie an und sagte: »Was sich gegen Nora und Sabine auch vorbringen ließ — eines konnte man ihnen nicht absprechen: Man wußte immer, woran man mit ihnen war.«
»Wenn du mich einmal so lange kennst wie sie, weißt du es auch bei mir«, sagte sie. »Wohin gehen wir?«
»Zur Bank. Nimm deinen Personalausweis mit. Einen Reisepaß hast du natürlich nicht?«
Sie kam zu mir, schob mich zur Seite und öffnete beide Schranktüren. Daß ich ihre alte, auf dem Schrankboden liegende Segeltuchtasche, die ich schon längst vergessen und von der ich auch nicht gewußt hatte, daß sie hier im Schrank lag, erst jetzt bemerkte, hatte vor allem damit zu tun, daß mein Augenmerk beim Öffnen des Schrankes jedesmal mehr auf die darin hängende Garderobe als auf den dunklen Schrankboden gerichtet war. Auch als wir am Wochenende die meisten unserer Sachen aus dem Schrank und mit nach Valberg nahmen, war mir die Tasche nicht aufgefallen. Ich beobachtete, wie Agnes sie aufhob, sie öffnete und ihr einen Reisepaß entnahm. Sie klappte die Tasche jedoch so rasch wieder zu, daß ich keine Gelegenheit fand, einen Blick hineinzuwerfen. Ich sagte: »Wenn du nicht willst, daß ich sehe, was du sonst noch darin aufbewahrst, mußt du sie jetzt an einem anderen Platz verstecken. Täusche ich mich oder bewahrst du heute mehr darin auf als vor zehn Tagen, als wir hier abstiegen.«
»Wir sind vor zwölf und nicht vor zehn Tagen hier abgestiegen«, sagte sie. »Ich habe gestern ein paar meiner Sachen aus der Hütte mitgebracht.«
»Aber als du in den Speisesaal kamst, hattest du sie nicht bei dir. Nicht einmal eine Handtasche.«
»Ich war vorher kurz im Zimmer; Monsieur Clout gab mir einen Schlüssel. Wofür brauche ich den Paß?«
»Ich wollte nur wissen, ob du einen hast«, sagte ich. »Ein Personal-

ausweis tut es auch. Wir werden dir bei der Bank ein eigenes Konto mit vorläufig dreihunderttausend Francs eröffnen, damit du jederzeit nach Grenoble und auf den Strich gehen kannst. Zeig mal her.«
Ich nahm ihr den Paß aus der Hand, schlug ihn auf und betrachtete das Foto. Sie sagte: »Mit einem Weichzeichner aufgenommen, damit man die Sommersprossen nicht so sieht. Es war nicht mein Einfall. Der Fotograf hat den Filter ohne mein Wissen benutzt und es mir erst erzählt, als ich die Fotos abholte und mich wunderte, weshalb man sie kaum sah. Ich war siebzehn, als es gemacht wurde.«
»Richtig süß«, sagte ich. »Aber viel älter würdest du, wenn du mich nicht hättest, auch heute noch nicht aussehen. — Nimm ab.«
Meine letzten Worte bezogen sich auf das Telefon, das, während ich mit ihr sprach, wieder zu läuten begonnen hatte. Es war aber nicht die Dame von vorhin, sondern Monsieur Pillet persönlich. Agnes gab mir den Hörer und sagte: »Er fragte, ob du es bist. Allmählich könnte er deine Stimme von der meinen unterscheiden.«
»Was meldest du dich du auch immer mit: Wer ist da? Statt deinem Namen zu sagen?«
»Mein Name geht nur mich was an«, sagte sie.
Pillet kam ohne Umschweife zur Sache. Während wir telefonierten, war Agnes mir so nahe, daß sie jedes Wort verstehen konnte. Er sagte: »Das hörte sich vorgestern im Hotel aber etwas anders an, Madame Kristmann. Von einem Trinkgeld war da nicht die Rede.«
Ich fragte: »Hunderttausend Francs sind für Sie ein Trinkgeld?«
»Nicht für mich«, erwiderte er. »Ich dachte, wir hätten das in aller Offenheit ...«
»Haben wir«, kam ich ihm entgegen. »Ich sehe nur noch nicht, wofür ich diese zweihunderttausend Francs bezahlen soll und was Sie, beziehungsweise Ihre Informanten, dafür liefern.«
»Einen Namen und eine Adresse«, sagte er. »Was Sie damit anfangen, ist Ihre Sache. Vorausgesetzt, es bleibt bei der vereinbarten Vertraulichkeit.«
»Aber gewiß«, sagte ich. »Und wie komme ich zu der Adresse? Wieder durch die Dame, die mich vor kurzem anrief?«
»Das kann nicht ich entscheiden«, sagte er. »Man hat mich gebeten, mich wegen des Geldes noch einmal mit Ihnen ...«
»Hundertfünfzigtausend«, fiel ich ihm dazwischen. »Andernfalls verzichte ich. Wenn ich einen Privatdetektiv einschalte ...«
Diesmal schnitt *er* mir das Wort ab: »Ich werde es weitergeben. Bis wann können Sie das Geld beschaffen?«

»Bis wann kann ich die Adresse haben?«
»Das liegt allein an Ihnen.«
»Dann mache ich Ihnen folgenden Vorschlag«, sagte ich. »Sobald ich mich darüber vergewissert habe, daß es mit der Adresse seine Richtigkeit hat, gebe ich Ihnen Nachricht, wann und wo das Geld abgeholt werden kann.«
Seine Antwort erfolgte mit Verzögerung: »Da ich den Informanten gegenüber dafür geradestehen muß, gehe ich kein unbeträchtliches Risiko ein.«
»Aber doch kein größeres, als Sie es bereits eingegangen sind«, sagte ich. »Entweder Sie haben Vertrauen zu mir, Monsieur Pillet, oder Sie vergessen, worüber wir uns am Sonntag in Valberg unterhalten haben.«
»Man wird sich wieder mit Ihnen in Verbindung setzen«, sagte er und verabschiedete sich mit einem »Au revoir, Madame Kristmann«.
Ich blickte Agnes an und sie mich. »Aber wann?« fragte sie. »In acht Tagen?«
Ich wählte die Rezeption und bat darum, das Zimmer erst heute nachmittag aufzuräumen, weil ich noch einen dringenden Anruf erwarte. Danach zündete ich mir eine Zigarette an, die mir von Agnes weggenommen wurde, so daß ich mir eine zweite anzünden mußte. Ich sagte: »Wenn sie mein Angebot akzeptieren, werden sie keine Zeit verlieren, es mich wissen zu lassen. Ich habe keine Ahnung, was ein Citroën, wie ich ihn gemietet habe, neu kostet, aber doch wohl kaum mehr als hundertfünfzigtausend Francs. Wenn doch, soll er sich eben einen gebrauchten kaufen.«
Sie fragte: »Wovon redest du?«
»Und bei der Frau, die uns vorhin anrief, kann es sich auch um Madame Pillet gehandelt haben«, sagte ich. »Dann wird es bestimmt keine acht Tage dauern, bis sie sich wieder meldet. Dir macht es doch nichts aus, wenn wir erst morgen zur Bank gehen? Heute kannst du die dreihunderttausend doch nicht mehr ausgeben.«
»Ich will keine dreihunderttausend Francs, und ich brauche auch kein eigenes Konto«, sagte sie störrisch. »Was tu ich mit einem eigenen Konto?«
Ich küßte sie. »So dumm kann nur eine fragen, die noch nie eins hatte. Ich bin es leid, dir dauernd Geld für deine kostspieligen Taxifahrten zu geben. Wenn du dreihunderttausend Francs hast, kannst du dir ein eigenes Taxi kaufen und bist nicht mehr darauf angewiesen, ob gerade eins frei ist, wenn du es dringend brauchst. Den Führerschein

werden wir dich bei nächster Gelegenheit machen lassen, damit du mich bei größeren Fahrten auch mal ablösen kannst.«
Mir den Kuß zurückgebend, sagte sie: »Das habe ich mir schon lange gewünscht, Moni. Dafür werde ich dich bis an mein Lebensende lieben. Aber wenn wir erst morgen zur Bank gehen, kannst du Georges die hundertfünfzigtausend, die er so dringend braucht, heute mittag nicht mitbringen.«
»Dann kriegt er eben, was ich noch bei mir habe«, sagte ich. »In der braunen Reisetasche habe ich für Notfälle immer einige zehntausend Francs in einem Umschlag stecken.«
Sie sah sich suchend im Zimmer um. »Wo hast du die Tasche?«
»Im Kofferraum des Citroëns, wo auch das andere Gepäck liegt. Ich hätte es schon ausgeladen, wollte aber nicht, daß Monsieur Clout es sieht und sich darüber wundert.«
»Und da läßt du die Tasche mit einigen zehntausend ...« Sie brach fassungslos ab.
Natürlich war es leichtsinnig, die Tasche und auch den größten Teil unseres Gepäcks seit Tagen im Kofferraum liegen zu haben, nur weil ich vermeiden wollte, daß Monsieur Clout mich beim Ausladen überraschte, nachdem wir es mit viel Glück geschafft hatten, es vor unserer letzten Fahrt nach Valberg heimlich aus dem Zimmer zum Wagen zu bringen, aber schließlich war ich seitdem ständig durch andere Dinge in Atem gehalten worden, und auch Agnes hatte weder am Montagabend, als sie reumütig ins Hotel zurückkehrte, noch gestern, als wir nach der gemeinsamen Besichtigung der Villa wieder in Sarennes eintrafen, ihr noch im Kofferraum liegendes Gepäck angesprochen und sich statt dessen aus meinem kleinen Reisegepäck bedient, das ich bei meiner Rückkehr am Sonntagabend aus dem Kofferraum genommen hatte. Zumal sie nachts ohnehin nie viel brauchte und dann oft auch noch auf das Wenige verzichtete.
Ich gab ihr den Autoschlüssel und sagte: »Wenn es dich so wahnsinnig aufregt, holst du die Tasche am besten herauf. Vielleicht benötigst du auch noch das eine und das andere aus dem Kofferraum.«
»Du willst mich nur loswerden«, sagte sie. »Damit du ungestört mit Georges telefonieren kannst.«
Ich nahm ihr den Schlüssel wieder weg, legte ihn auf den Tisch und zog meine Kostümjacke aus. Nachdem endlich die Sonne wieder durch die Balkontür schien, wurde es auch im Zimmer rasch warm. Für Agnes, die sich bislang mit ihrem Lederrock und einer Bluse begnügt hatte, offenbar willkommener Anlaß, beides wieder abzulegen

und sich noch einmal auf dem Bett auszustrecken. Waren schon meine Dessous für eine Frau in meinem Alter und bei meiner konservativen Grundeinstellung für das Personal, bei dem ich in Dortmund einzukaufen pflegte, sicher Anlaß, sie als Geschenke für eine Tochter in Agnes' Alter zu betrachten, so schien diese bei ihren Einkäufen noch Catherines Maße vor Augen zu haben, wobei sie nicht einmal davor zurückschreckte, auch in der Kinderabteilung Umschau zu halten und der Verkäuferin weiszumachen, für ihre angeblich sieben Jahre jüngere Schwester etwas Passendes zu suchen. Um sich dann, wenn sie mir ihre Einkäufe im Hotelzimmer vorführte, über meine zunächst betroffene Miene halb tot zu kichern. Weil sie sich heute aus *meinem* Sortiment bedient hatte, lag kein Grund für Betroffenheit vor. Mich zu ihr auf die Bettkante setzend, sagte ich: »Ich mag dich auch angezogen, falls du es noch nicht mitbekommen haben solltest.«
Sie sagte: »Wer weiß, wie lange noch.«
»Womit wir wieder bei unserem Generalthema wären«, sagte ich und streichelte mit dem Handrücken ihr Gesicht. Sie küßte meine Hand und sagte: »Wer bin ich schon? Unter deinen Büchern, die ich in Lavoir gesehen habe, war kein einziges, das mich hätte interessieren können. Einige davon kannte ich. Aber nur, weil wir sie in der Schule durchgenommen haben. Was ich dort gelernt habe, diente mir allein dazu, das Abitur zu machen. Danach war ich froh, mich nicht mehr damit beschäftigen zu müssen. Ich bin ein durch und durch negativer Mensch und nur für die Liebe gut. Wenn du einmal genug davon hast, wirst du merken, daß ich dir nichts mehr geben kann.«
Ich fragte: »Freundschaft ist nichts?«
»Nicht zwischen uns«, sagte sie. »Um deine Freundin zu sein, müßte ich genauso denken und mich für die gleichen Dinge interessieren wie du. Für eine Freundschaft, wie ich sie mir vorstelle, ist der Altersunterschied zwischen uns auch viel zu groß. Ich weiß nicht, was du in mir gesucht und gefunden hast, Moni. Vielleicht einen Ersatz für Nora, von der du dich zurückgewiesen fühlst?«
Ich war so verblüfft, daß mir wieder einmal die Worte fehlten.
Sie lächelte. »Nicht so, Moni. Das weiß ich selbst. Aber wenn ich dich an sie erinnere und du mich liebst, dann liebst du vielleicht auch sie. Trotz Jeans und was dich sonst noch an ihr stört. Oder gerade deshalb. Weil sie und ich so ganz anders sind als du in unserem Alter sein konntest. Und vielleicht insgeheim bedauerst, nicht auch so gewesen zu sein, wie sie und ich. Und trotzdem von ihr enttäuscht bist, weil sie dich und deine Einstellung nicht versteht. Vielleicht hättest

du sie sogar akzeptiert so wie sie ist, aber sie hat es dir unmöglich gemacht, weil sie nicht bereit war, auf deine Gefühle für deine Eltern Rücksicht zu nehmen. Das hat dich furchtbar enttäuscht. Darum hat sich deine Zuneigung, die du für sie hättest haben können, in Haß verwandelt. Auch deine Söhne haben dich enttäuscht. Und Klaus vielleicht schon lange. Und ich werde dich eines Tages genauso enttäuschen, weil ich die Ansprüche, die du an eine Freundin stellst, auf die Dauer nicht erfüllen kann. So ist das und nicht anders.«
Ich glaubte nicht, daß es so war, und schon gar nicht, was ihre Person betraf, denn was sie mir an Enttäuschungen auch zufügen konnte, das hatten wir jetzt bereits hinter uns, und ich liebte sie nicht weniger als zuvor. Eher noch mehr. Und wenn es einmal eine Zeit gegeben hatte — was ich nicht ausschließen wollte —, in der ich mir wünschte, in Nora nicht nur eine Schwiegertochter, sondern auch eine Freundin zu finden, dann war das lange bevor ich sie persönlich kennenlernte, und auch ein Bedauern darüber, in meiner Jugend nicht so gewesen zu sein wie sie, hatte ich meines Wissens ernsthaft nie verspürt.
Ein Klopfen an der Tür enthob mich einer Erwiderung. Bevor ich öffnen ging, forderte ich Agnes auf, sich entweder zuzudecken oder ins Badezimmer zu gehen. Ihr Weg dorthin erwies sich nachträglich als überflüssig. Vor der Tür stand nur das Zimmermädchen und händigte mir eine schriftliche Nachricht aus, die soeben an der Rezeption von einem Taxifahrer für mich abgegeben worden war. Auf eine Antwort hatte er nicht gewartet, erzählte sie noch, und bekam von mir das Trinkgeld, das ich sonst ihm gegeben hätte. In einem weißen Briefumschlag steckte nur ein kleiner Zettel mit einer maschinengeschriebenen Adresse. Zu Agnes, die auf bloßen Füßen aus dem Badezimmer zurückkam, sagte ich: »Wenn einer in der Avenue du Soleil in Villefranche-sur-Mer wohnt und Lichtenberg heißt: Was würdest du daraus schließen?«
»Daß er kein Franzose ist«, sagte sie und nahm mir den Zettel aus der Hand. Sie las die Adresse mit gerunzelter Stirn, gab ihn mir zurück und fragte: »Und weiter?«
»Ich muß noch einmal mit Georges reden«, sagte ich und griff wieder zum Telefon. Diesmal fragte sie nicht, zu welchem Zweck, und auch Georges zeigte sich nicht allzu überrascht, schon wieder meine Stimme zu hören. Er fragte nur: »Wo seid ihr?«
»Noch im Hotel«, antwortete ich und erzählte, weshalb. Die hundertfünfzigtausend Francs Provision ließ ich unerwähnt. Er fragte: »Du willst jetzt nach Villefranche fahren?«

»Dann habe ich es hinter mir und weiß endlich, woran ich bin«, antwortete ich. »Wenn wir jetzt wegfahren, können wir in eineinhalb Stunden dort sein. Wir werden irgendwo zu Mittag essen und anschließend diesen Lichtenberg besuchen. — Warte einen Augenblick.« Ich richtete das Wort an Agnes: »Wie lange fährt man von Nizza nach Allons?«
»Wenn du Glück hast, ebenfalls eineinhalb Stunden«, sagte sie.
»Das schaffen wir bis vier Uhr nicht«, sagte ich zu Georges. »In der Mittagszeit wird dieser Mann, wenn er überhaupt zu Hause ist, nicht zu sprechen sein. Wir verschieben unser Treffen um zwei Stunden auf sechs Uhr. Dann können wir uns die Villa in Ruhe ansehen und sind noch vor Dunkelwerden in deiner Hütte. Bring die Tonkassette mit. Ich möchte sie haben. Du darfst uns dafür zum Abendessen ausführen.«
»Einverstanden«, sagte er.
Seine rasche Einwilligung kam nicht unerwartet für mich. Im Gegensatz zu meinem ersten Anruf hatte ich ihm diesmal ein gemeinsames Abendessen in Aussicht gestellt, und er konnte sich selbst ausrechnen, daß es danach für eine Rückfahrt zum Hotel zu spät werden und ich die Nacht in seiner Hütte verbringen würde. Auch Agnes schien das nicht anders zu sehen, denn als ich das Gespräch beendet hatte, trat sie auf den Balkon hinaus und betrachtete den Himmel über den Bergen. Ich folgte ihr und sagte: »Ob heute oder morgen, macht es nicht besser und nicht schlimmer. Das waren deine Worte, falls du sie vergessen hast. Vielleicht tut er dir morgen früh nicht mehr ganz so leid wie vorgestern, als du dich aus seiner Hütte geschlichen und dich wieder in meine Arme begeben hast. Solange wir nicht ausprobieren, was du hinterher noch für ihn empfindest, werden wir es nie erfahren.«
Sie wandte mir das Gesicht zu. »Wann hinterher? Wenn er mit uns beiden gebumst hat?«
»Das hat er schon«, sagte ich. »Nur eben noch nicht gleichzeitig. Das ist es doch, was er will. Und du willst es auch. Weil du von ihm nicht lassen und dich von mir nicht trennen kannst. Als wir vorgestern zu ihm fuhren, da gabst du mir zu verstehen, wegen dieser Sache mit dem Hehler von seiner Verschwiegenheit abhängig zu sein. Und kaum bist du von ihm weg, da tut er dir schon wieder leid. Ich weiß nur noch nicht, warum. Weil du ihn so heimlich und treulos verlassen hast?«
Sie sagte: »Wenn es dir nur um einen Vorwand geht, heute nacht in

sein Bett zu kommen, dann berufe dich bitte nicht darauf, daß er mir leid täte. Dafür bin ich mir zu schade.«
»In Lavoir warst du dir nicht zu schade dafür«, sagte ich. »Du weißt doch schon nicht mehr, was du eigentlich willst, mein liebes Kind. Du bist innerlich völlig zerrissen. Warum wartest du nicht einfach mal ab. Vielleicht wird es sogar ganz nett zu dritt. Wer weiß!«
Sie drehte sich wortlos um und kehrte in das Zimmer zurück. Auch auf dem Weg zum Parkplatz sprach sie nichts. Erst als wir schon im Wagen saßen und auf die Straße fuhren, sagte sie: »Vielleicht habe ich dich immer nur falsch eingeschätzt, Moni.«
»Ich kann es nicht mehr ausschließen«, sagte ich.

Villefranche-sur-Mer kannte ich schon aus einer Zeit, als es noch keine Autobahn gab, die heute weit oberhalb der Küste und auch noch oberhalb der berühmten Grande Corniche von Italien kommend nach Nizza führte. Damals waren wir des öfteren von Nizza nach Monaco gefahren und bei dieser Gelegenheit auf der Küstenstraße auch durch Villefranche gekommen, wobei wir zumeist noch einen kleinen Abstecher auf das reizvolle Cap Ferrat machten, wo die Crème de la crème zu Hause war. Wie weit Villefranche sich noch die steilen Ausläufer der Seealpen bis zur Moyenne Corniche hinaufzieht, hatte ich damals nicht so wahrgenommen und erst jetzt Gelegenheit, mir einen Eindruck davon zu verschaffen. Daß wir die Avenue du Soleil nach langer Irrfahrt überhaupt fanden, verdankten wir der Auskunft freundlicher Anwohner tiefer gelegener Straßen, wovon die eine Avenue Général Marinières und die andere Avenue de la Barmassa hieß. Dann waren wir aber auch schon am oberen Ende von Villefranche angelangt, und die Avenue du Soleil hielt, was ihr Name versprach. Nicht nur lag sie im schönsten Sonnenschein. Auch die großen Gärten an der nur meerwärts bebauten Straße mit ihren Palmen, Pinien, Buchsbäumen und Zypressen boten einen das Auge erfreuenden Anblick. Mehr jedoch als die Bäume war von den meerwärts gelegenen Grundstücken nicht zu sehen, eine über zwei Meter hohe Oleanderhecke schirmte sie vor neugierigen Blicken ab. Bergaufwärts, jenseits der Straße, wo das Gelände steil zur Moyenne Corniche anstieg, war es dicht mit Macchiagesträuch bewachsen. Auch Lavendel, Tymian und Rosmarin blühten dort in Mengen. Ihr Geruch hatte uns schon auf der ganzen Fahrt hierher begleitet.
Neben den schmiedeeisernen Türen für die zu Fuß eintreffenden Besucher verwehrten auch schmiedeeiserne, mit kunstvollen Ornamen-

ten verzierte breite Grundstückstore für Wagenbenutzer den unbefugten Zutritt, und neben den mannshohen Türen für die zu Fuß eintreffenden Besucher waren die gleichfalls kunstvoll geschmiedeten Ziffern der Hausnummer angebracht. Darunter die Klingelknöpfe für eine Sprechanlage. Nur Namensschilder konnte ich an keiner der Türen entdecken. Da wir aber eine Hausnummer hatten, kamen wir auch ohne Namensschild an die richtige Adresse, und die französisch sprechende Dame, die sich nach dreimaliger Betätigung des Klingelknopfes meldete, tat es gleichfalls ohne Namensnennung. Ich äußerte den Wunsch, Monsieur Lichtenberg in einer persönlichen Angelegenheit zu sprechen, und die Dame erkundigte sich, ob ich angemeldet sei. Ich antwortete, angemeldet zwar nicht, für Monsieur Lichtenberg jedoch, wenn sie ihm meinen Namen mitteilte, nicht unbekannt. Danach fragte sie nach meinem Namen. Ich nannte ihn und fügte hinzu, er sei Monsieur Lichtenberg wahrscheinlich im Zusammenhang mit seinen Machenschaften in Lavoir bekannt, über die ich mich auch mit der Gendarmerie unterhalten könne, wenn er es vorziehe, mich nicht zu empfangen. Das war zwar hoch gepokert, aber letzten Endes ging es dabei auch um hundertfünfzigtausend Francs, die ich, wenn er mich in Kenntnis meiner Identität nicht empfing, einem anderen und besseren Zweck zuführen könnte, ohne gegenüber Monsieur Pillet wortbrüchig zu werden. Der Dame an der Sprechanlage schien es dann auch zeitweilig die Sprache verschlagen zu haben, denn sie meldete sich erst nach einer kleinen Pause mit der Bitte wieder, uns etwas zu gedulden. Agnes sagte. »Aber du willst doch nicht wirklich ...«
Den Rest erstickte ich unter meiner Hand, mit der ich ihr den Mund zuhielt. Mit der anderen auf die Sprechanlage deutend sagte ich: »Wir können auch nach Digne zur Präfektur fahren, wenn er mich nicht empfängt.«
Ihre unter meiner Hand unverständlich klingende Antwort erfolgte fast gleichzeitig mit dem Geräusch des elektrischen Türöffners. Bei der blonden Dame reiferen Alters, von der wir gleich darauf in Empfang genommen wurden, schien es sich um die Haushälterin zu handeln. Über ihrem schwarzen Kleid trug sie eine weiße Schürze. Anscheinend hatte sie Anweisung, nicht mit uns zu reden. Sie forderte uns mit einer knappen Handbewegung auf, ihr zu folgen und führte uns vorbei an einer offenen Garage auf eine pergolagesäumte Terrasse mit weißen Gartenmöbeln und einem weiten Blick auf Cap Ferrat nach der einen, und Nizza auf der anderen Seite. Der rückwärtige Teil der Terrasse grenzte an eine gläserne Wand, die bereits Teil des Bun-

galows war, und dahinter, durch eine offene Schiebetür mit der Terrasse verbunden, sah ich einen tiefen, langen Raum mit mehreren buntfarben bezogenen Polstergarnituren zwischen Kentia-, Phoenix- und Zwergdattelpalmen, aber auch Kakteen, Medinilla, Riesenpalmlilien und Lorbeerbäume waren vertreten. Offensichtlich handelte es sich um einen Wintergarten, der mit seiner Terrasse dem Haupttrakt des Bungalows meerwärts vorgelagert war. Da wir vom Bungalow kaum etwas gesehen hatten und auch von der Terrasse aus nichts sehen konnten, vermutete ich, daß er nur durch die nach vorne offene Garage, die ausreichend Platz für vier Wagen bot, oder eben über die Terrasse zu erreichen war. Wie groß er wirklich war, ließ sich wegen der üppigen, subtropischen Flora des Grundstücks von da, wo wir standen, nicht einmal abschätzen, aber allein der Wintergarten gab einen Eindruck von seinen Dimensionen. Unterhalb der Terrasse, von dieser über eine kurze Treppe zu erreichen, befand sich der hierzulande bei solchen Anwesen obligatorische Swimmingpool. Nur noch etwas größer, als er im allgemeinen obligatorisch war. Hinter dem Swimmingpool fiel das palmen-, pinien- und zypressenbewachsene Gelände terrassenförmig zur Avenue de la Barmassa ab, die wir beim Herauffahren benutzt hatten. Da die Gartenmöbel am vorderen Rand der Terrasse aufgestellt waren, hatten wir auch im Sitzen alles vor Augen, was die Küste zwischen Nizza und dem Cap d'Ail mit den Steilhängen des Tête de Chien an Sehenswertem zu bieten hatte, und das war nicht wenig. Das attraktive Cap Ferrat und St. Jean eingeschlossen. Auch Monsieur Lichtenberg war ein nicht unattraktiver Typ, zwar schon an die sechzig, aber noch sehr sportlich und vital wirkend. Er war groß, mindestens einsachtzig, und sein ebenfalls sonnengebräuntes Gesicht unter dem stark ergrauten, jedoch noch vollen Haar, wirkte durchaus einnehmend, wenn auch, als er sich uns rasch näherte, unübersehbar kühl und verschlossen. Von seinen Augen konnte ich wegen seiner dunklen Sonnenbrille nicht viel erkennen. Unter seinem eleganten Hausmantel trug er einen blauen Trainingsanzug und an den Füßen modische Sportschuhe. Entweder hatten wir ihn bei einem Fitneß-Training oder bei einem kleinen Mittagsschlaf gestört. Dies würde, von meinen unverhüllten Drohungen an der Sprechanlage abgesehen, auch sein zurückhaltendes Wesen, das er uns gegenüber an den Tag legte, erklären. Statt einer Begrüßung fragte er auch nur: »Woher haben Sie meine Adresse?«
»Aus dem Telefonbuch«, sagte ich und stand auf. Zu Agnes sagte ich: »Komm. Wir haben hier nichts mehr verloren.«

Sie folgte mir auf der Stelle. Weiter als bis an die schmiedeeiserne Tür kamen wir jedoch nicht. Sie ließ sich mittels des hierfür vorgesehenen gußeisernen Drehknopfes ebensowenig öffnen wie das schmiedeeiserne Tor, an dem ich gleichfalls vergeblich rüttelte und auch keinen Torheber oder eine zum Öffnen vorgesehene vergleichsweise Vorrichtung entdecken konnte, was die Vermutung nahelegte, daß es auch in diesem Fall eines elektrischen Türöffners bedurfte. Agnes laut vorgebrachte Überlegung, ob sich Tür oder Tor vielleicht bei gegenseitiger Hilfe überklettern ließen, konnte kaum ernsthaft gemeint sein. Ich ließ sie deshalb unbeachtet und kehrte auf die Terrasse zurück, wo Lichtenberg inzwischen Platz genommen und uns anscheinend erwartet hatte. Ich setzte mich zu ihm und sagte: »Auf ein bißchen Freiheitsberaubung kommt es bei Ihrem bisherigen Sündenregister jetzt auch nicht mehr an.«
»Ich weiß nicht, von welchem Sündenregister Sie reden«, sagte er kühl. »Mir ist lediglich bekannt, daß seit Ihrem Eintreffen in Lavoir einige merkwürdige Dinge geschehen sind.«
»Da kann ich Ihnen vorbehaltlos zustimmen«, sagte ich. »Nicht nur wurde mein Wagen in Ihre Baugrube befördert. Man hat mir aus den Reifen meines Mietwagens auch die Luft herausgelassen, am Donnerstagabend im Haus den Strom und das Wasser abgedreht und neuerdings meine Wohnungseinrichtung demoliert. Von den Schäden, die schon zuvor durch die Sprengarbeiten an und in meinem Haus entstanden sind, ganz abgesehen.«
»Diese Schäden werden wir bei der Kaufsumme berücksichtigen«, sagte er. »Was Ihren Wagen und Ihre Wohnungseinrichtung betrifft, so wenden Sie sich am besten an jene Personen, die auch das Baugerät und den Privatwagen des Bauunternehmers im Gesamtwert von nahezu fünfhunderttausend Mark demoliert, ihn selbst entführt und, so wie es aussieht, sogar umgebracht haben. Falls dies noch nicht bis zu Ihren Ohren gedrungen sein sollte.«
»Ist es«, tat ich ihm kund. »Durch meinen Anwalt, der regen Anteil an diesen schlimmen Ereignissen nahm.«
»Die merkwürdigerweise präzise mit Ihrer Ankunft in Lavoir zusammenfielen«, sagte er.
Ich sagte: »Falls Sie meine Freundin und mich verdächtigen, das Baugerät demoliert, den Bauunternehmer entführt und ihn gar umgebracht ...«
Weiter ließ er mich nicht kommen: »Ich sagte: *merkwürdigerweise zusammenfiel*«, korrigierte er mich. »Nicht mehr und nicht weniger.

Auch daß ich sehr bald nach Ihrem Eintreffen ein Schreiben der *Commission des monuments historiques* aus Paris mit der Aufforderung eines vorläufigen Baustops aller für Lavoir von uns geplanten Arbeiten erhielt, bis über einen ihr vorliegenden Antrag, Lavoir unter Denkmalschutz zu stellen, entschieden sei, gehört zu diesen nahezu synchron mit Ihrer Ankunft verlaufenden Merkwürdigkeiten. Vom wem dieser Antrag kam, steht in dem Brief nicht geschrieben. Sicher ist nur, daß weder die ehemaligen Bewohner von Lavoir, noch ihre nicht mehr in Lavoir wohnhaften Erbberechtigten, noch die für Denkmalschutz zuständigen Behörden in Sarennes und Digne ein Interesse daran hatten, einen solchen Antrag auf den Weg zu geben, aber ohne ihn, und das wird Ihnen jeder, der die französischen Verhältnisse kennt, bestätigen, wüßte man im Kultusministerium in Paris auch heute noch nicht, daß es im Département Alpes-de-Haute-Provence einen Ort namens Lavoir gibt. Ihnen ist von diesem Antrag an die vorgenannte *Commission* zufällig nichts bekannt?«
Wenngleich mir noch nicht recht ersichtlich war, worum es bei seinem Referat ging: eine erste, dunkle Ahnung, es könnte sich bei der Zerstörung meines Eigentums um eine Strafaktion für ein Tat gehandelt haben, die ich gar nicht begangen hatte, fiel wie ein Schatten über meine Seele. Und weil er mich bei seiner absurden Unterstellung mit leicht vorgebeugtem Oberkörper durch seine dunklen Brillengläser hindurch starr ansah, fragte ich: »Warum erzählen Sie das *mir*? Ich kenne diese *Commission des monuments historiques* nicht einmal vom Hörensagen. Von den Veränderungen in Lavoir erfuhr ich erst vor ganz kurzer Zeit. Ich bin auch nicht hier, um mich mit Ihnen über die *Commission des monuments historiques* zu unterhalten, sondern darüber, warum Sie meine Anwesenheit in Lavoir so sehr stört, daß Sie mir neuerdings für mein Haus zwei Millionen zahlen wollen. Mir wurden heute vormittag sogar fünf Millionen geboten.«
»Ich habe davon gehört«, sagte er. »Wenn überhaupt, dann hat sich jemand einen schlechten Scherz mit Ihnen erlaubt.«
Auch wenn er mir nicht glaubte: Allein schon der Umstand, daß er keinerlei Versuch machte, abzustreiten, daß meine Anwesenheit in Lavoir ihn störte, war mehr, als ich vor einigen Minuten noch für möglich gehalten hatte. Ich sagte achselzuckend: »Falls Sie mir mit Ihrem *Wenn überhaupt* unterstellen, ich könnte dieses Angebot erfunden haben, so liegt für mich kein Anlaß vor, Sie vom Gegenteil zu überzeugen. Ich bin auch nicht hier, um mit Ihnen ins Geschäft zu kommen. Weder bin ich auf Ihr Geld noch auf mein Haus in Lavoir

angewiesen. Ich habe aber auch nicht die Absicht, es mir von Ihnen wegnehmen zu lassen. Jeder, der noch einmal ohne meine Einwilligung Hand daran liegt, wird es mit meinem Anwalt zu tun bekommen.«

Daß ich weder auf sein Geld noch auf mein Haus angewiesen war, schien ihn nun doch zu irritieren. Er sagte zunächst nichts und dann nur: »Und warum sind Sie wirklich hier?«

»Ich war etwas neugierig auf Sie«, antwortete ich. »Und was diese *Commission des monuments historiques* betrifft, so können Sie mich getrost von der Liste Ihrer Verdächtigen streichen. Eines wundert mich allerdings: Weshalb Sie mir noch Ihr neuestes Angebot über zwei Millionen zukommen ließen, obwohl Sie nicht wissen, wie die Entscheidung der *Commission des monuments historiques* ausfallen wird. Was geschieht, wenn sie sich gegen Sie entscheidet?«

»Dann würde Lavoir unserer alleinigen Verfügung entzogen und für den gedachten Zweck uninteressant werden. In diesem Falle würden wir den Ort einer anderen Verwendung zuführen.«

»Wer ist *wir*?«

»Das tut wohl nichts zur Sache«, sagte er.

Ich stand zum zweiten Mal auf und sagte: »Auch wenn ich nach allem, was sich in den letzten Tagen in Lavoir ereignet hat, einem Verkauf nicht grundsätzlich abgeneigt bin, so lege ich doch Wert darauf, zu wissen, zu welchem Zweck und an wen ich es verkaufe. Wenn Sie mir das nicht sagen können oder wollen, möchte ich jetzt gehen.«

Anscheinend hatte ich diesmal den richtigen Ton gefunden, denn er lud mich, wenn auch mit einer gereizt wirkenden Handbewegung ein, wieder Platz zu nehmen, und sagte: »Es handelt sich durchweg um Landsleute von Ihnen und mir, die ihren Hauptwohnsitz vorwiegend in Nizza, Monaco und im näheren Umkreis von Villefranche haben und die sich wegen ihrer Probleme, gesellschaftlichen Anschluß zu finden zu einer Art Interessengemeinschaft zusammengeschlossen und mich zu ihrem Vorsitzenden gewählt haben. Ich nehme an, daß auch Ihnen als Deutsche diese Probleme, die wir vor allem seit der Wiedervereinigung und dem Golfkrieg hier auf Schritt und Tritt zu spüren bekommen, nicht ganz unbekannt sind?«

Obwohl meine Verwunderung noch größer war als meine Geistesgegenwart, verlor ich doch kaum mehr als zwei Sekunden, mir die richtige Antwort einfallen zu lassen. Auf Agnes deutend sagte ich: »Fragen Sie meine Freundin. Sie wird Ihnen bestätigen, daß wir, wenn wir einkaufen oder in ein Restaurant gehen, uns nur noch auf französisch

unterhalten, um ja nicht als Deutsche erkannt zu werden. Wenn ich Sie richtig verstanden habe, handelt es sich um eine Art von Schutz- und Trutzgemeinschaft, zu der Sie sich zusammengeschlossen haben?«
Wie klug und richtig ich meine Worte gewählt hatte, wurde mir augenblicklich offensichtlich, denn er nickte lebhaft zustimmend und sagte: »So könnte man es fürwahr nennen. Ich gehe wohl richtig in der Annahme, daß Sie noch nie versucht haben, sich um die Mitgliedschaft in einem der namhaften Tennis- oder Golf-Clubs von Monaco oder Nizza zu bemühen?«
»Aber nein«, sagte ich, nun gleichfalls irritiert.
»Dann wissen Sie auch nicht, wie man dort behandelt wird«, sagte er. »Keinem meiner hier lebenden Freunde und Bekannten, die sich seit Jahren darum bemühen, ist es gelungen, Einlaß zu finden. Und soll ich Ihnen auch sagen, warum?«
»Weil sie Deutsche sind?« vermutete ich aufs Geratewohl.
»So ist es«, sagte er, durch meinen von ihm vielleicht zuvor unterschätzten Scharfsinn sichtbar angenehm überrascht. »Ich könnte Ihnen, um auch noch ein anderes Beispiel anzuführen, die Namen sehr bekannter deutscher Persönlichkeiten nennen, Kulturschaffende eingeschlossen, die seit Jahren in Monaco leben und noch kein einziges Mal eine Einladung zu einer der großen gesellschaftlichen Veranstaltungen ins Palais erhielten. Wer hier wohnt und noch nie ins Palais eingeladen wurde, der wird auch sonst nirgendwo eingeladen. Man lernt die Leute, auf die es ankommt, entweder im Palais oder überhaupt nicht kennen. Aber das kann man nur verstehen, wenn man in Monaco lebt.«
»Nicht nur«, widersprach ich ihm. »In Deutschland ist das auch nicht viel anders. Ich weiß von meinem Mann, daß es in Bonn Leute gibt, die daran krank wurden, noch nie zum Bundespresseball eingeladen worden zu sein.«
Zum erstenmal, so schien es mir, glomm in seinen Augen hinter den dunklen Gläsern seiner Sonnenbrille ein warmer Schein leiser Sympathie auf. Vielleicht war er inzwischen auch selbst zu der Einsicht gelangt, daß ich weder an die *Commission des monuments historiques* geschrieben, noch seinen Bauunternehmer entführt hatte. Er sagte: »Das ist sogar ein sehr guter Vergleich.«
Ermutigt durch seine plötzliche Konzilianz, begnügte ich mich nicht länger damit, nur auf den Busch zu klopfen, sondern kam endlich auch auf den Punkt zu sprechen, ich sagte: »Und Lavoir soll so etwas

wie die Fahne Ihrer deutschen Schutz- und Trutzgemeinschaft werden? Oder träume ich das nur?«
Anscheinend nicht, denn er nahm, was ich ihm da sagte, mit sehr ernster Miene auf und erklärte mir, daß es sich weniger um eine Fahne als um den Versuch handle, ein weithin sichtbares Zeichen zu setzen. Meine anschließende Frage, wie er ausgerechnet auf Lavoir verfallen sei, beantwortete er mit der Gegenfrage, was mich selbst dazu bewogen habe, mich bei einem Ferienhaus für Lavoir zu entscheiden, und als ich ihm sagte, daß es mir auf den ersten Blick gefallen und mich tief beeindruckt habe, nickte er und sagte: »Genauso erging es mir und einigen Freunden, zu denen auch Kurt Steinhagen gehört, als wir auf der Suche nach einem Ort waren, wo wir ganz unter uns sein und ihn zu einer Stätte nationaler Selbstverwirklichung inmitten eines fremden Landes machen könnten. Es war, wie bei Ihnen auch, Liebe auf den ersten Blick. Ich nehme an, Sie haben den Namen von Herrn Steinhagen auch schon einmal gehört?«
»In Lavoir nicht«, bedauerte ich. »Müßte ich ihn schon gehört haben?«
»Nicht unbedingt, obwohl er einstmals in der Bundesrepublik zu unseren führenden Unternehmern zählte. Er hat sich hier zur Ruhe gesetzt und ist der eigentliche Initiator unserer gemeinsamen Sache.«
Es kostete mich nun doch Mühe, mir meine Enttäuschung nicht anmerken zu lassen. Ich fragte: »Nicht Sie selbst?«
»Sagen wir: Wir haben sie gemeinsam ins Auge gefaßt«, antwortete er.
An diesem Punkt unseres Gesprächs erinnerte ich mich auch wieder an Agnes. Ein Blick in ihr Gesicht zeigte mir, daß sie zwar alles mithörte, jedoch kaum ein Wort verstand, und auch ich war noch weit davon entfernt, Lichtenbergs Ausführungen so weit zu folgen, daß keine Fragen mehr offenblieben. Ich sagte: »Aber nur, um ein Zeichen zu setzen, hätten Sie auch auf einer besonders hohen Bergspitze ein Kreuz oder einen Obelisk aufstellen können. Bei Lavoir sehe ich, gemessen an den enormen Beträgen, die Sie bis heute schon investiert haben, den praktischen Nutzen nicht. Es eignet sich weder zum Skifahren, noch zum Tennisspielen, noch zum ...«
»Das würde ich so nicht gelten lassen«, fiel er mir lebhaft ins Wort. »Auf einem fast topfebenen Plateau gelegen ist Lavoir wie kein zweites Gebirgsdorf in einer noch vertretbaren Entfernung vom Wohnsitz meiner Freunde und Bekannten auch für die Anlage einiger Tennisplätze geeignet, wobei Sie bitte noch berücksichtigen müssen, daß Sie

an der ganzen Küste zwischen Nizza und Menton kein einziges Grundstück finden werden — auch im näheren Hinterland nicht —, das sonst noch für eine neue Anlage geeignet wäre oder dafür noch zur Verfügung stünde. Und die enormen Beträge, von denen Sie reden, verteilen sich heute schon auf zahlreiche Mitglieder. Abgesehen davon, daß Herr Steinhagen, um seine Vision, die ihn beim Anblick von Lavoir überkam, zu materialisieren, auf Kooperation nicht unbedingt angewiesen wäre. Er war es auch, der zu bedenken gab, daß so hoch gelegene Tennisanlagen wie jene, die wir für Lavoir planen, den Vorzug hätten, diesen schönen Sport auch dann, wenn die Klimatologen mit ihren düsteren Voraussagen recht behalten, nicht nur in klimatisierten Hallen pflegen zu können.«
Eine Vorstellung, die sogar mich schockierte. Ich fragte: »Dann dient die Grube neben meinem Haus vielleicht auch nur dem Zweck, Schutz vor der zu erwartenden Erwärmung der Erdatmosphäre zu finden?«
»Aber nein«, wehrte er, jetzt immer mehr auftauend, besänftigend ab. »Was wir, wenn wir mit unseren Plänen durchkommen, in Lavoir ganz dringend benötigen, ist vor allem ein Club-Center. Ihnen brauche ich ja nicht zu sagen, daß Ihr Haus genau dort steht, wo man den schönsten Ausblick auf das gesamte Panorama der Seealpen nach drei Seiten hat. Der zur Verfügung stehende Raum rechts des Hauses hätte für ein Club-Center, wie es uns vorschwebt, nicht ausgereicht. Wir würden auch noch zwei oder drei der links angrenzenden Häuser einbeziehen müssen, aber ohne Ihr Haus ist das nicht zu machen.«
»So groß soll es werden, Ihr Center?« wunderte ich mich. »Mit Schwimmbad, oder so?«
»Das wissen wir noch nicht endgültig«, sagte er. »Unsere vorläufigen Pläne beziehen nur Duschkabinen, Restauration und für Mitglieder, die ein Wochenende in Lavoir verbringen wollen, auch Schlafräume ein. Die Bedenken der *Commission des monuments historiques* sind um so unverständlicher, als wir uns bei der Anlage der Tennisplätze und eines Hubschrauber-Landeplatzes nur auf einen Teil der mittleren Häuserreihen beschränkt hätten.«
»Das sind die Häuser, die neben den Türen mit roter Farbe gekennzeichnet sind?«
»Genau«, sagte er lebhaft. »Wir haben sie nach einer Luftaufnahme ausgewählt. Dadurch würde an der eindrucksvollen Silhouette, wie sie sich dem Betrachter von weitem bietet, überhaupt nichts verändert werden, und auch das Club-Center ist von einem bekannten Archi-

tekten aus Nizza so konzipiert, daß es sich von der darunterliegenden Felswand so gut wie nicht abhebt. Selbst eine zusätzliche in Leichtbauweise errichtete mobile Tennishalle für Spiele bei schlechtem Wetter wäre von außen und unten nicht zu sehen.«
»Das dürfte zutreffen«, räumte ich ein. »Die werden Sie dann wohl auf dem Platz neben der Kirche aufstellen, wo jetzt noch die Platanen stehen?«
»So ist es gedacht«, nickte er.
»Und was machen Sie mit dem Bauschutt der abgerissenen Häuser? Ihn mit Lastwagen wegschaffen?«
»Das wäre zu aufwendig und zu teuer. Auf der Geröllhalde unterhalb der Wand hat es noch genügend Platz dafür. Wir haben die Genehmigung, ihn dort zu deponieren.«
»Wo auch mein Haus deponiert werden soll«, sagte ich. »Wenn Sie noch einige Schaufellader nach Lavoir bestellen, in der Häuserreihe oberhalb der Wand einen Durchgang schaffen, könnten Sie alles in die Tiefe schaufeln. Einen Hubschrauber haben Sie schon?«
Er lächelte nachsichtig. »Einige meiner Freunde kämen ohne eigenen Hubschrauber mit ihren Terminen schon längst nicht mehr zurecht.«
»Dann war das eine dumme Frage«, räumte ich ein. »Wenn ich Sie richtig verstanden habe, dann haben Sie für den Fall, daß Lavoir als denkmalwürdig befunden wird, schon andere Pläne dafür?«
Er nickte. »Gegen eine Umwandlung in ein Feriendorf unter Beibehaltung seiner bisherigen Bausubstanz könnte die *Commission* bei Berücksichtigung der nunmehr gegebenen Besitzverhältnisse keinen Einspruch erheben. Genügend Käufer für die Häuser, wenn wir sie vorher nur etwas herrichten, würden wir innerhalb kürzester Zeit finden, so daß zumindest unsere bisherigen Auslagen amortisiert sein dürften, aber das war schließlich nicht der Zweck dessen, was uns mit Lavoir vorschwebte.«
»Das leuchtet mir ein«, sagte ich. »Aber dann bräuchten Sie mein Haus doch gar nicht! Wozu wollen Sie noch einmal zwei Millionen bezahlen?«
»Auch ein Feriendorf kommt ohne eine Stätte geselliger Begegnungen nicht aus«, belehrte er mich. »Sie würde dann eben entsprechend kleiner und auch weniger komfortabel ausfallen, aber es wäre schon wünschenswert, wenn wir auch in diesem Fall Ihr Haus mit einbeziehen könnten. Nur nicht zu dem von Ihnen zuletzt genannten Preis. Den setze ich bei meinen Freunden und Bekannten, auf die es schließlich ankommt, auf keinen Fall durch. Das ist nicht machbar.«

»Vielleicht reden Sie einmal mit ihnen«, schlug ich vor. »Mehr als eine Absage können Sie sich nicht holen. Sie erreichen mich morgen im Laufe des Tages noch in meinem Hotel. Dann voraussichtlich nicht mehr.«

Ich blickte Agnes an: »Wir müssen. Sonst schaffen wir es nicht mehr, rechtzeitig dort zu sein.«

»Sie haben noch eine Verabredung?« fragte Lichtenberg, offenbar unangenehm überrascht. »Ich wollte Ihnen gerne noch etwas anbieten.«

Die Gelegenheit dazu hatte er unwiderruflich verpaßt. Ich stand auf und sagte: »Das geht leider nicht. Wir haben noch einen wichtigen Termin, den wir nicht verpassen dürfen.« Dann fiel mir doch noch etwas ein, und vielleicht war es die von ihm erwähnte Stätte der geselligen Begegnung, die eine plötzliche Assoziation an eine andere Stätte bei mir auslöste. Ich sagte: »Von den Franzosen, mit denen ich es bis heute zu tun hatte, habe ich nie davon gehört, daß es in Nizza und Monaco eine Kolonie deutscher Heimatvertriebener gibt. Oder würden Ihre hier lebenden Freunde und Bekannten diesen Status auf sich beziehen?«

Offensichtlich wußte er es selbst nicht, denn er antwortete nicht sofort und auch erst, als er sich ebenfalls von seinem Stuhl erhoben hatte: »Sicher nicht in einem wörtlichen Sinn. Wie kommen Sie darauf, daß es hier eine deutsche Kolonie gäbe?«

»Wir wurden in Lavoir auf eine Gedenkstätte der in Nice und Monaco lebenden deutschen Heimatvertriebenen und auch auf eine Gedenkstätte der deutschen Opfer am Golfkrieg angesprochen«, sagte ich. »Mir persönlich ist von solchen Opfern nie etwas zu Ohren gekommen und auch von hier lebenden deutschen Heimatvertriebenen nicht. Sicher handelte es sich entweder um eine Verwechslung oder um einen dummen Scherz. Sie kennen sich hier besser aus als ich. Ist Ihnen von einer solchen Gedenkstätte etwas bekannt?«

Er starrte mich sekundenlang schweigend an. Dann fragte er: »Von wem wurden Sie angesprochen?«

»Von einem Priester. Ich selbst hatte keine Gelegenheit, mit ihm zu reden. Meine Freundin tat es. Sie unterhielt sich an der Baugrube mit ihm, wo sie ihn antraf, nachdem wir seinen Wagen vorfahren hörten.«

»Er hat sich Ihnen als Priester vorgestellt?«

»Vorgestellt hat er sich überhaupt nicht«, sagte ich. »Er war nur so gekleidet.« Und Agnes anschauend: »Er erinnert mich noch immer an irgendwen, aber es fällt mir nicht ein.«

»Vielleicht an Jean Gabin in einer seiner letzten Rollen«, schlug sie lächelnd vor. »Eine gewisse Ähnlichkeit hatte er mit ihm.«
Ehe ich mich dazu äußern konnte, schaltete Lichtenberg sich wieder ein: »Etwa sechzig, weißhaarig, mit Bürstenfrisur?«
»Aber ja«, rief ich aus. »Sie kennen ihn?«
»Ich muß telefonieren«, sagte er hastig. »Bitte haben Sie noch ein paar Minuten Geduld. Ich bin gleich wieder zurück.«
»Aber wir müssen wirklich ...« Ich brach ab, weil ich nur noch seinen Rücken sehen konnte. Gleich darauf sah ich auch diesen nicht mehr.
Agnes sagte: »Er scheint ihn tatsächlich zu kennen, Moni. Vielleicht war er gar kein Priester?«
»Das ist mir egal«, sagte ich. »Wenn er in fünf Minuten nicht zurück ist, fahren wir. Du meinst, daß wir es in eineinhalb Stunden schaffen?«
»Vielleicht auch nicht«, sagte sie. »Wir kommen in den Berufsverkehr.«
»Dann gehen wir jetzt« sagte ich. »Wenn er noch etwas von mir will, soll er sich an Dr. Gérad wenden. Was ich wissen wollte, das weiß ich.«
Sie kam an meine Seite und sagte: »Das Tor ist sicher noch verschlossen. Falls du das vergessen haben solltest.«
Ich hatte es tatsächlich vergessen, wollte es aber nicht zugeben und sagte: »Wir werden ja sehen.«
Im Vorbeigehen warf ich einen Blick auf den kleinen Wagenpark in der offenen Garage. Agnes sagte: »Das rote Kabrio ist ein Cadillac. In Nizza sieht man das Modell oft. Hier fahren viele Kabrios. In Dortmund auch?«
»Wenn es nicht regnet«, sagte ich. »Cadillacs weniger. Für sie findest du in Dortmund keine Parkplätze mehr. Weißt du, was ich denke?«
»Ich weiß überhaupt nicht mehr, was du denkst«, sagte sie. »Ich habe auch nicht verstanden, was er in Lavoir wirklich will. Mir ist das alles viel zu hoch.«
Ich schob im Gehen unter den Pinien, Palmen, Zypressen und Agaven, die den geteerten Weg zum Tor beschatteten, eine Hand in ihren Arm und sagte: »Kann sein, daß ich spinne, aber es wäre immerhin denkbar, daß er zwischen dem Anrufer von heute vormittag und dem Priester, der vielleicht gar keiner war, einen Zusammenhang sieht.«
»Ich weiß nicht, von welchem Anrufer du redest? Von Pillet?«
»Unsinn«, sagte ich. »Ich rede von dem Anrufer, den ich erfunden habe.«

»Der dir fünf Millionen zahlen will?«
»Die Lichtenberg mir nicht abnimmt. Vielleicht sind ihm jetzt Bedenken gekommen. Er räumte ja selbst ein, daß sie mein Haus auch dann brauchen, wenn sie aus Lavoir nur ein Feriendorf machen. Ich habe nicht das Gefühl, daß die hundertfünfzigtausend für Pillet eine Fehlinvestition sind, mein Schatz. Auch wenn ich den Obermacher, diesen Steinhagen, nicht zu Gesicht bekam, soll Pillet seinen Citroën haben. Es ist sein und nicht mein Problem, seinen Kollegen und Vorgesetzten zu erklären, woher er das Geld dafür hat.«
»Sagte er dir, daß er einen Citroën haben möchte?«
»Daß er sich bei vier Kindern leider keinen leisten könne. Das ist dasselbe. Die Dame am Telefon war mit Sicherheit seine Frau. Er hätte mir Lichtenbergs Adresse schon in Valberg geben können. Und was diesen merkwürdigen Priester betrifft ...«
Weiter kam ich nicht, weil Lichtenberg unseren Weg kreuzte. Er mußte uns seitlich überholt haben, denn er kam nicht von hinten, sondern von der Seite auf uns zu. Ich erklärte es mir damit, daß der Weg vom Tor zur Garage in einem Halbkreis verlief, so daß es möglich war, ihn, wenn man sich auf dem großen Grundstück auskannte, abzukürzen. Unser heimlicher Abgang schien Lichtenberg verstimmt zu haben; sein Gesicht wirkte erstmals verärgert. Ich sagte, ihm zuvorkommend: »Es tut mir leid, aber wir wußten nicht, wie lange Ihr Telefonat dauern wird. Wenn wir nicht sofort losfahren, kommen wir zu spät. Wenn Sie meinen Anwalt anrufen ...«
Er fiel mir ins Wort: »Was ich Ihnen zu sagen habe, duldet keinen Aufschub und dauert höchstens fünf Minuten. Ich glaube, Ihnen zusagen zu können, daß meine Freunde damit einverstanden sein werden, wenn ich unser letztes Angebot auf gleichfalls fünf Millionen erhöhe, womit auch der materielle Schaden, der Ihnen durch den Verlust Ihres Wagens und Ihres Mobiliars entstanden ist, ausgeglichen sein dürfte.«
»Weil Sie wissen oder vermuten, wer ihn verursacht hat?«
»Weder das eine noch das andere«, erwiderte er. »Als wir uns zu dieser Sache entschlossen, beauftragten wir eine Immobilienfirma in Digne damit, sich um die juristischen und technischen Details zu kümmern. Wir haben den Herren erklärt, was uns vorschwebte, aber in keinem einzigen Fall Einfluß darauf genommen. Auch in Sarennes nicht. Wir hatten bei den dortigen Behörden ebenso wie in Digne etliche Vorbehalte und Widerstände zu überwinden, die es der Immobilienfirma geraten erscheinen ließen, sich aus den internen Verhand-

lungen herauszuhalten und sie einem Anwaltsbüro zu übertragen. Leider scheint man sich in Sarennes, soweit es meine Person betrifft, nicht an die getroffenen Vereinbarungen gehalten zu haben.«
»Schwarze Schafe gibt es überall«, tröstete ich ihn. »Um Ihre Adresse zu erfahren, brauchte ich mich nur der gleichen Mittel zu bedienen, wie sie von diesem Anwaltsbüro so erfolgreich in Sarennes — und wohl auch in Digne — angewendet wurden. Seinen Bemühungen dürfte es auch zuzuschreiben sein, daß mein Haus unmittelbar vor den Feiertagen, als ich keine Möglichkeit mehr hatte, im Rathaus vorstellig zu werden, von der Strom- und Wasserversorgung abgekabelt wurde.«
»Vielleicht auch die Sabotage an dem Baugerät und die Entführung des Bauunternehmers«, sagte er. »Über dieses Thema haben wir uns bereits unterhalten, Frau Kristmann. Es bringt Sie und auch uns keinen Schritt weiter. Leider scheint die Immobilienfirma bei der Auswahl des Bauunternehmens keine glückliche Hand bewiesen zu haben. Uns kam jetzt erst zu Ohren, daß der Inhaber in seiner Branche keinen guten Ruf genoß, was vielleicht ein Hinweis auf sein Schicksal sein könnte. Ich möchte hier noch einmal ganz unmißverständlich erklären: Was in Lavoir an illegalen und ungesetzlichen Dingen geschah, das geschah ohne mein und meiner Freunde Wissen. Uns war anfangs nicht einmal bekannt, daß es in Lavoir ein Ferienhaus einer deutschen Familie gibt. Damit rückten die zuständigen Herren in Sarennes erst heraus, als die Verhandlungen bereits abgeschlossen waren.«
»Und die Bedenken, die man dort gegen Ihre Umgestaltungspläne für Lavoir hatte, von Ihnen, respektive von diesem famosen Anwaltsbüro, bereits ausgeräumt waren«, sagte ich. »Ich nehme an, Sie haben den Auftrag an die Immobilienfirma mit der Auflage verbunden, *sämtliche* Häuser in Ihren Besitz zu bringen, andernfalls sie beträchtliche Abstriche bei ihrer Provision hinzunehmen hat.«
Er zuckte mit den Schultern. »Das ist bei Geschäften in dieser Größenordnung allgemein üblich. Welche Probleme sich daraus ergeben würden, war bei unserem damaligen Kenntnisstand der Besitzverhältnisse in Lavoir nicht voraussehbar. Sie dürfen sicher sein, daß diese Dinge bei unseren weiteren Gesprächen mit der Immobilienfirma mit dem gebotenen Nachdruck vorgebracht werden. Erlauben Sie mir eine Frage, die Sie selbstverständlich nicht zu beantworten brauchen, aber vielleicht erweisen Sie sich selbst einen Dienst damit. Hat der Termin, zu dem Sie von hier aus fahren werden und den Sie nicht ver-

säumen wollen, mit dem besseren Angebot, das Sie heute vormittag erhielten, zu tun?«

Ich blickte Agnes an, die, wie es den Anschein hatte, uns mit größter Aufmerksamkeit zuhörte, und sagte, um etwas Zeit zu gewinnen: »Wenn du dich langweilst, kannst du dich schon in den Wagen setzen und Radio hören.«

»Ich langweile mich überhaupt nicht«, erwiderte sie. »Wie kommst du darauf, daß ich mich langweilen könnte?«

»Ich meinte es auch nur vorsorglich«, sagte ich und richtete, über meine Antwort jetzt schlüssig geworden, das Wort wieder an Lichtenberg: »So wichtig war mir dieses neue Angebot nicht, daß ich mich mit dem Anrufer noch heute hätte treffen müssen. Ich habe ihm gesagt, daß ich darüber nachdenken werde und er sich mit meinem Anwalt in Verbindung setzen soll.«

»Seinen Namen hat er nicht genannt?«

»Es genügt, wenn er sich meinem Anwalt bekannt macht. Warum fragen Sie?«

Er verfolgte mit dem Blick eine weiße Kumuluswolke, die vom Meer her landeinwärts segelte, und sagte: »Die Nachricht von den Ereignissen in Lavoir und von der Entführung des Bauunternehmers erreichte meine Freunde und mich erst am Tag danach. Also am Montag. Noch am gleichen Tag kamen wir zu einem Gespräch in einem größeren Kreis zusammen. Es ließ sich nicht vermeiden, daß auch Personen davon erfuhren, für deren Ohren nicht bestimmt war, worüber bei dieser Krisensitzung, wenn ich sie so nennen darf, gesprochen wurde. Es würde mich sehr interessieren, von Ihnen zu hören, wann diese Begegnung zwischen Ihnen und dem Priester, der sich in Lavoir nach der Gedenkstätte erkundigte, stattfand.«

Ich dachte kurz nach. »Am Dienstag.« Und wieder Agnes anschauend: »Es muß gegen fünf gewesen sein?«

»Eher gegen sechs«, sagte sie.

Lichtenberg heftete den Blick in mein Gesicht: »Sie sagten, er sei Ihnen bekannt vorgekommen?«

»Er kommt mir auch jetzt noch bekannt vor«, sagte ich. »Vielleicht habe ich irgendwann einmal ein Bild von ihm gesehen.«

»Als er noch zwanzig Jahre jünger war«, sagte Lichtenberg. »Er hat drei erwähnenswerte Eigenheiten: Darauf zu achten, daß keine Fotos von ihm veröffentlicht werden, die ihn zeigen, wie er heute aussieht. Damit er trotz dieser Vorsichtsmaßnahme nirgendwo erkannt wird, kleidet er sich gerne wie ein Priester, und aus dem gleichen Grund

fährt er einen möglichst unauffälligen Wagen. War es ein unauffälliger Wagen?«
»Es muß ein AX gewesen sein«, antwortete Agnes an meiner Stelle. »So genau habe ich nicht hingeschaut.«
»Und in seiner Garage hat er einen Ferrari und einen Jaguar stehen«, sagte Lichtenberg. »Er benutzt sie nur, wenn er zu einer größeren Auslandsreise wegfährt. Ich bin sicher, daß er es war, der Sie heute vormittag anrief. Wenn Sie an ihn verkaufen, können wir Ihr Haus abschreiben, und damit auch das Club-Center.«
Das war nun allerdings eine Mitteilung, die es wert war, seinem Wunsch, ihm noch fünf Minuten meiner Zeit zu schenken, nachzukommen. Ich fragte: »Wieso das? Sie könnten es ihm ja wieder abkaufen. Dann legen Sie eben noch eine Million drauf.«
»Er würde es nicht einmal für zehn Millionen verkaufen«, sagte er. »Nicht an uns.«
»Er hat etwas gegen Sie?«
»Nicht nur gegen mich. Es ist kein Wunder, daß er Ihnen bekannt vorkommt. Seine Bücher sollen mit über dreihundertzwanzig Millionen in der ganzen Welt verbreitet sein.«
»Valerie«, nickte ich, jäh erleuchtet. »Eduardo Valerie. Ich wußte nur nicht mehr, in welchem Genre ich ihn unterbringen sollte. Ich habe längere Zeit nichts mehr von ihm gehört. Vor vielen Jahren habe ich ein Buch von ihm gelesen. Es hieß: So long, Gabi. Eine ziemlich rührselige Geschichte, wenn ich mich recht entsinne.«
»Das war früher mal«, sagte Lichtenberg. »Heute schreibt er entweder Sex pur, oder er macht sich über seine eigenen Landsleute lustig, was ihm besonders hier in Frankreich viele Leser einbringt. Im allgemeinen nennt man solche Leute Nestbeschmutzer. Wenn Sie, so wie ich, ständig hier leben müssen, wissen Sie erst richtig zu schätzen, in Ihrem Umfeld deutsche Freunde und Bekannte zu haben. Als dieser Herr Valerie Sie in Lavoir nach der Gedenkstätte fragte, war das auch nur wieder eine gegen uns gerichtete Boshaftigkeit. Er wußte nur zu gut, daß wir in Lavoir keine Gedenkstätte errichten wollten, und schon gar nicht für den von ihm genannten Zweck.«
»Aber warum tut er das?« wunderte ich mich. »Haben Sie ihm etwas getan?«
»Er hat sich selbst etwas getan. Vor sieben Jahren kam er aus Deutschland hierher und ließ sich auf Cap Martin nieder. Obwohl wir seinen Ruf als Trivialautor kannten, waren einige meiner Freunde der Meinung, wir müßten ihn, wenn er schon in der Nähe wohnt und

mehr oder weniger zu uns gehört, einmal zu einer Lesung einladen. Wir hatten ihn aber vorher ausdrücklich darum gebeten, bei der Auswahl des Textes Rücksicht darauf zu nehmen, daß auch unsere Damen anwesend waren. Trotzdem las er aus einem Roman vor, der nur in Amerika erschienen ist, weil er in Deutschland keinen Verleger dafür fand. Ein Teil der geladenen Gäste verließ schon während der Lesung demonstrativ den Raum, und von jenen, die bis zum Ende ausharrten, rührte hinterher keiner eine Hand. Es kam sogar zu laut geäußerten abfälligen Bemerkungen. Er hat sich aber auch schon bei seinen einleitenden Ausführungen vor Beginn seiner Lesung mit geschmacklosen Anspielungen den Unmut seiner Zuhörer zugezogen, als er sie mit: *Hochwerte Leidensgenossen* und *liebe, heimatvertriebene Mitbürger* anredete. Das bezog sich natürlich darauf, daß nicht wenige meiner Freunde und Bekannten, bei denen es sich durchweg um Personen handelt, die es satt hatten, im eigenen Land zu Prügelknaben der Linken und kleiner Gewerkschaftsfunktionäre gemacht zu werden oder noch weiterhin das deutsche Trauerspiel der Asylantenfrage tagtäglich vor Augen zu haben, auch wenn Sie da vielleicht anderer Meinung sein werden als ich.«

Ich widersprach ihm impulsiv: »Aber ganz im Gegenteil, Herr Lichtenberg. Was das betrifft, so rennen Sie bei mir offene Türen ein. Schon mein Vater, der selbst Geschäftsmann war, empörte sich bei jeder neuen Tarifrunde über die Politik der Gewerkschaften, das soziale Gefälle zwischen einem konservativen Bundesminister und einem kleinen Straßenbahnschaffner zum Anlaß zu nehmen, das einfache Volk auf die Palme zu bringen und ahnungslose Gewerkschaftsmitglieder wider besseres Wissen für Lohnforderungen zu motivieren, die auf die Dauer ihre eigenen Arbeitsplätze gefährden. Ganz abgesehen davon, daß es schwierig sein wird, besonders den in Italien und in der Türkei beheimateten ausländischen Gastarbeitern, soweit sie in der Gewerkschaft organisiert sind, ein kleines Solidaritätsopfer für die deutsche Wiedervereinigung abzuverlangen.«

Wie sehr ich ihm aus dem Herzen sprach, merkte ich daran, daß seine Hand für einen Augenblick lang meinen Arm berührte. Er sagte: »Das liegt aber auch sehr viel an unseren Massenmedien, die immer mehr zu Spielwiesen linker Ideologen werden und mitverantwortlich für den derzeitigen Geisteszustand in Deutschland sind, Frau Kristmann.«

»Soweit man überhaupt noch einen Geisteszustand diagnostizieren kann«, setzte ich noch eins drauf. »Ihre Freunde und Bekannten sind

also gar keine echten Heimatvertriebenen, sondern Steuerflüchtige ...«
Er erhob rasch Einspruch: »Das mag auf Herrn Valerie zutreffen, der keine Verantwortung für Arbeitsplätze — außer seinem eigenen — zu tragen hat. Bei den meisten meiner Freunde und Bekannten, soweit sie sich hier nicht zur verdienten Ruhe gesetzt haben, lagen persönliche Gründe vor, ihren Wohnsitz hierher zu verlegen. Sie deshalb als Heimatvertriebene zu apostrophieren, ist eine Geschmacklosigkeit, die einem seiner Romane entnommen sein könnte, aber damit heimst er hierzulande den Beifall all jener ein, deren Ressentiments gegen die Bundesrepublik durch die Wiedervereinigung zusätzliche Nahrung erhielten. Diesen zweiten dummen Spruch über eine Gedenkstätte für die Opfer der deutschen Beteiligung am Golfkrieg hat er auch schon an anderer Stelle verwendet und sich damit auf die Seite all jener gestellt, die an der damaligen politisch motivierten Zurückhaltung der Bundesregierung Anstoß nahmen. Daß der Beifall, mit dem er hierzulande zu Unrecht bedacht und verwöhnt wird, nach seiner Lesung im Kreise meiner Freunde und Bekannten, die ausnahmslos kulturell sehr interessiert und auch engagiert sind, ausblieb, hat er ihnen nie verziehen. Er hat sich seither auch nicht mehr bei uns sehen lassen. Und trotzdem ist er, wie auch sein Besuch in Lavoir beweist, über alle unsere Schritte informiert.«
Ich mußte lachen. »Vielleicht hat er eine Verehrerin in Ihren Reihen, die heimlich mit ihm korrespondiert. Ich nehme doch an, bei seinem Namen handelt es sich um ein Pseudonym? Ich habe mich nie darum gekümmert. Wissen Sie etwas darüber?«
»Aus einem Literaturlexikon«, nickte er. »Sein richtiger Namen ist Hermann. Walter Hermann. Sollte tatsächlich er es sein, der Ihnen das Angebot über fünf Millionen gemacht hat, so liegt es selbstverständlich allein an Ihnen, ob Sie Ihr Haus an ihn oder an uns verkaufen. Nur sollten Sie vielleicht berücksichtigen, daß er nicht die geringste Verwendung dafür hat. Er sieht jetzt eine Möglichkeit, uns die damalige negative Aufnahme seiner Lesung heimzuzahlen. Während wir immerhin einen guten Zweck damit verfolgen.«
Ob man es als einen guten Zweck betrachten konnte, Lavoir in eine Tennisanlage für gehobene Ansprüche zu verwandeln, belastete mich nun, da ich erreicht hatte, wozu ich hergekommen war, entschieden weniger als die Sorge, Georges nicht mehr bei der Villa anzutreffen. Ich sagte: »Vorläufig steht nicht fest, daß es sich bei dem Anrufer von heute vormittag tatsächlich um Herrn Valerie handelt, und Sie selbst

glauben vorläufig nur daran, im Namen Ihrer Freunde zu reden, wenn Sie mir das gleiche Angebot machen. Da wäre es mir schon lieber, es auch verbindlich zu hören, am besten über meinen Anwalt. Rufen Sie ihn morgen im Laufe des Nachmittags an. Er wird Ihnen dann sagen, für welches Angebot ich mich entschieden habe. Und jetzt öffnen Sie uns bitte die Tür zur Straße. Haben Sie sie selbst abgeschlossen oder durch die Dame, die uns hereinließ, abschließen lassen?«

»Sie ist nicht abgeschlossen«, sagte er und führte es uns, als wir die Tür erreichten, auch gleich vor, indem er, wie auch ich es bei unserem vergeblichen Versuch, das Grundstück zu verlassen, getan hatte, den gußeisernen Drehknopf nach links bewegte, worauf die Tür sich spielend öffnen ließ. Er sagte: »Sie haben sicher nur versäumt, an dem Knopf zu drehen.«

»Er hält dich für dumm«, sagte Agnes lächelnd.

Vielleicht hätte ich mich weniger über ihn geärgert, wenn er es nicht in ihrer Gegenwart getan hätte.

»Es täte mir leid, wenn Sie diesen Eindruck hätten, Frau Kristmann«, sagte er und trat mit uns auf die Straße hinaus. Sein Blick fiel auf den Citroën; er sagte: »In den fünf Millionen dürften auch die Kosten für einen Mietwagen berücksichtigt sein.«

»Sagen wir sechs Millionen«, sagte ich. »Oder sieben. Darüber muß ich erst noch mit meinem Anwalt reden.«

Sein sympathisches, sonnengebräuntes Gesicht verfärbte sich ein wenig. Er sagte leise: »Das können Sie mit uns nicht machen, Frau Kristmann.«

»Dann vergessen Sie es«, sagte ich und schloß den Wagen auf. Zu Agnes, die gleichzeitig mit mir einstieg, sagte ich: »Ob wir es noch schaffen?«

»Bequem«, sagte sie. »Ich hatte nur keine Lust mehr, noch länger in der Sonne zu sitzen. Er hätte uns ja auch in das Haus führen können. Willst du dich nicht von ihm verabschieden?«

»Er hat uns ja auch nicht begrüßt«, sagte ich und fuhr los.

Es war jetzt kurz nach vier Uhr. Während wir die Avenue du Soleil hinter uns ließen, verhielt Agnes sich ungewohnt schweigsam. Erst als wir wieder auf die Avenue de la Barmassa kamen, öffnete sie den Mund und sagte: »Vielleicht machst du jetzt einen Fehler. Oder willst du das Haus lieber an den anderen verkaufen?«

»An welchen anderen?«

Sie starrte mich betroffen an. Dann schlug sie sich mit der flachen Hand gegen die Stirn. »Was bin ich dumm! Jetzt habe ich einen Moment lang tatsächlich gedacht, es gäbe ihn.«

»Es gibt ihn ja auch«, sagte ich. »Vielleicht kommt der Antrag, Lavoir unter Denkmalschutz zu stellen, sogar von ihm. Du glaubst doch nicht im Ernst, ich stecke für ihr Geld alles weg, was sie mit uns angestellt haben? Auch wenn es zutrifft, daß sie sich nicht selbst die Hände schmutzig gemacht haben, so waren sie doch die Auftraggeber. Diese üble Immobilienfirma hat nur getan, was man von ihr erwartete. Und wenn ich auch sonst nichts gegen sie unternehmen kann: Der Verlust eines Teils ihrer vereinbarten Provision wird sie schmerzlicher treffen als alles, was ich gerichtlich gegen sie, wenn überhaupt, ausrichten könnte.«

»Dann richtet sich, was du tust, mehr gegen sie als gegen ihre Auftraggeber?«

»Aber ja«, sagte ich. »Die sind doch schon bestraft genug. In ihrer Heimat haben sie die Gewerkschaften und deren linke Hintermänner gegen sich, zu denen neuerdings auch ein Dutzend Ministerpräsidenten gehören, und hier die Ressentiments ihres Gastlandes, die sich vielleicht weniger gegen Deutsche im allgemeinen, als gegen jene richten, die ihnen hier vorführen, was man mit Geld alles machen kann. Und in Lavoir haben sie künftig mein Haus gegen sich, denn ob sie bei der *Commission des monuments historiques* ihre Tennisanlage noch durchsetzen oder sich damit begnügen müssen, aus Lavoir ein Feriendorf zu machen: Mein Haus wird ihnen bis ans Ende ihrer Tage wie ein Stachel im Fleisch sitzen.«

Sie blickte eine kleine Weile von der Seite schweigend in mein Gesicht. Dann fragte sie: »Weißt du auch genau, was du da tust? Du verzichtest einfach auf fünf Millionen? So mir nichts, dir nichts. Obwohl du das Haus nicht mehr bewohnen willst? Oder hast du es dir anders überlegt?«

»Ich werde mich hüten. Jetzt stehe ich erst recht auf der Abschußliste dieser kriminellen Immobilienfirma. Wir kommen auch ohne die fünf Millionen aus.«

»Georges vielleicht nicht«, sagte sie. »Und was ist mit Monsieur Pillet? Wenn du das Haus nicht verkaufst ...«

Ich fiel ihr dazwischen: »Versprochen ist versprochen. Was ich jetzt weiß, das verdanke ich ihm.«

»Einschließlich der verschenkten fünf Millionen Francs«, sagte sie. »Und das ist dir noch einmal hundertfünfzigtausend wert?«

»Aber ja«, sagte ich. »Sonst würde ich sie ihm nicht geben.«
»Dann spinnst du«, sagte sie. »Es tut mir leid, dir das sagen zu müssen.«
»Schon verziehen, Liebes«, sagte ich und beugte mich etwas zu ihr hinüber. »Küß mich.«
Sie küßte mich und fragte: »Wie fahren wir? Weiter unten ist eine Abzweigung zur oberen Corniche.«
»Ich habe sie gesehen«, sagte ich. »Wir nehmen die Autobahn. Dann bleibt uns Nice erspart.«
»Das kostet aber Mautgebühren«, sagte sie. »Ob du sie dir jetzt noch leisten kannst?«
»Ich denke schon«, sagte ich. »Hast du alles verstanden, was er uns erzählte?«
»Gehört, aber nicht verstanden«, sagte sie. »Dieser Steinhagen, wer ist das?«
»Ach weißt du«, sagte ich, »wollte ich alle die Bundesbürger kennen, die es sich leisten können, für eine Vision einige zehn Millionen D-Mark flüssig zu machen, hätte ich viel zu tun. Zu jenen, die sich bei uns daheim abrackern, damit die Gewerkschaften ihre Beiträge bekommen und die aus Kostengründen gezwungen sind, Fabrikationsanlagen in Billigländer zu verlegen, gehören er und Lichtenberg jedenfalls nicht. Die wohnen im allgemeinen auch nicht an der ›Cot‹.«
»Und was meinte er mit der Asylantenfrage?«
»Das war in der Tat ein Trauerspiel«, sagte ich. »Als man diese armen Leute, die aus wirtschaftlicher Not zu uns kamen, bei uns aufnahm und sie dann noch ärmer, als sie zuvor waren, wieder abgeschoben hat.«
»Das ist aber ziemlich dumm«, räumte sie ein.
»Nicht nur dumm«, stimmte ich ihr zu. »Aber das sollen jene mit ihrem Gewissen vereinbaren, die sich bei uns dauernd auf das Grundgesetz berufen und in hübschen Gegenden wohnen, die üblicherweise von Asylantenheimen verschont bleiben. — Würdest du noch immer gerne nach Bayern gehen?«
»Du nicht?«
»Dort fällst du als Deutscher wenigstens nicht so unangenehm auf wie neuerdings hier«, sagte ich. »Was reizt dich dort? Die Königsschlösser?«
»Ich habe schon viel davon gehört«, sagte sie. »Auch von Bekannten meiner Eltern, die schon dort waren. Aber Georges bringst du nicht dazu, von hier wegzugehen. Er spricht kaum ein Wort Deutsch, und

jetzt, wo du ihm sogar in Aussicht gestellt hast, diese Villa zu kaufen, ist er in Gedanken bereits eingezogen. Die redest du ihm nicht mehr aus.«

»Wir werden sehen«, sagte ich.

Von da an sprachen wir nichts mehr. Erst als wir eine Stunde später auf der N 202 nach Théniers kamen, sagte sie: »Wir wohnen ganz hinten. Fast am Ende.«

»Es liegt hübsch«, sagte ich. »Ich wünschte, ich hätte meine Kindheit auch in einer so schönen Landschaft verbringen können. Wo führt das Tal hin?«

»Nirgendwohin. Weiter hinten gabelt es sich, ein Tal führt nach rechts, das andere geradeaus. Aber welches du auch gehst: Aus den Bergen führt keines heraus. Als kleines Mädchen wollte ich es nicht verstehen, daß sie nirgendwohin führen und einfach irgendwo aufhören. Wie eine Sackgasse. Für mich war auch Théniers eine Sackgasse. Und das Tal bei Allons mit der Villa ist genauso eine Sackgasse, Moni. Von dort kommst du nicht weiter.«

»Von Lavoir kamst du auch nicht weiter, und trotzdem habe ich es jetzt schon weit hinter mir gelassen.«

»Wie deine Ehe?« fragte sie. »War sie nicht auch eine Sackgasse?«

»Doch«, sagte ich. »Du hast es mich gelehrt.«

»Vielleicht werde auch ich eine Sackgasse für dich«, sagte sie. »Dann töte ich mich.«

»Indem du dich von einem Felsen stürzt?«

»Mit diesem hier«, sagte sie und griff in eine der tiefen Taschen ihres Lederrocks. Was sie dann in der Hand hielt, war eine Pistole. Nicht sehr groß, aber auch nicht klein. Mir wurde bei ihrem Anblick beinahe schlecht. Sie sagte: »Von Georges. Ich habe sie am Sonntag heimlich mitgehen lassen. Ich glaube nicht, daß er sie schon vermißt. Er hätte sonst danach gefragt, als du mit ihm telefoniert hast. Sie ist geladen. Mit acht Patronen.«

»Dafür gehört dir achtmal hinter die Ohren gehauen«, sagte ich mit belegt klingender Stimme. »Wozu hast du sie mitgebracht?«

»Ich weiß es nicht«, sagte sie, ohne mich anzusehen.

Ich nahm sie ihr aus der Hand, legte sie auf meinen Schoß und sagte: »Werde dir zuerst einmal schlüssig, was du überhaupt willst, bevor du so etwas mit dir herumträgst. Wo hielt er sie versteckt? An einer Stelle, wo ihm ihr Fehlen bald auffallen muß?«

Sie schüttelte den Kopf. »Im Schlafzimmerschrank zwischen der Bettwäsche. Er hat keinen Waffenschein und dürfte sich nicht damit erwi-

schen lassen. Ich werde sie heute abend, ohne daß er es merkt, wieder an ihren Platz legen.«
»Das wirst du nicht tun«, sagte ich, aber wir mußten noch einige Kilometer fahren, bis wir eine Stelle erreichten, wo die Straße in unmittelbarer Ufernähe des Vars verlief, der uns schon auf den letzten fünfzig Kilometern einmal auf der rechten und dann wieder auf der linken Straßenseite begleitet hatte. An einer Ausweichstelle hielt ich an, stieg aus und vergewisserte mich, daß wir unbeobachtet waren. Danach warf ich die Pistole in einem hohen Bogen weit in das Flußbett hinaus und setzte mich wieder zu Agnes in den Wagen. Sie sagte: »Dann erzähle ihm aber auch, daß du sie aus dem Schrank geholt und weggeworfen hast. Ich habe dir nur gesagt, daß er eine hat und wo sie liegt.«
»Ich habe es gehört«, sagte ich. »Wie fahren wir? Über den Lac de Castillon oder so, wie du damals gefahren bist, als du die Umleitung nehmen mußtest?«
»Die Umleitungsstrecke. Es ist der kürzere Weg, um nach Allons zu kommen. Wir müssen über Annot fahren. Es ist allerdings eine sehr kurvenreiche und schmale Straße.«
Das war sie in der Tat, denn schon hinter Annot, einem kleinen, in einem engen Tal gelegenen Städtchen, stieg sie steil an und führte durch eine reizvolle Gebirgslandschaft über eine Paßhöhe hinweg. Auf dieser Strecke begegnete uns kaum ein Fahrzeug. Erst als wir wieder auf die D 955 kamen, die wir erst gestern von Barcelonnette kommend gefahren waren, ging es auf der Straße lebhafter zu.
Zehn Minuten später sahen wir wieder die große Holztafel der Immobilienfirma am Straßenrand und bogen auf die nach Allons führende schmale Straße und von ihr auf den Talweg zur Villa ein. Verändert hatte sich seit unserem gestrigen Besuch nichts. Nur die Schafe waren heute nicht hier und vielleicht schon zu ihrem Stall in Allons gebracht worden.
Georges' Renault hätten wir spätestens dann sehen müssen, als wir hinter der Talkrümmung auf den pappelgesäumten Teil des Weges kamen, aber dort, wo die kleine Brücke über den Bach auf das Grundstück führte, stand kein Wagen, und wir hatten uns auch kaum mehr als um fünf Minuten verspätet. Meine gegenüber Agnes geäußerte Vermutung, er selbst könnte sich verspätet haben, erwies sich jedoch als falsch, denn als wir die Brücke erreichten, sahen wir das Tor weit offen stehen und gleich darauf, als ich über die Brücke auf das Grundstück einbog, auch den Renault. Er stand etwa dort, wo der Weg aus

dem Olivenhain trat und man die Villa sehen konnte. So weit fuhr ich aber nicht. Ich hielt schon vorher an und sagte: »Geh zu ihm. Ich muß noch das Geld aus dem Kofferraum holen. Er soll nicht sehen, daß wir nahezu unser ganzes Gepäck mitgebracht haben.«
Sie fragte verständnislos: »Warum nicht?«
»Weil ich es nicht will«, sagte ich.
Sie stieg wortlos aus. Ich sah ihr nach, wie sie sich schmalhüftig und langbeinig unter dem grünen Dach der Olivenbäume mit ihren silbrig glänzenden Blättern von mir fortbewegte und die schon tiefstehende Sonne ihr Haar wie mit einem goldenen Reif umgab. Ich hatte das Bild noch vor Augen, als ich sie schon nicht mehr sehen konnte, und als ich sie dann wieder sah, stand sie mit Georges vor der Villa und unterhielt sich mit ihm. Georges kam mir einige Schritte entgegen und küßte mich. Er fragte lächelnd: »Und, wie ist dein Eindruck?«
»Nicht schlecht«, sagte ich. »Wie sieht es auf der Rückseite aus?«
»Genauso«, sagte er. »Schau es dir an.«
Er begleitete mich zur Rückseite und schob im Gehen eine Hand in meinen Arm. »Wie war es in Villefranche?« fragte er. »Hast du etwas erreicht?«
»Zum Teil«, sagte ich. »Ich erzähle es dir heute abend. Wo essen wir?«
»In Castellane. Dann haben wir anschließend nicht weit nach Hause.«
Er trug heute wieder den eleganten Einreiher mit Hemd und Krawatte, den er schon bei unserer gemeinsamen Mahlzeit in Guillaumes getragen hatte. Ich zupfte an seiner Brusttasche und sagte: »Kein Einstecktuch heute?«
»Heute nicht«, sagte er. »Aber hier. Damit ich es nicht vergesse.«
Es war die Tonkassette, die er nicht vergessen wollte. Er zog sie aus einer Hosentasche und gab sie mir. »Keine Kopien?« fragte ich.
Er schüttelte den Kopf. »Um eine Kopie zu machen, braucht man zum Überspielen ein zweites Gerät. Ich habe nur das eine.«
Das leuchtete mir ein. »Dann hast du also geschwindelt?«
»Habe ich«, sagte er. »An das Geld hast du gedacht?«
»In der Handtasche«, sagte ich. »Willst du es gleich zählen?«
Er betrachtete meine Handtasche und sagte: »Sieht vielversprechend aus. Wenn du Agnes und mich heute abend zum Essen einlädst, hat das noch Zeit bis später. Ich habe noch etwa hundert Francs.«
»Wie schrecklich«, sagte ich und betrachtete die schöne, marmorne Sitzgruppe unter den Kastanien, die schon gestern mein Wohlgefallen erregt hatte. Er sagte: »Das Haus mit diesem Riesengrundstück ist

nicht vier, es ist zehn Millionen wert. Du machst also kein schlechtes Geschäft.«

»Du auch nicht«, sagte ich. »Du kannst morgen bei der Firma anrufen, damit wir es uns auch von innen ansehen. Oder hast du schon angerufen?«

»Du hast mich doch gebeten, es nicht zu tun. Ich werde für morgen nachmittag einen Termin mit ihnen vereinbaren.«

»Morgen nachmittag treffe ich mich mit meinem Mann«, sagte ich.

Er fragte: »Muß das sein?«

»Ja«, sagte ich. »Ich wollte mich schon heute mit ihm treffen. Ihm kam etwas dazwischen.«

»Dann wirst du ihm gleich sagen, daß du dich scheiden läßt.«

Ich blickte in sein Gesicht. »Du kriegst das Haus und noch zwei Millionen dazu und läßt Agnes und mich künftig zufrieden.«

Er zog mich lächelnd an sich, küßte mich wieder und sagte: »Ich kriege dich, Agnes und das Haus dazu, und wir werden alle drei zufrieden und sehr glücklich miteinander sein.«

»Wenn du meinst«, sagte ich.

Mir fiel jetzt erst auf, daß Agnes uns nicht gefolgt war. Als wir zur Vorderseite des Hauses zurückkehrten, stand sie, die Arme vor der Brust verschränkt, reglos am Seeufer und blickte auf das Wasser. Sie sah erst auf, als sie unsere Schritte hörte. Ich fragte: »Warum bist du nicht mitgekommen?«

»Ich weiß bereits, wie es hinter dem Haus aussieht«, sagte sie. »Seid ihr euch einig geworden?«

Ich schob die Tonkassette in eine Tasche meines Kostümrocks und sagte: »Wir sehen es uns übermorgen von innen an.«

Georges sagte: »Wenn du dich erst morgen nachmittag mit deinem Mann triffst, können wir es uns auch schon morgen vormittag ansehen. Das dauert nicht lange. Wenn der Teufel es will, kommt bis übermorgen vielleicht ein anderer Interessent dazwischen.«

»Den Teufel solltest du besser nicht berufen«, sagte ich und trat neben Agnes an das Seeufer. Er fragte: »Du bist doch nicht abergläubisch?«

Ich drehte mich, weil er hinter mir stand, nach ihm um, wobei ich mit meiner Handtasche, die ich unter den rechten Arm geklemmt hatte, gegen Agnes stieß. Sie glitt unter meinem Arm hervor und fiel in das Wasser, dessen Spiegel hier einen Meter tief unterhalb der Mauerkrone lag. Sie trieb sofort etwas von der Ufermauer weg, und ich sah ihr nach und sagte: »Du lieber Gott.«

»Du bist doch eine ...« Georges brach ab. Was ich in seinem Gesicht

sah, waren Wut und Entsetzen; sonst nichts. Ich beobachtete, wie er zu einem der hohen Rhododendronsträucher rannte und einen längeren Zweig abbrach. Er kam zurückgelaufen, kniete oberhalb der Ufermauer nieder und versuchte, sich weit vorbeugend, mit dem Zweig die Tasche zu erreichen. Der Zweig war jedoch viel zu dünn. Er stieß zwar gegen die Tasche, bog sich aber, als Georges versuchte, sie an das Ufer zu ziehen, durch. Er keuchte: »Ich brauche einen dickeren, stärkeren, verdammt. Wenn sie mit Wasser volläuft, geht sie unter. Holt mir einen und steht nicht blöd herum.«
Er hing jetzt mit dem Oberkörper, sich mit einer Hand auf die Mauerkrone stützend, so weit über dem Wasser, daß es nur noch eines kräftigen Tritts in sein Gesäß bedurfte, um ihn kopfüber hineinstürzen zu lassen, wobei ich, um nicht auch das Gleichgewicht zu verlieren, mich mit einer Hand an Agnes' Arm festklammerte. Er stieß nur einen kurzen Schrei aus. Falls er aber noch einmal auftauchte, würde er sicher länger und lauter schreien. Das wollte ich mir nicht anhören, ich forderte Agnes, die leichenblaß neben mir stand, auf, mir zu folgen, und machte mich auf den Rückweg. Sein gurgelndes Schreien setzte erst ein, als ich schon seinen Renault erreicht hatte. Ich hielt mir mit beiden Händen die Ohren zu und blickte zurück. Agnes war mir nicht gefolgt. Sie stand noch immer mit leichenblassem Gesicht am Ufer und sah zu, wie Georges ertrank. Aber dann sah ich, wie sie ihre Kostümjacke auszog, die Schuhe von den Füßen streifte und zu ihm in das Wasser sprang. Es war sicher noch sehr kalt, und ich hielt mir noch immer die Ohren zu. Irgendwann nahm ich die Hände von den Ohren, und weil ich nichts mehr hörte, ging ich davon aus, daß sie ihn jetzt hinüber zum anderen Ufer zog, wo keine Ufermauer und nur das Schilf war. Wenn sie es schaffte, ihn dorthin zu bringen, würden sie beide an das flache Ufer kommen und an Land kriechen können. Und ich konnte nichts mehr dagegen tun. Ich war genauso verloren wie Agnes, die mich jetzt zum zweiten Male verraten hatte. Weil sie innerlich nicht von ihm loskam und immer nur ihn und nicht mich geliebt hatte. Sonst hätte sie mich jetzt nicht schon wieder und diesmal noch viel schlimmer als beim erstenmal verraten, weil sie wissen mußte, daß mein Leben fortan zur Hölle werden würde. Mit ihr und mit ihm und mit uns allen dreien. So daß es besser war, es nicht weiterzuleben.
Ich saß schon im Auto, als ich Agnes wieder sah. Ihr schöner Lederrock und die Bluse klebten ihr am Körper. Über dem Arm trug sie ihre Jacke, in der rechten Hand ihre Schuhe und in der linken meine

Handtasche. Mehr sah ich nicht, weil mir die Augen überliefen und ich vor Erleichterung zu schluchzen anfing. Die Arme auf das Lenkrad legend und das Gesicht auf die Arme weinte ich laut vor mich hin, und erst als Agnes zu mir in den Wagen kam, mit ihrem klitschnassen Rock und ihrer klitschnassen Bluse sich an mich drückte, weinte ich nicht mehr so laut, und wir küßten uns, ohne aufzuhören und immerzu. Irgendwann hörte ich dann doch auf sie zu küssen und ihre Küsse zu erwidern, weil ich schon beinahe genauso naß war wie sie, und ich nahm ihr die Tasche aus der Hand, die sie, während wir uns küßten, keinen Augenblick lang losgelassen hatte, und fragte, schon wieder weinend: »Bist du deshalb in das Wasser gesprungen? Nur deshalb?«
»Aber das mußte ich doch tun«, weinte auch sie. »Weil sie sonst deine Papiere und dein Geld gesehen und gewußt hätten, wem die Tasche gehört.«
»Meine Papiere und mein Geld«, weinte ich. »Für wie dumm hältst du mich denn, du einfältiges Mädchen? Willst du mein Geld und meine Papiere sehen? Willst du sie sehen?« Und ich öffnete die Tasche und drückte ihr eine Handvoll Zeitungspapier und fünf Paar Wollstrümpfe, die ich für kühle Tage mit nach Lavoir gebracht hatte, in ihr verweintes Gesicht und stammelte: »Du einfältiges Mädchen, du elendes. Mir einen solchen Wahnsinnsschrecken einzujagen!«
Dann besann ich mich wieder auf mich selbst und auf das, was zu tun blieb. Ich forderte sie auf, sich auszuziehen und holte aus dem Kofferraum alles, was sie brauchte. Mit einem Badetuch rieb ich sie trocken, wickelte ein Handtuch um ihr nasses Haar und half ihr in andere Kleider. Ihre nassen Sachen legte ich in den Kofferraum, wechselte auch meine naßgewordene Bluse und setzte mich wieder zu ihr in den Wagen. Ich sagte: »Ich würde auch lieber so schnell wie möglich von hier wegfahren, Agnes, aber es ist besser, wir warten die Dunkelheit ab. Was wir jetzt am allerwenigsten brauchen können, ist eine Begegnung mit einem Wagen aus Allons, wenn wir vor auf die Straße kommen. Auf der Fahrt hierher hatten wir Glück und sind keinem begegnet. – Hast du ihn noch einmal gesehen, als du in das Wasser sprangst.«
»Nur gefühlt«, murmelte sie, sich an mich schmiegend. »Als ich mit den Füßen gegen ihn stieß. Woher wußtest du, daß er nicht schwimmen kann?«
»Von dir«, sagte ich. »Du hast es mir schon am ersten Tag in Lavoir erzählt. Als wir gestern hier auf der Bank saßen und ich den See betrachtete, da fiel es mir ganz plötzlich wieder ein. Ich habe mir das

seither alles gut überlegt, Agnes. Wenn man ihn findet und von seiner Frau erfährt, daß er nicht schwimmen konnte, wird man an einen Unfall glauben. Hab also keine Angst.«
»Ich habe keine Angst«, murmelte sie. »Er tut mir nur irgendwie leid. Trotz allem. Ich kann nichts dafür.«
Ich streichelte ihre Hände und sagte: »Mir irgendwie auch, Agnes, aber was nützt das? Er wollte mich unbedingt heiraten und hätte mit dem, was er sich darunter vorstellte und mit uns vorhatte, unser beider Leben kaputtgemacht. Ich weiß auch schon, wie es jetzt weitergeht. Wir fahren von hier aus direkt auf die Autobahn und, wenn ich es schaffe, die ganze Nacht hindurch. Monsieur Clout werde ich anrufen und ihm sagen, in einer dringenden Familienangelegenheit umgehend nach Hause gemußt zu haben. Bei Dr. Gérad mache ich es genauso. Unsere Sachen, die noch im Hotel liegen, lasse ich abholen und den Citroën durch einen zuverlässigen Mann zurückbringen.«
»Und wohin fahren wir?« fragte sie.
Ich sagte: »Irgendwohin, wo die Populisten und Opportunisten noch nicht an der Regierung sind. Wo auf den Bergen noch schöne Schlösser und in den Tälern noch Männer wachsen, wie mein Vater einer war, und wo die Liebe zwischen zwei Frauen noch nichts Alltägliches ist, sondern immer etwas Besonderes sein wird. So wie für dich und für mich auch.«
»Und wo liegt dieses wunderbare Land?« fragte sie, mit einem ersten, wiederkehrenden Lächeln.
Ich küßte ihr die letzten Tränen aus den Augen und sagte: »Morgen früh, meine kleine Agnes, werde ich es dir zeigen.«